乾隆敕命之寶

乾隆大藏經

中國書店

图书在版编目（CIP）数据

乾隆大藏经 /（清）雍正敕修 .—北京：中国书店，2007.5（2023.5 重印）

ISBN 978-7-80663-465-3

Ⅰ. 乾… Ⅱ. 雍… Ⅲ. 大藏经 Ⅳ. B941

中国版本图书馆 CIP 数据核字（2007）第 040309 号

责任编辑：辛　迪

装帧设计：李洪波

乾隆大藏经

出　　版：中国书店

地址：北京市西城区琉璃厂东街 115 号　　邮编：100050

电话：010-63017857　　传真：010-63030890

发　　行：全国新华书店

制版印刷：唐山楠萍印务有限公司

开　　本：787mm × 1092mm　　1/16

印　　张：8275.5

版　　次：2007 年 5 月第 1 版　　2023 年 5 月第 7 次印刷

书　　号：ISBN 978-7-80663-465-3

定　　价：18000.00 元（全 168 册）

北京廣化寺

監印

無上法寶
百代遺珍
千載傳誦
萬世流芳

原中國佛教協會名譽會長
原中國佛教協會咨議委員會副主席
上本下煥長老爲本書題寫書名

乾隆大藏經

丁亥本煥百一歲

本煥

原中國佛教協會名譽會長上一下誠長老爲本書題寫書名

乾隆大藏經

一誠題

中國佛教協會名譽會長
中國佛學院名譽院長
上傳下印長老爲本書題寫書名

乾隆大藏經

傳印敬題

重印《乾隆大藏經》緣起

佛教肇始於古印度，傳布於全世界。在佛教流布過程中，經典的傳播起到了至關重要的作用。佛所説一切經典統稱爲『大藏經』。『大藏經』之原典，僅有梵文與巴利文兩種。而今保存或流傳的則增加了漢文、藏文、日文、蒙文、滿文、西夏文、英文等多種文字版本。

我中華與佛教因緣殊勝。佛滅度後五百年，漢明帝求法，得伊存口授《浮屠經》，自此佛教典籍漸漸流入中國。更有鳩摩羅什、法顯、義浄、玄奘等三藏法師將佛經翻譯成漢語，完善漢文大藏經，而終成當今世界佛教三大語系之主流——漢傳佛教，既爲佛教智慧結晶又爲漢民族文化瑰寶的漢文大藏經功不可没。

考漢文大藏經刊刻之歷史，自宋初之《開寶藏》至清末民初之《頻伽藏》《普慧藏》，千餘年來，各種官版私版之大藏經，層出不窮，計二十餘種。苟能盡數展現於世人面前，當屬無量功德。

系統研究中國傳統文化，須當涉及佛教與佛教文化。古德有云『深入經藏，智慧如海』。披歷大藏經之功德甚偉。然二十餘種大藏經，今已迷失其半，惜哉！因是，整理大藏經，

搶救國故，重刊法寶，再現文化遺産之魅力，厥功甚偉，爲今日文化界之要圖，嘉惠學林之盛舉。

《乾隆大藏經》又名《清藏》《龍藏》，是清代唯一的官刻漢文大藏經。清世宗雍正十一年（一七三三年）在北京賢良寺設立藏經館，雍正十三年（一七三五年）正式開雕。至清高宗乾隆三年（一七三八年）完成。全藏共收經一千六百六十九部，七千一百六十八卷，分作七百二十四函。千字文函號自『天』至『機』。本藏爲折裝本，每版二十五行，折爲五個半頁，每半頁六行，行十七字。前四百八十五函（從『天』到『漆』）乃覆刻《永樂北藏》；後二百九十三函（從『書』到『機』）内容較《永樂北藏》有增減。主持刊刻的有和碩莊親王允禄、和碩和親王弘晝及賢良寺主持超盛等。完工後曾刷印一百部，分賜全國各大寺院。民國二十一年（一九三二年）又曾刷印過二十二部。一九八七年，文物出版社印行了七十八部。如此總計二百部。《乾隆大藏經》的經版共有七萬九千零三十六塊，原藏在故宫武英殿，後移至北京柏林寺，一九八二年又移藏于智化寺。該經版基本完好，實爲我中華文明之幸事。

如今，政通人和、國泰民安、大化流轉、千元復始。吾等同人，發心印藏，歷五年寒暑，始有此一部煌煌巨著流布人間。此次，我們印行流通三百部，總數超過歷史印量總和，是爲天下求藏經一閱而不可得者開方便之門。

新版《乾隆大藏經》的底本采用珍藏清代乾隆原刊本，并用文物出版社的新刷本及《永

樂北藏》重印本作參校。鑒於《乾隆大藏經》爲清中期的善本，本書爲存其真，一律照原樣影印，對原書中的漫漶之處予以酌情處理，或做版本間的互補，或描潤、或排印替補。爲方便讀者，新版《乾隆大藏經》采用兩欄式縮印形式，以十六開本分裝一百六十八册。并按古籍整理要求，在全書之前編有總目，每册之前編有分册目録。爲突顯法寶的無上尊貴，豪華版《乾隆大藏經》的製作工藝相對複雜。經文使用高級進口象牙白色膠版紙，顔色温潤典雅、字迹清晰朗目；書口使用特種刷金工藝，既美觀又防塵；封面則用優質的定製織錦，仿繪清宫舊藏五色吉祥彩龍；每册均配以印製乾隆御筆『御製龍藏』的函套，并單獨塑封。

諸供養中，法供養最。願此三百部法寶於叢林、學林中得其所，願此法寶堪將佛教無上智慧廣爲傳播。幸甚幸甚！

乾隆大藏經重印整理委員會

二〇〇八年十月吉日

凡例

一、本叢書爲佛教著述的總匯，爲滿足社會各界的需求，現予重印。

二、本叢書的底本采用珍藏清代乾隆原刊本，并用文物出版社的新刷本及《永樂北藏》作參校。

三、本叢書爲清中期的善本書，較爲珍罕，爲存真計，一律照原樣影印。

四、爲方便讀者，本叢書亦采用兩欄式的縮印形式，并分裝成一百六十八册。

五、對原書中的漫漶之處，予以酌情處理，或做版本間的互補、或描潤、或排印替補。

六、按照古籍整理的要求，我們在全書之前編有總目，每册之前編有分册目録。

七、本叢書在整理過程中，得到社會各界朋友的大力幫助，謹此致謝！

乾隆大藏經總目録

第一册

第二三册　大乘經　大集部（三）

第三一册　大乘經　涅槃部（三）

第三二册　大乘經　五大部（一）

第三三册　大乘經　五大部（二）

第三四册　大乘經　五大部（三）

第三五册 大乘經 五大部（四）

第三六册 大乘經 五大部（五）

第三七册　大乘經　五大部（六）

第三九册 大乘經 五大部（八）

第四〇册 大乘經 五大部（九）

第四二册 大乘經 單譯經（一）

第四三册 大乘經 單譯經（二）

第四七册 大乘經 單譯經（六）

第四八册 大乘經 單譯經（七）

第五三册　小乘經　阿含部（五）

第五四册　小乘經　阿含部（六）

第五五册　小乘經　阿含部（七）

第五九册　宋元入藏諸大小乘經（一）

第六〇册　宋元入藏諸大小乘經（二）

第六一册　宋元入藏諸大小乘經（三）

第六二册　宋元入藏諸大小乘經（四）

第六三册 宋元入藏諸大小乘經（五）

第六四冊　宋元入藏諸大小乘經（六）

第六五册 宋元入藏諸大小乘經（七）

第六六册　宋元入藏諸大小乘經（八）

第八七册　大乘論（一〇）

第九六册　小乘論（八）

第九七册　小乘論（九）

第九八册　小乘論（一〇）

第九九册　小乘論（一一）

第一〇三册 小乘論(一五)

第一〇四册 小乘論(一六)

第一〇七册 西土聖賢撰集（二）

第一〇八册　西土聖賢撰集（三）

第一〇九册 西土聖賢撰集（四）

第一一〇册 西土聖賢撰集（五）

第一一一册　此土著述（一）

第一二一册　此土著述（一一）

第一二四册　此土著述（一四）

第一二五册　此土著述（一五）

第一四〇册　此土著述（三〇）

佛日普照慧辯楚石禪師語録 一六卷
小師比丘祖光編……四五一

佛祖歷代通載 三六卷（卷一至卷三）
嘉興路大中祥符禪寺住持華亭念常集……七七五

第一四九册 此土著述（三九）

佛祖歷代通載 三六卷（卷四至卷三六）
嘉興路大中祥符禪寺住持華亭念常集……一

百丈清規 八卷 亦名：敕修百丈清規
大智壽聖禪寺住持臣僧德煇奉敕重編
大龍翔集慶寺住持臣僧大訢奉敕校正……七二一

第一五〇册 此土著述（四〇）

辯僞録 六卷
元道者山雲峰禪寺沙門祥邁奉敕實録撰……一

大元至元法寶勘同總録 一〇卷
元講經律論沙門慶吉祥等奉詔集……九五

楞伽阿跋多羅寶經注解 四卷
宋求那跋多羅奉詔譯
大明天界善世禪寺住持臣僧宗泐
演福講寺住持臣僧如玘奉詔同注……二九五

般若波羅蜜多心經注解 一卷
唐三藏法師玄奘奉詔譯
大明天界善世禪寺住持臣僧宗泐
演福講寺住持臣僧如玘奉詔同注……四六五

第一六八册　此土著述（五八）

第一冊

乾隆大藏經總目録

大乘經　般若部（一）

御製重刊藏經序

粵自西漢伊存口授佛陀經典於大月氏王使者而震旦教始萌芽其後攝摩騰竺法蘭隨漢明帝求經使臣蔡愔等至洛陽而四十二章等經乃緘於蘭臺石室魏晉而降大德迭興翻譯通明中西不隔達摩西來演暢宗風不立文字之的旨既昭而文字於以掀天揭地至隋大業間智果於東都内道場撰諸經目分別條貫以佛所說經為三部一曰大乘二曰小乘三曰雜經其餘似後人假托者別為一部謂之疑經又有菩薩及諸深解與義贊明勝諦者曰論及戒律並有大小及中三部之别而佛經已多於六經數十百倍矣唐奘法師出能博涉經論謂譯者多所訛謬乃躬往西域廣求異本以參驗之周流三竺十有七年唐太宗詔將所得梵本六百五十七部與房喬等集諸碩學沙門翻譯定為經律論三藏自唐宋以迄本朝雖代有增益而其宏規大畧則無改於唐之舊也明永樂間刊板京師是為梵本北藏又有民間私刊書本板在浙江嘉興府謂之南藏朕勅幾之暇游泳梵林濃薰般若因閱華嚴知卷帙字句之間已失其舊爰命義學詳悉推究訛舛益出乃知北藏板本刻於明代者未經精校不足據依夫以帝王之力泐成官本猶乃如是則民間南藏益可知已爰集宗教兼通之沙門在京師賢良寺官給伊蒲曉夜校閱鳩工重刊欲俾震旦所有三藏不至簡錯字譌疑人耳目又歷代名僧所著義疏及機緣語錄各就其時所崇信者陸續入藏未經明眼辨

別淄澠今亦不無删汰俾歸嚴淨夫無邊契經海皆以一音演出竪窮三際横亘十方方且立一是名不可得而何況於非然既涉音聲文字則如來固善能分別諸相也雖一字一句皆有正譌不可以混猶夫中乘小乘皆以大乘爲之綱骨四十九年所説無非大乘智果箇出小乘別安名字未爲得也而在小乘中則一語一默一進一止皆有佛敕又奚可以悖歟然則斯刻也別異歸同簡訛從正未必無小補云爾是爲序

雍正十三年二月初一日

貞觀三藏聖教序

唐太宗文皇帝製

蓋聞二儀有像顯覆載以含生四時無形潛寒暑以化物是以窺天鑑地庸愚皆識其端明陰洞陽賢哲罕窮其數然而天地包乎陰陽而易識者以其有像也陰陽處乎天地而難窮者以其無形也故知像顯可徵雖愚不惑形潛莫覩在智猶迷況乎佛道崇虛乘幽控寂弘濟萬品典御十方舉威靈而無上抑神力而無下大之則彌於宇宙細之則攝於毫釐無滅無生歷千劫而不古若隱若顯運百福而長今妙道凝玄遵之莫知其際法流湛寂挹之莫測其源故知蠢蠢凡愚區區庸鄙投其旨趣能無疑惑者哉然則大教之興基乎西土騰漢庭而皎夢照東域而流慈昔者分形分跡之時言未馳而成化當常現常之世民仰德而知遵及乎晦影歸眞遷儀越世金容掩色不鏡三千之光麗象開圖空端四八之相於是微言廣被拯含類於三塗遺訓遐宣導羣生於十地然而眞教難仰莫能一其旨歸曲學易遵邪正於焉紛糾所以空有之論或習俗而是非大小之乘乍沿時而隆替有玄奘法師者法門之領袖也幼懷貞敏早悟三空之心長契神情先苞四忍之行松風水月未足比其清華仙露明珠詎能方其朗潤故以智通無累神測未形超六塵而迥出隻千古而無對凝心內境悲正法之陵遲栖慮玄門慨深文之訛謬思欲分條析理廣彼前聞截僞續眞開茲後學是以翹心淨土往遊西域乘危遠邁杖策孤征積雪晨飛

途間失地驚砂夕起空外迷天萬里山川撥煙霞而進影百重寒暑躡霜雨而前蹤誠重勞輕求深願達周遊西宇十有七年窮歷道邦詢求正教雙林八水味道餐風鹿苑鷲峰瞻奇仰異承至言於先聖受眞教於上賢探賾妙門精窮奧業一乘五律之道馳驟於心田八藏三篋之文波濤於口海爰自所歷之國總將三藏要文凡六百五十七部譯布中夏宣揚勝業引慈雲於西極注法雨於東垂聖教缺而復全蒼生罪而還福濕火宅之乾焰共拔迷途朗愛水之昏波同臻彼岸是知惡因業墜善以緣昇昇墜之端惟人所託譬夫桂生高嶺零露方得泫其花蓮出淥波飛塵不能汙其葉非蓮性自潔而桂質本貞良由所附者高則微物不能累所憑者淨則濁類不能沾夫以卉木無知猶資善而成善況乎人倫有識不緣慶而求慶方冀兹經流施將日月而無窮斯福遐敷與乾坤而永大

永徽三藏聖教記

唐高宗皇帝在春宫日製

夫顯揚正教非智無以廣其文崇闡微言非賢莫能定其旨蓋眞如聖教者諸法之玄宗衆經之軌躅也綜括宏遠奥旨遐深極空有之精微體生滅之機要詞茂道曠尋之者不究其源文顯義幽履之者莫測其際故知聖慈所被業無善而不臻妙化所敷緣無惡而不翦開法網之綱紀弘六度之正教拯羣有之塗炭啓三藏之祕扃是以名無翼而長飛道無根而永固道名流慶歷遂古而鎮常赴感應身經塵劫而不朽晨鍾夕梵交二音於鷲峰慧日法流轉雙輪於鹿苑排空寶蓋接翔雲而共飛莊野春林與天花而合彩伏惟皇帝陛下上玄資福垂拱而治八荒德被黔黎歛衽而朝萬國恩加朽骨石室歸貝葉之文澤及昆蟲金匱流梵說之偈遂使阿耨達水通神甸之八川耆闍崛山接嵩華之翠嶺竊以法性凝寂靡歸心而不通智地玄奥感懇誠而遂顯豈謂重昏之夜燭慧炬之光火宅之朝降法雨之澤於是百川異流同會於海萬區分義總成乎實豈與湯武校其優劣堯舜比其聖德者哉玄奘法師者夙懷聰令立志夷簡神清齠齔之年體拔浮華之世凝情定室匿迹幽巖栖息三禪巡遊十地超六塵之境獨步迦維會一乘之旨隨機化物以中華之無質尋印度之眞文遠涉恒河終期滿字頻登雪嶺更獲半珠問道往還十有七載備通釋典利物爲心以貞觀十九年二月六日奉勅於弘福寺翻譯聖教要文凡六百

五十七部引大海之法流洗塵勞而不竭傳智燈之長焰皎幽闇而恒明自非久植勝緣何以顯揚斯旨所謂法相常住齊三光之明我皇福臻同二儀之固伏見御製衆經論序照古騰今理含金石之聲文抱風雲之潤治輒以輕塵足岳墜露添流略舉大綱以爲斯記

正統御製大藏經序

洪惟
如来之道廣大包天地光明超日月泝萬億劫之前不見其始推萬億劫之後莫測其終清淨為宗慈憫為用濟利為德化導為教無幽而不燭無微而不入無叩而弗應無感而弗通蓋化洽庶彚福溥一切故自其教入中國以来歷二千年凡具樂善之心高明之智者不間上下貴賤皆至誠篤敬歸向
慈尊洪惟我
皇曾祖太宗體天弘道高明廣運聖武神功純仁至孝文皇帝德全仁聖道法乾坤同
上帝之好生同
大覺之溥濟禮教邁於百王恵澤周乎八表泰和充溢寰宇皆春惟
大孝之誠孳孳夙夜孔懐劬勞報本之道
圖薦
考妣在天之福於是博采竺乾之祕典海藏之真詮浩浩乎穰穰乎繕書刊梓用廣
傳施功垂就緒
龍御陟遐洪慶所貽傳序暨朕恭嗣大寶
紹理萬邦追惟
聖孝之隆敢忘繼述之務大藏諸經六百三十六函通六千三百六十一卷咸畢刋印式遂流布妙法玄文徧祇園之授受要旨精義皎慧日之昭明字字真如語語實際允成
皇曾祖之聖志允弘
皇高祖之寶福善功斯盛嘉慶可知

九廟神遊祭
佛金蓮之座萬品亨遇承
佛玉毫之光家邦永底於清寧華夷均安於
熙皥三界十方咸臻淨域九幽六道並
際開明種種吉祥不可思議是用敬序
首簡槩紀成績云

大明正統五年十一月十一日

萬曆御製新刊續入藏經序

續入藏經四十一函起華嚴懸談會玄記至第一希有大功德經計四百一十卷此我聖母慈聖宣文明肅皇太后所命刻也朕惟釋教東流經典迻譯函卷繁富極矣我聖母躬體聖善坐撫昇平密契心乘力修聖果因復假筏迷津施航覺海續增玆典聿廣義宗德意甚盛載惟經世出世厥用夐殊然其立教以明心見性爲宗以慈悲喜捨爲用以嗔愛婬殺爲戒以定禪寂爲門大都使人破塵妄之迷以印妙圓之體惕罪報之由以修慈善之根悟未來之因以滅現在之業此其覺人濟物勝殘去殺之功於吾聖治不爲無助故經謂莊嚴施捨周於沙界不若一經一偈流布之功然則聖母慈命真可謂續慧燄於昏衢普慈雲於陰界延佑宗社種福人天不可思議者矣若乃梁魏隋唐之主傾國貲以崇像飾癠齊民以奉緇流殊戾釋氏本旨朕所不取亦非我聖母流布是經之意是爲序

大明萬曆五年四月

萬曆御製

聖母印施佛藏經序

朕聞儒術之外釋氏有作以虛無爲宗旨以濟度爲妙用其真詮寄微其法派闡演貞觀而後代譯歲增兼總羣言包裒八極貝葉有所不盡龍藏有所難窮惟茲藏經繕始于永樂庚子梓成于正統庚申由大乘般若以下計六百三十七函我

聖母慈聖宣文明肅皇太后又益以華嚴懸談以下四十一函而釋典大備夫一心生萬法萬法歸一心諸佛心印人人具足勸善覺迷諸苦解脫一覺一善皆資勝因是以聞其風者億兆爲之翕習慕其教者賢愚靡不歸依則知刑賞所及權衡制之刑賞所不及善法牖之蓋生成之表別有陶冶矣先師素王亦云聖人神道以設教善世而博化諦觀象教詎不信然恭惟

聖母濬發弘願普濟羣倫遂托忠誠誘善勤侍傳宣廣修衆因乃印禪經布施净土兼立梵宇齋施僧倫成修寶塔立豎於虛空繪塑金容散捨於大地濟貧拔苦召赦孤幽無善不作無德不備證三身於此世今生明四智於六通心地普惠雲興普賢缾瀉大番玄澤甘露霑灑于三千徧覆慈雲法雨滋培于百億無微無鉅咸受益而蒙榮有性有生盡飡餘而飲惠俾福利之田與人同樂仁壽之域舉世咸登如是功德詎可思議且如

来果報從無量功德生一切善言之讚
歎一切善氣之導凝我
聖母延齡如天永永我國家保泰降福穰穰
矣於乎盛哉大覺之教宜其超九流而
屬尊偕三五以傳遠也

聖母印施佛藏經讚 有序

臣等竊聞釋教来自西土與於東漢其説主清淨出世帝王所不道然而訓化廣大義旨邃深要歸于澄徹心性利濟民物是以雖當儒道昌明宇宙淳和之際而其書不廢大乗般若以来祖祖相承心心相印卷帙益多裒為大藏總括禪言武庫莫方其富尊函禁地緇流弗覩其全非俟
上聖垂仁昌以播宣斯理我
聖母慈聖宣文明肅皇太后
德冒人寰
功周法界融最上之真諦懐
大覺之弘慈乃印施茲藏以祝延我
皇上無疆之曆而推其餘以祐
國毗民意甚盛也臣等因得涉獵稍窺玄徼似於儒理亦有相發明者焉謹對揚
皇上之休命奉宣
聖母之德意拜手稽首為讚曰

粤惟聖道　如日麗天
萬有畢照　誕被八埏
亦有釋教　如月破闇
接引未來　超登彼岸
於皇
聖母　毓成
帝德　治化丕覃
億兆寍一　載弘大願
永拔沉淪　外息諸緣
内淨六根　嘉與衆生
永臻覺路　皈依十方

如寐得寤　諸佛妙義
如恒河沙　示權顯實
會演三車　若誦一句
若說半偈　是人功德
盡未来際　況茲大藏
建寺延僧　成修寶塔
造捨金容　廣施貧苦
普赦幽冥　功德無等
喻如虚空　續焰分燈
灌頂輸露　火宅惠凉
昬衢錫炬　迷川寶筏
如無盡意　似功德林
廣度有情　四流六道
咸歸正乘　微塵國土
徧蒙佛力　一一國土

皆
聖母德　微塵世劫
流布施經　一一世劫
皆
聖母齡　迺惟本願
為
帝祝釐
天子萬壽　與天巍巍
載惟本願　為民祈福
天子惠民　澤施淼瀰
匪民是庇　國祚茂延
助我聖道　日月並懸
是藏流行　無界無盡
施者功德　亦莫究竟

少師兼太子太師吏部尚書中極殿大學士臣申時行等奉

勅撰

大般若經初會序

西明寺沙門玄則製

大般若經者乃希代之絕唱曠劫之遐津光被人天括囊眞俗誠入神之奥府有國之靈鎮自非聖德遠覃掐人孫出則玄音罕貿圓教豈臻所以帝序金照皇述瓊振事邈千古理鏡三辰鬱矣斯文備乎茲日然則部分二四昔徒掌其半珠會兼十六今乃握其全寶竊案諸會别起每比一部輙復本以殊迹各申一序至如靈峰始集宏韻首馳控蕩身源敷弘心要何者夫五蘊爲有情之封二我爲有封之宅宅我而舉則逐焰之水方深封蘊以居則尋香之堞彌峻焉識夫我之所根者想想妄而我不存蘊之所繫者名名假而蘊無託故即空之談啓亡言之理暢閡紛俗於非動置蠢徒於不生齊谷響於百名儔鏡姿於萬像筌宰失寄而後眞宰獨融規准莫施而後冲規妙立慮淦千泯言術四窮使夫淺躁投機拘孿解桎媿司南之有在同拱北以知歸義既天悠詞仍海溢且爲諸分之本又是前古未傳凡勒成四百卷八十五品矣或謂推之方土理宜裁譯竊應之曰一言可蔽而雅頌之作聯章二字可題而涅槃之音積軸優柔闡緩其慈誨乎若譯而可削恐貽患於傷手今傳而必本庶無譏於溢言況搦扎之辰慨念增損而魂交之夕炯戒昭彰終始感既具如别録其有大心茂器久聞歷奉者自致不驚不怖爰諮爰度矣

大清三藏聖教目録卷第一

大乘經

般若部

天地玄黄宇宙洪荒日月盈昃辰宿列張

寒來暑往秋收冬藏閏餘成歲律呂調陽

雲騰致雨露結爲霜金生麗水玉出崑岡

劍號巨闕珠稱夜光果珍李柰

菜重芥

大般若波羅蜜多經 六百卷

薑海鹹

放光般若波羅蜜經 三十卷

河

摩訶般若波羅蜜經 三十卷

淡

光讚般若波羅蜜經 十卷

鱗

道行般若波羅蜜經 十卷

小品般若波羅蜜經 十卷

潛 二經同函

摩訶般若波羅蜜鈔經 五卷

大明度無極經 六卷今作五卷

羽 二經同函

勝天王般若波羅蜜經 七卷

金剛般若波羅蜜經 三卷三譯

翔 九經同函

能斷金剛般若波羅蜜經 二卷二譯

金剛能斷般若波羅蜜經 一卷

佛說濡首菩薩無上清淨分衛經 二卷

仁王護國般若波羅蜜經 二卷

實相般若波羅蜜經

摩訶般若波羅蜜大明咒經
般若波羅蜜多心經 三經同卷
文殊師利所説摩訶般若波羅蜜經 一卷
文殊師利所説般若波羅蜜經 一卷

寶積部
龍師火帝鳥官人皇始制文字

乃 四經同函
大寶積經 一百二十卷
大方廣三戒經 三卷
佛説無量清淨平等覺經 一卷今作三卷
佛説阿彌陀經 二卷
佛説無量壽經 二卷

服 六經同函
佛説阿閦佛國經 二卷今作三卷

佛説大乘十法經 一卷
佛説普門品經 一卷
文殊師利佛土嚴淨經 二卷
佛説胞胎經 一卷
佛説法鏡經 二卷

衣 十經同函
郁迦羅越問菩薩行經 一卷
幻士仁賢經 一卷
佛説決定毘尼經 一卷
發覺淨心經 二卷
佛説優填王經
佛説須摩提經
佛説須摩提菩薩經 三經同卷
佛説離垢施女經 一卷
佛説阿闍世王女阿術達菩薩經 一卷

佛説須賴經 二卷 二譯

棠 七經同函

得無垢女經 一卷

文殊師利所説不思議佛境界經 二卷

佛説如幻三昧經 三卷

善住意天子所問經 三卷

太子刷護經

太子和休經

入法界體性經 三經同卷

推 九經同函

慧上菩薩問大善權經 二卷

大乘顯識經 二卷

佛説大乘方等要慧經

彌勒菩薩所問本願經

度一切諸佛境界智嚴經 三經同卷

佛遺日摩尼寶經 一卷

佛説摩訶衍寶嚴經 一卷

勝鬘師子吼一乘大方便方廣經 一卷

毘耶娑問經 二卷

大集部

位讓國

大方等大集經 三十卷

有

大乘大方等日藏經 十卷

虞

大方等大集月藏經 十卷

陶

大乘大集地藏十輪經 十卷

唐 二經同函

佛説大方廣十輪經 八卷

大集須彌藏經二卷

弔 五經同函

虛空孕菩薩經二卷

虛空藏菩薩經一卷

虛空藏菩薩神咒經

觀虛空藏菩薩經 二經同卷

佛說菩薩念佛三昧經六卷

民

佛說大方等大集菩薩念佛三昧經十卷

伐 二經同函

般舟三昧經三卷

阿差末菩薩經七卷

罪 三經同函

大方等大集賢護經五卷

拔陂菩薩經一卷

周 二經同函

無盡意菩薩經四卷

大集譬喻王經二卷

發 四經同函

大哀經八卷

寶女所問經四卷

無言童子經二卷

自在王菩薩經二卷

奮迅王問經二卷

殷 三經同函

寶星陀羅尼經八卷

度諸佛境界智光嚴經一卷

大乘金剛髻珠菩薩修行分經一卷

華嚴部

湯坐朝問道垂

大方廣佛華嚴經 六十卷

拱平章愛育黎首臣

大方廣佛華嚴經 八十卷

伏戎羌遐

大方廣佛華嚴經普賢菩薩行願品 四十卷

邇 三經同函

信力入印法門經 五卷

佛華嚴入如來德智不思議境界經

佛說如來興顯經 四卷 二卷今作一卷

壹 十二經同函

大方廣入如來智德不思議經

大方廣佛華嚴經修慈分

顯無邊佛土功德經 三經同卷

大方廣佛華嚴經不思議境界分

大方廣如來不思議境界經 二經同卷

大方廣普賢所說經

莊嚴菩提心經

佛說菩薩本業經 三經同卷

大方廣佛華嚴經續入法界品

佛說兜沙經

大方廣菩薩十地經 三經同卷

度世品經 六卷

體 二經同函

十住經 六卷

佛說羅摩伽經 四卷

率 六經同函

諸菩薩求佛本業經

菩薩十住行道品經
佛說菩薩十住經 三經同卷
漸備一切智德經 五卷
等目菩薩所問三昧經 三卷
文殊師利問菩薩署經 一卷

涅槃部

賓歸王鳴
大般涅槃經 四十卷
鳳在樹白 三經作四函每函十卷
南本大般涅槃經 三十六卷
大般涅槃經後分 二卷
佛說方等般泥洹經 二卷
駒 三經同函
大悲經 五卷
大般涅槃經 三卷
佛說方等泥洹經 二卷
食 六經同函
大般泥洹經 六卷
四童子三昧經 三卷
佛垂般涅槃畧說教誡經 亦名佛遺教經
佛臨涅槃記法住經
佛滅度後棺斂葬送經
般泥洹後灌臘經 四經同卷

五大部外重譯經

場
金光明最勝王經 十卷
化 三經同函
金光明經 四卷
等集衆德三昧經 三卷
集一切福德三昧經 三卷

被　三經同函

合部金光明經　八卷

入定不定印經　一卷

不必定入定入印經　一卷

草　五經同函

無量義經　一卷

妙法蓮華經　七卷

法華三昧經

薩曇分陁利經　二經同卷

妙法蓮華經觀世音菩薩普門品經　一卷

大

正法華經　十卷

賴　三經同函

添品妙法蓮華經　八卷

分別緣起初勝法門經　上下同卷

佛説緣生初勝分法本經　上下同卷

及

悲華經　十卷

萬　三經同函

六度集經　八卷

大乘頂王經　一卷

大方等頂王經　一卷

方　三經同函

維摩詰所説經　三卷

維摩詰經　三卷

道神足無極變化經　四卷

蓋　二經同函

説無垢稱經　六卷

阿惟越致遮經　四卷

此

佛説寶雨經十卷

身 二經同函

佛説寶雲經七卷

佛昇忉利天爲母説法經三卷

髮 五經同函

相續解脱地波羅蜜了義經

相續解脱如來所作隨順處了義經

二經同卷

佛説解節經一卷

不退轉法輪經四卷

廣博嚴淨不退轉法輪經四卷

四大 二經作二函每函十卷

方廣大莊嚴經十二卷

普曜經八卷

五 三經同函

佗真陀羅所問寶如來三昧經三卷

大樹緊那羅王所問經四卷

諸法本無經三卷

常 三經同函

諸法無行經二卷

持人菩薩所問經四卷

持世經四卷

恭 三經同函

佛説大灌頂神呪經十二卷今作六卷

佛説文殊師利現寶藏經二卷

大方廣寶篋經二卷

惟 六經同函

藥師如來本願經一卷

藥師琉璃光如來本願功德經一卷

藥師琉璃光七佛本願功德經上下同卷
番字藥師七佛本願功德經一卷
佛説阿闍世王經二卷
楞伽阿跋多羅寶經四卷

鞠
入楞伽經十卷

養　二經同函
大乘入楞伽經七卷
菩薩行方便境界神通變化經三卷

豈
大薩遮尼乾子受記經十卷

敢　二經同函
大乘大悲分陀利經八卷

毀　七經同函
善思童子經二卷
普超三昧經四卷
放鉢經即普超經奉鉢品別譯今附前經第四卷
佛説大淨法門品經一卷
大莊嚴法門經二卷
佛説大方等大雲請雨經一卷
大雲請雨經一卷
大雲輪請雨經上下同卷

傷　二經同函
勝思惟梵天所問經六卷
思益梵天所問經四卷

女
月燈三昧經十一卷今作十卷

慕　六經同函
月燈三昧經
佛説象腋經二經同卷

佛說無所希望經一卷

佛說大乘同性經二卷

佛說證契大乘經二卷

持心梵天所問經四卷

貞 十五般經咒同函

佛說觀無量壽佛經一卷

稱讚淨土佛攝受經

佛說阿彌陀經

拔一切業障根本得生淨土神咒不思議神力傳附

後出阿彌陀偈經三經一咒同卷

大阿彌陀經二卷

佛說觀彌勒菩薩上生兜率陀天經

佛說彌勒下生經二經同卷

佛說彌勒來時經

佛說彌勒下生成佛經

觀彌勒菩薩下生經三經同卷

佛說彌勒成佛經一卷

佛說第一義法勝經一卷

佛說大威燈光仙人問疑經一卷

一切法高王經一卷

潔 二十四經同函

佛說諸法勇王經一卷

順權方便經二卷

佛說樂瓔珞莊嚴方便經一卷

菩薩睒子經

佛說睒子經

佛說九色鹿經

佛說太子沐魄經

太子慕魄經五經同卷

無字寶篋經
大乘離文字普光明藏經
大乘徧照光明藏無字法門經
佛說老女人經
佛說老母經
佛說老母女六英經 六經同卷
佛說長者子制經
佛說菩薩逝經
佛說逝童子經
佛說月光童子經
佛說申日兒本經 五經同卷
佛說德護長者經 二卷
佛說犢子經
佛說乳光佛經
佛說無垢賢女經

佛說腹中女聽經 四經同卷
男 九經同函
佛說轉女身經 一卷
文殊師利問菩提經
伽耶山頂經 二經同卷
佛說象頭精舍經
大乘伽耶山頂經 二經同卷
佛說決定總持經
佛說謗佛經 二經同卷
大方等大雲經 四卷
如來莊嚴智慧光明入一切佛境界經 二卷
效 二經同函
深密解脫經 五卷
解深密經 五卷

才 十一經同函

佛說諫王經

如來示教勝軍王經

佛爲勝光天子說王法經

寶積三昧文殊師利菩薩問法身經 四經同卷

佛說濟諸方等學經 一卷

大乘方廣總持經 一卷

太子須大拏經 一卷

佛說如來智印經 一卷

佛說慧印三昧經 一卷

佛說無極寶三昧經 二卷

寶如來三昧經 二卷

良 二十九經同函

無上依經 二卷

佛說未曾有經

佛說甚希有經

佛說如來師子吼經

佛說大方廣師子吼經 四經同卷

佛說大乘百福相經

佛說大乘百福莊嚴相經

佛說大乘四法經

佛說菩薩修行四法經

佛說希有校量功德經 五經同卷

佛說最無比經

佛說前世三轉經 二經同卷

佛說銀色女經

佛說阿闍世王受決經

採華違王上佛受決經

佛說正恭敬經 四經同卷

佛説善恭敬經
稱讃大乘功德經
妙法決定業障經三經同卷
佛説貝多樹下思惟十二因緣經
佛説緣起聖道經
佛説稻稈經三經同卷
佛説了本生死經
佛説自誓三昧經
如來獨證自誓三昧經三經同卷
佛説轉有經
大方等修多羅王經
佛説文殊師利巡行經
佛説文殊尸利行經四經同卷
知二十經同函
大乘造像功德經上下同卷

佛説作佛形像經
佛説造立形像福報經
佛説灌佛經
佛説灌洗佛經
佛説浴像功德經
浴像功德經
佛説校量數珠功德經
曼殊室利咒藏中校量數珠功德經八經同卷
佛説龍施女經
佛説龍施菩薩本起經
佛説八吉祥神咒經
佛説八陽神咒經
佛説八吉祥經
佛説八佛名號經

佛說盂蘭盆經
佛說報恩奉盆經 八經同卷
佛說觀藥王藥上二菩薩經 一卷
佛說大孔雀咒王經 三卷
佛母大孔雀明王經 三卷

過 九經同函

佛說孔雀王咒經 二卷結咒界法附
佛說大孔雀王神咒經
佛說大孔雀王雜神咒經 二經同卷
大金色孔雀王咒經
佛說不空罥索咒經 二經同卷
不空罥索心咒王經 三卷今作二卷
不空罥索陀羅尼經 二卷
不空罥索咒心經 一卷
不空罥索神咒心經 一卷

必改得

不空罥索神變真言經 三十卷

能 二十四經同函

千眼千臂觀世音菩薩陀羅尼神咒經 上下同卷
千手千眼觀世音菩薩姥陀羅尼身經 一卷
千手千眼觀世音菩薩廣大圓滿無礙大悲心陀羅尼經 一卷翻大悲咒附
觀世音菩薩祕密藏神咒經
觀世音菩薩如意摩尼陀羅尼經
觀自在菩薩如意心陀羅尼經 三經同卷
如意輪陀羅尼經 一卷
觀自在菩薩怛嚩多唎隨心陀羅尼經 一卷

請觀世音菩薩消伏毒害陀羅尼咒
經

佛說十一面觀世音神咒經 二經同卷

十一面神咒心經

千轉陀羅尼觀世音菩薩咒經

咒五首經

六字神咒經

咒三首經 五經同卷

大方廣菩薩藏經中文殊師利根本
一字陀羅尼法

曼殊室利菩薩咒藏中一字咒王經

十二佛名神咒校量功德除障滅罪
經

佛說稱讚如來功德神咒經 四經同卷

華積陀羅尼神咒經

師子奮迅菩薩所問經

佛說華聚陀羅尼咒經

六字咒王經

六字神咒王經 五經同卷

莫 二十一經同函

梵女首意經

有德女所問大乘經

佛說七俱胝佛母心大準提陀羅尼
經

佛說七俱胝佛母準提大明陀羅尼
經 四經同卷

七俱胝佛母所說準提陀羅尼經 一卷

種種雜咒經

佛頂尊勝陀羅尼經 二經同卷

佛頂尊勝陀羅尼經

佛說佛頂尊勝陀羅尼經 二經同卷
最勝佛頂陀羅尼淨除業障經
佛頂最勝陀羅尼經 二經同卷
舍利弗陀羅尼經
佛說無量門破魔陀羅尼經 二經同卷
佛說無量門微密持經
佛說出生無量門持經 二經同卷
阿難陀目佉尼訶離陀鄰尼經
阿難陀目佉尼訶離陀經 二經同卷
佛說一向出生菩薩經 一卷
出生無邊門陀羅尼經
勝幢臂印陀羅尼經
妙臂印幢陀羅尼經 三經同卷
忘罔 十三經作二函每函十卷
佛說陀羅尼集經 十三卷

佛說持句神呪經
佛說陀鄰尼鉢經
東方最勝燈王如來助護持世間神
呪經
如來方便善巧呪經 四經同卷
虛空藏菩薩問七佛陀羅尼呪經 一卷
善法方便陀羅尼呪經
金剛祕密善門陀羅尼經
護命法門神呪經 三經同卷
金剛場陀羅尼經 一卷
金剛上味陀羅尼經 一卷
佛說無崖際總持法門經 一卷
尊勝菩薩所問一切諸法入無量法
門陀羅尼經 一卷

大清三藏聖教目録卷第一

大清三藏聖教目錄卷第二

單譯經

談彼 十經作二函 每函十卷

十住斷結經 十四卷今作十二卷

菩薩道樹經

菩薩生地經 二經同卷

佛說孛經 一卷

無垢淨光大陀羅尼經 一卷

成具光明定意經 一卷

摩訶摩耶經 二卷

諸德福田經

大方等如來藏經 二經同卷

佛說寶網經 一卷

短 十三經同函

佛說內藏百寶經

佛說温室洗浴衆僧經

佛說菩薩行五十緣身經

佛說菩薩修行經 四經同卷

佛說金色王經

佛語法門經

佛說四不可得經 三經同卷

須真天子經 二卷

佛說觀普賢菩薩行法經 一卷

觀世音菩薩得大勢菩薩受記經 一卷

不思議光菩薩所說經 一卷

超日明三昧經 二卷

除恐災患經 一卷

靡 四經同函

佛說首楞嚴三昧經 三卷

未曾有因緣經 二卷

諸佛要集經二卷
稱揚諸佛功德經三卷

恃

賢劫經十卷

巳長 五經作二函每函十卷

佛說佛名經十二卷
過去莊嚴劫千佛名經一卷弁緣起
現在賢劫千佛名經一卷
未來星宿劫千佛名經一卷
佛說五千五百佛名神咒除障滅罪經八卷今作五卷

信 十三經同函

力莊嚴三昧經三卷今作二卷
佛說八部佛名經
百佛名經二經附前經下卷

佛說不思議功德諸佛所護念經二卷
金剛三昧本性清淨不壞不滅經
佛說師子月佛本生經
演道俗業經三經同卷
佛說長者法志妻經
佛說薩羅國經
佛說十吉祥經
佛說長者女菴提遮師子吼了義經
佛說一切智光明仙人慈心因緣不食肉經五經同卷
大方等陀羅尼經四卷

使可

大法炬陀羅尼經二十卷

覆器 二經作二函每函十卷

大威德陀羅尼經二十卷今作十六卷

觀察諸法行經四卷

欲

佛說華手經十卷

難四經同函

法集經六卷

大方廣圓覺修多羅了義經一卷

佛說施燈功德經一卷

金剛三昧經二卷

量

觀佛三昧海經十卷

墨二經同函

大方便佛報恩經七卷

菩薩本行經三卷

悲四經同函

菩薩處胎經五卷

央掘魔羅經四卷

菩薩內習六波羅蜜經

菩薩投身飼餓虎起塔因緣經二經同卷

絲三經同函

三昧弘道廣顯定意經四卷

佛說明度五十校計經二卷

無所有菩薩經四卷

染五經同函

大法鼓經二卷

月上女經二卷

文殊師利問經二卷

大方廣如來祕密藏經上下同卷

大乘密嚴經三卷

詩讚

菩薩瓔珞經十三卷今作二十卷

羔
大佛頂如來密因修證了義諸菩薩萬行首楞嚴經十卷

羊九經同函
七佛所說神咒經四卷
文殊師利寶藏陀羅尼經一卷
僧伽吒經四卷今作三卷
出生菩提心經
佛說佛印三昧經二經同卷
佛說十二頭陀經
佛說樹提伽經
佛說法常住經
佛說長壽王經四經同卷

景十七經同函
佛說海龍王經四卷
佛爲海龍王說法印經
佛說右繞佛塔功德經
佛說妙色王因緣經
師子素馱娑王斷肉經
佛說差摩婆帝受記經
佛說師子莊嚴王菩薩請問經六經同卷
中陰經二卷
占察善惡業報經上下同卷
佛說蓮華面經上下同卷
佛說三品弟子經
佛說四輩經
佛說當來變經
過去佛分衛經
佛說法滅盡經
佛說甚深大迴向經

天王太子辟羅經七經同卷
行三十五經同函
大吉義神咒經二卷
阿吒婆拘鬼神大將上佛陀羅尼經
佛說大普賢陀羅尼經
佛說大七寶陀羅尼經
六字大陀羅尼咒經
佛說安宅神咒經
幻師颰陀神咒經
佛說辟除賊害咒經
佛說咒時氣病經
佛說咒齒經
佛說咒目經
佛說咒小兒經
阿彌陀鼓音聲王陀羅尼經

佛說摩尼羅亶經十三經同卷
佛說檀持羅麻油述經
佛說護諸童子陀羅尼咒經
諸佛心陀羅尼經
拔濟苦難陀羅尼經
八名普密陀羅尼經
佛說持世陀羅尼經
佛說六門陀羅尼經
清淨觀世音普賢陀羅尼經八經同卷
諸佛集會陀羅尼經
佛說智炬陀羅尼經
佛說隨求即得大自在陀羅尼神咒經三經同卷
佛說一切法功德莊嚴王經

佛説拔除罪障咒王經

佛説善夜經

佛説虚空藏菩薩能滿諸願最勝心陀羅尼求聞持法三經一法同卷

佛説佛地經

百千印陀羅尼經

莊嚴王陀羅尼經

香王菩薩陀羅尼咒經四經同卷

優婆夷淨行法門經二卷

諸法最上王經一卷

維二十二經同函

文殊師利般涅槃經

異出菩薩本起經二經同卷

佛説賢首經

千佛因緣經

八大人覺經三經同卷

佛説月明菩薩經

佛説心明經

佛説滅十方冥經

佛説鹿母經四經同卷

佛説魔逆經一卷

佛説賴吒和羅所問德光太子經一卷

商主天子所問經一卷

大乘四法經

離垢慧菩薩所問禮佛法經二經同卷

寂照神變三摩地經一卷

佛説造塔功德經

佛説不增不減經

佛説堅固女經

佛説大乘流轉諸有經

佛說大意經
受持七佛名號所生功德經 六經同卷
金剛光焰止風雨陀羅尼經 一卷

賢 二經同函

大毘盧遮那成佛神變加持經 七卷
蘇婆呼童子經 三卷

克 二經同函

一字佛頂輪王經 六卷
蘇悉地羯羅經 三卷今作四卷

念 八經同函

金剛頂瑜伽中畧出念誦經 四卷
廣大寶樓閣善住祕密陀羅尼經 三卷今作二卷
牟梨曼陀羅咒經 一卷今作二卷
金剛頂經曼殊室利菩薩五字心陀羅尼品
觀自在如意輪菩薩瑜伽法要 二經同卷
佛說救面然餓鬼陀羅尼神咒經
佛說甘露經陀羅尼
佛說大陀羅尼末法中一字心咒經 三經同卷

小乘經

阿含部

作聖德建名立

中阿含經 六十卷

形端表正空

增壹阿含經 五十卷

谷傳聲虛堂

雜阿含經 五十卷

習聽禍因 四經作四函每函十卷

佛説長阿含經二十二卷
別譯雜阿含經二十卷今作十六卷
雜阿含經一卷
長阿含十報法經二卷今作一卷

惡

起世因本經十卷

積

起世經十卷

福 五經同函

佛説樓炭經六卷
佛般泥洹經二卷
佛説人本欲生經一卷
佛説梵網六十二見經
佛説尸迦羅越六方禮經二經同卷

緣 三十六經同函

中本起經二卷
佛説七知經
佛説鹹水喻經
佛説一切流攝守因經
佛説閻羅王五天使者經
佛説鐵城泥犂經
佛説古來世時經六經同卷
佛説阿那律八念經
佛説離睡經
佛説是法非法經
佛説樂想經
佛説漏分布經
佛説阿耨颰經六經同卷
佛説求欲經
佛説受歲經

佛說梵志計水淨經 三經同卷
佛說伏婬經
佛說魔嬈亂經
佛說弊魔試目連經 三經同卷
佛說泥犁經
佛說優婆夷墮舍迦經
佛說齋經 三經同卷
佛說苦陰經
佛說苦陰因事經
佛說釋摩男本經 二經同卷
佛說鞞摩肅經
佛說婆羅門子命終愛念不離經
佛說十支居士八城人經
佛說邪見經
佛說箭喻經

佛說普法義經 六經同卷
佛說廣義法門經
佛說戒德香經
佛說四人出現世間經
佛說諸法本經
佛說瞿曇彌記果經 五經同卷

善 四十三經同函

佛說梵志阿颰經 一卷
佛說寂志果經 一卷
佛說賴吒和羅經
佛說善生子經
佛說數經
佛說梵志頞波羅延問種尊經 四經同卷
佛說四諦經
佛說恒水經

佛說瞻婆比丘經
佛說本相倚致經
佛說緣本致經
佛說頂生王故事經
佛說文陀竭王經 七經同卷
三歸五戒慈心厭離功德經
佛說須達經
佛爲黃竹園老婆羅門說學經
佛說梵魔喻經 四經同卷
佛說尊上經
佛說鸚鵡經
佛說兜調經
佛說意經
佛說應法經 五經同卷
佛說波斯匿王太后崩塵土坌身經

須摩提女經 三經同卷
佛說三摩竭經
佛說婆羅門避死經
施食獲五福報經
頻毘娑羅王詣佛供養經
佛說長者子六過出家經
佛說鴦崛摩經 六經同卷
佛說鴦崛髻經
佛說力士移山經
佛說四未曾有法經
佛說舍利弗目揵連遊四衢經 四經同卷
七佛父母姓字經
佛說放牛經
緣起經
佛說十一想思念如來經

佛說四泥犂經
舍衛國王夢見十事經
佛說國王不棃先尼十夢經
阿難同學經
五蘊皆空經 九經同卷
慶 二十九經同函
阿難問事佛吉凶經
慢法經
阿難分別經
五母子經 四經同卷
沙彌羅經
玉耶經
玉耶女經
阿遬達經
摩鄧女經

摩鄧女解形中六事經 六經同卷
摩登伽經 三卷今作二卷
舍頭諫經 一卷
治禪病祕要經 二卷
佛說七處三觀經 上下同卷
阿那邠邸化七子經
大愛道般涅槃經
佛母般泥洹經
佛說聖法印經 四經同卷
五陰譬喻經
佛說水沫所漂經
佛說不自守意經
佛說滿願子經
轉法輪經
佛說三轉法輪經

佛說八正道經
難提釋經
佛說馬有三相
佛說馬有八態譬人經
佛說相應相可經 十一經同卷

尺 五經同函

修行本起經 二卷
太子瑞應本起經 二卷
過去現在因果經 四卷
佛說柰女耆域因緣經 一卷
佛說柰女耆婆經 一卷

璧 十經同函

佛說生經 五卷
蓱沙王五願經
琉璃王經

佛說海八德經
佛說法海經 四經同卷
佛說義足經 二卷
鬼問目連經
雜藏經
餓鬼報應經 三經同卷
佛說四十二章經 一卷

單譯經

非寶寸陰是競資

正法念處經 七十卷

父事君曰嚴與

佛本行集經 六十卷

敬 三十三經同函

佛說大安般守意經 二卷
佛說罵意經

禪行法想經 二經同卷
佛說處處經 一卷
佛說分別善惡所起經 一卷
佛說出家緣經
佛說阿含正行經
佛說十八泥犁經
佛說法受塵經
佛說進學經
佛說得道梯隥錫杖經 持錫杖法附
佛說貧窮老公經 七經同卷
須摩提長者經
長者懊惱三處經
犍陀國王經
阿難四事經 四經同卷
分別經

未生怨經
四願經
猘狗經 四經同卷
八關齋經
孝子經
黑氏梵志經
阿鳩留經
佛爲阿支羅迦葉自化作苦經
佛說罪業報應教化地獄經
佛說龍王兄弟經
佛說長者音悅經 八經同卷
佛說七女經
佛說八師經
佛說越難經
佛說所欲致患經

阿闍世王問五逆經　五經同卷

孝　十六經同函

本事經　七卷

佛說中心經

佛說見正經

佛說大魚事經

佛說阿難七夢經

佛說呵鵰阿那含經

佛說燈指因緣經　六經同卷

佛說婦人遇辜經

佛說四天王經

佛說摩訶迦葉度貧母經

佛說禪行三十七品經

比丘避女惡名欲自殺經

佛說觀身經

佛說無常經　臨終方訣附

佛說八無暇有暇經　八經同卷

五百弟子自說本起經　一卷

當　四十八經同函

佛說五苦章句經

佛說堅意經

佛說淨飯王般涅槃經　三經同卷

佛說興起行經　二卷

長爪梵志請問經

佛說譬喻經

佛說比丘聽施經

佛說畧教誡經

佛說療痔病經

佛說業報差別經　六經同卷

佛說十二品生死經

佛說輪轉五道罪福報應經
佛說五無返復經二本
佛說佛大僧大經四經同卷
佛說大迦葉本經
佛說四自侵經
佛說羅云忍辱經
佛爲年少比丘說正事經
佛說沙曷比丘功德經
佛說時非時經
佛說自愛經七經同卷
佛說賢者五福德經
天請問經
佛說護淨經
佛說木槵經
佛說無上處經
盧至長者因緣經六經同卷
佛說普達王經
佛說鬼子母經
佛說梵摩難國王經
佛說孫多耶致經
佛說父母恩難報經
佛說新歲經
佛說羣牛譬經
佛說九橫經八經同卷
佛說五恐怖世經
佛說弟子死復生經
佛說懈怠耕者經
佛說辨意長者子所問經
無垢優婆夷問經五經同卷
佛說耶祇經

佛説末羅王經
佛説摩達國王經
佛説旃陀越國王經
佛説五王經
佛説出家功德經
佛説栴檀樹經
佛説頞多和多耆經 八經同卷
竭 五經同函
禪祕要法經 三卷
陰持入經 上下同卷
佛説因緣僧護經 一卷
宋元入藏諸大小乘經
佛説大乘莊嚴寶王經 四卷
分别善惡報應經 上下同卷
力 六經同卷

佛説守護大千國土經 三卷
大方廣總持寶光明經 五卷
佛説大乘聖無量壽決定光明王如來陀羅尼經
佛説大乘聖吉祥持世陀羅尼經 二經同卷
佛説大乘日子王所問經
佛説金耀童子經 二經同卷
忠 十六經同函
佛頂放無垢光明入普門觀察一切如來心陀羅尼經 上下同卷
佛説樓閣正法甘露鼓經
佛説大乘善見變化文殊師利問法經
聖虛空藏菩薩陀羅尼經

佛說大護明大陀羅尼經四經同卷

佛說無能勝旛王如來莊嚴陀羅尼經

最勝佛頂陀羅尼經

聖佛母小字般若波羅蜜多經

消除一切閃電障難隨求如意陀羅尼經

聖最上燈明如來陀羅尼經五經同卷

大寒林聖難拏陀羅尼經

佛說諸行有爲經

息除中天陀羅尼經

一切如來正法祕密篋印心陀羅尼經四經同卷

妙法聖念處經八卷今作四卷

佛說大迦葉問大寶積正法經五卷今作二卷

則三十一經同函

嗟韈曩法天子受三歸依獲免惡道經

佛說較量壽命經二經同卷

佛說沙彌十戒儀則經

佛說聖持世陀羅尼經

佛說布施經

佛說聖曜母陀羅尼經四經同卷

法集名數經

聖多羅菩薩一百八名陀羅尼經二經同卷

十二緣生祥瑞經上下同卷

讚揚聖德多羅菩薩一百八名經

聖觀自在菩薩一百八名經

佛說目連所問經
外道問聖大乘法無我義經
毘俱胝菩薩一百八名經 五經同卷
勝軍化世百喻伽陀經
六道伽陀經 二經同卷
妙臂菩薩所問經 四卷今作二卷
佛說苾芻五法經
佛說苾芻迦尸迦十法經
諸佛心印陀羅尼經
大乘寶月童子問法經
佛說蓮華眼陀羅尼經
佛說觀想佛母般若波羅蜜多菩薩經
佛說如意摩尼陀羅尼經 七經同卷
佛說聖大總持王經
佛說最上意陀羅尼經
佛說持明藏八大總持王經
聖無能勝金剛火陀羅尼經
佛說尊勝大明王經
佛說智光滅一切業障陀羅尼經
佛說如意寶總持王經 七經同卷

盡 十七經同函

佛說大自在天子因地經
佛說寶生陀羅尼經
佛說十號經
佛說爲娑伽羅龍王所說大乘法經 四經同卷
佛說普賢菩薩陀羅尼經
大金剛妙高山樓閣陀羅尼
廣大蓮華莊嚴曼拏羅滅一切罪陀

羅尼經二經一呪同卷

佛說大摩里支菩薩經七卷今作四卷

佛說末利支提婆華鬘經

佛說摩利支天經二經同卷

佛說摩利支天陀羅尼呪經

佛說長者施報經

佛說毘沙門天王經三經同卷

毘婆尸佛經上下同卷

佛說大三摩惹經

佛說月光菩薩經

佛說普賢曼拏羅經三經同卷

命十經同函

佛說聖莊嚴陀羅尼經上下

佛說聖六字大明王陀羅尼經

千轉大明陀羅尼經

佛說華積樓閣陀羅尼經

佛說勝旛瓔珞陀羅尼經五經同卷

衆許摩訶帝經十三卷今作七卷

佛說七佛經

佛說解憂經

佛說徧照般若波羅蜜經三經同卷

佛說大乘無量壽莊嚴經上中下同卷

大清三藏聖教目錄卷第二

大清三藏聖教目録卷第三

臨 四十經同函

佛母寶德藏般若波羅蜜經 上中下同卷

佛說帝釋般若波羅蜜多心經

佛說諸佛經

舍黎娑擔摩經

佛說大金剛香陀羅尼經 四經同卷

最上大乘金剛大教寶王經 上下同卷

佛說薩鉢多酥哩踰捺野經

佛說一切如來烏瑟膩沙最勝總持經

菩提心觀釋 三經同卷

佛說護國尊者所問大乘經 四卷今作二卷

佛說四無所畏經

增慧陀羅尼經

聖六字增壽大明陀羅尼經

佛說大乘戒經

佛說聖最勝陀羅尼經

佛說五十頌聖般若波羅蜜經

大乘八大曼拏羅經

佛說較量一切佛刹功德經

囉嚩拏說救療小兒疾病經

迦葉仙人說醫女人經 十經同卷

佛說俱枳羅陀羅尼經

佛說消除一切災障寶髻陀羅尼經

佛說妙色陀羅尼經

佛說栴檀香身陀羅尼經

佛說鉢蘭那賒嚩哩大陀羅尼經

佛說宿命智陀羅尼經

佛說慈氏菩薩誓願陀羅尼經

佛說滅除五逆罪大陀羅尼經
佛說無量功德陀羅尼經
佛說十八臂陀羅尼經
佛說洛乂吒羅尼經
佛說辟除諸惡陀羅尼經 十二經同卷
佛說大愛陀羅尼經
佛說阿羅漢具德經
佛說八大靈塔名號經
佛說尊那經 四經同卷
佛說頻婆娑羅王經
佛說人仙經
佛說舊城喻經
佛說信解智力經 四經同卷

深 二十三經同函

大正句王經 上下同卷

佛說善樂長者經
佛說聖多羅菩薩經
佛說大吉祥陀羅尼經
寶賢陀羅尼經
佛說祕密八名陀羅尼經
觀自在菩薩母陀羅尼經
佛說戒香經 七經同卷
佛說妙吉祥菩薩陀羅尼
佛說無量壽大智陀羅尼
佛說宿命陀羅尼
佛說慈氏菩薩陀羅尼
佛說虛空藏菩薩陀羅尼
寶授菩薩菩提行經 五咒一經同卷
佛說延壽妙門陀羅尼經
一切如來名號陀羅尼經

佛説息除賊難陀羅尼經

佛説法身經

信佛功德經 五經同卷

佛説解夏經

佛説帝釋所問經 二經同卷

佛説未曾有止法經 六卷今作三卷

佛説大方廣善巧方便經 四卷今作二卷

履薄 十二經作二函每函十卷

佛母出生三法藏般若波羅蜜多經 二十五卷今作十四卷

佛説決定義經

佛説護國經 二經同卷

佛説分別布施經

佛説分別緣生經

佛説法印經

佛説大生義經 四經同卷

佛説發菩提心破諸魔經 上下

佛説聖佛母般若波羅蜜多經 二經同卷

佛説大乘不思議神通境界經 上中下同卷

佛説給孤長者女得度因緣經 上中下同卷

佛説大集法門經 上下同卷

夙 十六經同函

佛説光明童子因緣經 四卷今作二卷

佛説寶帶陀羅尼經

佛説金身陀羅尼經

佛説入無分別法門經

佛説淨意優婆塞所問經 四經同卷

佛説金剛場莊嚴般若波羅蜜多教

中一分

佛說息諍因緣經 二經同卷

佛說初分說經 上下同卷

佛說無畏授所問大乘經 上中下

佛說月喻經

佛說醫喻經

佛說灌頂王喻經 四經同卷

佛說尼拘陀梵志經 上下同卷

佛說白衣金幢二婆羅門緣起經 上中下同卷

佛說福力太子因緣經 上中下同卷

佛說身毛喜豎經 上中下同卷

興 九經同函

大乘本生心地觀經 八卷

佛說出生無邊門陀羅尼經

一切如來心祕密全身舍利寶篋印陀羅尼經

佛說大吉祥天女十二名號經

佛說大吉祥天女十二契一百八名無垢大乘經

佛說一切如來金剛壽命陀羅尼經

佛說穰麌梨童女經 五經同卷

佛說雨寶陀羅尼經

慈氏菩薩所說大乘緣生稻幹喻經 三經同卷

温 三經同函

佛說除蓋障菩薩所問經 二十卷今作八卷

清 十經同函

仁王護國般若波羅密多經 二卷

穢跡金剛説神通大滿陀羅尼法術靈要門經
穢跡金剛法禁百變法門經
佛説大乘大方廣佛冠經上下
佛説八種長養功德經四經同卷
大雲輪請雨經上下同卷
大乘密嚴經三卷
佛説大集會正法經五卷今作四卷
葉衣觀自在菩薩經
毘沙門天王經
文殊問經字母品三經同卷
海意菩薩所問淨印法門經九卷
佛説如幻三摩地無量印法門經上中下同卷
似二經同函

蘭
守護國界主陀羅尼經十卷
斯二十五經同函
佛説三十五佛名禮懺文
觀自在菩薩説普賢陀羅尼經
佛説八大菩薩曼荼羅經
佛説能淨一切眼疾病陀羅尼經
佛説除一切疾病陀羅尼經
佛説救拔燄口餓鬼陀羅尼經六經同卷
瑜伽集要救阿難陀羅尼燄口儀軌經一卷
佛説蟻喻經
聖觀自在菩薩不空王祕密心陀羅尼經二經同卷
佛説勝軍王所問經

佛說輪王七寶經

佛說園生樹經

佛說了義般若波羅蜜多經

佛說大方廣未曾有經善巧方便品 五經同卷

佛說大堅固婆羅門緣起經 上下同卷

佛說巨力長者所問大乘經 上中下同卷

佛說妙吉祥菩薩所問大乘法螺經

佛說四品法門經

佛說八大菩薩經

佛說施一切無畏陀羅尼經

聖八千頌般若波羅蜜多一百八名真實圓義陀羅尼經 五經同卷

佛說一髻尊陀羅尼經

金剛摧碎陀羅尼

不空罥索毘盧遮那佛大灌頂真言經 二經一呪同卷

地藏菩薩本願經 二卷

馨

大乘理趣六波羅蜜多經 十卷

如松

佛說大乘菩薩藏正法經 四十卷今作二十卷

之 十一經同函

佛爲優填王說王法政論經

佛說五大施經

佛說無畏陀羅尼經

佛說大威德金輪佛頂熾盛光如來消除一切災難陀羅尼經

佛說熾盛光大威德消災吉祥陀羅尼經 五經同卷

佛說頂生王因縁經五卷今作二卷
佛說大乘隨轉宣說諸法經上中下同卷
佛說大乘入諸佛境界智光明莊嚴經五卷今作二卷
佛說大乘智印經五卷今作二卷
佛說法乘義決定經上中下同卷
佛說大白傘蓋總持陀羅尼經一卷

盛川二經二十卷作二函

佛說一切如來真實攝大乘現證三昧大教王經三十卷今作十七卷
一切如來大祕密王未曾有最上微妙大曼羅經五卷今作三卷

流四經同函

出生一切如來法眼徧照大力明王經上下同卷

金剛頂一切如來真實攝大乘現證大教王經三卷
阿唎多羅陀羅尼阿嚕力經一卷
佛說瑜伽大教王經五卷

不四經同函

一字奇特佛頂經三卷
菩提場所說一字頂輪王經五卷
菩提場莊嚴陀羅尼經一卷
佛說祕密相經上中下同卷

息二經同函

佛說一切如來金剛三業最上祕密大教王經七卷

淵三經同函

大寶廣博樓閣善住祕密陀羅尼經三卷

佛說祕密三昧大教王經四卷

佛說無二平等最上瑜伽大教王經六卷今作三卷

佛說金剛手菩薩降伏一切部多大教王經三卷

澄七經同函

聖妙吉祥真實名經一卷

金剛頂瑜伽理趣般若經

大樂金剛不空真實三麼耶般若波羅蜜多理趣經

佛說佛母般若波羅蜜多大明觀想儀軌經

金剛頂瑜伽念珠經四經同卷

佛說最上根本大樂金剛不空三昧大教王經七卷

佛說最上祕密那拏天經上中下同卷

取四經同函

金剛峯樓閣一切瑜伽瑜祇經二卷

佛說妙吉祥最勝根本大教經三卷今作二卷

妙吉祥平等祕密最上觀門大教王經五卷今作四卷

普徧光明燄鬘清淨熾盛如意寶印心無能勝大明王大隨求陀羅尼經二卷

聨

佛說如來不思議祕密大乘經二十卷今作十卷

容

大乘瑜伽金剛性海曼殊室利千臂

千鉢大教王經 十卷

止 十一經 同函

佛說聖寶藏神儀軌經 上下 同卷

佛說寶藏神大明曼拏羅儀軌經 上下 同卷

金剛恐怖集會方廣軌儀觀自在菩薩三世最勝心明王經 一卷

金剛恐怖集會方廣軌儀觀自在菩薩三世最勝心明王大威力烏樞瑟摩明王經 三卷

佛說大乘觀想曼拏羅淨諸惡趣經 上下 同卷

佛說大方廣曼殊室利經觀自在多羅菩薩儀軌經

佛說一切佛攝相應大教王經聖觀自在菩薩念誦儀軌經 二經 同卷

瑜伽金剛頂經釋字母品

佛說一切如來安像三昧儀軌經

文殊師利菩薩根本大教王金翅鳥王經 三經 同卷

十一面觀自在菩薩心密言念誦儀軌經 上中下 同卷

若

大方廣菩薩藏文殊師利根本儀軌經 二十卷 今作十卷

思 五經 同函

佛說持明藏瑜伽大教尊那菩薩大明成就儀軌經 四卷 今作二卷

佛說金剛香菩薩大明成就儀軌經 三卷 今作二卷

金剛薩埵說頻那夜迦天成就儀軌經四卷今作二卷

佛說太悲空智金剛大教王儀軌經五卷今作三卷

佛說幻化網大瑜伽教十忿怒明王大明觀想儀軌經一卷

言二十般同函

佛說妙吉祥瑜伽大教金剛陪囉嚩輪觀想成就儀軌經一卷

底哩三昧耶不動尊威怒王使者念誦法一卷

聖迦柅忿怒金剛童子菩薩成就儀軌經三卷今作二卷

七佛讚唄伽陀

佛三身讚

佛一百八名讚經

聖救度佛母二十一種禮讚經

佛說一切如來頂輪王一百八名讚經一伽陀一讚三經同卷

讚法界頌

八大靈塔梵讚

三身梵讚

佛說文殊師利一百八名梵讚

曼殊室利菩薩吉祥伽陀

聖金剛手菩薩一百八名梵讚一頌四讚一伽陀同卷

聖觀自在菩薩功德讚

讚觀世音菩薩頌

佛說聖觀自在菩薩梵讚

聖多羅菩薩梵讚

事師法五十頌

健椎梵讚 四讚二頌同卷

大乘律

佛説菩薩内戒經 卷一

菩薩優婆塞五戒威儀經 卷一

佛説文殊師利淨律經 卷一

辭

菩薩善戒經 卷十

安 二經同函

菩薩地持經 卷八

梵網經 卷二

定 四經同函

優婆塞戒經 卷七

寂調音所問經 卷一

大乘三聚懺悔經 卷一

佛説文殊悔過經 卷一

篤 七般同函

菩薩瓔珞本業經 卷二

佛説受十善戒經 卷一

佛説淨業障經 卷一

佛藏經 卷四

菩薩戒本經

菩薩戒羯磨文 一經一文同卷

菩薩戒本 卷一

初 十六經同函

佛説法律三昧經

佛説十善業道經 二經同卷

清淨毘尼方廣經 卷一

菩薩五法懺悔經

菩薩藏經 二經同卷

三曼陀颰陀羅菩薩經

菩薩受齋經

舍利弗悔過經 三經同卷

小乘律

佛阿毘曇經 二卷

解脱戒本經 一卷

優波離問經 一卷

根本説一切有部戒經 一卷

佛説迦葉禁戒經

佛説犯戒罪輕重經

佛説戒消災經

佛説優婆塞五戒相經 四經同卷

誠美慎終宜令榮 二律作七函每函十卷

十誦律 五十八卷今作六十五卷

尼羯磨 三卷今作五卷

業所基籍甚無

四分律藏 六十卷

竟學優登仕

根本説一切有部毘奈耶 五十卷

攝職從政存 二律作五函每函十卷

摩訶僧祇律 四十卷今作四十六卷

曇無德部四分律删補隨機羯磨 二卷今作四卷

以甘棠去

根本説一切有部毘奈耶雜事 四十卷

而益詠

彌沙塞部五分律 三十卷

樂殊

根本説一切有部毘奈耶破僧事 二十卷

貴賤

根本説一切有部苾芻尼毘柰耶 二十卷

禮別 二律作二函 每函十卷

善見毘婆沙律 十八卷

大比丘三千威儀 二卷

尊卑 三律作二函 每函十卷

根本薩婆多部律攝 十四卷

四分僧羯磨 三卷今作五卷

四分比丘尼羯磨法 一卷

上

戒因緣經 十卷

和

根本説一切有部百一羯磨 十卷

下

薩婆多部毘尼摩得勒伽 十卷

睦 二律同函

根本説一切有部尼陀那 五卷

根本説一切有部目得迦 五卷

天 三般同函

薩婆多毘尼毘婆沙 八卷

續薩婆多毘尼毘婆沙 一卷

根本説一切有部出家授近圓羯磨儀範 苾芻習學畧法附合一卷

唱 五般同函

毘尼母論 八卷

律二十二明了論 一卷

根本説一切有部毘柰耶尼陀那目得迦攝頌

根本説一切有部毘柰耶雜事攝頌

普賢菩薩行願讚二頌一讚同卷

婦四般同函

根本説一切有部毘柰耶頌三卷今作四卷

十誦律毘尼序三卷

沙彌十戒法并威儀一卷

羯磨二卷

隨六經一本同函

佛説大愛道比丘尼經二卷

佛説目連問戒律中五百輕重事經二卷

根本説一切有部苾芻尼戒經二卷

比丘尼僧祇律波羅提木叉戒經一卷

沙彌尼戒經

舍利弗問經二經同卷

彌沙塞羯磨本一卷今作二卷

外七戒本一羯磨法同函

四分戒本二卷各本

四分比丘尼戒本一卷今作二卷

五分戒本一卷

五分比丘尼戒本一卷

波羅提木叉僧祇戒本一卷

十誦律比丘戒本一卷

十誦律比丘尼戒本一卷

大沙門百一羯磨法一卷

受六般同函

曇無德律部雜羯磨二卷

沙彌威儀

沙彌尼離戒文一儀一文同卷

十誦羯磨比丘要用一卷

大乘論

金剛般若波羅蜜經論三卷 無著造

金剛般若波羅蜜經論三卷 天親造

大清三藏聖教目録卷第三

大清三藏聖教目録卷第四

傳訓入奉母儀諸姑伯叔

大智度論一百卷

猶子比兒孔懷兄弟同氣

瑜伽師地論一百卷

連枝交友投六論作五函每函十卷

攝大乘論釋四十五卷今作四十八卷四譯

無相思塵論

觀所緣緣論

觀所緣緣論釋三論同卷

大乘廣五蘊論

大乘五蘊論二論同卷

分切

顯揚聖教論二十卷

磨箴二論作二函每函十卷

大乘阿毘達磨雜集論十一卷

中論四卷

規仁二論作二函每函十卷

十住毘婆沙論十五卷

菩提資粮論六卷今作五卷

慈隱二論作二函每函十卷

大莊嚴經論十五卷

攝大乘論五卷二譯

惻造五論作二函每函十卷

般若燈論十五卷

十二門論一卷

十八空論一卷

百論二卷

廣百論本一卷

次弗四論作二函每函十卷

大乘莊嚴經論 十三卷
文殊師利菩薩問菩提經論 二卷
金剛般若波羅蜜經破取著不壞假名論 二卷
勝思惟梵天所問經論 三卷

離節 二論作二函每函十卷

十地經論 十一卷
佛地經論 七卷
三具足經優波提舍 一卷

義

成唯識論 十卷

廉

廣百論釋論 十卷

退 四論同函

大乘阿毘達磨集論 七卷

王法正理論 一卷
瑜伽師地論釋 一卷
顯揚聖教論頌 一卷

顛 七論同函

彌勒菩薩所問經論 七卷
無量壽經優波提舍
轉法輪經優波提舍 二論同卷
大般涅槃經論
涅槃經本有今無偈論
能斷金剛般若波羅蜜多經論頌 三論同卷

沛 十論同函

遺教經論 一卷
成唯識寶生論 一名二十唯識順釋論五卷今作四卷
十二因緣論

壹輸盧迦論
大乘百法明門論
轉識論 四論同卷
唯識三十論
因明入正理論
顯識論 三論同卷
發菩提心論 卷二
三無性論 卷二

匪 十一論同函

佛性論 卷四
大乘成業論 卷一
業成就論 卷一
因明正理門論 卷一
因明正理門論本 卷一
止觀門論頌
手杖論
緣生論 三論同卷
取因假設論
觀總相論頌
六門教授習定論 三論同卷

虧 五般同函

能斷金剛般若波羅蜜多經論釋 卷三
畧明般若末後一頌讚述 附前論下卷 今作二卷
妙法蓮華經優波提舍 卷二
妙法蓮華經論優波提舍 卷二
大寶積經論 卷四

性 三論同函

決定藏論 卷三
究竟一乘寶性論 卷五

大乘掌珍論 二卷

靜 八般同函

大乘楞伽經唯識論 一卷

大乘唯識論

唯識二十論 二論同卷

寶髻經四法優波提舍 一卷

大丈夫論 二卷

入大乘論 二卷

辨中邊論 三卷

辨中邊論頌 附前論十卷

情 四論同函

順中論 二卷

攝大乘論本 三卷

中邊分別論 二卷

大乘起信論 三卷二譯

逸 十二論同函

回諍論 一卷

如實論 一卷

寶行王正論 一卷

百字論

解拳論

掌中論 三論同卷

方便心論 一卷

大乘法界無差別論

提婆菩薩破楞嚴經中外道小乘四宗論

提婆菩薩釋楞嚴經中外道小乘涅槃論 三論同卷

小乘論

四諦論 四卷今作三卷

辟支佛因緣論一卷

心動神疲守真志滿逐物意移堅持雅操

好爵自縻

阿毗達磨大毗婆沙論二百卷

都邑華夏東西二京

阿毗曇毗婆沙論八十二卷今作八十卷

背切面洛浮渭據涇

阿毗達磨順正理論八十卷

宮殿盤鬱

阿毗達磨藏顯宗論四十卷

樓觀飛

阿毗達磨俱舍論三十卷

驚圖寫

舍利弗阿毗曇論二十二卷今作三十卷

禽獸畫四論作三函每函十卷

阿毗達磨俱舍釋論二十二卷

阿毗達磨俱舍釋論本頌上下二卷

三法度論三卷

三彌底部論三卷

彩仙靈

阿毗曇八揵度論三十卷

丙舍

成實論二十卷

傍啓

阿毗達磨發智論二十卷

甲帳

阿毗達磨集異門足論二十卷

對楹二論作二函每函十卷

阿毗達磨品類足論十八卷

阿毗曇甘露味論二卷

肆筵 二論作二函 每函十卷

鞞婆沙論 十四卷今作十八卷

隨相論 二卷

設席 六論作二函 每函十卷

阿毘達磨識身足論 十六卷

阿毘達磨界身足論 三卷今作二卷

五事毘婆沙論 上下同卷

十八部論

部異執論

異部宗輪論 三論同卷

鼓瑟 二論作二函 每函十卷

雜阿毘曇心論 十一卷今作十六卷

阿毘曇心論 四卷

吹笙 三論作二函 每函十卷

尊婆須蜜菩薩所集論 十卷今作十五卷

分別功德論 三卷

入阿毘達磨論 二卷

陞階納 四論作三函 每函十卷

衆事分阿毘曇論 十二卷

解脱道論 十二卷今作十一卷

法勝阿毘曇心論 六卷

勝宗十句義論 一卷

陛

阿毘達磨法蘊足論 十二卷今作十卷

弁

立世阿毘曇論 十卷

宋元續入藏諸論

轉疑 四論作二函 每函十卷

大乘集菩薩學論 二十五卷今作十一卷

大宗地玄文本論 八卷今作四卷

金七十論 三卷
廣釋菩提心論 四卷今作二卷
星 十論同函
集諸法寶最上義論 上下同卷
金剛針論
菩提心離相論
大乘破有論 三論同卷
集大乘相論
六十頌如理論
大乘二十頌論
佛母般若波羅蜜多圓集要義論 四論同卷
佛母般若波羅蜜多圓集要義釋論 四卷今作二卷
大乘寶要義論 十卷今作五卷

右 四論同函
菩薩本生鬘論 十六卷今作九卷
聖佛母般若波羅蜜多九頌精義論
大乘緣生論
諸教決定名義論 三論同卷
通 五論同函
大乘中觀釋論 九卷今作四卷
施設論 七卷今作三卷
大乘法界無差別論
金剛頂瑜伽中發阿耨多羅三藐三菩提心論 二論同卷
彰所知論 二卷
西土聖賢撰集
廣内
出曜經 二十卷

左達二經作二函每函十卷

賢愚因緣經十三卷

佛本行經七卷

承

撰集百緣經十卷

明四經同函

修行道地經八卷

道地經一卷

佛說醫經

惟日雜難經二經同卷

既十一經同函

雜寶藏經八卷

迦葉赴佛般涅槃經

瑜伽翳迦訖沙囉烏瑟尼沙斫訖囉真言安怛陀那儀則一字頂輪王瑜伽經

佛入涅槃密跡金剛力士哀戀經

佛使比丘迦旃延說法沒盡偈經

佛治身經

治意經六經同卷

文殊師利發願經

六菩薩名亦當誦持經

小道地經

阿含口解十二因緣經四經同卷

集三經同函

付法藏因緣經六卷

達磨多羅禪經二卷

禪法要解經二卷

墳八經同函

阿育王經十卷今作六卷

阿育王譬喻經

三慧經

阿毘曇五法行經 三經同卷

賓頭盧突羅闍爲優陀延三說法緣經

請賓頭盧經

大勇菩薩分別業報畧經 三經同卷

坐禪三昧法門經 二卷

典 二經同函

佛所行讚經 五卷

僧伽羅剎所集佛行經 五卷

亦 四經同函

法句譬喻經 四卷

菩提行經 四卷今作二卷

金剛頂一切如來真實攝大乘現證大教王經 二卷

文殊菩薩及諸仙所說吉凶時日善惡宿曜經 二卷

聚 七經同函

僧伽斯那所撰菩薩本緣經 四卷

那先比丘經 三卷

舊雜譬喻經 二卷

禪要訶欲經

內身觀章句經

法觀經

迦葉結經 四經同卷

羣 七經同函

百喻經 二卷

法句經 二卷

衆經撰雜譬喻經 二卷

阿育王子法益壞目因緣經 一卷
雜譬喻經 上下同卷
無明羅刹經 一卷
文殊所説最勝名義經 上下同卷

英 十三般同函

迦丁比丘説當來變經
雜譬喻經 二經同卷
思惟要畧法
十二遊經 一法一經同卷
賢聖集伽陀一百頌
廣大發願頌
無能勝大明陀羅尼經
無能勝大明心陀羅尼經
十不善業道經 二頌三經同卷
大乘修行菩薩行門諸經要集 三卷

四阿含暮抄解 二卷
五門禪經要用法 一卷
金剛頂瑜伽千手千眼觀自在菩薩修行儀軌經 一卷

杜 二十三般同函

密跡力士大權神王經偈頌 一卷
一切祕密最上名義大教王儀軌 上下同卷
大樂金剛薩埵修行成就儀軌
曼殊室利菩薩吉祥伽陀 一儀軌一伽陀同卷
成就妙法蓮華經王瑜伽觀智儀軌 一卷
金剛頂瑜伽降三世成就極深密門
金剛頂瑜伽他化自在天理趣會普賢修行念誦儀 一門一儀同卷

金剛壽命陀羅尼念誦法

大藥义女歡喜母并愛子成就法

佛說帝釋巖祕密成就儀軌

觀自在菩薩如意輪念誦儀軌 二法二儀軌同卷

大毘盧遮那成佛神變加持經畧示

七支念誦隨行法

速疾立驗魔醯首羅天說阿尾奢法

大聖曼殊室利童子五字瑜伽法 三法同卷

大威怒烏芻澀麼儀軌

大孔雀明王畫像壇場儀軌

金剛頂瑜伽金剛薩埵儀軌 三儀軌同卷

一字金輪王佛頂要畧念誦法

觀自在菩薩如意輪瑜伽念誦法

大聖大歡喜雙身毘那耶迦法

大日經畧攝念誦隨行法 四法同卷

五字陀羅尼頌

仁王般若陀羅尼釋 一頌一釋同卷

藁 十八般同函

大樂金剛不空真實三昧耶經般若

波羅蜜多理趣釋 二卷

佛說最勝妙吉祥根本智最上祕密

一切名義三摩地分 上下同卷

金剛王菩薩祕密念誦儀軌

金剛頂勝初瑜伽普賢菩薩念誦法

經 一儀軌一經同卷

金剛頂瑜伽金剛薩埵五祕密修行

念誦儀軌

無量壽如來修觀行供養儀軌 二儀軌同

卷
甘露軍荼利菩薩供養念誦成就儀軌一卷
觀自在多羅瑜伽念誦法
聖觀自在菩薩心真言瑜伽觀行軌儀一法一軌儀同卷
菩薩訶色欲法
四品學法
大虚空藏菩薩念誦法
仁王般若念誦法四法同卷
阿閦如來念誦供養法
佛頂尊勝陀羅尼念誦儀軌一法一儀軌同卷
聖閻曼德迦威怒王立成大神驗念誦法

大乘方廣曼殊室利菩薩華嚴本教讃閻曼德迦忿怒王真言大威德儀軌品
大方廣曼殊室利童真菩薩華嚴本教讃閻曼德迦忿怒王真言阿毘遮嚕迦儀軌品一法二儀軌同卷

鍾十四般同函
蘇悉地羯羅供養法二卷今作二卷
不動使者陀羅尼祕密法
金剛頂瑜伽修習毘盧遮那三摩地法二法同卷
金剛頂瑜伽經文殊師利菩薩儀軌供養法
瑜伽蓮華部念誦法二法同卷
金剛頂經瑜伽觀自在王如來修行

法卷一

金剛頂經觀自在王如來修行法

金剛手光明灌頂經最勝立印聖無動尊大威怒王念誦儀軌一法一儀軌同卷

畧述金剛頂瑜伽分別聖位修證法門

一字佛頂輪王念誦儀軌一門一儀軌同卷

仁王護國般若波羅蜜多經道場念誦軌儀卷一

金剛頂蓮華部心念誦儀軌卷一

佛說如意輪蓮華心如來修行觀門儀

妙吉祥平等瑜伽祕密觀身成佛儀軌二儀同卷

隸十九般同函

法集要頌經四卷

勸發諸王要偈

龍樹菩薩勸誡王頌一偈一頌同卷

普賢金剛薩埵瑜伽念誦儀

金剛頂瑜伽護摩儀軌二儀同卷

大悲心陀羅尼修行念誦畧儀

妙吉祥平等觀門大教王經畧出護摩儀

金剛頂超勝三界經說文殊五字真言勝相二儀一相同卷

金剛頂經瑜伽文殊師利菩薩法一品

金剛頂瑜伽經十八會指歸

訶利帝母真言法一品一指歸一法同卷

大方廣佛華嚴經入法界品四十二字觀

般若波羅蜜多理趣經大安樂不空三昧真實金剛菩薩等一十七聖大曼荼羅義述

陀羅尼門諸部要目

金剛頂瑜伽三十七尊禮

受菩提心戒儀

大聖文殊師利菩薩讚佛法身禮 六般同卷

一百五十讚佛頌

百千頌大集經地藏菩薩請問法身讚 一頌一讚同卷

漆 十般同函

佛吉祥德讚 上中下同卷

阿育王傳 五卷

馬鳴菩薩傳

龍樹菩薩傳

提婆菩薩傳 三傳同卷

婆藪槃豆傳

龍樹菩薩爲禪陀迦王說法要偈 一傳

撰集三藏及雜藏傳 一法要同卷

大阿羅漢難提蜜多羅所說法住記 一傳一記同卷

瑜伽集要燄口施食儀 十類孤魂文三歸依讚附

大清三藏聖教目録卷第四

大清三藏聖教目録卷第五

此土著述

書 三般同函

維摩詰所說經註 十卷今作八卷

晉僧肇法師寶藏論 一卷

法顯傳 一卷

壁

釋迦譜 十卷

經府羅將相

經律異相 五十卷

路

慈悲道場懺法 十卷

俠槐 二函每函十卷 傳作二函

比丘尼傳 二卷今作四卷

高僧傳 十四卷今作十六卷

卿户封八

續高僧傳 四十卷

縣家給

宋高僧傳 三十卷

千兵 一傳一集作二函每函十卷

明高僧傳 六卷

弘明集 十四卷

高冠陪輦

廣弘明集 四十卷

驅

陀羅尼雜集 十卷

轂 六般同函

法華經安樂行義 一卷

大乘止觀法門 四卷

法華三昧懺儀 一卷

諸法無諍三昧法門二卷
釋摩訶般若波羅蜜經覺意三昧一卷
淨土十疑論一卷
振四般同函
觀音義疏二卷
觀音義疏記三卷
法界次第初門三卷
修習止觀坐禪法要二卷
纓三般同函
觀音玄義二卷
觀音玄義記四卷
四念處四卷
世二般同函
天台四教儀一卷
天台四教儀集註九卷

禄侈富車
法華玄義釋籤四十卷
駕肥
妙法蓮華經文句二十卷
輕策功
法華文句記三十卷
茂實
摩訶止觀二十卷
勒五般同函
集沙門不應拜俗等事六卷
華嚴經旨歸一卷
般若波羅蜜多心經畧疏一卷
金剛般若經疏一卷
天台智者大師别傳一卷
碑刻五般同函

仁王護國般若經疏五卷
金光明經玄義二卷
金光明經玄義拾遺記六卷
觀無量壽佛經疏一卷
觀無量壽佛經疏妙宗鈔六卷

銘
釋禪波羅蜜次第法門十卷

磻二般同函
觀心論疏五卷
金光明經文句五卷

溪
金光明經文句記十卷

伊四般同函
菩薩戒義疏二卷
歷代三寶紀一卷

請觀音經疏一卷
四教義六卷

尹二録同函
隋衆經目録五卷今作四卷
衆經目録六卷

佐時阿衡三般作四函每函十卷
大般涅槃經疏三十三卷今作三十四卷
大般涅槃經玄義二卷
涅槃經玄義發源機要四卷

奄
辯正論八卷今作十卷

宅五般同函
華嚴一乘教義分齊章四卷
華嚴經明法品内立三寶章二卷
修華嚴奥旨妄盡還源觀一卷

華嚴金師子章一卷
華嚴法界玄鏡二卷

曲 五般同函

天台八教大意一卷
破邪論二卷
集古今佛道論衡實録四卷今作五卷
續集古今佛道論衡一卷
佛説阿彌陀經疏一卷

阜微 二録作二函每函十卷

大唐内典録十六卷
集神州塔寺三寶感通録四卷

旦

大唐西域記十卷

孰

大慈恩寺三藏法師傳十卷

營桓公輔合濟弱扶傾綺

法苑珠林一百卷

迴漢惠

諸經要集三十卷

説 四般同函

顯密圓通成佛心要集二卷
十門辯惑論二卷
大唐西域求法高僧傳二卷
南海寄歸内法傳四卷

感武丁

開元釋教録三十卷

俊 六般同函

開元釋教録畧出五卷
甄正論三卷
説罪要行法

受用三水要行法

護命放生軌儀法 三法同卷

永嘉集 一卷

又密勿多士 二般作五函每函十卷

華嚴經論 四十九卷

華嚴十明論 一卷

寔 八般同函

六祖大師法寶壇經 一卷

止觀大意

始終心要

法華三昧行事運想補助儀 三儀同卷

集諸經禮懺悔文 四卷

十不二門 一卷

指要鈔 二卷

金剛錍 一卷

寧晉楚

華嚴懸談會本 三十卷

更霸趙魏

華嚴會本懸談會玄記 四十卷

困横假途滅虢踐土會盟何

遵約法韓弊煩刑起翦頗牧

華嚴經疏鈔會本 二百二十卷

用

華嚴普賢行願品別行疏鈔會本 十卷

軍 二般同函

折疑論 五卷

華嚴原人論解 五卷

最精宣 二般作三函每函十卷

圓覺經畧疏 五卷

圓覺經畧疏之鈔 二十五卷

威沙五般作二函每函十卷

圓覺經大疏十二卷

盂蘭盆經疏一卷

禪源諸詮集四卷

註華嚴法界觀門一卷

黄檗傳心法要二卷

漠二般同函

金剛經疏論纂要三卷

釋金剛經纂要刊定記七卷

馳十三般同函

慈悲水懺法三卷

觀自在菩薩如意輪咒課法一卷

金光明懺法補助儀一卷

往生淨土懺願儀

往生淨土決疑行願二門一儀一門同卷

請觀世音菩薩消伏毒害陀羅尼三昧儀

金光明最勝懺儀二儀同卷

法智遺編觀心二百問一卷

千手眼大悲心咒行法

禮法華經儀式

修懺要旨三文同卷

熾盛光道場念誦儀

釋迦如來涅槃禮讚文一儀一文同卷

譽丹青

景德傳燈録三十卷

九二般同函

明覺顯禪師語録六卷

禪林寶訓四卷

州禹跡

百 二般同函

首楞嚴經義海 三十卷

傳法正宗記 十卷今作九卷

傳法正宗論 二卷今作一卷

郡 五般同函

萬善同歸集 六卷今作五卷

定慧相資歌

警世 二般附前第五卷

永明心賦註 四卷

寄兕圓因往生集 一卷

秦并嶽宗泰岱禪主云亭

宗鏡録 一百卷

鴈

碧巖集 十卷

門紫 二般作二函每函十卷

圓悟佛果禪師語録 十七卷

輔教編 三卷

塞雞

翻譯名義集 二十卷

田赤 二般作二函每函十卷

大乘起信論䟽 五卷

大乘起信論䟽筆削記 十五卷

城昆池碣石鉅

五燈會元 六十卷

野 五般同函

護法論 一卷

佛遺教經論䟽節要 一卷

天台傳佛心印記

淨土境觀要門 一卷同門記

廬山蓮宗寶鑑 七卷

洞
肇論新疏十卷
庭
大藏聖教法寶標目七卷
曠遠
妙法蓮華經要解二七卷
綿邈
大佛頂首楞嚴經會解二十卷
巖岫二般作二函每函十卷
元叟端禪師語録四卷
楚石琦禪師語録十六卷
杳冥治本於三般作五函每函十卷
佛祖歷代通載三十六卷
百丈清規八卷
辨僞録五卷今作六卷

農
至元法寶勘同總録十卷
務三般同函
楞伽阿跋多羅寶經註解八卷
般若波羅密多心經註解
金剛般若波羅密經註解
二解同卷
兹稼穡俶
大明三藏法數四十卷内總目二卷
載南
諸佛世尊如來菩薩尊者神僧名經二十卷
畝二般同函
永樂御製序贊文一卷

神僧傳 九卷

我

緇門警訓 十卷

藝 六同

修心訣 一卷

真心直説 一卷

八識規矩補註 二卷

百法明門論註 一卷

唯識三十頌 附

八十八祖傳賛 五卷

黍稷稅熟

楞嚴經正脉疏 四十卷

貢

彌陀疏鈔 十卷

新勸賞

紫柏尊者全集 三十卷

黜陟孟軻敦素 三般作六函每函十卷

憨山大師夢遊全集 五十五卷

性相通説 一卷

莊子内篇註 四卷

史

幻有傳禪師語録 十卷

魚

雪嶠信禪師語録 十卷

秉直

天隱修禪師語録 二十卷

庶

密雲悟禪師語録 十卷

幾 二録同函

大覺普濟能仁琇國師語録 七卷

明道正覺森禪師語録三卷
中庸
宏覺忞禪師語録二十卷
勞
梵網經直解十卷
謙謹
毘尼止持會集二十卷
勑聆
毘尼作持續釋二十卷
音察
毘尼關要二十卷
理二般同函
大乘止觀法門釋要六卷
鑑二般同函
山茨際禪師語録四卷

相宗八要直解九卷
五百羅漢尊號一卷
貌辨
明覺聰禪師語録二十卷
色貽厥嘉猷勉
首楞嚴經疏解蒙鈔六十卷
其三般同函
宗寶獨禪師語録六卷
勢至章疏鈔二卷
如意心咒經疏二卷
祗四般同函
藥師經直解二卷
兜率龜鏡集三卷
准提經會釋三卷
溈山警策句釋二卷

植 二般同函

四十二章經疏鈔 九卷

八大人覺經疏 一卷

省躬譏誡

成唯識論音響補遺 四十卷

寵增抗極

法華經授手 四十卷

殆

賢首五教儀 十卷

辱近恥

重訂教乘法數 三十卷

林皋幸即

御選語録 四十卷

兩疏

御録宗鏡大綱 二十卷

見機

御録經海一滴 二十卷

大清三藏聖教目録 五卷

雍正十三年四月二十五日奉
旨欽定入藏華嚴會本懸談三十卷華嚴會
本懸談會元記四十卷華嚴經疏鈔會
本二百二十卷華嚴普賢行願品別行
疏鈔會本十卷乾隆元年正月十一日
起陸續交出奉
旨欽定入藏法華元義釋籤四十卷明高
僧傳六卷華嚴論四十九卷十明論一
卷圓覺大疏十二卷永明心賦註四卷
碧巖集十卷五燈會元六十卷元叟端
禪師語録四卷楚石琦禪師語録十六
卷八十八祖傳贊五卷楞嚴正脉四十

卷彌陀疏鈔十卷紫栢尊者全集三十卷憨山大師夢遊全集五十五卷性相通說一卷莊子内篇註四卷幻有傳禪師語録十卷雪嶠信禪師語録十卷天隱修禪師語録二十卷密雲悟禪師語録十卷大覺普濟能仁琇國師語録七卷明道正覺森禪師語録三卷宏覺忞禪師語録二十卷梵網經直解十卷毗尼止持會集二十卷毗尼作持續釋二十卷毗尼關要二十卷止觀釋要六卷山茨際禪師語録四卷相宗八要直解九卷五百羅漢尊號一卷明覺聰禪師語録二十卷首楞嚴經疏解蒙鈔六十卷宗寶獨禪師語録六卷勢至章疏鈔二卷如意心咒經疏二卷藥師經直解二卷兜率龜鏡集三卷准提經會釋三卷溈山警策句釋二卷四十二章經疏鈔九卷八大人覺經疏一卷成唯識論音響補遺四十卷法華授手四十卷賢首五教儀十卷重訂教乘法數三十卷御選語録四十卷御録宗鏡大綱二十卷御録經海一滴二十卷已上共五十四種計一千一百二十七卷於乾隆二年三月二十一日奉

旨照歷朝年代次第一體編入字號

大清三藏聖教目録卷第五

總理藏經館事務
和碩莊親王臣允禄
和碩和親王臣弘晝
校閲官
校正梵字咒語佛像總管西蕃學臣工布查
原任江蘇巡撫加三級臣邵基
日講官起居注翰林院侍讀學士加一級臣梁詩正
監督
武備院正卿加二級紀録四次臣赫德
南苑郎中兼佐領加四級紀録八次臣雅爾岱
武備院郎中兼佐領加四級紀録三次臣永保
内務府坐辦郎中加五級紀録九次臣伊拉齊
驍騎叅領兼佐領加三級臣豐盛額
廣儲司員外郎兼佐領加四級紀録三次臣馬爾泰
慶豐司員外郎加四級臣常保

都虞司主事加一級臣西寧
内副管領加一級臣留德
監造
八品筆帖式加二級臣九齡
八品執事人加一級臣明德
八品執事人加一級臣種德
八品筆帖式臣豐盛額
九品筆帖式加一級紀録二次臣海福
九品筆帖式加一級紀録二次臣福保
九品筆帖式加一級臣索柱
九品筆帖式加一級臣七十三
九品筆帖式臣黑達塞
九品筆帖式臣董世禄
九品筆帖式臣全保
九品筆帖式臣普福

九品筆帖式 臣文明
九品筆帖式 臣鄧懋忠
執事人 臣關保住
執事人 臣善常
執事人 臣釋迦保
執事人 臣德恩
執事人 臣蘇爾通阿
執事人 臣馮峻
執事人 臣王璣
執事人 臣常泰
執事人 臣常春保
執事人 臣實格
執事人 臣泰安保
執事人 臣元格
執事人 臣兆保

執事人 臣常玉
執事人 臣趙德榮
執事人 臣常泰
執事人 臣德昌
執事人 臣八十一
執事人 臣栢齡
執事人 臣福保
執事人 臣瑞明
執事人 臣來全
執事人 臣二格
執事人 臣巴蘭泰
執事人 臣吉慶
執事人 臣伊敏訥
執事人 臣蘇赫
執事人 臣關保

執事人臣興保
執事人臣長春
執事人臣四德
執事人臣楊維新
執事人臣海保
執事人臣廣善
執事人臣綽克圖
執事人臣永著
執事人臣德寧
執事人臣李湧
執事人臣永寧
執事人臣吽哈
執事人臣常録
執事人臣武時泰
執事人臣慶保

執事人臣長德
執事人臣六格
執事人臣珠來
執事人臣吉慶
執事人臣三保
執事人臣德明
執事人臣老格

總率

敕封無閡永覺禪師賜紫沙門傳臨濟宗欽命賢良寺住持臣僧超盛
賜紫沙門傳臨濟宗欽命原住萬壽寺住持臣僧超廣
賜紫沙門傳賢首兼慈恩宗欽命大慈觀音寺住持臣僧自塏
傳賢首宗講經論沙門京都靜默寺住持臣僧海寬

帶領分晰語錄

賜紫沙門傳臨濟宗欽命趙州古佛寺住持臣僧超鼎
欽命萬壽寺住持傳臨濟宗臣僧明鼎

賜紫沙門傳臨濟宗欽命法海寺住持臣僧明乾

帶領校閲藏經

傳賢首兼慈恩宗山東即墨縣西蓮臺住持臣僧源滿

傳賢首兼慈恩宗直隸華城聖人寺住持臣僧源潢

傳臨濟兼賢首宗京都慈善寺住持臣僧本成

傳賢首兼慈恩宗京都崇聖寺住持臣僧實修

分領校閲

傳臨濟兼南山宗江南太倉州海寧寺住持臣僧祖安

傳南山宗江南揚州府石塔寺住持臣僧宗森

傳賢首兼慈恩宗京都玉泉山觀音菴住持臣僧福新

傳賢首兼慈恩宗山東即墨縣勞山華嚴菴住持臣僧源洽

傳臨濟宗湖南衡山縣南岳祝聖寺住持臣僧實音

傳臨濟宗江西安福縣東土菴住持臣僧成中

校閲

傳賢首兼慈恩宗山東平度州蘇村寺住持臣僧真乾

傳賢首宗京都法雨菴住持臣僧洪曜

傳賢首兼慈恩宗山西高平縣清涼寺住持臣僧通垓

傳賢首宗直隸通州觀音寺住持臣僧實敏

傳賢首宗京都宛平縣彌陀寺住持臣僧際高

傳賢首宗直隸永清縣雙運寺住持臣僧照登

傳賢首宗山東即墨縣準提菴住持臣僧心傑

傳臨濟宗浙江烏程縣南林報國寺住持臣僧成泳

傳臨濟兼賢首宗江南上元縣紫竹林住持臣僧聞聚

傳賢首宗直隸永清縣廣善寺住持臣僧興聚

傳賢首宗直隸廣平縣彌陀寺住持臣僧普吉

傳賢首宗京都嵩河菴住持臣僧性桓

傳賢首兼慈恩宗山東濟南府福慧寺住持臣僧圓瑞

傳賢首兼慈恩宗直隸薊州感化寺住持臣僧來倫

傳賢首宗京都宛平縣大覺寺臣僧照如

傳曹洞宗福建閩縣鼓山湧泉寺住持臣僧興五

傳賢首宗京都保安寺住持臣僧照月
傳臨濟宗山西太原縣白雲寺住持臣僧明玉
傳臨濟宗江南上元縣寂靜禪院臣僧實瑞
傳臨濟宗浙江秀水縣覺海寺住持臣僧明新
傳天台宗浙江孝豐縣百福寺住持臣僧真蓮
傳賢首宗山東恩縣增治寺住持臣僧實潔
傳臨濟宗浙江海寧縣覺皇寺住持臣僧明性
傳賢首兼慈恩宗京都千佛寺住持臣僧等弗
傳臨濟宗江南丹徒縣崇慧寺臣僧明昶
傳賢首兼慈恩宗京都佑聖菴住持臣僧慶旺
傳臨濟宗湖南衡陽縣牧雲峰住持臣僧明曙
傳臨濟宗江南巢縣塔影菴住持臣僧明慧
傳曹洞宗湖廣蘄水縣清泉寺住持臣僧福城
傳賢首兼慈恩宗京都祝延寺住持臣僧慶餘
傳賢首兼慈恩宗京都雲淨寺住持臣僧宗玉

傳賢首宗直隸通州三聖菴住持臣僧體林
傳賢首宗直隸定興縣彌陀寺住持臣僧寂貴
傳賢首兼慈恩宗山東德平縣魁台寺住持臣僧深玉
傳臨濟宗雲南宜良縣寶洪山報國寺臣僧成如
傳臨濟宗江南宜興縣天隱寺臣僧法惠
傳臨濟宗江南武進縣大聖寺臣僧成宗
傳賢首兼慈恩宗直隸天津縣藥王廟住持臣僧海闊

大清乾隆三年十二月十五日工竣

大般若波羅蜜多經

唐三藏法師玄奘奉　詔譯

清刻龍藏佛說法變相圖

大般若波羅蜜多經卷第一

唐三藏法師玄奘奉　詔譯

初分緣起品第一之一

如是我聞一時薄伽梵住王舍城鷲峯山頂與大苾芻衆千二百五十人俱皆阿羅漢諸漏已盡無復煩惱得眞自在心善解脫慧善解脫如調慧馬亦如大龍已作所作已辦所辦棄諸重擔逮得已利盡諸有結正知解脫至心自在第一究竟除阿難陀獨居學地得預流果大迦葉波而爲上首復有五百苾芻尼衆皆阿羅漢大勝生主而爲上首復有無量鄔波索迦鄔波斯迦皆見聖諦復有無量無數菩薩摩訶薩衆一切皆得陀羅尼門三摩地門住空無相無願已得諸法平等性忍具足成就四無礙解凡所演說辯才無

盡於五神通自在遊戲所證智斷永無退失言行威肅聞皆敬受勇猛精進離諸懈怠能捨親財不顧身命離矯離誑無染無求等爲有情而宣正法契深法忍窮最極趣得無所畏其心泰然超衆魔境出諸業障摧滅一切煩惱怨敵建正法幢伏諸邪論聲聞獨覺不能測量得心自在得法自在業惑見障皆已解脱擇法辯説無不善巧入深緣起生滅法門離見隨眠捨諸纏結智慧通達諸聖諦理曾無數劫發弘誓願容貌熙怡先言接引遠離顰蹙詞韻清和讚頌善巧辯才無滯處無邊衆威德肅然抑揚自在都無所畏多俱胝劫巧説無盡於諸法門勝解觀察如幻如陽焰如夢如水月如響如空花如像如光影如變化事如尋香城雖皆無實而現似有離下劣心説法無畏能隨證入無量法門善知有情心行所趣以微妙慧而度脱之於諸有情心無罣礙成就最上無生法忍善入諸法平等性智甚深法性能如實知隨其所應巧令悟入能善宣説緣起法門攝受無邊佛國大願於十方界無數諸佛等持正念常現在前諸佛出世皆能歷事亦能勸請轉正法輪不般涅槃度無量衆善能伏滅一切有情種種見纏諸煩惱焰須史遊戲百千等持引發無邊殊勝功德此諸菩薩具如是等妙功德海設經無量俱胝大劫歎不能盡其名曰賢守菩薩摩訶薩寶性菩薩摩訶薩寶藏菩薩摩訶薩寶授菩薩摩訶薩導師菩薩摩訶薩仁授菩薩摩訶薩星授菩薩摩訶薩神授菩薩摩訶薩帝授菩薩摩訶薩廣慧菩薩摩訶薩

勝慧菩薩摩訶薩上慧菩薩摩訶薩增長慧菩薩摩訶薩無邊慧菩薩摩訶薩不虛見菩薩摩訶薩無障慧菩薩摩訶薩善發趣菩薩摩訶薩善勇猛菩薩摩訶薩極精進菩薩摩訶薩常精進菩薩摩訶薩常加行菩薩摩訶薩不捨軛菩薩摩訶薩日藏菩薩摩訶薩月藏菩薩摩訶薩無比慧菩薩摩訶薩觀自在菩薩摩訶薩得大勢菩薩摩訶薩妙吉祥菩薩摩訶薩寶印手菩薩摩訶薩摧魔力菩薩摩訶薩金剛慧菩薩摩訶薩金剛藏菩薩摩訶薩常舉手菩薩摩訶薩大悲心菩薩摩訶薩大莊嚴菩薩摩訶薩莊嚴王菩薩摩訶薩山峯菩薩摩訶薩寶峯菩薩摩訶薩德王菩薩摩訶薩慈氏菩薩摩訶薩如是等無量百千俱胝那庾多菩薩摩訶薩皆法王子堪紹佛位而爲上首爾時世尊於師子座上自敷尼師壇結跏趺坐端身正願住對面念入等持王妙三摩地諸三摩地皆攝入此三摩地中是所流故爾時世尊正知正念從等持王安庠而起以淨天眼觀察十方殑伽沙等諸佛世界舉身怡悅從兩足下千輻輪相各放六十百千俱胝那庾多光從足十指兩趺兩跟四踝兩脛兩腨兩膝兩髀兩股腰脅腹背臍中心上胷臆德字兩乳兩腋兩肩兩髆兩肘兩臂兩腕兩手兩掌十指項咽頤頷頰額頭頂兩眉兩眼兩耳兩鼻口四牙四十齒眉間毫相一一身分各放六十百千俱胝那庾多光此一一光各照三千大千世界從此展轉徧照十方殑伽沙等諸佛世界其中有情遇斯光者必得無上正等菩提爾時世尊一

切毛孔皆悉熙怡各出六十百千俱胝那庾多光是一一光各照三千大千世界從此展轉徧照十方殑伽沙等諸佛世界其中有情遇斯光者必得無上正等菩提爾時世尊演身常光照此三千大千世界從此展轉徧照十方殑伽沙等諸佛國土其中有情遇斯光者必得無上正等菩提爾時世尊從其面門出廣長舌相徧覆三千大千世界熙怡微笑復從舌相流出無量百千俱胝那庾多光其光雜色從此雜色一一光中現寶蓮花其花千葉皆真金色衆寶莊嚴綺飾鮮榮甚可愛樂香氣芬烈周流普熏細滑輕輭觸生妙樂諸花臺中皆有化佛結跏趺坐演妙法音一一法音皆說般若波羅蜜多相應之法有情聞者必得無上正等菩提從此展轉流徧十方殑伽沙等諸佛世界說法利益亦復如是

爾時世尊不起本座復入師子遊戲等持現神通力令此三千大千世界六種變動謂動極動等極動涌極涌等極涌震極震等極震擊極擊等極擊吼極吼等極吼爆極爆等極爆又令此界東涌西没西涌東没南涌北没北涌南没中涌邊没邊涌中没其地清淨光澤細輭生諸有情利益安樂時此三千大千世界所有地獄傍生鬼界及餘無暇險惡趣坑一切有情皆離苦難從此捨命得生人中及六欲天皆憶宿住歡喜踊躍同詣佛所以殷淨心頂禮佛足從此展轉周徧十方殑伽沙等諸佛世界以佛神力六種變動時彼世界諸惡趣等一切有情皆離苦難從彼捨命得生人中及六欲天皆憶宿住歡喜踊躍各

於本界同詣佛所頂禮佛足時此三千大千世界及餘十方殑伽沙等世界有情盲者能視聾者能聽瘂者能言狂者得念亂者得定貧者得富露者得衣饑者得食渴者得飲病者得除愈醜者得端嚴形殘者得具足根缺者得圓滿迷悶者得醒悟疲頓者得安適時諸有情等心相向如父如母如兄如弟如姊如妹如友如親離邪語業命修正語業命離十惡業道修十善業道離惡尋思修善尋思離非梵行修正梵行好淨棄穢樂靜捨諠身意泰然忽生妙樂如修行者入第三定復有勝慧欻爾現前咸作是思布施調伏安忍勇進寂靜諦觀遠離放逸修行梵行於諸有情慈悲喜捨不相撓亂豈不善哉爾時世尊在師子座光明殊特威德巍巍映蔽三千大千世界幷餘十方殑伽沙等諸佛國土蘇迷盧山輪圍山等及餘一切龍神天宮乃至淨居皆悉不現如秋滿月暉映衆星如夏日輪光奪諸色如四大寶妙高山王臨照諸山威光迴出佛以神力現本色身令此三千大千世界一切有情皆悉覩見時此三千大千世界無量無數淨居諸天下至欲界四大王衆天及餘一切人非人等皆見如來處師子座威光顯曜如大金山歡喜踊躍歎未曾有各持種種無量天花香鬘塗香燒香末香衣服瓔珞寶幢旛蓋妓樂諸珍及無量種天青蓮花天赤蓮花天白蓮花天香蓮花天黃蓮花天紅蓮花天金錢樹花及天香葉幷餘無量水陸生花持詣佛所奉散佛上以佛神力諸花鬘等旋轉上踊合成花臺量等三千大千世

界垂天花蓋寶鐸珠幡綺飾紛綸甚可愛樂時此佛土微妙莊嚴猶如西方極樂世界佛光輝映三千大千物類虛空皆同金色十方各等殑伽河沙諸佛世界亦復如是時此三千大千佛土南贍部洲東勝身洲西牛貨洲北俱盧洲其中諸人佛神力故各各見佛正坐其前咸謂如來獨為說法如是四大王衆天三十三天夜摩天覩史多天樂變化天他化自在天梵衆天梵輔天梵會天大梵天光天少光天無量光天極光淨天淨天少淨天無量淨天徧淨天廣天少廣天無量廣天廣果天無煩天無熱天善現天善見天色究竟天亦以世尊神通力故各各見佛正坐其前咸謂如來獨為說法爾時世尊不起于座熈怡微笑從其面門放大光明徧照三千大千佛土幷餘十方殑伽沙等諸佛世界時此三千大千佛土一切有情尋佛光明普見十方殑伽沙等諸佛世界一切如來應正等覺聲聞菩薩衆會圍繞及餘一切有情無情品類差別時彼十方殑伽沙等諸佛世界一切有情尋佛光明亦見此土釋迦牟尼如來應正等覺聲聞菩薩衆會圍繞及餘一切有情無情品類差別爾時東方盡殑伽沙等世界最後世界名曰多寶佛號寶性如來應正等覺明行圓滿善逝世間解無上丈夫調御士天人師佛薄伽梵時現在彼安隱住持為諸菩薩摩訶薩衆說大般若波羅蜜多彼有菩薩名曰普光見此大光大地變動及佛身相心懷猶豫前詣佛所頂禮雙足白言世尊何因何緣而有此瑞時寶性佛告普光菩薩摩訶

薩言善男子從此西方盡殑伽沙等世界最後世界名曰堪忍佛號釋迦牟尼如來應正等覺明行圓滿善逝世間解無上丈夫調御士天人師佛薄伽梵今現在彼安隱住持將爲菩薩摩訶薩衆說大般若波羅蜜多彼佛神力故現斯瑞普光聞已歡喜踊躍重白佛言世尊我今請往堪忍世界觀禮供養釋迦牟尼如來及諸菩薩摩訶薩衆得無礙解陀羅尼門三摩地門神通自在住最後身紹尊位者唯願慈悲哀愍垂許時寶性佛告普光菩薩言善哉善哉今正是時隨汝意往即以千莖金色蓮花其花千葉衆寶莊嚴授普光菩薩而誨之言汝持此花至釋迦牟尼佛所如我詞曰寶性如來致問無量少病少惱起居輕利氣力調和安樂住不世事可忍不衆生易度不持此蓮華以寄世尊而爲佛事汝至彼界應住正知觀彼佛土及諸大衆勿懷輕慢而自毀傷所以者何彼諸菩薩威德難及悲願熏心以大因緣而生彼土時普光菩薩受花奉勑與無量百千俱胝那庾多出家在家菩薩摩訶薩及無數百千童男童女頂禮佛足右繞奉辭各持無量種種花香寶幢旛蓋衣服寶飾及餘供具發引而來所經東方殑伽沙等諸佛世界一一佛所供養恭敬尊重讃歎無空過者至此佛所頂禮雙足繞百千帀却住一面普光菩薩前白佛言世尊從此東方盡殑伽沙等世界最後世界名曰多寶佛號寶性如來應正等覺明行圓滿善逝世間解無上丈夫調御士天人師佛薄伽梵致問世尊無量少病少惱起居輕利氣力

調和安樂住不世事可忍不衆生易度不持此千莖金色蓮花以寄世尊而爲佛事時釋迦牟尼佛受此蓮花還散東方殑伽沙等諸佛世界佛神力故令此蓮花徧諸佛土諸花臺中各有化佛結跏趺坐爲諸菩薩説大般若波羅蜜多相應之法有情聞者必得無上正等菩提是時普光及諸眷屬見此事已歡喜踊躍歎未曾有各隨善根供具多少供養恭敬尊重讃歎佛菩薩已退坐一面如是最後世界已前所有東方一一佛土各有如來現爲大衆宣説妙法是諸佛所亦各有一上首菩薩見此大光大地變動及佛身相前詣佛所白言世尊何因何緣而有此瑞時彼彼佛各各報言於此西方有堪忍世界佛號釋迦牟尼將爲菩薩説大般若波羅蜜多彼佛

神力故現斯瑞上首菩薩聞已歡喜各各請往堪忍世界觀禮供養佛及菩薩彼諸如來讃善聽往各以金色千寳蓮花而告之言汝可持此至彼佛所具陳我詞致問無量少病少惱起居輕利氣力調和安樂住不世事可忍不衆生易度不持此蓮華以寄世尊而爲佛事汝至彼界應住正知觀彼佛土及諸菩薩勿懷輕慢而自毁傷所以者何彼諸菩薩威德難及悲願熏心以大因緣而生彼土一一上首受花奉勑各與無量無數菩薩童男童女辤佛持供發引而來所經佛土一一供養佛及菩薩無空過者到此佛所頂禮雙足繞百千帀奉花陳事佛受花已還散東方佛神力故徧諸佛土諸花臺中各有化佛爲諸菩薩説大般若波羅蜜多令諸聞者必獲無

上正等菩提上首菩薩及諸眷屬見已歡喜歎未曾有各隨善根供具多少供養恭敬尊重讚歎佛菩薩已退坐一面爾時南方盡殑伽沙等世界最後世界名離一切憂佛號無憂德如來應正等覺明行圓滿善逝世間解無上丈夫調御士天人師佛薄伽梵時現在彼安隱住持爲諸菩薩摩訶薩衆說大般若波羅蜜多彼有菩薩名曰離憂見此大光大地變動及佛身相心懷猶豫前詣佛所頂禮雙足白言世尊何因何緣而有此瑞時無憂德佛告離憂菩薩摩訶薩言善男子從此北方盡殑伽沙等世界最後世界名曰堪忍佛號釋迦牟尼如來應正等覺明行圓滿善逝世間解無上丈夫調御士天人師佛薄伽梵今現在彼安隱住持將爲菩薩摩訶薩衆說

大般若波羅蜜多彼佛神力故現斯瑞離憂聞已歡喜踴躍重白佛言世尊我今請往堪忍世界觀禮供養釋迦牟尼如來及諸菩薩摩訶薩衆得無礙解陀羅尼門三摩地門神通自在住最後身紹尊位者唯願慈悲哀愍垂許時無憂德佛告離憂菩薩言善哉善哉今正是時隨汝意往即以千莖金色蓮花其花千葉衆寶莊嚴授離憂菩薩而誨之言汝持此花至釋迦牟尼佛所如我詞曰無憂德如來致問無量少病少惱起居輕利氣力調和安樂住不世事可忍不衆生易度不持此蓮花以寄世尊而爲佛事汝至彼界應住正知觀彼佛土及諸大衆勿懷輕慢而自毀傷所以者何彼諸菩薩威德難及悲願熏心以大因緣而生彼土時離憂菩薩受花奉勑與

無量百千俱胝那庾多出家在家菩薩摩訶薩及無量百千童男童女頂禮佛足右繞奉辭各持無量種種花香寶幢旛蓋衣服寶飾及餘供具發引而來所經南方殑伽沙等諸佛世界一一佛所供養恭敬尊重讚歎無空過者至此佛所頂禮雙足繞百千帀却住一面離憂菩薩前白佛言世尊從此南方盡殑伽沙等世界最後世界名離一切憂佛號無憂德如來應正等覺明行圓滿善逝世間解無上丈夫調御士天人師佛薄伽梵致問世尊無量少病少惱起居輕利氣力調和安樂住不世事可忍不衆生易度不持此千莖金色蓮花以寄世尊而為佛事時釋迦牟尼佛受此蓮花還散南方殑伽沙等諸佛世界佛神力故令此蓮花徧諸佛土諸花臺中各有化佛結跏趺坐為諸菩薩說大般若波羅蜜多相應之法有情聞者必得無上正等菩提是時離憂及諸眷屬見此事已歡喜踊躍歎未曾有各隨善根供具多少供養恭敬尊重讚歎佛菩薩已退坐一面如是最後世界已前所有南方一一佛土各有如來現為大衆宣說妙法是諸佛所亦各有一上首菩薩見此大光大地變動及佛身相前詣佛所白言世尊何因何縁而有此瑞時彼彼佛各各報言於此北方有堪忍世界佛號釋迦牟尼將為菩薩說大般若波羅蜜多彼佛神力故現斯瑞上首菩薩聞已歡喜各各請往堪忍世界觀禮供養佛及菩薩彼諸如來讚善聽往各以金色千寶蓮花而告之言汝可持此至彼佛所具陳我詞致問無量少病少惱起居

輕利氣力調和安樂住不世事可忍不衆生易度不持此蓮花以寄世尊而爲佛事汝至彼界應住正知觀彼佛土及諸菩薩勿懷輕慢而自毀傷所以者何彼諸菩薩威德難及悲願熏心以大因緣而生彼土一一上首受花奉勑各與無量無數菩薩童男童女辭佛持供發引而來所經佛土一一供養佛及菩薩無空過者到此佛所頂禮雙足繞百千帀奉花陳事佛受花已還散南方佛神力故徧諸佛土諸花臺中各有化佛爲諸菩薩說大般若波羅蜜多令諸聞者必獲無上正等菩提上首菩薩及諸眷屬見已歡喜歎未曾有各隨善根供具多少供養恭敬尊重讚歎佛菩薩已退坐一面爾時西方盡殑伽沙等世界最後世界名近寂靜佛號寶焰如來應正等覺明行圓滿善逝世間解無上丈夫調御士天人師佛薄伽梵時現在彼安隱住持爲諸菩薩摩訶薩衆說大般若波羅蜜多彼有菩薩名曰行慧見此大光大地變動及佛身相心懷猶豫前詣佛所頂禮雙足白言世尊何因何緣而有此瑞時寶焰佛告行慧菩薩摩訶薩言善男子從此東方盡殑伽沙等世界最後世界名曰堪忍佛號釋迦牟尼如來應正等覺明行圓滿善逝世間解無上丈夫調御士天人師佛薄伽梵今現在彼安隱住持將爲菩薩摩訶薩衆說大般若波羅蜜多彼佛神力故現斯瑞行慧聞已歡喜踊躍重白佛言世尊我今請往堪忍世界觀禮供養釋迦牟尼如來及諸菩薩摩訶薩衆得無礙解陀羅尼門三摩地門神通自在住最後身

紹尊位者唯願慈悲哀愍垂許時寶焰佛告行慧菩薩言善哉善哉今正是時隨汝意往即以千莖金色蓮花其花千葉衆寶莊嚴授行慧菩薩而誨之言汝持此花至釋迦牟尼佛所如我詞曰寶焰如來致問無量少病少惱起居輕利氣力調和安樂住不世事可忍不衆生易度不持此蓮花以寄世尊而為佛事汝至彼界應住正知觀彼佛土及諸大衆勿懷輕慢而自毀傷所以者何彼諸菩薩威德難及悲願熏心以大因緣而生彼土時行慧菩薩受花奉勑與無量百千俱胝那庾多出家在家菩薩摩訶薩及無數百千童男童女頂禮佛足右繞奉辭各持無量種種花香寶幢旛蓋衣服寶飾及餘供具發引而來所經西方殑伽沙等諸佛世界一一佛所供養

恭敬尊重讃歎無空過者至此佛所頂禮雙足繞百千帀却住一面行慧菩薩前白佛言世尊從此西方盡殑伽沙等世界最後世界名近寂靜佛號寶焰如來應正等覺明行圓滿善逝世間解無上丈夫調御士天人師佛薄伽梵致問世尊無量少病少惱起居輕利氣力調和安樂住不世事可忍不衆生易度不持此千莖金色蓮花以寄世尊而為佛事時釋迦牟尼佛受此蓮花還散西方殑伽沙等諸佛世界佛神力故令此蓮花徧諸佛土諸花臺中各有化佛結跏趺坐為諸菩薩說大般若波羅蜜多相應之法有情聞者必得無上正等菩提是時行慧及諸眷屬見此事已歡喜踊躍歎未曾有各隨善根供具多少供養恭敬尊重讃歎佛菩薩已退坐一面如

是最後世界已前所有西方一一佛土各有如來現爲大衆宣說妙法是諸佛所亦各有一上首菩薩見此大光大地變動及佛身相前詣佛所白言世尊何因何緣而有此瑞時彼彼佛各各報言於此東方有堪忍世界佛號釋迦牟尼將爲菩薩說大般若波羅蜜多彼佛神力故現斯瑞上首菩薩聞已歡喜各各請往堪忍世界觀禮供養佛及菩薩彼諸如來讃善聽往各以金色千寳蓮花而告之言汝可持此至彼佛所具陳我詞致問無量少病少惱起居輕利氣力調和安樂住不世事可忍不衆生易度不持此蓮華以寄世尊而爲佛事汝至彼界應住正知觀彼佛土及諸菩薩勿懷輕慢而自毀傷所以者何彼諸菩薩威德難及悲願熏心以大因緣而生彼土一一上首受花奉勅各與無量無數菩薩童男童女辭佛持供發引而來所經佛土一一供養佛及菩薩無空過者到此佛所頂禮雙足繞百千帀奉花陳事佛受花已還散西方佛神力故徧諸佛土諸花臺中各有化佛爲諸菩薩說大般若波羅蜜多令諸聞者必獲無上正等菩提上首菩薩及諸眷屬見已歡喜歎未曾有各隨善根供具多少供養恭敬尊重讃歎佛菩薩已退坐一面

大般若波羅蜜多經卷第一

音釋

聖教序

控 苦貢切制也　蠢蠢 尺允切擾動也　拯 音整救也　紛糺 糺舉有切紛糺繚戾也　玄奘 奘在黨切玄奘法師名　訛謬 訛吾禾切謬靡幼切誤也　翹 祁堯切舉也　賾 士革切深也　泫 胡犬切露光也

聖教記

軌躅　軌古委切車轍也躅直六切跡也　綜括　綜作弄切括古活切謂綜制包括也　黔黎　黔其廉切黎鄰溪切皆黑也謂黑首之衆庶也　齠齔　齠田聊切齔初覲切始毀齒也　足岳　足將豫切盃也謂以輕壓盃山岳之高也

初會序

貿　莫候切易也　堞　丁協切城上女牆也　拘攣　攣閭圓切拘攣執繫也　解桎　桎職日切足械也　媲　匹詣切配也　搦札　搦眤格切捉也札側八切木簡也　爰諮　爰於也諮津私切訪問也　爰度　度達各切謀也量也

經

般若　梵語也此云智慧般音鉢若尒者切　波羅蜜　梵語也此云到彼岸　薄伽梵　梵語也亦云婆伽婆多含不翻具六義馬一自在二熾盛三端嚴四名稱五吉祥六尊貴乃總衆德至尚之名也　苾芻　苾薄密切芻楚俱切草名含五義一體性柔軟二引蔓旁布三馨香遠聞四能療疼痛五不背日光以比丘之德似之故名比丘爲苾芻　重擔　擔都濫切謂五陰重擔也　鄔波索迦　梵語也此云近事男又梵語鄔波斯迦此云近事女鄔安古切　顰蹙　顰毗賓切蹙子六切顰蹙愁貌　軛　音厄　俱胝　梵語也此云百億胝張尼切　那庾多　梵語也此云萬億庾弋渚切　殑伽　梵語也此云天堂來河名也以從高處來故殑其陵其拯二切伽具牙切　跟　古痕切足踵也　踝　戶瓦切腿兩旁曰內外踝　脛　形定切脚脛也　腨　市兗切腓腸也　䏶　部比切股也　腋　音亦左右兩脇之間曰腋　髆　音博肩髆也　肘　陟酉切臂節也　腕　烏貫切手腕也　胭　音煙通作咽嗌也又喉也　頷　戶感切口下曰頷　頰　吉協切面旁也輔頰也　爆　布效切火裂聲　欻爾　欻許勿切欻爾猶卒然也　撓　女巧切擾亂也

大般若波羅蜜多經卷第二

唐三藏法師玄奘奉　詔譯

初分緣起品第一之二

爾時北方盡殑伽沙等世界最後世界名曰最勝佛號勝帝如來應正等覺明行圓滿善逝世間解無上丈夫調御士天人師佛薄伽梵時現在彼安隱住持為諸菩薩摩訶薩衆說大般若波羅蜜多彼有菩薩名曰勝授見此大光大地變動及佛身相心懷猶豫前詣佛所頂禮雙足白言世尊何因何緣而有此瑞時勝帝佛告勝授菩薩摩訶薩言善男子從此南方盡殑伽沙等世界最後世界名曰堪忍佛號釋迦牟尼如來應正等覺明行圓滿善逝世間解無上丈夫調御士天人師佛薄伽梵今現在彼安隱住持將為菩薩摩訶薩衆說大般若波羅蜜多彼佛神力故現斯瑞勝授聞已歡喜踊躍重白佛言世尊我今請往堪忍世界觀禮供養釋迦牟尼如來及諸菩薩摩訶薩衆得無礙解陀羅尼門三摩地門神通自在住最後身紹尊位者唯願慈悲哀愍垂許時勝帝佛告勝授菩薩言善哉善哉今正是時隨汝意往即以千莖金色蓮花其花千葉衆寶莊嚴授勝授菩薩而誨之言汝持此花至釋迦牟尼佛所如我詞曰勝帝如來致問無量少病少惱起居輕利氣力調和安樂住不世事可忍不衆生易度不持此蓮花以寄世尊而為佛事汝至彼界應住正知觀彼佛土及諸大衆勿懷輕慢而自毀傷所以者何彼諸菩薩威德難及悲願熏心以大因緣而生彼土時勝授菩薩受花奉勅

與無量百千俱胝那庚多出家在家菩薩摩訶薩及無數百千童男童女頂禮佛足右繞奉辭各持無量種種花香寶幢旛蓋衣服寶飾及餘供具發引而來所經北方殑伽沙等諸佛世界一一佛所供養恭敬尊重讃歎無空過者至此佛所頂禮雙足繞百千帀却住一面勝授菩薩前白佛言世尊從此北方盡殑伽沙等世界最後世界名曰最勝佛號勝帝如來應正等覺明行圓滿善逝世間解無上丈夫調御士天人師佛薄伽梵致問世尊無量少病少惱起居輕利氣力調和安樂住不世事可忍不衆生易度不持此千莖金色蓮花以寄世尊而為佛事時釋迦牟尼佛受此蓮花還散北方殑伽沙等諸佛世界佛神力故令此蓮花徧諸佛土諸花臺中各有化佛結跏趺坐為諸菩薩說大般若波羅蜜多相應之法有情聞者必得無上正等菩提是時勝授及諸眷屬見此事已歡喜踊躍歎未曾有各隨善根供具多少供養恭敬尊重讃歎佛菩薩已退坐一面如是最後世界已前所有北方一一佛土各有如來現為大衆宣說妙法是諸佛所亦各有一上首菩薩見此大光大地變動及佛身相前詣佛所白言世尊何因何緣而有此瑞時彼彼佛各各報言於此南方有堪忍世界佛號釋迦牟尼將為菩薩說大般若波羅蜜多彼佛神力故現斯瑞上首菩薩聞已歡喜各各請往堪忍世界觀禮供養佛及菩薩彼諸如來讃善聽往各以金色千寶蓮花而告之言汝可持此至彼佛所具陳我詞致問無量少病少惱起居輕

利氣力調和安樂住不世事可忍不衆生易度不持此蓮花以寄世尊而爲佛事汝至彼界應住正知觀彼佛土及諸菩薩勿懷輕慢而自毀傷所以者何彼諸菩薩威德難及悲願熏心以大因緣而生彼土一一上首受花奉勅各與無量無數菩薩童男童女辭佛持供發引而來所經佛土一一供養佛及菩薩無空過者到此佛所頂禮雙足繞百千帀奉花陳事佛受花已還散北方佛神力故徧諸佛土諸花臺中各有化佛爲諸菩薩說大般若波羅蜜多令諸聞者必獲無上正等菩提上首菩薩及諸眷屬見已歡喜歎未曾有各隨善根供具多少供養恭敬尊重讚歎佛菩薩已退坐一面爾時東北方盡殑伽沙等世界最後世界名定莊嚴佛號定象勝德如來應正等覺明行圓滿善逝世間解無上丈夫調御士天人師佛薄伽梵時現在彼安隱住持爲諸菩薩摩訶薩衆說大般若波羅蜜多彼有菩薩名離塵勇猛見此大光大地變動及佛身相心懷猶豫前詣佛所頂禮雙足白言世尊何因何緣而有此瑞時定象勝德佛告離塵勇猛菩薩摩訶薩言善男子從此西南方盡殑伽沙等世界最後世界名曰堪忍佛號釋迦牟尼如來應正等覺明行圓滿善逝世間解無上丈夫調御士天人師佛薄伽梵今現在彼安隱住持將爲菩薩摩訶薩衆說大般若波羅蜜多彼佛神力故現斯瑞時離塵勇猛聞佛所說歡喜踊躍重白佛言世尊我今請往堪忍世界觀禮供養釋迦牟尼如來及諸菩薩摩訶薩衆得無礙解陀羅尼

門三摩地門神通自在住最後身紹尊位者唯願慈悲哀愍垂許時定象勝德佛告離塵勇猛菩薩言善哉善哉今正是時隨汝意往即以千莖金色蓮花其花千葉衆寶莊嚴授離塵勇猛菩薩而誨之言汝持此花至釋迦牟尼佛所如我詞曰定象勝德如來致問無量少病少惱起居輕利氣力調和安樂住不世事可忍不衆生易度不持此蓮花以寄世尊而爲佛事汝至彼界應住正知觀彼佛土及諸大衆勿懷輕慢而自毀傷所以者何彼諸菩薩威德難及悲願熏心以大因緣而生彼土時離塵勇猛菩薩受花奉敕與無量百千俱胝那庾多出家在家菩薩摩訶薩及無數百千童男童女頂禮佛足右繞奉辭各持無量種種花香寶幢旛蓋衣服寶飾及餘供具發引而來所經東北方殑伽沙等諸佛世界一一佛所供養恭敬尊重讚歎無空過者至此佛所頂禮雙足繞百千帀却住一面離塵勇猛菩薩前白佛言世尊從此東北方盡殑伽沙等世界最後世界名定莊嚴佛號定象勝德如來應正等覺明行圓滿善逝世間解無上丈夫調御士天人師佛薄伽梵致問世尊無量少病少惱起居輕利氣力調和安樂住不世事可忍不衆生易度不持此千莖金色蓮花以寄世尊而爲佛事時釋迦牟尼佛受此蓮花還散東北方殑伽沙等諸佛世界佛神力故令此蓮花徧諸佛土諸花臺中各有化佛結跏趺坐爲諸菩薩說大般若波羅蜜多相應之法有情聞者必得無上正等菩提時離塵勇猛及諸眷屬見此事已歡喜

踊躍歎未曾有各隨善根供具多少供養恭敬尊重讚歎佛菩薩巳退坐一面如是最後世界巳前諸東北方一一佛土各有如來現爲大衆宣說妙法是諸佛所亦各有一上首菩薩見此大光大地變動及佛身相前詣佛所白言世尊何因何縁而有此瑞時彼彼佛各各報言於此西南方有堪忍世界佛號釋迦牟尼將爲菩薩說大般若波羅蜜多彼佛神力故現斯瑞上首菩薩聞巳歡喜各各請往堪忍世界觀禮供養佛及菩薩彼諸如來讃善聽往各以金色千寶蓮花而告之言汝可持此至彼佛所具陳我詞致問無量少病少惱起居輕利氣力調和安樂住不世事可忍不衆生易度不持此蓮花以寄世尊而爲佛事汝至彼界應住正知觀彼佛土及諸菩

薩勿懷輕慢而自毀傷所以者何彼諸菩薩威德難及悲願熏心以大因縁而生彼土一一上首受花奉勑各與無量無數菩薩童男童女辭佛持供發引而來所經佛土一一供養佛及菩薩無空過者到此佛所頂禮雙足繞百千帀奉花陳事佛受花巳還散東北方佛神力故徧諸佛土諸花臺中各有化佛爲諸菩薩說大般若波羅蜜多令諸聞者必獲無上正等菩提上首菩薩及諸眷屬見巳歡喜歎未曾有各隨善根供具多少供養恭敬尊重讚歎佛菩薩巳退坐一面爾時東南方盡殑伽沙等世界最後世界名妙覺莊嚴甚可愛樂佛號蓮花勝德如來應正等覺明行圓滿善逝世間解無上丈夫調御士天人師佛薄伽梵時現在彼安隱住持爲諸菩薩摩

訶薩衆說大般若波羅蜜多彼有菩薩名蓮花手見此大光大地變動及佛身相心懷猶豫前詣佛所頂禮雙足白言世尊何因何緣而有此瑞時蓮花勝德佛告蓮花手菩薩摩訶薩言善男子從此西北方盡殑伽沙等世界最後世界名曰堪忍佛號釋迦牟尼如來應正等覺明行圓滿善逝世間解無上丈夫調御士天人師佛薄伽梵今現在彼安隱住持將為菩薩摩訶薩衆說大般若波羅蜜多彼佛神力故現斯瑞時蓮花手聞佛所說歡喜踊躍重白佛言世尊我今請往堪忍世界觀禮供養釋迦牟尼如來及諸菩薩摩訶薩衆得無礙解陀羅尼門三摩地門神通自在住最後身紹尊位者唯願慈悲哀愍垂許時蓮花勝德佛告蓮華手菩薩言善哉善哉今正是時隨汝意往即以千莖金色蓮花其花千葉衆寶莊嚴授蓮花手菩薩而誨之言汝持此花至釋迦牟尼佛所如我詞曰蓮花勝德如來致問無量少病少惱起居輕利氣力調和安樂住不世事可忍不衆生易度不持此蓮花以寄世尊而為佛事汝至彼界應住正知觀彼佛土及諸大衆勿懷輕慢而自毀傷所以者何彼諸菩薩威德難及悲願熏心以大因緣而生彼土時蓮花手菩薩受花奉勑與無量百千俱胝那庾多出家在家菩薩摩訶薩及無數百千童男童女頂禮佛足右繞奉辭各持無量種種花香寶幢旛蓋衣服寶飾及餘供具發引而來所經東南方殑伽沙等諸佛世界一一佛所供養恭敬尊重讚歎無空過者至此佛所頂禮雙足繞百千帀

却住一面蓮花手菩薩前白佛言世尊從此東南方盡殑伽沙等世界最後世界名妙覺莊嚴甚可愛樂佛號蓮花勝德如來應正等覺明行圓滿善逝世間解無上丈夫調御士天人師佛薄伽梵致問世尊無量少病少惱起居輕利氣力調和安樂住不世事可忍不衆生易度不持此千莖金色蓮花以寄世尊而為佛事釋迦牟尼佛受此蓮花還散東南方殑伽沙等諸佛世界佛神力故令此蓮花徧諸佛土諸花臺中各有化佛結跏趺坐為諸菩薩說大般若波羅蜜多相應之法有情聞者必得無上正等菩提時蓮花手及諸眷屬見此事已歡喜踊躍歎未曾有各隨善根供具多少供養恭敬尊重讚歎佛菩薩已却坐一面如是最後世界已前諸東南方一一佛土各有如來現為大衆宣說妙法是諸佛所亦各有一上首菩薩見此大光大地變動及佛身相前詣佛所白言世尊何因何緣而有此瑞時彼彼佛各各報言於此西北方有堪忍世界佛號釋迦牟尼將為菩薩說大般若波羅蜜多彼佛神力故現斯瑞上首菩薩聞已歡喜各各請往堪忍世界觀禮供養佛及菩薩彼諸如來讚善聽往各以金色千寶蓮花而告之言汝可持此至彼佛所具陳我詞致問無量少病少惱起居輕利氣力調和安樂住不世事可忍不衆生易度不持此蓮花以寄世尊而為佛事汝至彼界應住正知觀彼佛土及諸菩薩勿懷輕慢而自毀傷所以者何彼諸菩薩威德難及悲願熏心以大因緣而生彼土一一上首受花奉勑各與無

量無數菩薩童男童女辭佛持供發引而來所經佛土一一供養佛及菩薩無空過者到此佛所頂禮雙足繞百千帀奉花陳事佛受花已還散東南方佛神力故徧諸佛土諸花臺中各有化佛為諸菩薩說大般若波羅蜜多令諸聞者必獲無上正等菩提上首菩薩及諸眷屬見已歡喜歎未曾有各隨善根供具多少供養恭敬尊重讚歎佛菩薩已退坐一面爾時西南方盡殑伽沙等世界最後世界名離塵聚佛號日輪徧照勝德如來應正等覺明行圓滿善逝世間解無上丈夫調御士天人師佛薄伽梵時現在彼安隱住持為諸菩薩摩訶薩衆說大般若波羅蜜多彼有菩薩名日光明見此大光大地變動及佛身相心懷猶豫前詣佛所頂禮雙足白言世尊何因何緣而有此瑞時日輪徧照勝德佛告日光明菩薩摩訶薩言善男子從此東北方盡殑伽沙等世界最後世界名曰堪忍佛號釋迦牟尼如來應正等覺明行圓滿善逝世間解無上丈夫調御士天人師佛薄伽梵今現在彼安隱住持將為菩薩摩訶薩衆說大般若波羅蜜多彼佛神力故現斯瑞時日光明聞佛所說歡喜踊躍重白佛言世尊我今請往堪忍世界覲禮供養釋迦牟尼如來及諸菩薩摩訶薩衆得無礙解陀羅尼門三摩地門神通自在住最後身紹尊位者唯願慈悲哀愍垂許時日輪徧照勝德佛告日光明菩薩言善哉善哉今正是時隨汝意往即以千莖金色蓮花其花千葉衆寶莊嚴授日光明菩薩而誨之言汝持此花至釋迦牟尼佛

所如我詞曰日輪徧照勝德如來致問無量少病少惱起居輕利氣力調和安樂住不世事可忍不衆生易度不持此蓮花以寄世尊而爲佛事汝至彼界應住正知觀彼佛土及諸大衆勿懷輕慢而自毀傷所以者何彼諸菩薩威德難及悲願熏心以大因縁而生彼土時日光明菩薩受花奉勑與無量百千俱胝那庾多出家在家菩薩摩訶薩及無數百千童男童女頂禮佛足右繞奉辤各持無量種種花香寶幢旛蓋衣服寶飾及餘供具發引而來所經西南方殑伽沙等諸佛世界一一佛所供養恭敬尊重讚歎無空過者至此佛所頂禮雙足繞百千帀却住一面日光明菩薩前白佛言世尊從此西南方盡殑伽沙等世界最後世界名離塵聚佛號日輪徧照勝德如來應正等覺明行圓滿善逝世間解無上丈夫調御士天人師佛薄伽梵致問世尊無量少病少惱起居輕利氣力調和安樂住不世事可忍不衆生易度不持此千莖金色蓮花以寄世尊而爲佛事時釋迦牟尼佛受此蓮花還散西南方殑伽沙等諸佛世界佛神力故令此蓮花徧諸佛土諸花臺中各有化佛結跏趺坐爲諸菩薩説大般若波羅蜜多相應之法有情聞者必得無上正等菩提時日光明及諸眷屬見此事已歡喜踊躍歎未曾有各隨善根供具多少供養恭敬尊重讚歎佛菩薩已退坐一面如是最後世界已前諸西南方一一佛土各有如來現爲大衆宣説妙法是諸佛所亦各有一上首菩薩見此大光大地變動及佛身相前詣佛所白

言世尊何因何緣而有此瑞時彼彼佛各各報言於此東北方有堪忍世界佛號釋迦牟尼將爲菩薩説大般若波羅蜜多彼佛神力故現斯瑞上首菩薩聞已歡喜各各請往堪忍世界觀禮供養佛及菩薩彼諸如來讚善聽往各以金色千寶蓮花而告之言汝可持此至彼佛所具陳我詞致問無量少病少惱起居輕利氣力調和安樂住不世事可忍不衆生易度不持此蓮花以寄世尊而爲佛事汝至彼界應住正知觀彼佛土及諸菩薩勿懷輕慢而自毀傷所以者何彼諸菩薩威德難及悲願熏心以大因緣而生彼土一一上首受花奉勅各與無量無數菩薩童男童女辭佛持供發引而來所經佛土一一供養佛及菩薩無空過者到此佛所頂禮雙足繞百千帀奉花陳事佛受花已還散西南方佛神力故徧諸佛土諸花臺中各有化佛爲諸菩薩説大般若波羅蜜多令諸聞者必獲無上正等菩提上首菩薩及諸眷屬見已歡喜歎未曾有各隨善根供具多少供養恭敬尊重讚歎佛菩薩已退坐一面爾時西北方盡殑伽沙等世界最後世界名眞自在佛號一寶蓋勝如來應正等覺明行圓滿善逝世間解無上丈夫調御士天人師佛薄伽梵時現在彼安隱住持爲諸菩薩摩訶薩衆説大般若波羅蜜多彼有菩薩名曰寶勝見此大光大地變動及佛身相心懷猶豫前詣佛所頂禮雙足白言世尊何因何緣而有此瑞時一寶蓋勝佛告寶勝菩薩摩訶薩言善男子從此東南方盡殑伽沙等世界最後世界名曰堪

忍佛號釋迦牟尼如來應正等覺明行圓滿善逝世間解無上丈夫調御士天人師佛薄伽梵今現在彼安隱住持將爲菩薩摩訶薩衆說大般若波羅蜜多彼佛神力故現斯瑞寶勝聞已歡喜踊躍重白佛言世尊我今請往堪忍世界觀禮供養釋迦牟尼如來及諸菩薩摩訶薩衆得無礙解陀羅尼門三摩地門神通自在住最後身紹尊位者唯願慈悲哀愍垂許時一寶蓋勝佛告寶勝菩薩言善哉善哉今正是時隨汝意往即以千莖金色蓮花其花千葉衆寶莊嚴授寶勝菩薩而誨之言汝持此花至釋迦牟尼佛所如我詞曰一寶蓋勝如來致問無量少病少惱起居輕利氣力調和安樂住不世事可忍不衆生易度不持此蓮花以寄世尊而爲佛事汝至彼界應住正知觀彼佛土及諸大衆勿懷輕慢而自毀傷所以者何彼諸菩薩威德難及悲願熏心以大因緣而生彼土時寶勝菩薩受花奉勑與無量百千俱胝那庾多出家在家菩薩摩訶薩及無數百千童男童女頂禮佛足右繞奉辭各持無量種種花香寶幢旛蓋衣服寶飾及餘供具發引而來所經西北方殑伽沙等諸佛世界一一佛所供養恭敬尊重讚歎無空過者至此佛所頂禮雙足繞百千帀却住一面寶勝菩薩前白佛言世尊從此西北方盡殑伽沙等世界最後世界名眞自在佛號一寶蓋勝如來應正等覺明行圓滿善逝世間解無上丈夫調御士天人師佛薄伽梵致問世尊無量少病少惱起居輕利氣力調和安樂住不世事可忍不衆生易度

不持此千莖金色蓮花以寄世尊而為佛事時釋迦牟尼佛受此蓮花還散西北方殑伽沙等諸佛世界佛神力故令此蓮花徧諸佛土諸花臺中各有化佛結跏趺坐為諸菩薩說大般若波羅蜜多相應之法有情聞者必得無上正等菩提是時寶勝及諸眷屬見此事已歡喜踊躍歎未曾有各隨善根供具多少供養恭敬尊重讚歎佛菩薩已退坐一面如是最後世界已前諸西北方一一佛土各有如來現為大衆宣說妙法是諸佛所亦各有一上首菩薩見此大光大地變動及佛身相前詣佛所白言世尊何因何緣而有此瑞時彼彼佛各各報言於此東南方有堪忍世界佛號釋迦牟尼將為菩薩說大般若波羅蜜多彼佛神力故現斯瑞上首菩薩聞已歡

喜各各請往堪忍世界觀禮供養佛及菩薩彼諸如來讚善聽往各以金色千寶蓮花而告之言汝可持此至彼佛所具陳我詞致問無量少病少惱起居輕利氣力調和安樂住不世事可忍不衆生易度不持此蓮花以寄世尊而為佛事汝至彼界應住正知觀彼佛土及諸菩薩勿懷輕慢而自毀傷所以者何彼諸菩薩威德難及悲願熏心以大因緣而生彼土一一上首受花奉勑各與無量無數菩薩童男童女辭佛持供發引而來所經佛土一一供養佛及菩薩無空過者到此佛所頂禮雙足繞百千帀奉花陳事佛受花已還散西北方佛神力故徧諸佛土諸花臺中各有化佛為諸菩薩說大般若波羅蜜多令諸聞者必獲無上正等菩提上首菩薩及諸眷

屬見已歡喜歎未曾有各隨善根供具多少供養恭敬尊重讃歎佛菩薩已退坐一面爾時下方盡殑伽沙等世界最後世界名曰蓮花佛號蓮花德如來應正等覺明行圓滿善逝世間解無上丈夫調御士天人師佛薄伽梵時現在彼安隱住持爲諸菩薩摩訶薩衆說大般若波羅蜜多彼有菩薩名蓮花勝見此大光大地變動及佛身相心懐猶豫前詣佛所頂禮雙足白言世尊何因何緣而有此瑞時蓮花德佛告蓮花勝菩薩摩訶薩言善男子從此上方盡殑伽沙等世界最後世界名曰堪忍佛號釋迦牟尼如來應正等覺明行圓滿善逝世間解無上丈夫調御士天人師佛薄伽梵今現在彼安隱住持將爲菩薩摩訶薩衆說大般若波羅蜜多彼佛神力故現斯瑞時蓮花勝聞佛所說歡喜踊躍重白佛言世尊我今請往堪忍世界觀禮供養釋迦牟尼如來及諸菩薩摩訶薩衆得無礙解陁羅尼門三摩地門神通自在住最後身紹尊位者唯願慈悲哀愍垂許時蓮花德佛告蓮花勝菩薩言善哉善哉今正是時隨汝意往即以千莖金色蓮花其花千葉衆寶莊嚴授蓮花勝菩薩而誨之言汝持此花至釋迦牟尼佛所如我詞曰蓮花德如來致問無量少病少惱起居輕利氣力調和安樂住不世事可忍不衆生易度不持此蓮花以寄世尊而爲佛事汝至彼界應住正知觀彼佛土及諸大衆勿懐輕慢而自毀傷所以者何彼諸菩薩威德難及悲願熏心以大因緣而生彼土時蓮花勝菩薩受花奉勅與無量百千俱

胝那庾多出家在家菩薩摩訶薩及無數百千童男童女頂禮佛足右繞奉辭各持無量種種花香寶幢旛蓋衣服寶飾及餘供具發引而來所經下方殑伽沙等諸佛世界一一佛所供養恭敬尊重讚歎無空過者至此佛所頂禮雙足繞百千帀却住一面蓮花勝菩薩前白佛言世尊從此下方盡殑伽沙等世界最後世界名曰蓮花佛號蓮花德如來應正等覺明行圓滿善逝世間解無上丈夫調御士天人師佛薄伽梵致問世尊無量少病少惱起居輕利氣力調和安樂住不世事可忍不衆生易度不持此千莖金色蓮花以寄世尊而為佛事時釋迦牟尼佛受此蓮花還散下方殑伽沙等諸佛世界佛神力故令此蓮花徧諸佛土諸花臺中各有化佛結跏趺坐為諸菩薩說大般若波羅蜜多相應之法有情聞者必得無上正等菩提時蓮花勝及諸眷屬見此事已歡喜踊躍歎未曾有各隨善根供具多少供養恭敬尊重讚歎佛菩薩已退坐一面如是最後世界已前所有下方一一佛土各有如來現為大衆宣說妙法是諸佛所亦各有一上首菩薩見此大光大地變動及佛身相前詣佛所白言世尊何因何緣而有此瑞時彼彼佛各各報言於此上方有堪忍世界佛號釋迦牟尼將為菩薩說大般若波羅蜜多彼佛神力故現斯瑞上首菩薩聞已歡喜各各請往堪忍世界觀禮供養佛及菩薩彼諸如來讚善聽往各以金色千寶蓮花而告之言汝可持此至彼佛所具陳我詞致問無量少病少惱起居輕利氣力調

和安樂住不世事可忍不衆生易度不持此蓮花以寄世尊而爲佛事汝至彼界應住正知觀彼佛土及諸菩薩勿懷輕慢而自毀傷所以者何彼諸菩薩威德難及悲願熏心以大因緣而生彼土一一上首受花奉勑各與無量無數菩薩童男童女辭佛持供發引而來所經佛土一一供養佛及菩薩無空過者到此佛所頂禮雙足繞百千帀奉花陳事佛受花已還散下方佛神力故徧諸佛土諸花臺中各有化佛爲諸菩薩說大般若波羅蜜多令諸聞者必獲無上正等菩提上首菩薩及諸眷屬見已歡喜歎未曾有各隨善根供具多少供養恭敬尊重讚歎佛菩薩已退坐一面爾時上方盡殑伽沙等世界最後世界名曰歡喜佛號喜德如來應正等覺明行圓滿善逝世間解無上丈夫調御士天人師佛薄伽梵時現在彼安隱住持爲諸菩薩摩訶薩衆說大般若波羅蜜多彼有菩薩名曰喜授見此大光大地變動及佛身相心懷猶豫前詣佛所頂禮雙足白言世尊何因何緣而有此瑞時喜德佛告喜授菩薩摩訶薩言善男子從此下方盡殑伽沙等世界最後世界名曰堪忍佛號釋迦牟尼如來應正等覺明行圓滿善逝世間解無上丈夫調御士天人師佛薄伽梵今現在彼安隱住持將爲菩薩摩訶薩衆說大般若波羅蜜多彼佛神力故現斯瑞喜授聞已歡喜踊躍重白佛言世尊我今請往堪忍世界觀禮供養釋迦牟尼如來及諸菩薩摩訶薩衆得無礙解陀羅尼門三摩地門神通自在住最後身紹尊位者唯

願慈悲哀愍垂許時喜德佛告喜授菩薩言善哉善哉今正是時隨汝意往即以千莖金色蓮花其花千葉衆寶莊嚴授喜授菩薩而誨之言汝持此花至釋迦牟尼佛所如我詞曰喜德如來致問無量少病少惱起居輕利氣力調和安樂住不世事可忍不衆生易度不持此蓮花以寄世尊而爲佛事汝至彼界應住正知觀彼佛土及諸大衆勿懷輕慢而自毀傷所以者何彼諸菩薩威德難及悲願熏心以大因緣而生彼土時喜授菩薩受花奉勑與無量百千俱胝那庾多出家在家菩薩摩訶薩及無數百千童男童女頂禮佛足右繞奉辭各持無量種種花香寶幢旛蓋衣服寶飾及餘供具發引而來所經上方殑伽沙等諸佛世界一一佛所供養恭敬尊重讚歎無空過者至此佛所頂禮雙足繞百千帀却住一面喜授菩薩前白佛言世尊從此上方盡殑伽沙等世界最後世界名曰歡喜佛號喜德如來應正等覺明行圓滿善逝世間解無上丈夫調御士天人師佛薄伽梵致問世尊無量少病少惱起居輕利氣力調和安樂住不世事可忍不衆生易度不持此千莖金色蓮花以寄世尊而爲佛事時釋迦牟尼佛受此蓮花還散上方殑伽沙等諸佛世界佛神力故令此蓮花徧諸佛土諸花臺中各有化佛結跏趺坐爲諸菩薩說大般若波羅蜜多相應之法有情聞者必得無上正等菩提是時喜授及諸眷屬見此事已歡喜踊躍歎未曾有各隨善根供具多少供養恭敬尊重讚歎佛菩薩已退坐一面如是最後世界

已前所有上方一一佛土各有如來現為大衆宣說妙法是諸佛所亦各有一上首菩薩見此大光大地變動及佛身相前詣佛所白言世尊何因何緣而有此瑞時彼彼佛各各報言於此下方有堪忍世界佛號釋迦牟尼將為菩薩說大般若波羅蜜多彼佛神力故現斯瑞上首菩薩聞已歡喜各各請往堪忍世界觀禮供養佛及菩薩彼諸如來讚善聽往各以金色千寶蓮花而告之言汝可持此至彼佛所具陳我詞致問無量少病少惱起居輕利氣力調和安樂住不世事可忍不衆生易度不持此蓮花以寄世尊而為佛事汝至彼界應住正知觀彼佛土及諸菩薩勿懷輕慢而自毀傷所以者何彼諸菩薩威德難及悲願熏心以大因緣而生彼土一一上首受花奉勑各與無量無數菩薩童男童女辭佛持供發引而來所經佛土一一供養佛及菩薩無空過者到此佛所頂禮雙足繞百千帀奉花陳事佛受花已還散上方佛神力故徧諸佛土諸花臺中各有化佛為諸菩薩說大般若波羅蜜多令諸聞者必獲無上正等菩提上首菩薩及諸眷屬見已歡喜歎未曾有各隨善根供具多少供養恭敬尊重讚歎佛菩薩已退坐一面爾時於此三千大千佛之世界衆寶充滿種種妙花徧布其地寶幢旛蓋處處行列花樹果樹香樹鬘樹寶樹衣樹諸雜飾樹周徧莊嚴甚可愛樂如衆蓮花世界普花如來淨土妙吉祥菩薩善住慧菩薩及餘無量大威神力菩薩摩訶薩本住其中

大般若波羅蜜多經卷第二

大般若波羅蜜多經卷第三

唐三藏法師玄奘奉　詔譯

初分學觀品第二之一

爾時世尊知諸世界若天魔梵若諸沙門若婆羅門若健達縛若阿素洛若諸龍神若諸菩薩摩訶薩衆住最後身紹尊位者若餘一切於法有緣人非人等皆來集會便告具壽舍利子言若菩薩摩訶薩欲於一切法等覺一切相當學般若波羅蜜多時舍利子聞佛所說歡喜踊躍即從座起前詣佛所頂禮雙足偏覆左肩右膝著地合掌恭敬而白佛言世尊云何菩薩摩訶薩欲於一切法等覺一切相當學般若波羅蜜多佛告具壽舍利子言舍利子諸菩薩摩訶薩應以無住而為方便安住般若波羅蜜多所住能住不可得故諸菩薩摩訶薩應以無捨而為方便圓滿布施波羅蜜多施者受者及所施物不可得故諸菩薩摩訶薩應以無護而為方便圓滿淨戒波羅蜜多犯無犯相不可得故諸菩薩摩訶薩應以無取而為方便圓滿安忍波羅蜜多動不動相不可得故諸菩薩摩訶薩應以無勤而為方便圓滿精進波羅蜜多身心勤怠不可得故諸菩薩摩訶薩應以無思而為方便圓滿靜慮波羅蜜多有味無味不可得故諸菩薩摩訶薩應以無著而為方便圓滿般若波羅蜜多諸法性相不可得故復次舍利子諸菩薩摩訶薩安住般若波羅蜜多以無所得而為方便應圓滿四念住四正斷四神足五根五力七等覺支八聖道支是三十七菩提分法不可得故諸菩薩摩訶薩安住

般若波羅蜜多以無所得而為方便應圓滿空解脫門無相解脫門無願解脫門三解脫門不可得故諸菩薩摩訶薩安住般若波羅蜜多以無所得而為方便應圓滿四靜慮四無量四無色定靜慮無量及無色定不可得故諸菩薩摩訶薩安住般若波羅蜜多以無所得而為方便應圓滿八解脫八勝處九次第定十徧處解脫勝處等至徧處不可得故諸菩薩摩訶薩安住般若波羅蜜多以無所得而為方便應圓滿九想謂膖脹想膿爛想異赤想青瘀想啄噉想離散想骸骨想焚燒想一切世間不可保想如是諸想不可得故諸菩薩摩訶薩安住般若波羅蜜多以無所得而為方便應圓滿十隨念謂佛隨念法隨念僧隨念戒隨念捨隨念天隨念入出息隨念厭隨念死隨念身隨念是諸隨念不可得故諸菩薩摩訶薩安住般若波羅蜜多以無所得而為方便應圓滿十想謂無常想苦想無我想不淨想死想一切世間不可樂想厭食想斷想離想滅想如是諸想不可得故諸菩薩摩訶薩安住般若波羅蜜多以無所得而為方便應圓滿十一智謂苦智集智滅智道智盡智無生智法智類智世俗智他心智如說智如是諸智不可得故諸菩薩摩訶薩安住般若波羅蜜多以無所得而為方便應圓滿有尋有伺三摩地無尋唯伺三摩地無尋無伺三摩地是三等持不可得故諸菩薩摩訶薩安住般若波羅蜜多以無所得而為方便應圓滿未知當知根已知根具知根如是諸根不可得故諸菩薩摩訶薩安住般若

波羅蜜多以無所得而爲方便應圓滿不淨處觀徧滿處觀一切智智及奢摩他毗鉢舍那如是五種不可得故諸菩薩摩訶薩安住般若波羅蜜多以無所得而爲方便應圓滿四攝事四勝住三明五眼六神通六波羅蜜多如是六種不可得故諸菩薩摩訶薩安住般若波羅蜜多以無所得而爲方便應圓滿七聖財八大士覺九有情居智陀羅尼門三摩地門如是五種不可得故諸菩薩摩訶薩安住般若波羅蜜多以無所得而爲方便應圓滿十地十行十忍二十增上意樂如是四種不可得故諸菩薩摩訶薩安住般若波羅蜜多以無所得而爲方便應圓滿如來十力四無所畏四無礙解十八佛不共法三十二大士相八十隨好如是六種不可得故諸菩薩摩訶薩安住般若波羅蜜多以無所得而爲方便應圓滿無忘失法恒住捨性一切智道相智一切相智一切相微妙智如是六法不可得故諸菩薩摩訶薩安住般若波羅蜜多以無所得而爲方便應圓滿大慈大悲大喜大捨及餘無量無邊佛法如是諸法不可得故復次舍利子若菩薩摩訶薩欲疾證得一切智智應學般若波羅蜜多若菩薩摩訶薩欲疾圓滿一切智道相智一切相智應學般若波羅蜜多若菩薩摩訶薩欲疾圓滿一切有情心行相智一切相微妙智應學般若波羅蜜多若菩薩摩訶薩欲拔一切煩惱習氣應學般若波羅蜜多若菩薩摩訶薩欲入菩薩正性離生應學般若波羅蜜多若菩薩摩訶薩欲超聲聞及獨覺地應學般若波羅

蜜多若菩薩摩訶薩欲住菩薩不退轉地應學般若波羅蜜多若菩薩摩訶薩欲得六種捷速神通應學般若波羅蜜多若菩薩摩訶薩欲知一切有情心行所趣差别應學般若波羅蜜多若菩薩摩訶薩欲勝一切聲聞獨覺智慧作用應學般若波羅蜜多若菩薩摩訶薩欲得一切陀羅尼門三摩地門應學般若波羅蜜多若菩薩摩訶薩欲以一念隨喜俱心超過一切聲聞獨覺所有布施應學般若波羅蜜多若菩薩摩訶薩欲以一念隨喜俱心超過一切聲聞獨覺所有淨戒應學般若波羅蜜多若菩薩摩訶薩欲以一念隨喜俱心超過一切聲聞獨覺定慧解脱解脱知見應學般若波羅蜜多若菩薩摩訶薩欲以一念隨喜俱心超過一切聲聞獨覺靜慮解脱等持等至及餘善法應學般若波羅蜜多若菩薩摩訶薩欲以一念所修善法超過一切異生聲聞獨覺善法應學般若波羅蜜多若菩薩摩訶薩欲行少分布施淨戒安忍精進靜慮般若爲諸有情方便善巧迴向無上正等菩提便得無量無邊功德應學般若波羅蜜多復次舍利子若菩薩摩訶薩欲令所行布施淨戒安忍精進靜慮般若波羅蜜多離諸障礙速得圓滿應學般若波羅蜜多若菩薩摩訶薩欲得世世常見諸佛恒聞正法得佛覺悟蒙佛憶念教誡教授應學般若波羅蜜多若菩薩摩訶薩欲得佛身具三十二大丈夫相八十隨好圓滿莊嚴應學般若波羅蜜多若菩薩摩訶薩欲得世世常憶宿住終不忘失大菩提心遠離惡友親近善友恒

修菩薩摩訶薩行應學般若波羅蜜多若菩
薩摩訶薩欲得世世具大威德摧衆魔怨伏
諸外道應學般若波羅蜜多若菩薩摩訶薩
欲得世世遠離一切煩惱業障通達諸法心
無罣礙應學般若波羅蜜多若菩薩摩訶薩
欲得世世善心善願善行相續常無懈廢應
學般若波羅蜜多若菩薩摩訶薩欲生佛家
入童真地常不遠離諸佛菩薩應學般若波
羅蜜多若菩薩摩訶薩欲得世世具諸相好
端嚴如佛一切有情見者歡喜發起無上正
等覺心速能成辦諸佛功德應學般若波羅
蜜多若菩薩摩訶薩欲以種種勝善根力隨
意能引上妙供具供養恭敬尊重讃歎一切
如來應正等覺令諸善根速得圓滿應學般
若波羅蜜多若菩薩摩訶薩欲滿一切有情
所求飲食衣服牀榻卧具病緣醫藥種種花
香燈明車乘園林舍宅財穀珍奇寶飾妓樂
及餘種種上妙樂具應學般若波羅蜜多復
次舍利子若菩薩摩訶薩欲善安立盡虚空
界法界世界一切有情皆令安住布施淨戒
安忍精進靜慮般若波羅蜜多應學般若波
羅蜜多若菩薩摩訶薩欲得發起一念善心
所獲功德乃至安坐妙菩提座證得無上正
等菩提亦不窮盡應學般若波羅蜜多若菩
薩摩訶薩欲得十方諸佛世界一切如來應
正等覺及諸菩薩摩訶薩衆共所稱讃應學
般若波羅蜜多若菩薩摩訶薩欲一發心即
能徧至十方各如殑伽沙界供養諸佛利樂
有情應學般若波羅蜜多若菩薩摩訶薩欲
一發聲即能徧滿十方各如殑伽沙界讃歎

諸佛教誨有情應學般若波羅蜜多若菩薩摩訶薩欲一念頃安立十方殑伽沙等諸佛世界一切有情皆令習學十善業道受三歸依護持禁戒應學般若波羅蜜多若菩薩摩訶薩欲一念頃安立十方殑伽沙等諸佛世界一切有情皆令習學四靜慮四無量四無色定獲五神通應學般若波羅蜜多若菩薩摩訶薩欲一念頃安立十方殑伽沙等諸佛世界一切有情令住大乘修菩薩行不毀餘乘應學般若波羅蜜多若菩薩摩訶薩欲紹佛種令不斷絶護菩薩家令不退轉嚴淨佛土令速成辦應學般若波羅蜜多復次舍利子若菩薩摩訶薩欲通達內空外空內外空空空大空勝義空有為空無為空畢竟空無際空散空無變異空本性空自相空共相空

一切法空不可得空無性空自性空無性自性空應學般若波羅蜜多若菩薩摩訶薩欲通達一切法真如法界法性不虛妄性不變異性平等性離生性法定法住實際虛空界不思議界應學般若波羅蜜多若菩薩摩訶薩欲通達一切法盡所有性如所有性應學般若波羅蜜多若菩薩摩訶薩欲通達一切法因緣等無間緣所緣緣增上緣性應學般若波羅蜜多若菩薩摩訶薩欲通達一切法如幻如夢如響如像如光影如陽焰如空花如尋香城如變化事唯心所現性相俱空應學般若波羅蜜多若菩薩摩訶薩欲知三千大千世界虛空大地諸山大海江河池沼澗谷陂湖地水火風諸極微量應學般若波羅蜜多若菩薩摩訶薩欲析一毛以為百分取

一分毛盡舉三千大千世界大海江河池沼澗谷陂湖中水棄置他方無邊世界而不惱觸水族生類應學般若波羅蜜多若菩薩摩訶薩見有刧火徧燒三千大千世界天地洞然欲以一氣吹令頓滅應學般若波羅蜜多若菩薩摩訶薩見有三千大千世界所依風輪飄擊上涌將吹三千大千世界蘇迷盧山大蘇迷盧山輪圍山大輪圍山及餘小山大地等物碎如糠糩欲以一指障彼風力令息不起應學般若波羅蜜多若菩薩摩訶薩欲於三千大千世界一結跏坐充滿虛空應學般若波羅蜜多若菩薩摩訶薩欲以一毛羂取三千大千世界蘇迷盧山大蘇迷盧山輪圍山大輪圍山及餘小山大地等物擲過他方無量無數無邊世界而不惱觸諸有情類

應學般若波羅蜜多若菩薩摩訶薩欲以一食一花一香一幢一盖一旛一帳一燈一衣一妓樂等供養恭敬尊重讚歎十方各如殑伽沙界一切如來應正等覺及弟子衆無不充足應學般若波羅蜜多若菩薩摩訶薩欲等安立十方各如殑伽沙界諸有情類令住戒蘊或住定蘊或住慧蘊或住解脫蘊或住解脫知見蘊或住預流果或住一來果或住不還果或住阿羅漢果或住獨覺菩提乃至或令入無餘依般涅槃界應學般若波羅蜜多復次舍利子若菩薩摩訶薩修行般若波羅蜜多能如實知如是布施得大果報謂如實知如是布施得生刹帝利大族如是布施得生婆羅門大族如是布施得生長者大族如是布施得生居士大族如是布施得生四

大王衆天或生三十三天或生夜摩天或生覩史多天或生樂變化天或生他化自在天因是布施得初静慮或第二静慮或第三静慮或第四静慮因是布施得空無邊處定或識無邊處定或無所有處定或非想非非想處定因是布施得三十七菩提分法因是布施得三解脱門因是布施得八解脱或八勝處或九次第定或十徧處因是布施得陀羅尼門或三摩地門因是布施得入菩薩正性離生因是布施得極喜地或離垢地或發光地或焰慧地或極難勝地或現前地或遠行地或不動地或善慧地或法雲地因是布施得佛五眼或六神通因是布施得佛十力或四無所畏或四無礙解或十八佛不共法或大慈大悲大喜大捨因是布施得三十二大丈夫相或八十隨好因是布施得無忘失法或恒住捨性因是布施得一切智或道相智或一切相智因是布施得預流果或一來果或不還果或阿羅漢果或獨覺菩提或得無上正等菩提能如實知如是淨戒安忍精進静慮般若得大果報亦復如是復次舍利子若菩薩摩訶薩修行般若波羅蜜多能如實知如是布施方便善巧能滿布施波羅蜜多如是布施方便善巧能滿淨戒波羅蜜多如是布施方便善巧能滿安忍波羅蜜多如是布施方便善巧能滿精進波羅蜜多如是布施方便善巧能滿静慮波羅蜜多如是布施方便善巧能滿般若波羅蜜多能如實知如是淨戒方便善巧能滿淨戒波羅蜜多如是淨戒方便善巧能滿安忍波羅蜜多如是淨

戒方便善巧能滿精進波羅蜜多如是淨戒方便善巧能滿靜慮波羅蜜多如是淨戒方便善巧能滿般若波羅蜜多如是淨戒方便善巧能滿布施波羅蜜多能如實知如是安忍方便善巧能滿安忍波羅蜜多如是安忍方便善巧能滿精進波羅蜜多如是安忍方便善巧能滿靜慮波羅蜜多如是安忍方便善巧能滿般若波羅蜜多如是安忍方便善巧能滿布施波羅蜜多如是安忍方便善巧能滿淨戒波羅蜜多能如實知如是精進方便善巧能滿精進波羅蜜多如是精進方便善巧能滿靜慮波羅蜜多如是精進方便善巧能滿般若波羅蜜多如是精進方便善巧能滿布施波羅蜜多如是精進方便善巧能滿淨戒波羅蜜多如是精進方便善巧能滿安忍波羅蜜多能如實知如是靜慮方便善巧能滿靜慮波羅蜜多如是靜慮方便善巧能滿般若波羅蜜多如是靜慮方便善巧能滿布施波羅蜜多如是靜慮方便善巧能滿淨戒波羅蜜多如是靜慮方便善巧能滿安忍波羅蜜多如是靜慮方便善巧能滿精進波羅蜜多能如實知如是般若方便善巧能滿般若波羅蜜多如是般若方便善巧能滿布施波羅蜜多如是般若方便善巧能滿淨戒波羅蜜多如是般若方便善巧能滿安忍波羅蜜多如是般若方便善巧能滿精進波羅蜜多如是般若方便善巧能滿靜慮波羅蜜多時舍利子白佛言世尊云何菩薩摩訶薩修行般若波羅蜜多能如實知如是布施淨戒安忍精進靜慮般若由方便善巧故能

滿布施淨戒安忍精進靜慮般若波羅蜜多佛告具壽舍利子言諸菩薩摩訶薩修行般若波羅蜜多能如實知若菩薩摩訶薩以無所得而爲方便修行布施波羅蜜多了達一切施者受者及所施物皆不可得如是布施方便善巧能滿布施淨戒安忍精進靜慮般若波羅蜜多若菩薩摩訶薩以無所得而爲方便修行淨戒波羅蜜多了達一切犯無犯相皆不可得如是淨戒方便善巧能滿淨戒安忍精進靜慮般若布施波羅蜜多若菩薩摩訶薩以無所得而爲方便修行安忍波羅蜜多了達一切動不動相皆不可得如是安忍方便善巧能滿安忍精進靜慮般若布施淨戒波羅蜜多若菩薩摩訶薩以無所得而爲方便修行精進波羅蜜多了達一切身心勤怠皆不可得如是精進方便善巧能滿精進靜慮般若布施淨戒安忍波羅蜜多若菩薩摩訶薩以無所得而爲方便修行靜慮波羅蜜多了達一切有味無味皆不可得如是靜慮方便善巧能滿靜慮般若布施淨戒安忍精進波羅蜜多若菩薩摩訶薩以無所得而爲方便修行般若波羅蜜多了達諸法若性若相皆不可得如是般若方便善巧能滿般若布施淨戒安忍精進靜慮波羅蜜多復次舍利子若菩薩摩訶薩欲得過去未來現在一切如來應正等覺所有功德應學般若波羅蜜多若菩薩摩訶薩欲能徧到有爲無爲諸法彼岸應學般若波羅蜜多若菩薩摩訶薩欲窮過去未來現在諸法眞如法界法性無生實際應學般若波羅蜜多若菩薩摩

訶薩欲與一切聲聞獨覺而為導首應學般若波羅蜜多若菩薩摩訶薩欲與諸佛為親侍者應學般若波羅蜜多若菩薩摩訶薩欲與諸佛為内眷屬應學般若波羅蜜多若菩薩摩訶薩欲得世世具大眷屬應學般若波羅蜜多若菩薩摩訶薩欲與菩薩常為眷屬應學般若波羅蜜多若菩薩摩訶薩欲淨身器堪受世間供養恭敬應學般若波羅蜜多若菩薩摩訶薩欲永摧伏諸慳貪心應學般若波羅蜜多若菩薩摩訶薩欲永不起諸犯戒心應學般若波羅蜜多若菩薩摩訶薩欲永除去諸忿恚心應學般若波羅蜜多若菩薩摩訶薩欲永棄捨諸懈怠心應學般若波羅蜜多若菩薩摩訶薩欲永靜息諸散亂心應學般若波羅蜜多若菩薩摩訶薩欲永遠離諸惡慧心應學般若波羅蜜多若菩薩摩訶薩欲普安立一切有情於施性福業事戒性福業事修性福業事供侍福業事有依福業事應學般若波羅蜜多若菩薩摩訶薩欲得五眼所謂肉眼天眼慧眼法眼佛眼應學般若波羅蜜多復次舍利子若菩薩摩訶薩欲以天眼普見十方殑伽沙等諸佛世界一切如來應正等覺應學般若波羅蜜多若菩薩摩訶薩欲以天耳普聞十方殑伽沙等諸佛世界一切如來應正等覺所說正法應學般若波羅蜜多若菩薩摩訶薩欲如實知十方各如殑伽沙界一切如來應正等覺心心所法應學般若波羅蜜多若菩薩摩訶薩欲於十方殑伽沙等諸佛世界一一佛所聽聞正法常無懈廢隨所聞法乃至無上正等菩

提終不忘失應學般若波羅蜜多若菩薩摩訶薩欲見過去未來現在十方世界種種佛土應學般若波羅蜜多若菩薩摩訶薩欲於過去未來現在十方諸佛所説一切契經應頌記莂諷頌自説因緣本事本生方廣希法譬喻論議諸聲聞等若聞不聞皆能通達甚深義趣應學般若波羅蜜多若菩薩摩訶薩欲於過去未來現在十方諸佛所説法門自能受持讀誦通利善解義趣爲他廣説應學般若波羅蜜多若菩薩摩訶薩欲於過去未來現在十方諸佛所説法門自能如實如説修行亦能方便勸他如實如説修行應學般若波羅蜜多若菩薩摩訶薩欲於十方殑伽沙等幽冥世界及於一一世界中間日月等光所不照處爲作光明應學般若波羅蜜多若菩薩摩訶薩欲於十方殑伽沙等愚闇世界其中有情邪見熾盛不信惡行不信妙行不信惡行妙行異熟不信前世不信後世不信苦諦不信集諦不信滅諦不信道諦不信布施淨戒安忍精進靜慮般若等行能獲世間出世間果不聞佛名法名僧名方便開化令起正見聞三寶名歡喜信受捨諸惡行修諸妙行應學般若波羅蜜多若菩薩摩訶薩欲令十方殑伽沙等世界有情以己威力盲者能視聾者能聽瘂者能言狂者得念亂者得定貧者得富露者得衣饑者得食渴者得飲病者得除愈醜者得端嚴形殘者得具足根缺者得圓滿迷悶者得醒悟疲頓者得安泰應學般若波羅蜜多若菩薩摩訶薩欲令十方殑伽沙等世界有情以己威力慈心相

向如父如母如兄如弟如姊如妹如友如親不相違害展轉為作利益安樂應學般若波羅蜜多若菩薩摩訶薩欲令十方殑伽沙等世界有情以已威力在惡趣者皆脱惡趣來生善趣在善趣者常居善趣不墮惡趣應學般若波羅蜜多若菩薩摩訶薩欲令十方殑伽沙等世界有情以已威力習惡業者皆修善業常無厭倦應學般若波羅蜜多若菩薩摩訶薩欲令十方殑伽沙等世界有情以已威力諸犯戒者皆住戒蘊諸散亂者皆住定蘊諸愚癡者皆住慧蘊未得解脱者皆住解脱蘊未得解脱知見者皆住解脱知見蘊應學般若波羅蜜多若菩薩摩訶薩欲令十方殑伽沙等世界有情以已威力未見諦者令得見諦住預流果或一來果或不還果或令證得阿羅漢果或令證得獨覺菩提或令證得乃至無上正等菩提應學般若波羅蜜多若菩薩摩訶薩欲學諸佛殊勝威儀令諸有情觀之無厭息一切惡生一切善應學般若波羅蜜多復次舍利子若菩薩摩訶薩作是思惟我於何時如象王視為衆説法容止肅然是菩薩摩訶薩欲成斯事應學般若波羅蜜多若菩薩摩訶薩作是思惟我於何時身語意業皆悉清淨隨智慧行是菩薩摩訶薩欲成斯事應學般若波羅蜜多若菩薩摩訶薩作是思惟我於何時足不履地如四指量自在而行是菩薩摩訶薩欲成斯事應學般若波羅蜜多若菩薩摩訶薩作是思惟我於何時當得無量百千俱胝那庾多四大王衆天三十三天夜摩天覩史多天樂變化天他

化自在天梵衆天梵輔天梵會天大梵天光天少光天無量光天極光淨天淨天少淨天無量淨天徧淨天廣天少廣天無量廣天廣果天無煩天無熱天善現天善見天色究竟天及諸龍神供養恭敬尊重讚歎導從圍繞詣菩提樹是菩薩摩訶薩欲成斯事應學般若波羅蜜多若菩薩摩訶薩作是思惟我於何時當得無量百千俱胝那庾多四大王衆天乃至色究竟天及諸龍神於菩提樹下以寶衣爲座是菩薩摩訶薩欲成斯事應學般若波羅蜜多若菩薩摩訶薩作是思惟我於何時菩提樹下結跏趺坐以衆妙相所莊嚴手而撫大地令彼地神幷諸眷屬俱時踊現爲作證明是菩薩摩訶薩欲成斯事應學般若波羅蜜多若菩薩摩訶薩作是思惟我於何時坐菩提樹降伏衆魔證得無上正等菩提是菩薩摩訶薩欲成斯事應學般若波羅蜜多若菩薩摩訶薩作是思惟我於何時證得無上正等覺已隨地方所行住坐卧悉爲金剛是菩薩摩訶薩欲成斯事應學般若波羅蜜多若菩薩摩訶薩作是思惟我於何時當捨國位出家之日即成無上正等菩提還於是日轉妙法輪即令無量無數有情遠塵離垢生淨法眼復令無量無數有情永盡諸漏心慧解脫亦令無量無數有情皆於無上正等菩提得不退轉是菩薩摩訶薩欲成斯事應學般若波羅蜜多若菩薩摩訶薩作是思惟我於何時當得無上正等菩提無量無數聲聞菩薩爲弟子衆一說法時無量無數諸有情類不起于座同時證得阿羅漢果無

量無數諸有情類不起于座同於無上正等菩提得不退轉是菩薩摩訶薩欲成斯事應學般若波羅蜜多若菩薩摩訶薩作是思惟我於何時壽量無盡身有無量無邊光明相好莊嚴觀者無猒行時雖有千葉蓮花自然涌現每承其足而令地上現千輻輪舉步經行大地震動然不擾惱地居有情欲迴顧時舉身皆轉足之所履盡金剛際如車輪量地亦隨轉是菩薩摩訶薩欲成斯事應學般若波羅蜜多若菩薩摩訶薩作是思惟我於何時舉身支節皆放無量無數光明徧照十方無邊世界隨所照處爲諸有情作大饒益是菩薩摩訶薩欲成斯事應學般若波羅蜜多若菩薩摩訶薩作是思惟我於何時當得無上正等菩提我佛土中無有一切貪欲瞋恚愚癡等名亦不聞有地獄傍生鬼界惡趣是菩薩摩訶薩欲成斯事應學般若波羅蜜多若菩薩摩訶薩作是思惟我於何時當得無上正等菩提我佛土中諸有情類成就妙慧如餘佛土每作念言布施調伏安忍勇進寂靜諦觀離諸放逸勤修梵行於諸有情慈悲喜捨不相惱觸豈不善哉是菩薩摩訶薩欲成斯事應學般若波羅蜜多若菩薩摩訶薩作是思惟我於何時當得無上正等菩提我佛土中諸有情類成就種種殊勝功德餘佛土中諸佛菩薩咸共稱讃是菩薩摩訶薩欲成斯事應學般若波羅蜜多若菩薩摩訶薩作是思惟我於何時當得無上正等菩提化事既周般涅槃後正法無有滅盡之期常爲有情作饒益事是菩薩摩訶薩欲成斯事應

學般若波羅蜜多若菩薩摩訶薩作是思惟我於何時當得無上正等菩提十方各如殑伽沙界諸有情類聞我名者必得無上正等菩提是菩薩摩訶薩欲成斯事應學般若波羅蜜多舍利子諸菩薩摩訶薩欲得此等無量無數不可思議希有功德應學般若波羅蜜多

大般若波羅蜜多經卷第三

音釋

健達縛（梵語也亦云乾闥婆此云香陰帝釋樂神也健渠建切）阿素洛（梵語也亦云阿修羅此云無酒又名非天）胮脹（胮匹絳切脹知亮切胮臭脹滿也）膿爛（上奴冬切膿血也下郎肝切糜爛也）青瘀（瘀依據切青瘀謂血積瘀而色青也）啄噉（上音卓下徒濫切謂鳥啄而獸噉也）陂湖（上逋眉切池也）穅檜（穅丘剛切檜古外切穀皮也）羂（古泫切繫也）

大般若波羅蜜多經卷第四

唐三藏法師玄奘奉　詔譯

初分學觀品第二之二

佛告舍利子若菩薩摩訶薩修行般若波羅蜜多已能成辦如是功德爾時三千大千世界四大天王皆大歡喜咸作是念我等今者應以四鉢奉此菩薩如昔天王奉先佛鉢是時三千大千世界三十三天夜摩天覩史多天樂變化天他化自在天皆大歡喜咸作是念我等皆當供養恭敬尊重讚歎如是菩薩令阿素洛黨損減使諸天衆眷屬增益是時三千大千世界梵衆天梵輔天梵會天大梵天光天少光天無量光天極光淨天淨天少淨天無量淨天徧淨天廣天少廣天無量廣天廣果天無煩天無熱天善現天善見天色究竟天歡喜欣悅咸作是念我等當請如是菩薩速證無上正等菩提轉妙法輪饒益一切舍利子若菩薩摩訶薩修行般若波羅蜜多增益六種波羅蜜多時彼世界諸善男子善女人等若見若聞皆大歡喜咸作是念我等願爲如是菩薩當作父母兄弟姊妹妻子眷屬知識朋友因此方便修諸善業亦當證得無上菩提時彼世界四大王衆天乃至色究竟天若見若聞皆大歡喜咸作是念我等當作種種方便令是菩薩離非梵行從初發心乃至成佛常修梵行所以者何若染色欲於生梵天尚能爲障況得無上正等菩提是故菩薩斷欲出家修梵行者能得無上正等菩提非不斷者時舍利子白佛言世尊諸菩薩摩訶薩爲要當有父母妻子諸親友耶

佛告具壽舍利子言或有菩薩具有父母妻子眷屬而修菩薩摩訶薩行或有菩薩摩訶薩無有妻子從初發心乃至成佛常修梵行不壞童真或有菩薩摩訶薩方便善巧示受五欲厭捨出家修行梵行方得無上正等菩提舍利子譬如幻師或彼弟子善於幻法幻作種種五妙欲具於中自恣共相娛樂於意云何彼幻所作爲有實不舍利子言不也世尊不也善逝佛言舍利子菩薩摩訶薩亦復如是爲欲成熟諸有情故方便善巧化受五欲實無是事然此菩薩摩訶薩於五欲中深生厭患不爲五欲過失所染以無量門訶毀諸欲欲爲熾火燒身心故欲爲穢惡染自他故欲爲魁膾於去來今常爲害故欲爲怨敵長夜伺求作衰損故欲如草炬欲如苦果欲如利劍欲如火聚欲如毒器欲如幻惑欲如闇井欲如詐親旃荼羅等舍利子諸菩薩摩訶薩以如是等無量過門訶毀諸欲既善了知諸欲過失寧有真實受諸欲事但爲饒益所化有情方便善巧示受諸欲爾時舍利子白佛言世尊云何菩薩摩訶薩應行般若波羅蜜多佛告具壽舍利子言舍利子菩薩摩訶薩修行般若波羅蜜多時應如是觀實有菩薩不見有菩薩不見菩薩名不見般若波羅蜜多不見般若波羅蜜多名不見行不見不行何以故舍利子菩薩自性空菩薩名空所以者何色自性空不由空故色空非色色不離空空不離色色即是空空即是色受想行識自性空不由空故受想行識空非受想行識受想行識不離空空不離受想行識受

想行識即是空空即是受想行識何以故舍利子此但有名謂爲菩提此但有名謂爲薩埵此但有名謂爲菩提薩埵此但有名謂之爲空此但有名謂之爲色受想行識如是自性無生無滅無染無淨菩薩摩訶薩如是行般若波羅蜜多不見生不見滅不見染不見淨何以故但假立客名別別於法而起分別假立客名隨起言說如如言說如是如是生起執著菩薩摩訶薩修行般若波羅蜜多時於如是等一切不見由不見故不生執著復次舍利子諸菩薩摩訶薩修行般若波羅蜜多時應如是觀菩薩但有名佛但有名般若波羅蜜多但有名色但有名受想行識但有名眼處但有名耳鼻舌身意處但有名色處但有名聲香味觸法處但有名眼界但有名耳鼻舌身意界但有名色界但有名聲香味觸法界但有名眼識界但有名耳鼻舌身意識界但有名眼觸但有名耳鼻舌身意觸但有名眼觸爲緣所生諸受但有名耳鼻舌身意觸爲緣所生諸受但有名地界但有名水火風空識界但有名因緣但有名等無間緣所緣緣增上緣但有名從緣所生諸法但有名無明但有名行識名色六處觸受愛取有生老死愁歎苦憂惱但有名布施波羅蜜多但有名淨戒安忍精進靜慮波羅蜜多但有名內空但有名外空內外空空空大空勝義空有爲空無爲空畢竟空無際空散空無變異空本性空自相空共相空一切法空不可得空無性空自性空無性自性空但有名四念住但有名四正斷四神足五根五力七等

覺支八聖道支但有名空解脱門但有名無相無願解脱門但有名苦聖諦但有名集滅道聖諦但有名四静慮但有名四無量四無色定但有名八解脱但有名八勝處九次第定十徧處但有名陁羅尼門但有名三摩地門但有名極喜地但有名離垢地發光地焰慧地極難勝地現前地遠行地不動地善慧地法雲地但有名正觀地但有名種性地第八地見地薄地離欲地已辦地獨覺地菩薩地如來地但有名五眼但有名六神通但有名如來十力但有名四無所畏四無礙解大慈大悲大喜大捨十八佛不共法但有名三十二大士相但有名八十隨好但有名無忘失法但有名恒住捨性但有名一切智但有名道相智一切相智但有名一切智智但有名永拔煩惱習氣相續但有名預流果但有名一來不還阿羅漢果但有名獨覺菩提但有名一切菩薩摩訶薩行但有名諸佛無上正等菩提但有名世間法但有名出世間法但有名有漏法但有名無漏法但有名有爲法但有名無爲法但有名舍利子如我但有名謂之爲我實不可得如是有情命者生者養者士夫補特伽羅意生儒童作者使作者起者使起者受者使受者知者見者亦但有名謂爲有情乃至見者以不可得空故但隨世俗假立客名諸法亦爾不應執著是故菩薩摩訶薩修行般若波羅蜜多時不見有我乃至見者亦不見有一切法性舍利子諸菩薩摩訶薩如是修行甚深般若波羅蜜多除諸佛慧一切聲聞獨覺等慧所不能及以不

可得空故所以者何是菩薩摩訶薩於名所名俱無所得以不觀見無執著故舍利子諸菩薩摩訶薩若能如是修行般若波羅蜜多名善修行甚深般若波羅蜜多舍利子假使汝及大目乾連滿贍部洲如稻麻竹葦甘蔗林等所有智慧比行般若波羅蜜多一菩薩摩訶薩智慧百分不及一千分不及一百千分不及一俱胝分不及一百俱胝分不及一千俱胝分不及一百千俱胝分不及一數分筭分計分喻分乃至鄔波尼殺曇分亦不及一何以故舍利子是菩薩摩訶薩智慧能使一切有情趣般涅槃一切聲聞獨覺智慧不如是故又舍利子修行般若波羅蜜多一菩薩摩訶薩於一日中所修智慧一切聲聞獨覺智慧不能及故舍利子置贍部洲假使汝及大目乾連滿四大洲如稻麻竹葦甘蔗林等所有智慧比行般若波羅蜜多一菩薩摩訶薩智慧百分不及一千分不及一百千分不及一俱胝分不及一百俱胝分不及一千俱胝分不及一百千俱胝分不及一數分筭分計分喻分乃至鄔波尼殺曇分亦不及一何以故舍利子是菩薩摩訶薩智慧能使一切有情趣般涅槃一切聲聞獨覺智慧不如是故又舍利子修行般若波羅蜜多一菩薩摩訶薩於一日中所修智慧一切聲聞獨覺智慧不能及故舍利子置四大洲假使汝及大目乾連滿一三千大千世界如稻麻竹葦甘蔗林等所有智慧比行般若波羅蜜多一菩薩摩訶薩智慧百分不及一千分不及一百千分不及一俱胝分不及一百俱胝分不

及一千俱胝分不及一百千俱胝分不及一數分筭分計分喻分乃至鄔波尼殺曇分亦不及一何以故舍利子是菩薩摩訶薩智慧能使一切有情趣般涅槃一切聲聞獨覺智慧不如是故又舍利子修行般若波羅蜜多一菩薩摩訶薩於一日中所修智慧一切聲聞獨覺智慧不能及故舍利子置一三千大千世界假使汝及大目乾連充滿十方殑伽沙等諸佛世界如稻麻竹葦甘蔗林等所有智慧比行般若波羅蜜多一菩薩摩訶薩智慧百分不及一千分不及一百千分不及一俱胝分不及一百俱胝分不及一千俱胝分不及一百千俱胝分不及一數分筭分計分喻分乃至鄔波尼殺曇分亦不及一何以故舍利子是菩薩摩訶薩智慧能使一切有情趣般涅槃一切聲聞獨覺智慧不如是故又舍利子修行般若波羅蜜多一菩薩摩訶薩於一日中所修智慧一切聲聞獨覺智慧不能及故爾時舍利子白佛言世尊若聲聞乘預流一來不還阿羅漢智慧若獨覺乘智慧若菩薩摩訶薩智慧若諸如來應正等覺智慧是諸智慧皆無差別不相違背無生無滅自性皆空若法無差別不相違無生滅自性空是法差別既不可得云何世尊說行般若波羅蜜多一菩薩摩訶薩於一日中所修智慧一切聲聞獨覺智慧所不能及佛告具壽舍利子言舍利子於意云何修行般若波羅蜜多一菩薩摩訶薩於一日中所修智慧所成勝事一切聲聞獨覺智慧有此事不舍利子言不也世尊不也善逝又舍利子於意云

何修行般若波羅蜜多一菩薩摩訶薩於一日中所修智慧作是念言我當修行一切相微妙智一切智道相智一切相智利益安樂一切有情彼於一切法覺一切相已方便安立一切有情於無餘依般涅槃界一切聲聞獨覺智慧有此事不舍利子言不也世尊不也善逝又舍利子於意云何一切聲聞獨覺頗能作是念我當證得無上正等菩提方便安立一切有情於無餘依涅槃界不舍利子言不也世尊不也善逝又舍利子於意云何一切聲聞獨覺頗能作是念我當修行布施淨戒安忍精進靜慮般若波羅蜜多我當修行殊勝四念住四正斷四神足五根五力七等覺支八聖道支我當修行殊勝四靜慮四無量四無色定我當修行殊勝八解脱八勝處九次第定十徧處我當修行殊勝空無相無願解脱門我當安住內空外空內外空空空大空勝義空有爲空無爲空畢竟空無際空散空無變異空本性空自相空共相空一切法空不可得空無性空自性空無性自性空我當安住眞如法界法性不虛妄性不變異性平等性離生性法定法住實際虛空界不思議界我當安住殊勝苦集滅道聖諦我當修行一切陀羅尼門三摩地門我當修行極喜地離垢地發光地焰慧地極難勝地現前地遠行地不動地善慧地法雲地我當圓滿菩薩神通成熟有情嚴淨佛土我當圓滿五眼六神通我當圓滿佛十力四無所畏四無礙解大慈大悲大喜大捨十八佛不共法我當圓滿三十二大士相八十隨好我當圓

滿無忘失法恒住捨性我當圓滿一切智道相智一切相智永拔一切煩惱習氣證得無上正等菩提方便安立無量無數無邊有情於無餘依涅槃界不舍利子言不也世尊不也善逝佛言舍利子修行般若波羅蜜多諸菩薩摩訶薩皆作是念我當修行布施淨戒安忍精進靜慮般若波羅蜜多乃至我當永拔一切煩惱習氣證得無上正等菩提方便安立無量無數無邊有情於無餘依般涅槃界舍利子譬如螢火無如是念我光能照徧贍部洲普令大明如是一切聲聞獨覺無如是念我當修行布施淨戒安忍精進靜慮般若波羅蜜多乃至我當永拔一切煩惱習氣證得無上正等菩提方便安立無量無數無邊有情於無餘依般涅槃界舍利子譬如日

輪光明熾盛照贍部洲無不周徧如是修行般若波羅蜜多諸菩薩摩訶薩常作是念我當修行布施淨戒安忍精進靜慮般若波羅蜜多乃至我當永拔一切煩惱習氣證得無上正等菩提方便安立無量無數無邊有情於無餘依般涅槃界以是故舍利子當知一切聲聞獨覺所有智慧比行般若波羅蜜多一菩薩摩訶薩於一日中所修智慧百分不及一千分不及一百千分不及一俱胝分不及一百俱胝分不及一千俱胝分不及一百千俱胝分不及一數分筭分計分喻分乃至鄔波尼殺曇分亦不及一爾時舍利子白佛言世尊云何菩薩摩訶薩能超聲聞獨覺等地能得菩薩不退轉地能淨無上佛菩提道佛告具壽舍利子言舍利子諸菩薩摩訶薩

從初發心修行布施淨戒安忍精進靜慮般若方便善巧妙願力智波羅蜜多住空無相無願之法即能超過一切聲聞獨覺等地能得菩薩不退轉地能淨無上佛菩提道時舍利子復白佛言世尊諸菩薩摩訶薩住何等地能與一切聲聞獨覺作眞福田佛告具壽舍利子言舍利子諸菩薩摩訶薩從初發心修行布施淨戒安忍精進靜慮般若方便善巧妙願力智波羅蜜多住空無相無願之法乃至安坐妙菩提座常與一切聲聞獨覺作眞福田何以故舍利子以依菩薩摩訶薩故一切善法出現世閒謂依菩薩摩訶薩故有十善業道五近事戒八近住戒四靜慮四無量四無色定施性福業事戒性福業事修性福業事等出現世閒又依菩薩摩訶薩故有四念住四正斷四神足五根五力七等覺支八聖道支空無相無願解脫門苦集滅道聖諦等出現世閒又依菩薩摩訶薩故有布施淨戒安忍精進靜慮般若波羅蜜多出現世閒有內空外空內外空空空大空勝義空有爲空無爲空畢竟空無際空散空無變異空本性空自相空共相空一切法空不可得空無性空自性空無性自性空出現世閒有一切法眞如法界法性不虛妄性不變異性平等性離生性法定法住實際虛空界不思議界出現世閒有八解脫八勝處九次第定十徧處出現世閒有一切陀羅尼門三摩地門菩薩十地出現世閒有五眼六神通出現世閒有佛十力四無所畏四無礙解大慈大悲大喜大捨十八佛不共法出現世閒有無忘

失法恒住捨性出現世間有一切智道相智一切相智出現世間有成熟有情嚴淨佛土等無量無數無邊善法出現世間由有如是諸善法故世間便有刹帝利大族婆羅門大族長者大族居士大族由有如是諸善法故世間便有四大王衆天三十三天夜摩天覩史多天樂變化天他化自在天由有如是諸善法故世間便有梵衆天梵輔天梵會天大梵天光天少光天無量光天極光淨天淨天少淨天無量淨天徧淨天廣天少廣天無量廣天廣果天無想有情天無煩天無熱天善現天善見天色究竟天由有如是諸善法故世間便有空無邊處天識無邊處天無所有處天非想非非想處天由有如是諸善法故世間便有預流一來不還阿羅漢獨覺由有如是諸善法故世間便有菩薩摩訶薩及諸如來應正等覺爾時舍利子白佛言世尊諸菩薩摩訶薩爲復須報施主恩不佛告具壽舍利子言舍利子諸菩薩摩訶薩不復須報諸施主恩何以故已多報故所以者何舍利子諸菩薩摩訶薩爲大施主施諸有情無量善法謂施有情十善業道五近事戒八近住戒四靜慮四無量四無色定施戒修性三福業事又施有情四念住四正斷四神足五根五力七等覺支八聖道支空無相無願解脫門苦集滅道聖諦又施有情布施淨戒安忍精進靜慮般若方便善巧妙願力智波羅蜜多又施有情内空外空内外空空空大空勝義空有爲空無爲空畢竟空無際空散空無變異空本性空自相空共相空一切法空不

可得空無性空自性空無性自性空又施有情一切法眞如法界法性不虛妄性不變異性平等性離生性法定法住實際虛空界不思議界又施有情八解脫八勝處九次第定十徧處又施有情陀羅尼門三摩地門菩薩十地又施有情五眼六神通又施有情如來十力四無所畏四無礙解大慈大悲大喜大捨十八佛不共法又施有情無忘失法恒住捨性又施有情一切智道相智一切相智又施有情布施愛語利行同事成熟有情嚴淨佛土方便善巧又施有情預流一來不還阿羅漢果獨覺菩提又施有情一切菩薩摩訶薩行諸佛無上正等菩提舍利子諸菩薩摩訶薩施諸有情如是等類無量無數無邊善法故説菩薩爲大施主由此已報諸施主恩是眞福田生長勝福

初分相應品第三之一

爾時舍利子白佛言世尊修行般若波羅蜜多菩薩摩訶薩與何法相應故當言與般若波羅蜜多相應佛告具壽舍利子言舍利子修行般若波羅蜜多菩薩摩訶薩與色空相應故當言與般若波羅蜜多相應與受想行識空相應故當言與般若波羅蜜多相應舍利子修行般若波羅蜜多菩薩摩訶薩與眼處空相應故當言與般若波羅蜜多相應與耳鼻舌身意處空相應故當言與般若波羅蜜多相應舍利子修行般若波羅蜜多菩薩摩訶薩與色處空相應故當言與般若波羅蜜多相應與聲香味觸法處空相應故當言與般若波羅蜜多相應舍利子修行般若波

羅蜜多菩薩摩訶薩與眼界空相應故當言與般若波羅蜜多相應與耳鼻舌身意界空相應故當言與般若波羅蜜多相應舍利子修行般若波羅蜜多菩薩摩訶薩與色界空相應故當言與般若波羅蜜多相應與聲香味觸法界空相應故當言與般若波羅蜜多相應舍利子修行般若波羅蜜多菩薩摩訶薩與眼識界空相應故當言與般若波羅蜜多相應與耳鼻舌身意識界空相應故當言與般若波羅蜜多相應舍利子修行般若波羅蜜多菩薩摩訶薩與眼觸空相應故當言與般若波羅蜜多相應與耳鼻舌身意觸空相應故當言與般若波羅蜜多相應舍利子修行般若波羅蜜多菩薩摩訶薩與眼觸爲緣所生諸受空相應故當言與般若波羅蜜

多相應與耳鼻舌身意觸爲緣所生諸受空相應故當言與般若波羅蜜多相應舍利子修行般若波羅蜜多菩薩摩訶薩與地界空相應故當言與般若波羅蜜多相應與水火風空識界空相應故當言與般若波羅蜜多相應舍利子修行般若波羅蜜多菩薩摩訶薩與因緣空相應故當言與般若波羅蜜多相應與等無間緣所緣緣增上緣及從諸緣所生諸法空相應故當言與般若波羅蜜多相應舍利子修行般若波羅蜜多菩薩摩訶薩與無明空相應故當言與般若波羅蜜多相應與行識名色六處觸受愛取有生老死愁歎苦憂惱空相應故當言與般若波羅蜜多相應舍利子修行般若波羅蜜多菩薩摩訶薩與布施波羅蜜多空相應故當言與般

若波羅蜜多相應與淨戒安忍精進靜慮般若波羅蜜多空相應故當言與般若波羅蜜多相應舍利子修行般若波羅蜜多菩薩摩訶薩與內空相應故當言與般若波羅蜜多相應與外空內外空空空大空勝義空有為空無為空畢竟空無際空散空無變異空本性空自相空共相空一切法空不可得空無性空自性空無性自性空相應故當言與般若波羅蜜多相應舍利子修行般若波羅蜜多菩薩摩訶薩與真如空相應故當言與般若波羅蜜多相應與法界法性不虛妄性不變異性平等性離生性法定法住實際虛空界不思議界空相應故當言與般若波羅蜜多相應舍利子修行般若波羅蜜多菩薩摩訶薩與四念住空相應故當言與般若波羅蜜多相應與四正斷四神足五根五力七等覺支八聖道支空相應故當言與般若波羅蜜多相應舍利子修行般若波羅蜜多菩薩摩訶薩與苦聖諦空相應故當言與般若波羅蜜多相應與集滅道聖諦空相應故當言與般若波羅蜜多相應舍利子修行般若波羅蜜多菩薩摩訶薩與十善業道空相應故當言與般若波羅蜜多相應與五近事戒八近住戒空相應故當言與般若波羅蜜多相應舍利子修行般若波羅蜜多菩薩摩訶薩與施性福業事空相應故當言與般若波羅蜜多相應與戒性修性福業事空相應故當言與般若波羅蜜多相應舍利子修行般若波羅蜜多菩薩摩訶薩與四靜慮空相應故當言與般若波羅蜜多相應與四無量四無

色定空相應故當言與般若波羅蜜多相應舍利子修行般若波羅蜜多菩薩摩訶薩與八解脫空相應故當言與般若波羅蜜多相應與八勝處九次第定十徧處空相應故當言與般若波羅蜜多相應舍利子修行般若波羅蜜多菩薩摩訶薩與空解脫門空相應故當言與般若波羅蜜多相應與無相無願解脫門空相應故當言與般若波羅蜜多相應舍利子修行般若波羅蜜多菩薩摩訶薩與一切陀羅尼門空相應故當言與般若波羅蜜多相應與一切三摩地門空相應故當言與般若波羅蜜多相應舍利子修行般若波羅蜜多菩薩摩訶薩與極喜地空相應故當言與般若波羅蜜多相應與離垢地發光地焰慧地極難勝地現前地遠行地不動地善慧地法雲地空相應故當言與般若波羅蜜多相應舍利子修行般若波羅蜜多菩薩摩訶薩與五眼空相應故當言與般若波羅蜜多相應與六神通空相應故當言與般若波羅蜜多相應舍利子修行般若波羅蜜多菩薩摩訶薩與佛十力空相應故當言與般若波羅蜜多相應與四無所畏四無礙解大慈大悲大喜大捨十八佛不共法空相應故當言與般若波羅蜜多相應舍利子修行般若波羅蜜多菩薩摩訶薩與三十二大士相空相應故當言與般若波羅蜜多相應與八十隨好空相應故當言與般若波羅蜜多相應舍利子修行般若波羅蜜多菩薩摩訶薩與無忘失法空相應故當言與般若波羅蜜多相應與恒住捨性空相應故當言與般若

波羅蜜多相應舍利子修行般若波羅蜜多菩薩摩訶薩與一切智空相應故當言與般若波羅蜜多相應與道相智一切相智空相應故當言與般若波羅蜜多相應舍利子修行般若波羅蜜多菩薩摩訶薩與一切智智空相應故當言與般若波羅蜜多相應與永拔一切煩惱習氣空相應故當言與般若波羅蜜多相應舍利子修行般若波羅蜜多菩薩摩訶薩與預流果空相應故當言與般若波羅蜜多相應與一來不還阿羅漢果獨覺菩提空相應故當言與般若波羅蜜多相應舍利子修行般若波羅蜜多菩薩摩訶薩與一切菩薩摩訶薩行空相應故當言與般若波羅蜜多相應與諸佛無上正等菩提空相應故當言與般若波羅蜜多相應舍利子修行般若波羅蜜多菩薩摩訶薩與我空相應故當言與般若波羅蜜多相應與有情命者生者養者士夫補特伽羅意生儒童作者使作者起者使起者受者使受者知者見者空相應故當言與般若波羅蜜多相應舍利子修行般若波羅蜜多菩薩摩訶薩與如是等空相應故當言與般若波羅蜜多相應舍利子修行般若波羅蜜多菩薩摩訶薩與如是等空相應時不見色若相應若不相應不見受想行識若相應若不相應何以故舍利子是菩薩摩訶薩不見色若是生法若是滅法不見受想行識若是生法若是滅法不見色若是染法若是淨法不見受想行識若是染法若是淨法舍利子是菩薩摩訶薩不見色與受合不見受與想合不見想與行合不見

行與識合何以故舍利子無有少法與少法合本性空故所以者何舍利子諸色空彼非色諸受想行識空彼非受想行識何以故舍利子諸色空彼非變礙相諸受空彼非領納相諸想空彼非取像相諸行空彼非造作相諸識空彼非了別相何以故舍利子色不異空空不異色色即是空空即是色受想行識不異空空不異受想行識受想行識即是空空即是受想行識何以故舍利子是諸法空相不生不滅不染不淨不增不減非過去非未來非現在舍利子如是空中無色無受想行識無地界無水火風空識界無眼處無耳鼻舌身意處無色處無聲香味觸法處無眼界無耳鼻舌身意界無色界無聲香味觸法界無眼識界無耳鼻舌身意識界無眼觸無耳鼻舌身意觸無眼觸為緣所生諸受無耳鼻舌身意觸為緣所生諸受無無明生無無明滅無行識名色六處觸受愛取有生老死愁歎苦憂惱生無行乃至老死愁歎苦憂惱滅無苦聖諦無集滅道聖諦無得無現觀無預流無預流果無一來無一來果無不還無不還果無阿羅漢無阿羅漢果無獨覺無獨覺菩提無菩薩無菩薩行無佛無佛菩提舍利子修行般若波羅蜜多菩薩摩訶薩與如是等法相應故當言與般若波羅蜜多相應

大般若波羅蜜多經卷第四

音釋

魁膾 魁枯回切凡為首者曰魁膾古外切切肉也謂宰殺者

旃荼羅 梵語也亦云旃陀羅此云屠者旃諸延切荼同都切

鄔波尼殺曇 梵語也此謂數之極鄔安古切曇徒南切

補特伽羅 梵語也或云福伽羅或富特伽羅此云數取趣謂數數往來諸趣也

大般若波羅蜜多經卷第五

唐三藏法師玄奘奉　詔譯

初分相應品第三之二

復次舍利子諸菩薩摩訶薩修行般若波羅蜜多不見色若相應若不相應不見受想行識若相應若不相應不見眼處若相應若不相應不見耳鼻舌身意處若相應若不相應不見色處若相應若不相應不見聲香味觸法處若相應若不相應不見眼界若相應若不相應不見耳鼻舌身意界若相應若不相應不見色界若相應若不相應不見聲香味觸法界若相應若不相應不見眼識界若相應若不相應不見耳鼻舌身意識界若相應若不相應不見眼觸若相應若不相應不見耳鼻舌身意觸若相應若不相應不見眼觸為緣所生諸受若相應若不相應不見耳鼻舌身意觸為緣所生諸受若相應若不相應不見地界若相應若不相應不見水火風空識界若相應若不相應不見因緣若相應若不相應不見等無間緣所緣緣增上緣若相應若不相應不見從緣所生諸法若相應若不相應不見無明若相應若不相應不見行識名色六處觸受愛取有生老死愁歎苦憂惱若相應若不相應不見欲界若相應若不相應不見色無色界若相應若不相應不見布施波羅蜜多若相應若不相應不見淨戒安忍精進靜慮般若波羅蜜多若相應若不相應不見內空若相應若不相應不見外空內外空空空大空勝義空有為空無為空畢竟空無際空散空無變異空本性空自相空

共相空一切法空不可得空無性空自性空無性自性空若相應若不相應不見真如若相應若不相應不見法界法性不虚妄性不變異性平等性離生性法定法住實際虚空界不思議界若相應若不相應不見四念住若相應若不相應不見四正斷四神足五根五力七等覺支八聖道支若相應若不相應不見苦聖諦若相應若不相應不見集滅道聖諦若相應若不相應不見十善業道若相應若不相應不見五近事戒八近住戒若相應若不相應不見施性福業事若相應若不相應不見戒性修性福業事若相應若不相應不見四靜慮若相應若不相應不見四無量四無色定若相應若不相應不見八解脱若相應若不相應不見八勝處九次第定十徧處若相應若不相應不見空解脱門若相應若不相應不見無相無願解脱門若相應若不相應不見一切陀羅尼門若相應若不相應不見一切三摩地門若相應若不相應不見極喜地若相應若不相應不見離垢地發光地焰慧地極難勝地現前地遠行地不動地善慧地法雲地若相應若不相應不見五眼若相應若不相應不見六神通若相應若不相應不見佛十力若相應若不相應不見四無所畏四無礙解大慈大悲大喜大捨十八佛不共法若相應若不相應不見三十二大士相若相應若不相應不見八十隨好若相應若不相應不見無忘失法若相應若不相應不見恒住捨性若相應若不相應不見一切智若相應若不相應不見道相智一

切相智一切相微妙智若相應若不相應不見一切智智若相應若不相應不見永拔一切煩惱習氣若相應若不相應不見預流果若相應若不相應不見一來不還阿羅漢果若相應若不相應不見獨覺菩提若相應若不相應不見一切菩薩摩訶薩行若相應若不相應不見諸佛無上正等菩提若相應若不相應不見我若相應若不相應不見有情命者生者養者士夫補特伽羅意生儒童作者使作者起者使起者受者使受者知者見者若相應若不相應舍利子由是因緣應知諸菩薩摩訶薩修行般若波羅蜜多故當言與般若波羅蜜多相應復次舍利子諸菩薩摩訶薩修行般若波羅蜜多不觀空與空相應不相應不觀無相與無相相應不相應不觀無願與無願相應不相應何以故舍利子空無相無願皆無相應不相應故舍利子諸菩薩摩訶薩修行般若波羅蜜多與如是法相應故當言與般若波羅蜜多相應復次舍利子諸菩薩摩訶薩修行般若波羅蜜多入一切法自相空已不觀色若相應若不相應不觀受想行識若相應若不相應是菩薩摩訶薩不觀色與前際若相應若不相應何以故不見前際故不觀受想行識與前際若相應若不相應何以故不見前際故不觀色與後際若相應若不相應何以故不見後際故不觀受想行識與後際若相應若不相應何以故不見後際故不觀色與現在若相應若不相應何以故不見現在故不觀受想行識與現在若相應若不相應何以故不見現在

故復次舍利子諸菩薩摩訶薩修行般若波羅蜜多不觀前際與後際若相應若不相應不觀前際與現在若相應若不相應不觀後際與前際若相應若不相應不觀後際與現在若相應若不相應不觀現在與前際若相應若不相應不觀現在與後際若相應若不相應不觀前際與後際現在若相應若不相應不觀後際與前際現在若相應若不相應不觀現在與前際後際若相應若不相應不觀前際後際現在若相應若不相應何以故舍利子三世空故舍利子諸菩薩摩訶薩修行般若波羅蜜多與如是法相應故當言與般若波羅蜜多相應復次舍利子諸菩薩摩訶薩修行般若波羅蜜多不觀一切智與過去若相應若不相應何以故尚不見有過去況觀一切智與過去若相應若不相應不觀一切智與未來若相應若不相應何以故尚不見有未來況觀一切智與未來若相應若不相應不觀一切智與現在若相應若不相應何以故尚不見有現在況觀一切智與現在若相應若不相應舍利子諸菩薩摩訶薩修行般若波羅蜜多與如是法相應故當言與般若波羅蜜多相應復次舍利子諸菩薩摩訶薩修行般若波羅蜜多不觀一切智與色若相應若不相應何以故尚不見有色況觀一切智與色若相應若不相應不觀一切智與受想行識若相應若不相應何以故尚不見有受想行識況觀一切智與受想行識若相應若不相應舍利子諸菩薩摩訶薩修行般若波羅蜜多與如是法相應故當言與

般若波羅蜜多相應復次舍利子諸菩薩摩訶薩修行般若波羅蜜多不觀一切智與眼處若相應若不相應何以故尚不見有眼處況觀一切智與眼處若相應若不相應不觀一切智與耳鼻舌身意處若相應若不相應何以故尚不見有耳鼻舌身意處況觀一切智與耳鼻舌身意處若相應若不相應舍利子諸菩薩摩訶薩修行般若波羅蜜多與如是法相應故當言與般若波羅蜜多相應復次舍利子諸菩薩摩訶薩修行般若波羅蜜多不觀一切智與色處若相應若不相應何以故尚不見有色處況觀一切智與色處若相應若不相應不觀一切智與聲香味觸法處若相應若不相應何以故尚不見有聲香味觸法處況觀一切智與聲香味觸法處若相應若不相應舍利子諸菩薩摩訶薩修行般若波羅蜜多與如是法相應故當言與般若波羅蜜多相應復次舍利子諸菩薩摩訶薩修行般若波羅蜜多不觀一切智與眼界若相應若不相應何以故尚不見有眼界況觀一切智與眼界若相應若不相應不觀一切智與耳鼻舌身意界若相應若不相應何以故尚不見有耳鼻舌身意界況觀一切智與耳鼻舌身意界若相應若不相應舍利子諸菩薩摩訶薩修行般若波羅蜜多與如是法相應故當言與般若波羅蜜多相應復次舍利子諸菩薩摩訶薩修行般若波羅蜜多不觀一切智與色界若相應若不相應何以故尚不見有色界況觀一切智與色界若相應若不相應不觀一切智與聲香味觸法界

若相應若不相應何以故尚不見有聲香味觸法界況觀一切智與聲香味觸法界若相應若不相應舍利子諸菩薩摩訶薩修行般若波羅蜜多與如是法相應故當言與般若波羅蜜多相應復次舍利子諸菩薩摩訶薩修行般若波羅蜜多不觀一切智與眼識界若相應若不相應何以故尚不見有眼識界況觀一切智與眼識界若相應若不相應不觀一切智與耳鼻舌身意識界若相應若不相應何以故尚不見有耳鼻舌身意識界況觀一切智與耳鼻舌身意識界若相應若不相應舍利子諸菩薩摩訶薩修行般若波羅蜜多與如是法相應故當言與般若波羅蜜多相應復次舍利子諸菩薩摩訶薩修行般若波羅蜜多不觀一切智與眼觸若相應若不相應何以故尚不見有眼觸況觀一切智與眼觸若相應若不相應不觀一切智與耳鼻舌身意觸若相應若不相應何以故尚不見有耳鼻舌身意觸況觀一切智與耳鼻舌身意觸若相應若不相應舍利子諸菩薩摩訶薩修行般若波羅蜜多與如是法相應故當言與般若波羅蜜多相應復次舍利子諸菩薩摩訶薩修行般若波羅蜜多不觀一切智與眼觸爲緣所生諸受若相應若不相應何以故尚不見有眼觸爲緣所生諸受況觀一切智與眼觸爲緣所生諸受若相應若不相應不觀一切智與耳鼻舌身意觸爲緣所生諸受若相應若不相應何以故尚不見有耳鼻舌身意觸爲緣所生諸受況觀一切智與耳鼻舌身意觸爲緣所生諸受若相應若

不相應舍利子諸菩薩摩訶薩修行般若波羅蜜多與如是法相應故當言與般若波羅蜜多相應復次舍利子諸菩薩摩訶薩修行般若波羅蜜多不觀一切智與地界若相應若不相應何以故尚不見有地界況觀一切智與地界若相應若不相應不觀一切智與水火風空識界若相應若不相應何以故尚不見有水火風空識界況觀一切智與水火風空識界若相應若不相應舍利子諸菩薩摩訶薩修行般若波羅蜜多與如是法相應故當言與般若波羅蜜多相應復次舍利子諸菩薩摩訶薩修行般若波羅蜜多不觀一切智與因緣若相應若不相應何以故尚不見有因緣況觀一切智與因緣若相應若不相應不觀一切智與等無間緣所緣緣增上緣及從緣所生法若相應若不相應何以故尚不見有等無間緣所緣緣增上緣及從緣所生法況觀一切智與等無間緣所緣緣增上緣及從緣所生法若相應若不相應舍利子諸菩薩摩訶薩修行般若波羅蜜多與如是法相應故當言與般若波羅蜜多相應復次舍利子諸菩薩摩訶薩修行般若波羅蜜多不觀一切智與無明若相應若不相應何以故尚不見有無明況觀一切智與無明若相應若不相應不觀一切智與行識名色六處觸受愛取有生老死愁歎苦憂惱若相應若不相應何以故尚不見有行乃至老死愁歎苦憂惱況觀一切智與行乃至老死愁歎苦憂惱若相應若不相應舍利子諸菩薩摩訶薩修行般若波羅蜜多與如是法相應故

當言與般若波羅蜜多相應復次舍利子諸菩薩摩訶薩修行般若波羅蜜多不觀一切智與布施波羅蜜多若相應若不相應何以故尚不見有布施波羅蜜多況觀一切智與布施波羅蜜多若相應若不相應不觀一切智與淨戒安忍精進靜慮般若波羅蜜多若相應若不相應何以故尚不見有淨戒安忍精進靜慮般若波羅蜜多況觀一切智與淨戒安忍精進靜慮般若波羅蜜多若相應若不相應舍利子諸菩薩摩訶薩修行般若波羅蜜多與如是法相應故當言與般若波羅蜜多相應復次舍利子諸菩薩摩訶薩修行般若波羅蜜多不觀一切智與內空若相應若不相應何以故尚不見有內空況觀一切智與內空若相應若不相應不觀一切智與外空內外空空空大空勝義空有爲空無爲空畢竟空無際空散空無變異空本性空自相空共相空一切法空不可得空無性空自性空無性自性空若相應若不相應何以故尚不見有外空乃至無性自性空況觀一切智與外空乃至無性自性空若相應若不相應舍利子諸菩薩摩訶薩修行般若波羅蜜多與如是法相應故當言與般若波羅蜜多相應復次舍利子諸菩薩摩訶薩修行般若波羅蜜多不觀一切智與四念住若相應若不相應何以故尚不見有四念住況觀一切智與四念住若相應若不相應不觀一切智與四正斷四神足五根五力七等覺支八聖道支若相應若不相應何以故尚不見有四正斷乃至八聖道支況觀一切智與四正斷

乃至八聖道支若相應若不相應舍利子諸菩薩摩訶薩修行般若波羅蜜多與如是法相應故當言與般若波羅蜜多相應復次舍利子諸菩薩摩訶薩修行般若波羅蜜多不觀一切智與苦聖諦若相應若不相應何以故尚不見有苦聖諦況觀一切智與苦聖諦若相應若不相應不觀一切智與集滅道聖諦若相應若不相應何以故尚不見有集滅道聖諦況觀一切智與集滅道聖諦若相應若不相應舍利子諸菩薩摩訶薩修行般若波羅蜜多與如是法相應故當言與般若波羅蜜多相應復次舍利子諸菩薩摩訶薩修行般若波羅蜜多不觀一切智與四靜慮若相應若不相應何以故尚不見有四靜慮況觀一切智與四靜慮若相應若不相應不觀一切智與四無量四無色定若相應若不相應何以故尚不見有四無量四無色定況觀一切智與四無量四無色定若相應若不相應舍利子諸菩薩摩訶薩修行般若波羅蜜多與如是法相應故當言與般若波羅蜜多相應復次舍利子諸菩薩摩訶薩修行般若波羅蜜多不觀一切智與八解脫若相應若不相應何以故尚不見有八解脫況觀一切智與八解脫若相應若不相應不觀一切智與八勝處九次第定十徧處若相應若不相應何以故尚不見有八勝處九次第定十徧處況觀一切智與八勝處九次第定十徧處若相應若不相應舍利子諸菩薩摩訶薩修行般若波羅蜜多與如是法相應故當言與般若波羅蜜多相應復次舍利子諸菩薩摩

訶薩修行般若波羅蜜多不觀一切智與空解脱門若相應若不相應何以故尚不見有空解脱門況觀一切智與空解脱門若相應若不相應不觀一切智與無相無願解脱門若相應若不相應何以故尚不見有無相無願解脱門況觀一切智與無相無願解脱門若相應若不相應舍利子諸菩薩摩訶薩修行般若波羅蜜多與如是法相應故當言與般若波羅蜜多相應復次舍利子諸菩薩摩訶薩修行般若波羅蜜多不觀一切智與一切陁羅尼門若相應若不相應何以故尚不見有一切陁羅尼門況觀一切智與一切陁羅尼門若相應若不相應不觀一切智與一切三摩地門若相應若不相應何以故尚不見有一切三摩地門況觀一切智與一切三摩地門若相應若不相應舍利子諸菩薩摩訶薩修行般若波羅蜜多與如是法相應故當言與般若波羅蜜多相應復次舍利子諸菩薩摩訶薩修行般若波羅蜜多不觀一切智與極喜地若相應若不相應何以故尚不見有極喜地況觀一切智與極喜地若相應若不相應不觀一切智與離垢地發光地焰慧地極難勝地現前地遠行地不動地善慧地法雲地若相應若不相應何以故尚不見有離垢地乃至法雲地況觀一切智與離垢地乃至法雲地若相應若不相應舍利子諸菩薩摩訶薩修行般若波羅蜜多與如是法相應故當言與般若波羅蜜多相應復次舍利子諸菩薩摩訶薩修行般若波羅蜜多不觀一切智與五眼若相應若不相應何以故

尚不見有五眼況觀一切智與五眼若相應若不相應不觀一切智與六神通若相應若不相應何以故尚不見有六神通況觀一切智與六神通若相應若不相應舍利子諸菩薩摩訶薩修行般若波羅蜜多與如是法相應故當言與般若波羅蜜多相應復次舍利子諸菩薩摩訶薩修行般若波羅蜜多不觀一切智與佛十力若相應若不相應何以故尚不見有佛十力況觀一切智與佛十力若相應若不相應不觀一切智與四無所畏四無礙解大慈大悲大喜大捨十八佛不共法若相應若不相應何以故尚不見有四無所畏乃至十八佛不共法況觀一切智與四無所畏乃至十八佛不共法若相應若不相應舍利子諸菩薩摩訶薩修行般若波羅蜜多與如是法相應故當言與般若波羅蜜多相應復次舍利子諸菩薩摩訶薩修行般若波羅蜜多不觀一切智與三十二大士相若相應若不相應何以故尚不見有三十二大士相況觀一切智與三十二大士相若相應若不相應不觀一切智與八十隨好若相應若不相應何以故尚不見有八十隨好況觀一切智與八十隨好若相應若不相應舍利子諸菩薩摩訶薩修行般若波羅蜜多與如是法相應故當言與般若波羅蜜多相應復次舍利子諸菩薩摩訶薩修行般若波羅蜜多不觀一切智與無忘失法若相應若不相應何以故尚不見有無忘失法況觀一切智與無忘失法若相應若不相應不觀一切智與恒住捨性若相應若不相應何以故尚不見

有恒住捨性況觀一切智與恒住捨性若相應若不相應舍利子諸菩薩摩訶薩修行般若波羅蜜多與如是法相應故當言與般若波羅蜜多相應復次舍利子諸菩薩摩訶薩修行般若波羅蜜多不觀一切智與一切智若相應若不相應何以故尚不見有一切智況觀一切智與一切智若相應若不相應不觀一切智與道相智一切相智若相應若不觀一切智與道相智一切相智若相應若不相應何以故尚不見有道相智一切相智況觀一切智與道相智一切相智若相應若不相應舍利子諸菩薩摩訶薩修行般若波羅蜜多與如是法相應故當言與般若波羅蜜多相應復次舍利子諸菩薩摩訶薩修行般若波羅蜜多不觀一切智與佛若相應若不相應何以故尚不見有佛況觀一切智與佛

若相應若不相應不觀一切智與菩提若相應若不相應何以故尚不見有菩提況觀一切智與菩提若相應若不相應舍利子諸菩薩摩訶薩修行般若波羅蜜多與如是法相應故當言與般若波羅蜜多相應復次舍利子諸菩薩摩訶薩修行般若波羅蜜多不觀一切智與佛若相應若不相應亦不觀佛與一切智若相應若不相應何以故一切智即是佛佛即是一切智故不觀一切智與菩提若相應若不相應不觀菩提與一切智若相應若不相應何以故一切智即是菩提菩提即是一切智故舍利子諸菩薩摩訶薩修行般若波羅蜜多與如是法相應故當言與般若波羅蜜多相應復次舍利子諸菩薩摩訶薩修行般若波羅蜜多不著色有不著色非

有不著受想行識有不著受想行識非有不
著色常不著色無常不著受想行識常不著
受想行識無常不著色樂不著色苦不著受
想行識樂不著受想行識苦不著色我不著
色無我不著受想行識我不著受想行識無
我不著色寂靜不著色不寂靜不著受想行
識寂靜不著受想行識不寂靜不著色空不
著色不空不著受想行識空不著受想行識
不空不著色無相不著色有相不著受想行
識無相不著受想行識有相不著色無願不
著色有願不著受想行識無願不著受想行
識有願舍利子諸菩薩摩訶薩修行般若波
羅蜜多與如是法相應故當言與般若波羅
蜜多相應復次舍利子諸菩薩摩訶薩修行
般若波羅蜜多不著眼處有不著眼處非有
不著耳鼻舌身意處有不著耳鼻舌身意處
非有不著眼處常不著眼處無常不著耳鼻
舌身意處常不著耳鼻舌身意處無常不著
眼處樂不著眼處苦不著耳鼻舌身意處樂
不著耳鼻舌身意處苦不著眼處我不著眼
處無我不著耳鼻舌身意處我不著耳鼻舌
身意處無我不著眼處寂靜不著眼處不寂
靜不著耳鼻舌身意處寂靜不著耳鼻舌身
意處不寂靜不著眼處空不著眼處不空不
著耳鼻舌身意處空不著耳鼻舌身意處不
空不著眼處無相不著眼處有相不著耳鼻
舌身意處無相不著耳鼻舌身意處有相不
著眼處無願不著眼處有願不著耳鼻舌身
意處無願不著耳鼻舌身意處有願舍利子
諸菩薩摩訶薩修行般若波羅蜜多與如是

法相應故當言與般若波羅蜜多相應復次舍利子諸菩薩摩訶薩修行般若波羅蜜多不著色處有不著色處非有不著聲香味觸法處有不著聲香味觸法處非有不著色處常不著色處無常不著聲香味觸法處常不著聲香味觸法處無常不著色處樂不著色處苦不著聲香味觸法處樂不著聲香味觸法處苦不著色處我不著色處無我不著聲香味觸法處我不著聲香味觸法處無我不著色處寂靜不著色處不寂靜不著聲香味觸法處寂靜不著聲香味觸法處不寂靜不著色處空不著色處不空不著聲香味觸法處空不著聲香味觸法處不空不著色處無相不著色處有相不著聲香味觸法處無相不著聲香味觸法處有相不著色處無願不著色處有願不著聲香味觸法處無願不著聲香味觸法處有願舍利子諸菩薩摩訶薩修行般若波羅蜜多與如是法相應故當言與般若波羅蜜多相應復次舍利子諸菩薩摩訶薩修行般若波羅蜜多不著眼界有不著眼界非有不著耳鼻舌身意界有不著耳鼻舌身意界非有不著眼界常不著眼界無常不著耳鼻舌身意界常不著耳鼻舌身意界無常不著眼界樂不著眼界苦不著耳鼻舌身意界樂不著耳鼻舌身意界苦不著眼界我不著眼界無我不著耳鼻舌身意界我不著耳鼻舌身意界無我不著眼界寂靜不著眼界不寂靜不著耳鼻舌身意界寂靜不著耳鼻舌身意界不寂靜不著眼界空不著眼界不空不著耳鼻舌身意界空不著耳鼻

舌身意界不空不著眼界無相不著眼界有相不著耳鼻舌身意界無相不著耳鼻舌身意界有相不著眼界無願不著眼界有願不著耳鼻舌身意界無願不著耳鼻舌身意界有願舍利子諸菩薩摩訶薩修行般若波羅蜜多與如是法相應故當言與般若波羅蜜多相應復次舍利子諸菩薩摩訶薩修行般若波羅蜜多不著色界有不著色界非有不著聲香味觸法界有不著聲香味觸法界非有不著色界常不著色界無常不著聲香味觸法界常不著聲香味觸法界無常不著色界樂不著色界苦不著聲香味觸法界樂不著聲香味觸法界苦不著色界我不著色界無我不著聲香味觸法界我不著聲香味觸法界無我不著色界寂靜不著色界不寂靜不著聲香味觸法界寂靜不著聲香味觸法界不寂靜不著色界空不著色界不空不著聲香味觸法界空不著聲香味觸法界不空不著色界無相不著色界有相不著聲香味觸法界無相不著聲香味觸法界有相不著色界無願不著色界有願不著聲香味觸法界無願不著聲香味觸法界有願舍利子諸菩薩摩訶薩修行般若波羅蜜多與如是法相應故當言與般若波羅蜜多相應復次舍利子諸菩薩摩訶薩修行般若波羅蜜多不著眼識界有不著眼識界非有不著耳鼻舌身意識界有不著耳鼻舌身意識界非有不著眼識界常不著眼識界無常不著耳鼻舌身意識界常不著耳鼻舌身意識界無常不著眼識界樂不著眼識界苦不著耳鼻舌身

意識界樂不著耳鼻舌身意識界苦不著眼識界我不著眼識界無我不著耳鼻舌身意識界我不著耳鼻舌身意識界無我不著眼識界寂靜不著眼識界不寂靜不著耳鼻舌身意識界寂靜不著耳鼻舌身意識界不寂靜不著眼識界空不著眼識界不空不著耳鼻舌身意識界空不著耳鼻舌身意識界不空不著眼識界無相不著眼識界有相不著耳鼻舌身意識界無相不著耳鼻舌身意識界有相不著眼識界無願不著眼識界有願不著耳鼻舌身意識界無願不著耳鼻舌身意識界有願舍利子諸菩薩摩訶薩修行般若波羅蜜多與如是法相應故當言與般若波羅蜜多相應

大般若波羅蜜多經卷第五

大般若波羅蜜多經卷第六

唐三藏法師玄奘奉　詔譯

初分相應品第三之三

復次舍利子諸菩薩摩訶薩修行般若波羅蜜多不著眼觸有不著眼觸非有不著耳鼻舌身意觸有不著耳鼻舌身意觸非有不著眼觸常不著眼觸無常不著耳鼻舌身意觸常不著耳鼻舌身意觸無常不著眼觸樂不著眼觸苦不著耳鼻舌身意觸樂不著耳鼻舌身意觸苦不著眼觸我不著眼觸無我不著耳鼻舌身意觸我不著耳鼻舌身意觸無我不著眼觸寂靜不著眼觸不寂靜不著耳鼻舌身意觸寂靜不著耳鼻舌身意觸不寂靜不著眼觸空不著眼觸不空不著耳鼻舌身意觸空不著耳鼻舌身意觸不空不著眼觸無相不著眼觸有相不著耳鼻舌身意觸有相不著耳鼻舌身意觸無相不著眼觸無願不著眼觸有願不著耳鼻舌身意觸無願不著耳鼻舌身意觸有願舍利子諸菩薩摩訶薩修行般若波羅蜜多與如是法相應故當言與般若波羅蜜多相應復次舍利子諸菩薩摩訶薩修行般若波羅蜜多不著眼觸爲緣所生諸受有不著眼觸爲緣所生諸受非有不著耳鼻舌身意觸爲緣所生諸受有不著耳鼻舌身意觸爲緣所生諸受非有不著眼觸爲緣所生諸受常不著眼觸爲緣所生諸受無常不著耳鼻舌身意觸爲緣所生諸受常不著耳鼻舌身意觸爲緣所生諸受無常不著眼觸爲緣所生諸受樂不著眼觸爲緣所生諸受苦不著耳鼻舌身意觸爲緣

所生諸受樂不著耳鼻舌身意觸爲緣所生諸受苦不著眼觸爲緣所生諸受我不著眼觸爲緣所生諸受無我不著耳鼻舌身意觸爲緣所生諸受我不著耳鼻舌身意觸爲緣所生諸受無我不著眼觸爲緣所生諸受寂靜不著眼觸爲緣所生諸受不寂靜不著耳鼻舌身意觸爲緣所生諸受寂靜不著耳鼻舌身意觸爲緣所生諸受不寂靜不著眼觸爲緣所生諸受空不著眼觸爲緣所生諸受不空不著耳鼻舌身意觸爲緣所生諸受空不著耳鼻舌身意觸爲緣所生諸受不空不著眼觸爲緣所生諸受無相不著眼觸爲緣所生諸受有相不著耳鼻舌身意觸爲緣所生諸受無相不著耳鼻舌身意觸爲緣所生諸受有相不著眼觸爲緣所生諸受無願不著眼觸爲緣所生諸受有願不著耳鼻舌身意觸爲緣所生諸受無願不著耳鼻舌身意觸爲緣所生諸受有願舍利子諸菩薩摩訶薩修行般若波羅蜜多與如是法相應故當言與般若波羅蜜多相應復次舍利子諸菩薩摩訶薩修行般若波羅蜜多不著地界有不著地界非有不著水火風空識界有不著水火風空識界非有不著地界常不著地界無常不著水火風空識界常不著水火風空識界無常不著地界樂不著地界苦不著水火風空識界樂不著水火風空識界苦不著地界我不著地界無我不著水火風空識界我不著水火風空識界無我不著地界寂靜不著地界不寂靜不著水火風空識界寂靜不著水火風空識界不寂靜不著地界空不

著地界不空不著水火風空識界空不著水火風空識界不空不著地界無相不著地界有相不著水火風空識界無相不著水火風空識界有相不著地界無願不著地界有願不著水火風空識界無願不著水火風空識界有願舍利子諸菩薩摩訶薩修行般若波羅蜜多與如是法相應故當言與般若波羅蜜多相應復次舍利子諸菩薩摩訶薩修行般若波羅蜜多不著因緣有不著因緣非有不著等無間緣所緣緣增上緣及從緣所生法有不著等無間緣所緣緣增上緣及從緣所生法非有不著因緣常不著因緣無常不著等無間緣所緣緣增上緣及從緣所生法常不著等無間緣所緣緣增上緣及從緣所生法無常不著因緣樂不著因緣苦不著等無間緣所緣緣增上緣及從緣所生法樂不著等無間緣所緣緣增上緣及從緣所生法苦不著因緣我不著因緣無我不著等無間緣所緣緣增上緣及從緣所生法我不著等無間緣所緣緣增上緣及從緣所生法無我不著因緣寂靜不著因緣不寂靜不著等無間緣所緣緣增上緣及從緣所生法寂靜不著等無間緣所緣緣增上緣及從緣所生法不寂靜不著因緣空不著因緣不空不著等無間緣所緣緣增上緣及從緣所生法空不著等無間緣所緣緣增上緣及從緣所生法不空不著因緣無相不著因緣有相不著等無間緣所緣緣增上緣及從緣所生法無相不著等無間緣所緣緣增上緣及從緣所生法有相不著因緣無願不著因緣有願不著

等無間緣所緣緣增上緣及從緣所生法無願不著等無間緣所緣緣增上緣及從緣所生法有願舍利子諸菩薩摩訶薩修行般若波羅蜜多與如是法相應故當言與般若波羅蜜多相應復次舍利子諸菩薩摩訶薩修行般若波羅蜜多不著無明有不著無明非有不著行識名色六處觸受愛取有生老死愁歎苦憂惱有不著行乃至老死愁歎苦憂惱非有不著無明常不著無明無常不著行乃至老死愁歎苦憂惱常不著行乃至老死愁歎苦憂惱無常不著無明樂不著無明苦不著行乃至老死愁歎苦憂惱樂不著行乃至老死愁歎苦憂惱苦不著無明我不著無明無我不著行乃至老死愁歎苦憂惱我不著行乃至老死愁歎苦憂惱無我不著無明寂靜不著無明不寂靜不著行乃至老死愁歎苦憂惱寂靜不著行乃至老死愁歎苦憂惱不寂靜不著無明空不著無明不空不著行乃至老死愁歎苦憂惱空不著行乃至老死愁歎苦憂惱不空不著無明無相不著無明有相不著行乃至老死愁歎苦憂惱無相不著行乃至老死愁歎苦憂惱有相不著無明無願不著無明有願不著行乃至老死愁歎苦憂惱無願不著行乃至老死愁歎苦憂惱有願舍利子諸菩薩摩訶薩修行般若波羅蜜多與如是法相應故當言與般若波羅蜜多相應復次舍利子諸菩薩摩訶薩修行般若波羅蜜多不著布施波羅蜜多有不著布施波羅蜜多非有不著淨戒安忍精進靜慮般若波羅蜜多有不著淨戒安忍精進靜

慮般若波羅蜜多非有不著布施波羅蜜多常不著布施波羅蜜多無常不著淨戒安忍精進靜慮般若波羅蜜多常不著淨戒安忍精進靜慮般若波羅蜜多無常不著布施波羅蜜多樂不著布施波羅蜜多苦不著淨戒安忍精進靜慮般若波羅蜜多樂不著淨戒安忍精進靜慮般若波羅蜜多苦不著布施波羅蜜多我不著布施波羅蜜多無我不著淨戒安忍精進靜慮般若波羅蜜多我不著淨戒安忍精進靜慮般若波羅蜜多無我不著布施波羅蜜多寂靜不著布施波羅蜜多不寂靜不著淨戒安忍精進靜慮般若波羅蜜多寂靜不著淨戒安忍精進靜慮般若波羅蜜多不寂靜不著布施波羅蜜多空不著布施波羅蜜多不空不著淨戒安忍精進靜慮般若波羅蜜多空不著淨戒安忍精進靜慮般若波羅蜜多不空不著布施波羅蜜多無相不著布施波羅蜜多有相不著淨戒安忍精進靜慮般若波羅蜜多無相不著淨戒安忍精進靜慮般若波羅蜜多有相不著布施波羅蜜多無願不著布施波羅蜜多有願不著淨戒安忍精進靜慮般若波羅蜜多無願不著淨戒安忍精進靜慮般若波羅蜜多有願舍利子諸菩薩摩訶薩修行般若波羅蜜多與如是法相應故當言與般若波羅蜜多相應復次舍利子諸菩薩摩訶薩修行般若波羅蜜多不著內空有不著內空非有不著外空內外空空空大空勝義空有爲空無爲空畢竟空無際空散空無變異空本性空自相空共相空一切法空不可得空無性空

自性空無性自性空有不著外空乃至無性自性空非有不著內空常不著內空無常不著外空乃至無性自性空常不著外空乃至無性自性空無常不著內空樂不著內空苦不著外空乃至無性自性空樂不著外空乃至無性自性空苦不著內空我不著內空無我不著外空乃至無性自性空我不著外空乃至無性自性空無我不著內空寂靜不著內空不寂靜不著外空乃至無性自性空寂靜不著外空乃至無性自性空不寂靜不著內空空不著內空不空不著外空乃至無性自性空空不著外空乃至無性自性空不空不著內空無相不著內空有相不著外空乃至無性自性空無相不著外空乃至無性自性空有相不著內空無願不著內空有願不著外空乃至無性自性空無願不著外空乃至無性自性空有願舍利子諸菩薩摩訶薩修行般若波羅蜜多與如是法相應故當言與般若波羅蜜多相應復次舍利子諸菩薩摩訶薩修行般若波羅蜜多不著真如有不著真如非有不著法界法性不虛妄性不變異性平等性離生性法定法住實際虛空界不思議界有不著法界乃至不思議界非有不著真如常不著真如無常不著法界乃至不思議界常不著法界乃至不思議界無常不著真如樂不著真如苦不著法界乃至不思議界樂不著法界乃至不思議界苦不著真如我不著真如無我不著法界乃至不思議界我不著法界乃至不思議界無我不著真如寂靜不著真如不寂靜不著法界乃至

不思議界寂靜不著法界乃至不思議界不寂靜不著眞如空不著眞如不空不著法界乃至不思議界空不著法界乃至不思議界不空不著眞如無相不著眞如有相不著法界乃至不思議界無相不著法界乃至不思議界有相不著眞如無願不著眞如有願不著法界乃至不思議界無願不著法界乃至不思議界有願舍利子諸菩薩摩訶薩修行般若波羅蜜多與如是法相應故當言與般若波羅蜜多相應復次舍利子諸菩薩摩訶薩修行般若波羅蜜多不著四念住有不著四念住非有不著四正斷四神足五根五力七等覺支八聖道支有不著四正斷乃至八聖道支非有不著四念住常不著四念住無常不著四正斷乃至八聖道支常不著四正斷乃至八聖道支無常不著四念住樂不著四念住苦不著四正斷乃至八聖道支樂不著四正斷乃至八聖道支苦不著四念住我不著四念住無我不著四正斷乃至八聖道支我不著四正斷乃至八聖道支無我不著四念住寂靜不著四念住不寂靜不著四正斷乃至八聖道支寂靜不著四正斷乃至八聖道支不寂靜不著四念住空不著四念住不空不著四正斷乃至八聖道支空不著四正斷乃至八聖道支不空不著四念住無相不著四念住有相不著四正斷乃至八聖道支無相不著四正斷乃至八聖道支有相不著四念住無願不著四念住有願不著四正斷乃至八聖道支無願不著四正斷乃至八聖道支有願舍利子諸菩薩摩訶薩修行般

若波羅蜜多與如是法相應故當言與般若波羅蜜多相應復次舍利子諸菩薩摩訶薩修行般若波羅蜜多不著苦聖諦有不著苦聖諦非有不著集滅道聖諦有不著集滅道聖諦非有不著苦聖諦常不著苦聖諦無常不著集滅道聖諦常不著集滅道聖諦無常不著苦聖諦樂不著苦聖諦苦不著集滅道聖諦樂不著集滅道聖諦苦不著苦聖諦我不著苦聖諦無我不著集滅道聖諦我不著集滅道聖諦無我不著苦聖諦寂靜不著苦聖諦不寂靜不著集滅道聖諦寂靜不著集滅道聖諦不寂靜不著苦聖諦空不著苦聖諦不空不著集滅道聖諦空不著集滅道聖諦不空不著苦聖諦無相不著苦聖諦有相不著集滅道聖諦無相不著集滅道聖諦有相不著苦聖諦無願不著苦聖諦有願不著集滅道聖諦無願不著集滅道聖諦有願舍利子諸菩薩摩訶薩修行般若波羅蜜多與如是法相應故當言與般若波羅蜜多相應

復次舍利子諸菩薩摩訶薩修行般若波羅蜜多不著四靜慮有不著四靜慮非有不著四無量四無色定有不著四無量四無色定非有不著四靜慮常不著四靜慮無常不著四無量四無色定常不著四無量四無色定無常不著四靜慮樂不著四靜慮苦不著四無量四無色定樂不著四無量四無色定苦不著四靜慮我不著四靜慮無我不著四無量四無色定我不著四無量四無色定無我不著四靜慮寂靜不著四靜慮不寂靜不著四無量四無色定寂靜不著四無量四無色

定不寂靜不著四靜慮空不著四靜慮不空不著四無量四無色定空不著四無量四無色定不空不著四靜慮無相不著四靜慮有相不著四無量四無色定無相不著四無量四無色定有相不著四靜慮無願不著四靜慮有願不著四無量四無色定無願不著四無量四無色定有願舍利子諸菩薩摩訶薩修行般若波羅蜜多與如是法相應故當言與般若波羅蜜多相應復次舍利子諸菩薩摩訶薩修行般若波羅蜜多不著八解脫有不著八解脫非有不著八勝處九次第定十徧處有不著八勝處九次第定十徧處非有不著八解脫常不著八解脫無常不著八勝處九次第定十徧處常不著八勝處九次第定十徧處無常不著八解脫樂不著八解脫苦不著八勝處九次第定十徧處樂不著八勝處九次第定十徧處苦不著八解脫我不著八解脫無我不著八勝處九次第定十徧處我不著八勝處九次第定十徧處無我不著八解脫寂靜不著八解脫不寂靜不著八勝處九次第定十徧處寂靜不著八勝處九次第定十徧處不寂靜不著八解脫空不著八解脫不空不著八勝處九次第定十徧處空不著八勝處九次第定十徧處不空不著八解脫無相不著八解脫有相不著八勝處九次第定十徧處無相不著八勝處九次第定十徧處有相不著八解脫無願不著八解脫有願不著八勝處九次第定十徧處無願不著八勝處九次第定十徧處有願舍利子諸菩薩摩訶薩修行般若波羅蜜多與如是

法相應故當言與般若波羅蜜多相應復次舍利子諸菩薩摩訶薩修行般若波羅蜜多不著空解脫門有不著空解脫門非有不著無相無願解脫門有不著無相無願解脫門非有不著空解脫門常不著空解脫門無常不著無相無願解脫門常不著無相無願解脫門無常不著空解脫門樂不著空解脫門苦不著無相無願解脫門樂不著無相無願解脫門苦不著空解脫門我不著空解脫門無我不著無相無願解脫門我不著無相無願解脫門無我不著空解脫門寂靜不著空解脫門不寂靜不著無相無願解脫門寂靜不著無相無願解脫門不寂靜不著空解脫門空不著空解脫門不空不著無相無願解脫門空不著無相無願解脫門不空不著空解脫門無相不著空解脫門有相不著無相無願解脫門無相不著無相無願解脫門有相不著空解脫門無願不著空解脫門有願不著無相無願解脫門無願不著無相無願解脫門有願舍利子諸菩薩摩訶薩修行般若波羅蜜多與如是法相應故當言與般若波羅蜜多相應復次舍利子諸菩薩摩訶薩修行般若波羅蜜多不著一切陀羅尼門有不著一切陀羅尼門非有不著一切三摩地門有不著一切三摩地門非有不著一切陀羅尼門常不著一切陀羅尼門無常不著一切三摩地門常不著一切三摩地門無常不著一切陀羅尼門樂不著一切陀羅尼門苦不著一切三摩地門樂不著一切三摩地門苦不著一切陀羅尼門我不著一切陀羅尼

門無我不著一切三摩地門無我不著一切陀羅尼門寂靜不著一切陀羅尼門不寂靜不著一切三摩地門寂靜不著一切三摩地門不寂靜不著一切陀羅尼門空不著一切陀羅尼門不空不著一切三摩地門空不著一切三摩地門不空不著一切陀羅尼門無相不著一切陀羅尼門有相不著一切三摩地門無相不著一切三摩地門有相不著一切陀羅尼門無願不著一切陀羅尼門有願不著一切三摩地門無願不著一切三摩地門有願舍利子諸菩薩摩訶薩修行般若波羅蜜多與如是法相應故當言與般若波羅蜜多相應復次舍利子諸菩薩摩訶薩修行般若波羅蜜多不著極喜地有不著極喜地非有不著離垢地發光地焰慧地極難勝地現前地遠行地不動地善慧地法雲地有不著離垢地乃至法雲地非有不著極喜地常不著極喜地無常不著離垢地乃至法雲地常不著離垢地乃至法雲地無常不著極喜地樂不著極喜地苦不著離垢地乃至法雲地樂不著離垢地乃至法雲地苦不著極喜地我不著極喜地無我不著離垢地乃至法雲地我不著離垢地乃至法雲地無我不著極喜地寂靜不著極喜地不寂靜不著離垢地乃至法雲地寂靜不著離垢地乃至法雲地不寂靜不著極喜地空不著極喜地不空不著離垢地乃至法雲地空不著離垢地乃至法雲地不空不著極喜地無相不著極喜地有相不著離垢地乃至法雲地無相不著離垢地乃至法雲地

有相不著極喜地無願不著極喜地有願不著離垢地乃至法雲地無願不著離垢地乃至法雲地有願舍利子諸菩薩摩訶薩修行般若波羅蜜多與如是法相應故當言與般若波羅蜜多相應復次舍利子諸菩薩摩訶薩修行般若波羅蜜多不著五眼有不著五眼非有不著六神通有不著六神通非有不著五眼常不著五眼無常不著六神通常不著六神通無常不著五眼樂不著五眼苦不著六神通樂不著六神通苦不著五眼我不著五眼無我不著六神通我不著六神通無我不著五眼寂靜不著五眼不寂靜不著六神通寂靜不著六神通不寂靜不著五眼空不著五眼不空不著六神通空不著六神通不空不著五眼無相不著五眼有相不著六神通無相不著六神通有相不著五眼無願不著五眼有願不著六神通無願不著六神通有願舍利子諸菩薩摩訶薩修行般若波羅蜜多與如是法相應故當言與般若波羅蜜多相應復次舍利子諸菩薩摩訶薩修行般若波羅蜜多不著佛十力有不著佛十力非有不著四無所畏四無礙解大慈大悲大喜大捨十八佛不共法有不著四無所畏乃至十八佛不共法非有不著佛十力常不著佛十力無常不著四無所畏乃至十八佛不共法常不著四無所畏乃至十八佛不共法無常不著佛十力樂不著佛十力苦不著四無所畏乃至十八佛不共法樂不著四無所畏乃至十八佛不共法苦不著佛十力我不著佛十力無我不著四無所畏乃至十八佛

不共法我不著四無所畏乃至十八佛不共法無我不著佛十力寂靜不著佛十力不寂靜不著四無所畏乃至十八佛不共法寂靜不著四無所畏乃至十八佛不共法不寂靜不著佛十力空不著佛十力不空不著四無所畏乃至十八佛不共法空不著四無所畏乃至十八佛不共法不空不著佛十力無相不著佛十力有相不著四無所畏乃至十八佛不共法無相不著四無所畏乃至十八佛不共法有相不著佛十力無願不著佛十力有願不著四無所畏乃至十八佛不共法無願不著四無所畏乃至十八佛不共法有願舍利子諸菩薩摩訶薩修行般若波羅蜜多與如是法相應故當言與般若波羅蜜多相應復次舍利子諸菩薩摩訶薩修行般若波羅蜜多不著三十二大士相有不著三十二大士相非有不著八十隨好有不著八十隨好非有不著三十二大士相常不著三十二大士相無常不著八十隨好常不著八十隨好無常不著三十二大士相樂不著三十二大士相苦不著八十隨好樂不著八十隨好苦不著三十二大士相我不著三十二大士相無我不著八十隨好我不著八十隨好無我不著三十二大士相寂靜不著三十二大士相不寂靜不著八十隨好寂靜不著八十隨好不寂靜不著三十二大士相空不著三十二大士相不空不著八十隨好空不著八十隨好不空不著三十二大士相無相不著三十二大士相有相不著八十隨好無相不著八十隨好有相不著三十二大士相無願

不著三十二大士相有願不著八十隨好無願不著八十隨好有願舍利子諸菩薩摩訶薩修行般若波羅蜜多與如是法相應故當言與般若波羅蜜多相應復次舍利子諸菩薩摩訶薩修行般若波羅蜜多不著無忘失法有不著無忘失法非有不著恒住捨性有不著恒住捨性非有不著無忘失法常不著無忘失法無常不著恒住捨性常不著恒住捨性無常不著無忘失法樂不著無忘失法苦不著恒住捨性樂不著恒住捨性苦不著無忘失法我不著無忘失法無我不著恒住捨性我不著恒住捨性無我不著無忘失法寂靜不著無忘失法不寂靜不著恒住捨性寂靜不著恒住捨性不寂靜不著無忘失法空不著無忘失法不空不著恒住捨性空不著恒住捨性不空不著無忘失法無相不著無忘失法有相不著恒住捨性無相不著恒住捨性有相不著無忘失法無願不著無忘失法有願不著恒住捨性無願不著恒住捨性有願舍利子諸菩薩摩訶薩修行般若波羅蜜多與如是法相應故當言與般若波羅蜜多相應復次舍利子諸菩薩摩訶薩修行般若波羅蜜多不著一切智有不著一切智非有不著道相智一切相智有不著道相智一切相智非有不著一切智常不著一切智無常不著道相智一切相智常不著道相智一切相智無常不著一切智樂不著一切智苦不著道相智一切相智樂不著道相智一切相智苦不著一切智我不著一切智無我不著道相智一切相智我不著道相智一切

相智無我不著一切智寂靜不著一切智不寂靜不著道相智一切相智寂靜不著道相智一切相智不寂靜不著一切智空不著一切智不空不著道相智一切相智空不著道相智一切相智不空不著一切智無相不著一切智有相不著道相智一切相智無相不著道相智一切相智有相不著一切智無願不著一切智有願不著道相智一切相智無願不著道相智一切相智有願舍利子諸菩薩摩訶薩修行般若波羅蜜多與如是法相應故當言與般若波羅蜜多相應復次舍利子諸菩薩摩訶薩修行般若波羅蜜多不著預流果有不著預流果非有不著一來不還阿羅漢果獨覺菩提有不著一來不還阿羅漢果獨覺菩提非有不著預流果常不著預流果無常不著一來不還阿羅漢果獨覺菩提常不著一來不還阿羅漢果獨覺菩提無常不著預流果樂不著預流果苦不著一來不還阿羅漢果獨覺菩提樂不著一來不還阿羅漢果獨覺菩提苦不著預流果我不著預流果無我不著一來不還阿羅漢果獨覺菩提我不著一來不還阿羅漢果獨覺菩提無我不著預流果寂靜不著預流果不寂靜不著一來不還阿羅漢果獨覺菩提寂靜不著一來不還阿羅漢果獨覺菩提不寂靜不著預流果空不著預流果不空不著一來不還阿羅漢果獨覺菩提空不著一來不還阿羅漢果獨覺菩提不空不著預流果無相不著預流果有相不著一來不還阿羅漢果獨覺菩提無相不著一來不還阿羅漢果獨覺

菩提有相不著預流果無願不著預流果有願不著一來不還阿羅漢果獨覺菩提無願不著一來不還阿羅漢果獨覺菩提有願舍利子諸菩薩摩訶薩修行般若波羅蜜多與如是法相應故當言與般若波羅蜜多相應

復次舍利子諸菩薩摩訶薩修行般若波羅蜜多不著一切菩薩摩訶薩行有不著一切菩薩摩訶薩行非有不著諸佛無上正等菩提有不著諸佛無上正等菩提非有不著一切菩薩摩訶薩行常不著一切菩薩摩訶薩行無常不著諸佛無上正等菩提常不著諸佛無上正等菩提無常不著一切菩薩摩訶薩行樂不著一切菩薩摩訶薩行苦不著諸佛無上正等菩提樂不著諸佛無上正等菩提苦不著一切菩薩摩訶薩行我不著一切菩薩摩訶薩行無我不著諸佛無上正等菩提我不著諸佛無上正等菩提無我不著一切菩薩摩訶薩行寂靜不著一切菩薩摩訶薩行不寂靜不著諸佛無上正等菩提寂靜不著諸佛無上正等菩提不寂靜不著一切菩薩摩訶薩行空不著一切菩薩摩訶薩行不空不著諸佛無上正等菩提空不著諸佛無上正等菩提不空不著一切菩薩摩訶薩行無相不著一切菩薩摩訶薩行有相不著諸佛無上正等菩提無相不著諸佛無上正等菩提有相不著一切菩薩摩訶薩行無願不著一切菩薩摩訶薩行有願不著諸佛無上正等菩提無願不著諸佛無上正等菩提有願舍利子諸菩薩摩訶薩修行般若波羅蜜多與如是法相應故當言與般若波羅蜜

多相應舍利子修行般若波羅蜜多菩薩摩訶薩不作是念我行般若波羅蜜多不作是念我不行般若波羅蜜多不作是念我亦行亦不行般若波羅蜜多不作是念我非行非不行般若波羅蜜多舍利子修行般若波羅蜜多菩薩摩訶薩與如是法相應故當言與般若波羅蜜多相應

大般若波羅蜜多經卷第六

大般若波羅蜜多經卷第七

唐三藏法師玄奘奉　詔譯

初分相應品第三之四

復次舍利子諸菩薩摩訶薩修行般若波羅蜜多時不爲布施波羅蜜多故修行般若波羅蜜多不爲淨戒安忍精進靜慮般若波羅蜜多故修行般若波羅蜜多諸菩薩摩訶薩修行般若波羅蜜多時不爲內空故修行般若波羅蜜多不爲外空內外空空空大空勝義空有爲空無爲空畢竟空無際空散空無變異空本性空自相空共相空一切法空不可得空無性空自性空無性自性空故修行般若波羅蜜多諸菩薩摩訶薩修行般若波羅蜜多時不爲眞如故修行般若波羅蜜多不爲法界法性不虛妄性不變異性平等性離生性法定法住實際虛空界不思議界故修行般若波羅蜜多諸菩薩摩訶薩修行般若波羅蜜多時不爲入正性離生故修行般若波羅蜜多不爲得不退轉地故修行般若波羅蜜多不爲成熟有情故修行般若波羅蜜多不爲嚴淨佛土故修行般若波羅蜜多諸菩薩摩訶薩修行般若波羅蜜多時不爲四念住故修行般若波羅蜜多不爲四正斷四神足五根五力七等覺支八聖道支故修行般若波羅蜜多不爲苦聖諦故修行般若波羅蜜多不爲集滅道聖諦故修行般若波羅蜜多諸菩薩摩訶薩修行般若波羅蜜多時不爲四靜慮故修行般若波羅蜜多不爲四無量四無色定故修行般若波羅蜜多諸菩薩摩訶薩修行般若波羅蜜多時不爲八

解脫故修行般若波羅蜜多不爲八勝處九次第定十徧處故修行般若波羅蜜多諸菩薩摩訶薩修行般若波羅蜜多時不爲空解脫門故修行般若波羅蜜多不爲無相無願解脫門故修行般若波羅蜜多諸菩薩摩訶薩修行般若波羅蜜多時不爲一切陀羅尼門故修行般若波羅蜜多不爲一切三摩地門故修行般若波羅蜜多諸菩薩摩訶薩修行般若波羅蜜多時不爲極喜地故修行般若波羅蜜多不爲離垢地發光地焰慧地極難勝地現前地遠行地不動地善慧地法雲地故修行般若波羅蜜多諸菩薩摩訶薩修行般若波羅蜜多時不爲肉眼故修行般若波羅蜜多不爲天眼慧眼法眼佛眼故修行般若波羅蜜多諸菩薩摩訶薩修行般若波羅蜜多時不爲佛十力故修行般若波羅蜜多不爲四無所畏四無礙解大慈大悲大喜大捨十八佛不共法故修行般若波羅蜜多諸菩薩摩訶薩修行般若波羅蜜多時不爲三十二大士相故修行般若波羅蜜多不爲八十隨好故修行般若波羅蜜多諸菩薩摩訶薩修行般若波羅蜜多時不爲無忘失法故修行般若波羅蜜多不爲恒住捨性故修行般若波羅蜜多諸菩薩摩訶薩修行般若波羅蜜多時不爲一切智故修行般若波羅蜜多不爲道相智一切相智一切相微妙智故修行般若波羅蜜多諸菩薩摩訶薩修行般若波羅蜜多時不爲超越預流果故修行般若波羅蜜多不爲超越一來不還阿羅漢果獨覺菩提故修行般若波羅蜜多諸菩薩

摩訶薩修行般若波羅蜜多時不爲一切菩薩摩訶薩行故修行般若波羅蜜多不爲諸佛無上正等菩提故修行般若波羅蜜多何以故舍利子諸菩薩摩訶薩修行般若波羅蜜多不見諸法性差別故舍利子諸菩薩摩訶薩修行般若波羅蜜多與如是法相應故當言與般若波羅蜜多相應復次舍利子諸菩薩摩訶薩修行般若波羅蜜多時不爲天眼智證通故修行般若波羅蜜多不爲天耳智證通故修行般若波羅蜜多不爲他心智證通故修行般若波羅蜜多不爲宿住隨念智證通故修行般若波羅蜜多不爲神境智證通故修行般若波羅蜜多不爲漏盡智證通故修行般若波羅蜜多何以故舍利子諸菩薩摩訶薩修行般若波羅蜜多時尚不見有所修般若波羅蜜多況當見有菩薩如來所修六神通事舍利子諸菩薩摩訶薩修行般若波羅蜜多與如是法相應故當言與般若波羅蜜多相應復次舍利子諸菩薩摩訶薩修行般若波羅蜜多時不作是念我以天眼智證通徧見十方殑伽沙等諸佛世界一切有情死此生彼不作是念我以天耳智證通徧聞十方殑伽沙等諸佛世界諸佛菩薩所說法音不作是念我以他心智證通徧知十方殑伽沙等諸佛世界一切有情心心所法不作是念我以宿住隨念智證通徧憶十方殑伽沙等諸佛世界一切有情諸宿住事不作是念我以神境智證通徧至十方殑伽沙等諸佛世界供養恭敬尊重讚歎爾所界中諸佛菩薩不作是念我以漏盡智證通徧

觀十方殑伽沙等諸佛世界一切有情漏盡不盡舍利子諸菩薩摩訶薩修行般若波羅蜜多與如是法相應故當言與般若波羅蜜多相應復次舍利子諸菩薩摩訶薩修行般若波羅蜜多時與如是般若波羅蜜多相應故善能安立無量無數無邊有情於無餘依般涅槃界一切惡魔不得其便所有煩惱皆能伏滅世間衆事所欲隨意十方各如殑伽沙界一切如來應正等覺及諸菩薩摩訶薩衆皆共護念如是菩薩不令退墮一切聲聞獨覺等地十方各如殑伽沙界四大王衆天三十三天夜摩天覩史多天樂變化天他化自在天梵衆天梵輔天梵會天大梵天光天少光天無量光天極光淨天淨天少淨天無量淨天徧淨天廣天少廣天無量廣天廣果天無煩天無熱天善現天善見天色究竟天及餘一切聲聞獨覺皆共擁衛如是菩薩諸有所爲令無障礙身心疾惱咸得痊除設有罪業於當來世應招苦報轉現輕受何以故舍利子是菩薩摩訶薩於諸有情慈悲徧故舍利子是菩薩摩訶薩修行般若波羅蜜多威神力故少用加行便能引發最勝自在陀羅尼門三摩地門令速現起隨所生處常得奉事一切如來應正等覺乃至證得所求無上正等菩提於其中間常不離佛舍利子是菩薩摩訶薩修行般若波羅蜜多時與如是般若波羅蜜多相應故得如是等無量無數不可思議微妙功德復次舍利子諸菩薩摩訶薩修行般若波羅蜜多時不作是念有法與法若相應若不相應若等若不等何以故

舍利子是菩薩摩訶薩不見有法與法若相應若不相應若等若不等故諸菩薩摩訶薩修行般若波羅蜜多時不作是念我於法界若疾現等覺若不疾現等覺何以故舍利子是菩薩摩訶薩不見少法能於法界現等覺故諸菩薩摩訶薩修行般若波羅蜜多時不見有法離法界者不見法界離諸法有亦不見法界即是法界不見法界即是諸法諸菩薩摩訶薩修行般若波羅蜜多時不作是念法界能爲諸法因緣不作是念諸法能爲法界因緣諸菩薩摩訶薩修行般若波羅蜜多時不作是念此法能證法界此法不能證法界何以故舍利子是菩薩摩訶薩尚不見法況見有法能證法界或不能證舍利子諸菩薩摩訶薩修行般若波羅蜜多與如是法相

應故當言與般若波羅蜜多相應復次舍利子諸菩薩摩訶薩修行般若波羅蜜多時不見色與空相應亦不見空與色相應不見受想行識與空相應亦不見空與受想行識相應諸菩薩摩訶薩修行般若波羅蜜多時不見眼處與空相應亦不見空與眼處相應不見耳鼻舌身意處與空相應亦不見空與耳鼻舌身意處相應諸菩薩摩訶薩修行般若波羅蜜多時不見色處與空相應亦不見空與色處相應不見聲香味觸法處與空相應亦不見空與聲香味觸法處相應諸菩薩摩訶薩修行般若波羅蜜多時不見眼界與空相應亦不見空與眼界相應不見耳鼻舌身意界與空相應亦不見空與耳鼻舌身意界相應諸菩薩摩訶薩修行般若波羅蜜多時

不見色界與空相應亦不見空與色界相應不見聲香味觸法界與空相應亦不見空與聲香味觸法界相應諸菩薩摩訶薩修行般若波羅蜜多時不見眼識界與空相應亦不見空與眼識界相應不見耳鼻舌身意識界與空相應亦不見空與耳鼻舌身意識界相應諸菩薩摩訶薩修行般若波羅蜜多時不見眼觸與空相應亦不見空與眼觸相應不見耳鼻舌身意觸與空相應亦不見空與耳鼻舌身意觸相應諸菩薩摩訶薩修行般若波羅蜜多時不見眼觸爲緣所生諸受與空相應亦不見空與眼觸爲緣所生諸受相應不見耳鼻舌身意觸爲緣所生諸受與空相應亦不見空與耳鼻舌身意觸爲緣所生諸受相應諸菩薩摩訶薩修行般若波羅蜜多時不見地界與空相應亦不見空與地界相應不見水火風空識界與空相應亦不見空與水火風空識界相應諸菩薩摩訶薩修行般若波羅蜜多時不見因緣與空相應亦不見空與因緣相應不見等無間緣所緣緣增上緣及從緣所生法與空相應亦不見空與等無間緣所緣緣增上緣及從緣所生法相應諸菩薩摩訶薩修行般若波羅蜜多時不見無明與空相應亦不見空與無明相應不見行識名色六處觸受愛取有生老死愁歎苦憂惱與空相應亦不見空與行乃至老死愁歎苦憂惱相應諸菩薩摩訶薩修行般若波羅蜜多時不見布施波羅蜜多與空相應亦不見空與布施波羅蜜多相應不見淨戒安忍精進靜慮般若波羅蜜多與空相應亦

不見空與淨戒安忍精進靜慮般若波羅蜜多相應諸菩薩摩訶薩修行般若波羅蜜多時不見內空與空相應亦不見空與內空相應不見外空內外空空空大空勝義空有爲空無爲空畢竟空無際空散空無變異空本性空自相空共相空一切法空不可得空無性空自性空無性自性空與空相應亦不見空與外空乃至無性自性空相應諸菩薩摩訶薩修行般若波羅蜜多時不見真如與空相應亦不見空與真如相應不見法界法性不虛妄性不變異性平等性離生性法定法住實際虛空界不思議界與空相應亦不見空與法界乃至不思議界相應諸菩薩摩訶薩修行般若波羅蜜多時不見四念住與空相應亦不見空與四念住相應不見四正斷

四神足五根五力七等覺支八聖道支與空相應亦不見空與四正斷乃至八聖道支相應諸菩薩摩訶薩修行般若波羅蜜多時不見苦聖諦與空相應亦不見空與苦聖諦相應不見集滅道聖諦與空相應亦不見空與集滅道聖諦相應諸菩薩摩訶薩修行般若波羅蜜多時不見四靜慮與空相應亦不見空與四靜慮相應不見四無量四無色定與空相應亦不見空與四無量四無色定相應諸菩薩摩訶薩修行般若波羅蜜多時不見八解脫與空相應亦不見空與八解脫相應不見八勝處九次第定十徧處與空相應亦不見空與八勝處九次第定十徧處相應諸菩薩摩訶薩修行般若波羅蜜多時不見空解脫門與空相應亦不見空與空解脫門相

應不見無相無願解脫門與空相應亦不見空與無相無願解脫門相應諸菩薩摩訶薩修行般若波羅蜜多時不見一切陀羅尼門與空相應亦不見空與一切陀羅尼門相應不見一切三摩地門與空相應亦不見空與一切三摩地門相應諸菩薩摩訶薩修行般若波羅蜜多時不見極喜地與空相應亦不見空與極喜地相應不見離垢地發光地焰慧地極難勝地現前地遠行地不動地善慧地法雲地與空相應亦不見空與離垢地乃至法雲地相應諸菩薩摩訶薩修行般若波羅蜜多時不見五眼與空相應亦不見空與五眼相應不見六神通與空相應亦不見空與六神通相應諸菩薩摩訶薩修行般若波羅蜜多時不見佛十力與空相應亦不見空與佛十力相應不見四無所畏四無礙解大慈大悲大喜大捨十八佛不共法與空相應亦不見空與四無所畏乃至十八佛不共法相應諸菩薩摩訶薩修行般若波羅蜜多時不見三十二大士相與空相應亦不見空與三十二大士相相應不見八十隨好與空相應亦不見空與八十隨好相應諸菩薩摩訶薩修行般若波羅蜜多時不見無忘失法與空相應亦不見空與無忘失法相應不見恒住捨性與空相應亦不見空與恒住捨性相應諸菩薩摩訶薩修行般若波羅蜜多時不見一切智與空相應亦不見空與一切智相應不見道相智一切相智與空相應亦不見空與道相智一切相智相應諸菩薩摩訶薩修行般若波羅蜜多時不見預流果與空相

應亦不見空與預流果相應不見一來不還阿羅漢果獨覺菩提與空相應亦不見空與一來不還阿羅漢果獨覺菩提相應諸菩薩摩訶薩修行般若波羅蜜多時不見一切菩薩摩訶薩行與空相應亦不見空與一切菩薩摩訶薩行相應不見諸佛無上正等菩提與空相應亦不見空與諸佛無上正等菩提相應舍利子修行般若波羅蜜多諸菩薩摩訶薩若能如是相應是為第一與空相應舍利子修行般若波羅蜜多諸菩薩摩訶薩由與如是空相應故不墮聲聞獨覺等地嚴淨佛土成熟有情速證無上正等菩提舍利子修行般若波羅蜜多諸菩薩摩訶薩諸相應中與般若波羅蜜多相應為最第一最尊最勝最上最妙最高最極無上無上上無等無等等何以故舍利子此般若波羅蜜多相應最第一故即是空相應即是無相相應即是無願相應由此因緣最為第一舍利子修行般若波羅蜜多諸菩薩摩訶薩與如是般若波羅蜜多相應時當知即為受記作佛若近受記舍利子是菩薩摩訶薩由此相應能為無量無數無邊有情作大饒益舍利子是菩薩摩訶薩不作是念我與般若波羅蜜多相應不作是念我得受記定當作佛若近受記不作是念我能嚴淨佛土不作是念我能成熟有情亦不作是念我當證得所求無上正等菩提轉妙法輪度無量衆何以故舍利子是菩薩摩訶薩不見有法離於法界不見法界離於諸法不見諸法即是法界不見法界即是諸法不見有法修行般若波羅蜜多不

見有法得佛授記不見有法當得無上正等菩提不見有法嚴淨佛土不見有法成熟有情何以故舍利子諸菩薩摩訶薩修行般若波羅蜜多時不起我想有情想命者想生者想養者想士夫想補特伽羅想意生想儒童想作者想使作者想起者想使起者想受者想使受者想知者想見者想故所以者何我有情等畢竟不生亦復不滅彼既畢竟不生不滅云何當能修行般若波羅蜜多及得種種功德勝利舍利子是菩薩摩訶薩不見有情生故修行般若波羅蜜多不見有情滅故修行般若波羅蜜多知諸有情空故修行般若波羅蜜多知諸有情非我故修行般若波羅蜜多知諸有情不可得故修行般若波羅蜜多知諸有情遠離故修行般若波羅蜜多知諸有情本性非有情性故修行般若波羅蜜多舍利子修行般若波羅蜜多諸菩薩摩訶薩諸相應中與空相應最爲第一與般若波羅蜜多相應最尊最勝無能及者舍利子諸菩薩摩訶薩如是相應普能引發如來十力四無所畏四無礙解大慈大悲大喜大捨十八佛不共法三十二大士相八十隨好無忘失法恒住捨性一切智道相智一切相智及餘無量無邊佛法舍利子諸菩薩摩訶薩修行般若波羅蜜多與如是般若波羅蜜多相應故畢竟不起慳貪犯戒忿恚懈怠散亂惡慧障礙之心布施淨戒安忍精進靜慮般若波羅蜜多任運現前無間無斷

初分轉生品第四之一

爾時舍利子白佛言世尊安住般若波羅蜜

多諸菩薩摩訶薩從何處没來生此間從此處没當生何處佛告具壽舍利子言安住般若波羅蜜多諸菩薩摩訶薩有從他方佛土没來生此間有從覩史多天没來生此間有從人中没生此人中舍利子若菩薩摩訶薩安住般若波羅蜜多從他方佛土没來生此者是菩薩摩訶薩速與般若波羅蜜多相應由與般若波羅蜜多相應故轉生便得深妙法門疾現在前從此已後恒與般若波羅蜜多速得相應在所生處常得值佛供養恭敬尊重讃歎能令般若波羅蜜多漸得圓滿舍利子若菩薩摩訶薩安住般若波羅蜜多從覩史多天没來生此者是菩薩摩訶薩多爲一生所繫布施淨戒安忍精進靜慮般若波羅蜜多自在現前常不忘失亦於一切陀羅尼門三摩地門自在現前常不忘失舍利子若菩薩摩訶薩安住般若波羅蜜多從人中没生人中者是菩薩摩訶薩除不退轉其根昧鈍雖勤修般若波羅蜜多而不能速與般若波羅蜜多相應又於一切陀羅尼門三摩地門未得自在又舍利子汝後所問安住般若波羅蜜多諸菩薩摩訶薩從此間没當生何處者舍利子是菩薩摩訶薩由與般若波羅蜜多恒相應故從此處没生餘佛土從一佛國至一佛國在在生處常得值遇諸佛世尊供養恭敬尊重讃歎乃至無上正等菩提終不離佛復次舍利子有菩薩摩訶薩無方便善巧故入初靜慮入第二第三第四靜慮亦能修行布施淨戒安忍精進靜慮般若波羅蜜多是菩薩摩訶薩得靜慮故生長壽天

隨彼壽盡來生人間值遇諸佛供養恭敬尊重讚歎雖行布施淨戒安忍精進靜慮般若波羅蜜多而諸根昧鈍不甚明利諸有所為非極善巧復次舍利子有菩薩摩訶薩入初靜慮入第二第三第四靜慮亦能修行布施淨戒安忍精進靜慮般若波羅蜜多是菩薩摩訶薩無方便善巧故捨諸靜慮而生欲界當知是菩薩摩訶薩亦諸根昧鈍不甚明利諸有所為非極善巧復次舍利子有菩薩摩訶薩入初靜慮入第二第三第四靜慮入慈無量入悲喜捨無量入空無邊處定入識無邊處定無所有處定非想非非想處定修行布施波羅蜜多修行淨戒安忍精進靜慮般若波羅蜜多安住內空安住外空內外空空空大空勝義空有為空無為空畢竟空無際空散空無變異空本性空自相空共相空一切法空不可得空無性空自性空無性自性空安住真如安住法界法性不虛妄性不變異性平等性離生性法定法住實際虛空界不思議界修行四念住修行四正斷四神足五根五力七等覺支八聖道支安住苦聖諦安住集滅道聖諦修行八解脫修行八勝處九次第定十徧處修行空解脫門修行無相無願解脫門修行一切陀羅尼門修行一切三摩地門修行五眼修行六神通修行佛十力修行四無所畏四無礙解大慈大悲大喜大捨十八佛不共法修行無忘失法修行恒住捨性修行一切智修行道相智一切相智是菩薩摩訶薩有方便善巧故不隨靜慮無量無色勢力而生隨所生處常遇如來應正

等覺供養恭敬尊重讚歎常不遠離甚深般若波羅蜜多當知是菩薩摩訶薩此賢劫中定得無上正等菩提復次舍利子有菩薩摩訶薩入初靜慮入第二第三第四靜慮入慈無量入悲喜捨無量入空無邊處定入識無邊處定無所有處定非想非非想處定是菩薩摩訶薩有方便善巧故不隨靜慮無量無色勢力而生還生欲界若剎帝利大族若婆羅門大族若長者大族若居士大族爲欲成熟諸有情故不爲貪染後有故生復次舍利子有菩薩摩訶薩入初靜慮入第二第三第四靜慮入慈無量入悲喜捨無量入空無邊處定入識無邊處定無所有處定非想非非想處定是菩薩摩訶薩有方便善巧故不隨靜慮無量無色勢力而生或生四大王衆天或生三十三天或生夜摩天或生覩史多天或生樂變化天或生他化自在天爲欲成熟諸有情故及爲嚴淨諸佛土故常值諸佛供養恭敬尊重讚歎無空過者復次舍利子有菩薩摩訶薩入初靜慮入第二第三第四靜慮入慈無量入悲喜捨無量入空無邊處定入識無邊處定無所有處定非想非非想處定是菩薩摩訶薩修行般若波羅蜜多有方便善巧故於此處沒生梵世中作大梵王威德熾盛過餘梵衆多百千倍從自天處遊諸佛土從一佛國至一佛國其中有菩薩摩訶薩未證無上正等菩提者勸證無上正等菩提已證無上正等菩提未轉法輪者請轉法輪爲欲利樂諸有情故復次舍利子有菩薩摩訶薩一生所繫有方便善巧故入初靜慮

入第二第三第四靜慮入慈無量入悲喜捨無量入空無邊處定入識無邊處定無所有處定非想非非想處定修行布施波羅蜜多修行淨戒安忍精進靜慮般若波羅蜜多安住內空安住外空內外空空空大空勝義空有為空無為空畢竟空無際空散空無變異空本性空自相空共相空一切法空不可得空無性空自性空無性自性空安住眞如安住法界法性不虛妄性不變異性平等性離生性法定法住實際虛空界不思議界修行四念住修行四正斷四神足五根五力七等覺支八聖道支安住苦聖諦安住集滅道聖諦修行八解脫修行八勝處九次第定十徧處修行空解脫門修行無相無願解脫門修行一切陀羅尼門修行一切三摩地門修行五眼修行六神通修行佛十力修行四無所畏四無礙解大慈大悲大喜大捨十八佛不共法修行無忘失法修行恒住捨性修行一切智修行道相智一切相智是菩薩摩訶薩不隨靜慮無量無色勢力而生現前奉事親近供養現在如來應正等覺於是佛所勤修梵行從此處沒生覩史多天盡彼壽量諸根無缺具念正知無量無數百千俱胝那庾多天衆圍繞導從遊戲神通來生人中現修苦行證得無上正等菩提轉妙法輪度無量衆

復次舍利子有菩薩摩訶薩得六神通不生欲界不生色界不生無色界遊諸佛土從一佛國至一佛國供養恭敬尊重讚歎無量如來應正等覺修諸菩薩摩訶薩行漸次證得所求無上正等菩提復次舍利子有菩薩摩

訶薩得六神通自在遊戲從一佛國至一佛國所經佛土無有聲聞獨覺等名唯有一乘眞梵行者是菩薩摩訶薩於諸佛土供養恭敬尊重讚歎無量如來應正等覺修行般若波羅蜜多漸次圓滿嚴淨佛土成熟有情常無懈廢復次舍利子有菩薩摩訶薩得六神通自在遊戲從一佛國至一佛國所經佛土有情壽量不可數知是菩薩摩訶薩於諸佛土供養恭敬尊重讚歎無量如來應正等覺修行般若波羅蜜多漸次圓滿嚴淨佛土成熟有情曾無懈倦復次舍利子有菩薩摩訶薩得六神通自在遊戲從一世界至一世界有諸世界不聞佛名法名僧名是菩薩摩訶薩往彼世界稱揚讚歎佛法僧寶令諸有情深生淨信由斯長夜利益安樂是菩薩摩訶

薩於此命終生有佛界修諸菩薩摩訶薩行漸次證得所求無上正等菩提利益安樂諸有情類復次舍利子有菩薩摩訶薩從初發心勇猛精進得初靜慮得第二第三第四靜慮得慈無量得悲喜捨無量得空無邊處定得識無邊處定無所有處定非想非非想處定修行布施波羅蜜多修行淨戒安忍精進靜慮般若波羅蜜多安住內空安住外空內外空空空大空勝義空有爲空無爲空畢竟空無際空散空無變異空本性空自相空共相空一切法空不可得空無性空自性空無性自性空安住眞如安住法界法性不虛妄性不變異性平等性離生性法定法住實際虛空界不思議界修行四念住修行四正斷四神足五根五力七等覺支八聖道支安住

苦聖諦安住集滅道聖諦修行八解脫修行八勝處九次第定十徧處修行空解脫門修行無相無願解脫門修行一切陀羅尼門修行一切三摩地門修行極喜地修行離垢地發光地焰慧地極難勝地現前地遠行地不動地善慧地法雲地修行五眼修行六神通修行佛十力修行四無所畏四無礙解大慈大悲大喜大捨十八佛不共法修行無忘失法修行恒住捨性修行一切智修行道相智一切相智是菩薩摩訶薩不生欲界不生色界不生無色界常生能益諸有情處利益安樂一切有情復次舍利子有菩薩摩訶薩先已修習布施淨戒安忍精進靜慮般若波羅蜜多初發心已便入菩薩正性離生乃至證得不退轉地復次舍利子有菩薩摩訶薩先已修習六波羅蜜多及餘無量無邊佛法初發心已便能展轉證得無上正等菩提轉妙法輪度無量衆於無餘依大涅槃界而般涅槃般涅槃後所說正法住世一劫或一劫餘利樂無邊諸有情類復次舍利子有菩薩摩訶薩先已修習六波羅蜜多及餘菩薩摩訶薩行初發心已便與般若波羅蜜多相應與無量無數百千俱胝那庾多菩薩摩訶薩前後圍繞遊諸佛土從一佛國至一佛國供養恭敬尊重讚歎諸佛世尊成熟有情嚴淨佛土

大般若波羅蜜多經卷第七

音釋

覩史多梵語也亦云兜率陀此云知足

大般若波羅蜜多經卷第八

唐三藏法師玄奘奉詔譯

初分轉生品第四之二

復次舍利子有菩薩摩訶薩修行般若波羅蜜多得四靜慮及四無量四無色定於九等至次第超越順逆入出自在遊戲非諸聲聞獨覺等境是菩薩摩訶薩有時入初靜慮從初靜慮起入滅盡定從滅盡定起入第二靜慮從第二靜慮起入滅盡定從滅盡定起入第三靜慮從第三靜慮起入滅盡定從滅盡定起入第四靜慮從第四靜慮起入滅盡定從滅盡定起入空無邊處定從空無邊處定起入滅盡定從滅盡定起入識無邊處定從識無邊處定起入滅盡定從滅盡定起入無所有處定從無所有處定起入滅盡定從滅盡定起入非想非非想處定從非想非非想處定起入滅盡定從滅盡定起入初靜慮舍利子是菩薩摩訶薩修行般若波羅蜜多於諸等至方便善巧次第超越自在遊戲然於其中無染無著復次舍利子有菩薩摩訶薩雖已得四念住四正斷四神足五根五力七等覺支八聖道支雖已得空解脫門無相解脫門無願解脫門雖已住苦集滅道聖諦雖已得八解脫八勝處九次第定十徧處而不取預流果若一來果若不還果若阿羅漢果若獨覺菩提是菩薩摩訶薩修行般若波羅蜜多方便善巧令諸有情修行四念住四正斷四神足五根五力七等覺支八聖道支修行空無相無願解脫門安住苦集滅道聖諦修行八解脫八勝處九次第定十徧處得預

流果若一來果若不還果若阿羅漢果若獨覺菩提舍利子是菩薩摩訶薩雖已修行布施淨戒安忍精進靜慮般若波羅蜜多雖已住內空外空內外空空空大空勝義空有爲空無爲空畢竟空無際空散空無變異空本性空自相空共相空一切法空不可得空無性空自性空無性自性空雖已住眞如法界法性不虛妄性不變異性平等性離生性法定法住實際虛空界不思議界雖已修一切陀羅尼門三摩地門雖已修極喜地離垢地發光地焰慧地極難勝地現前地遠行地不動地善慧地法雲地雖已修五眼六神通雖已修佛十力四無所畏四無礙解大慈大悲大喜大捨十八佛不共法雖已修無忘失法恒住捨性雖已修一切智道相智一切相智而不取無上正等菩提是菩薩摩訶薩修行般若波羅蜜多方便善巧令諸有情修行布施淨戒安忍精進靜慮般若波羅蜜多乃至修行一切智道相智一切相智證得無上正等菩提舍利子一切聲聞獨覺果智即是菩薩摩訶薩忍舍利子當知是菩薩摩訶薩住不退轉地安住般若波羅蜜多能爲斯事復次舍利子有菩薩摩訶薩久已安住布施淨戒安忍精進靜慮般若波羅蜜多及餘無量無邊佛法嚴淨覩史多天宮舍利子當知是菩薩摩訶薩此賢劫中定得無上正等菩提復次舍利子有菩薩摩訶薩修行般若波羅蜜多雖已得四靜慮四無量四無色定已得四念住四正斷四神足五根五力七等覺支八聖道支已修空無相無願解脫門已修八

解脫八勝處九次第定十徧處已修布施淨戒安忍精進靜慮般若波羅蜜多已修一切陀羅尼門三摩地門已修菩薩摩訶薩地已修五眼六神通已修佛十力四無所畏四無礙解大慈大悲大喜大捨十八佛不共法已修無忘失法恒住捨性已修一切智道相智一切相智而於聖諦現未通達舍利子當知是菩薩摩訶薩一生所繫復次舍利子有菩薩摩訶薩修行布施淨戒安忍精進靜慮般若波羅蜜多遊諸世界從一佛國至一佛國嚴淨佛土安立有情於無上覺舍利子是菩薩摩訶薩要經無量無數大劫乃證無上正等菩提復次舍利子有菩薩摩訶薩安住布施淨戒安忍精進靜慮般若波羅蜜多常勤精進饒益有情口常不說引無義語身意不起引無義業復次舍利子有菩薩摩訶薩修行六種波羅蜜多常勤精進饒益有情從一佛國至一佛國斷諸有情三惡趣道方便安立善趣道中復次舍利子有菩薩摩訶薩雖住六種波羅蜜多而以布施波羅蜜多常爲上首勇猛修習施諸有情一切樂具常無懈息一切有情須食與食須飲與飲須乘與乘須衣與衣須花香與花香須瓔珞與瓔珞須房舍與房舍須牀榻與牀榻須卧具與卧具須燈明與燈明須財穀與財穀須珍寶與珍寶須伎樂與伎樂須侍衛與侍衛隨其所須種種資具歡喜施與令無所乏施已勸修三菩提道復次舍利子有菩薩摩訶薩雖住六種波羅蜜多而以淨戒波羅蜜多常爲上首勇猛修習具身語意清淨律儀勸諸有情亦

令修習如是律儀令速圓滿復次舍利子有菩薩摩訶薩雖住六種波羅蜜多而以安忍波羅蜜多常爲上首勇猛修習遠離一切忿恚等心勸諸有情亦令修習如是安忍令速圓滿復次舍利子有菩薩摩訶薩雖住六種波羅蜜多而以精進波羅蜜多常爲上首勇猛修習具足修行一切善法勸諸有情亦令修習如是精進令速圓滿復次舍利子有菩薩摩訶薩雖住六種波羅蜜多而以靜慮波羅蜜多常爲上首勇猛修習具修一切勝奢摩他勸諸有情亦令修習如是勝定令速圓滿復次舍利子有菩薩摩訶薩雖住六種波羅蜜多而以般若波羅蜜多常爲上首勇猛修習具修一切毗鉢舍那勸諸有情亦令修習如是勝慧令速圓滿復次舍利子有菩薩摩訶薩修行般若波羅蜜多方便善巧化身如佛徧入地獄傍生鬼界若人若天隨其類音爲說正法令獲殊勝利益安樂復次舍利子有菩薩摩訶薩安住布施淨戒安忍精進靜慮般若波羅蜜多化身如佛徧至十方殑伽沙等諸佛世界爲諸有情宣說正法供養恭敬尊重讚歎諸佛世尊於諸佛所聽聞正法嚴淨佛土周覽十方最勝佛土微妙淨相而便自起最極莊嚴清淨佛土於中安處一生所繫諸大菩薩令速證得所求無上正等菩提復次舍利子有菩薩摩訶薩修行布施淨戒安忍精進靜慮般若波羅蜜多具三十二大丈夫相八十隨好圓滿莊嚴諸根猛利最勝清淨衆生見者無不愛敬起清淨心因斯勸導隨其根欲令漸證得三乘涅槃如是

舍利子菩薩摩訶薩修行般若波羅蜜多應學清淨身語意業復次舍利子有菩薩摩訶薩修行布施淨戒安忍精進靜慮般若波羅蜜多雖得諸根最勝明利而不恃此自重輕他復次舍利子有菩薩摩訶薩從初發心乃至未得不退轉地恒住施戒波羅蜜多於一切時不墮惡趣復次舍利子有菩薩摩訶薩從初發心乃至未得不退轉地常不捨離十善業道復次舍利子有菩薩摩訶薩安住施戒波羅蜜多作轉輪王成就七寶以法教化不以非法安立有情於十善道亦以財寶施諸貧乏復次舍利子有菩薩摩訶薩安住施戒波羅蜜多受多百千轉輪王報值遇無量百千諸佛供養恭敬尊重讚歎無空過者復次舍利子有菩薩摩訶薩安住布施淨戒安忍精進靜慮般若波羅蜜多常爲邪見盲冥有情作法照明亦持此明常以自照乃至無上正等菩提此法照明曾不捨離舍利子是菩薩摩訶薩由此因緣於諸佛法常得現起是故舍利子諸菩薩摩訶薩修行般若波羅蜜多於身語意三有罪業無容暫起爾時舍利子白佛言世尊云何名爲諸菩薩摩訶薩有罪身業有罪語業有罪意業佛告具壽舍利子言舍利子若菩薩摩訶薩作如是念此是身我由此故而起身業此是語我由此故而起語業此是意我由此故而起意業舍利子如是名爲諸菩薩摩訶薩有罪身業有罪語業有罪意業又舍利子諸菩薩摩訶薩修行般若波羅蜜多不得身及身業不得語及語業不得意及意業又舍利子若菩薩摩訶

薩修行般若波羅蜜多得身語意及彼業者便起慳貪犯戒忿恚懈怠散亂惡慧之心若起此心不名菩薩摩訶薩是故舍利子諸菩薩摩訶薩修行般若波羅蜜多生此念者無有是處又舍利子諸菩薩摩訶薩修行布施淨戒安忍精進靜慮般若波羅蜜多起身語意三種麤重無有是處何以故舍利子諸菩薩摩訶薩修行六種波羅蜜多能淨一切身麤重故能淨一切語麤重故能淨一切意麤重故爾時舍利子白佛言世尊云何菩薩摩訶薩能淨身語意三種麤重佛告具壽舍利子言舍利子諸菩薩摩訶薩修行六種波羅蜜多不得身及身麤重不得語及語麤重不得意及意麤重如是舍利子諸菩薩摩訶薩修行六種波羅蜜多能淨身語意三種麤重

又舍利子若菩薩摩訶薩從初發心常樂受持十善業道不起聲聞心不起獨覺心於諸有情恒起悲心欲拔其苦恒起慈心欲與其樂舍利子我亦說如是菩薩摩訶薩能淨身語意三種麤重利樂有情心力勝故復次舍利子有菩薩摩訶薩修行布施淨戒安忍精進靜慮般若波羅蜜多淨菩提道爾時舍利子白佛言世尊云何名為菩薩摩訶薩菩提道佛告具壽舍利子言舍利子諸菩薩摩訶薩修行六種波羅蜜多不得身業及身麤重不得語業及語麤重不得意業及意麤重不得布施波羅蜜多不得淨戒波羅蜜多不得安忍波羅蜜多不得精進波羅蜜多不得靜慮波羅蜜多不得般若波羅蜜多不得聲聞不得獨覺不得菩薩不得如來舍利子是名

菩薩摩訶薩菩提道何以故以菩提道於一切法皆不得故復次舍利子有菩薩摩訶薩修行布施淨戒安忍精進靜慮般若波羅蜜多趣菩提道無能制者爾時舍利子白佛言世尊何緣菩薩摩訶薩修行六種波羅蜜多趣菩提道無能制者佛告具壽舍利子言舍利子諸菩薩摩訶薩修行六種波羅蜜多時不著色不著受想行識不著眼處不著耳鼻舌身意處不著色處不著聲香味觸法處不著眼界不著耳鼻舌身意界不著色界不著聲香味觸法界不著眼識界不著耳鼻舌身意識界不著眼觸不著耳鼻舌身意觸不著眼觸爲緣所生諸受不著耳鼻舌身意觸爲緣所生諸受不著地界不著水火風空識界不著因緣不著等無間緣所緣緣增上緣及從緣所生法不著無明不著行識名色六處觸受愛取有生老死愁歎苦憂惱不著布施波羅蜜多不著淨戒安忍精進靜慮般若波羅蜜多不著內空不著外空內外空空空大空勝義空有爲空無爲空畢竟空無際空散空無變異空本性空自相空共相空一切法空不可得空無性空自性空無性自性空不著眞如不著法界法性不虛妄性不變異性平等性離生性法定法住實際虛空界不思議界不著四念住不著四正斷四神足五根五力七等覺支八聖道支不著苦聖諦不著集滅道聖諦不著四靜慮不著四無量四無色定不著八解脫不著八勝處九次第定十偏處不著空解脫門不著無相無願解脫門不著一切陀羅尼門不著一切三摩地門不

著極喜地不著離垢地發光地焰慧地極難勝地現前地遠行地不動地善慧地法雲地不著五眼不著六神通不著佛十力不著四無所畏四無礙解大慈大悲大喜大捨十八佛不共法不著三十二大士相不著八十隨好不著無忘失法不著恒住捨性不著一切智不著道相智一切相智不著預流果不著一來不還阿羅漢果獨覺菩提不著一切菩薩摩訶薩行不著諸佛無上正等菩提舍利子由是緣故諸菩薩摩訶薩修行六種波羅蜜多增長熾盛趣菩提道無能制者復次舍利子有菩薩摩訶薩安住般若波羅蜜多速能圓滿一切智智成勝智故關閉一切險惡趣門不受人天貧窮下賤諸根具足形貌端嚴世間天人阿素洛等咸共尊重恭敬供養

爾時舍利子白佛言世尊何等名爲是菩薩摩訶薩所成勝智佛告具壽舍利子言舍利子是菩薩摩訶薩成此智故普見十方殑伽沙等諸佛世界一切如來應正等覺普聞彼佛所說正法普見彼會一切聲聞菩薩僧等亦見彼土清淨功德莊嚴之相舍利子是菩薩摩訶薩成此智故不起世界想不起如來想不起正法想不起菩薩想不起聲聞想不起獨覺想不起自想不起他想不起佛土想又舍利子諸菩薩摩訶薩由此智故雖行布施波羅蜜多而不得布施波羅蜜多雖行淨戒安忍精進靜慮般若波羅蜜多而不得淨戒安忍精進靜慮般若波羅蜜多諸菩薩摩訶薩由此智故雖住內空而不得內空雖住外空內外空空空大空勝義空有爲空無爲

空畢竟空無際空散空無變異空本性空自相空共相空一切法空不可得空無性空自性空無性自性空而不得外空乃至無性自性空諸菩薩摩訶薩由此智故雖住真如而不得真如雖住法界法性不虛妄性不變異性平等性離生性法定法住實際虛空界不思議界而不得法界乃至不思議界諸菩薩摩訶薩由此智故雖修四念住而不得四念住雖修四正斷四神足五根五力七等覺支八聖道支而不得四正斷乃至八聖道支諸菩薩摩訶薩由此智故雖住苦聖諦而不得苦聖諦雖住集滅道聖諦而不得集滅道聖諦諸菩薩摩訶薩由此智故雖修四靜慮而不得四靜慮雖修四無量四無色定而不得四無量四無色定諸菩薩摩訶薩由此智故

雖修八解脫而不得八解脫雖修八勝處九次第定十徧處而不得八勝處九次第定十徧處諸菩薩摩訶薩由此智故雖修空解脫門而不得空解脫門雖修無相無願解脫門而不得無相無願解脫門諸菩薩摩訶薩由此智故雖修一切陀羅尼門而不得一切陀羅尼門雖修一切三摩地門而不得一切三摩地門諸菩薩摩訶薩由此智故雖修極喜地而不得極喜地雖修離垢地發光地焰慧地極難勝地現前地遠行地不動地善慧地法雲地而不得離垢地乃至法雲地諸菩薩摩訶薩由此智故雖修五眼而不得五眼雖修六神通而不得六神通諸菩薩摩訶薩由此智故雖修佛十力而不得佛十力雖修四無所畏四無礙解大慈大悲大喜大捨十八

佛不共法而不得四無所畏乃至十八佛不共法諸菩薩摩訶薩由此智故雖修三十二大士相而不得三十二大士相雖修八十隨好而不得八十隨好諸菩薩摩訶薩由此智故雖修無忘失法而不得無忘失法雖修恒住捨性而不得恒住捨性諸菩薩摩訶薩由此智故雖修一切智而不得一切智雖修道相智一切相智而不得道相智一切相智諸菩薩摩訶薩由此智故雖修一切菩薩摩訶薩行而不得一切菩薩摩訶薩行雖修諸佛無上正等菩提而不得諸佛無上正等菩提舍利子是名菩薩摩訶薩所成勝智諸菩薩摩訶薩由成此智速能圓滿一切佛法雖能圓滿一切佛法而於諸法無執無取以一切法自性空故復次舍利子有菩薩摩訶薩修行布施淨戒安忍精進靜慮般若波羅蜜多得淨五眼何等爲五所謂肉眼天眼慧眼法眼佛眼爾時舍利子白佛言世尊云何菩薩摩訶薩得淨肉眼佛告具壽舍利子言舍利子有菩薩摩訶薩得淨肉眼明了能見百踰繕那有菩薩摩訶薩得淨肉眼明了能見二百踰繕那有菩薩摩訶薩得淨肉眼明了能見三百踰繕那有菩薩摩訶薩得淨肉眼明了能見四百五百六百乃至千踰繕那有菩薩摩訶薩得淨肉眼明了能見一贍部洲有菩薩摩訶薩得淨肉眼明了能見二大洲界有菩薩摩訶薩得淨肉眼明了能見三大洲界有菩薩摩訶薩得淨肉眼明了能見四大洲界有菩薩摩訶薩得淨肉眼明了能見小千世界有菩薩摩訶薩得淨肉眼明了能見

中千世界有菩薩摩訶薩得淨肉眼明了能見大千世界舍利子是爲菩薩摩訶薩得淨肉眼爾時舍利子復白佛言世尊云何菩薩摩訶薩得淨天眼佛告具壽舍利子言舍利子諸菩薩摩訶薩得淨天眼能見一切四大王衆天天眼所見亦如實知能見一切三十三天夜摩天覩史多天樂變化天他化自在天天眼所見亦如實知諸菩薩摩訶薩得淨天眼能見一切梵衆天天眼所見亦如實知能見一切梵輔天梵會天大梵天天眼所見亦如實知諸菩薩摩訶薩得淨天眼能見一切光天天眼所見亦如實知能見一切少光天無量光天極光淨天天眼所見亦如實知諸菩薩摩訶薩得淨天眼能見一切淨天天眼所見亦如實知能見一切少淨天無量淨天徧淨天天眼所見亦如實知諸菩薩摩訶薩得淨天眼能見一切廣天天眼所見亦如實知能見一切少廣天無量廣天廣果天天眼所見亦如實知諸菩薩摩訶薩得淨天眼能見一切無想有情天天眼所見亦如實知諸菩薩摩訶薩得淨天眼能見一切無煩天天眼所見亦如實知能見一切無熱天善現天善見天色究竟天天眼所見亦如實知舍利子有菩薩摩訶薩天眼所見一切四大王衆天乃至色究竟天所得天眼皆不能見亦不能知舍利子諸菩薩摩訶薩得淨天眼能見十方殑伽沙等諸世界中諸有情類死此生彼亦如實知舍利子是爲菩薩摩訶薩得淨天眼爾時舍利子復白佛言世尊云何菩薩摩訶薩得淨慧眼佛告具壽舍利子言舍

利子諸菩薩摩訶薩得淨慧眼不見有法若有爲若無爲不見有法若有漏若無漏不見有法若世間若出世間不見有法若有罪若無罪不見有法若雜染若清淨不見有法若有色若無色不見有法若有對若無對不見有法若過去若未來若現在不見有法若欲界繫若色界繫若無色界繫不見有法若善若不善若無記不見有法若見所斷若修所斷若非所斷不見有法若學若無學若非學非無學乃至一切法若自性若差別都無所見舍利子是菩薩摩訶薩得淨慧眼於一切法非見非不見非聞非不聞非覺非不覺非識非不識舍利子是爲菩薩摩訶薩得淨慧眼爾時舍利子復白佛言世尊云何菩薩摩訶薩得淨法眼佛告具壽舍利子言舍利子諸菩薩摩訶薩得淨法眼能如實知補特伽羅種種差別謂如實知此是隨信行此是隨法行此是無相行此住空此住無相此住無願又如實知此由空解脫門起五根由五根起無間定由無間定起解脫知見由解脫知見永斷三結得預流果薩迦耶見戒禁取疑是謂三結復由初得修道薄欲貪瞋得一來果復由上品修道盡欲貪瞋得不還果復由增上修道盡五順上分結得阿羅漢果色貪無色貪無明慢掉舉是謂五順上分結又如實知此由無相解脫門起五根由五根起無間定由無間定起解脫知見由解脫知見永斷三結得預流果復由初得修道薄欲貪瞋得一來果復由上品修道盡欲貪瞋得不還果復由增上修道盡五順上分結得阿羅漢

果又如實知此由無願解脫門起五根由五根起無間定由無間定起解脫知見由解脫知見永斷三結得預流果復由初得修道薄欲貪瞋得一來果復由上品修道盡欲貪瞋得不還果復由增上修道盡五順上分結得阿羅漢果又如實知此由空無相解脫門起五根由五根起無間定由無間定起解脫知見由解脫知見永斷三結得預流果復由初得修道薄欲貪瞋得一來果復由上品修道盡欲貪瞋得不還果復由增上修道盡五順上分結得阿羅漢果又如實知此由空無願解脫門起五根由五根起無間定由無間定起解脫知見由解脫知見永斷三結得預流果復由初得修道薄欲貪瞋得一來果復由上品修道盡欲貪瞋得不還果復由增上修道盡五順上分結得阿羅漢果又如實知此由無相無願解脫門起五根由五根起無間定由無間定起解脫知見由解脫知見永斷三結得預流果復由初得修道薄欲貪瞋得一來果復由上品修道盡欲貪瞋得不還果復由增上修道盡五順上分結得阿羅漢果又如實知此由空無相無願解脫門起五根由五根起無間定由無間定起解脫知見由解脫知見永斷三結得預流果復由初得修道薄欲貪瞋得一來果復由上品修道盡欲貪瞋得不還果復由增上修道盡五順上分結得阿羅漢果舍利子是為菩薩摩訶薩得淨法眼復次舍利子諸菩薩摩訶薩得淨法眼能如實知如是一類補特伽羅由空無相無願解脫門起五根由五根起無間定由無

間定起解脱知見由解脱知見能如實知所有集法皆是滅法由知此故得勝五根斷諸煩惱展轉證得獨覺菩提舍利子是爲菩薩摩訶薩得淨法眼復次舍利子諸菩薩摩訶薩得淨法眼能如實知此菩薩摩訶薩最初發心修行布施波羅蜜多修行淨戒安忍精進靜慮般若波羅蜜多成就信根精進根及方便善巧故思受身增長善法是菩薩摩訶薩或生剎帝利大族或生婆羅門大族或生長者大族或生居士大族或生四大王衆天或生三十三天或生夜摩天或生覩史多天或生樂變化天或生他化自在天住如是處成熟有情隨諸有情心所愛樂能施種種上妙樂具亦能嚴淨種種佛土亦以種種上妙供具供養恭敬尊重讃歎諸佛世尊不墮聲聞獨覺等地乃至無上正等菩提終不退轉舍利子是爲菩薩摩訶薩得淨法眼復次舍利子諸菩薩摩訶薩得淨法眼能如實知此菩薩摩訶薩於無上正等菩提已得受記此菩薩摩訶薩於無上正等菩提正得受記此菩薩摩訶薩於無上正等菩提當得受記此菩薩摩訶薩於無上正等菩提得不退轉此菩薩摩訶薩於無上正等菩提猶可退轉此菩薩摩訶薩已住不退轉地此菩薩摩訶薩未住不退轉地此菩薩摩訶薩神通已圓滿此菩薩摩訶薩神通未圓滿此菩薩摩訶薩神通已圓滿故能往十方殑伽沙等諸佛世界供養恭敬尊重讃歎一切如來應正等覺及諸菩薩摩訶薩衆此菩薩摩訶薩神通未圓滿故不能往十方殑伽沙等諸佛世界供

養恭敬尊重讃歎一切如來應正等覺及諸菩薩摩訶薩衆此菩薩摩訶薩已得神通此菩薩摩訶薩未得神通此菩薩摩訶薩已得無生法忍此菩薩摩訶薩未得無生法忍此菩薩摩訶薩已得殊勝根此菩薩摩訶薩未得殊勝根此菩薩摩訶薩已嚴淨佛土此菩薩摩訶薩未嚴淨佛土此菩薩摩訶薩已成熟有情此菩薩摩訶薩未成熟有情此菩薩摩訶薩已得大願此菩薩摩訶薩未得大願此菩薩摩訶薩已得諸佛共所稱譽此菩薩摩訶薩未得諸佛共所稱譽此菩薩摩訶薩已親近諸佛此菩薩摩訶薩未親近諸佛此菩薩摩訶薩壽命無量此菩薩摩訶薩壽命有量此菩薩摩訶薩當得無上正等菩提時苾芻僧無量此菩薩摩訶薩當得無上正等菩提時苾芻僧有量此菩薩摩訶薩當得無上正等菩提時有菩薩僧此菩薩摩訶薩當得無上正等菩提時無菩薩僧此菩薩摩訶薩專修利他行此菩薩摩訶薩兼修自利行此菩薩摩訶薩有難行苦行此菩薩摩訶薩無難行苦行此菩薩摩訶薩爲一生所繫此菩薩摩訶薩爲多生所繫此菩薩摩訶薩已住最後有此菩薩摩訶薩未住最後有此菩薩摩訶薩已坐妙菩提座此菩薩摩訶薩未坐妙菩提座此菩薩摩訶薩無魔來嬈此菩薩摩訶薩有魔來嬈舍利子是爲菩薩摩訶薩得淨法眼爾時舍利子復白佛言世尊云何菩薩摩訶薩得淨佛眼佛告具壽舍利子言舍利子諸菩薩摩訶薩菩提心無間入金剛喻定得一切相智成就佛十力四無所畏

四無礙解大慈大悲大喜大捨十八佛不共法等無量無邊不可思議殊勝功德爾時成就無障無礙解脱佛眼諸菩薩摩訶薩由得如是清淨佛眼超過一切聲聞獨覺智慧境界無所不見無所不聞無所不覺無所不識於一切法見一切相舍利子是爲菩薩摩訶薩得淨佛眼舍利子諸菩薩摩訶薩要得無上正等菩提乃得如是清淨佛眼舍利子若菩薩摩訶薩欲得如是清淨五眼當勤修習布施淨戒安忍精進靜慮般若波羅蜜多何以故舍利子如是六種波羅蜜多總攝一切清淨善法謂聲聞善法獨覺善法菩薩善法如來善法舍利子若正問言何法能攝一切善法應正荅言甚深般若波羅蜜多何以故舍利子甚深般若波羅蜜多是諸善法生母養母能生能養布施淨戒安忍精進靜慮般若波羅蜜多及五眼等無量無邊不可思議勝功德故舍利子若菩薩摩訶薩欲得如是清淨五眼當學般若波羅蜜多舍利子若菩薩摩訶薩欲得無上正等菩提當學如是清淨五眼舍利子若菩薩摩訶薩能學如是清淨五眼定得無上正等菩提

大般若波羅蜜多經卷第八

音釋

踰繕那　梵語也亦名由旬此云限量如此方一驛地或四十里六十里八十里也踰音俞繕時戰切

大般若波羅蜜多經卷第九

唐三藏法師玄奘奉　詔譯

初分轉生品第四之三

復次舍利子有菩薩摩訶薩修行般若波羅蜜多時能引發六神通波羅蜜多何等爲六一者神境智證通波羅蜜多二者天耳智證通波羅蜜多三者他心智證通波羅蜜多四者宿住隨念智證通波羅蜜多五者天眼智證通波羅蜜多六者漏盡智證通波羅蜜多爾時舍利子白佛言世尊云何菩薩摩訶薩修行般若波羅蜜多時所引發神境智證通波羅蜜多佛告具壽舍利子言舍利子有菩薩摩訶薩神境智證通起無量種大神變事所謂震動十方各如殑伽沙界大地等物變一爲多變多爲一或顯或隱迅速無礙山崖牆壁直過如空凌虛往來猶如飛鳥地中出沒如出沒水水上經行如經行地身出煙焰如燎高原體注衆流如銷雪嶺日月神德威勢難當以手捫摩光明隱蔽乃至淨居轉身自在如斯神變無量無邊舍利子是菩薩摩訶薩雖具如是神境智用而於其中不自高舉不著神境智證通性不著神境智證通事不著能得如是神境智證通者於著不著俱無所著何以故舍利子是菩薩摩訶薩達一切法自性空故自性離故自性本來不可得故舍利子是菩薩摩訶薩不作是念我今引發神境智通爲自娛樂爲娛樂他唯除爲得一切智智舍利子是爲菩薩摩訶薩修行般若波羅蜜多時所引發神境智證通波羅蜜多爾時舍利子復白佛言世尊云何菩薩摩

訶薩修行般若波羅蜜多時所引發天耳智證通波羅蜜多佛告具壽舍利子言舍利子有菩薩摩訶薩天耳智證通最勝清淨過人天耳能如實聞十方各如殑伽沙界情非情類種種音聲所謂徧聞一切地獄聲傍生聲鬼界聲人聲天聲聲聞聲獨覺聲菩薩聲如來聲訶毀生死聲讃歎涅槃聲棄背有爲聲趣向菩提聲厭惡有漏聲欣樂無漏聲稱揚三寶聲摧伏異道聲論議決擇聲諷誦經典聲勸斷諸惡聲教修衆善聲拔濟苦難聲慶慰歡樂聲如是等聲若大若小皆能徧聞無障無礙舍利子是菩薩摩訶薩雖具如是天耳作用而於其中不自高舉不著天耳智證通性不著天耳智證通事不著能得如是天耳智證通者於著不著俱無所著何以故舍利子是菩薩摩訶薩達一切法自性空故自性離故自性本來不可得故舍利子是菩薩摩訶薩不作是念我今引發天耳智通爲自娛樂爲娛樂他唯除爲得一切智智舍利子是爲菩薩摩訶薩修行般若波羅蜜多時所引發天耳智證通波羅蜜多爾時舍利子復白佛言世尊云何菩薩摩訶薩修行般若波羅蜜多時所引發他心智證通波羅蜜多佛告具壽舍利子言舍利子有菩薩摩訶薩他心智證通能如實知十方各如殑伽沙界他有情類心心所法所謂徧知他有情類若有貪心如實知有貪心若離貪心如實知離貪心若有瞋心如實知有瞋心若離瞋心如實知離瞋心若有癡心如實知有癡心若離癡心如實知離癡心若有愛心如實知有愛心

若離愛心如實知離愛心若有取心如實知有取心若離取心如實知離取心若聚心如實知聚心若散心如實知散心若小心如實知小心若大心如實知大心若舉心如實知舉心若下心如實知下心若寂靜心如實知寂靜心若不寂靜心如實知不寂靜心若掉心如實知掉心若不掉心如實知不掉心若定心如實知定心若不定心如實知不定心若解脫心如實知解脫心若不解脫心如實知不解脫心若有漏心如實知有漏心若無漏心如實知無漏心若有疊心如實知有疊心若無疊心如實知無疊心若有上心如實知有上心若無上心如實知無上心舍利子是菩薩摩訶薩雖具如是他心智用而於其中不自高舉不著他心智證通性不著他心智證通事不著能得如是他心智證通者於著不著俱無所著何以故舍利子是菩薩摩訶薩達一切法自性空故自性離故自性本來不可得故舍利子是菩薩摩訶薩不作是念我今引發他心智通爲自娛樂爲娛樂他唯除爲得一切智智舍利子是爲菩薩摩訶薩修行般若波羅蜜多時所引發他心智證通波羅蜜多爾時舍利子復白佛言世尊云何菩薩摩訶薩修行般若波羅蜜多時所引發宿住隨念智證通波羅蜜多佛告具壽舍利子言舍利子有菩薩摩訶薩宿住隨念智證通能如實知十方各如殑伽沙界一切有情諸宿住事所謂隨念若自若他一心十心百心千心多百千心諸宿住事或復隨念一日十日百日千日多百千日諸宿住事或

復隨念一月十月百月千月多百千月諸宿住事或復隨念一歲十歲百歲千歲多百千歲諸宿住事或復隨念一劫十劫百劫千劫多百千劫乃至無量無數百千俱胝那庾多劫諸宿住事或復隨念前際所有諸宿住事謂如是時如是處如是名如是姓如是類如是食如是久住如是壽限如是長壽如是受樂如是受苦從彼處沒來生此間從此間沒往生彼處如是狀貌如是言說若略若廣若自若他諸宿住事皆能隨念舍利子是菩薩摩訶薩雖具如是宿住智用而於其中不自高舉不著宿住隨念智證通性不著宿住隨念智證通事不著能得宿住隨念智證通者於著不著俱無所著何以故舍利子是菩薩摩訶薩達一切法自性空故自性離故自性本來不可得故舍利子是菩薩摩訶薩不作是念我今引發宿住智通爲自娛樂爲娛樂他唯除爲得一切智智舍利子是爲菩薩摩訶薩修行般若波羅蜜多時所引發宿住隨念智證通波羅蜜多爾時舍利子復白佛言世尊云何菩薩摩訶薩修行般若波羅蜜多時所引發天眼智證通波羅蜜多佛告具壽舍利子言舍利子有菩薩摩訶薩天眼智證通最勝清淨過人天眼能如實見十方各如殑伽沙界情非情類種種色像所謂普見諸有情類死時生時妙色麤色若勝若劣善趣惡趣諸如是等種種色像因此復知諸有情類隨業力用受生差別如是有情成就身妙行成就語妙行成就意妙行讚美賢聖正見因緣身壞命終當昇善趣或生天上或生人

中受諸妙樂如是有情成就身惡行成就語惡行成就意惡行誹毀賢聖邪見因縁身壞命終當墮惡趣或生地獄或生傍生或生鬼界或生邊地下賤穢惡有情類中受諸劇苦如是有情種種業類受果差别皆如實知舍利子是菩薩摩訶薩雖具如是天眼作用而於其中不自高舉不著天眼智證通性不著天眼智證通事不著能得如是天眼智證通者於著不著俱無所著何以故舍利子是菩薩摩訶薩達一切法自性空故自性離故自性本來不可得故舍利子是菩薩摩訶薩不作是念我今引發天眼智通爲自娱樂爲娱樂他唯除爲得一切智智舍利子是爲菩薩摩訶薩修行般若波羅蜜多時所引發天眼智證通波羅蜜多爾時舍利子復白佛言世尊云何菩薩摩訶薩修行般若波羅蜜多時所引發漏盡智證通波羅蜜多佛告具壽舍利子言舍利子有菩薩摩訶薩漏盡智證通能如實知十方各如殑伽沙界一切有情若自若他漏盡不盡此通依止金剛喻定斷諸障習方得圓滿得不退轉菩薩地時於一切漏亦名爲盡畢竟不起現在前故菩薩雖得此漏盡通不墮聲聞及獨覺地唯趣無上正等菩提不復希求餘義利故舍利子是菩薩摩訶薩雖具如是漏盡智用而於其中不自高舉不著漏盡智證通性不著漏盡智證通事不著能得如是漏盡智證通者於著不著俱無所著何以故舍利子是菩薩摩訶薩達一切法自性空故自性離故自性本來不可得故舍利子是菩薩摩訶薩不作是念我今

引發漏盡智證通爲自娛樂爲娛樂他唯除爲得一切智智舍利子是爲菩薩摩訶薩修行般若波羅蜜多時所引發漏盡智證通波羅蜜多如是舍利子諸菩薩摩訶薩修行般若波羅蜜多時能圓滿清淨六神通波羅蜜多由此六神通波羅蜜多圓滿清淨故便得圓滿一切智智謂一切智一切相智復次舍利子有菩薩摩訶薩修行般若波羅蜜多時安住布施波羅蜜多嚴淨一切智一切相智道由畢竟空不起惠施慳貪心故復次舍利子有菩薩摩訶薩修行般若波羅蜜多時安住淨戒波羅蜜多嚴淨一切智一切相智道由畢竟空不起持戒犯戒心故復次舍利子有菩薩摩訶薩修行般若波羅蜜多時安住安忍波羅蜜多嚴淨一切智一切相智道由畢竟空不起慈悲忿恚心故復次舍利子有菩薩摩訶薩修行般若波羅蜜多時安住精進波羅蜜多嚴淨一切智一切相智道由畢竟空不起勤勇懈怠心故復次舍利子有菩薩摩訶薩修行般若波羅蜜多時安住靜慮波羅蜜多嚴淨一切智一切相智道由畢竟空不起寂靜散亂心故復次舍利子有菩薩摩訶薩修行般若波羅蜜多時還住般若波羅蜜多嚴淨一切智一切相智道由畢竟空不起智慧愚癡心故復次舍利子有菩薩摩訶薩修行般若波羅蜜多時安住布施淨戒波羅蜜多嚴淨一切智一切相智道由畢竟空不起惠施慳貪持戒犯戒心故復次舍利子有菩薩摩訶薩修行般若波羅蜜多時安住布施安忍波羅蜜多嚴淨一切智一切相

智道由畢竟空不起惠施慳貪慈悲忿恚心故復次舍利子有菩薩摩訶薩修行般若波羅蜜多時安住布施精進波羅蜜多嚴淨一切智一切相智道由畢竟空不起惠施慳貪勤勇懈怠心故復次舍利子有菩薩摩訶薩修行般若波羅蜜多時安住布施靜慮波羅蜜多嚴淨一切智一切相智道由畢竟空不起惠施慳貪寂靜散亂心故復次舍利子有菩薩摩訶薩修行般若波羅蜜多時安住布施般若波羅蜜多嚴淨一切智一切相智道由畢竟空不起惠施慳貪智慧愚癡心故復次舍利子有菩薩摩訶薩修行般若波羅蜜多時安住淨戒安忍波羅蜜多嚴淨一切智一切相智道由畢竟空不起持戒犯戒慈悲忿恚心故復次舍利子有菩薩摩訶薩修行般若波羅蜜多時安住淨戒精進波羅蜜多嚴淨一切智一切相智道由畢竟空不起持戒犯戒勤勇懈怠心故復次舍利子有菩薩摩訶薩修行般若波羅蜜多時安住淨戒靜慮波羅蜜多嚴淨一切智一切相智道由畢竟空不起持戒犯戒寂靜散亂心故復次舍利子有菩薩摩訶薩修行般若波羅蜜多時安住淨戒般若波羅蜜多嚴淨一切智一切相智道由畢竟空不起持戒犯戒智慧愚癡心故復次舍利子有菩薩摩訶薩修行般若波羅蜜多時安住安忍精進波羅蜜多嚴淨一切智一切相智道由畢竟空不起慈悲忿恚勤勇懈怠心故復次舍利子有菩薩摩訶薩修行般若波羅蜜多時安住安忍靜慮波羅蜜多嚴淨一切智一切相智道由畢竟空

不起慈悲忿恚寂靜散亂心故復次舍利子有菩薩摩訶薩修行般若波羅蜜多時安住安忍般若波羅蜜多嚴淨一切智一切相智道由畢竟空不起慈悲忿恚智慧愚癡心故復次舍利子有菩薩摩訶薩修行般若波羅蜜多時安住精進靜慮波羅蜜多嚴淨一切智一切相智道由畢竟空不起勤勇懈怠寂靜散亂心故復次舍利子有菩薩摩訶薩修行般若波羅蜜多時安住精進般若波羅蜜多嚴淨一切智一切相智道由畢竟空不起勤勇懈怠智慧愚癡心故復次舍利子有菩薩摩訶薩修行般若波羅蜜多時安住靜慮般若波羅蜜多嚴淨一切智一切相智道由畢竟空不起寂靜散亂智慧愚癡心故復次舍利子有菩薩摩訶薩修行般若波羅蜜多時安住布施淨戒安忍波羅蜜多嚴淨一切智一切相智道由畢竟空不起惠施慳貪持戒犯戒慈悲忿恚心故復次舍利子有菩薩摩訶薩修行般若波羅蜜多時安住布施淨戒精進波羅蜜多嚴淨一切智一切相智道由畢竟空不起惠施慳貪持戒犯戒勤勇懈怠心故復次舍利子有菩薩摩訶薩修行般若波羅蜜多時安住布施淨戒靜慮波羅蜜多嚴淨一切智一切相智道由畢竟空不起惠施慳貪持戒犯戒寂靜散亂心故復次舍利子有菩薩摩訶薩修行般若波羅蜜多時安住布施淨戒般若波羅蜜多嚴淨一切智一切相智道由畢竟空不起惠施慳貪持戒犯戒智慧愚癡心故復次舍利子有菩薩摩訶薩修行般若波羅蜜多時安住布施安忍

精進波羅蜜多嚴淨一切智一切相智道由畢竟空不起惠施慳貪慈悲忿恚勤勇懈怠心故復次舍利子有菩薩摩訶薩修行般若波羅蜜多時安住布施安忍靜慮波羅蜜多嚴淨一切智一切相智道由畢竟空不起惠施慳貪慈悲忿恚寂靜散亂心故復次舍利子有菩薩摩訶薩修行般若波羅蜜多時安住布施安忍般若波羅蜜多嚴淨一切智一切相智道由畢竟空不起惠施慳貪慈悲忿恚智慧愚癡心故復次舍利子有菩薩摩訶薩修行般若波羅蜜多時安住布施精進靜慮波羅蜜多嚴淨一切智一切相智道由畢竟空不起惠施慳貪勤勇懈怠寂靜散亂心故復次舍利子有菩薩摩訶薩修行般若波羅蜜多時安住布施精進般若波羅蜜多嚴淨一切智一切相智道由畢竟空不起惠施慳貪勤勇懈怠智慧愚癡心故復次舍利子有菩薩摩訶薩修行般若波羅蜜多時安住布施靜慮般若波羅蜜多嚴淨一切智一切相智道由畢竟空不起惠施慳貪寂靜散亂智慧愚癡心故復次舍利子有菩薩摩訶薩修行般若波羅蜜多時安住淨戒安忍精進波羅蜜多嚴淨一切智一切相智道由畢竟空不起持戒犯戒慈悲忿恚勤勇懈怠心故復次舍利子有菩薩摩訶薩修行般若波羅蜜多時安住淨戒安忍靜慮波羅蜜多嚴淨一切智一切相智道由畢竟空不起持戒犯戒慈悲忿恚寂靜散亂心故復次舍利子有菩薩摩訶薩修行般若波羅蜜多時安住淨戒安忍般若波羅蜜多嚴淨一切智一切相

智道由畢竟空不起持戒犯戒慈悲忿恚智慧愚癡心故復次舍利子有菩薩摩訶薩修行般若波羅蜜多時安住淨戒精進靜慮波羅蜜多嚴淨一切智一切相智道由畢竟空不起持戒犯戒勤勇懈怠寂靜散亂心故復次舍利子有菩薩摩訶薩修行般若波羅蜜多時安住淨戒精進般若波羅蜜多嚴淨一切智一切相智道由畢竟空不起持戒犯戒勤勇懈怠智慧愚癡心故復次舍利子有菩薩摩訶薩修行般若波羅蜜多時安住淨戒靜慮般若波羅蜜多嚴淨一切智一切相智道由畢竟空不起持戒犯戒寂靜散亂智慧愚癡心故復次舍利子有菩薩摩訶薩修行般若波羅蜜多時安住安忍精進靜慮波羅蜜多嚴淨一切智一切相智道由畢竟空不起慈悲忿恚勤勇懈怠寂靜散亂心故復次舍利子有菩薩摩訶薩修行般若波羅蜜多時安住安忍精進般若波羅蜜多嚴淨一切智一切相智道由畢竟空不起慈悲忿恚勤勇懈怠智慧愚癡心故復次舍利子有菩薩摩訶薩修行般若波羅蜜多時安住安忍淨慮般若波羅蜜多嚴淨一切智一切相智道由畢竟空不起慈悲忿恚寂靜散亂智慧愚癡心故復次舍利子有菩薩摩訶薩修行般若波羅蜜多時安住精進靜慮般若波羅蜜多嚴淨一切智一切相智道由畢竟空不起勤勇懈怠寂靜散亂智慧愚癡心故復次舍利子有菩薩摩訶薩修行般若波羅蜜多時安住布施淨戒安忍精進波羅蜜多嚴淨一切智一切相智道由畢竟空不起惠施慳貪

持戒犯戒慈悲忿恚勤勇懈怠心故復次舍利子有菩薩摩訶薩修行般若波羅蜜多時安住布施淨戒安忍靜慮波羅蜜多嚴淨一切智一切相智道由畢竟空不起惠施慳貪持戒犯戒慈悲忿恚寂靜散亂心故復次舍利子有菩薩摩訶薩修行般若波羅蜜多時安住布施淨戒安忍般若波羅蜜多嚴淨一切智一切相智道由畢竟空不起惠施慳貪持戒犯戒慈悲忿恚智慧愚癡心故復次舍利子有菩薩摩訶薩修行般若波羅蜜多時安住布施淨戒精進靜慮波羅蜜多嚴淨一切智一切相智道由畢竟空不起惠施慳貪持戒犯戒勤勇懈怠寂靜散亂心故復次舍利子有菩薩摩訶薩修行般若波羅蜜多時安住布施淨戒精進般若波羅蜜多嚴淨一切智一切相智道由畢竟空不起惠施慳貪持戒犯戒勤勇懈怠智慧愚癡心故復次舍利子有菩薩摩訶薩修行般若波羅蜜多時安住布施淨戒靜慮般若波羅蜜多嚴淨一切智一切相智道由畢竟空不起惠施慳貪持戒犯戒寂靜散亂智慧愚癡心故復次舍利子有菩薩摩訶薩修行般若波羅蜜多時安住布施安忍精進靜慮波羅蜜多嚴淨一切智一切相智道由畢竟空不起惠施慳貪慈悲忿恚勤勇懈怠寂靜散亂心故復次舍利子有菩薩摩訶薩修行般若波羅蜜多時安住布施安忍靜慮般若波羅蜜多嚴淨一切智一切相智道由畢竟空不起惠施慳貪慈悲忿恚寂靜散亂智慧愚癡心故復次舍利子有菩薩摩訶薩修行般若波羅蜜多時

安住布施精進靜慮般若波羅蜜多嚴淨一切智一切相智道由畢竟空不起惠施慳貪勤勇懈怠寂靜散亂智慧愚癡心故復次舍利子有菩薩摩訶薩修行般若波羅蜜多時安住淨戒安忍精進靜慮波羅蜜多嚴淨一切智一切相智道由畢竟空不起持戒犯戒慈悲忿恚勤勇懈怠寂靜散亂心故復次舍利子有菩薩摩訶薩修行般若波羅蜜多時安住淨戒安忍精進般若波羅蜜多嚴淨一切智一切相智道由畢竟空不起持戒犯戒慈悲忿恚勤勇懈怠智慧愚癡心故復次舍利子有菩薩摩訶薩修行般若波羅蜜多時安住淨戒安忍靜慮般若波羅蜜多嚴淨一切智一切相智道由畢竟空不起持戒犯戒慈悲忿恚寂靜散亂智慧愚癡心故復次舍利子有菩薩摩訶薩修行般若波羅蜜多時安住淨戒精進靜慮般若波羅蜜多嚴淨一切智一切相智道由畢竟空不起持戒犯戒勤勇懈怠寂靜散亂智慧愚癡心故復次舍利子有菩薩摩訶薩修行般若波羅蜜多時安住安忍精進靜慮般若波羅蜜多嚴淨一切智一切相智道由畢竟空不起慈悲忿恚勤勇懈怠寂靜散亂智慧愚癡心故復次舍利子有菩薩摩訶薩修行般若波羅蜜多時安住布施淨戒安忍精進靜慮波羅蜜多嚴淨一切智一切相智道由畢竟空不起惠施慳貪持戒犯戒慈悲忿恚勤勇懈怠寂靜散亂心故復次舍利子有菩薩摩訶薩修行般若波羅蜜多時安住布施淨戒安忍精進般若波羅蜜多嚴淨一切智一切相智道由畢

竟空不起惠施慳貪持戒犯戒慈悲忿恚勤勇懈怠智慧愚癡心故復次舍利子有菩薩摩訶薩修行般若波羅蜜多時安住布施淨戒精進靜慮般若波羅蜜多嚴淨一切智一切相智道由畢竟空不起惠施慳貪持戒犯戒勤勇懈怠寂靜散亂智慧愚癡心故復次舍利子有菩薩摩訶薩修行般若波羅蜜多時安住布施安忍精進靜慮般若波羅蜜多嚴淨一切智一切相智道由畢竟空不起惠施慳貪慈悲忿恚勤勇懈怠寂靜散亂智慧愚癡心故復次舍利子有菩薩摩訶薩修行般若波羅蜜多時安住淨戒安忍精進靜慮般若波羅蜜多嚴淨一切智一切相智道由畢竟空不起持戒犯戒慈悲忿恚勤勇懈怠寂靜散亂智慧愚癡心故復次舍利子有菩薩摩訶薩修行般若波羅蜜多時安住布施靜戒安忍精進靜慮般若波羅蜜多嚴淨一切智一切相智道由畢竟空不起惠施慳貪持戒犯戒慈悲忿恚勤勇懈怠寂靜散亂智慧愚癡心故如是舍利子諸菩薩摩訶薩修行般若波羅蜜多時安住六種波羅蜜多嚴淨一切智一切相智道由畢竟空無去來故無布施無慳貪唯假施設故無淨戒無犯戒唯假施設故無安忍無忿恚唯假施設故無精進無懈怠唯假施設故無靜慮無散亂唯假施設故無般若無愚癡唯假施設故是菩薩摩訶薩不著趣入不著不趣入不著已度不著非已度不著布施不著慳貪不著淨戒不著犯戒不著安忍不著忿恚不著精進不著懈怠不著靜慮不著散亂不著般若不著

愚癡舍利子是菩薩摩訶薩當於爾時亦不著布施者不著慳貪者不著淨戒者不著犯戒者不著安忍者不著忿恚者不著精進者不著懈怠者不著靜慮者不著散亂者不著般若者不著愚癡者舍利子是菩薩摩訶薩當於爾時於著不著亦無所著何以故舍利子是菩薩摩訶薩達一切法畢竟空故舍利子是菩薩摩訶薩當於爾時不著毀罵不著讚歎不著損害不著饒益不著輕慢不著恭敬何以故舍利子是菩薩摩訶薩達一切法畢竟不生無生法中無有毀罵讚歎法故無有損害饒益法故無有輕慢恭敬法故舍利子是菩薩摩訶薩當於爾時不著毀罵者不著讚歎者不著損害者不著饒益者不著輕慢者不著恭敬者何以故舍利子是菩薩摩訶薩達一切法皆本性空本性空中無有毀罵讚歎者故無有損害饒益者故無有輕慢恭敬者故舍利子是菩薩摩訶薩當於爾時於著不著亦無所著何以故舍利子是菩薩摩訶薩修行般若波羅蜜多永斷一切著不著故如是舍利子諸菩薩摩訶薩修行般若波羅蜜多時所獲功德最上最妙不可思議一切聲聞及諸獨覺皆所非有舍利子此菩薩摩訶薩如是功德既圓滿已復以殊勝布施愛語利行同事成熟有情復以種種堅固大願勇猛精進嚴淨佛土由斯疾證所求無上正等菩提復次舍利子諸菩薩摩訶薩修行般若波羅蜜多時於一切有情若劣若勝若好若醜起平等心是菩薩摩訶薩於一切有情起平等心已復起利益安樂之心是菩

薩摩訶薩於一切有情起利益安樂心已於一切法性皆得平等是菩薩摩訶薩於一切法性得平等已普能安立一切有情於一切法平等性中作大饒益舍利子是菩薩摩訶薩由此因緣於現法中得十方界一切如來應正等覺共所護念亦得十方一切菩薩摩訶薩衆所共稱讚亦得一切聲聞獨覺修梵行者共所敬愛亦為一切世間天人阿素洛等供養恭敬尊重讚歎舍利子是菩薩摩訶薩由此因緣隨所生處眼常不見不可愛色耳常不聞不可愛聲鼻常不齅不可愛香舌常不嘗不可愛味身常不覺不可愛觸意常不取不可愛法舍利子是菩薩摩訶薩由此因緣所獲功德轉增轉勝乃至無上正等菩提常無退轉當佛說是甚深般若波羅蜜多

勝功德時會中無量大苾芻衆從座而起各持種種新淨上服奉獻世尊奉已皆發阿耨多羅三藐三菩提心爾時世尊即便微笑從面門出種種色光時阿難陀即從座起偏覆左肩右膝著地合掌恭敬白言世尊何因何緣現此微笑諸佛微笑非無因緣唯願世尊哀愍為說爾時佛告阿難陀言此從座起無量苾芻從是已後六十一劫星喻劫中當得作佛皆同一號謂大幢相如來應正等覺明行圓滿善逝世間解無上丈夫調御士天人師佛薄伽梵是諸苾芻從此歿已當生東方不動佛國於彼佛所勤修梵行爾時復有六十百千諸天子衆聞佛所說甚深般若波羅蜜多功德勝利皆發無上正等覺心世尊記彼當於慈氏如來法中淨信出家勤修梵行

慈氏如來皆為授記當得無上正等菩提轉正法輪度無量衆皆令證得常樂涅槃爾時此間一切衆會以佛神力皆見十方各千佛土諸佛世尊及彼衆會彼諸佛土功德莊嚴微妙殊勝當於爾時此堪忍界功德莊嚴所不能及時此衆會無量百千諸有情類各發願言以我所修諸純淨業願當往生彼彼佛土爾時世尊知其心願即復微笑面門又出種種色光時阿難陀復從座起恭敬問佛微笑因緣爾時佛告阿難陀言汝今見此從座而起無量百千諸有情不阿難白言唯然已見佛告阿難是諸有情從此壽盡隨彼願力各得往生彼彼佛土於諸佛所修菩薩行乃至無上正等菩提在所生處常不離佛供養恭敬尊重讚歎精勤修習布施淨戒安忍精進靜慮般若波羅蜜多安住內空外空內外空空空大空勝義空有為空無為空畢竟空無際空散空無變異空本性空自相空共相空一切法空不可得空無性空自性空無性自性空安住真如法界法性不虛妄性不變異性平等性離生性法定法住實際虛空界不思議界修行四念住四正斷四神足五根五力七等覺支八聖道支安住苦集滅道聖諦修行四靜慮四無量四無色定修行八解脫八勝處九次第定十徧處修行空無相無願解脫門修行一切陀羅尼門三摩地門修行菩薩摩訶薩地修行五眼六神通修行佛十力四無所畏四無礙解大慈大悲大喜大捨十八佛不共法修行無忘失法恒住捨性修行一切智道相智一切相智及餘菩薩摩

訶薩行得圓滿已俱時成佛皆同一號謂莊嚴王如來應正等覺明行圓滿善逝世間解無上丈夫調御士天人師佛薄伽梵

大般若波羅蜜多經卷第九

音釋

如燎 燎力弔切縱火也

捫摩 捫音門摩眉波切謂以手捫撫摩抄也

釁心 釁許刃切謂隙罅之妄心也

劇苦 劇竭戟切甚也

忿恚 忿房粉切恚於避切恨怒也

大般若波羅蜜多經卷第十

唐三藏法師玄奘奉 詔譯

初分讚勝德品第五

爾時具壽舍利子具壽大目連具壽大飲光具壽善現等衆望所識諸大苾芻及苾芻尼幷諸菩薩摩訶薩衆鄔波索迦鄔波斯迦皆從座起恭敬合掌俱白佛言世尊菩薩摩訶薩所有般若波羅蜜多是大波羅蜜多世尊菩薩摩訶薩所有般若波羅蜜多是廣波羅蜜多世尊菩薩摩訶薩所有般若波羅蜜多是第一波羅蜜多世尊菩薩摩訶薩所有般若波羅蜜多是勝波羅蜜多世尊菩薩摩訶薩所有般若波羅蜜多是妙波羅蜜多世尊菩薩摩訶薩所有般若波羅蜜多是微妙波羅蜜多世尊菩薩摩訶薩所有般若波羅蜜多是尊波羅蜜多世尊菩薩摩訶薩所有般若波羅蜜多是高波羅蜜多世尊菩薩摩訶薩所有般若波羅蜜多是最波羅蜜多世尊菩薩摩訶薩所有般若波羅蜜多是極波羅蜜多世尊菩薩摩訶薩所有般若波羅蜜多是上波羅蜜多世尊菩薩摩訶薩所有般若波羅蜜多是無上波羅蜜多世尊菩薩摩訶薩所有般若波羅蜜多是無上上波羅蜜多世尊菩薩摩訶薩所有般若波羅蜜多是等波羅蜜多世尊菩薩摩訶薩所有般若波羅蜜多是無等波羅蜜多世尊菩薩摩訶薩所有般若波羅蜜多是無等等波羅蜜多世尊菩薩摩訶薩所有般若波羅蜜多是無待對波羅蜜多世尊菩薩摩訶薩所有般若波羅蜜多是如虛空波羅蜜多世尊菩薩摩訶薩

所有般若波羅蜜多是自相空波羅蜜多世尊菩薩摩訶薩所有般若波羅蜜多是共相空波羅蜜多世尊菩薩摩訶薩所有般若波羅蜜多是一切法空波羅蜜多世尊菩薩摩訶薩所有般若波羅蜜多是不可得空波羅蜜多世尊菩薩摩訶薩所有般若波羅蜜多是無性空波羅蜜多世尊菩薩摩訶薩所有般若波羅蜜多是自性空波羅蜜多世尊菩薩摩訶薩所有般若波羅蜜多是無性自性空波羅蜜多世尊菩薩摩訶薩所有般若波羅蜜多是無變異空波羅蜜多世尊菩薩摩訶薩所有般若波羅蜜多是無生波羅蜜多世尊菩薩摩訶薩所有般若波羅蜜多是無滅波羅蜜多世尊菩薩摩訶薩所有般若波羅蜜多是無染波羅蜜多世尊菩薩摩訶薩

所有般若波羅蜜多是無淨波羅蜜多世尊菩薩摩訶薩所有般若波羅蜜多是寂靜波羅蜜多世尊菩薩摩訶薩所有般若波羅蜜多是遠離波羅蜜多世尊菩薩摩訶薩所有般若波羅蜜多是寂止波羅蜜多世尊菩薩摩訶薩所有般若波羅蜜多是調伏波羅蜜多世尊菩薩摩訶薩所有般若波羅蜜多是明呪波羅蜜多世尊菩薩摩訶薩所有般若波羅蜜多是誠諦波羅蜜多世尊菩薩摩訶薩所有般若波羅蜜多是開發一切功德波羅蜜多世尊菩薩摩訶薩所有般若波羅蜜多是成就一切功德波羅蜜多世尊菩薩摩訶薩所有般若波羅蜜多是能破一切波羅蜜多世尊菩薩摩訶薩所有般若波羅蜜多是不可屈伏波羅蜜多世尊修行般若波羅

蜜多諸菩薩摩訶薩最尊最勝最上最妙具大勢力能修行無等等布施能圓滿無等等布施能具足無等等布施波羅蜜多能得無等等自體所謂無邊殊勝相好妙莊嚴身能證無等等妙法所謂無上正等菩提世尊修行般若波羅蜜多諸菩薩摩訶薩最尊最勝最上最妙具大勢力能修行無等等淨戒能圓滿無等等淨戒能具足無等等淨戒波羅蜜多能得無等等自體所謂無邊殊勝相好妙莊嚴身能證無等等妙法所謂無上正等菩提世尊修行般若波羅蜜多諸菩薩摩訶薩最尊最勝最上最妙具大勢力能修行無等等安忍能圓滿無等等安忍能具足無等等安忍波羅蜜多能得無等等自體所謂無邊殊勝相好妙莊嚴身能證無等等妙法所謂無上正等菩提世尊修行般若波羅蜜多諸菩薩摩訶薩最尊最勝最上最妙具大勢力能修行無等等精進能圓滿無等等精進能具足無等等精進波羅蜜多能得無等等自體所謂無邊殊勝相好妙莊嚴身能證無等等妙法所謂無上正等菩提世尊修行般若波羅蜜多諸菩薩摩訶薩最尊最勝最上最妙具大勢力能修行無等等靜慮能圓滿無等等靜慮能具足無等等靜慮波羅蜜多能得無等等自體所謂無邊殊勝相好妙莊嚴身能證無等等妙法所謂無上正等菩提世尊修行般若波羅蜜多諸菩薩摩訶薩最尊最勝最上最妙具大勢力能修行無等等般若能圓滿無等等般若能具足無等等般若波羅蜜多能得無等等自體所謂無邊殊

勝相好妙莊嚴身能證無等等妙法所謂無上正等菩提世尊修行般若波羅蜜多諸菩薩摩訶薩最尊最勝最上最妙具大勢力能安住無等等內空外空內外空空空大空勝義空有爲空無爲空畢竟空無際空散空無變異空本性空自相空共相空一切法空不可得空無性空自性空無性自性空能圓滿無等等內空乃至無性自性空能具足無等等內空乃至無性自性空能得無等等自體所謂無邊殊勝相好妙莊嚴身能證無等等妙法所謂無上正等菩提世尊修行般若波羅蜜多諸菩薩摩訶薩最尊最勝最上最妙具大勢力能安住無等等眞如法界法性不虛妄性不變異性平等性離生性法定法住實際虛空界不思議界能圓滿無等等眞如

乃至不思議界能具足無等等眞如乃至不思議界能得無等等自體所謂無邊殊勝相好妙莊嚴身能證無等等妙法所謂無上正等菩提世尊修行般若波羅蜜多諸菩薩摩訶薩最尊最勝最上最妙具大勢力能修行無等等四念住四正斷四神足五根五力七等覺支八聖道支能圓滿無等等四念住乃至八聖道支能具足無等等四念住乃至八聖道支能得無等等自體所謂無邊殊勝相好妙莊嚴身能證無等等妙法所謂無上正等菩提世尊修行般若波羅蜜多諸菩薩摩訶薩最尊最勝最上最妙具大勢力能安住無等等苦集滅道聖諦能圓滿無等等苦集滅道聖諦能具足無等等苦集滅道聖諦能得無等等自體所謂無邊殊勝相好妙莊嚴

身能證無等等妙法所謂無上正等菩提世尊修行般若波羅蜜多諸菩薩摩訶薩最尊最勝最上最妙具大勢力能修行無等等四靜慮四無量四無色定能圓滿無等等四靜慮四無量四無色定能具足無等等四靜慮四無量四無色定能得無等等自體所謂無邊殊勝相好妙莊嚴身能證無等等妙法所謂無上正等菩提世尊修行般若波羅蜜多諸菩薩摩訶薩最尊最勝最上最妙具大勢力能修行無等等八解脫八勝處九次第定十徧處能圓滿無等等八解脫八勝處九次第定十徧處能具足無等等八解脫八勝處九次第定十徧處能得無等等自體所謂無邊殊勝相好妙莊嚴身能證無等等妙法所謂無上正等菩提世尊修行般若波羅蜜多

諸菩薩摩訶薩最尊最勝最上最妙具大勢力能修行無等等空無相無願解脫門能圓滿無等等空無相無願解脫門能具足無等等空無相無願解脫門能得無等等自體所謂無邊殊勝相好妙莊嚴身能證無等等妙法所謂無上正等菩提世尊修行般若波羅蜜多諸菩薩摩訶薩最尊最勝最上最妙具大勢力能修行無等等陀羅尼門三摩地門能圓滿無等等陀羅尼門三摩地門能具足無等等陀羅尼門三摩地門能得無等等自體所謂無邊殊勝相好妙莊嚴身能證無等等妙法所謂無上正等菩提世尊修行般若波羅蜜多諸菩薩摩訶薩最尊最勝最上最妙具大勢力能修行無等等菩薩摩訶薩地能圓滿無等等菩薩摩訶薩地能具足無等

等菩薩摩訶薩地能得無等等自體所謂無邊殊勝相好妙莊嚴身能證無等等妙法所謂無上正等菩提世尊修行般若波羅蜜多諸菩薩摩訶薩最尊最勝最上最妙具大勢力能修行無等等五眼六神通能圓滿無等等五眼六神通能具足無等等五眼六神通能得無等等自體所謂無邊殊勝相好妙莊嚴身能證無等等妙法所謂無上正等菩提世尊修行般若波羅蜜多諸菩薩摩訶薩最尊最勝最上最妙具大勢力能修行無等等佛十力四無所畏四無礙解大慈大悲大喜大捨十八佛不共法能圓滿無等等佛十力乃至十八佛不共法能具足無等等佛十力乃至十八佛不共法能得無等等自體所謂無邊殊勝相好妙莊嚴身能證無等等妙法所謂無上正等菩提世尊修行般若波羅蜜多諸菩薩摩訶薩最尊最勝最上最妙具大勢力能修行無等等無忘失法恒住捨性能圓滿無等等無忘失法恒住捨性能具足無等等無忘失法恒住捨性能得無等等自體所謂無邊殊勝相好妙莊嚴身能證無等等妙法所謂無上正等菩提世尊修行般若波羅蜜多諸菩薩摩訶薩最尊最勝最上最妙具大勢力能修行無等等一切智道相智一切相智能圓滿無等等一切智道相智一切相智能具足無等等一切智道相智一切相智能得無等等自體所謂無邊殊勝相好妙莊嚴身能證無等等妙法所謂無上正等菩提世尊如來亦由修行般若波羅蜜多能修行安住圓滿具足種種功德故得無等等色

得無等等受想行識證無等等菩提轉無等等法輪度脫無量諸有情類令獲殊勝利益安樂過去未來現在諸佛亦於般若波羅蜜多精勤修學種種功德皆悉圓滿已證無上正等菩提當證無上正等菩提現證無上正等菩提轉妙法輪度無量衆令獲殊勝利益安樂是故世尊若菩薩摩訶薩欲於一切法度至彼岸者當學般若波羅蜜多世尊修行般若波羅蜜多諸菩薩摩訶薩一切世間若天若人阿素洛等皆應供養恭敬尊重讚歎守護令於般若波羅蜜多精進修行無障無礙爾時世尊告諸聲聞及諸菩薩摩訶薩等言如是如是如汝所說修行般若波羅蜜多諸菩薩摩訶薩一切世間若天若人阿素洛等皆應供養恭敬尊重讚歎守護令於般若波羅蜜多精進修行無障無礙何以故由此菩薩摩訶薩故世間得有人天出現所謂刹帝利大族婆羅門大族長者大族居士大族若轉輪王若四大王衆天三十三天夜摩天覩史多天樂變化天他化自在天若梵衆天梵輔天梵會天大梵天若光天少光天無量光天極光淨天若淨天少淨天無量淨天徧淨天若廣天少廣天無量廣天廣果天若無想有情天若無煩天無熱天善現天善見天色究竟天若空無邊處天識無邊處天無所有處天非想非非想處天出現於世由此菩薩摩訶薩故得有預流一來不還阿羅漢獨覺菩薩摩訶薩及諸如來應正等覺出現於世由此菩薩摩訶薩故世間得有三寶出現與諸有情作大饒益由此菩薩摩訶薩故世

間得有種種資生樂具出現所謂飲食衣服卧具房舍燈明末尼真珠瑠璃螺貝璧玉珊瑚金銀等寶出現於世以要言之一切世間人天等樂及涅槃樂無不皆由如是菩薩摩訶薩有所以者何是菩薩摩訶薩自正修行布施淨戒安忍精進靜慮般若波羅蜜多亦教他修行自正安住内空外空内外空空空大空勝義空有爲空無爲空畢竟空無際空散空無變異空本性空自相空共相空一切法空不可得空無性空自性空無性自性空亦教他安住自安住真如法界法性不虚妄性不變異性平等性離生性法定法住實際虚空界不思議界亦教他安住自正修行四念住四正斷四神足五根五力七等覺支八聖道支亦教他修行自正安住苦集滅道聖諦亦教他安住自正修行四静慮四無量四無色定亦教他修行自正修行八解脱八勝處九次第定十徧處亦教他修行自正修行空無相無願解脱門亦教他修行自正修行陀羅尼門三摩地門亦教他修行自正修行諸菩薩地亦教他修行自正修行五眼六神通亦教他修行自正修行佛十力四無所畏四無礙解大慈大悲大喜大捨十八佛不共法亦教他修行自正修行無忘失法恒住捨性亦教他修行自正修行一切智道相智一切相智亦教他修行是故由此修行般若波羅蜜多諸菩薩摩訶薩一切有情皆得殊勝利益安樂

初分現舌相品第六

爾時世尊現廣長舌相徧覆三千大千世界

復從舌相出無量無數種種色光普照十方殑伽沙等諸佛世界是時東方殑伽沙等諸佛土中各有無量無數菩薩摩訶薩覩斯光已各詣其佛頂禮恭敬白言世尊是誰神力復以何緣而有此瑞時彼諸佛各告菩薩摩訶薩言善男子於此西方有佛世界名曰堪忍佛號釋迦牟尼如來應正等覺明行圓滿善逝世間解無上丈夫調御士天人師佛薄伽梵今為菩薩摩訶薩衆說大般若波羅蜜多現廣長舌相徧覆三千大千世界復從舌相出無量無數種種色光普照十方殑伽沙等諸佛世界今所見光即是彼佛舌相所現時諸菩薩摩訶薩聞是事已歡喜踊躍各白佛言我等欲往堪忍世界觀禮供養釋迦牟尼佛及諸菩薩摩訶薩衆幷聽般若波羅蜜多唯願世尊哀愍聽許時彼諸佛各各告言今正是時隨汝意往一一佛土無量無數菩薩摩訶薩衆各禮佛足右繞七帀嚴持無量寶幢旛盖香鬘瓔珞金銀等花奏擊種種上妙妓樂經須臾間至此佛所供養恭敬尊重讚歎頂禮佛足却住一面爾時南方殑伽沙等諸佛土中各有無量無數菩薩摩訶薩覩斯光已各詣其佛頂禮恭敬白言世尊是誰神力復以何緣而有此瑞時彼諸佛各告菩薩摩訶薩言善男子於此北方有佛世界名曰堪忍佛號釋迦牟尼如來應正等覺明行圓滿善逝世間解無上丈夫調御士天人師佛薄伽梵今為菩薩摩訶薩衆說大般若波羅蜜多現廣長舌相徧覆三千大千世界復從舌相出無量無數種種色光普照十方殑

伽沙等諸佛世界今所見光即是彼佛舌相所現時諸菩薩摩訶薩聞是事已歡喜踊躍各白佛言我等欲往堪忍世界觀禮供養釋迦牟尼佛及諸菩薩摩訶薩衆并聽般若波羅蜜多唯願世尊哀愍聽許時彼諸佛各各告言今正是時隨汝意往一一佛土無量無數菩薩摩訶薩衆各禮佛足右繞七帀嚴持無量寶幢旛蓋香鬘瓔珞金銀等花奏擊種種上妙伎樂經須臾間至此佛所供養恭敬尊重讃歎頂禮佛足却住一面爾時西方殑伽沙等諸佛土中各有無量無數菩薩摩訶薩覩斯光已各詣其佛頂禮恭敬白言世尊是誰神力復以何緣而有此瑞時彼諸佛各告菩薩摩訶薩言善男子於此東方有佛世界名曰堪忍佛號釋迦牟尼如來應正等覺明行圓滿善逝世間解無上丈夫調御士天人師佛薄伽梵今為菩薩摩訶薩衆説大般若波羅蜜多現廣長舌相徧覆三千大千世界復從舌相出無量無數種種色光普照十方殑伽沙等諸佛世界今所見光即是彼佛舌相所現時諸菩薩摩訶薩聞是事已歡喜踊躍各白佛言我等欲往堪忍世界觀禮供養釋迦牟尼佛及諸菩薩摩訶薩衆并聽般若波羅蜜多唯願世尊哀愍聽許時彼諸佛各各告言今正是時隨汝意往一一佛土無量無數菩薩摩訶薩衆各禮佛足右繞七帀嚴持無量寶幢旛蓋香鬘瓔珞金銀等花奏擊種種上妙伎樂經須臾間至此佛所供養恭敬尊重讃歎頂禮佛足却住一面爾時北方殑伽沙等諸佛土中各有無量無數菩薩

摩訶薩覩斯光已各詣其佛頂禮恭敬白言世尊是誰神力復以何緣而有此瑞時彼諸佛各告菩薩摩訶薩言善男子於此南方有佛世界名曰堪忍佛號釋迦牟尼如來應正等覺明行圓滿善逝世間解無上丈夫調御士天人師佛薄伽梵今爲菩薩摩訶薩衆說大般若波羅蜜多現廣長舌相徧覆三千大千世界復從舌相出無量無數種種色光普照十方殑伽沙等諸佛世界今所見光即是彼佛舌相所現時諸菩薩摩訶薩聞是事已歡喜踊躍各白佛言我等欲往堪忍世界觀禮供養釋迦牟尼佛及諸菩薩摩訶薩衆并聽般若波羅蜜多唯願世尊哀愍聽許時彼諸佛各各告言今正是時隨汝意往一一佛土無量無數菩薩摩訶薩衆各禮佛足右繞七帀嚴持無量寶幢旛蓋香鬘瓔珞金銀等花奏擊種種上妙妓樂經須臾間至此佛所供養恭敬尊重讚歎頂禮佛足却住一面爾時東北方殑伽沙等諸佛土中各有無量無數菩薩摩訶薩覩斯光已各詣其佛頂禮恭敬白言世尊是誰神力復以何緣而有此瑞時彼諸佛各告菩薩摩訶薩言善男子於此西南方有佛世界名曰堪忍佛號釋迦牟尼如來應正等覺明行圓滿善逝世間解無上丈夫調御士天人師佛薄伽梵今爲菩薩摩訶薩衆說大般若波羅蜜多現廣長舌相徧覆三千大千世界復從舌相出無量無數種種色光普照十方殑伽沙等諸佛世界今所見光即是彼佛舌相所現時諸菩薩摩訶薩聞是事已歡喜踊躍各白佛言我等欲往堪

忍世界觀禮供養釋迦牟尼佛及諸菩薩摩訶薩衆并聽般若波羅蜜多唯願世尊哀愍聽許時彼諸佛各各告言今正是時隨汝意往一一佛土無量無數菩薩摩訶薩衆各禮佛足右繞七帀嚴持無量寶幢旛蓋香鬘瓔珞金銀等花奏擊種種上妙妓樂經須臾間至此佛所供養恭敬尊重讚歎頂禮佛足却住一面爾時東南方殑伽沙等諸佛土中各有無量無數菩薩摩訶薩觀斯光已各詣其佛頂禮恭敬白言世尊是誰神力復以何緣而有此瑞時彼諸佛各告菩薩摩訶薩言善男子於此西北方有佛世界名曰堪忍佛號釋迦牟尼如來應正等覺明行圓滿善逝世間解無上丈夫調御士天人師佛薄伽梵今爲菩薩摩訶薩衆說大般若波羅蜜多現廣

長舌相徧覆三千大千世界復從舌相出無量無數種種色光普照十方殑伽沙等諸佛世界今所見光即是彼佛舌相所現時諸菩薩摩訶薩聞是事已歡喜踊躍各白佛言我等欲往堪忍世界觀禮供養釋迦牟尼佛及諸菩薩摩訶薩衆并聽般若波羅蜜多唯願世尊哀愍聽許時彼諸佛各各告言今正是時隨汝意往一一佛土無量無數菩薩摩訶薩衆各禮佛足右繞七帀嚴持無量寶幢旛蓋香鬘瓔珞金銀等花奏擊種種上妙妓樂經須臾間至此佛所供養恭敬尊重讚歎頂禮佛足却住一面爾時西南方殑伽沙等諸佛土中各有無量無數菩薩摩訶薩觀斯光已各詣其佛頂禮恭敬白言世尊是誰神力復以何緣而有此瑞時彼諸佛各告菩薩摩

訶薩言善男子於此東北方有佛世界名曰堪忍佛號釋迦牟尼如來應正等覺明行圓滿善逝世間解無上丈夫調御士天人師佛薄伽梵今為菩薩摩訶薩衆說大般若波羅蜜多現廣長舌相徧覆三千大千世界復從舌相出無量無數種種色光普照十方殑伽沙等諸佛世界今所見光即是彼佛舌相所現時諸菩薩摩訶薩聞是事已歡喜踊躍各白佛言我等欲往堪忍世界觀禮供養釋迦牟尼佛及諸菩薩摩訶薩衆幷聽般若波羅蜜多唯願世尊哀愍聽許時彼諸佛各各告言今正是時隨汝意往一一佛土無量無數菩薩摩訶薩衆各禮佛足右繞七帀嚴持無量寶幢旛蓋香鬘瓔珞金銀等花奏擊種種上妙妓樂經須臾間至此佛所供養恭敬尊重讚歎頂禮佛足却住一面爾時西北方殑伽沙等諸佛土中各有無量無數菩薩摩訶薩覩斯光已各詣其佛頂禮恭敬白言世尊是誰神力復以何緣而有此瑞時彼諸佛各告菩薩摩訶薩言善男子於此東南方有佛世界名曰堪忍佛號釋迦牟尼如來應正等覺明行圓滿善逝世間解無上丈夫調御士天人師佛薄伽梵今為菩薩摩訶薩衆說大般若波羅蜜多現廣長舌相徧覆三千大千世界復從舌相出無量無數種種色光普照十方殑伽沙等諸佛世界今所見光即是彼佛舌相所現時諸菩薩摩訶薩聞是事已歡喜踊躍各白佛言我等欲往堪忍世界觀禮供養釋迦牟尼佛及諸菩薩摩訶薩衆幷聽般若波羅蜜多唯願世尊哀愍聽許時彼諸

佛各各告言今正是時隨汝意往一一佛土無量無數菩薩摩訶薩衆各禮佛足右繞七帀嚴持無量寶幢旛蓋香鬘瓔珞金銀等花奏擊種種上妙妓樂經須臾間至此佛所供養恭敬尊重讚歎頂禮佛足却住一面爾時下方殑伽沙等諸佛土中各有無量無數菩薩摩訶薩覩斯光已各詣其佛頂禮恭敬白言世尊是誰神力復以何緣而有此瑞時彼諸佛各告菩薩摩訶薩言善男子於此上方有佛世界名曰堪忍佛號釋迦牟尼如來應正等覺明行圓滿善逝世間解無上丈夫調御士天人師佛薄伽梵今爲菩薩摩訶薩衆說大般若波羅蜜多現廣長舌相徧覆三千大千世界復從舌相出無量無數種種色光普照十方殑伽沙等諸佛世界今所見光即是彼佛舌相所現時諸菩薩摩訶薩聞是事已歡喜踊躍各白佛言我等欲往堪忍世界觀禮供養釋迦牟尼佛及諸菩薩摩訶薩衆并聽般若波羅蜜多唯願世尊哀愍聽許時彼諸佛各各告言今正是時隨汝意往一一佛土無量無數菩薩摩訶薩衆各禮佛足右繞七帀嚴持無量寶幢旛蓋香鬘瓔珞金銀等花奏擊種種上妙妓樂經須臾間至此佛所供養恭敬尊重讚歎頂禮佛足却住一面爾時上方殑伽沙等諸佛土中各有無量無數菩薩摩訶薩覩斯光已各詣其佛頂禮恭敬白言世尊是誰神力復以何緣而有此瑞時彼諸佛各告菩薩摩訶薩言善男子於此下方有佛世界名曰堪忍佛號釋迦牟尼如來應正等覺明行圓滿善逝世間解無上丈

夫調御士天人師佛薄伽梵今為菩薩摩訶薩衆說大般若波羅蜜多現廣長舌相徧覆三千大千世界復從舌相出無量無數種種色光普照十方殑伽沙等諸佛世界今所見光即是彼佛舌相所現時諸菩薩摩訶薩聞是事已歡喜踊躍各白佛言我等欲往堪忍世界觀禮供養釋迦牟尼佛及諸菩薩摩訶薩衆并聽般若波羅蜜多唯願世尊哀愍聽許時彼諸佛各各告言今正是時隨汝意往一一佛土無量無數菩薩摩訶薩衆各禮佛足右繞七帀嚴持無量寶幢旛蓋香鬘瓔珞金銀等花奏擊種種上妙妓樂經須臾間至此佛所供養恭敬尊重讚歎頂禮佛足却住一面爾時四大王衆天乃至他化自在天梵衆天乃至色究竟天各持無量種種香鬘所謂塗香末香燒香樹香葉香諸雜和香悅意花鬘生類花鬘龍錢花鬘并無量種衆雜花鬘及持無量種種天花嗢鉢羅花鉢特摩花俱某陀花奔茶利花微妙音花大微妙音花及餘無量種種天花來至佛所供養恭敬尊重讚歎頂禮佛足却住一面爾時十方諸來菩薩摩訶薩衆及餘無量欲色界天所獻種種寶幢旛蓋珍妙瓔珞種種香花以佛神力上涌空中合成臺蓋徧覆三千大千佛土臺頂四角各有寶幢臺蓋寶幢皆垂瓔珞勝旛妙綵珍異花鬘種種莊嚴甚可愛樂時此會中有百千俱胝那庾多有情皆從座起合掌恭敬而白佛言世尊我等未來願得作佛相好威德如今世尊國土莊嚴聲聞菩薩天人衆會所轉法輪並如今佛爾時世尊知其心

顯已於諸法悟無生忍了達一切不生不滅無作無為即便微笑面門復出種種色光尊者阿難即從座起合掌恭敬白言世尊何因何緣現此微笑佛告阿難是從座起百千俱胝那庾多衆已於諸法悟無生忍於當來世經六十八俱胝大劫修菩薩行花積劫中當得作佛皆同一號謂覺分花如來應正等覺明行圓滿善逝世間解無上丈夫調御士天人師佛薄伽梵

大般若波羅蜜多經卷第十

音釋

香鬘（鬘莫班切）　嗢鉢羅（梵語也亦云優鉢羅此云青蓮花嗢烏骨切）　鉢特摩（梵語也此云紅蓮花）　俱某陀（梵語也此云黄蓮花）　奔荼利（梵語也亦云分陀利此云白蓮花）

大般若波羅蜜多經卷第十一

唐三藏法師玄奘奉詔譯

初分教誡教授品第七之一

爾時佛告具壽善現汝以辯才當爲菩薩摩訶薩衆宣說般若波羅蜜多相應之法教誡教授諸菩薩摩訶薩令於般若波羅蜜多修學究竟時諸菩薩摩訶薩衆及大聲聞天龍藥叉人非人等咸作是念今尊者善現爲以自慧辯才之力當爲菩薩摩訶薩衆宣說般若波羅蜜多相應之法教誡教授諸菩薩摩訶薩令於般若波羅蜜多修學究竟爲當承佛威神力耶具壽善現知諸菩薩摩訶薩衆及大聲聞天龍藥叉人非人等心之所念便告具壽舍利子言諸佛弟子所說法教當知皆承佛威神力何以故舍利子諸佛爲他宣說法要彼承佛教精勤修學便能證得諸法實性由是爲他有所宣說皆與法性能不相違故佛所言如燈傳照舍利子我當承佛威神加被爲諸菩薩摩訶薩衆宣說般若波羅蜜多相應之法教誡教授諸菩薩摩訶薩令於般若波羅蜜多修學究竟非以自慧辯才之力所以者何甚深般若波羅蜜多相應之法非諸聲聞獨覺境界爾時具壽善現白佛言世尊如佛所勑汝以辯才當爲菩薩摩訶薩衆宣說般若波羅蜜多相應之法教誡教授諸菩薩摩訶薩令於般若波羅蜜多修學究竟世尊此中何法名爲菩薩摩訶薩復有何法名爲般若波羅蜜多世尊我不見有法可名菩薩摩訶薩亦不見有法可名般若波羅蜜多如是二名亦不見有云何令我爲諸

菩薩摩訶薩衆宣說般若波羅蜜多相應之法教誡教授諸菩薩摩訶薩令於般若波羅蜜多修學究竟佛言善現菩薩摩訶薩但有名謂爲菩薩摩訶薩般若波羅蜜多亦但有名謂爲般若波羅蜜多如是二名亦但有名善現此之二名不生不滅唯有想等想施設言說如是假名不在內不在外不在兩間不可得故善現當知譬如我但是假名如是名假不生不滅唯有想等想施設言說謂之爲我如是有情命者生者養者士夫補特伽羅意生儒童作者使作者起者使起者受者使受者知者見者亦但是假名如是名假不生不滅唯有想等想施設言說謂爲有情乃至見者如是一切但有假名此諸假名不在內不在外不在兩間不可得故如是善現若菩薩摩訶薩若般若波羅蜜多若此二名皆是假法如是假法不生不滅唯有想等想施設言說謂爲菩薩摩訶薩謂爲般若波羅蜜多及此二名如是三種但有假名此諸假名不在內不在外不在兩間不可得故復次善現譬如色但是假法如是法假不生不滅唯有想等想施設言說謂之爲色如是受想行識亦但是假法如是法假不生不滅唯有想等想施設言說謂爲受想行識如是一切但有假名此諸假名不在內不在外不在兩間不可得故如是善現若菩薩摩訶薩若般若波羅蜜多若此二名皆是假法如是假法不生不滅唯有想等想施設言說謂爲菩薩摩訶薩謂爲般若波羅蜜多及此二名如是三種但有假名此諸假名不在內不在外不在兩

間不可得故復次善現譬如眼處但是假法如是法假不生不滅唯有想等想施設言說謂爲眼處如是耳鼻舌身意處亦但是假法如是法假不生不滅唯有想等想施設言說謂爲耳鼻舌身意處如是一切但有假名此諸假名不在内不在外不在兩間不可得故如是善現若菩薩摩訶薩若般若波羅蜜多若此二名皆是假法如是假法不生不滅唯有想等想施設言説謂爲菩薩摩訶薩謂爲般若波羅蜜多及此二名如是三種但有假名此諸假名不在内不在外不在兩間不可得故復次善現譬如色處但是假法如是法假不生不滅唯有想等想施設言説謂爲色處如是聲香味觸法處亦但是假法如是法假不生不滅唯有想等想施設言說謂爲聲香味觸法處如是一切但有假名此諸假名不在内不在外不在兩間不可得故如是善現若菩薩摩訶薩若般若波羅蜜多若此一名皆是假法如是假法不生不滅唯有想等想施設言説謂爲菩薩摩訶薩謂爲般若波羅蜜多及此二名如是三種但有假名此諸假名不在内不在外不在兩間不可得故復次善現譬如眼界但是假法如是法假不生不滅唯有想等想施設言説謂爲眼界如是耳鼻舌身意界亦但是假法如是法假不生不滅唯有想等想施設言説謂爲耳鼻舌身意界如是一切但有假名此諸假名不在内不在外不在兩間不可得故如是善現若菩薩摩訶薩若般若波羅蜜多若此二名皆是假法如是假法不生不滅唯有想等想施設

言說謂爲菩薩摩訶薩謂爲般若波羅蜜多及此二名如是三種但有假名此諸假名不在内不在外不在兩間不可得故復次善現譬如色界但是假法如是法假不生不滅唯有想等想施設言說謂爲色界如是聲香味觸法界亦但是假法如是法假不生不滅唯有想等想施設言說謂爲聲香味觸法界如是一切但有假名此諸假名不在内不在外不在兩間不可得故如是善現若菩薩摩訶薩若般若波羅蜜多若此二名皆是假法如是假法不生不滅唯有想等想施設言說謂爲菩薩摩訶薩謂爲般若波羅蜜多及此二名如是三種但有假名此諸假名不在内不在外不在兩間不可得故復次善現譬如眼識界但是假法如是法假不生不滅唯有想等想施設言說謂爲眼識界如是耳鼻舌身意識界亦但是假法如是法假不生不滅唯有想等想施設言說謂爲耳鼻舌身意識界如是一切但有假名此諸假名不在内不在外不在兩間不可得故如是善現若菩薩摩訶薩若般若波羅蜜多若此二名皆是假法如是假法不生不滅唯有想等想施設言說謂爲菩薩摩訶薩謂爲般若波羅蜜多及此二名如是三種但有假名此諸假名不在内不在外不在兩間不可得故復次善現譬如眼觸但是假法如是法假不生不滅唯有想等想施設言說謂爲眼觸如是耳鼻舌身意觸亦但是假法如是法假不生不滅唯有想等想施設言說謂爲耳鼻舌身意觸如是一切但有假名此諸假名不在内不在外不在

兩間不可得故如是善現若菩薩摩訶薩若般若波羅蜜多若此二名皆是假法如是假法不生不滅唯有想等想施設言說謂爲菩薩摩訶薩謂爲般若波羅蜜多及此二名如是三種但有假名此諸假名不在內不在外不在兩間不可得故復次善現譬如眼觸爲緣所生諸受但是假法如是法假不生不滅唯有想等想施設言說謂爲眼觸爲緣所生諸受如是耳鼻舌身意觸爲緣所生諸受亦但是假法如是法假不生不滅唯有想等想施設言說謂爲耳鼻舌身意觸爲緣所生諸受如是一切但有假名此諸假名不在內不在外不在兩間不可得故如是善現若菩薩摩訶薩若般若波羅蜜多若此二名皆是假法如是假法不生不滅唯有想等想施設言說謂爲菩薩摩訶薩謂爲般若波羅蜜多及此二名如是三種但有假名此諸假名不在內不在外不在兩間不可得故復次善現譬如內身所有頭頸肩膊手臂腹背胷脅腰脊髀膝腨脛足等但是假名如是名假不生不滅唯有想等想施設言說謂爲內身所有頭頸乃至足等如是一切但有假名此諸假名不在內不在外不在兩間不可得故如是善現若菩薩摩訶薩若般若波羅蜜多若此二名皆是假法如是假法不生不滅唯有想等想施設言說謂爲菩薩摩訶薩謂爲般若波羅蜜多及此二名如是三種但有假名此諸假名不在內不在外不在兩間不可得故復次善現譬如外事所有草木根莖枝葉華果等物但是假名如是名假不生不滅唯有想

等想施設言說謂為外事所有草木根莖枝葉華果等物如是一切但有假名此諸假名不在內不在外不在兩間不可得故如是善現若菩薩摩訶薩若般若波羅蜜多若此二名皆是假法如是假法不生不滅唯有想等想施設言說謂為菩薩摩訶薩謂為般若波羅蜜多及此二名如是三種但有假名此諸假名不在內不在外不在兩間不可得故復次善現譬如過去未來現在一切如來應正等覺但是假名如是名假不生不滅唯有想等想施設言說謂為過去未來現在一切如來應正等覺如是一切但有假名此諸假名不在內不在外不在兩間不可得故如是善現若菩薩摩訶薩若般若波羅蜜多若此二名皆是假法如是假法不生不滅唯有想等想施設言說謂為菩薩摩訶薩謂為般若波羅蜜多及此二名如是三種但有假名此諸假名不在內不在外不在兩間不可得故復次善現譬如幻事夢境響像陽焰光影若尋香城變化事等但是假名如是名假不生不滅唯有想等想施設言說謂為幻事乃至變化事等如是一切但有假名此諸假名不在內不在外不在兩間不可得故如是善現若菩薩摩訶薩若般若波羅蜜多若此二名皆是假法如是假法不生不滅唯有想等想施設言說謂為菩薩摩訶薩謂為般若波羅蜜多及此二名如是三種但有假名此諸假名不在內不在外不在兩間不可得故如是善現諸菩薩摩訶薩修行般若波羅蜜多時於一切法名假法假及教授假應正修學復次

善現諸菩薩摩訶薩修行般若波羅蜜多時不應觀色若常若無常不應觀受想行識若常若無常不應觀色若樂若苦不應觀受想行識若樂若苦不應觀色若我若無我不應觀受想行識若我若無我不應觀色若淨若不淨不應觀受想行識若淨若不淨不應觀色若空若不空不應觀受想行識若空若不空不應觀色若有相若無相不應觀受想行識若有相若無相不應觀色若有願若無願不應觀受想行識若有願若無願不應觀色若寂靜若不寂靜不應觀受想行識若寂靜若不寂靜不應觀色若遠離若不遠離不應觀受想行識若遠離若不遠離不應觀色若有為若無為不應觀受想行識若有為若無為不應觀色若有漏若無漏不應觀受想行識若有漏若無漏不應觀色若生若滅不應觀受想行識若生若滅不應觀色若善若非善不應觀受想行識若善若非善不應觀色若有罪若無罪不應觀受想行識若有罪若無罪不應觀色若有煩惱若無煩惱不應觀受想行識若有煩惱若無煩惱不應觀色若世間若出世間不應觀受想行識若世間若出世間不應觀色若雜染若清淨不應觀受想行識若雜染若清淨不應觀色若屬生死若屬涅槃不應觀受想行識若屬生死若屬涅槃不應觀色若在內若在外若在兩間不應觀受想行識若在內若在外若在兩間不應觀色若可得若不可得不應觀受想行識若可得若不可得復次善現諸菩薩摩訶薩修行般若波羅蜜多時不應觀眼處若常若

無常不應觀耳鼻舌身意處若常若無常不應觀眼處若樂若苦不應觀耳鼻舌身意處若樂若苦不應觀眼處若我若無我不應觀耳鼻舌身意處若我若無我不應觀眼處若淨若不淨不應觀耳鼻舌身意處若淨若不淨不應觀眼處若空若不空不應觀耳鼻舌身意處若空若不空不應觀眼處若有相若無相不應觀耳鼻舌身意處若有相若無相不應觀眼處若有願若無願不應觀耳鼻舌身意處若有願若無願不應觀眼處若寂靜若不寂靜不應觀耳鼻舌身意處若寂靜若不寂靜不應觀眼處若遠離若不遠離不應觀耳鼻舌身意處若遠離若不遠離不應觀眼處若有爲若無爲不應觀耳鼻舌身意處若有爲若無爲不應觀眼處若有漏若無漏不應觀耳鼻舌身意處若有漏若無漏不應觀眼處若生若滅不應觀耳鼻舌身意處若生若滅不應觀眼處若善若非善不應觀耳鼻舌身意處若善若非善不應觀眼處若有罪若無罪不應觀耳鼻舌身意處若有罪若無罪不應觀眼處若有煩惱若無煩惱不應觀耳鼻舌身意處若有煩惱若無煩惱不應觀眼處若世間若出世間不應觀耳鼻舌身意處若世間若出世間不應觀眼處若雜染若清淨不應觀耳鼻舌身意處若雜染若清淨不應觀眼處若屬生死若屬涅槃不應觀耳鼻舌身意處若屬生死若屬涅槃不應觀眼處若在內若在外若在兩間不應觀耳鼻舌身意處若在內若在外若在兩間不應觀眼處若可得若不可得不應觀耳鼻舌身意

處若可得若不可得復次善現諸菩薩摩訶薩修行般若波羅蜜多時不應觀色處若常若無常不應觀聲香味觸法處若常若無常不應觀色處若樂若苦不應觀聲香味觸法處若樂若苦不應觀色處若我若無我不應觀聲香味觸法處若我若無我不應觀色處若淨若不淨不應觀聲香味觸法處若淨若不淨不應觀色處若空若不空不應觀聲香味觸法處若空若不空不應觀色處若有相若無相不應觀聲香味觸法處若有相若無相不應觀色處若有願若無願不應觀聲香味觸法處若有願若無願不應觀色處若寂靜若不寂靜不應觀聲香味觸法處若寂靜若不寂靜不應觀色處若遠離若不遠離不應觀聲香味觸法處若遠離若不遠離不應觀色處若有爲若無爲不應觀聲香味觸法處若有爲若無爲不應觀色處若有漏若無漏不應觀聲香味觸法處若有漏若無漏不應觀色處若生若滅不應觀聲香味觸法處若生若滅不應觀色處若善若非善不應觀聲香味觸法處若善若非善不應觀色處若有罪若無罪不應觀聲香味觸法處若有罪若無罪不應觀色處若有煩惱若無煩惱不應觀聲香味觸法處若有煩惱若無煩惱不應觀色處若世間若出世間不應觀聲香味觸法處若世間若出世間不應觀色處若雜染若清淨不應觀聲香味觸法處若雜染若清淨不應觀色處若屬生死若屬涅槃不應觀聲香味觸法處若屬生死若屬涅槃不應觀色處若在內若在外若在兩間不應觀聲

香味觸法處若在内若在外若在兩間不應觀色處若可得若不可得不應觀聲香味觸法處若可得若不可得復次善現諸菩薩摩訶薩修行般若波羅蜜多時不應觀眼界若常若無常不應觀耳鼻舌身意界若常若無常不應觀眼界若樂若苦不應觀耳鼻舌身意界若樂若苦不應觀眼界若我若無我不應觀耳鼻舌身意界若我若無我不應觀眼界若淨若不淨不應觀耳鼻舌身意界若淨若不淨不應觀眼界若空若不空不應觀耳鼻舌身意界若空若不空不應觀眼界若有相若無相不應觀耳鼻舌身意界若有相若無相不應觀眼界若有願若無願不應觀耳鼻舌身意界若有願若無願不應觀眼界若寂靜若不寂靜不應觀耳鼻舌身意界若寂靜若不寂靜不應觀眼界若遠離若不遠離不應觀耳鼻舌身意界若遠離若不遠離不應觀眼界若有爲若無爲不應觀耳鼻舌身意界若有爲若無爲不應觀眼界若有漏若無漏不應觀耳鼻舌身意界若有漏若無漏不應觀眼界若生若滅不應觀耳鼻舌身意界若生若滅不應觀眼界若善若非善不應觀耳鼻舌身意界若善若非善不應觀眼界若有罪若無罪不應觀耳鼻舌身意界若有罪若無罪不應觀眼界若有煩惱若無煩惱不應觀耳鼻舌身意界若有煩惱若無煩惱不應觀眼界若世間若出世間不應觀耳鼻舌身意界若世間若出世間不應觀眼界若雜染若清淨不應觀耳鼻舌身意界若雜染若清淨不應觀眼界若屬生死若屬涅槃不

應觀耳鼻舌身意界若屬生死若屬涅槃不應觀眼界若在內若在外若在兩間不應觀耳鼻舌身意界若在內若在外若在兩間不應觀眼界若可得若不可得不應觀耳鼻舌身意界若可得若不可得復次善現諸菩薩摩訶薩修行般若波羅蜜多時不應觀色界若常若無常不應觀聲香味觸法界若常若無常不應觀色界若樂若苦不應觀聲香味觸法界若樂若苦不應觀色界若我若無我不應觀聲香味觸法界若我若無我不應觀色界若淨若不淨不應觀聲香味觸法界若淨若不淨不應觀色界若空若不空不應觀聲香味觸法界若空若不空不應觀色界若有相若無相不應觀聲香味觸法界若有相若無相不應觀色界若有願若無願不應觀聲香味觸法界若有願若無願不應觀色界若寂靜若不寂靜不應觀聲香味觸法界若寂靜若不寂靜不應觀色界若遠離若不遠離不應觀聲香味觸法界若遠離若不遠離不應觀色界若有爲若無爲不應觀聲香味觸法界若有爲若無爲不應觀色界若有漏若無漏不應觀聲香味觸法界若有漏若無漏不應觀色界若生若滅不應觀聲香味觸法界若生若滅不應觀色界若善若非善不應觀聲香味觸法界若善若非善不應觀色界若有罪若無罪不應觀聲香味觸法界若有罪若無罪不應觀色界若有煩惱若無煩惱不應觀聲香味觸法界若有煩惱若無煩惱不應觀色界若世間若出世間不應觀聲香味觸法界若世間若出世間不應觀色界

若雜染若清淨不應觀聲香味觸法界若雜染若清淨不應觀色界若屬生死若屬涅槃不應觀聲香味觸法界若屬生死若屬涅槃不應觀色界若在內若在外若在兩間不應觀聲香味觸法界若在內若在外若在兩間不應觀色界若可得若不可得不應觀聲香味觸法界若可得若不可得復次善現諸菩薩摩訶薩修行般若波羅蜜多時不應觀眼識界若常若無常不應觀耳鼻舌身意識界若常若無常不應觀眼識界若樂若苦不應觀耳鼻舌身意識界若樂若苦不應觀眼識界若我若無我不應觀耳鼻舌身意識界若我若無我不應觀眼識界若淨若不淨不應觀耳鼻舌身意識界若淨若不淨不應觀眼識界若空若不空不應觀耳鼻舌身意識界若空若不空不應觀眼識界若有相若無相不應觀耳鼻舌身意識界若有相若無相不應觀眼識界若有願若無願不應觀耳鼻舌身意識界若有願若無願不應觀眼識界若寂靜若不寂靜不應觀耳鼻舌身意識界若寂靜若不寂靜不應觀眼識界若遠離若不遠離不應觀耳鼻舌身意識界若遠離若不遠離不應觀眼識界若有爲若無爲不應觀耳鼻舌身意識界若有爲若無爲不應觀眼識界若有漏若無漏不應觀耳鼻舌身意識界若有漏若無漏不應觀眼識界若生若滅不應觀耳鼻舌身意識界若生若滅不應觀眼識界若善若非善不應觀耳鼻舌身意識界若善若非善不應觀眼識界若有罪若無罪不應觀耳鼻舌身意識界若有罪若無罪

不應觀眼識界若有煩惱若無煩惱不應觀耳鼻舌身意識界若有煩惱若無煩惱不應觀眼識界若世間若出世間不應觀耳鼻舌身意識界若世間若出世間不應觀眼識界若雜染若清淨不應觀耳鼻舌身意識界若雜染若清淨不應觀眼識界若屬生死若屬涅槃不應觀耳鼻舌身意識界若屬生死若屬涅槃不應觀眼識界若在内若在外若在兩間不應觀耳鼻舌身意識界若在内若在外若在兩間不應觀眼識界若可得若不可得不應觀耳鼻舌身意識界若可得若不可得復次善現諸菩薩摩訶薩修行般若波羅蜜多時不應觀眼觸若常若無常不應觀耳鼻舌身意觸若常若無常不應觀眼觸若樂若苦不應觀耳鼻舌身意觸若樂若苦不應觀眼觸若我若無我不應觀耳鼻舌身意觸若我若無我不應觀眼觸若淨若不淨不應觀耳鼻舌身意觸若淨若不淨不應觀眼觸若空若不空不應觀耳鼻舌身意觸若空若不空不應觀眼觸若有相若無相不應觀耳鼻舌身意觸若有相若無相不應觀眼觸若有願若無願不應觀耳鼻舌身意觸若有願若無願不應觀眼觸若寂靜若不寂靜不應觀耳鼻舌身意觸若寂靜若不寂靜不應觀眼觸若遠離若不遠離不應觀耳鼻舌身意觸若遠離若不遠離不應觀眼觸若有為若無為不應觀耳鼻舌身意觸若有為若無為不應觀眼觸若有漏若無漏不應觀耳鼻舌身意觸若有漏若無漏不應觀眼觸若生若滅不應觀耳鼻舌身意觸若生若滅不應觀

眼觸若善若非善不應觀耳鼻舌身意觸若善若非善不應觀眼觸若有罪若無罪不應觀耳鼻舌身意觸若有罪若無罪不應觀眼觸若有煩惱若無煩惱不應觀耳鼻舌身意觸若有煩惱若無煩惱不應觀眼觸若世間若出世間不應觀耳鼻舌身意觸若世間若出世間不應觀眼觸若雜染若清淨不應觀耳鼻舌身意觸若雜染若清淨不應觀眼觸若屬生死若屬涅槃不應觀耳鼻舌身意觸若屬生死若屬涅槃不應觀眼觸若在內若在外若在兩閒不應觀耳鼻舌身意觸若在內若在外若在兩閒不應觀眼觸若可得若不可得不應觀耳鼻舌身意觸若可得若不可得復次善現諸菩薩摩訶薩修行般若波羅蜜多時不應觀眼觸爲緣所生樂受苦受不苦不樂受若常若無常不應觀耳鼻舌身意觸爲緣所生樂受苦受不苦不樂受若常若無常不應觀眼觸爲緣所生樂受苦受不苦不樂受若樂若苦不應觀耳鼻舌身意觸爲緣所生樂受苦受不苦不樂受若樂若苦不應觀眼觸爲緣所生樂受苦受不苦不樂受若我若無我不應觀耳鼻舌身意觸爲緣所生樂受苦受不苦不樂受若我若無我不應觀眼觸爲緣所生樂受苦受不苦不樂受若淨若不淨不應觀耳鼻舌身意觸爲緣所生樂受苦受不苦不樂受若淨若不淨不應觀眼觸爲緣所生樂受苦受不苦不樂受若空若不空不應觀耳鼻舌身意觸爲緣所生樂受苦受不苦不樂受若空若不空不應觀眼觸爲緣所生樂受苦受不苦不樂受若有

相若無相不應觀耳鼻舌身意觸爲緣所生樂受苦受不苦不樂受若有相若無相不應觀眼觸爲緣所生樂受苦受不苦不樂受若有願若無願不應觀耳鼻舌身意觸爲緣所生樂受苦受不苦不樂受若有願若無願不應觀眼觸爲緣所生樂受苦受不苦不樂受若寂靜若不寂靜不應觀耳鼻舌身意觸爲緣所生樂受苦受不苦不樂受若寂靜若不寂靜不應觀眼觸爲緣所生樂受苦受不苦不樂受若遠離若不遠離不應觀耳鼻舌身意觸爲緣所生樂受苦受不苦不樂受若遠離若不遠離不應觀眼觸爲緣所生樂受苦受不苦不樂受若有爲若無爲不應觀耳鼻舌身意觸爲緣所生樂受苦受不苦不樂受若有爲若無爲不應觀眼觸爲緣所生樂受苦受不苦不樂受若有漏若無漏不應觀耳鼻舌身意觸爲緣所生樂受苦受不苦不樂受若有漏若無漏不應觀眼觸爲緣所生樂受苦受不苦不樂受若生若滅不應觀耳鼻舌身意觸爲緣所生樂受苦受不苦不樂受若生若滅不應觀眼觸爲緣所生樂受苦受不苦不樂受若善若非善不應觀耳鼻舌身意觸爲緣所生樂受苦受不苦不樂受若善若非善不應觀眼觸爲緣所生樂受苦受不苦不樂受若有罪若無罪不應觀耳鼻舌身意觸爲緣所生樂受苦受不苦不樂受若有罪若無罪不應觀眼觸爲緣所生樂受苦受不苦不樂受若有煩惱若無煩惱不應觀耳鼻舌身意觸爲緣所生樂受苦受不苦不樂受若有煩惱若無煩惱不應觀眼觸爲緣所

生樂受苦受不苦不樂受若世間若出世間不應觀耳鼻舌身意觸爲緣所生樂受苦受不苦不樂受若世間若出世間不應觀眼觸爲緣所生樂受苦受不苦不樂受若雜染若清淨不應觀耳鼻舌身意觸爲緣所生樂受苦受不苦不樂受若雜染若清淨不應觀眼觸爲緣所生樂受苦受不苦不樂受若屬生死若屬涅槃不應觀耳鼻舌身意觸爲緣所生樂受苦受不苦不樂受若屬生死若屬涅槃不應觀眼觸爲緣所生樂受苦受不苦不樂受若在內若在外若在兩間不應觀耳鼻舌身意觸爲緣所生樂受苦受不苦不樂受若在內若在外若在兩間不應觀眼觸爲緣所生樂受苦受不苦不樂受若可得若不可得不應觀耳鼻舌身意觸爲緣所生樂受苦受不苦不樂受若可得若不可得復次善現諸菩薩摩訶薩修行般若波羅蜜多時不應觀地界若常若無常不應觀水火風空識界若常若無常不應觀地界若樂若苦不應觀水火風空識界若樂若苦不應觀地界若我若無我不應觀水火風空識界若我若無我不應觀地界若淨若不淨不應觀水火風空識界若淨若不淨不應觀地界若空若不空不應觀水火風空識界若空若不空不應觀地界若有相若無相不應觀水火風空識界若有相若無相不應觀地界若有願若無願不應觀水火風空識界若有願若無願不應觀地界若寂靜若不寂靜不應觀水火風空識界若寂靜若不寂靜不應觀地界若遠離若不遠離不應觀水火風空識界若遠離若

不遠離不應觀地界若有爲若無爲不應觀水火風空識界若有爲若無爲不應觀地界若有漏若無漏不應觀水火風空識界若有漏若無漏不應觀地界若生若滅不應觀水火風空識界若生若滅不應觀地界若善若非善不應觀水火風空識界若善若非善不應觀地界若有罪若無罪不應觀水火風空識界若有罪若無罪不應觀地界若有煩惱若無煩惱不應觀水火風空識界若有煩惱若無煩惱不應觀地界若世間若出世間不應觀水火風空識界若世間若出世間不應觀地界若雜染若清淨不應觀水火風空識界若雜染若清淨不應觀地界若屬生死若屬涅槃不應觀水火風空識界若屬生死若屬涅槃不應觀地界若在內若在外若在兩間不應觀水火風空識界若在內若在外若在兩間不應觀地界若可得若不可得不應觀水火風空識界若可得若不可得

大般若波羅蜜多經卷第十一

音釋

補特伽羅 梵語也或云福伽羅或富特伽羅此云數取趣謂數數往來諸趣也
肩髆 髆音博
髀膝 髀部弭切股骨也
腨脛 腨市兗切腓腸也脛形定切脚脛也

大般若波羅蜜多經卷第十二

唐三藏法師玄奘奉詔譯

初分教誡教授品第七之二

復次善現諸菩薩摩訶薩修行般若波羅蜜多時不應觀因緣若常若無常不應觀等無間緣所緣緣增上緣若常若無常不應觀因緣若樂若苦不應觀等無間緣所緣緣增上緣若樂若苦不應觀因緣若我若無我不應觀等無間緣所緣緣增上緣若我若無我不應觀因緣若淨若不淨不應觀等無間緣所緣緣增上緣若淨若不淨不應觀因緣若空若不空不應觀等無間緣所緣緣增上緣若空若不空不應觀因緣若有相若無相不應觀等無間緣所緣緣增上緣若有相若無相不應觀因緣若有願若無願不應觀等無間緣所緣緣增上緣若有願若無願不應觀因緣若寂靜若不寂靜不應觀等無間緣所緣緣增上緣若寂靜若不寂靜不應觀因緣若遠離若不遠離不應觀等無間緣所緣緣增上緣若遠離若不遠離不應觀因緣若有為若無為不應觀等無間緣所緣緣增上緣若有為若無為不應觀因緣若有漏若無漏不應觀等無間緣所緣緣增上緣若有漏若無漏不應觀因緣若生若滅不應觀等無間緣所緣緣增上緣若生若滅不應觀因緣若善若非善不應觀等無間緣所緣緣增上緣若善若非善不應觀因緣若有罪若無罪不應觀等無間緣所緣緣增上緣若有罪若無罪不應觀因緣若有煩惱若無煩惱不應觀等無間緣所緣緣增上緣若有煩惱若無煩惱

不應觀因緣若世間若出世間不應觀等無間緣所緣緣增上緣若世間若出世間不應觀因緣若雜染若清淨不應觀等無間緣所緣緣增上緣若雜染若清淨不應觀因緣若屬生死若屬涅槃不應觀等無間緣所緣緣增上緣若屬生死若屬涅槃不應觀因緣若在內若在外若在兩間不應觀等無間緣所緣緣增上緣若在內若在外若在兩間不應觀因緣若可得若不可得不應觀等無間緣所緣緣增上緣若可得若不可得復次善現諸菩薩摩訶薩修行般若波羅蜜多時不應觀從緣生法若常若無常不應觀從緣生法若樂若苦不應觀從緣生法若我若無我不應觀從緣生法若淨若不淨不應觀從緣生法若空若不空不應觀從緣生法若有相若無相不應觀從緣生法若有願若無願不應觀從緣生法若寂靜若不寂靜不應觀從緣生法若遠離若不遠離不應觀從緣生法若有爲若無爲不應觀從緣生法若有漏若無漏不應觀從緣生法若生若滅不應觀從緣生法若善若非善不應觀從緣生法若有罪若無罪不應觀從緣生法若有煩惱若無煩惱不應觀從緣生法若世間若出世間不應觀從緣生法若雜染若清淨不應觀從緣生法若屬生死若屬涅槃不應觀從緣生法若在內若在外若在兩間不應觀從緣生法若可得若不可得復次善現諸菩薩摩訶薩修行般若波羅蜜多時不應觀無明若常若無常不應觀行識名色六處觸受愛取有生老死愁歎苦憂惱若常若無常不應觀無明若

樂若苦不應觀行乃至老死愁歎苦憂惱若樂若苦不應觀無明若我若無我不應觀行乃至老死愁歎苦憂惱若我若無我不應觀無明若淨若不淨不應觀行乃至老死愁歎苦憂惱若淨若不淨不應觀無明若空若不空不應觀行乃至老死愁歎苦憂惱若空若不空不應觀無明若有相若無相不應觀行乃至老死愁歎苦憂惱若有相若無相不應觀無明若有願若無願不應觀行乃至老死愁歎苦憂惱若有願若無願不應觀無明若寂靜若不寂靜不應觀行乃至老死愁歎苦憂惱若寂靜若不寂靜不應觀無明若遠離若不遠離不應觀行乃至老死愁歎苦憂惱若遠離若不遠離不應觀無明若有爲若無爲不應觀行乃至老死愁歎苦憂惱若有爲若無爲不應觀無明若有漏若無漏不應觀行乃至老死愁歎苦憂惱若有漏若無漏不應觀無明若生若滅不應觀行乃至老死愁歎苦憂惱若生若滅不應觀無明若善若非善不應觀行乃至老死愁歎苦憂惱若善若非善不應觀無明若有罪若無罪不應觀行乃至老死愁歎苦憂惱若有罪若無罪不應觀無明若有煩惱若無煩惱不應觀行乃至老死愁歎苦憂惱若有煩惱若無煩惱不應觀無明若世間若出世間不應觀行乃至老死愁歎苦憂惱若世間若出世間不應觀無明若雜染若清淨不應觀行乃至老死愁歎苦憂惱若雜染若清淨不應觀無明若屬生死若屬涅槃不應觀行乃至老死愁歎苦憂惱若屬生死若屬涅槃不應觀無明若在內

若在外若在兩間不應觀行乃至老死愁歎苦憂惱若在内若在外若在兩間不應觀無明若可得若不可得不應觀行乃至老死愁歎苦憂惱若可得若不可得復次善現諸菩薩摩訶薩修行般若波羅蜜多時不應觀布施波羅蜜多若常若無常不應觀淨戒安忍精進靜慮般若波羅蜜多若常若無常不應觀布施波羅蜜多若樂若苦不應觀淨戒安忍精進靜慮般若波羅蜜多若樂若苦不應觀布施波羅蜜多若我若無我不應觀淨戒安忍精進靜慮般若波羅蜜多若我若無我不應觀布施波羅蜜多若淨若不淨不應觀淨戒安忍精進靜慮般若波羅蜜多若淨若不淨不應觀布施波羅蜜多若空若不空不應觀淨戒安忍精進靜慮般若波羅蜜多若空若不空不應觀布施波羅蜜多若有相若無相不應觀淨戒安忍精進靜慮般若波羅蜜多若有相若無相不應觀布施波羅蜜多若有願若無願不應觀淨戒安忍精進靜慮般若波羅蜜多若有願若無願不應觀布施波羅蜜多若寂靜若不寂靜不應觀淨戒安忍精進靜慮般若波羅蜜多若寂靜若不寂靜不應觀布施波羅蜜多若遠離若不遠離不應觀淨戒安忍精進靜慮般若波羅蜜多若遠離若不遠離不應觀布施波羅蜜多若有為若無為不應觀淨戒安忍精進靜慮般若波羅蜜多若有為若無為不應觀布施波羅蜜多若有漏若無漏不應觀淨戒安忍精進靜慮般若波羅蜜多若有漏若無漏不應觀布施波羅蜜多若生若滅不應觀淨戒安

忍精進靜慮般若波羅蜜多若生若滅不應觀布施波羅蜜多若善若非善不應觀淨戒安忍精進靜慮般若波羅蜜多若善若非善不應觀布施波羅蜜多若有罪若無罪不應觀淨戒安忍精進靜慮般若波羅蜜多若有罪若無罪不應觀布施波羅蜜多若有煩惱若無煩惱不應觀淨戒安忍精進靜慮般若波羅蜜多若有煩惱若無煩惱不應觀布施波羅蜜多若世間若出世間不應觀淨戒安忍精進靜慮般若波羅蜜多若世間若出世間不應觀布施波羅蜜多若雜染若清淨不應觀淨戒安忍精進靜慮般若波羅蜜多若雜染若清淨不應觀布施波羅蜜多若屬生死若屬涅槃不應觀淨戒安忍精進靜慮般若波羅蜜多若屬生死若屬涅槃不應觀布施波羅蜜多若在內若在外若在兩間不應觀淨戒安忍精進靜慮般若波羅蜜多若在內若在外若在兩間不應觀布施波羅蜜多若可得若不可得不應觀淨戒安忍精進靜慮般若波羅蜜多若可得若不可得復次善現諸菩薩摩訶薩修行般若波羅蜜多時不應觀內空若常若無常不應觀外空內外空空空大空勝義空有為空無為空畢竟空無際空散空無變異空本性空自相空共相空一切法空不可得空無性空自性空無性自性空若常若無常不應觀內空若樂若苦不應觀外空乃至無性自性空若樂若苦不應觀內空若我若無我不應觀外空乃至無性自性空若我若無我不應觀內空若淨若不淨不應觀外空乃至無性自性空若淨若不

淨不應觀内空若空若不空不應觀外空乃至無性自性空若空若不空不應觀内空若有相若無相不應觀外空乃至無性自性空若有相若無相不應觀内空若有願若無願不應觀外空乃至無性自性空若有願若無願不應觀内空若寂靜若不寂靜不應觀外空乃至無性自性空若寂靜若不寂靜不應觀内空若遠離若不遠離不應觀外空乃至無性自性空若遠離若不遠離不應觀内空若有爲若無爲不應觀外空乃至無性自性空若有爲若無爲不應觀内空若有漏若無漏不應觀外空乃至無性自性空若有漏若無漏不應觀内空若隱若顯不應觀外空乃至無性自性空若隱若顯不應觀内空若善若非善不應觀外空乃至無性自性空若善若非善不應觀内空若有罪若無罪不應觀外空乃至無性自性空若有罪若無罪不應觀内空若有煩惱若無煩惱不應觀外空乃至無性自性空若有煩惱若無煩惱不應觀内空若世間若出世間不應觀外空乃至無性自性空若世間若出世間不應觀内空若雜染若清淨不應觀外空乃至無性自性空若雜染若清淨不應觀内空若屬生死若屬涅槃不應觀外空乃至無性自性空若屬生死若屬涅槃不應觀内空若在内若在外若在兩間不應觀外空乃至無性自性空若在内若在外若在兩間不應觀内空若可得若不可得不應觀外空乃至無性自性空若可得若不可得復次善現諸菩薩摩訶薩修行般若波羅蜜多時不應觀真如若常若無常

不應觀法界法性不虚妄性不變異性平等性離生性法定法住實際虚空界不思議界若常若無常不應觀眞如若樂若苦不應觀法界乃至不思議界若樂若苦不應觀眞如若我若無我不應觀法界乃至不思議界若我若無我不應觀眞如若淨若不淨不應觀法界乃至不思議界若淨若不淨不應觀眞如若空若不空不應觀法界乃至不思議界若空若不空不應觀眞如若有相若無相不應觀法界乃至不思議界若有相若無相不應觀眞如若有願若無願不應觀法界乃至不思議界若有願若無願不應觀眞如若寂靜若不寂靜不應觀法界乃至不思議界若寂靜若不寂靜不應觀眞如若遠離若不遠離不應觀法界乃至不思議界若遠離若不遠離不應觀眞如若有爲若無爲不應觀法界乃至不思議界若有爲若無爲不應觀眞如若有漏若無漏不應觀法界乃至不思議界若有漏若無漏不應觀眞如若隱若顯不應觀法界乃至不思議界若隱若顯不應觀眞如若善若非善不應觀法界乃至不思議界若善若非善不應觀眞如若有罪若無罪不應觀法界乃至不思議界若有罪若無罪不應觀眞如若有煩惱若無煩惱不應觀法界乃至不思議界若有煩惱若無煩惱不應觀眞如若世間若出世間不應觀法界乃至不思議界若世間若出世間不應觀眞如若雜染若清淨不應觀法界乃至不思議界若雜染若清淨不應觀眞如若屬生死若屬涅槃不應觀法界乃至不思議界若屬生死若

屬涅槃不應觀眞如若在內若在外若在兩間不應觀法界乃至不思議界若在內若在外若在兩間不應觀眞如若可得若不可得不應觀法界乃至不思議界若可得若不可得復次善現諸菩薩摩訶薩修行般若波羅蜜多時不應觀四念住若常若無常不應觀四正斷四神足五根五力七等覺支八聖道支若常若無常不應觀四念住若樂若苦不應觀四正斷乃至八聖道支若樂若苦不應觀四念住若我若無我不應觀四正斷乃至八聖道支若我若無我不應觀四念住若淨若不淨不應觀四正斷乃至八聖道支若淨若不淨不應觀四念住若空若不空不應觀四正斷乃至八聖道支若空若不空不應觀四念住若有相若無相不應觀四正斷乃至八聖道支若有相若無相不應觀四念住若有願若無願不應觀四正斷乃至八聖道支若有願若無願不應觀四念住若寂靜若不寂靜不應觀四正斷乃至八聖道支若寂靜若不寂靜不應觀四念住若遠離若不遠離不應觀四正斷乃至八聖道支若遠離若不遠離不應觀四念住若有爲若無爲不應觀四正斷乃至八聖道支若有爲若無爲不應觀四念住若有漏若無漏不應觀四正斷乃至八聖道支若有漏若無漏不應觀四念住若生若滅不應觀四正斷乃至八聖道支若生若滅不應觀四念住若善若非善不應觀四正斷乃至八聖道支若善若非善不應觀四念住若有罪若無罪不應觀四正斷乃至八聖道支若有罪若無罪不應觀四念住若

有煩惱若無煩惱不應觀四正斷乃至八聖道支若有煩惱若無煩惱不應觀四念住若世間若出世間不應觀四正斷乃至八聖道支若世間若出世間不應觀四念住若雜染若清淨不應觀四正斷乃至八聖道支若雜染若清淨不應觀四念住若屬生死若屬涅槃不應觀四正斷乃至八聖道支若屬生死若屬涅槃不應觀四念住若在内若在外若在兩間不應觀四正斷乃至八聖道支若在内若在外若在兩間不應觀四念住若可得若不可得不應觀四正斷乃至八聖道支若可得若不可得復次善現諸菩薩摩訶薩修行般若波羅蜜多時不應觀苦聖諦若常若無常不應觀集滅道聖諦若常若無常不應觀苦聖諦若樂若苦不應觀集滅道聖諦若樂若苦不應觀苦聖諦若我若無我不應觀集滅道聖諦若我若無我不應觀苦聖諦若淨若不淨不應觀集滅道聖諦若淨若不淨不應觀苦聖諦若空若不空不應觀集滅道聖諦若空若不空不應觀苦聖諦若有相若無相不應觀集滅道聖諦若有相若無相不應觀苦聖諦若有願若無願不應觀集滅道聖諦若有願若無願不應觀苦聖諦若寂靜若不寂靜不應觀集滅道聖諦若寂靜若不寂靜不應觀苦聖諦若遠離若不遠離不應觀集滅道聖諦若遠離若不遠離不應觀苦聖諦若有爲若無爲不應觀集滅道聖諦若有爲若無爲不應觀苦聖諦若有漏若無漏不應觀集滅道聖諦若有漏若無漏不應觀苦聖諦若生若滅不應觀集滅道聖諦若生

若滅不應觀苦聖諦若善若非善不應觀集滅道聖諦若善若非善不應觀苦聖諦若有罪若無罪不應觀集滅道聖諦若有罪若無罪不應觀苦聖諦若有煩惱若無煩惱不應觀集滅道聖諦若有煩惱若無煩惱不應觀苦聖諦若世間若出世間不應觀集滅道聖諦若世間若出世間不應觀苦聖諦若雜染若清淨不應觀集滅道聖諦若雜染若清淨不應觀苦聖諦若屬生死若屬涅槃不應觀集滅道聖諦若屬生死若屬涅槃不應觀苦聖諦若在內若在外若在兩間不應觀集滅道聖諦若在內若在外若在兩間不應觀苦聖諦若可得若不可得不應觀集滅道聖諦若可得若不可得復次善現諸菩薩摩訶薩修行般若波羅蜜多時不應觀四靜慮若常若無常不應觀四無量四無色定若常若無常不應觀四靜慮若樂若苦不應觀四無量四無色定若樂若苦不應觀四靜慮若我若無我不應觀四無量四無色定若我若無我不應觀四靜慮若淨若不淨不應觀四無量四無色定若淨若不淨不應觀四靜慮若空若不空不應觀四無量四無色定若空若不空不應觀四靜慮若有相若無相不應觀四無量四無色定若有相若無相不應觀四靜慮若有願若無願不應觀四無量四無色定若有願若無願不應觀四靜慮若寂靜若不寂靜不應觀四無量四無色定若寂靜若不寂靜不應觀四靜慮若遠離若不遠離不應觀四無量四無色定若遠離若不遠離不應觀四靜慮若有爲若無爲不應觀四無量四

無色定若有為若無為不應觀四靜慮若有漏若無漏不應觀四無量四無色定若有漏若無漏不應觀四靜慮若生若滅不應觀四無量四無色定若生若生若滅觀四靜慮若善若非善不應觀四無量四無色定若善若非善不應觀四靜慮若有罪若無罪不應觀四無量四無色定若有罪若無罪不應觀四靜慮若有煩惱若無煩惱不應觀四無量四無色定若有煩惱若無煩惱不應觀四靜慮若世間若出世間不應觀四無量四無色定若世間若出世間不應觀四靜慮若雜染若清淨不應觀四無量四無色定若雜染若清淨不應觀四靜慮若屬生死若屬涅槃不應觀四無量四無色定若屬生死若屬涅槃不應觀四靜慮若在內若在外若在兩間不應觀四無量四無色定若在內若在外若在兩間不應觀四靜慮若可得若不可得不應觀四無量四無色定若可得若不可得復次善現諸菩薩摩訶薩修行般若波羅蜜多時不應觀八解脫若常若無常不應觀八勝處九次第定十徧處若常若無常不應觀八解脫若樂若苦不應觀八勝處九次第定十徧處若樂若苦不應觀八解脫若我若無我不應觀八勝處九次第定十徧處若我若無我不應觀八解脫若淨若不淨不應觀八勝處九次第定十徧處若淨若不淨不應觀八解脫若空若不空不應觀八勝處九次第定十徧處若空若不空不應觀八解脫若有相若無相不應觀八勝處九次第定十徧處若有相若無相不應觀八解脫若有願若無願不應

觀八勝處九次第定十徧處若有願若無願不應觀八解脫若寂靜若不寂靜不應觀八勝處九次第定十徧處若寂靜若不寂靜不應觀八解脫若遠離若不遠離不應觀八勝處九次第定十徧處若遠離若不遠離不應觀八解脫若有爲若無爲不應觀八勝處九次第定十徧處若有爲若無爲不應觀八解脫若有漏若無漏不應觀八勝處九次第定十徧處若有漏若無漏不應觀八解脫若生若滅不應觀八勝處九次第定十徧處若生若滅不應觀八解脫若善若非善不應觀八勝處九次第定十徧處若善若非善不應觀八解脫若有罪若無罪不應觀八勝處九次第定十徧處若有罪若無罪不應觀八解脫若有煩惱若無煩惱不應觀八勝處九次第定十徧處若有煩惱若無煩惱不應觀八解脫若世間若出世間不應觀八勝處九次第定十徧處若世間若出世間不應觀八解脫若雜染若清淨不應觀八勝處九次第定十徧處若雜染若清淨不應觀八解脫若屬生死若屬涅槃不應觀八勝處九次第定十徧處若屬生死若屬涅槃不應觀八解脫若在內若在外若在兩間不應觀八勝處九次第定十徧處若在內若在外若在兩間不應觀八解脫若可得若不可得不應觀八勝處九次第定十徧處若可得若不可得復次善現諸菩薩摩訶薩修行般若波羅蜜多時不應觀空解脫門若常若無常不應觀無相無願解脫門若常若無常不應觀空解脫門若樂若苦不應觀無相無願解脫門若樂若苦不

應觀空解脫門若我若無我不應觀無相無願解脫門若我若無我不應觀空解脫門若淨若不淨不應觀無相無願解脫門若淨若不淨不應觀空解脫門若空若不空不應觀無相無願解脫門若空若不空不應觀空解脫門若有相若無相不應觀無相無願解脫門若有相若無相不應觀空解脫門若有願若無願不應觀無相無願解脫門若有願若無願不應觀空解脫門若寂靜若不寂靜不應觀無相無願解脫門若寂靜若不寂靜不應觀空解脫門若遠離若不遠離不應觀無相無願解脫門若遠離若不遠離不應觀空解脫門若有爲若無爲不應觀無相無願解脫門若有爲若無爲不應觀空解脫門若有漏若無漏不應觀無相無願解脫門若有漏若無漏不應觀空解脫門若生若滅不應觀無相無願解脫門若生若滅不應觀空解脫門若善若非善不應觀無相無願解脫門若善若非善不應觀空解脫門若有罪若無罪不應觀無相無願解脫門若有罪若無罪不應觀空解脫門若有煩惱若無煩惱不應觀無相無願解脫門若有煩惱若無煩惱不應觀空解脫門若世間若出世間不應觀無相無願解脫門若世間若出世間不應觀空解脫門若雜染若清淨不應觀無相無願解脫門若雜染若清淨不應觀空解脫門若屬生死若屬涅槃不應觀無相無願解脫門若屬生死若屬涅槃不應觀空解脫門若在內若在外若在兩間不應觀無相無願解脫門若在內若在外若在兩間不應觀空解脫門若

可得若不可得不應觀無相無願解脫門若可得若不可得復次善現諸菩薩摩訶薩修行般若波羅蜜多時不應觀陀羅尼門若常若無常不應觀三摩地門若常若無常不應觀陀羅尼門若樂若苦不應觀三摩地門若樂若苦不應觀陀羅尼門若我若無我不應觀三摩地門若我若無我不應觀陀羅尼門若淨若不淨不應觀三摩地門若淨若不淨不應觀陀羅尼門若空若不空不應觀三摩地門若空若不空不應觀陀羅尼門若有相若無相不應觀三摩地門若有相若無相不應觀陀羅尼門若有願若無願不應觀三摩地門若有願若無願不應觀陀羅尼門若寂靜若不寂靜不應觀三摩地門若寂靜若不寂靜不應觀陀羅尼門若遠離若不遠離不應觀三摩地門若遠離若不遠離不應觀陀羅尼門若有爲若無爲不應觀三摩地門若有爲若無爲不應觀陀羅尼門若有漏若無漏不應觀三摩地門若有漏若無漏不應觀陀羅尼門若生若滅不應觀三摩地門若生若滅不應觀陀羅尼門若善若非善不應觀三摩地門若善若非善不應觀陀羅尼門若有罪若無罪不應觀三摩地門若有罪若無罪不應觀陀羅尼門若有煩惱若無煩惱不應觀三摩地門若有煩惱若無煩惱不應觀陀羅尼門若世間若出世間不應觀三摩地門若世間若出世間不應觀陀羅尼門若雜染若清淨不應觀三摩地門若雜染若清淨不應觀陀羅尼門若屬生死若屬涅槃不應觀三摩地門若屬生死若屬涅槃不應觀陀

羅尼門若在内若在外若在兩間不應觀三摩地門若在内若在外若在兩間不應觀陀羅尼門若可得若不可得不應觀三摩地門若可得若不可得復次善現諸菩薩摩訶薩修行般若波羅蜜多時不應觀極喜地若常若無常不應觀離垢地發光地焰慧地極難勝地現前地遠行地不動地善慧地法雲地若常若無常不應觀極喜地若樂若苦不應觀離垢地乃至法雲地若樂若苦不應觀極喜地若我若無我不應觀離垢地乃至法雲地若我若無我不應觀極喜地若淨若不淨不應觀離垢地乃至法雲地若淨若不淨不應觀極喜地若空若不空不應觀離垢地乃至法雲地若空若不空不應觀極喜地若有相若無相不應觀離垢地乃至法雲地若有

相若無相不應觀極喜地若有願若無願不應觀離垢地乃至法雲地若有願若無願不應觀極喜地若寂靜若不寂靜不應觀離垢地乃至法雲地若寂靜若不寂靜不應觀極喜地若遠離若不遠離不應觀離垢地乃至法雲地若遠離若不遠離不應觀極喜地若有爲若無爲不應觀離垢地乃至法雲地若有爲若無爲不應觀極喜地若有漏若無漏不應觀離垢地乃至法雲地若有漏若無漏不應觀極喜地若生若滅不應觀離垢地乃至法雲地若生若滅不應觀極喜地若善若非善不應觀離垢地乃至法雲地若善若非善不應觀極喜地若有罪若無罪不應觀離垢地乃至法雲地若有罪若無罪不應觀極喜地若有煩惱若無煩惱不應觀離垢地乃

至法雲地若有煩惱若無煩惱不應觀極喜地若世間若出世間不應觀離垢地乃至法雲地若世間若出世間不應觀極喜地若雜染若清淨不應觀離垢地乃至法雲地若雜染若清淨不應觀極喜地若屬生死若屬涅槃不應觀離垢地乃至法雲地若屬生死若屬涅槃不應觀極喜地若在內若在外若在兩間不應觀離垢地乃至法雲地若在內若在外若在兩間不應觀極喜地若可得若不可得不應觀離垢地乃至法雲地若可得若不可得復次善現諸菩薩摩訶薩修行般若波羅蜜多時不應觀五眼若常若無常不應觀六神通若常若無常不應觀五眼若樂若苦不應觀六神通若樂若苦不應觀五眼若我若無我不應觀六神通若我若無我不應觀五眼若淨若不淨不應觀六神通若淨若不淨不應觀五眼若空若不空不應觀六神通若空若不空不應觀五眼若有相若無相不應觀六神通若有相若無相不應觀五眼若有願若無願不應觀六神通若有願若無願不應觀五眼若寂靜若不寂靜不應觀六神通若寂靜若不寂靜不應觀五眼若遠離若不遠離不應觀六神通若遠離若不遠離不應觀五眼若有為若無為不應觀六神通若有為若無為不應觀五眼若有漏若無漏不應觀六神通若有漏若無漏不應觀五眼若生若滅不應觀六神通若生若滅不應觀五眼若善若非善不應觀六神通若善若非善不應觀五眼若有罪若無罪不應觀六神通若有罪若無罪不應觀五眼若有煩惱若

無煩惱不應觀六神通若有煩惱若無煩惱不應觀五眼若世間若出世間不應觀六神通若世間若出世間不應觀五眼若雜染若清淨不應觀六神通若雜染若清淨不應觀五眼若屬生死若屬涅槃不應觀六神通若屬生死若屬涅槃不應觀五眼若在內若在外若在兩間不應觀六神通若在內若在外若在兩間不應觀五眼若可得若不可得不應觀六神通若可得若不可得

大般若波羅蜜多經卷第十二

音釋

陀羅尼（梵語也此云總持謂持善不失持惡不生）三摩地（梵語也亦云三摩鉢底此云等持謂離沈掉曰等令心住一境性曰持）

大般若波羅蜜多經卷第十三

唐三藏法師玄奘奉　詔譯

初分教誡教授品第七之三

復次善現諸菩薩摩訶薩修行般若波羅蜜多時不應觀佛十力若常若無常不應觀四無所畏四無礙解十八佛不共法若常若無常不應觀佛十力若樂若苦不應觀四無所畏四無礙解十八佛不共法若樂若苦不應觀佛十力若我若無我不應觀四無所畏四無礙解十八佛不共法若我若無我不應觀佛十力若淨若不淨不應觀四無所畏四無礙解十八佛不共法若淨若不淨不應觀佛十力若空若不空不應觀四無所畏四無礙解十八佛不共法若空若不空不應觀佛十力若有相若無相不應觀四無所畏四無礙解十八佛不共法若有相若無相不應觀佛十力若有願若無願不應觀四無所畏四無礙解十八佛不共法若有願若無願不應觀佛十力若寂靜若不寂靜不應觀四無所畏四無礙解十八佛不共法若寂靜若不寂靜不應觀佛十力若遠離若不遠離不應觀四無所畏四無礙解十八佛不共法若遠離若不遠離不應觀佛十力若有爲若無爲不應觀四無所畏四無礙解十八佛不共法若有爲若無爲不應觀佛十力若有漏若無漏不應觀四無所畏四無礙解十八佛不共法若有漏若無漏不應觀佛十力若生若滅不應觀四無所畏四無礙解十八佛不共法若生若滅不應觀佛十力若善若非善不應觀四無所畏四無礙解十八佛不共法若善若非

善不應觀佛十力若有罪若無罪不應觀四無所畏四無礙解十八佛不共法若有罪若無罪不應觀佛十力若有煩惱若無煩惱不應觀四無所畏四無礙解十八佛不共法若有煩惱若無煩惱不應觀佛十力若世間若出世間不應觀四無所畏四無礙解十八佛不共法若世間若出世間不應觀佛十力若雜染若清淨不應觀四無所畏四無礙解十八佛不共法若雜染若清淨不應觀佛十力若屬生死若屬涅槃不應觀四無所畏四無礙解十八佛不共法若屬生死若屬涅槃不應觀佛十力若在內若在外若在兩間不應觀四無所畏四無礙解十八佛不共法若在內若在外若在兩間不應觀佛十力若可得若不可得不應觀四無所畏四無礙解十八佛不共法若可得若不可得復次善現諸菩薩摩訶薩修行般若波羅蜜多時不應觀大慈若常若無常不應觀大悲大喜大捨若常若無常不應觀大慈若樂若苦不應觀大悲大喜大捨若樂若苦不應觀大慈若我若無我不應觀大悲大喜大捨若我若無我不應觀大慈若淨若不淨不應觀大悲大喜大捨若淨若不淨不應觀大慈若空若不空不應觀大悲大喜大捨若空若不空不應觀大慈若有相若無相不應觀大悲大喜大捨若有相若無相不應觀大慈若有願若無願不應觀大悲大喜大捨若有願若無願不應觀大慈若寂靜若不寂靜不應觀大悲大喜大捨若寂靜若不寂靜不應觀大慈若遠離若不遠離不應觀大悲大喜大捨若遠離若不遠

離不應觀大慈若有爲若無爲不應觀大悲大喜大捨若有爲若無爲不應觀大慈若有漏若無漏不應觀大悲大喜大捨若有漏若無漏不應觀大慈若生若滅不應觀大悲大喜大捨若生若滅不應觀大慈若善若非善不應觀大悲大喜大捨若善若非善不應觀大慈若有罪若無罪不應觀大悲大喜大捨若有罪若無罪不應觀大慈若有煩惱若無煩惱不應觀大悲大喜大捨若有煩惱若無煩惱不應觀大慈若世間若出世間不應觀大悲大喜大捨若世間若出世間不應觀大慈若雜染若清淨不應觀大悲大喜大捨若雜染若清淨不應觀大慈若屬生死若屬涅槃不應觀大悲大喜大捨若屬生死若屬涅槃不應觀大慈若在內若在外若在兩間不應觀大悲大喜大捨若在內若在外若在兩間不應觀大慈若可得若不可得不應觀大悲大喜大捨若可得若不可得復次善現諸菩薩摩訶薩修行般若波羅蜜多時不應觀三十二大士相若常若無常不應觀八十隨好若常若無常不應觀三十二大士相若樂若苦不應觀八十隨好若樂若苦不應觀三十二大士相若我若無我不應觀八十隨好若我若無我不應觀三十二大士相若淨若不淨不應觀八十隨好若淨若不淨不應觀三十二大士相若空若不空不應觀八十隨好若空若不空不應觀三十二大士相若有相若無相不應觀八十隨好若有相若無相不應觀三十二大士相若有願若無願不應觀八十隨好若有願若無願不應觀三十二

大士相若寂靜若不寂靜不應觀八十隨好若寂靜若不寂靜不應觀三十二大士相若遠離若不遠離不應觀八十隨好若遠離若不遠離不應觀三十二大士相若有爲若無爲不應觀八十隨好若有爲若無爲不應觀三十二大士相若有漏若無漏不應觀八十隨好若有漏若無漏不應觀三十二大士相若生若滅不應觀八十隨好若生若滅不應觀三十二大士相若善若非善不應觀八十隨好若善若非善不應觀三十二大士相若有罪若無罪不應觀八十隨好若有罪若無罪不應觀三十二大士相若有煩惱若無煩惱不應觀八十隨好若有煩惱若無煩惱不應觀三十二大士相若世間若出世間不應觀八十隨好若世間若出世間不應觀三十

二大士相若雜染若清淨不應觀八十隨好若雜染若清淨不應觀三十二大士相若屬生死若屬涅槃不應觀八十隨好若屬生死若屬涅槃不應觀三十二大士相若在内若在外若在兩間不應觀八十隨好若在内若在外若在兩間不應觀三十二大士相若可得若不可得不應觀八十隨好若可得若不可得復次善現諸菩薩摩訶薩修行般若波羅蜜多時不應觀無忘失法若常若無常不應觀恒住捨性若常若無常不應觀無忘失法若樂若苦不應觀恒住捨性若樂若苦不應觀無忘失法若我若無我不應觀恒住捨性若我若無我不應觀無忘失法若淨若不淨不應觀恒住捨性若淨若不淨不應觀無忘失法若空若不空不應觀恒住捨性若空

若不空不應觀無忘失法若有相若無相不應觀恒住捨性若有相若無相不應觀無忘失法若有願若無願不應觀恒住捨性若有願若無願不應觀無忘失法若寂靜若不寂靜不應觀恒住捨性若寂靜若不寂靜不應觀無忘失法若遠離若不遠離不應觀恒住捨性若遠離若不遠離不應觀無忘失法若有爲若無爲不應觀恒住捨性若有爲若無爲不應觀無忘失法若有漏若無漏不應觀恒住捨性若有漏若無漏不應觀無忘失法若生若滅不應觀恒住捨性若生若滅不應觀無忘失法若善若非善不應觀恒住捨性若善若非善不應觀無忘失法若有罪若無罪不應觀恒住捨性若有罪若無罪不應觀無忘失法若有煩惱若無煩惱不應觀恒住捨性若有煩惱若無煩惱不應觀無忘失法若世間若出世間不應觀恒住捨性若世間若出世間不應觀無忘失法若雜染若清淨不應觀恒住捨性若雜染若清淨不應觀無忘失法若屬生死若屬涅槃不應觀恒住捨性若屬生死若屬涅槃不應觀無忘失法若在內若在外若在兩間不應觀恒住捨性若在內若在外若在兩間不應觀無忘失法若可得若不可得不應觀恒住捨性若可得若不可得復次善現諸菩薩摩訶薩修行般若波羅蜜多時不應觀一切智若常若無常不應觀道相智一切相智若常若無常不應觀一切智若樂若苦不應觀道相智一切相智若樂若苦不應觀一切智若我若無我不應觀道相智一切相智若我若無我不應觀一

切智若淨若不淨不應觀道相智一切相智若淨若不淨不應觀一切智若空若不空不應觀道相智一切相智若空若不空不應觀一切智若有相若無相不應觀道相智一切相智若有相若無相不應觀一切智若有願若無願不應觀道相智一切相智若有願若無願不應觀一切智若寂靜若不寂靜不應觀道相智一切相智若寂靜若不寂靜不應觀一切智若遠離若不遠離不應觀道相智一切相智若遠離若不遠離不應觀一切智若有爲若無爲不應觀道相智一切相智若有爲若無爲不應觀一切智若有漏若無漏不應觀道相智一切相智若有漏若無漏不應觀一切智若生若滅不應觀道相智一切相智若生若滅不應觀一切智若善若非善不應觀道相智一切相智若善若非善不應觀一切智若有罪若無罪不應觀道相智一切相智若有罪若無罪不應觀一切智若有煩惱若無煩惱不應觀道相智一切相智若有煩惱若無煩惱不應觀一切智若世間若出世間不應觀道相智一切相智若世間若出世間不應觀一切智若雜染若清淨不應觀道相智一切相智若雜染若清淨不應觀一切智若屬生死若屬涅槃不應觀道相智一切相智若屬生死若屬涅槃不應觀一切智若在內若在外若在兩間不應觀道相智一切相智若在內若在外若在兩間不應觀一切智若可得若不可得不應觀道相智一切相智若可得若不可得復次善現諸菩薩摩訶薩修行般若波羅蜜多時不應觀預流

果若常若無常不應觀一來不還阿羅漢果
獨覺菩提若常若無常不應觀預流果若樂
若苦不應觀一來不還阿羅漢果獨覺菩提
若樂若苦不應觀預流果若我若無我不應
觀一來不還阿羅漢果獨覺菩提若我若無
我不應觀預流果若淨若不淨不應觀一來
不還阿羅漢果獨覺菩提若淨若不淨不應
觀預流果若空若不空不應觀一來不還阿
羅漢果獨覺菩提若空若不空不應觀預流
果若有相若無相不應觀一來不還阿羅漢
果獨覺菩提若有相若無相不應觀預流果
若有願若無願不應觀一來不還阿羅漢果
獨覺菩提若有願若無願不應觀預流果若
寂靜若不寂靜不應觀一來不還阿羅漢果
獨覺菩提若寂靜若不寂靜不應觀預流果
若遠離若不遠離不應觀一來不還阿羅漢
果獨覺菩提若遠離若不遠離不應觀預流
果若有爲若無爲不應觀一來不還阿羅漢
果獨覺菩提若有爲若無爲不應觀預流果
若有漏若無漏不應觀一來不還阿羅漢果
獨覺菩提若有漏若無漏不應觀預流果若
生若滅不應觀一來不還阿羅漢果獨覺菩
提若生若滅不應觀預流果若善若非善不
應觀一來不還阿羅漢果獨覺菩提若善若
非善不應觀預流果若有罪若無罪不應觀
一來不還阿羅漢果獨覺菩提若有罪若無
罪不應觀預流果若有煩惱若無煩惱不應
觀一來不還阿羅漢果獨覺菩提若有煩惱
若無煩惱不應觀預流果若世間若出世間
不應觀一來不還阿羅漢果獨覺菩提若世

間若出世間不應觀預流果若雜染若清淨不應觀一來不還阿羅漢果獨覺菩提若雜染若清淨不應觀預流果若屬生死若屬涅槃不應觀一來不還阿羅漢果獨覺菩提若屬生死若屬涅槃不應觀預流果若在內若在外若在兩間不應觀一來不還來羅漢果獨覺菩提若在內若在外若在兩間不應觀預流果若可得若不可得不應觀一來不還阿羅漢果獨覺菩提若可得若不可得復次善現諸菩薩摩訶薩修行般若波羅蜜多時不應觀一切菩薩摩訶薩行若常若無常不應觀諸佛無上正等菩提若常若無常不應觀一切菩薩摩訶薩行若樂若苦不應觀諸佛無上正等菩提若樂若苦不應觀一切菩薩摩訶薩行若我若無我不應觀諸佛無上正等菩提若我若無我不應觀一切菩薩摩訶薩行若淨若不淨不應觀諸佛無上正等菩提若淨若不淨不應觀一切菩薩摩訶薩行若空若不空不應觀諸佛無上正等菩提若空若不空不應觀一切菩薩摩訶薩行若有相若無相不應觀諸佛無上正等菩提若有相若無相不應觀一切菩薩摩訶薩行若有願若無願不應觀諸佛無上正等菩提若有願若無願不應觀一切菩薩摩訶薩行若寂靜若不寂靜不應觀諸佛無上正等菩提若寂靜若不寂靜不應觀一切菩薩摩訶薩行若遠離若不遠離不應觀諸佛無上正等菩提若遠離若不遠離不應觀一切菩薩摩訶薩行若有爲若無爲不應觀諸佛無上正等菩提若有爲若無爲不應觀一切菩薩摩

訶薩行若有漏若無漏不應觀諸佛無上正等菩提若有漏若無漏不應觀一切菩薩摩訶薩行若生若滅不應觀諸佛無上正等菩提若生若滅不應觀一切菩薩摩訶薩行若善若非善不應觀諸佛無上正等菩提若善若非善不應觀一切菩薩摩訶薩行若有罪若無罪不應觀諸佛無上正等菩提若有罪若無罪不應觀一切菩薩摩訶薩行若有煩惱若無煩惱不應觀諸佛無上正等菩提若有煩惱若無煩惱不應觀一切菩薩摩訶薩行若世間若出世間不應觀諸佛無上正等菩提若世間若出世間不應觀一切菩薩摩訶薩行若雜染若清淨不應觀諸佛無上正等菩提若雜染若清淨不應觀一切菩薩摩訶薩行若屬生死若屬涅槃不應觀諸佛無上正等菩提若屬生死若屬涅槃不應觀一切菩薩摩訶薩行若在內若在外若在兩間不應觀諸佛無上正等菩提若在內若在外若在兩間不應觀一切菩薩摩訶薩行若可得若不可得不應觀諸佛無上正等菩提若可得若不可得復次善現諸菩薩摩訶薩修行般若波羅蜜多時若菩薩摩訶薩若般若波羅蜜多若此二名俱不見在有為界中亦不見在無為界中何以故善現諸菩薩摩訶薩修行般若波羅蜜多時於一切法不起分別無異分別善現是菩薩摩訶薩修行般若波羅蜜多時於一切法住無分別能修布施波羅蜜多亦能修淨戒安忍精進靜慮般若波羅蜜多能住內空亦能住外空內外空空空大空勝義空有為空無為空畢竟空無際

空散空無變異空本性空自相空共相空一切法空不可得空無性空自性空無性自性空能住眞如亦能住法界法性不虛妄性不變異性平等性離生性法定法住實際虛空界不思議界能修四念住亦能修四正斷四神足五根五力七等覺支八聖道支能住苦聖諦亦能住集滅道聖諦能修四靜慮亦能修四無量四無色定能修八解脫亦能修八勝處九次第定十徧處能修空解脫門亦能修無相無願解脫門能修一切陀羅尼門亦能修一切三摩地門能修極喜地亦能修離垢地發光地焰慧地極難勝地現前地遠行地不動地善慧地法雲地能修五眼亦能修六神通能修佛十力亦能修四無所畏四無礙解大慈大悲大喜大捨十八佛不共法能修無忘失法亦能修恒住捨性能修一切智亦能修道相智一切相智善現是菩薩摩訶薩於如是時不見菩薩摩訶薩不見菩薩摩訶薩名不見般若波羅蜜多不見般若波羅蜜多名唯正勤求一切智智何以故善現是菩薩摩訶薩修行般若波羅蜜多於一切法善達實相了知其中無染淨故復次善現諸菩薩摩訶薩修行般若波羅蜜多時應如實覺名假施設法假施設善現是菩薩摩訶薩於名法假如實覺已不著色不著受想行識不著眼處不著耳鼻舌身意處不著色處不著聲香味觸法處不著眼界不著耳鼻舌身意界不著色界不著聲香味觸法界不著眼識界不著耳鼻舌身意識界不著眼觸不著耳鼻舌身意觸不著眼觸爲緣所生諸受若

樂若苦若不苦不樂不著耳鼻舌身意觸爲緣所生諸受若樂若苦若不苦不樂不著地界不著水火風空識界不著因緣不著等無間緣所緣緣增上緣及從緣所生法不著無明不著行識名色六處觸受愛取有生老死愁歎苦憂惱不著有爲界不著無爲界不著有漏界不著無漏界不著布施波羅蜜多不著淨戒安忍精進靜慮般若方便善巧妙願力智波羅蜜多不著内空不著外空内外空空空大空勝義空有爲空無爲空畢竟空無際空散空無變異空本性空自相空共相空一切法空不可得空無性空自性空無性自性空不著真如不著法界法性不虛妄性不變異性平等性離生性法定法住實際虛空界不思議界不著四念住不著四正斷四神足五根五力七等覺支八聖道支不著苦聖諦不著集滅道聖諦不著四靜慮不著四無量四無色定不著八解脫不著八勝處九次第定十徧處不著空解脫門不著無相無願解脫門不著陀羅尼門不著三摩地門不著極喜地不著離垢地發光地焰慧地極難勝地現前地遠行地不動地善慧地法雲地不著五眼不著六神通不著佛十力不著四無所畏四無礙解十八佛不共法不著大慈不著大悲大喜大捨不著三十二大士相不著八十隨好不著無忘失法不著恒住捨性不著一切智不著道相智一切相智不著預流果不著一來不還阿羅漢果獨覺菩提不著一切菩薩摩訶薩行不著諸佛無上正等菩提不著我不著有情命者生者養者士夫補

特伽羅意生儒童作者受者起者知者見者不著異生不著聖者不著菩薩不著如來不著名不著相不著嚴淨佛土不著成熟有情不著方便善巧所以者何以一切法皆無所有能著所著著處著時不可得故如是善現諸菩薩摩訶薩修行般若波羅蜜多於一切法無所著故便能增益布施淨戒安忍精進靜慮般若方便善巧妙願力智波羅蜜多亦能安住内空外空内外空空空大空勝義空有爲空無爲空畢竟空無際空散空無變異空本性空自相空共相空一切法空不可得空無性空自性空無性自性空亦能安住真如法界法性不虚妄性不變異性平等性離生性法定法住實際虚空界不思議界亦能增益四念住四正斷四神足五根五力七等覺支八聖道支亦住苦集滅道聖諦亦能增益四靜慮四無量四無色定亦能增益八解脫八勝處九次第定十徧處亦能增益空無相無願解脫門亦能趣入菩薩正性離生亦能安住菩薩不退轉地亦能圓滿一切陀羅尼門三摩地門亦能圓滿極喜地離垢地發光地焰慧地極難勝地現前地遠行地不動地善慧地法雲地亦能圓滿五眼六神通亦能圓滿佛十力四無所畏四無礙解十八佛不共法亦能圓滿大慈大悲大喜大捨亦能圓滿三十二大士相八十隨好亦能圓滿無忘失法恒住捨性亦能圓滿一切智道相智一切相智亦得菩薩最勝神通具神通已從一佛國至一佛國爲欲成熟諸有情故爲欲嚴淨自佛土故爲見如來應正等覺及爲見

已供養恭敬尊重讚歎令諸善根皆得生長善生長已隨所樂聞諸佛正法皆得聽受既聽受已乃至安坐妙菩提座證得無上正等菩提能不忘失普於一切陀羅尼門三摩地門皆得自在如是善現諸菩薩摩訶薩修行般若波羅蜜多應如實覺名假法假復次善現所言菩薩摩訶薩者於意云何即色是菩薩摩訶薩不不也世尊即受想行識是菩薩摩訶薩不不也世尊異色是菩薩摩訶薩不不也世尊異受想行識是菩薩摩訶薩不不也世尊色中有菩薩摩訶薩不不也世尊受想行識中有菩薩摩訶薩不不也世尊菩薩摩訶薩中有色不不也世尊菩薩摩訶薩中有受想行識不不也世尊離色有菩薩摩訶薩不不也世尊離受想行識有菩薩摩訶薩不不也世尊復次善現所言菩薩摩訶薩者於意云何即眼處是菩薩摩訶薩不不也世尊即耳鼻舌身意處是菩薩摩訶薩不不也世尊異眼處是菩薩摩訶薩不不也世尊異耳鼻舌身意處是菩薩摩訶薩不不也世尊眼處中有菩薩摩訶薩不不也世尊耳鼻舌身意處中有菩薩摩訶薩不不也世尊菩薩摩訶薩中有眼處不不也世尊菩薩摩訶薩中有耳鼻舌身意處不不也世尊離眼處有菩薩摩訶薩不不也世尊離耳鼻舌身意處有菩薩摩訶薩不不也世尊復次善現所言菩薩摩訶薩者於意云何即色處是菩薩摩訶薩不不也世尊即聲香味觸法處是菩薩摩訶薩不不也世尊異色處是菩薩摩訶薩不不也世尊異聲香味觸法處是菩薩摩訶

薩不不也世尊色處中有菩薩摩訶薩不不
也世尊聲香味觸法處中有菩薩摩訶薩不
不也世尊菩薩摩訶薩中有色處不不也世
尊菩薩摩訶薩中有聲香味觸法處不不也
世尊離色處有菩薩摩訶薩不不也世尊離
聲香味觸法處有菩薩摩訶薩不不也世尊
復次善現所言菩薩摩訶薩者於意云何即
眼界是菩薩摩訶薩不不也世尊即耳鼻舌
身意界是菩薩摩訶薩不不也世尊異眼界
是菩薩摩訶薩不不也世尊異耳鼻舌身意
界是菩薩摩訶薩不不也世尊眼界中有菩
薩摩訶薩不不也世尊耳鼻舌身意界中有
菩薩摩訶薩不不也世尊菩薩摩訶薩中有
眼界不不也世尊菩薩摩訶薩中有耳鼻舌
身意界不不也世尊離眼界有菩薩摩訶薩

不不也世尊離耳鼻舌身意界有菩薩摩訶
薩不不也世尊復次善現所言菩薩摩訶薩
者於意云何即色界是菩薩摩訶薩不不也
世尊即聲香味觸法界是菩薩摩訶薩不不
也世尊異色界是菩薩摩訶薩不不也世尊
異聲香味觸法界是菩薩摩訶薩不不也世
尊色界中有菩薩摩訶薩不不也世尊聲香
味觸法界中有菩薩摩訶薩不不也世尊菩
薩摩訶薩中有色界不不也世尊菩薩摩訶
薩中有聲香味觸法界不不也世尊離色界
有菩薩摩訶薩不不也世尊離聲香味觸法
界有菩薩摩訶薩不不也世尊復次善現所
言菩薩摩訶薩者於意云何即眼識界是菩
薩摩訶薩不不也世尊即耳鼻舌身意識界
是菩薩摩訶薩不不也世尊異眼識界是菩

薩摩訶薩不不也世尊異耳鼻舌身意識界是菩薩摩訶薩不不也世尊眼識界中有菩薩摩訶薩不不也世尊耳鼻舌身意識界中有菩薩摩訶薩不不也世尊菩薩摩訶薩中有眼識界不不也世尊菩薩摩訶薩中有耳鼻舌身意識界不不也世尊離眼識界有菩薩摩訶薩不不也世尊離耳鼻舌身意識界有菩薩摩訶薩不不也世尊復次善現所言菩薩摩訶薩者於意云何即眼觸是菩薩摩訶薩不不也世尊即耳鼻舌身意觸是菩薩摩訶薩不不也世尊異眼觸是菩薩摩訶薩不不也世尊異耳鼻舌身意觸是菩薩摩訶薩不不也世尊眼觸中有菩薩摩訶薩不不也世尊耳鼻舌身意觸中有菩薩摩訶薩不不也世尊菩薩摩訶薩中有眼觸不不也世尊菩薩摩訶薩中有耳鼻舌身意觸不不也世尊離眼觸有菩薩摩訶薩不不也世尊離耳鼻舌身意觸有菩薩摩訶薩不不也世尊復次善現所言菩薩摩訶薩者於意云何即眼觸爲緣所生諸受是菩薩摩訶薩不不也世尊即耳鼻舌身意觸爲緣所生諸受是菩薩摩訶薩不不也世尊異眼觸爲緣所生諸受是菩薩摩訶薩不不也世尊異耳鼻舌身意觸爲緣所生諸受是菩薩摩訶薩不不也世尊眼觸爲緣所生諸受中有菩薩摩訶薩不不也世尊耳鼻舌身意觸爲緣所生諸受中有菩薩摩訶薩不不也世尊菩薩摩訶薩中有眼觸爲緣所生諸受不不也世尊菩薩摩訶薩中有耳鼻舌身意觸爲緣所生諸受不不也世尊離眼觸爲緣所生諸受有菩薩

摩訶薩不不也世尊離耳鼻舌身意觸爲緣所生諸受有菩薩摩訶薩不不也世尊復次善現所言菩薩摩訶薩者於意云何即地界是菩薩摩訶薩不不也世尊即水火風空識界是菩薩摩訶薩不不也世尊異地界是菩薩摩訶薩不不也世尊異水火風空識界是菩薩摩訶薩不不也世尊地界中有菩薩摩訶薩不不也世尊水火風空識界中有菩薩摩訶薩不不也世尊菩薩摩訶薩中有地界不不也世尊菩薩摩訶薩中有水火風空識界不不也世尊離地界有菩薩摩訶薩不不也世尊離水火風空識界有菩薩摩訶薩不不也世尊復次善現所言菩薩摩訶薩者於意云何即因緣是菩薩摩訶薩不不也世尊即等無間緣所緣緣增上緣是菩薩摩訶薩不不也世尊異因緣是菩薩摩訶薩不不也世尊異等無間緣所緣緣增上緣是菩薩摩訶薩不不也世尊因緣中有菩薩摩訶薩不不也世尊等無間緣所緣緣增上緣中有菩薩摩訶薩不不也世尊菩薩摩訶薩中有因緣不不也世尊菩薩摩訶薩中有等無間緣所緣緣增上緣不不也世尊離因緣有菩薩摩訶薩不不也世尊離等無間緣所緣緣增上緣有菩薩摩訶薩不不也世尊復次善現所言菩薩摩訶薩者於意云何即緣所生法是菩薩摩訶薩不不也世尊異緣所生法是菩薩摩訶薩不不也世尊緣所生法中有菩薩摩訶薩不不也世尊菩薩摩訶薩中有緣所生法不不也世尊離緣所生法有菩薩摩訶薩不不也世尊

大般若波羅蜜多經卷第十三

大般若波羅蜜多經卷第十四

唐三藏法師玄奘奉　詔譯

初分教誡教授品第七之四

復次善現所言菩薩摩訶薩者於意云何即無明是菩薩摩訶薩不不也世尊即行識名色六處觸受愛取有生老死是菩薩摩訶薩不不也世尊異無明是菩薩摩訶薩不不也世尊異行乃至老死是菩薩摩訶薩不不也世尊無明中有菩薩摩訶薩不不也世尊行乃至老死中有菩薩摩訶薩不不也世尊菩薩摩訶薩中有無明不不也世尊菩薩摩訶薩中有行乃至老死不不也世尊離無明有菩薩摩訶薩不不也世尊離行乃至老死有菩薩摩訶薩不不也世尊復次善現所言菩薩摩訶薩者於意云何即布施波羅蜜多是菩薩摩訶薩不不也世尊即淨戒安忍精進靜慮般若波羅蜜多是菩薩摩訶薩不不也世尊異布施波羅蜜多是菩薩摩訶薩不不也世尊異淨戒安忍精進靜慮般若波羅蜜多是菩薩摩訶薩不不也世尊布施波羅蜜多中有菩薩摩訶薩不不也世尊淨戒安忍精進靜慮般若波羅蜜多中有菩薩摩訶薩不不也世尊菩薩摩訶薩中有布施波羅蜜多不不也世尊菩薩摩訶薩中有淨戒安忍精進靜慮般若波羅蜜多不不也世尊離布施波羅蜜多有菩薩摩訶薩不不也世尊離淨戒安忍精進靜慮般若波羅蜜多有菩薩摩訶薩不不也世尊復次善現所言菩薩摩訶薩者於意云何即內空是菩薩摩訶薩不不也世尊即外空內外空空空大空勝義空

有爲空無爲空畢竟空無際空散空無變異空本性空自相空共相空一切法空不可得空無性空自性空無性自性空是菩薩摩訶薩不不也世尊異内空是菩薩摩訶薩不不也世尊異外空乃至無性自性空是菩薩摩訶薩不不也世尊内空中有菩薩摩訶薩不不也世尊外空乃至無性自性空中有菩薩摩訶薩不不也世尊菩薩摩訶薩中有内空不不也世尊菩薩摩訶薩中有外空乃至無性自性空不不也世尊離内空有菩薩摩訶薩不不也世尊離外空乃至無性自性空有菩薩摩訶薩不不也世尊復次善現所言菩薩摩訶薩者於意云何即眞如是菩薩摩訶薩不不也世尊即法界法性不虚妄性不變異性平等性離生性法定法住實際虚空界不思議界是菩薩摩訶薩不不也世尊異眞如是菩薩摩訶薩不不也世尊異法界乃至不思議界是菩薩摩訶薩不不也世尊眞如中有菩薩摩訶薩不不也世尊法界乃至不思議界中有菩薩摩訶薩不不也世尊菩薩摩訶薩中有眞如不不也世尊菩薩摩訶薩中有法界乃至不思議界不不也世尊離眞如有菩薩摩訶薩不不也世尊離法界乃至不思議界有菩薩摩訶薩不不也世尊復次善現所言菩薩摩訶薩者於意云何即四念住是菩薩摩訶薩不不也世尊即四正斷四神足五根五力七等覺支八聖道支是菩薩摩訶薩不不也世尊異四念住是菩薩摩訶薩不不也世尊異四正斷乃至八聖道支是菩薩摩訶薩不不也世尊四念住中有菩薩

摩訶薩不不也世尊四正斷乃至八聖道支中有菩薩摩訶薩不不也世尊菩薩摩訶薩中有四念住不不也世尊菩薩摩訶薩中有四正斷乃至八聖道支不不也世尊離四念住有菩薩摩訶薩不不也世尊離四正斷乃至八聖道支有菩薩摩訶薩不不也世尊復次善現所言菩薩摩訶薩者於意云何即苦聖諦是菩薩摩訶薩不不也世尊即集滅道聖諦是菩薩摩訶薩不不也世尊異苦聖諦是菩薩摩訶薩不不也世尊異集滅道聖諦是菩薩摩訶薩不不也世尊苦聖諦中有菩薩摩訶薩不不也世尊集滅道聖諦中有菩薩摩訶薩不不也世尊菩薩摩訶薩中有苦聖諦不不也世尊菩薩摩訶薩中有集滅道聖諦不不也世尊離苦聖諦有菩薩摩訶薩不不也世尊離集滅道聖諦有菩薩摩訶薩不不也世尊復次善現所言菩薩摩訶薩者於意云何即四靜慮是菩薩摩訶薩不不也世尊即四無量四無色定是菩薩摩訶薩不不也世尊異四靜慮是菩薩摩訶薩不不也世尊異四無量四無色定是菩薩摩訶薩不不也世尊四靜慮中有菩薩摩訶薩不不也世尊四無量四無色定中有菩薩摩訶薩不不也世尊菩薩摩訶薩中有四靜慮不不也世尊菩薩摩訶薩中有四無量四無色定不不也世尊離四靜慮有菩薩摩訶薩不不也世尊離四無量四無色定有菩薩摩訶薩不不也世尊復次善現所言菩薩摩訶薩者於意云何即八解脫是菩薩摩訶薩不不也世尊即八勝處九次第定十徧處是菩薩摩訶

薩不不也世尊異八解脱是菩薩摩訶薩不不也世尊異八勝處九次第定十徧處是菩薩摩訶薩不不也世尊八解脱中有菩薩摩訶薩不不也世尊八勝處九次第定十徧處中有菩薩摩訶薩不不也世尊菩薩摩訶薩中有八解脱不不也世尊菩薩摩訶薩中有八勝處九次第定十徧處不不也世尊離八解脱有菩薩摩訶薩不不也世尊離八勝處九次第定十徧處有菩薩摩訶薩不不也世尊復次善現所言菩薩摩訶薩者於意云何即空解脱門是菩薩摩訶薩不不也世尊即無相無願解脱門是菩薩摩訶薩不不也世尊異空解脱門是菩薩摩訶薩不不也世尊異無相無願解脱門是菩薩摩訶薩不不也世尊空解脱門中有菩薩摩訶薩不不也世尊無相無願解脱門中有菩薩摩訶薩不不也世尊菩薩摩訶薩中有空解脱門不不也世尊菩薩摩訶薩中有無相無願解脱門不不也世尊離空解脱門有菩薩摩訶薩不不也世尊離無相無願解脱門有菩薩摩訶薩不不也世尊復次善現所言菩薩摩訶薩者於意云何即陀羅尼門是菩薩摩訶薩不不也世尊即三摩地門是菩薩摩訶薩不不也世尊異陀羅尼門是菩薩摩訶薩不不也世尊異三摩地門是菩薩摩訶薩不不也世尊陀羅尼門中有菩薩摩訶薩不不也世尊三摩地門中有菩薩摩訶薩不不也世尊菩薩摩訶薩中有陀羅尼門不不也世尊菩薩摩訶薩中有三摩地門不不也世尊離陀羅尼門有菩薩摩訶薩不不也世尊離三摩地門

有菩薩摩訶薩不不也世尊復次善現所言菩薩摩訶薩者於意云何即極喜地是菩薩摩訶薩不不也世尊即離垢地發光地焰慧地極難勝地現前地遠行地不動地善慧地法雲地是菩薩摩訶薩不不也世尊異極喜地是菩薩摩訶薩不不也世尊異離垢地乃至法雲地是菩薩摩訶薩不不也世尊極喜地中有菩薩摩訶薩不不也世尊離垢地乃至法雲地中有菩薩摩訶薩不不也世尊菩薩摩訶薩中有極喜地不不也世尊菩薩摩訶薩中有離垢地乃至法雲地不不也世尊離極喜地有菩薩摩訶薩不不也世尊離離垢地乃至法雲地有菩薩摩訶薩不不也世尊復次善現所言菩薩摩訶薩者於意云何即五眼是菩薩摩訶薩不不也世尊即六神通是菩薩摩訶薩不不也世尊異五眼是菩薩摩訶薩不不也世尊異六神通是菩薩摩訶薩不不也世尊五眼中有菩薩摩訶薩不不也世尊六神通中有菩薩摩訶薩不不也世尊菩薩摩訶薩中有五眼不不也世尊菩薩摩訶薩中有六神通不不也世尊離五眼有菩薩摩訶薩不不也世尊離六神通有菩薩摩訶薩不不也世尊復次善現所言菩薩摩訶薩者於意云何即佛十力是菩薩摩訶薩不不也世尊即四無所畏四無礙解十八佛不共法是菩薩摩訶薩不不也世尊異佛十力是菩薩摩訶薩不不也世尊異四無所畏四無礙解十八佛不共法是菩薩摩訶薩不不也世尊佛十力中有菩薩摩訶薩不不也世尊四無所畏四無礙解十八佛不共法

中有菩薩摩訶薩不不也世尊菩薩摩訶薩中有佛十力不不也世尊菩薩摩訶薩中有四無所畏四無礙解十八佛不共法不不也世尊離佛十力有菩薩摩訶薩不不也世尊離四無所畏四無礙解十八佛不共法有菩薩摩訶薩不不也世尊復次善現所言菩薩摩訶薩者於意云何即大慈是菩薩摩訶薩不不也世尊即大悲大喜大捨是菩薩摩訶薩不不也世尊異大慈是菩薩摩訶薩不不也世尊異大悲大喜大捨是菩薩摩訶薩不不也世尊大慈中有菩薩摩訶薩不不也世尊大悲大喜大捨中有菩薩摩訶薩不不也世尊菩薩摩訶薩中有大慈不不也世尊菩薩摩訶薩中有大悲大喜大捨不不也世尊離大慈有菩薩摩訶薩不不也世尊離大悲大喜大捨有菩薩摩訶薩不不也世尊復次善現所言菩薩摩訶薩者於意云何即三十二大士相是菩薩摩訶薩不不也世尊即八十隨好是菩薩摩訶薩不不也世尊異三十二大士相是菩薩摩訶薩不不也世尊異八十隨好是菩薩摩訶薩不不也世尊三十二大士相中有菩薩摩訶薩不不也世尊八十隨好中有菩薩摩訶薩不不也世尊菩薩摩訶薩中有三十二大士相不不也世尊菩薩摩訶薩中有八十隨好不不也世尊離三十二大士相有菩薩摩訶薩不不也世尊離八十隨好有菩薩摩訶薩不不也世尊復次善現所言菩薩摩訶薩者於意云何即無忘失法是菩薩摩訶薩不不也世尊即恒住捨性是菩薩摩訶薩不不也世尊異無忘失法是

菩薩摩訶薩不不也世尊異恒住捨性是菩薩摩訶薩不不也世尊無忘失法中有菩薩摩訶薩不不也世尊恒住捨性中有菩薩摩訶薩不不也世尊菩薩摩訶薩中有無忘失法不不也世尊菩薩摩訶薩中有恒住捨性不不也世尊離無忘失法有菩薩摩訶薩不不也世尊離恒住捨性有菩薩摩訶薩不不也世尊復次善現所言菩薩摩訶薩者於意云何即一切智是菩薩摩訶薩不不也世尊即道相智一切相智是菩薩摩訶薩不不也世尊異一切智是菩薩摩訶薩不不也世尊異道相智一切相智是菩薩摩訶薩不不也世尊一切智中有菩薩摩訶薩不不也世尊道相智一切相智中有菩薩摩訶薩不不也世尊菩薩摩訶薩中有一切智不不也世尊

菩薩摩訶薩中有道相智一切相智不不也世尊離一切智有菩薩摩訶薩不不也世尊離道相智一切相智有菩薩摩訶薩不不也世尊爾時佛告具壽善現汝觀何義言即色非菩薩摩訶薩即受想行識非菩薩摩訶薩異色非菩薩摩訶薩異受想行識非菩薩摩訶薩非色中有菩薩摩訶薩非受想行識中有菩薩摩訶薩非菩薩摩訶薩中有色非菩薩摩訶薩中有受想行識非離色有菩薩摩訶薩非離受想行識有菩薩摩訶薩耶具壽善現白言世尊若菩提若薩埵若色若受想行識尚畢竟不可得性非有故況有菩薩摩訶薩此既非有如何可言即色是菩薩摩訶薩即受想行識是菩薩摩訶薩異色是菩薩摩訶薩異受想行識是菩薩摩訶薩色中有

菩薩摩訶薩受想行識中有菩薩摩訶薩菩
薩摩訶薩中有色菩薩摩訶薩中有受想行
識離色有菩薩摩訶薩離受想行識有菩薩
摩訶薩復次善現汝觀何義言即眼處非菩
薩摩訶薩即耳鼻舌身意處非菩薩摩訶薩
異眼處非菩薩摩訶薩異耳鼻舌身意處非
菩薩摩訶薩非眼處中有菩薩摩訶薩非耳
鼻舌身意處中有菩薩摩訶薩非菩薩摩訶
薩中有眼處非菩薩摩訶薩中有耳鼻舌身
意處非離眼處有菩薩摩訶薩非離耳鼻舌
身意處有菩薩摩訶薩耶世尊若菩提若薩
埵若眼處若耳鼻舌身意處尚畢竟不可得
性非有故況有菩薩摩訶薩此既非有如何
可言即眼處是菩薩摩訶薩即耳鼻舌身意
處是菩薩摩訶薩異眼處是菩薩摩訶薩異

耳鼻舌身意處是菩薩摩訶薩眼處中有菩
薩摩訶薩耳鼻舌身意處中有菩薩摩訶薩
菩薩摩訶薩中有眼處菩薩摩訶薩中有耳
鼻舌身意處離眼處有菩薩摩訶薩離耳鼻
舌身意處有菩薩摩訶薩復次善現汝觀何
義言即色處非菩薩摩訶薩即聲香味觸法
處非菩薩摩訶薩異色處非菩薩摩訶薩異
聲香味觸法處非菩薩摩訶薩非色處中有
菩薩摩訶薩非聲香味觸法處中有菩薩摩
訶薩非菩薩摩訶薩中有色處非菩薩摩訶
薩中有聲香味觸法處非離色處有菩薩摩
訶薩非離聲香味觸法處有菩薩摩訶薩耶
世尊若菩提若薩埵若色處若聲香味觸法
處尚畢竟不可得性非有故況有菩薩摩訶
薩此既非有如何可言即色處是菩薩摩訶

薩即聲香味觸法處是菩薩摩訶薩異色處是菩薩摩訶薩異聲香味觸法處是菩薩摩訶薩色處中有菩薩摩訶薩聲香味觸法處中有菩薩摩訶薩菩薩摩訶薩中有色處菩薩摩訶薩中有聲香味觸法處離色處有菩薩摩訶薩離聲香味觸法處有菩薩摩訶薩復次善現汝觀何義言即眼界非菩薩摩訶薩即耳鼻舌身意界非菩薩摩訶薩異眼界非菩薩摩訶薩異耳鼻舌身意界非菩薩摩訶薩非眼界中有菩薩摩訶薩非耳鼻舌身意界中有菩薩摩訶薩非菩薩摩訶薩中有眼界非菩薩摩訶薩中有耳鼻舌身意界非離眼界有菩薩摩訶薩非離耳鼻舌身意界有菩薩摩訶薩耶世尊若菩提若薩埵若眼界若耳鼻舌身意界尚畢竟不可得性非有故況有菩薩摩訶薩此既非有如何可言即眼界是菩薩摩訶薩即耳鼻舌身意界是菩薩摩訶薩異眼界是菩薩摩訶薩異耳鼻舌身意界是菩薩摩訶薩眼界中有菩薩摩訶薩耳鼻舌身意界中有菩薩摩訶薩菩薩摩訶薩中有眼界菩薩摩訶薩中有耳鼻舌身意界離眼界有菩薩摩訶薩離耳鼻舌身意界有菩薩摩訶薩復次善現汝觀何義言即色界非菩薩摩訶薩即聲香味觸法界非菩薩摩訶薩異色界非菩薩摩訶薩異聲香味觸法界非菩薩摩訶薩非色界中有菩薩摩訶薩非聲香味觸法界中有菩薩摩訶薩非菩薩摩訶薩中有色界非菩薩摩訶薩中有聲香味觸法界非離色界有菩薩摩訶薩非離聲香味觸法界有菩薩摩訶薩耶世尊若

菩提若薩埵若色界若聲香味觸法界尚畢竟不可得性非有故況有善薩摩訶薩此既非有如何可言即色界是菩薩摩訶薩即聲香味觸法界是菩薩摩訶薩異色界是菩薩摩訶薩異聲香味觸法界是菩薩摩訶薩色界中有菩薩摩訶薩聲香味觸法界中有菩薩摩訶薩菩薩摩訶薩中有色界菩薩摩訶薩中有聲香味觸法界離色界有菩薩摩訶薩離聲香味觸法界有菩薩摩訶薩復次善現汝觀何義言即眼識界非菩薩摩訶薩即耳鼻舌身意識界非菩薩摩訶薩異眼識界非菩薩摩訶薩異耳鼻舌身意識界非菩薩摩訶薩非眼識界中有菩薩摩訶薩非耳鼻舌身意識界中有菩薩摩訶薩非菩薩摩訶薩中有眼識界非菩薩摩訶薩中有耳鼻舌身意識界非離眼識界有菩薩摩訶薩非離耳鼻舌身意識界有菩薩摩訶薩耶世尊若菩提若薩埵若眼識界若耳鼻舌身意識界尚畢竟不可得性非有故況有菩薩摩訶薩此既非有如何可言即眼識界是菩薩摩訶薩即耳鼻舌身意識界是菩薩摩訶薩異眼識界是菩薩摩訶薩異耳鼻舌身意識界是菩薩摩訶薩眼識界中有菩薩摩訶薩耳鼻舌身意識界中有菩薩摩訶薩菩薩摩訶薩中有眼識界菩薩摩訶薩中有耳鼻舌身意識界離眼識界有菩薩摩訶薩離耳鼻舌身意識界有菩薩摩訶薩復次善現汝觀何義言即眼觸非菩薩摩訶薩即耳鼻舌身意觸非菩薩摩訶薩異眼觸非菩薩摩訶薩異耳鼻舌身意觸非菩薩摩訶薩非眼觸中有善

薩摩訶薩非耳鼻舌身意觸中有菩薩摩訶薩非菩薩摩訶薩中有眼觸非菩薩摩訶薩中有耳鼻舌身意觸非離眼觸有菩薩摩訶薩非離耳鼻舌身意觸有菩薩摩訶薩耶世尊若菩提若薩埵若眼觸若耳鼻舌身意觸尚畢竟不可得性非有故況有菩薩摩訶薩此既非有如何可言即眼觸是菩薩摩訶薩即耳鼻舌身意觸是菩薩摩訶薩異眼觸是菩薩摩訶薩異耳鼻舌身意觸是菩薩摩訶薩眼觸中有菩薩摩訶薩耳鼻舌身意觸中有菩薩摩訶薩菩薩摩訶薩中有眼觸菩薩摩訶薩中有耳鼻舌身意觸離眼觸有菩薩摩訶薩離耳鼻舌身意觸有菩薩摩訶薩復次善現汝觀何義言即眼觸爲緣所生諸受非菩薩摩訶薩即耳鼻舌身意觸爲緣所生諸受非菩薩摩訶薩異眼觸爲緣所生諸受非菩薩摩訶薩異耳鼻舌身意觸爲緣所生諸受非菩薩摩訶薩非眼觸爲緣所生諸受中有菩薩摩訶薩非耳鼻舌身意觸爲緣所生諸受中有菩薩摩訶薩非菩薩摩訶薩中有眼觸爲緣所生諸受非菩薩摩訶薩中有耳鼻舌身意觸爲緣所生諸受非離眼觸爲緣所生諸受有菩薩摩訶薩非離耳鼻舌身意觸爲緣所生諸受有菩薩摩訶薩耶世尊若菩提若薩埵若眼觸爲緣所生諸受若耳鼻舌身意觸爲緣所生諸受尚畢竟不可得性非有故況有菩薩摩訶薩此既非有如何可言即眼觸爲緣所生諸受是菩薩摩訶薩即耳鼻舌身意觸爲緣所生諸受是菩薩摩訶薩異眼觸爲緣所生諸受是菩薩摩訶薩

異耳鼻舌身意觸爲緣所生諸受是菩薩摩訶薩眼觸爲緣所生諸受中有菩薩摩訶薩耳鼻舌身意觸爲緣所生諸受中有菩薩摩訶薩菩薩摩訶薩中有眼觸爲緣所生諸受菩薩摩訶薩中有耳鼻舌身意觸爲緣所生諸受離眼觸爲緣所生諸受有菩薩摩訶薩離耳鼻舌身意觸爲緣所生諸受有菩薩摩訶薩復次善現汝觀何義言即地界非菩薩摩訶薩即水火風空識界非菩薩摩訶薩異地界非菩薩摩訶薩異水火風空識界非菩薩摩訶薩非地界中有菩薩摩訶薩非水火風空識界中有菩薩摩訶薩非菩薩摩訶薩中有地界非菩薩摩訶薩中有水火風空識界非離地界有菩薩摩訶薩非離水火風空識界有菩薩摩訶薩耶世尊若菩提若薩埵若地界若水火風空識界尚畢竟不可得性非有故況有菩薩摩訶薩此既非有如何可言即地界是菩薩摩訶薩即水火風空識界是菩薩摩訶薩異地界是菩薩摩訶薩異水火風空識界是菩薩摩訶薩地界中有菩薩摩訶薩水火風空識界中有菩薩摩訶薩菩薩摩訶薩中有地界菩薩摩訶薩中有水火風空識界離地界有菩薩摩訶薩離水火風空識界有菩薩摩訶薩復次善現汝觀何義言即因緣非菩薩摩訶薩即等無間緣所緣緣增上緣非菩薩摩訶薩異因緣非菩薩摩訶薩異等無間緣所緣緣增上緣非菩薩摩訶薩非因緣中有菩薩摩訶薩非等無間緣所緣緣增上緣中有菩薩摩訶薩非菩薩摩訶薩中有因緣非菩薩摩訶薩中有等無間

緣所緣緣增上緣非離因緣有菩薩摩訶薩非離等無間緣所緣緣增上緣有菩薩摩訶薩耶世尊若菩提若薩埵若因緣若等無間緣所緣緣增上緣尚畢竟不可得性非有故況有菩薩摩訶薩此既非有如何可言即因緣是菩薩摩訶薩即等無間緣所緣緣增上緣是菩薩摩訶薩異因緣是菩薩摩訶薩異等無間緣所緣緣增上緣是菩薩摩訶薩因緣中有菩薩摩訶薩等無間緣所緣緣增上緣中有菩薩摩訶薩菩薩摩訶薩中有因緣菩薩摩訶薩中有等無間緣所緣緣增上緣離因緣有菩薩摩訶薩離等無間緣所緣緣增上緣有菩薩摩訶薩復次善現汝觀何義言即緣所生法非菩薩摩訶薩異緣所生法非菩薩摩訶薩非緣所生法中有菩薩摩訶薩非菩薩摩訶薩中有緣所生法非離緣所生法有菩薩摩訶薩耶世尊若菩提若薩埵若緣所生法尚畢竟不可得性非有故況有菩薩摩訶薩此既非有如何可言即緣所生法是菩薩摩訶薩異緣所生法是菩薩摩訶薩異緣所生法中有菩薩摩訶薩菩薩摩訶薩中有緣所生法離緣所生法有菩薩摩訶薩復次善現汝觀何義言即無明非菩薩摩訶薩即行識名色六處觸受愛取有生老死非菩薩摩訶薩異無明非菩薩摩訶薩異行乃至老死非菩薩摩訶薩非無明中有菩薩摩訶薩非行乃至老死中有菩薩摩訶薩非菩薩摩訶薩中有無明非菩薩摩訶薩中有行乃至老死非離無明有菩薩摩訶薩非離行乃至老死有菩薩摩訶薩耶世尊若菩提

若薩埵若無明若行乃至老死尚畢竟不可得性非有故況有菩薩摩訶薩此既非有如何可言即無明是菩薩摩訶薩即行乃至老死是菩薩摩訶薩異無明是菩薩摩訶薩異行乃至老死是菩薩摩訶薩無明中有菩薩摩訶薩行乃至老死中有菩薩摩訶薩菩薩摩訶薩中有無明菩薩摩訶薩中有行乃至老死離無明有菩薩摩訶薩離行乃至老死有菩薩摩訶薩復次善現汝觀何義言即布施波羅蜜多非菩薩摩訶薩即淨戒安忍精進靜慮般若波羅蜜多非菩薩摩訶薩異布施波羅蜜多非菩薩摩訶薩異淨戒安忍精進靜慮般若波羅蜜多非菩薩摩訶薩非布施波羅蜜多中有菩薩摩訶薩非淨戒安忍精進靜慮般若波羅蜜多中有菩薩摩訶薩

非菩薩摩訶薩中有布施波羅蜜多非菩薩摩訶薩中有淨戒安忍精進靜慮般若波羅蜜多非離布施波羅蜜多有菩薩摩訶薩非離淨戒安忍精進靜慮般若波羅蜜多有菩薩摩訶薩耶世尊若菩提若薩埵若布施波羅蜜多若淨戒安忍精進靜慮般若波羅蜜多尚畢竟不可得性非有故況有菩薩摩訶薩此既非有如何可言即布施波羅蜜多是菩薩摩訶薩即淨戒安忍精進靜慮般若波羅蜜多是菩薩摩訶薩異布施波羅蜜多是菩薩摩訶薩異淨戒安忍精進靜慮般若波羅蜜多是菩薩摩訶薩布施波羅蜜多中有菩薩摩訶薩淨戒安忍精進靜慮般若波羅蜜多中有菩薩摩訶薩菩薩摩訶薩中有布施波羅蜜多菩薩摩訶薩中有淨戒安忍精

進靜慮般若波羅蜜多離布施波羅蜜多有菩薩摩訶薩離淨戒安忍精進靜慮般若波羅蜜多有菩薩摩訶薩復次善現汝觀何義言即內空非菩薩摩訶薩即外空內外空空空大空勝義空有爲空無爲空畢竟空無際空散空無變異空本性空自相空共相空一切法空不可得空無性空自性空無性自性空非菩薩摩訶薩異內空非菩薩摩訶薩異外空乃至無性自性空非菩薩摩訶薩非內空中有菩薩摩訶薩非外空乃至無性自性空中有菩薩摩訶薩非菩薩摩訶薩中有內空非菩薩摩訶薩中有外空乃至無性自性空非離內空有菩薩摩訶薩非離外空乃至無性自性空有菩薩摩訶薩耶世尊若菩提若薩埵若內空若外空乃至無性自性空尚畢竟不可得性非有故況有菩薩摩訶薩此既非有如何可言即內空是菩薩摩訶薩即外空乃至無性自性空是菩薩摩訶薩異內空是菩薩摩訶薩異外空乃至無性自性空是菩薩摩訶薩內空中有菩薩摩訶薩外空乃至無性自性空中有菩薩摩訶薩菩薩摩訶薩中有內空菩薩摩訶薩中有外空乃至無性自性空離內空有菩薩摩訶薩離外空乃至無性自性空有菩薩摩訶薩復次善現汝觀何義言即眞如非菩薩摩訶薩即法界法性不虛妄性不變異性平等性離生性法定法住實際虛空界不思議界非菩薩摩訶薩異眞如非菩薩摩訶薩異法界乃至不思議界非菩薩摩訶薩非眞如中有菩薩摩訶薩非法界乃至不思議界中有菩薩摩訶薩

非菩薩摩訶薩中有眞如非菩薩摩訶薩中有法界乃至不思議界非離眞如有菩薩摩訶薩非離法界乃至不思議界有菩薩摩訶薩耶世尊若菩提若薩埵若眞如若法界乃至不思議界尚畢竟不可得性非有故況有菩薩摩訶薩此既非有如何可言即眞如是菩薩摩訶薩即法界乃至不思議界是菩薩摩訶薩異眞如是菩薩摩訶薩異法界乃至不思議界是菩薩摩訶薩眞如中有菩薩摩訶薩法界乃至不思議界中有菩薩摩訶薩菩薩摩訶薩中有眞如菩薩摩訶薩中有法界乃至不思議界離眞如有菩薩摩訶薩離法界乃至不思議界有菩薩摩訶薩復次善現汝觀何義言即四念住非菩薩摩訶薩即四正斷四神足五根五力七等覺支八聖道支非菩薩摩訶薩異四念住非菩薩摩訶薩異四正斷乃至八聖道支非菩薩摩訶薩非四念住中有菩薩摩訶薩非四正斷乃至八聖道支中有菩薩摩訶薩非菩薩摩訶薩中有四念住非菩薩摩訶薩中有四正斷乃至八聖道支非離四念住有菩薩摩訶薩非離四正斷乃至八聖道支有菩薩摩訶薩耶世尊若菩提若薩埵若四念住若四正斷乃至八聖道支尚畢竟不可得性非有故況有菩薩摩訶薩此既非有如何可言即四念住是菩薩摩訶薩即四正斷乃至八聖道支是菩薩摩訶薩異四念住是菩薩摩訶薩異四正斷乃至八聖道支是菩薩摩訶薩四念住中有菩薩摩訶薩四正斷乃至八聖道支中有菩薩摩訶薩菩薩摩訶薩中有四念住菩薩

摩訶薩中有四正斷乃至八聖道支離四念住有菩薩摩訶薩離四正斷乃至八聖道支有菩薩摩訶薩

大般若波羅蜜多經卷第十四

大般若波羅蜜多經卷第十五

唐三藏法師玄奘奉　詔譯

初分教誡教授品第七之五

復次善現汝觀何義言即苦聖諦非菩薩摩訶薩即集滅道聖諦非菩薩摩訶薩異苦聖諦非菩薩摩訶薩異集滅道聖諦非菩薩摩訶薩非苦聖諦中有菩薩摩訶薩非集滅道聖諦中有菩薩摩訶薩非菩薩摩訶薩中有苦聖諦非菩薩摩訶薩中有集滅道聖諦非離苦聖諦有菩薩摩訶薩非離集滅道聖諦有菩薩摩訶薩耶世尊若菩提若薩埵若苦聖諦若集滅道聖諦尚畢竟不可得性非有故況有菩薩摩訶薩此既非有如何可言即苦聖諦是菩薩摩訶薩即集滅道聖諦是菩薩摩訶薩異苦聖諦是菩薩摩訶薩異集滅道聖諦是菩薩摩訶薩苦聖諦中有菩薩摩訶薩集滅道聖諦中有菩薩摩訶薩菩薩摩訶薩中有苦聖諦菩薩摩訶薩中有集滅道聖諦離苦聖諦有菩薩摩訶薩離集滅道聖諦有菩薩摩訶薩復次善現汝觀何義言即四靜慮非菩薩摩訶薩即四無量四無色定非菩薩摩訶薩異四靜慮非菩薩摩訶薩異四無量四無色定非菩薩摩訶薩非四靜慮中有菩薩摩訶薩非四無量四無色定中有菩薩摩訶薩非菩薩摩訶薩中有四靜慮非菩薩摩訶薩中有四無量四無色定非離四靜慮有菩薩摩訶薩非離四無量四無色定有菩薩摩訶薩耶世尊若菩提若薩埵若四靜慮若四無量四無色定尚畢竟不可得性非有故況有菩薩摩訶薩此既非有如何可

言即四靜慮是菩薩摩訶薩即四無量四無色定是菩薩摩訶薩異四靜慮是菩薩摩訶薩異四無量四無色定是菩薩摩訶薩四靜慮中有菩薩摩訶薩四無量四無色定中有菩薩摩訶薩菩薩摩訶薩中有四靜慮菩薩摩訶薩中有四無量四無色定離四靜慮有菩薩摩訶薩離四無量四無色定有菩薩摩訶薩復次善現汝觀何義言即八解脫非菩薩摩訶薩即八勝處九次第定十徧處非菩薩摩訶薩異八解脫非菩薩摩訶薩異八勝處九次第定十徧處非菩薩摩訶薩非八解脫中有菩薩摩訶薩非八勝處九次第定十徧處中有菩薩摩訶薩非菩薩摩訶薩中有八解脫非菩薩摩訶薩中有八勝處九次第定十徧處非離八解脫有菩薩摩訶薩非離八勝處九次第定十徧處有菩薩摩訶薩耶世尊若菩提若薩埵若八解脫若八勝處九次第定十徧處尚畢竟不可得性非有故況有菩薩摩訶薩此既非有如何可言即八解脫是菩薩摩訶薩即八勝處九次第定十徧處是菩薩摩訶薩異八解脫是菩薩摩訶薩異八勝處九次第定十徧處是菩薩摩訶薩八解脫中有菩薩摩訶薩八勝處九次第定十徧處中有菩薩摩訶薩菩薩摩訶薩中有八解脫菩薩摩訶薩中有八勝處九次第定十徧處離八解脫有菩薩摩訶薩離八勝處九次第定十徧處有菩薩摩訶薩復次善現汝觀何義言即空解脫門非菩薩摩訶薩即無相無願解脫門非菩薩摩訶薩異空解脫門非菩薩摩訶薩異無相無願解脫門非菩

薩摩訶薩非空解脫門中有菩薩摩訶薩非無相無願解脫門中有菩薩摩訶薩非菩薩摩訶薩中有空解脫門非菩薩摩訶薩中有無相無願解脫門非離空解脫門有菩薩摩訶薩非離無相無願解脫門有菩薩摩訶薩耶世尊若菩提若薩埵若空解脫門若無相無願解脫門尚畢竟不可得性非有故況有菩薩摩訶薩此既非有如何可言即空解脫門是菩薩摩訶薩即無相無願解脫門是菩薩摩訶薩異空解脫門是菩薩摩訶薩異無相無願解脫門是菩薩摩訶薩空解脫門中有菩薩摩訶薩無相無願解脫門中有菩薩摩訶薩菩薩摩訶薩中有空解脫門菩薩摩訶薩中有無相無願解脫門離空解脫門有菩薩摩訶薩離無相無願解脫門有菩薩摩訶薩復次善現汝觀何義言即陀羅尼門非菩薩摩訶薩即三摩地門非菩薩摩訶薩異陀羅尼門非菩薩摩訶薩異三摩地門非菩薩摩訶薩非陀羅尼門中有菩薩摩訶薩非三摩地門中有菩薩摩訶薩非菩薩摩訶薩中有陀羅尼門非菩薩摩訶薩中有三摩地門非離陀羅尼門有菩薩摩訶薩非離三摩地門有菩薩摩訶薩耶世尊若菩提若薩埵若陀羅尼門若三摩地門尚畢竟不可得性非有故況有菩薩摩訶薩此既非有如何可言即陀羅尼門是菩薩摩訶薩即三摩地門是菩薩摩訶薩異陀羅尼門是菩薩摩訶薩異三摩地門是菩薩摩訶薩陀羅尼門中有菩薩摩訶薩三摩地門中有菩薩摩訶薩菩薩摩訶薩中有陀羅尼門菩薩摩訶薩中有

三摩地門離陀羅尼門有菩薩摩訶薩離三摩地門有菩薩摩訶薩復次善現汝觀何義言即極喜地非菩薩摩訶薩即離垢地發光地焰慧地極難勝地現前地遠行地不動地善慧地法雲地非菩薩摩訶薩異極喜地非菩薩摩訶薩異離垢地乃至法雲地非菩薩摩訶薩非極喜地中有菩薩摩訶薩非離垢地乃至法雲地中有菩薩摩訶薩非菩薩摩訶薩中有極喜地非菩薩摩訶薩中有離垢地乃至法雲地非離極善地有菩薩摩訶薩非離離垢地乃至法雲地有菩薩摩訶薩耶世尊若菩提若薩埵若極喜地若離垢地乃至法雲地尚畢竟不可得性非有故況有菩薩摩訶薩此既非有如何可言即極喜地是菩薩摩訶薩即離垢地乃至法雲地是菩薩摩訶薩異極喜地是菩薩摩訶薩異離垢地乃至法雲地是菩薩摩訶薩極喜地中有菩薩摩訶薩離垢地乃至法雲地中有菩薩摩訶薩菩薩摩訶薩中有極喜地菩薩摩訶薩中有離垢地乃至法雲地離極喜地有菩薩摩訶薩離離垢地乃至法雲地有菩薩摩訶薩復次善現汝觀何義言即五眼非菩薩摩訶薩即六神通非菩薩摩訶薩異五眼非菩薩摩訶薩異六神通非菩薩摩訶薩非五眼中有菩薩摩訶薩非六神通中有菩薩摩訶薩非菩薩摩訶薩中有五眼非菩薩摩訶薩中有六神通非離五眼有菩薩摩訶薩非離六神通有菩薩摩訶薩耶世尊若菩提若薩埵若五眼若六神通尚畢竟不可得性非有故況有菩薩摩訶薩此既非有如何可言即

五眼是菩薩摩訶薩即六神通是菩薩摩訶薩異五眼是菩薩摩訶薩異六神通是菩薩摩訶薩五眼中有菩薩摩訶薩六神通中有菩薩摩訶薩菩薩摩訶薩中有五眼菩薩摩訶薩中有六神通離五眼有菩薩摩訶薩離六神通有菩薩摩訶薩復次善現汝觀何義言即佛十力非菩薩摩訶薩即四無所畏四無礙解十八佛不共法非菩薩摩訶薩異佛十力非菩薩摩訶薩異四無所畏四無礙解十八佛不共法非菩薩摩訶薩非佛十力中有菩薩摩訶薩非四無所畏四無礙解十八佛不共法中有菩薩摩訶薩非菩薩摩訶薩中有佛十力非菩薩摩訶薩中有四無所畏四無礙解十八佛不共法非離佛十力有菩薩摩訶薩非離四無所畏四無礙解十八佛不共法有菩薩摩訶薩耶世尊若菩提若薩埵若佛十力若四無所畏四無礙解十八佛不共法尚畢竟不可得性非有故況有菩薩摩訶薩此既非有如何可言即佛十力是菩薩摩訶薩即四無所畏四無礙解十八佛不共法是菩薩摩訶薩異佛十力是菩薩摩訶薩異四無所畏四無礙解十八佛不共法是菩薩摩訶薩佛十力中有菩薩摩訶薩四無所畏四無礙解十八佛不共法中有菩薩摩訶薩菩薩摩訶薩中有佛十力菩薩摩訶薩中有四無所畏四無礙解十八佛不共法離佛十力有菩薩摩訶薩離四無所畏四無礙解十八佛不共法有菩薩摩訶薩復次善現汝觀何義言即大慈非菩薩摩訶薩即大悲大喜大捨非菩薩摩訶薩異大慈非菩薩摩

訶薩異大悲大喜大捨非菩薩摩訶薩非大慈中有菩薩摩訶薩非大悲大喜大捨中有菩薩摩訶薩非菩薩摩訶薩中有大慈非菩薩摩訶薩中有大悲大喜大捨非離大慈有菩薩摩訶薩非離大悲大喜大捨有菩薩摩訶薩耶世尊若菩提若薩埵若大慈若大悲大喜大捨尚畢竟不可得性非有故況有菩薩摩訶薩此既非有如何可言即大慈是菩薩摩訶薩即大悲大喜大捨是菩薩摩訶薩異大慈是菩薩摩訶薩異大悲大喜大捨是菩薩摩訶薩大慈中有菩薩摩訶薩大悲大喜大捨中有菩薩摩訶薩菩薩摩訶薩中有大慈菩薩摩訶薩中有大悲大喜大捨離大慈有菩薩摩訶薩離大悲大喜大捨有菩薩摩訶薩復次善現汝觀何義言即三十二大士相非菩薩摩訶薩即八十隨好非菩薩摩訶薩異三十二大士相非菩薩摩訶薩異八十隨好非菩薩摩訶薩非三十二大士相中有菩薩摩訶薩非八十隨好中有菩薩摩訶薩非菩薩摩訶薩中有三十二大士相非菩薩摩訶薩中有八十隨好非離三十二大士相有菩薩摩訶薩非離八十隨好有菩薩摩訶薩耶世尊若菩提若薩埵若三十二大士相若八十隨好尚畢竟不可得性非有故況有菩薩摩訶薩此既非有如何可言即三十二大士相是菩薩摩訶薩即八十隨好是菩薩摩訶薩異三十二大士相是菩薩摩訶薩異八十隨好是菩薩摩訶薩三十二大士相中有菩薩摩訶薩八十隨好中有菩薩摩訶薩菩薩摩訶薩中有三十二大士相菩薩摩

訶薩中有八十隨好離三十二大士相有菩薩摩訶薩離八十隨好有菩薩摩訶薩復次善現汝觀何義言即無忘失法非菩薩摩訶薩即恒住捨性非菩薩摩訶薩異無忘失法非菩薩摩訶薩異恒住捨性非菩薩摩訶薩非無忘失法中有菩薩摩訶薩非恒住捨性中有菩薩摩訶薩非菩薩摩訶薩中有無忘失法非菩薩摩訶薩中有恒住捨性非離無忘失法有菩薩摩訶薩非離恒住捨性有菩薩摩訶薩耶世尊若菩提若薩埵若無忘失法若恒住捨性尚畢竟不可得性非有故況有菩薩摩訶薩此既非有如何可言即無忘失法是菩薩摩訶薩即恒住捨性是菩薩摩訶薩異無忘失法是菩薩摩訶薩異恒住捨性是菩薩摩訶薩無忘失法中有菩薩摩訶薩恒住捨性中有菩薩摩訶薩菩薩摩訶薩中有無忘失法菩薩摩訶薩中有恒住捨性離無忘失法有菩薩摩訶薩離恒住捨性有菩薩摩訶薩復次善現汝觀何義言即一切智非菩薩摩訶薩即道相智一切相智非菩薩摩訶薩異一切智非菩薩摩訶薩異道相智一切相智非菩薩摩訶薩非一切智中有菩薩摩訶薩非道相智一切相智中有菩薩摩訶薩非菩薩摩訶薩中有一切智非菩薩摩訶薩中有道相智一切相智非離一切智有菩薩摩訶薩非離道相智一切相智有菩薩摩訶薩耶世尊若菩提若薩埵若一切智若道相智一切相智尚畢竟不可得性非有故況有菩薩摩訶薩此既非有如何可言即一切智是菩薩摩訶薩即道相智一切相智

是菩薩摩訶薩異一切智是菩薩摩訶薩異道相智一切相智是菩薩摩訶薩一切智中有菩薩摩訶薩道相智一切相智中有菩薩摩訶薩菩薩摩訶薩中有一切智菩薩摩訶薩中有道相智一切相智離一切智有菩薩摩訶薩離道相智一切相智有菩薩摩訶薩世尊菩提薩埵及色等法既不可得而言即色等法是菩薩摩訶薩或異色等是菩薩摩訶薩或色等法中有菩薩摩訶薩或菩薩摩訶薩中有色等法或離色等法有菩薩摩訶薩者無有是處佛告善現善哉善哉如是如是如汝所說善現色等法不可得故菩薩摩訶薩亦不可得菩薩摩訶薩不可得故所行般若波羅蜜多亦不可得善現諸菩薩摩訶薩修行般若波羅蜜多時應如是學復次善現所言菩薩摩訶薩者於意云何即色眞如是菩薩摩訶薩不不也世尊即受想行識眞如是菩薩摩訶薩不不也世尊異色眞如是菩薩摩訶薩不不也世尊異受想行識眞如是菩薩摩訶薩不不也世尊色眞如中有菩薩摩訶薩不不也世尊受想行識眞如中有菩薩摩訶薩不不也世尊菩薩摩訶薩中有色眞如不不也世尊菩薩摩訶薩中有受想行識眞如不不也世尊離色眞如有菩薩摩訶薩不不也世尊離受想行識眞如有菩薩摩訶薩不不也世尊復次善現所言菩薩摩訶薩者於意云何即眼處眞如是菩薩摩訶薩不不也世尊即耳鼻舌身意處眞如是菩薩摩訶薩不不也世尊異眼處眞如是菩薩摩訶薩不不也世尊異耳鼻舌身意處眞如

是菩薩摩訶薩不不也世尊眼處真如中有菩薩摩訶薩不不也世尊耳鼻舌身意處真如中有菩薩摩訶薩不不也世尊菩薩摩訶薩中有眼處真如不不也世尊菩薩摩訶薩中有耳鼻舌身意處真如不不也世尊離眼處真如有菩薩摩訶薩不不也世尊離耳鼻舌身意處真如有菩薩摩訶薩不不也世尊

復次善現所言菩薩摩訶薩者於意云何即色處真如是菩薩摩訶薩不不也世尊即聲香味觸法處真如是菩薩摩訶薩不不也世尊異色處真如是菩薩摩訶薩不不也世尊異聲香味觸法處真如是菩薩摩訶薩不不也世尊色處真如中有菩薩摩訶薩不不也世尊聲香味觸法處真如中有菩薩摩訶薩不不也世尊菩薩摩訶薩中有色處真如不不也世尊菩薩摩訶薩中有聲香味觸法處真如不不也世尊離色處真如有菩薩摩訶薩不不也世尊離聲香味觸法處真如有菩薩摩訶薩不不也世尊

復次善現所言菩薩摩訶薩者於意云何即眼界真如是菩薩摩訶薩不不也世尊即耳鼻舌身意界真如是菩薩摩訶薩不不也世尊異眼界真如是菩薩摩訶薩不不也世尊異耳鼻舌身意界真如是菩薩摩訶薩不不也世尊眼界真如中有菩薩摩訶薩不不也世尊耳鼻舌身意界真如中有菩薩摩訶薩不不也世尊菩薩摩訶薩中有眼界真如不不也世尊菩薩摩訶薩中有耳鼻舌身意界真如不不也世尊離眼界真如有菩薩摩訶薩不不也世尊離耳鼻舌身意界真如有菩薩摩訶薩不不也世

尊復次善現所言菩薩摩訶薩者於意云何
即色界眞如是菩薩摩訶薩不不也世尊即
聲香味觸法界眞如是菩薩摩訶薩不不也
世尊異色界眞如是菩薩摩訶薩不不也世
尊異聲香味觸法界眞如是菩薩摩訶薩不
不也世尊色界眞如中有菩薩摩訶薩不不
也世尊聲香味觸法界眞如中有菩薩摩訶
薩不不也世尊菩薩摩訶薩中有色界眞如
不不也世尊菩薩摩訶薩中有聲香味觸法
界眞如不不也世尊離色界眞如有菩薩摩
訶薩不不也世尊離聲香味觸法界眞如有
菩薩摩訶薩不不也世尊復次善現所言菩
薩摩訶薩者於意云何即眼識界眞如是菩
薩摩訶薩不不也世尊即耳鼻舌身意識界
眞如是菩薩摩訶薩不不也世尊異眼識界

眞如是菩薩摩訶薩不不也世尊異耳鼻舌
身意識界眞如是菩薩摩訶薩不不也世尊
眼識界眞如中有菩薩摩訶薩不不也世尊
耳鼻舌身意識界眞如中有菩薩摩訶薩不
不也世尊菩薩摩訶薩中有眼識界眞如不
不也世尊菩薩摩訶薩中有耳鼻舌身意識
界眞如不不也世尊離眼識界眞如有菩薩
摩訶薩不不也世尊離耳鼻舌身意識界眞
如有菩薩摩訶薩不不也世尊復次善現所
言菩薩摩訶薩者於意云何即眼觸眞如是
菩薩摩訶薩不不也世尊即耳鼻舌身意觸
眞如是菩薩摩訶薩不不也世尊異眼觸眞
如是菩薩摩訶薩不不也世尊異耳鼻舌身
意觸眞如是菩薩摩訶薩不不也世尊眼觸
眞如中有菩薩摩訶薩不不也世尊耳鼻舌

身意觸眞如中有菩薩摩訶薩不不也世尊菩薩摩訶薩中有眼觸眞如不不也世尊菩薩摩訶薩中有耳鼻舌身意觸眞如不不也世尊離眼觸眞如有菩薩摩訶薩不不也世尊離耳鼻舌身意觸眞如有菩薩摩訶薩不不也世尊復次善現所言菩薩摩訶薩者於意云何即眼觸爲緣所生諸受眞如是菩薩摩訶薩不不也世尊即耳鼻舌身意觸爲緣所生諸受眞如是菩薩摩訶薩不不也世尊異眼觸爲緣所生諸受眞如是菩薩摩訶薩不不也世尊異耳鼻舌身意觸爲緣所生諸受眞如是菩薩摩訶薩不不也世尊眼觸爲緣所生諸受眞如中有菩薩摩訶薩不不也世尊耳鼻舌身意觸爲緣所生諸受眞如中有菩薩摩訶薩不不也世尊菩薩摩訶薩中有眼觸爲緣所生諸受眞如不不也世尊菩薩摩訶薩中有耳鼻舌身意觸爲緣所生諸受眞如不不也世尊離眼觸爲緣所生諸受眞如有菩薩摩訶薩不不也世尊離耳鼻舌身意觸爲緣所生諸受眞如有菩薩摩訶薩不不也世尊復次善現所言菩薩摩訶薩者於意云何即地界眞如是菩薩摩訶薩不不也世尊即水火風空識界眞如是菩薩摩訶薩不不也世尊異地界眞如是菩薩摩訶薩不不也世尊異水火風空識界眞如是菩薩摩訶薩不不也世尊地界眞如中有菩薩摩訶薩不不也世尊水火風空識界眞如中有菩薩摩訶薩不不也世尊菩薩摩訶薩中有地界眞如不不也世尊菩薩摩訶薩中有水火風空識界眞如不不也世尊離地界眞如

有菩薩摩訶薩不不也世尊離水火風空識界眞如有菩薩摩訶薩不不也世尊復次善現所言菩薩摩訶薩者於意云何即因緣眞如是菩薩摩訶薩不不也世尊即等無間緣所緣緣增上緣眞如是菩薩摩訶薩不不也世尊異因緣眞如是菩薩摩訶薩不不也世尊異等無間緣所緣緣增上緣眞如是菩薩摩訶薩不不也世尊因緣眞如中有菩薩摩訶薩不不也世尊等無間緣所緣緣增上緣眞如中有菩薩摩訶薩不不也世尊菩薩摩訶薩中有因緣眞如不不也世尊菩薩摩訶薩中有等無間緣所緣緣增上緣眞如不不也世尊離因緣眞如有菩薩摩訶薩不不也世尊離等無間緣所緣緣增上緣眞如有菩薩摩訶薩不不也世尊復次善現所言菩薩

摩訶薩者於意云何即緣所生法眞如是菩薩摩訶薩不不也世尊異緣所生法眞如是菩薩摩訶薩不不也世尊緣所生法眞如中有菩薩摩訶薩不不也世尊菩薩摩訶薩中有緣所生法眞如不不也世尊離緣所生法眞如有菩薩摩訶薩不不也世尊復次善現所言菩薩摩訶薩者於意云何即無明眞如是菩薩摩訶薩不不也世尊即行識名色六處觸受愛取有生老死眞如是菩薩摩訶薩不不也世尊異無明眞如是菩薩摩訶薩不不也世尊異行乃至老死眞如是菩薩摩訶薩不不也世尊無明眞如中有菩薩摩訶薩不不也世尊行乃至老死眞如中有菩薩摩訶薩不不也世尊菩薩摩訶薩中有無明眞如不不也世尊菩薩摩訶薩中有行乃至老

死眞如不不也世尊離無明眞如有菩薩摩訶薩不不也世尊離行乃至老死眞如有菩薩摩訶薩不不也世尊復次善現所言菩薩摩訶薩者於意云何即布施波羅蜜多眞如是菩薩摩訶薩不不也世尊即淨戒安忍精進靜慮般若波羅蜜多眞如是菩薩摩訶薩不不也世尊異布施波羅蜜多眞如是菩薩摩訶薩不不也世尊異淨戒安忍精進靜慮般若波羅蜜多眞如是菩薩摩訶薩不不也世尊布施波羅蜜多眞如中有菩薩摩訶薩不不也世尊淨戒安忍精進靜慮般若波羅蜜多眞如中有菩薩摩訶薩不不也世尊菩薩摩訶薩中有布施波羅蜜多眞如不不也世尊菩薩摩訶薩中有淨戒安忍精進靜慮般若波羅蜜多眞如不不也世尊離布施波羅蜜多眞如有菩薩摩訶薩不不也世尊離淨戒安忍精進靜慮般若波羅蜜多眞如有菩薩摩訶薩不不也世尊復次善現所言菩薩摩訶薩者於意云何即内空眞如是菩薩摩訶薩不不也世尊即外空内外空空空大空勝義空有爲空無爲空畢竟空無際空散空無變異空本性空自相空共相空一切法空不可得空無性空自性空無性自性空眞如是菩薩摩訶薩不不也世尊異内空眞如是菩薩摩訶薩不不也世尊異外空乃至無性自性空眞如是菩薩摩訶薩不不也世尊内空眞如中有菩薩摩訶薩不不也世尊外空乃至無性自性空眞如中有菩薩摩訶薩不不也世尊菩薩摩訶薩中有内空眞如不不也世尊菩薩摩訶薩中有外空乃至無性

自性空眞如不不也世尊離內空眞如有菩薩摩訶薩不不也世尊離外空乃至無性自性空眞如有菩薩摩訶薩不不也世尊復次善現所言菩薩摩訶薩者於意云何即四念住眞如是菩薩摩訶薩不不也世尊即四正斷四神足五根五力七等覺支八聖道支眞如是菩薩摩訶薩不不也世尊異四念住眞如是菩薩摩訶薩不不也世尊異四正斷乃至八聖道支眞如是菩薩摩訶薩不不也世尊四念住眞如中有菩薩摩訶薩不不也世尊四正斷乃至八聖道支眞如中有菩薩摩訶薩不不也世尊菩薩摩訶薩中有四念住眞如不不也世尊菩薩摩訶薩中有四正斷乃至八聖道支眞如不不也世尊離四念住眞如有菩薩摩訶薩不不也世尊離四正斷乃至八聖道支眞如有菩薩摩訶薩不不也世尊復次善現所言菩薩摩訶薩者於意云何即苦聖諦眞如是菩薩摩訶薩不不也世尊即集滅道聖諦眞如是菩薩摩訶薩不不也世尊異苦聖諦眞如是菩薩摩訶薩不不也世尊異集滅道聖諦眞如是菩薩摩訶薩不不也世尊苦聖諦眞如中有菩薩摩訶薩不不也世尊集滅道聖諦眞如中有菩薩摩訶薩不不也世尊菩薩摩訶薩中有苦聖諦眞如不不也世尊菩薩摩訶薩中有集滅道聖諦眞如不不也世尊離苦聖諦眞如有菩薩摩訶薩不不也世尊離集滅道聖諦眞如有菩薩摩訶薩不不也世尊復次善現所言菩薩摩訶薩者於意云何即四靜慮眞如是菩薩摩訶薩不不也世尊即四無量四無色

定眞如是菩薩摩訶薩不不也世尊異四靜慮眞如是菩薩摩訶薩不不也世尊異四無量四無色定眞如是菩薩摩訶薩不不也世尊四靜慮眞如中有菩薩摩訶薩不不也世尊四無量四無色定眞如中有菩薩摩訶薩不不也世尊菩薩摩訶薩中有四靜慮眞如不不也世尊菩薩摩訶薩中有四無量四無色定眞如不不也世尊離四靜慮眞如有菩薩摩訶薩不不也世尊離四無量四無色定眞如有菩薩摩訶薩不不也世尊復次善現所言菩薩摩訶薩者於意云何即八解脱眞如是菩薩摩訶薩不不也世尊即八勝處九次第定十徧處眞如是菩薩摩訶薩不不也世尊異八解脱眞如是菩薩摩訶薩不不也世尊異八勝處九次第定十徧處眞如是菩薩摩訶薩不不也世尊八解脱眞如中有菩薩摩訶薩不不也世尊八勝處九次第定十徧處眞如中有菩薩摩訶薩不不也世尊菩薩摩訶薩中有八解脱眞如不不也世尊菩薩摩訶薩中有八勝處九次第定十徧處眞如不不也世尊離八解脱眞如有菩薩摩訶薩不不也世尊離八勝處九次第定十徧處眞如有菩薩摩訶薩不不也世尊復次善現所言菩薩摩訶薩者於意云何即空解脱門眞如是菩薩摩訶薩不不也世尊即無相無願解脱門眞如是菩薩摩訶薩不不也世尊異空解脱門眞如是菩薩摩訶薩不不也世尊異無相無願解脱門眞如是菩薩摩訶薩不不也世尊空解脱門眞如中有菩薩摩訶薩不不也世尊無相無願解脱門眞如中有

菩薩摩訶薩不不也世尊菩薩摩訶薩中有空解脫門眞如不不也世尊菩薩摩訶薩中有無相無願解脫門眞如不不也世尊離空解脫門眞如有菩薩摩訶薩不不也世尊離無相無願解脫門眞如有菩薩摩訶薩不不也世尊復次善現所言菩薩摩訶薩者於意云何即陀羅尼門眞如是菩薩摩訶薩不不也世尊即三摩地門眞如是菩薩摩訶薩不不也世尊異陀羅尼門眞如是菩薩摩訶薩不不也世尊異三摩地門眞如是菩薩摩訶薩不不也世尊陀羅尼門眞如中有菩薩摩訶薩不不也世尊三摩地門眞如中有菩薩摩訶薩不不也世尊菩薩摩訶薩中有陀羅尼門眞如不不也世尊菩薩摩訶薩中有三摩地門眞如不不也世尊離陀羅尼門眞如有菩薩摩訶薩不不也世尊離三摩地門眞如有菩薩摩訶薩不不也世尊復次善現所言菩薩摩訶薩者於意云何即極喜地眞如是菩薩摩訶薩不不也世尊即離垢地發光地焰慧地極難勝地現前地遠行地不動地善慧地法雲地眞如是菩薩摩訶薩不不也世尊異極喜地眞如是菩薩摩訶薩不不也世尊異離垢地乃至法雲地眞如是菩薩摩訶薩不不也世尊極喜地眞如中有菩薩摩訶薩不不也世尊離垢地乃至法雲地眞如中有菩薩摩訶薩不不也世尊菩薩摩訶薩中有極喜地眞如不不也世尊菩薩摩訶薩中有離垢地乃至法雲地眞如不不也世尊離極喜地眞如有菩薩摩訶薩不不也世尊離離垢地乃至法雲地眞如有菩薩摩訶薩

不不也世尊復次善現所言菩薩摩訶薩者於意云何即五眼眞如是菩薩摩訶薩不不也世尊即六神通眞如是菩薩摩訶薩不不也世尊異五眼眞如是菩薩摩訶薩不不也世尊異六神通眞如是菩薩摩訶薩不不也世尊五眼眞如中有菩薩摩訶薩不不也世尊六神通眞如中有菩薩摩訶薩不不也世尊菩薩摩訶薩中有五眼眞如不不也世尊菩薩摩訶薩中有六神通眞如不不也世尊離五眼眞如有菩薩摩訶薩不不也世尊離六神通眞如有菩薩摩訶薩不不也世尊

大般若波羅蜜多經卷第十五

音釋

薩埵　梵語也此云成衆生謂用佛道成就衆生也埵音朶

不不　上俯九切可否也下音弗不可也

大般若波羅蜜多經卷第十六

唐三藏法師玄奘奉　詔譯

初分教誡教授品第七之六

復次善現所言菩薩摩訶薩者於意云何即佛十力眞如是菩薩摩訶薩不不也世尊即四無所畏四無礙解十八佛不共法眞如是菩薩摩訶薩不不也世尊異佛十力眞如是菩薩摩訶薩不不也世尊異四無所畏四無礙解十八佛不共法眞如是菩薩摩訶薩不不也世尊佛十力眞如中有菩薩摩訶薩不不也世尊四無所畏四無礙解十八佛不共法眞如中有菩薩摩訶薩不不也世尊菩薩摩訶薩中有佛十力眞如不不也世尊菩薩摩訶薩中有四無所畏四無礙解十八佛不共法眞如不不也世尊離佛十力眞如有菩薩摩訶薩不不也世尊離四無所畏四無礙解十八佛不共法眞如有菩薩摩訶薩者於意云何即大慈眞如是菩薩摩訶薩不不也世尊復次善現所言菩薩摩訶薩者於意云何即大悲大喜大捨眞如是菩薩摩訶薩不不也世尊異大慈眞如是菩薩摩訶薩不不也世尊異大悲大喜大捨眞如是菩薩摩訶薩不不也世尊大慈眞如中有菩薩摩訶薩不不也世尊大悲大喜大捨眞如中有菩薩摩訶薩不不也世尊菩薩摩訶薩中有大慈眞如不不也世尊菩薩摩訶薩中有大悲大喜大捨眞如不不也世尊離大慈眞如有菩薩摩訶薩不不也世尊離大悲大喜大捨眞如有菩薩摩訶薩不不也世尊復次善現所言菩薩摩訶薩者於意云何即三十二大士

相眞如是菩薩摩訶薩不不也世尊即八十隨好眞如是菩薩摩訶薩不不也世尊異三十二大士相眞如是菩薩摩訶薩不不也世尊異八十隨好眞如是菩薩摩訶薩不不也世尊三十二大士相眞如中有菩薩摩訶薩不不也世尊八十隨好眞如中有菩薩摩訶薩不不也世尊菩薩摩訶薩中有三十二大士相眞如不不也世尊菩薩摩訶薩中有八十隨好眞如不不也世尊離三十二大士相眞如有菩薩摩訶薩不不也世尊離八十隨好眞如有菩薩摩訶薩不不也世尊復次善現所言菩薩摩訶薩者於意云何即無忘失法眞如是菩薩摩訶薩不不也世尊即恒住捨性眞如是菩薩摩訶薩不不也世尊異無忘失法眞如是菩薩摩訶薩不不也世尊異恒住捨性眞如是菩薩摩訶薩不不也世尊異恒住捨性眞如是菩薩摩訶薩不不也世尊菩薩摩訶薩中有無忘失法眞如不不也世尊菩薩摩訶薩中有恒住捨性眞如不不也世尊離無忘失法眞如有菩薩摩訶薩不不也世尊離恒住捨性眞如有菩薩摩訶薩不不也世尊復次善現所言菩薩摩訶薩者於意云何即一切智眞如是菩薩摩訶薩不不也世尊即道相智一切相智眞如是菩薩摩訶薩不不也世尊異一切智眞如是菩薩摩訶薩不不也世尊異道相智一切相智眞如是菩薩摩訶薩不不也世尊一切智眞如中有菩薩摩訶薩不不也世尊道相智一切相智眞如中有菩薩摩訶薩不不也世尊

菩薩摩訶薩中有一切智眞如不不也世尊菩薩摩訶薩中有道相智一切相智眞如不不也世尊離一切智眞如有菩薩摩訶薩不不也世尊離道相智一切相智眞如有菩薩摩訶薩不不也世尊爾時佛告具壽善現汝觀何義言即色眞如非菩薩摩訶薩即受想行識眞如非菩薩摩訶薩異色眞如非菩薩摩訶薩異受想行識眞如非菩薩摩訶薩非色眞如中有菩薩摩訶薩非受想行識眞如中有菩薩摩訶薩非菩薩摩訶薩中有色眞如非菩薩摩訶薩中有受想行識眞如非離色眞如有菩薩摩訶薩非離受想行識眞如有菩薩摩訶薩耶具壽善現白言世尊若色若受想行識尚畢竟不可得性非有故況有色眞如及受想行識眞如此眞如既非有如何可言即色眞如是菩薩摩訶薩即受想行識眞如是菩薩摩訶薩異色眞如是菩薩摩訶薩異受想行識眞如是菩薩摩訶薩色眞如中有菩薩摩訶薩受想行識眞如中有菩薩摩訶薩菩薩摩訶薩中有色眞如菩薩摩訶薩中有受想行識眞如離色眞如有菩薩摩訶薩離受想行識眞如有菩薩摩訶薩復次善現汝觀何義言即眼處眞如非菩薩摩訶薩即耳鼻舌身意處眞如非菩薩摩訶薩異眼處眞如非菩薩摩訶薩異耳鼻舌身意處眞如非菩薩摩訶薩非眼處眞如中有菩薩摩訶薩非耳鼻舌身意處眞如中有菩薩摩訶薩非菩薩摩訶薩中有眼處眞如非菩薩摩訶薩中有耳鼻舌身意處眞如非離眼處眞如有菩薩摩訶薩非離耳鼻舌身意處

眞如有菩薩摩訶薩耶具壽善現白言世尊若眼處若耳鼻舌身意處尚畢竟不可得性非有故況有眼處眞如及耳鼻舌身意處眞如此眞如既非有如何可言即眼處眞如是菩薩摩訶薩即耳鼻舌身意處眞如是菩薩摩訶薩異眼處眞如是菩薩摩訶薩異耳鼻舌身意處眞如是菩薩摩訶薩眼處眞如中有菩薩摩訶薩耳鼻舌身意處眞如中有菩薩摩訶薩菩薩摩訶薩中有眼處眞如菩薩摩訶薩中有耳鼻舌身意處眞如離眼處眞如有菩薩摩訶薩離耳鼻舌身意處眞如有菩薩摩訶薩復次善現汝觀何義言即色處眞如非菩薩摩訶薩即聲香味觸法處眞如非菩薩摩訶薩異色處眞如非菩薩摩訶薩異聲香味觸法處眞如非菩薩摩訶薩非色處眞如中有菩薩摩訶薩非聲香味觸法處眞如中有菩薩摩訶薩非菩薩摩訶薩中有色處眞如非菩薩摩訶薩中有聲香味觸法處眞如非離色處眞如有菩薩摩訶薩非離聲香味觸法處眞如有菩薩摩訶薩耶具壽善現白言世尊若色處若聲香味觸法處尚畢竟不可得性非有故況有色處眞如及聲香味觸法處眞如此眞如既非有如何可言即色處眞如是菩薩摩訶薩即聲香味觸法處眞如是菩薩摩訶薩異色處眞如是菩薩摩訶薩異聲香味觸法處眞如是菩薩摩訶薩色處眞如中有菩薩摩訶薩聲香味觸法處眞如中有菩薩摩訶薩菩薩摩訶薩中有色處眞如菩薩摩訶薩中有聲香味觸法處眞如離色處眞如有菩薩摩訶薩離聲香味

觸法處眞如有菩薩摩訶薩復次善現汝觀
何義言即眼界眞如非菩薩摩訶薩即耳鼻
舌身意界眞如非菩薩摩訶薩異眼界眞如
非菩薩摩訶薩異耳鼻舌身意界眞如非菩
薩摩訶薩非眼界眞如中有菩薩摩訶薩非
耳鼻舌身意界眞如中有菩薩摩訶薩非菩
薩摩訶薩中有眼界眞如非菩薩摩訶薩中
有耳鼻舌身意界眞如非離眼界眞如有菩
薩摩訶薩非離耳鼻舌身意界眞如有菩薩
摩訶薩耶具壽善現白言世尊若眼界若耳
鼻舌身意界尚畢竟不可得性非有故況有
眼界眞如及耳鼻舌身意界眞如此眞如既
非有如何可言即眼界眞如是菩薩摩訶薩
即耳鼻舌身意界眞如是菩薩摩訶薩異眼
界眞如是菩薩摩訶薩異耳鼻舌身意界眞

如是菩薩摩訶薩眼界眞如中有菩薩摩訶
薩耳鼻舌身意界眞如中有菩薩摩訶薩菩
薩摩訶薩中有眼界眞如菩薩摩訶薩中有
耳鼻舌身意界眞如離眼界眞如有菩薩摩
訶薩離耳鼻舌身意界眞如有菩薩摩訶薩
復次善現汝觀何義言即色界眞如非菩薩
摩訶薩即聲香味觸法界眞如非菩薩摩訶
薩異色界眞如非菩薩摩訶薩異聲香味觸
法界眞如非菩薩摩訶薩非色界眞如中有
菩薩摩訶薩非聲香味觸法界眞如中有菩
薩摩訶薩非菩薩摩訶薩中有色界眞如非
菩薩摩訶薩中有聲香味觸法界眞如非離
色界眞如有菩薩摩訶薩非離聲香味觸法
界眞如有菩薩摩訶薩耶具壽善現白言世
尊若色界若聲香味觸法界尚畢竟不可得

性非有故況有色界眞如及聲香味觸法界眞如此眞如既非有如何可言即色界眞如是菩薩摩訶薩即聲香味觸法界眞如是菩薩摩訶薩異色界眞如是菩薩摩訶薩異聲香味觸法界眞如是菩薩摩訶薩色界眞如中有菩薩摩訶薩聲香味觸法界眞如中有菩薩摩訶薩菩薩摩訶薩中有色界眞如菩薩摩訶薩中有聲香味觸法界眞如離色界眞如有菩薩摩訶薩離聲香味觸法界眞如有菩薩摩訶薩復次善現汝觀何義言即眼識界眞如非菩薩摩訶薩即耳鼻舌身意識界眞如非菩薩摩訶薩異眼識界眞如非菩薩摩訶薩異耳鼻舌身意識界眞如非菩薩摩訶薩非眼識界眞如中有菩薩摩訶薩非耳鼻舌身意識界眞如中有菩薩摩訶薩非菩薩摩訶薩中有眼識界眞如非菩薩摩訶薩中有耳鼻舌身意識界眞如非離眼識界眞如有菩薩摩訶薩非離耳鼻舌身意識界眞如有菩薩摩訶薩耶具壽善現白言世尊若眼識界若耳鼻舌身意識界尚畢竟不可得性非有故況有眼識界眞如及耳鼻舌身意識界眞如此眞如既非有如何可言即眼識界眞如是菩薩摩訶薩即耳鼻舌身意識界眞如是菩薩摩訶薩異眼識界眞如是菩薩摩訶薩異耳鼻舌身意識界眞如是菩薩摩訶薩眼識界眞如中有菩薩摩訶薩耳鼻舌身意識界眞如中有菩薩摩訶薩菩薩摩訶薩中有眼識界眞如菩薩摩訶薩中有耳鼻舌身意識界眞如離眼識界眞如有菩薩摩訶薩離耳鼻舌身意識界眞如有菩薩摩

訶薩復次善現汝觀何義言卽眼觸眞如非菩薩摩訶薩卽耳鼻舌身意觸眞如非菩薩摩訶薩異眼觸眞如非菩薩摩訶薩異耳鼻舌身意觸眞如非菩薩摩訶薩非眼觸眞如中有菩薩摩訶薩非耳鼻舌身意觸眞如中有菩薩摩訶薩非菩薩摩訶薩中有眼觸眞如非菩薩摩訶薩中有耳鼻舌身意觸眞如非離眼觸眞如有菩薩摩訶薩非離耳鼻舌身意觸眞如有菩薩摩訶薩耶具壽善現白言世尊若眼觸若耳鼻舌身意觸尚畢竟不可得性非有故況有眼觸眞如及耳鼻舌身意觸眞如此眞如既非有如何可言卽眼觸眞如是菩薩摩訶薩卽耳鼻舌身意觸眞如是菩薩摩訶薩異眼觸眞如是菩薩摩訶薩異耳鼻舌身意觸眞如是菩薩摩訶薩眼觸眞如中有菩薩摩訶薩耳鼻舌身意觸眞如中有菩薩摩訶薩菩薩摩訶薩中有眼觸眞如菩薩摩訶薩中有耳鼻舌身意觸眞如離眼觸眞如有菩薩摩訶薩離耳鼻舌身意觸眞如有菩薩摩訶薩復次善現汝觀何義言卽眼觸爲緣所生諸受眞如非菩薩摩訶薩卽耳鼻舌身意觸爲緣所生諸受眞如非菩薩摩訶薩異眼觸爲緣所生諸受眞如非菩薩摩訶薩異耳鼻舌身意觸爲緣所生諸受眞如非菩薩摩訶薩非眼觸爲緣所生諸受眞如中有菩薩摩訶薩非耳鼻舌身意觸爲緣所生諸受眞如中有菩薩摩訶薩非菩薩摩訶薩中有眼觸爲緣所生諸受眞如非菩薩摩訶薩中有耳鼻舌身意觸爲緣所生諸受眞如非離眼觸爲緣所生諸受眞如有菩

薩摩訶薩非離耳鼻舌身意觸爲緣所生諸受真如有菩薩摩訶薩耶具壽善現白言世尊若眼觸爲緣所生諸受若耳鼻舌身意觸爲緣所生諸受尚畢竟不可得性非有故況有眼觸爲緣所生諸受真如及耳鼻舌身意觸爲緣所生諸受真如此真如既非有如何可言即眼觸爲緣所生諸受真如是菩薩摩訶薩即耳鼻舌身意觸爲緣所生諸受真如是菩薩摩訶薩異眼觸爲緣所生諸受真如是菩薩摩訶薩異耳鼻舌身意觸爲緣所生諸受真如是菩薩摩訶薩眼觸爲緣所生諸受真如中有菩薩摩訶薩耳鼻舌身意觸爲緣所生諸受真如中有菩薩摩訶薩菩薩摩訶薩中有眼觸爲緣所生諸受真如菩薩摩訶薩中有耳鼻舌身意觸爲緣所生諸受真

如離眼觸爲緣所生諸受真如有菩薩摩訶薩離耳鼻舌身意觸爲緣所生諸受真如有菩薩摩訶薩復次善現汝觀何義言即地界真如非菩薩摩訶薩即水火風空識界真如非菩薩摩訶薩異地界真如非菩薩摩訶薩異水火風空識界真如非菩薩摩訶薩非地界真如中有菩薩摩訶薩非水火風空識界真如中有菩薩摩訶薩非菩薩摩訶薩中有地界真如非菩薩摩訶薩中有水火風空識界真如非離地界真如有菩薩摩訶薩非離水火風空識界真如有菩薩摩訶薩耶具壽善現白言世尊若地界若水火風空識界尚畢竟不可得性非有故況有地界真如及水火風空識界真如此真如既非有如何可言即地界真如是菩薩摩訶薩即水火風空識

界眞如是菩薩摩訶薩異地界眞如是菩薩摩訶薩異水火風空識界眞如是菩薩摩訶薩地界眞如中有菩薩摩訶薩水火風空識界眞如中有菩薩摩訶薩菩薩摩訶薩中有地界眞如菩薩摩訶薩中有水火風空識界眞如離地界眞如有菩薩摩訶薩離水火風空識界眞如有菩薩摩訶薩復次善現汝觀何義言即因緣眞如非菩薩摩訶薩即等無間緣所緣緣增上緣眞如非菩薩摩訶薩異因緣眞如非菩薩摩訶薩異等無間緣所緣緣增上緣眞如非菩薩摩訶薩非因緣眞如中有菩薩摩訶薩非等無間緣所緣緣增上緣眞如中有菩薩摩訶薩非菩薩摩訶薩中有因緣眞如非菩薩摩訶薩中有等無間緣所緣緣增上緣眞如非離因緣眞如有菩薩摩訶薩非離等無間緣所緣緣增上緣眞如有菩薩摩訶薩耶具壽善現白言世尊若因緣若等無間緣所緣緣增上緣尚畢竟不可得性非有故況有因緣眞如及等無間緣所緣緣增上緣眞如此眞如既非有如何可言即因緣眞如是菩薩摩訶薩即等無間緣所緣緣增上緣眞如是菩薩摩訶薩異因緣眞如是菩薩摩訶薩異等無間緣所緣緣增上緣眞如是菩薩摩訶薩因緣眞如中有菩薩摩訶薩等無間緣所緣緣增上緣眞如中有菩薩摩訶薩菩薩摩訶薩中有因緣眞如菩薩摩訶薩中有等無間緣所緣緣增上緣眞如離因緣眞如有菩薩摩訶薩離等無間緣所緣緣增上緣眞如有菩薩摩訶薩復次善現汝觀何義言即緣所生法眞如非菩薩摩

訶薩異緣所生法眞如非菩薩摩訶薩非緣所生法眞如中有菩薩摩訶薩非菩薩摩訶薩中有緣所生法眞如非離緣所生法眞如有菩薩摩訶薩耶具壽善現白言世尊若緣所生法尚畢竟不可得性非有故況有緣所生法眞如此眞如既非有如何可言即緣所生法眞如是菩薩摩訶薩異緣所生法眞如是菩薩摩訶薩非緣所生法眞如中有菩薩摩訶薩菩薩摩訶薩中有緣所生法眞如離緣所生法眞如有菩薩摩訶薩復次善現汝觀何義言即無明眞如非菩薩摩訶薩即行識名色六處觸受愛取有生老死眞如非菩薩摩訶薩異無明眞如非菩薩摩訶薩異行乃至老死眞如非菩薩摩訶薩非無明眞如中有菩薩摩訶薩非行乃至老死眞如中有菩薩摩訶薩非菩薩摩訶薩中有無明眞如非菩薩摩訶薩中有行乃至老死眞如非離無明眞如有菩薩摩訶薩非離行乃至老死眞如有菩薩摩訶薩耶具壽善現白言世尊若無明若行乃至老死尚畢竟不可得性非有故況有無明眞如及行乃至老死眞如此眞如既非有如何可言即無明眞如是菩薩摩訶薩即行乃至老死眞如是菩薩摩訶薩異無明眞如是菩薩摩訶薩異行乃至老死眞如是菩薩摩訶薩無明眞如中有菩薩摩訶薩行乃至老死眞如中有菩薩摩訶薩菩薩摩訶薩中有無明眞如菩薩摩訶薩中有行乃至老死眞如離無明眞如有菩薩摩訶薩離行乃至老死眞如有菩薩摩訶薩復次善現汝觀何義言即布施波羅蜜多眞如非

菩薩摩訶薩即淨戒安忍精進靜慮般若波羅蜜多眞如非菩薩摩訶薩異布施波羅蜜多眞如非菩薩摩訶薩異淨戒安忍精進靜慮般若波羅蜜多眞如非菩薩摩訶薩非布施波羅蜜多眞如中有菩薩摩訶薩非淨戒安忍精進靜慮般若波羅蜜多眞如中有菩薩摩訶薩非菩薩摩訶薩中有布施波羅蜜多眞如非菩薩摩訶薩中有淨戒安忍精進靜慮般若波羅蜜多眞如非離布施波羅蜜多眞如有菩薩摩訶薩非離淨戒安忍精進靜慮般若波羅蜜多眞如有菩薩摩訶薩耶具壽善現白言世尊若布施波羅蜜多若淨戒安忍精進靜慮般若波羅蜜多尚畢竟不可得性非有故況有布施波羅蜜多眞如及淨戒安忍精進靜慮般若波羅蜜多眞如此眞如既非有如何可言即布施波羅蜜多眞如是菩薩摩訶薩即淨戒安忍精進靜慮般若波羅蜜多眞如是菩薩摩訶薩異布施波羅蜜多眞如是菩薩摩訶薩異淨戒安忍精進靜慮般若波羅蜜多眞如是菩薩摩訶薩布施波羅蜜多眞如中有菩薩摩訶薩淨戒安忍精進靜慮般若波羅蜜多眞如中有菩薩摩訶薩菩薩摩訶薩中有布施波羅蜜多眞如菩薩摩訶薩中有淨戒安忍精進靜慮般若波羅蜜多眞如離布施波羅蜜多眞如有菩薩摩訶薩離淨戒安忍精進靜慮般若波羅蜜多眞如有菩薩摩訶薩復次善現汝觀何義言即內空眞如非菩薩摩訶薩即外空內外空空空大空勝義空有為空無為空畢竟空無際空散空無變異空本性空自相

空共相空一切法空不可得空無性空自性空無性自性空眞如非菩薩摩訶薩異内空眞如非菩薩摩訶薩異外空乃至無性自性空眞如非菩薩摩訶薩非内空眞如中有菩薩摩訶薩非外空乃至無性自性空眞如中有菩薩摩訶薩非菩薩摩訶薩中有内空眞如非菩薩摩訶薩中有外空乃至無性自性空眞如非離内空眞如有菩薩摩訶薩非離外空乃至無性自性空眞如有菩薩摩訶薩耶具壽善現白言世尊若内空若外空乃至無性自性空尚畢竟不可得性非有故況有内空眞如及外空乃至無性自性空眞如此眞如既非有如何可言即内空眞如是菩薩摩訶薩即外空乃至無性自性空眞如是菩薩摩訶薩異内空眞如是菩薩摩訶薩異外空乃至無性自性空眞如是菩薩摩訶薩内空眞如中有菩薩摩訶薩外空乃至無性自性空眞如中有菩薩摩訶薩菩薩摩訶薩中有内空眞如菩薩摩訶薩中有外空乃至無性自性空眞如離内空眞如有菩薩摩訶薩離外空乃至無性自性空眞如有菩薩摩訶薩復次善現汝觀何義言即四念住眞如非菩薩摩訶薩即四正斷四神足五根五力七等覺支八聖道支眞如非菩薩摩訶薩異四念住眞如非菩薩摩訶薩異四正斷乃至八聖道支眞如非菩薩摩訶薩非四念住眞如中有菩薩摩訶薩非四正斷乃至八聖道支眞如中有菩薩摩訶薩非菩薩摩訶薩中有四念住眞如非菩薩摩訶薩中有四正斷乃至八聖道支眞如非離四念住眞如有菩薩

摩訶薩非離四正斷乃至八聖道支眞如有菩薩摩訶薩耶具壽善現白言世尊若四念住若四正斷乃至八聖道支尚畢竟不可得性非有故況有四念住眞如及四正斷乃至八聖道支眞如此眞如既非有如何可言即四念住眞如是菩薩摩訶薩即四正斷乃至八聖道支眞如是菩薩摩訶薩異四念住眞如是菩薩摩訶薩異四正斷乃至八聖道支眞如是菩薩摩訶薩四念住眞如中有菩薩摩訶薩四正斷乃至八聖道支眞如中有菩薩摩訶薩菩薩摩訶薩中有四念住眞如菩薩摩訶薩中有四正斷乃至八聖道支眞如離四念住眞如有菩薩摩訶薩離四正斷乃至八聖道支眞如有菩薩摩訶薩復次善現汝觀何義言即苦聖諦眞如非菩薩摩訶薩即集滅道聖諦眞如非菩薩摩訶薩異苦聖諦眞如非菩薩摩訶薩異集滅道聖諦眞如非菩薩摩訶薩非苦聖諦眞如中有菩薩摩訶薩非集滅道聖諦眞如中有菩薩摩訶薩非菩薩摩訶薩中有苦聖諦眞如非菩薩摩訶薩中有集滅道聖諦眞如非離苦聖諦眞如有菩薩摩訶薩非離集滅道聖諦眞如有菩薩摩訶薩耶具壽善現白言世尊若苦聖諦若集滅道聖諦尚畢竟不可得性非有故況有苦聖諦眞如及集滅道聖諦眞如此眞如既非有如何可言即苦聖諦眞如是菩薩摩訶薩即集滅道聖諦眞如是菩薩摩訶薩異苦聖諦眞如是菩薩摩訶薩異集滅道聖諦眞如是菩薩摩訶薩苦聖諦眞如中有菩薩摩訶薩集滅道聖諦眞如中有菩薩摩訶

薩菩薩摩訶薩中有苦聖諦眞如菩薩摩訶薩中有集滅道聖諦眞如離苦聖諦眞如有菩薩摩訶薩離集滅道聖諦眞如有菩薩摩訶薩復次善現汝觀何義言即四靜慮眞如非菩薩摩訶薩即四無量四無色定眞如非菩薩摩訶薩異四靜慮眞如非菩薩摩訶薩異四無量四無色定眞如非菩薩摩訶薩非四靜慮眞如中有菩薩摩訶薩非四無量四無色定眞如中有菩薩摩訶薩非菩薩摩訶薩中有四靜慮眞如非菩薩摩訶薩中有四無量四無色定眞如非離四靜慮眞如有菩薩摩訶薩非離四無量四無色定眞如有菩薩摩訶薩耶具壽善現白言世尊若四靜慮若四無量四無色定尚畢竟不可得性非有故況有四靜慮眞如及四無量四無色定眞如此眞如既非有如何可言即四靜慮眞如是菩薩摩訶薩即四無量四無色定眞如是菩薩摩訶薩異四靜慮眞如是菩薩摩訶薩異四無量四無色定眞如是菩薩摩訶薩四靜慮眞如中有菩薩摩訶薩四無量四無色定眞如中有菩薩摩訶薩菩薩摩訶薩中有四靜慮眞如菩薩摩訶薩中有四無量四無色定眞如離四靜慮眞如有菩薩摩訶薩離四無量四無色定眞如有菩薩摩訶薩復次善現汝觀何義言即八解脫眞如非菩薩摩訶薩即八勝處九次第定十徧處眞如非菩薩摩訶薩異八解脫眞如非菩薩摩訶薩異八勝處九次第定十徧處眞如非菩薩摩訶薩非八解脫眞如中有菩薩摩訶薩非八勝處九次第定十徧處眞如中有菩薩摩訶薩

非菩薩摩訶薩中有八解脱眞如非菩薩摩訶薩中有八勝處九次第定十徧處眞如非離八解脱眞如有菩薩摩訶薩非離八勝處九次第定十徧處眞如有菩薩摩訶薩耶具壽善現白言世尊若八解脱若八勝處九次第定十徧處尚畢竟不可得性非有故況有八解脱眞如及八勝處九次第定十徧處眞如此眞如既非有如何可言即八解脱眞如是菩薩摩訶薩即八勝處九次第定十徧處眞如是菩薩摩訶薩異八解脱眞如是菩薩摩訶薩異八勝處九次第定十徧處眞如是菩薩摩訶薩八解脱眞如中有菩薩摩訶薩八勝處九次第定十徧處眞如中有菩薩摩訶薩菩薩摩訶薩中有八解脱眞如菩薩摩訶薩中有八勝處九次第定十徧處眞如離八解脱眞如有菩薩摩訶薩離八勝處九次第定十徧處眞如有菩薩摩訶薩復次善現汝觀何義言即空解脱門眞如非菩薩摩訶薩即無相無願解脱門眞如非菩薩摩訶薩異空解脱門眞如非菩薩摩訶薩異無相無願解脱門眞如非菩薩摩訶薩非空解脱門眞如中有菩薩摩訶薩非無相無願解脱門眞如中有菩薩摩訶薩非菩薩摩訶薩中有空解脱門眞如非菩薩摩訶薩中有無相無願解脱門眞如非離空解脱門眞如有菩薩摩訶薩非離無相無願解脱門眞如有菩薩摩訶薩耶具壽善現白言世尊若空解脱門若無相無願解脱門尚畢竟不可得性非有故況有空解脱門眞如及無相無願解脱門眞如此眞如既非有如何可言即空解脱門

眞如是菩薩摩訶薩即無相無願解脫門眞如是菩薩摩訶薩異空解脫門眞如是菩薩摩訶薩異無相無願解脫門眞如是菩薩摩訶薩空解脫門眞如中有菩薩摩訶薩無相無願解脫門眞如中有菩薩摩訶薩菩薩摩訶薩中有空解脫門眞如菩薩摩訶薩中有無相無願解脫門眞如離空解脫門眞如有菩薩摩訶薩離無相無願解脫門眞如有菩薩摩訶薩復次善現汝觀何義言即陀羅尼門眞如非菩薩摩訶薩即三摩地門眞如非菩薩摩訶薩異陀羅尼門眞如非菩薩摩訶薩異三摩地門眞如非菩薩摩訶薩非陀羅尼門眞如中有菩薩摩訶薩非三摩地門眞如中有菩薩摩訶薩非菩薩摩訶薩中有陀羅尼門眞如非菩薩摩訶薩中有三摩地門眞如非離陀羅尼門眞如有菩薩摩訶薩非離三摩地門眞如有菩薩摩訶薩耶具壽善現白言世尊若陀羅尼門若三摩地門尚畢竟不可得性非有故況有陀羅尼門眞如及三摩地門眞如此眞如既非有如何可言即陀羅尼門眞如是菩薩摩訶薩即三摩地門眞如是菩薩摩訶薩異陀羅尼門眞如是菩薩摩訶薩異三摩地門眞如是菩薩摩訶薩陀羅尼門眞如中有菩薩摩訶薩三摩地門眞如中有菩薩摩訶薩菩薩摩訶薩中有陀羅尼門眞如菩薩摩訶薩中有三摩地門眞如離陀羅尼門眞如有菩薩摩訶薩離三摩地門眞如有菩薩摩訶薩

大般若波羅蜜多經卷第十六

大般若波羅蜜多經卷第十七

唐三藏法師玄奘奉　詔譯

初分教誡教授品第七之七

復次善現汝觀何義言即極喜地真如非菩薩摩訶薩即離垢地發光地焰慧地極難勝地現前地遠行地不動地善慧地法雲地真如非菩薩摩訶薩異極喜地真如非菩薩摩訶薩異離垢地乃至法雲地真如非菩薩摩訶薩非極喜地真如中有菩薩摩訶薩非離垢地乃至法雲地真如中有菩薩摩訶薩非菩薩摩訶薩中有極喜地真如非菩薩摩訶薩中有離垢地乃至法雲地真如非離極喜地真如有菩薩摩訶薩非離離垢地乃至法雲地真如有菩薩摩訶薩耶具壽善現白言世尊若極喜地若離垢地乃至法雲地尚畢竟不可得性非有故況有極喜地真如及離垢地乃至法雲地真如此真如既非有如何可言即極喜地真如是菩薩摩訶薩即離垢地乃至法雲地真如是菩薩摩訶薩異極喜地真如是菩薩摩訶薩異離垢地乃至法雲地真如是菩薩摩訶薩極喜地真如中有菩薩摩訶薩離垢地乃至法雲地真如中有菩薩摩訶薩菩薩摩訶薩中有極喜地真如菩薩摩訶薩中有離垢地乃至法雲地真如離極喜地真如有菩薩摩訶薩離離垢地乃至法雲地真如有菩薩摩訶薩復次善現汝觀何義言即五眼真如非菩薩摩訶薩即六神通真如非菩薩摩訶薩異五眼真如非菩薩摩訶薩異六神通真如非菩薩摩訶薩非五眼真如中有菩薩摩訶薩非六神通真如中

有菩薩摩訶薩非菩薩摩訶薩中有五眼眞如非菩薩摩訶薩中有六神通眞如非離五眼眞如有菩薩摩訶薩非離六神通眞如有菩薩摩訶薩耶具壽善現白言世尊若五眼若六神通尚畢竟不可得性非有故況有五眼眞如及六神通眞如此眞如既非有如何可言即五眼眞如是菩薩摩訶薩即六神通眞如是菩薩摩訶薩異五眼眞如是菩薩摩訶薩異六神通眞如是菩薩摩訶薩五眼眞如中有菩薩摩訶薩六神通眞如中有菩薩摩訶薩菩薩摩訶薩中有五眼眞如菩薩摩訶薩中有六神通眞如離五眼眞如有菩薩摩訶薩離六神通眞如有菩薩摩訶薩復次善現汝觀何義言即佛十力眞如非菩薩摩訶薩即四無所畏四無礙解十八佛不共法眞如非菩薩摩訶薩異佛十力眞如非菩薩摩訶薩異四無所畏四無礙解十八佛不共法眞如非菩薩摩訶薩非佛十力眞如中有菩薩摩訶薩非四無所畏四無礙解十八佛不共法眞如中有菩薩摩訶薩非菩薩摩訶薩中有佛十力眞如非菩薩摩訶薩中有四無所畏四無礙解十八佛不共法眞如非離佛十力眞如有菩薩摩訶薩非離四無所畏四無礙解十八佛不共法眞如有菩薩摩訶薩耶具壽善現白言世尊若佛十力若四無所畏四無礙解十八佛不共法尚畢竟不可得性非有故況有佛十力眞如及四無所畏四無礙解十八佛不共法眞如此眞如既非有如何可言即佛十力眞如是菩薩摩訶薩即四無所畏四無礙解十八佛不共法眞如

是菩薩摩訶薩異佛十力眞如是菩薩摩訶薩異四無所畏四無礙解十八佛不共法眞如是菩薩摩訶薩佛十力眞如中有菩薩摩訶薩四無所畏四無礙解十八佛不共法眞如中有菩薩摩訶薩菩薩摩訶薩中有佛十力眞如菩薩摩訶薩中有四無所畏四無礙解十八佛不共法眞如離佛十力眞如有菩薩摩訶薩離四無所畏四無礙解十八佛不共法眞如有菩薩摩訶薩復次善現汝觀何義言即大慈眞如非菩薩摩訶薩即大悲大喜大捨眞如非菩薩摩訶薩異大慈眞如非菩薩摩訶薩異大悲大喜大捨眞如非菩薩摩訶薩非大慈眞如中有菩薩摩訶薩非大悲大喜大捨眞如中有菩薩摩訶薩非菩薩摩訶薩中有大慈眞如非菩薩摩訶薩中有大悲大喜大捨眞如非離大慈眞如有菩薩摩訶薩非離大悲大喜大捨眞如有菩薩摩訶薩耶具壽善現白言世尊若大慈若大悲大喜大捨尚畢竟不可得性非有故況有大慈眞如及大悲大喜大捨眞如此眞如既非有如何可言即大慈眞如是菩薩摩訶薩即大悲大喜大捨眞如是菩薩摩訶薩異大慈眞如是菩薩摩訶薩異大悲大喜大捨眞如是菩薩摩訶薩大慈眞如中有菩薩摩訶薩大悲大喜大捨眞如中有菩薩摩訶薩菩薩摩訶薩中有大慈眞如菩薩摩訶薩中有大悲大喜大捨眞如離大慈眞如有菩薩摩訶薩離大悲大喜大捨眞如有菩薩摩訶薩復次善現汝觀何義言即三十二大士相眞如非菩薩摩訶薩即八十隨好眞如非菩薩摩

訶薩異三十二大士相眞如非菩薩摩訶薩異八十隨好眞如非菩薩摩訶薩非三十二大士相眞如中有菩薩摩訶薩非八十隨好眞如中有菩薩摩訶薩非菩薩摩訶薩中有三十二大士相眞如非菩薩摩訶薩中有八十隨好眞如非離三十二大士相眞如有菩薩摩訶薩非離八十隨好眞如有菩薩摩訶薩耶具壽善現白言世尊若三十二大士相若八十隨好尚畢竟不可得性非有故況有三十二大士相眞如及八十隨好眞如此眞如既非有如何可言即三十二大士相眞如是菩薩摩訶薩即八十隨好眞如是菩薩摩訶薩異三十二大士相眞如是菩薩摩訶薩異八十隨好眞如是菩薩摩訶薩三十二大士相眞如中有菩薩摩訶薩八十隨好眞如中有菩薩摩訶薩菩薩摩訶薩中有三十二大士相眞如菩薩摩訶薩中有八十隨好眞如離三十二大士相眞如有菩薩摩訶薩離八十隨好眞如有菩薩摩訶薩復次善現汝觀何義言即無忘失法眞如非菩薩摩訶薩即恒住捨性眞如非菩薩摩訶薩異無忘失法眞如非菩薩摩訶薩異恒住捨性眞如非菩薩摩訶薩非無忘失法眞如中有菩薩摩訶薩非恒住捨性眞如中有菩薩摩訶薩非菩薩摩訶薩中有無忘失法眞如非菩薩摩訶薩中有恒住捨性眞如非離無忘失法眞如有菩薩摩訶薩非離恒住捨性眞如有菩薩摩訶薩耶具壽善現白言世尊若無忘失法若恒住捨性尚畢竟不可得性非有故況有無忘失法眞如及恒住捨性眞如此眞如

既非有如何可言即無忘失法眞如是菩薩摩訶薩即恒住捨性眞如是菩薩摩訶薩異無忘失法眞如是菩薩摩訶薩異恒住捨性眞如是菩薩摩訶薩無忘失法眞如中有菩薩摩訶薩恒住捨性眞如中有菩薩摩訶薩菩薩摩訶薩中有無忘失法眞如菩薩摩訶薩中有恒住捨性眞如離無忘失法眞如有菩薩摩訶薩離恒住捨性眞如有菩薩摩訶薩復次善現汝觀何義言即一切智眞如非菩薩摩訶薩即道相智一切相智眞如非菩薩摩訶薩異一切智眞如非菩薩摩訶薩異道相智一切相智眞如非菩薩摩訶薩非一切智眞如中有菩薩摩訶薩非道相智一切相智眞如中有菩薩摩訶薩非菩薩摩訶薩中有一切智眞如非菩薩摩訶薩中有道相智一切相智眞如非離一切智眞如有菩薩摩訶薩摩訶薩相智一切相智眞如有菩薩摩訶薩耶具壽善現白言世尊若一切智若道相智一切相智尚畢竟不可得性非有故況有一切智眞如及道相智一切相智眞如此眞如既非有如何可言即一切智眞如是菩薩摩訶薩即道相智一切相智眞如是菩薩摩訶薩異一切智眞如是菩薩摩訶薩異道相智一切相智眞如是菩薩摩訶薩一切智眞如中有菩薩摩訶薩道相智一切相智眞如中有菩薩摩訶薩菩薩摩訶薩中有一切智眞如菩薩摩訶薩中有道相智一切相智眞如離一切智眞如有菩薩摩訶薩離道相智一切相智眞如有菩薩摩訶薩世尊色等法及眞如既不可得而言即色等法眞如

是菩薩摩訶薩或異色等法眞如是菩薩摩訶薩或色等法眞如中有菩薩摩訶薩或菩薩摩訶薩中有色等法眞如或離色等法眞如有菩薩摩訶薩者無有是處佛告善現善哉善哉如是如是如汝所說善現色等法不可得故色等法眞如亦不可得法及眞如不可得故菩薩摩訶薩亦不可得菩薩摩訶薩不可得故所行般若波羅蜜多亦不可得善現諸菩薩摩訶薩修行般若波羅蜜多時應如是學復次善現所善菩薩摩訶薩者於意云何即色增語是菩薩摩訶薩不不也世尊即受想行識增語是菩薩摩訶薩不不也世尊即色常增語是菩薩摩訶薩不不也世尊即受想行識常增語是菩薩摩訶薩不不也世尊即色無常增語是菩薩摩訶薩不不也世尊即受想行識無常增語是菩薩摩訶薩不不也世尊即色樂增語是菩薩摩訶薩不不也世尊即受想行識樂增語是菩薩摩訶薩不不也世尊即色苦增語是菩薩摩訶薩不不也世尊即受想行識苦增語是菩薩摩訶薩不不也世尊即色我增語是菩薩摩訶薩不不也世尊即受想行識我增語是菩薩摩訶薩不不也世尊即色無我增語是菩薩摩訶薩不不也世尊即受想行識無我增語是菩薩摩訶薩不不也世尊即色淨增語是菩薩摩訶薩不不也世尊即受想行識淨增語是菩薩摩訶薩不不也世尊即色不淨增語是菩薩摩訶薩不不也世尊即受想行識不淨增語是菩薩摩訶薩不不也世尊即色空增語是菩薩摩訶薩不不也世尊即受想

行識空增語是菩薩摩訶薩不不也世尊即色不空增語是菩薩摩訶薩不不也世尊即受想行識不空增語是菩薩摩訶薩不不也世尊即色有相增語是菩薩摩訶薩不不也世尊即受想行識有相增語是菩薩摩訶薩不不也世尊即色無相增語是菩薩摩訶薩不不也世尊即受想行識無相增語是菩薩摩訶薩不不也世尊即色有願增語是菩薩摩訶薩不不也世尊即受想行識有願增語是菩薩摩訶薩不不也世尊即色無願增語是菩薩摩訶薩不不也世尊即受想行識無願增語是菩薩摩訶薩不不也世尊即色寂靜增語是菩薩摩訶薩不不也世尊即受想行識寂靜增語是菩薩摩訶薩不不也世尊即色不寂靜增語是菩薩摩訶薩不不也世尊即受想行識不寂靜增語是菩薩摩訶薩不不也世尊即色遠離增語是菩薩摩訶薩不不也世尊即受想行識遠離增語是菩薩摩訶薩不不也世尊即色不遠離增語是菩薩摩訶薩不不也世尊即受想行識不遠離增語是菩薩摩訶薩不不也世尊即色有為增語是菩薩摩訶薩不不也世尊即受想行識有為增語是菩薩摩訶薩不不也世尊即色無為增語是菩薩摩訶薩不不也世尊即受想行識無為增語是菩薩摩訶薩不不也世尊即色有漏增語是菩薩摩訶薩不不也世尊即受想行識有漏增語是菩薩摩訶薩不不也世尊即色無漏增語是菩薩摩訶薩不不也世尊即受想行識無漏增語是菩薩摩訶薩不不也世尊即色生增語是菩薩摩

訶薩不不也世尊即受想行識生增語是菩薩摩訶薩不不也世尊即色滅增語是菩薩摩訶薩不不也世尊即受想行識滅增語是菩薩摩訶薩不不也世尊即色善增語是菩薩摩訶薩不不也世尊即受想行識善增語是菩薩摩訶薩不不也世尊即色非善增語是菩薩摩訶薩不不也世尊即受想行識非善增語是菩薩摩訶薩不不也世尊即色有罪增語是菩薩摩訶薩不不也世尊即受想行識有罪增語是菩薩摩訶薩不不也世尊即色無罪增語是菩薩摩訶薩不不也世尊即受想行識無罪增語是菩薩摩訶薩不不也世尊即色有煩惱增語是菩薩摩訶薩不不也世尊即受想行識有煩惱增語是菩薩摩訶薩不不也世尊即色無煩惱增語是菩薩摩訶薩不不也世尊即受想行識無煩惱增語是菩薩摩訶薩不不也世尊即色世間增語是菩薩摩訶薩不不也世尊即受想行識世間增語是菩薩摩訶薩不不也世尊即色出世間增語是菩薩摩訶薩不不也世尊即受想行識出世間增語是菩薩摩訶薩不不也世尊即色雜染增語是菩薩摩訶薩不不也世尊即受想行識雜染增語是菩薩摩訶薩不不也世尊即色清淨增語是菩薩摩訶薩不不也世尊即受想行識清淨增語是菩薩摩訶薩不不也世尊即色屬生死增語是菩薩摩訶薩不不也世尊即受想行識屬生死增語是菩薩摩訶薩不不也世尊即色屬涅槃增語是菩薩摩訶薩不不也世尊即受想行識屬涅槃增語是菩薩摩訶薩不不

也世尊即色在内增語是菩薩摩訶薩不不也世尊即受想行識在内增語是菩薩摩訶薩不不也世尊即色在外增語是菩薩摩訶薩不不也世尊即受想行識在外增語是菩薩摩訶薩不不也世尊即色在兩間增語是菩薩摩訶薩不不也世尊即受想行識在兩間增語是菩薩摩訶薩不不也世尊即色可得增語是菩薩摩訶薩不不也世尊即受想行識可得增語是菩薩摩訶薩不不也世尊即色不可得增語是菩薩摩訶薩不不也世尊即受想行識不可得增語是菩薩摩訶薩不不也世尊復次善現所言菩薩摩訶薩者於意云何即眼處增語是菩薩摩訶薩不不也世尊即耳鼻舌身意處增語是菩薩摩訶薩不不也世尊即眼處常增語是菩薩摩訶薩不不也世尊即耳鼻舌身意處常增語是菩薩摩訶薩不不也世尊即眼處無常增語是菩薩摩訶薩不不也世尊即耳鼻舌身意處無常增語是菩薩摩訶薩不不也世尊即眼處樂增語是菩薩摩訶薩不不也世尊即耳鼻舌身意處樂增語是菩薩摩訶薩不不也世尊即眼處苦增語是菩薩摩訶薩不不也世尊即耳鼻舌身意處苦增語是菩薩摩訶薩不不也世尊即眼處我增語是菩薩摩訶薩不不也世尊即耳鼻舌身意處我增語是菩薩摩訶薩不不也世尊即眼處無我增語是菩薩摩訶薩不不也世尊即耳鼻舌身意處無我增語是菩薩摩訶薩不不也世尊即眼處淨增語是菩薩摩訶薩不不也世尊即耳鼻舌身意處淨增語是菩薩摩訶薩不

不也世尊即眼處不淨增語是菩薩摩訶薩不不也世尊即耳鼻舌身意處不淨增語是菩薩摩訶薩不不也世尊即眼處空增語是菩薩摩訶薩不不也世尊即耳鼻舌身意處空增語是菩薩摩訶薩不不也世尊即眼處不空增語是菩薩摩訶薩不不也世尊即耳鼻舌身意處不空增語是菩薩摩訶薩不不也世尊即眼處有相增語是菩薩摩訶薩不不也世尊即耳鼻舌身意處有相增語是菩薩摩訶薩不不也世尊即眼處無相增語是菩薩摩訶薩不不也世尊即耳鼻舌身意處無相增語是菩薩摩訶薩不不也世尊即眼處有願增語是菩薩摩訶薩不不也世尊即耳鼻舌身意處有願增語是菩薩摩訶薩不不也世尊即眼處無願增語是菩薩摩訶薩

不不也世尊即耳鼻舌身意處無願增語是菩薩摩訶薩不不也世尊即眼處寂靜增語是菩薩摩訶薩不不也世尊即耳鼻舌身意處寂靜增語是菩薩摩訶薩不不也世尊即眼處不寂靜增語是菩薩摩訶薩不不也世尊即耳鼻舌身意處不寂靜增語是菩薩摩訶薩不不也世尊即眼處遠離增語是菩薩摩訶薩不不也世尊即耳鼻舌身意處遠離增語是菩薩摩訶薩不不也世尊即眼處不遠離增語是菩薩摩訶薩不不也世尊即耳鼻舌身意處不遠離增語是菩薩摩訶薩不不也世尊即眼處有爲增語是菩薩摩訶薩不不也世尊即耳鼻舌身意處有爲增語是菩薩摩訶薩不不也世尊即眼處無爲增語是菩薩摩訶薩不不也世尊即耳鼻舌身意

處無爲增語是菩薩摩訶薩不不也世尊即眼處有漏增語是菩薩摩訶薩不不也世尊即耳鼻舌身意處有漏增語是菩薩摩訶薩不不也世尊即眼處無漏增語是菩薩摩訶薩不不也世尊即耳鼻舌身意處無漏增語是菩薩摩訶薩不不也世尊即眼處生增語是菩薩摩訶薩不不也世尊即耳鼻舌身意處生增語是菩薩摩訶薩不不也世尊即眼處滅增語是菩薩摩訶薩不不也世尊即耳鼻舌身意處滅增語是菩薩摩訶薩不不也世尊即眼處善增語是菩薩摩訶薩不不也世尊即耳鼻舌身意處善增語是菩薩摩訶薩不不也世尊即眼處非善增語是菩薩摩訶薩不不也世尊即耳鼻舌身意處非善增語是菩薩摩訶薩不不也世尊即眼處有罪增語是菩薩摩訶薩不不也世尊即耳鼻舌身意處有罪增語是菩薩摩訶薩不不也世尊即眼處無罪增語是菩薩摩訶薩不不也世尊即耳鼻舌身意處無罪增語是菩薩摩訶薩不不也世尊即眼處有煩惱增語是菩薩摩訶薩不不也世尊即耳鼻舌身意處有煩惱增語是菩薩摩訶薩不不也世尊即眼處無煩惱增語是菩薩摩訶薩不不也世尊即耳鼻舌身意處無煩惱增語是菩薩摩訶薩不不也世尊即眼處世間增語是菩薩摩訶薩不不也世尊即耳鼻舌身意處世間增語是菩薩摩訶薩不不也世尊即眼處出世間增語是菩薩摩訶薩不不也世尊即耳鼻舌身意處出世間增語是菩薩摩訶薩不不也世尊即眼處雜染增語是菩薩摩訶薩不

不也世尊即耳鼻舌身意處雜染增語是菩薩摩訶薩不不也世尊即眼處清淨增語是菩薩摩訶薩不不也世尊即耳鼻舌身意處清淨增語是菩薩摩訶薩不不也世尊即眼處屬生死增語是菩薩摩訶薩不不也世尊即耳鼻舌身意處屬生死增語是菩薩摩訶薩不不也世尊即眼處屬涅槃增語是菩薩摩訶薩不不也世尊即耳鼻舌身意處屬涅槃增語是菩薩摩訶薩不不也世尊即眼處在內增語是菩薩摩訶薩不不也世尊即耳鼻舌身意處在內增語是菩薩摩訶薩不不也世尊即眼處在外增語是菩薩摩訶薩不不也世尊即耳鼻舌身意處在外增語是菩薩摩訶薩不不也世尊即眼處在兩間增語是菩薩摩訶薩不不也世尊即耳鼻舌身意處在兩間增語是菩薩摩訶薩不不也世尊即眼處可得增語是菩薩摩訶薩不不也世尊即耳鼻舌身意處可得增語是菩薩摩訶薩不不也世尊即眼處不可得增語是菩薩摩訶薩不不也世尊即耳鼻舌身意處不可得增語是菩薩摩訶薩不不也世尊復次善現所言菩薩摩訶薩者於意云何即色處增語是菩薩摩訶薩不不也世尊即聲香味觸法處增語是菩薩摩訶薩不不也世尊即色處常增語是菩薩摩訶薩不不也世尊即聲香味觸法處常增語是菩薩摩訶薩不不也世尊即色處無常增語是菩薩摩訶薩不不也世尊即聲香味觸法處無常增語是菩薩摩訶薩不不也世尊即色處樂增語是菩薩摩訶薩不不也世尊即聲香味觸法處樂增

語是菩薩摩訶薩不不也世尊即色處苦增語是菩薩摩訶薩不不也世尊即聲香味觸法處苦增語是菩薩摩訶薩不不也世尊即色處我增語是菩薩摩訶薩不不也世尊即聲香味觸法處我增語是菩薩摩訶薩不不也世尊即色處無我增語是菩薩摩訶薩不不也世尊即聲香味觸法處無我增語是菩薩摩訶薩不不也世尊即色處淨增語是菩薩摩訶薩不不也世尊即聲香味觸法處淨增語是菩薩摩訶薩不不也世尊即色處不淨增語是菩薩摩訶薩不不也世尊即聲香味觸法處不淨增語是菩薩摩訶薩不不也世尊即色處空增語是菩薩摩訶薩不不也世尊即聲香味觸法處空增語是菩薩摩訶薩不不也世尊即色處不空增語是菩薩摩訶薩不不也世尊即聲香味觸法處不空增語是菩薩摩訶薩不不也世尊即色處有相增語是菩薩摩訶薩不不也世尊即聲香味觸法處有相增語是菩薩摩訶薩不不也世尊即色處無相增語是菩薩摩訶薩不不也世尊即聲香味觸法處無相增語是菩薩摩訶薩不不也世尊即色處有願增語是菩薩摩訶薩不不也世尊即聲香味觸法處有願增語是菩薩摩訶薩不不也世尊即色處無願增語是菩薩摩訶薩不不也世尊即聲香味觸法處無願增語是菩薩摩訶薩不不也世尊即色處寂靜增語是菩薩摩訶薩不不也世尊即聲香味觸法處寂靜增語是菩薩摩訶薩不不也世尊即色處不寂靜增語是菩薩摩訶薩不不也世尊即聲香味觸法處

不寂靜增語是菩薩摩訶薩不不也世尊即色處遠離增語是菩薩摩訶薩不不也世尊即聲香味觸法處遠離增語是菩薩摩訶薩不不也世尊即色處不遠離增語是菩薩摩訶薩不不也世尊即聲香味觸法處不遠離增語是菩薩摩訶薩不不也世尊即色處有爲增語是菩薩摩訶薩不不也世尊即聲香味觸法處有爲增語是菩薩摩訶薩不不也世尊即色處無爲增語是菩薩摩訶薩不不也世尊即聲香味觸法處無爲增語是菩薩摩訶薩不不也世尊即色處有漏增語是菩薩摩訶薩不不也世尊即聲香味觸法處有漏增語是菩薩摩訶薩不不也世尊即色處無漏增語是菩薩摩訶薩不不也世尊即聲香味觸法處無漏增語是菩薩摩訶薩不不也世尊即色處生增語是菩薩摩訶薩不不也世尊即聲香味觸法處生增語是菩薩摩訶薩不不也世尊即色處滅增語是菩薩摩訶薩不不也世尊即聲香味觸法處滅增語是菩薩摩訶薩不不也世尊即色處善增語是菩薩摩訶薩不不也世尊即聲香味觸法處善增語是菩薩摩訶薩不不也世尊即色處非善增語是菩薩摩訶薩不不也世尊即聲香味觸法處非善增語是菩薩摩訶薩不不也世尊即色處有罪增語是菩薩摩訶薩不不也世尊即聲香味觸法處有罪增語是菩薩摩訶薩不不也世尊即色處無罪增語是菩薩摩訶薩不不也世尊即聲香味觸法處無罪增語是菩薩摩訶薩不不也世尊即色處有煩惱增語是菩薩摩訶薩不不也世

尊即聲香味觸法處有煩惱增語是菩薩摩訶薩不不也世尊即色處無煩惱增語是菩薩摩訶薩不不也世尊即聲香味觸法處無煩惱增語是菩薩摩訶薩不不也世尊即色處世間增語是菩薩摩訶薩不不也世尊即聲香味觸法處世間增語是菩薩摩訶薩不不也世尊即色處出世間增語是菩薩摩訶薩不不也世尊即聲香味觸法處出世間增語是菩薩摩訶薩不不也世尊即色處雜染增語是菩薩摩訶薩不不也世尊即聲香味觸法處雜染增語是菩薩摩訶薩不不也世尊即色處清淨增語是菩薩摩訶薩不不也世尊即聲香味觸法處清淨增語是菩薩摩訶薩不不也世尊即色處屬生死增語是菩薩摩訶薩不不也世尊即聲香味觸法處屬生死增語是菩薩摩訶薩不不也世尊即色處屬涅槃增語是菩薩摩訶薩不不也世尊即聲香味觸法處屬涅槃增語是菩薩摩訶薩不不也世尊即色處在內增語是菩薩摩訶薩不不也世尊即聲香味觸法處在內增語是菩薩摩訶薩不不也世尊即色處在外增語是菩薩摩訶薩不不也世尊即聲香味觸法處在外增語是菩薩摩訶薩不不也世尊即色處在兩間增語是菩薩摩訶薩不不也世尊即聲香味觸法處在兩間增語是菩薩摩訶薩不不也世尊即色處可得增語是菩薩摩訶薩不不也世尊即聲香味觸法處可得增語是菩薩摩訶薩不不也世尊即色處不可得增語是菩薩摩訶薩不不也世尊即聲香味觸法處不可得增語是菩薩摩訶

薩不不也世尊

大般若波羅蜜多經卷第十七

大般若波羅蜜多經卷第十八

唐三藏法師玄奘奉詔譯

初分教誡教授品第七之八

復次善現所言菩薩摩訶薩者於意云何即眼界增語是菩薩摩訶薩不不也世尊即耳鼻舌身意界增語是菩薩摩訶薩不不也世尊即眼界常增語是菩薩摩訶薩不不也世尊即耳鼻舌身意界常增語是菩薩摩訶薩不不也世尊即眼界無常增語是菩薩摩訶薩不不也世尊即耳鼻舌身意界無常增語是菩薩摩訶薩不不也世尊即眼界樂增語是菩薩摩訶薩不不也世尊即耳鼻舌身意界樂增語是菩薩摩訶薩不不也世尊即眼界苦增語是菩薩摩訶薩不不也世尊即耳鼻舌身意界苦增語是菩薩摩訶薩不不也世尊即眼界我增語是菩薩摩訶薩不不也世尊即耳鼻舌身意界我增語是菩薩摩訶薩不不也世尊即眼界無我增語是菩薩摩訶薩不不也世尊即耳鼻舌身意界無我增語是菩薩摩訶薩不不也世尊即眼界淨增語是菩薩摩訶薩不不也世尊即耳鼻舌身意界淨增語是菩薩摩訶薩不不也世尊即眼界不淨增語是菩薩摩訶薩不不也世尊即耳鼻舌身意界不淨增語是菩薩摩訶薩不不也世尊即眼界空增語是菩薩摩訶薩不不也世尊即耳鼻舌身意界空增語是菩薩摩訶薩不不也世尊即眼界不空增語是菩薩摩訶薩不不也世尊即耳鼻舌身意界不空增語是菩薩摩訶薩不不也世尊即眼界有相增語是菩薩摩訶薩不不也世尊即

耳鼻舌身意界有相增語是菩薩摩訶薩不不也世尊即眼界無相增語是菩薩摩訶薩不不也世尊即耳鼻舌身意界無相增語是菩薩摩訶薩不不也世尊即眼界有願增語是菩薩摩訶薩不不也世尊即耳鼻舌身意界有願增語是菩薩摩訶薩不不也世尊即眼界無願增語是菩薩摩訶薩不不也世尊即耳鼻舌身意界無願增語是菩薩摩訶薩不不也世尊即眼界寂靜增語是菩薩摩訶薩不不也世尊即耳鼻舌身意界寂靜增語是菩薩摩訶薩不不也世尊即眼界不寂靜增語是菩薩摩訶薩不不也世尊即耳鼻舌身意界不寂靜增語是菩薩摩訶薩不不也世尊即眼界遠離增語是菩薩摩訶薩不不也世尊即耳鼻舌身意界遠離增語是菩薩摩訶薩不不也世尊即眼界不遠離增語是菩薩摩訶薩不不也世尊即耳鼻舌身意界不遠離增語是菩薩摩訶薩不不也世尊即眼界有爲增語是菩薩摩訶薩不不也世尊即耳鼻舌身意界有爲增語是菩薩摩訶薩不不也世尊即眼界無爲增語是菩薩摩訶薩不不也世尊即耳鼻舌身意界無爲增語是菩薩摩訶薩不不也世尊即眼界有漏增語是菩薩摩訶薩不不也世尊即耳鼻舌身意界有漏增語是菩薩摩訶薩不不也世尊即眼界無漏增語是菩薩摩訶薩不不也世尊即耳鼻舌身意界無漏增語是菩薩摩訶薩不不也世尊即眼界生增語是菩薩摩訶薩不不也世尊即耳鼻舌身意界生增語是菩薩摩訶薩不不也世尊即眼界滅增語是

菩薩摩訶薩不不也世尊即耳鼻舌身意界滅增語是菩薩摩訶薩不不也世尊即眼界善增語是菩薩摩訶薩不不也世尊即耳鼻舌身意界善增語是菩薩摩訶薩不不也世尊即眼界非善增語是菩薩摩訶薩不不也世尊即耳鼻舌身意界非善增語是菩薩摩訶薩不不也世尊即眼界有罪增語是菩薩摩訶薩不不也世尊即耳鼻舌身意界有罪增語是菩薩摩訶薩不不也世尊即眼界無罪增語是菩薩摩訶薩不不也世尊即耳鼻舌身意界無罪增語是菩薩摩訶薩不不也世尊即眼界有煩惱增語是菩薩摩訶薩不不也世尊即耳鼻舌身意界有煩惱增語是菩薩摩訶薩不不也世尊即眼界無煩惱增語是菩薩摩訶薩不不也世尊即耳鼻舌身意界無煩惱增語是菩薩摩訶薩不不也世尊即眼界世間增語是菩薩摩訶薩不不也世尊即耳鼻舌身意界世間增語是菩薩摩訶薩不不也世尊即眼界出世間增語是菩薩摩訶薩不不也世尊即耳鼻舌身意界出世間增語是菩薩摩訶薩不不也世尊即眼界雜染增語是菩薩摩訶薩不不也世尊即耳鼻舌身意界雜染增語是菩薩摩訶薩不不也世尊即眼界清淨增語是菩薩摩訶薩不不也世尊即耳鼻舌身意界清淨增語是菩薩摩訶薩不不也世尊即眼界屬生死增語是菩薩摩訶薩不不也世尊即耳鼻舌身意界屬生死增語是菩薩摩訶薩不不也世尊即眼界屬涅槃增語是菩薩摩訶薩不不也世尊即耳鼻舌身意界屬涅槃增語是菩

薩摩訶薩不不也世尊即眼界在內增語是菩薩摩訶薩不不也世尊即耳鼻舌身意界在內增語是菩薩摩訶薩不不也世尊即眼界在外增語是菩薩摩訶薩不不也世尊即耳鼻舌身意界在外增語是菩薩摩訶薩不不也世尊即眼界在兩間增語是菩薩摩訶薩不不也世尊即耳鼻舌身意界在兩間增語是菩薩摩訶薩不不也世尊即眼界可得增語是菩薩摩訶薩不不也世尊即耳鼻舌身意界可得增語是菩薩摩訶薩不不也世尊即眼界不可得增語是菩薩摩訶薩不不也世尊即耳鼻舌身意界不可得增語是菩薩摩訶薩不不也世尊復次善現所言菩薩摩訶薩者於意云何即色界增語是菩薩摩訶薩不不也世尊即聲香味觸法界增語是菩薩摩訶薩不不也世尊即色界常增語是菩薩摩訶薩不不也世尊即聲香味觸法界常增語是菩薩摩訶薩不不也世尊即色界無常增語是菩薩摩訶薩不不也世尊即聲香味觸法界無常增語是菩薩摩訶薩不不也世尊即色界樂增語是菩薩摩訶薩不不也世尊即聲香味觸法界樂增語是菩薩摩訶薩不不也世尊即色界苦增語是菩薩摩訶薩不不也世尊即聲香味觸法界苦增語是菩薩摩訶薩不不也世尊即色界我增語是菩薩摩訶薩不不也世尊即聲香味觸法界我增語是菩薩摩訶薩不不也世尊即色界無我增語是菩薩摩訶薩不不也世尊即聲香味觸法界無我增語是菩薩摩訶薩不不也世尊即色界淨增語是菩薩摩訶薩不

不也世尊即聲香味觸法界淨增語是菩薩摩訶薩不不也世尊即色界不淨增語是菩薩摩訶薩不不也世尊即聲香味觸法界不淨增語是菩薩摩訶薩不不也世尊即色界空增語是菩薩摩訶薩不不也世尊即聲香味觸法界空增語是菩薩摩訶薩不不也世尊即色界不空增語是菩薩摩訶薩不不也世尊即聲香味觸法界不空增語是菩薩摩訶薩不不也世尊即色界有相增語是菩薩摩訶薩不不也世尊即聲香味觸法界有相增語是菩薩摩訶薩不不也世尊即色界無相增語是菩薩摩訶薩不不也世尊即聲香味觸法界無相增語是菩薩摩訶薩不不也世尊即色界有願增語是菩薩摩訶薩不不也世尊即聲香味觸法界有願增語是菩薩摩訶薩不不也世尊即色界無願增語是菩薩摩訶薩不不也世尊即聲香味觸法界無願增語是菩薩摩訶薩不不也世尊即色界寂靜增語是菩薩摩訶薩不不也世尊即聲香味觸法界寂靜增語是菩薩摩訶薩不不也世尊即色界不寂靜增語是菩薩摩訶薩不不也世尊即聲香味觸法界不寂靜增語是菩薩摩訶薩不不也世尊即色界遠離增語是菩薩摩訶薩不不也世尊即聲香味觸法界遠離增語是菩薩摩訶薩不不也世尊即色界不遠離增語是菩薩摩訶薩不不也世尊即聲香味觸法界不遠離增語是菩薩摩訶薩不不也世尊即色界有爲增語是菩薩摩訶薩不不也世尊即聲香味觸法界有爲增語是菩薩摩訶薩不不也世尊即色界

無爲增語是菩薩摩訶薩不不也世尊即聲香味觸法界無爲增語是菩薩摩訶薩不不也世尊即色界有漏增語是菩薩摩訶薩不不也世尊即聲香味觸法界有漏增語是菩薩摩訶薩不不也世尊即色界無漏增語是菩薩摩訶薩不不也世尊即聲香味觸法界無漏增語是菩薩摩訶薩不不也世尊即色界生增語是菩薩摩訶薩不不也世尊即聲香味觸法界生增語是菩薩摩訶薩不不也世尊即色界滅增語是菩薩摩訶薩不不也世尊即聲香味觸法界滅增語是菩薩摩訶薩不不也世尊即色界善增語是菩薩摩訶薩不不也世尊即聲香味觸法界善增語是菩薩摩訶薩不不也世尊即色界非善增語是菩薩摩訶薩不不也世尊即聲香味觸法界非善增語是菩薩摩訶薩不不也世尊即色界有罪增語是菩薩摩訶薩不不也世尊即聲香味觸法界有罪增語是菩薩摩訶薩不不也世尊即色界無罪增語是菩薩摩訶薩不不也世尊即聲香味觸法界無罪增語是菩薩摩訶薩不不也世尊即色界有煩惱增語是菩薩摩訶薩不不也世尊即聲香味觸法界有煩惱增語是菩薩摩訶薩不不也世尊即色界無煩惱增語是菩薩摩訶薩不不也世尊即聲香味觸法界無煩惱增語是菩薩摩訶薩不不也世尊即色界世間增語是菩薩摩訶薩不不也世尊即聲香味觸法界世間增語是菩薩摩訶薩不不也世尊即色界出世間增語是菩薩摩訶薩不不也世尊即聲香味觸法界出世間增語是菩薩摩

訶薩不不也世尊即色界雜染增語是菩薩摩訶薩不不也世尊即聲香味觸法界雜染增語是菩薩摩訶薩不不也世尊即色界清淨增語是菩薩摩訶薩不不也世尊即聲香味觸法界清淨增語是菩薩摩訶薩不不也世尊即色界屬生死增語是菩薩摩訶薩不不也世尊即聲香味觸法界屬生死增語是菩薩摩訶薩不不也世尊即色界屬涅槃增語是菩薩摩訶薩不不也世尊即聲香味觸法界屬涅槃增語是菩薩摩訶薩不不也世尊即色界在內增語是菩薩摩訶薩不不也世尊即聲香味觸法界在內增語是菩薩摩訶薩不不也世尊即色界在外增語是菩薩摩訶薩不不也世尊即聲香味觸法界在外增語是菩薩摩訶薩不不也世尊即色界在兩間增語是菩薩摩訶薩不不也世尊即聲香味觸法界在兩間增語是菩薩摩訶薩不不也世尊即色界可得增語是菩薩摩訶薩不不也世尊即聲香味觸法界可得增語是菩薩摩訶薩不不也世尊即色界不可得增語是菩薩摩訶薩不不也世尊即聲香味觸法界不可得增語是菩薩摩訶薩不不也世尊復次善現所言菩薩摩訶薩者於意云何即眼識界增語是菩薩摩訶薩不不也世尊即耳鼻舌身意識界增語是菩薩摩訶薩不不也世尊即眼識界常增語是菩薩摩訶薩不不也世尊即耳鼻舌身意識界常增語是菩薩摩訶薩不不也世尊即眼識界無常增語是菩薩摩訶薩不不也世尊即耳鼻舌身意識界無常增語是菩薩摩訶薩不不也世

尊即眼識界樂增語是菩薩摩訶薩不不也世尊即耳鼻舌身意識界樂增語是菩薩摩訶薩不不也世尊即眼識界苦增語是菩薩摩訶薩不不也世尊即耳鼻舌身意識界苦增語是菩薩摩訶薩不不也世尊即眼識界我增語是菩薩摩訶薩不不也世尊即耳鼻舌身意識界我增語是菩薩摩訶薩不不也世尊即眼識界無我增語是菩薩摩訶薩不不也世尊即耳鼻舌身意識界無我增語是菩薩摩訶薩不不也世尊即眼識界淨增語是菩薩摩訶薩不不也世尊即耳鼻舌身意識界淨增語是菩薩摩訶薩不不也世尊即眼識界不淨增語是菩薩摩訶薩不不也世尊即耳鼻舌身意識界不淨增語是菩薩摩訶薩不不也世尊即眼識界空增語是菩薩摩訶薩不不也世尊即耳鼻舌身意識界空增語是菩薩摩訶薩不不也世尊即眼識界不空增語是菩薩摩訶薩不不也世尊即耳鼻舌身意識界不空增語是菩薩摩訶薩不不也世尊即眼識界有相增語是菩薩摩訶薩不不也世尊即耳鼻舌身意識界有相增語是菩薩摩訶薩不不也世尊即眼識界無相增語是菩薩摩訶薩不不也世尊即耳鼻舌身意識界無相增語是菩薩摩訶薩不不也世尊即眼識界有願增語是菩薩摩訶薩不不也世尊即耳鼻舌身意識界有願增語是菩薩摩訶薩不不也世尊即眼識界無願增語是菩薩摩訶薩不不也世尊即耳鼻舌身意識界無願增語是菩薩摩訶薩不不也世尊即眼識界寂靜增語是菩薩摩訶薩不

不也世尊即耳鼻舌身意識界寂靜增語是菩薩摩訶薩不不也世尊即眼識界不寂靜增語是菩薩摩訶薩不不也世尊即耳鼻舌身意識界不寂靜增語是菩薩摩訶薩不不也世尊即眼識界遠離增語是菩薩摩訶薩不不也世尊即耳鼻舌身意識界遠離增語是菩薩摩訶薩不不也世尊即眼識界不遠離增語是菩薩摩訶薩不不也世尊即耳鼻舌身意識界不遠離增語是菩薩摩訶薩不不也世尊即眼識界有爲增語是菩薩摩訶薩不不也世尊即耳鼻舌身意識界有爲增語是菩薩摩訶薩不不也世尊即眼識界無爲增語是菩薩摩訶薩不不也世尊即耳鼻舌身意識界無爲增語是菩薩摩訶薩不不也世尊即眼識界有漏增語是菩薩摩訶薩

不不也世尊即耳鼻舌身意識界有漏增語是菩薩摩訶薩不不也世尊即眼識界無漏增語是菩薩摩訶薩不不也世尊即耳鼻舌身意識界無漏增語是菩薩摩訶薩不不也世尊即眼識界生增語是菩薩摩訶薩不不也世尊即耳鼻舌身意識界生增語是菩薩摩訶薩不不也世尊即眼識界滅增語是菩薩摩訶薩不不也世尊即耳鼻舌身意識界滅增語是菩薩摩訶薩不不也世尊即眼識界善增語是菩薩摩訶薩不不也世尊即耳鼻舌身意識界善增語是菩薩摩訶薩不不也世尊即眼識界非善增語是菩薩摩訶薩不不也世尊即耳鼻舌身意識界非善增語是菩薩摩訶薩不不也世尊即眼識界有罪增語是菩薩摩訶薩不不也世尊即耳鼻舌

身意識界有罪增語是菩薩摩訶薩不不也世尊即眼識界無罪增語是菩薩摩訶薩不不也世尊即耳鼻舌身意識界無罪增語是菩薩摩訶薩不不也世尊即眼識界有煩惱增語是菩薩摩訶薩不不也世尊即耳鼻舌身意識界有煩惱增語是菩薩摩訶薩不不也世尊即眼識界無煩惱增語是菩薩摩訶薩不不也世尊即耳鼻舌身意識界無煩惱增語是菩薩摩訶薩不不也世尊即眼識界世間增語是菩薩摩訶薩不不也世尊即耳鼻舌身意識界世間增語是菩薩摩訶薩不不也世尊即眼識界出世間增語是菩薩摩訶薩不不也世尊即耳鼻舌身意識界出世間增語是菩薩摩訶薩不不也世尊即眼識界雜染增語是菩薩摩訶薩不不也世尊即耳鼻舌身意識界雜染增語是菩薩摩訶薩不不也世尊即眼識界清淨增語是菩薩摩訶薩不不也世尊即耳鼻舌身意識界清淨增語是菩薩摩訶薩不不也世尊即眼識界屬生死增語是菩薩摩訶薩不不也世尊即耳鼻舌身意識界屬生死增語是菩薩摩訶薩不不也世尊即眼識界屬涅槃增語是菩薩摩訶薩不不也世尊即耳鼻舌身意識界屬涅槃增語是菩薩摩訶薩不不也世尊即眼識界在内增語是菩薩摩訶薩不不也世尊即耳鼻舌身意識界在内增語是菩薩摩訶薩不不也世尊即眼識界在外增語是菩薩摩訶薩不不也世尊即耳鼻舌身意識界在外增語是菩薩摩訶薩不不也世尊即眼識界在兩間增語是菩薩摩訶薩不不也世

尊即耳鼻舌身意識界在兩間增語是菩薩摩訶薩不不也世尊即眼識界可得增語是菩薩摩訶薩不不也世尊即耳鼻舌身意識界可得增語是菩薩摩訶薩不不也世尊即眼識界不可得增語是菩薩摩訶薩不不也世尊即耳鼻舌身意識界不可得增語是菩薩摩訶薩不不也世尊復次善現所言菩薩摩訶薩者於意云何即眼觸增語是菩薩摩訶薩不不也世尊即耳鼻舌身意觸增語是菩薩摩訶薩不不也世尊即眼觸常增語是菩薩摩訶薩不不也世尊即耳鼻舌身意觸常增語是菩薩摩訶薩不不也世尊即眼觸無常增語是菩薩摩訶薩不不也世尊即耳鼻舌身意觸無常增語是菩薩摩訶薩不不也世尊即眼觸樂增語是菩薩摩訶薩不不也世尊即耳鼻舌身意觸樂增語是菩薩摩訶薩不不也世尊即眼觸苦增語是菩薩摩訶薩不不也世尊即耳鼻舌身意觸苦增語是菩薩摩訶薩不不也世尊即眼觸我增語是菩薩摩訶薩不不也世尊即耳鼻舌身意觸我增語是菩薩摩訶薩不不也世尊即眼觸無我增語是菩薩摩訶薩不不也世尊即耳鼻舌身意觸無我增語是菩薩摩訶薩不不也世尊即眼觸淨增語是菩薩摩訶薩不不也世尊即耳鼻舌身意觸淨增語是菩薩摩訶薩不不也世尊即眼觸不淨增語是菩薩摩訶薩不不也世尊即耳鼻舌身意觸不淨增語是菩薩摩訶薩不不也世尊即眼觸空增語是菩薩摩訶薩不不也世尊即耳鼻舌身意觸空增語是菩薩摩訶薩不不也世

尊即眼觸不空增語是菩薩摩訶薩不不也世尊即耳鼻舌身意觸不空增語是菩薩摩訶薩不不也世尊即眼觸有相增語是菩薩摩訶薩不不也世尊即耳鼻舌身意觸有相增語是菩薩摩訶薩不不也世尊即眼觸無相增語是菩薩摩訶薩不不也世尊即耳鼻舌身意觸無相增語是菩薩摩訶薩不不也世尊即眼觸有願增語是菩薩摩訶薩不不也世尊即耳鼻舌身意觸有願增語是菩薩摩訶薩不不也世尊即眼觸無願增語是菩薩摩訶薩不不也世尊即耳鼻舌身意觸無願增語是菩薩摩訶薩不不也世尊即眼觸寂靜增語是菩薩摩訶薩不不也世尊即耳鼻舌身意觸寂靜增語是菩薩摩訶薩不不也世尊即眼觸不寂靜增語是菩薩摩訶薩不不也世尊即耳鼻舌身意觸不寂靜增語是菩薩摩訶薩不不也世尊即眼觸遠離增語是菩薩摩訶薩不不也世尊即耳鼻舌身意觸遠離增語是菩薩摩訶薩不不也世尊即眼觸不遠離增語是菩薩摩訶薩不不也世尊即耳鼻舌身意觸不遠離增語是菩薩摩訶薩不不也世尊即眼觸有爲增語是菩薩摩訶薩不不也世尊即耳鼻舌身意觸有爲增語是菩薩摩訶薩不不也世尊即眼觸無爲增語是菩薩摩訶薩不不也世尊即耳鼻舌身意觸無爲增語是菩薩摩訶薩不不也世尊即眼觸有漏增語是菩薩摩訶薩不不也世尊即耳鼻舌身意觸有漏增語是菩薩摩訶薩不不也世尊即眼觸無漏增語是菩薩摩訶薩不不也世尊即耳鼻舌身意觸

無漏增語是菩薩摩訶薩不不也世尊即眼觸生增語是菩薩摩訶薩不不也世尊即耳鼻舌身意觸生增語是菩薩摩訶薩不不也世尊即眼觸滅增語是菩薩摩訶薩不不也世尊即耳鼻舌身意觸滅增語是菩薩摩訶薩不不也世尊即眼觸善增語是菩薩摩訶薩不不也世尊即耳鼻舌身意觸善增語是菩薩摩訶薩不不也世尊即眼觸非善增語是菩薩摩訶薩不不也世尊即耳鼻舌身意觸非善增語是菩薩摩訶薩不不也世尊即眼觸有罪增語是菩薩摩訶薩不不也世尊即耳鼻舌身意觸有罪增語是菩薩摩訶薩不不也世尊即眼觸無罪增語是菩薩摩訶薩不不也世尊即耳鼻舌身意觸無罪增語是菩薩摩訶薩不不也世尊即眼觸有煩惱增語是菩薩摩訶薩不不也世尊即耳鼻舌身意觸有煩惱增語是菩薩摩訶薩不不也世尊即眼觸無煩惱增語是菩薩摩訶薩不不也世尊即耳鼻舌身意觸無煩惱增語是菩薩摩訶薩不不也世尊即眼觸世間增語是菩薩摩訶薩不不也世尊即耳鼻舌身意觸世間增語是菩薩摩訶薩不不也世尊即眼觸出世間增語是菩薩摩訶薩不不也世尊即耳鼻舌身意觸出世間增語是菩薩摩訶薩不不也世尊即眼觸雜染增語是菩薩摩訶薩不不也世尊即耳鼻舌身意觸雜染增語是菩薩摩訶薩不不也世尊即眼觸清淨增語是菩薩摩訶薩不不也世尊即耳鼻舌身意觸清淨增語是菩薩摩訶薩不不也世尊即眼觸屬生死增語是菩薩摩訶薩不

不也世尊即耳鼻舌身意觸屬生死增語是菩薩摩訶薩不不也世尊即眼觸屬涅槃增語是菩薩摩訶薩不不也世尊即耳鼻舌身意觸屬涅槃增語是菩薩摩訶薩不不也世尊即眼觸在內增語是菩薩摩訶薩不不也世尊即耳鼻舌身意觸在內增語是菩薩摩訶薩不不也世尊即眼觸在外增語是菩薩摩訶薩不不也世尊即耳鼻舌身意觸在外增語是菩薩摩訶薩不不也世尊即眼觸在兩間增語是菩薩摩訶薩不不也世尊即耳鼻舌身意觸在兩間增語是菩薩摩訶薩不不也世尊即眼觸可得增語是菩薩摩訶薩不不也世尊即耳鼻舌身意觸可得增語是菩薩摩訶薩不不也世尊即眼觸不可得增語是菩薩摩訶薩不不也世尊即耳鼻舌身意觸不可得增語是菩薩摩訶薩不不也世尊復次善現所言菩薩摩訶薩者於意云何即眼觸爲緣所生諸受增語是菩薩摩訶薩不不也世尊即耳鼻舌身意觸爲緣所生諸受增語是菩薩摩訶薩不不也世尊即眼觸爲緣所生諸受常增語是菩薩摩訶薩不不也世尊即耳鼻舌身意觸爲緣所生諸受常增語是菩薩摩訶薩不不也世尊即眼觸爲緣所生諸受無常增語是菩薩摩訶薩不不也世尊即耳鼻舌身意觸爲緣所生諸受無常增語是菩薩摩訶薩不不也世尊即眼觸爲緣所生諸受樂增語是菩薩摩訶薩不不也世尊即耳鼻舌身意觸爲緣所生諸受樂增語是菩薩摩訶薩不不也世尊即眼觸爲緣所生諸受苦增語是菩薩摩訶薩不不也

世尊即耳鼻舌身意觸爲緣所生諸受苦增語是菩薩摩訶薩不不也世尊即眼觸爲緣所生諸受我增語是菩薩摩訶薩不不也世尊即耳鼻舌身意觸爲緣所生諸受我增語是菩薩摩訶薩不不也世尊即眼觸爲緣所生諸受無我增語是菩薩摩訶薩不不也世尊即耳鼻舌身意觸爲緣所生諸受無我增語是菩薩摩訶薩不不也世尊即眼觸爲緣所生諸受淨增語是菩薩摩訶薩不不也世尊即耳鼻舌身意觸爲緣所生諸受淨增語是菩薩摩訶薩不不也世尊即眼觸爲緣所生諸受不淨增語是菩薩摩訶薩不不也世尊即耳鼻舌身意觸爲緣所生諸受不淨增語是菩薩摩訶薩不不也世尊即眼觸爲緣所生諸受空增語是菩薩摩訶薩不不也世

尊即耳鼻舌身意觸爲緣所生諸受空增語是菩薩摩訶薩不不也世尊即眼觸爲緣所生諸受不空增語是菩薩摩訶薩不不也世尊即耳鼻舌身意觸爲緣所生諸受不空增語是菩薩摩訶薩不不也世尊即眼觸爲緣所生諸受有相增語是菩薩摩訶薩不不也世尊即耳鼻舌身意觸爲緣所生諸受有相增語是菩薩摩訶薩不不也世尊即眼觸爲緣所生諸受無相增語是菩薩摩訶薩不不也世尊即耳鼻舌身意觸爲緣所生諸受無相增語是菩薩摩訶薩不不也世尊即眼觸爲緣所生諸受有願增語是菩薩摩訶薩不不也世尊即耳鼻舌身意觸爲緣所生諸受有願增語是菩薩摩訶薩不不也世尊即眼觸爲緣所生諸受無願增語是菩薩摩訶薩

不不也世尊即耳鼻舌身意觸爲緣所生諸受無願增語是菩薩摩訶薩不不也世尊即眼觸爲緣所生諸受寂靜增語是菩薩摩訶薩不不也世尊即耳鼻舌身意觸爲緣所生諸受寂靜增語是菩薩摩訶薩不不也世尊即眼觸爲緣所生諸受不寂靜增語是菩薩摩訶薩不不也世尊即耳鼻舌身意觸爲緣所生諸受不寂靜增語是菩薩摩訶薩不不也世尊即眼觸爲緣所生諸受遠離增語是菩薩摩訶薩不不也世尊即耳鼻舌身意觸爲緣所生諸受遠離增語是菩薩摩訶薩不不也世尊即眼觸爲緣所生諸受不遠離增語是菩薩摩訶薩不不也世尊即耳鼻舌身意觸爲緣所生諸受不遠離增語是菩薩摩訶薩不不也世尊即眼觸爲緣所生諸受有爲增語是菩薩摩訶薩不不也世尊即耳鼻舌身意觸爲緣所生諸受有爲增語是菩薩摩訶薩不不也世尊即眼觸爲緣所生諸受無爲增語是菩薩摩訶薩不不也世尊即耳鼻舌身意觸爲緣所生諸受無爲增語是菩薩摩訶薩不不也世尊即眼觸爲緣所生諸受有漏增語是菩薩摩訶薩不不也世尊即耳鼻舌身意觸爲緣所生諸受有漏增語是菩薩摩訶薩不不也世尊即眼觸爲緣所生諸受無漏增語是菩薩摩訶薩不不也世尊即耳鼻舌身意觸爲緣所生諸受無漏增語是菩薩摩訶薩不不也世尊即眼觸爲緣所生諸受生增語是菩薩摩訶薩不不也世尊即耳鼻舌身意觸爲緣所生諸受生增語是菩薩摩訶薩不不也世尊即眼觸爲緣所生

諸受滅增語是菩薩摩訶薩不不也世尊即耳鼻舌身意觸爲緣所生諸受滅增語是菩薩摩訶薩不不也世尊即眼觸爲緣所生諸受善增語是菩薩摩訶薩不不也世尊即耳鼻舌身意觸爲緣所生諸受善增語是菩薩摩訶薩不不也世尊即眼觸爲緣所生諸受非善增語是菩薩摩訶薩不不也世尊即耳鼻舌身意觸爲緣所生諸受非善增語是菩薩摩訶薩不不也世尊即眼觸爲緣所生諸受有罪增語是菩薩摩訶薩不不也世尊即耳鼻舌身意觸爲緣所生諸受有罪增語是菩薩摩訶薩不不也世尊即眼觸爲緣所生諸受無罪增語是菩薩摩訶薩不不也世尊即耳鼻舌身意觸爲緣所生諸受無罪增語是菩薩摩訶薩不不也世尊即眼觸爲緣所生諸受有煩惱增語是菩薩摩訶薩不不也世尊即耳鼻舌身意觸爲緣所生諸受有煩惱增語是菩薩摩訶薩不不也世尊即眼觸爲緣所生諸受無煩惱增語是菩薩摩訶薩不不也世尊即耳鼻舌身意觸爲緣所生諸受無煩惱增語是菩薩摩訶薩不不也世尊即眼觸爲緣所生諸受世間增語是菩薩摩訶薩不不也世尊即耳鼻舌身意觸爲緣所生諸受世間增語是菩薩摩訶薩不不也世尊即眼觸爲緣所生諸受出世間增語是菩薩摩訶薩不不也世尊即耳鼻舌身意觸爲緣所生諸受出世間增語是菩薩摩訶薩不不也世尊即眼觸爲緣所生諸受雜染增語是菩薩摩訶薩不不也世尊即耳鼻舌身意觸爲緣所生諸受雜染增語是菩薩摩訶薩

不不也世尊即眼觸爲緣所生諸受清淨增語是菩薩摩訶薩不不也世尊即耳鼻舌身意觸爲緣所生諸受清淨增語是菩薩摩訶薩不不也世尊即眼觸爲緣所生諸受屬生死增語是菩薩摩訶薩不不也世尊即耳鼻舌身意觸爲緣所生諸受屬生死增語是菩薩摩訶薩不不也世尊即眼觸爲緣所生諸受屬涅槃增語是菩薩摩訶薩不不也世尊即耳鼻舌身意觸爲緣所生諸受屬涅槃增語是菩薩摩訶薩不不也世尊即眼觸爲緣所生諸受在内增語是菩薩摩訶薩不不也世尊即耳鼻舌身意觸爲緣所生諸受在内增語是菩薩摩訶薩不不也世尊即眼觸爲緣所生諸受在外增語是菩薩摩訶薩不不也世尊即耳鼻舌身意觸爲緣所生諸受在外增語是菩薩摩訶薩不不也世尊即眼觸爲緣所生諸受在兩間增語是菩薩摩訶薩不不也世尊即耳鼻舌身意觸爲緣所生諸受在兩間增語是菩薩摩訶薩不不也世尊即眼觸爲緣所生諸受可得增語是菩薩摩訶薩不不也世尊即耳鼻舌身意觸爲緣所生諸受可得增語是菩薩摩訶薩不不也世尊即眼觸爲緣所生諸受不可得增語是菩薩摩訶薩不不也世尊即耳鼻舌身意觸爲緣所生諸受不可得增語是菩薩摩訶薩不不也世尊

大般若波羅蜜多經卷第十八

大般若波羅蜜多經卷第十九

唐三藏法師玄奘奉　詔譯

初分教誡教授品第七之九

復次善現所言菩薩摩訶薩者於意云何即地界增語是菩薩摩訶薩不不也世尊即水火風空識界增語是菩薩摩訶薩不不也世尊即地界常增語是菩薩摩訶薩不不也世尊即水火風空識界常增語是菩薩摩訶薩不不也世尊即地界無常增語是菩薩摩訶薩不不也世尊即水火風空識界無常增語是菩薩摩訶薩不不也世尊即地界樂增語是菩薩摩訶薩不不也世尊即水火風空識界樂增語是菩薩摩訶薩不不也世尊即地界苦增語是菩薩摩訶薩不不也世尊即水火風空識界苦增語是菩薩摩訶薩不不也世尊即地界我增語是菩薩摩訶薩不不也世尊即水火風空識界我增語是菩薩摩訶薩不不也世尊即地界無我增語是菩薩摩訶薩不不也世尊即水火風空識界無我增語是菩薩摩訶薩不不也世尊即地界淨增語是菩薩摩訶薩不不也世尊即水火風空識界淨增語是菩薩摩訶薩不不也世尊即地界不淨增語是菩薩摩訶薩不不也世尊即水火風空識界不淨增語是菩薩摩訶薩不不也世尊即地界空增語是菩薩摩訶薩不不也世尊即水火風空識界空增語是菩薩摩訶薩不不也世尊即地界不空增語是菩薩摩訶薩不不也世尊即水火風空識界不空增語是菩薩摩訶薩不不也世尊即地界有相增語是菩薩摩訶薩不不也世尊即

水火風空識界有相增語是菩薩摩訶薩不
不也世尊即地界無相增語是菩薩摩訶薩
不不也世尊即水火風空識界無相增語是
菩薩摩訶薩不不也世尊即地界有願增語
是菩薩摩訶薩不不也世尊即水火風空識
界有願增語是菩薩摩訶薩不不也世尊即
地界無願增語是菩薩摩訶薩不不也世尊
即水火風空識界無願增語是菩薩摩訶薩
不不也世尊即地界寂靜增語是菩薩摩訶
薩不不也世尊即水火風空識界寂靜增語
是菩薩摩訶薩不不也世尊即地界不寂靜
增語是菩薩摩訶薩不不也世尊即水火風
空識界不寂靜增語是菩薩摩訶薩不不也
世尊即地界遠離增語是菩薩摩訶薩不不
也世尊即水火風空識界遠離增語是菩薩
摩訶薩不不也世尊即地界不遠離增語是
菩薩摩訶薩不不也世尊即水火風空識界
不遠離增語是菩薩摩訶薩不不也世尊即
地界有爲增語是菩薩摩訶薩不不也世尊
即水火風空識界有爲增語是菩薩摩訶薩
不不也世尊即地界無爲增語是菩薩摩訶
薩不不也世尊即水火風空識界無爲增語
是菩薩摩訶薩不不也世尊即地界有漏增
語是菩薩摩訶薩不不也世尊即水火風空
識界有漏增語是菩薩摩訶薩不不也世尊
即地界無漏增語是菩薩摩訶薩不不也世
尊即水火風空識界無漏增語是菩薩摩訶
薩不不也世尊即地界生增語是菩薩摩訶
薩不不也世尊即水火風空識界生增語是
菩薩摩訶薩不不也世尊即地界滅增語是

菩薩摩訶薩不不也世尊即水火風空識界滅增語是菩薩摩訶薩不不也世尊即地界善增語是菩薩摩訶薩不不也世尊即水火風空識界善增語是菩薩摩訶薩不不也世尊即地界非善增語是菩薩摩訶薩不不也世尊即水火風空識界非善增語是菩薩摩訶薩不不也世尊即地界有罪增語是菩薩摩訶薩不不也世尊即水火風空識界有罪增語是菩薩摩訶薩不不也世尊即地界無罪增語是菩薩摩訶薩不不也世尊即水火風空識界無罪增語是菩薩摩訶薩不不也世尊即地界有煩惱增語是菩薩摩訶薩不不也世尊即水火風空識界有煩惱增語是菩薩摩訶薩不不也世尊即地界無煩惱增語是菩薩摩訶薩不不也世尊即水火風空

識界無煩惱增語是菩薩摩訶薩不不也世尊即地界世間增語是菩薩摩訶薩不不也世尊即水火風空識界世間增語是菩薩摩訶薩不不也世尊即地界出世間增語是菩薩摩訶薩不不也世尊即水火風空識界出世間增語是菩薩摩訶薩不不也世尊即地界雜染增語是菩薩摩訶薩不不也世尊即水火風空識界雜染增語是菩薩摩訶薩不不也世尊即地界清淨增語是菩薩摩訶薩不不也世尊即水火風空識界清淨增語是菩薩摩訶薩不不也世尊即地界屬生死增語是菩薩摩訶薩不不也世尊即水火風空識界屬生死增語是菩薩摩訶薩不不也世尊即地界屬涅槃增語是菩薩摩訶薩不不也世尊即水火風空識界屬涅槃增語是菩

薩摩訶薩不不也世尊即地界在內增語是菩薩摩訶薩不不也世尊即水火風空識界在內增語是菩薩摩訶薩不不也世尊即地界在外增語是菩薩摩訶薩不不也世尊即水火風空識界在外增語是菩薩摩訶薩不不也世尊即地界在兩間增語是菩薩摩訶薩不不也世尊即水火風空識界在兩間增語是菩薩摩訶薩不不也世尊即地界可得增語是菩薩摩訶薩不不也世尊即水火風空識界可得增語是菩薩摩訶薩不不也世尊即地界不可得增語是菩薩摩訶薩不不也世尊即水火風空識界不可得增語是菩薩摩訶薩不不也世尊復次善現所言菩薩摩訶薩者於意云何即因緣增語是菩薩摩訶薩不不也世尊即等無間緣所緣緣增上

緣增語是菩薩摩訶薩不不也世尊即因緣常增語是菩薩摩訶薩不不也世尊即等無間緣所緣緣增上緣常增語是菩薩摩訶薩不不也世尊即因緣無常增語是菩薩摩訶薩不不也世尊即等無間緣所緣緣增上緣無常增語是菩薩摩訶薩不不也世尊即因緣樂增語是菩薩摩訶薩不不也世尊即等無間緣所緣緣增上緣樂增語是菩薩摩訶薩不不也世尊即因緣苦增語是菩薩摩訶薩不不也世尊即等無間緣所緣緣增上緣苦增語是菩薩摩訶薩不不也世尊即因緣我增語是菩薩摩訶薩不不也世尊即等無間緣所緣緣增上緣我增語是菩薩摩訶薩不不也世尊即因緣無我增語是菩薩摩訶薩不不也世尊即等無間緣所緣緣增上緣

無我增語是菩薩摩訶薩不不也世尊即因緣淨增語是菩薩摩訶薩不不也世尊即等無間緣所緣緣增上緣淨增語是菩薩摩訶薩不不也世尊即因緣不淨增語是菩薩摩訶薩不不也世尊即等無間緣所緣緣增上緣不淨增語是菩薩摩訶薩不不也世尊即因緣空增語是菩薩摩訶薩不不也世尊即等無間緣所緣緣增上緣空增語是菩薩摩訶薩不不也世尊即因緣不空增語是菩薩摩訶薩不不也世尊即等無間緣所緣緣增上緣不空增語是菩薩摩訶薩不不也世尊即因緣有相增語是菩薩摩訶薩不不也世尊即等無間緣所緣緣增上緣有相增語是菩薩摩訶薩不不也世尊即因緣無相增語是菩薩摩訶薩不不也世尊即等無間緣所緣緣增上緣無相增語是菩薩摩訶薩不不也世尊即因緣有願增語是菩薩摩訶薩不不也世尊即等無間緣所緣緣增上緣有願增語是菩薩摩訶薩不不也世尊即因緣無願增語是菩薩摩訶薩不不也世尊即等無間緣所緣緣增上緣無願增語是菩薩摩訶薩不不也世尊即因緣寂靜增語是菩薩摩訶薩不不也世尊即等無間緣所緣緣增上緣寂靜增語是菩薩摩訶薩不不也世尊即因緣不寂靜增語是菩薩摩訶薩不不也世尊即等無間緣所緣緣增上緣不寂靜增語是菩薩摩訶薩不不也世尊即因緣遠離增語是菩薩摩訶薩不不也世尊即等無間緣所緣緣增上緣遠離增語是菩薩摩訶薩不不也世尊即因緣不遠離增語是菩薩摩訶

薩不不也世尊即等無間緣所緣緣增上緣不遠離增語是菩薩摩訶薩不不也世尊即因緣有為增語是菩薩摩訶薩不不也世尊即等無間緣所緣緣增上緣有為增語是菩薩摩訶薩不不也世尊即因緣無為增語是菩薩摩訶薩不不也世尊即等無間緣所緣緣增上緣無為增語是菩薩摩訶薩不不也世尊即因緣有漏增語是菩薩摩訶薩不不也世尊即等無間緣所緣緣增上緣有漏增語是菩薩摩訶薩不不也世尊即因緣無漏增語是菩薩摩訶薩不不也世尊即等無間緣所緣緣增上緣無漏增語是菩薩摩訶薩不不也世尊即因緣生增語是菩薩摩訶薩不不也世尊即等無間緣所緣緣增上緣生增語是菩薩摩訶薩不不也世尊即因緣滅增語是菩薩摩訶薩不不也世尊即等無間緣所緣緣增上緣滅增語是菩薩摩訶薩不不也世尊即因緣善增語是菩薩摩訶薩不不也世尊即等無間緣所緣緣增上緣善增語是菩薩摩訶薩不不也世尊即因緣非善增語是菩薩摩訶薩不不也世尊即等無間緣所緣緣增上緣非善增語是菩薩摩訶薩不不也世尊即因緣有罪增語是菩薩摩訶薩不不也世尊即等無間緣所緣緣增上緣有罪增語是菩薩摩訶薩不不也世尊即因緣無罪增語是菩薩摩訶薩不不也世尊即等無間緣所緣緣增上緣無罪增語是菩薩摩訶薩不不也世尊即因緣有煩惱增語是菩薩摩訶薩不不也世尊即等無間緣所緣緣增上緣有煩惱增語是菩薩摩訶薩不不

也世尊即因緣無煩惱增語是菩薩摩訶薩不不也世尊即等無間緣所緣緣增上緣無煩惱增語是菩薩摩訶薩不不也世尊即因緣世間增語是菩薩摩訶薩不不也世尊即等無間緣所緣緣增上緣世間增語是菩薩摩訶薩不不也世尊即因緣出世間增語是菩薩摩訶薩不不也世尊即等無間緣所緣緣增上緣出世間增語是菩薩摩訶薩不不也世尊即因緣雜染增語是菩薩摩訶薩不不也世尊即等無間緣所緣緣增上緣雜染增語是菩薩摩訶薩不不也世尊即因緣清淨增語是菩薩摩訶薩不不也世尊即等無間緣所緣緣增上緣清淨增語是菩薩摩訶薩不不也世尊即因緣屬生死增語是菩薩摩訶薩不不也世尊即等無間緣所緣緣增上緣屬生死增語是菩薩摩訶薩不不也世尊即因緣屬涅槃增語是菩薩摩訶薩不不也世尊即等無間緣所緣緣增上緣屬涅槃增語是菩薩摩訶薩不不也世尊即因緣在内增語是菩薩摩訶薩不不也世尊即等無間緣所緣緣增上緣在内增語是菩薩摩訶薩不不也世尊即因緣在外增語是菩薩摩訶薩不不也世尊即等無間緣所緣緣增上緣在外增語是菩薩摩訶薩不不也世尊即因緣在兩間增語是菩薩摩訶薩不不也世尊即等無間緣所緣緣增上緣在兩間增語是菩薩摩訶薩不不也世尊即因緣可得增語是菩薩摩訶薩不不也世尊即等無間緣所緣緣增上緣可得增語是菩薩摩訶薩不不也世尊即因緣不可得增語是菩薩摩訶

薩不不也世尊即等無間縁所縁縁增上縁不可得增語是菩薩摩訶薩不不也世尊復次善現所言菩薩摩訶薩者於意云何即縁所生法增語是菩薩摩訶薩不不也世尊即縁所生法常增語是菩薩摩訶薩不不也世尊即縁所生法無常增語是菩薩摩訶薩不不也世尊即縁所生法樂增語是菩薩摩訶薩不不也世尊即縁所生法苦增語是菩薩摩訶薩不不也世尊即縁所生法我增語是菩薩摩訶薩不不也世尊即縁所生法無我增語是菩薩摩訶薩不不也世尊即縁所生法淨增語是菩薩摩訶薩不不也世尊即縁所生法不淨增語是菩薩摩訶薩不不也世尊即縁所生法空增語是菩薩摩訶薩不不也世尊即縁所生法不空增語是菩薩摩訶

薩不不也世尊即縁所生法有相增語是菩薩摩訶薩不不也世尊即縁所生法無相增語是菩薩摩訶薩不不也世尊即縁所生法有願增語是菩薩摩訶薩不不也世尊即縁所生法無願增語是菩薩摩訶薩不不也世尊即縁所生法寂靜增語是菩薩摩訶薩不不也世尊即縁所生法不寂靜增語是菩薩摩訶薩不不也世尊即縁所生法遠離增語是菩薩摩訶薩不不也世尊即縁所生法不遠離增語是菩薩摩訶薩不不也世尊即縁所生法有爲增語是菩薩摩訶薩不不也世尊即縁所生法無爲增語是菩薩摩訶薩不不也世尊即縁所生法有漏增語是菩薩摩訶薩不不也世尊即縁所生法無漏增語是菩薩摩訶薩不不也世尊即縁所生法生增

語是菩薩摩訶薩不不也世尊即緣所生法
滅增語是菩薩摩訶薩不不也世尊即緣所
生法善增語是菩薩摩訶薩不不也世尊即
緣所生法非善增語是菩薩摩訶薩不不也
世尊即緣所生法有罪增語是菩薩摩訶薩
不不也世尊即緣所生法無罪增語是菩薩
摩訶薩不不也世尊即緣所生法有煩惱增
語是菩薩摩訶薩不不也世尊即緣所生法
無煩惱增語是菩薩摩訶薩不不也世尊即
緣所生法世間增語是菩薩摩訶薩不不也
世尊即緣所生法出世間增語是菩薩摩訶
薩不不也世尊即緣所生法雜染增語是菩
薩摩訶薩不不也世尊即緣所生法清淨增
語是菩薩摩訶薩不不也世尊即緣所生法
屬生死增語是菩薩摩訶薩不不也世尊即

緣所生法屬涅槃增語是菩薩摩訶薩不不
也世尊即緣所生法在內增語是菩薩摩訶
薩不不也世尊即緣所生法在外增語是菩
薩摩訶薩不不也世尊即緣所生法在兩間
增語是菩薩摩訶薩不不也世尊即緣所生
法可得增語是菩薩摩訶薩不不也世尊即
緣所生法不可得增語是菩薩摩訶薩不不
也世尊復次善現所言菩薩摩訶薩者於意
云何即無明增語是菩薩摩訶薩不不也世
尊即行識名色六處觸受愛取有生老死增
語是菩薩摩訶薩不不也世尊即無明常增
語是菩薩摩訶薩不不也世尊即行乃至老
死常增語是菩薩摩訶薩不不也世尊即無
明無常增語是菩薩摩訶薩不不也世尊即
行乃至老死無常增語是菩薩摩訶薩不不

也世尊即無明樂增語是菩薩摩訶薩不不也世尊即行乃至老死樂增語是菩薩摩訶薩不不也世尊即無明苦增語是菩薩摩訶薩不不也世尊即行乃至老死苦增語是菩薩摩訶薩不不也世尊即無明我增語是菩薩摩訶薩不不也世尊即行乃至老死我增語是菩薩摩訶薩不不也世尊即無明無我增語是菩薩摩訶薩不不也世尊即行乃至老死無我增語是菩薩摩訶薩不不也世尊即無明淨增語是菩薩摩訶薩不不也世尊即行乃至老死淨增語是菩薩摩訶薩不不也世尊即無明不淨增語是菩薩摩訶薩不不也世尊即行乃至老死不淨增語是菩薩摩訶薩不不也世尊即無明空增語是菩薩摩訶薩不不也世尊即行乃至老死空增語

是菩薩摩訶薩不不也世尊即無明不空增語是菩薩摩訶薩不不也世尊即行乃至老死不空增語是菩薩摩訶薩不不也世尊即無明有相增語是菩薩摩訶薩不不也世尊即行乃至老死有相增語是菩薩摩訶薩不不也世尊即無明無相增語是菩薩摩訶薩不不也世尊即行乃至老死無相增語是菩薩摩訶薩不不也世尊即無明有願增語是菩薩摩訶薩不不也世尊即行乃至老死有願增語是菩薩摩訶薩不不也世尊即無明無願增語是菩薩摩訶薩不不也世尊即行乃至老死無願增語是菩薩摩訶薩不不也世尊即無明寂靜增語是菩薩摩訶薩不不也世尊即行乃至老死寂靜增語是菩薩摩訶薩不不也世尊即無明不寂靜增語是菩

薩摩訶薩不不也世尊即行乃至老死不寂靜增語是菩薩摩訶薩不不也世尊即無明遠離增語是菩薩摩訶薩不不也世尊即行乃至老死遠離增語是菩薩摩訶薩不不也世尊即無明不遠離增語是菩薩摩訶薩不不也世尊即行乃至老死不遠離增語是菩薩摩訶薩不不也世尊即無明有為增語是菩薩摩訶薩不不也世尊即行乃至老死有為增語是菩薩摩訶薩不不也世尊即無明無為增語是菩薩摩訶薩不不也世尊即行乃至老死無為增語是菩薩摩訶薩不不也世尊即無明有漏增語是菩薩摩訶薩不不也世尊即行乃至老死有漏增語是菩薩摩訶薩不不也世尊即無明無漏增語是菩薩摩訶薩不不也世尊即行乃至老死無漏增語是菩薩摩訶薩不不也世尊即無明生增語是菩薩摩訶薩不不也世尊即行乃至老死生增語是菩薩摩訶薩不不也世尊即無明滅增語是菩薩摩訶薩不不也世尊即行乃至老死滅增語是菩薩摩訶薩不不也世尊即無明善增語是菩薩摩訶薩不不也世尊即行乃至老死善增語是菩薩摩訶薩不不也世尊即無明非善增語是菩薩摩訶薩不不也世尊即行乃至老死非善增語是菩薩摩訶薩不不也世尊即無明有罪增語是菩薩摩訶薩不不也世尊即行乃至老死有罪增語是菩薩摩訶薩不不也世尊即無明無罪增語是菩薩摩訶薩不不也世尊即行乃至老死無罪增語是菩薩摩訶薩不不也世尊即無明有煩惱增語是菩薩摩訶薩不

不也世尊即行乃至老死有煩惱增語是菩薩摩訶薩不不也世尊即無明無煩惱增語是菩薩摩訶薩不不也世尊即行乃至老死無煩惱增語是菩薩摩訶薩不不也世尊即無明世間增語是菩薩摩訶薩不不也世尊即行乃至老死世間增語是菩薩摩訶薩不不也世尊即無明出世間增語是菩薩摩訶薩不不也世尊即行乃至老死出世間增語是菩薩摩訶薩不不也世尊即無明雜染增語是菩薩摩訶薩不不也世尊即行乃至老死雜染增語是菩薩摩訶薩不不也世尊即無明清淨增語是菩薩摩訶薩不不也世尊即行乃至老死清淨增語是菩薩摩訶薩不不也世尊即無明屬生死增語是菩薩摩訶薩不也世尊即行乃至老死屬生死增語是菩薩摩訶薩不不也世尊即無明屬涅槃增語是菩薩摩訶薩不不也世尊即行乃至老死屬涅槃增語是菩薩摩訶薩不不也世尊即無明在內增語是菩薩摩訶薩不不也世尊即行乃至老死在內增語是菩薩摩訶薩不不也世尊即無明在外增語是菩薩摩訶薩不不也世尊即行乃至老死在外增語是菩薩摩訶薩不不也世尊即無明在兩間增語是菩薩摩訶薩不不也世尊即行乃至老死在兩間增語是菩薩摩訶薩不不也世尊即無明可得增語是菩薩摩訶薩不不也世尊即行乃至老死可得增語是菩薩摩訶薩不不也世尊即無明不可得增語是菩薩摩訶薩不不也世尊即行乃至老死不可得增語是菩薩摩訶薩不不也世尊復次善現

所言菩薩摩訶薩者於意云何即布施波羅蜜多增語是菩薩摩訶薩不不也世尊即淨戒安忍精進靜慮般若波羅蜜多增語是菩薩摩訶薩不不也世尊即布施波羅蜜多常增語是菩薩摩訶薩不不也世尊即淨戒安忍精進靜慮般若波羅蜜多常增語是菩薩摩訶薩不不也世尊即布施波羅蜜多無常增語是菩薩摩訶薩不不也世尊即淨戒安忍精進靜慮般若波羅蜜多無常增語是菩薩摩訶薩不不也世尊即布施波羅蜜多樂增語是菩薩摩訶薩不不也世尊即淨戒安忍精進靜慮般若波羅蜜多樂增語是菩薩摩訶薩不不也世尊即布施波羅蜜多苦增語是菩薩摩訶薩不不也世尊即淨戒安忍精進靜慮般若波羅蜜多苦增語是菩薩摩訶薩不不也世尊即布施波羅蜜多我增語是菩薩摩訶薩不不也世尊即淨戒安忍精進靜慮般若波羅蜜多我增語是菩薩摩訶薩不不也世尊即布施波羅蜜多無我增語是菩薩摩訶薩不不也世尊即淨戒安忍精進靜慮般若波羅蜜多無我增語是菩薩摩訶薩不不也世尊即布施波羅蜜多淨增語是菩薩摩訶薩不不也世尊即淨戒安忍精進靜慮般若波羅蜜多淨增語是菩薩摩訶薩不不也世尊即布施波羅蜜多不淨增語是菩薩摩訶薩不不也世尊即淨戒安忍精進靜慮般若波羅蜜多不淨增語是菩薩摩訶薩不不也世尊即布施波羅蜜多空增語是菩薩摩訶薩不不也世尊即淨戒安忍精進靜慮般若波羅蜜多空增語是菩薩摩訶

薩不不也世尊即布施波羅蜜多不空增語
是菩薩摩訶薩不不也世尊即淨戒安忍精
進靜慮般若波羅蜜多不空增語是菩薩摩
訶薩不不也世尊即布施波羅蜜多有相增
語是菩薩摩訶薩不不也世尊即淨戒安忍
精進靜慮般若波羅蜜多有相增語是菩薩
摩訶薩不不也世尊即布施波羅蜜多無相
增語是菩薩摩訶薩不不也世尊即淨戒安
忍精進靜慮般若波羅蜜多無相增語是菩
薩摩訶薩不不也世尊即布施波羅蜜多有
願增語是菩薩摩訶薩不不也世尊即淨戒
安忍精進靜慮般若波羅蜜多有願增語是
菩薩摩訶薩不不也世尊即布施波羅蜜多
無願增語是菩薩摩訶薩不不也世尊即淨
戒安忍精進靜慮般若波羅蜜多無願增語

是菩薩摩訶薩不不也世尊即布施波羅蜜
多寂靜增語是菩薩摩訶薩不不也世尊即
淨戒安忍精進靜慮般若波羅蜜多寂靜增
語是菩薩摩訶薩不不也世尊即布施波羅
蜜多不寂靜增語是菩薩摩訶薩不不也世
尊即淨戒安忍精進靜慮般若波羅蜜多不
寂靜增語是菩薩摩訶薩不不也世尊即布
施波羅蜜多遠離增語是菩薩摩訶薩不不
也世尊即淨戒安忍精進靜慮般若波羅蜜
多遠離增語是菩薩摩訶薩不不也世尊即
布施波羅蜜多不遠離增語是菩薩摩訶薩
不不也世尊即淨戒安忍精進靜慮般若波
羅蜜多不遠離增語是菩薩摩訶薩不不也
世尊即布施波羅蜜多有爲增語是菩薩摩
訶薩不不也世尊即淨戒安忍精進靜慮般

若波羅蜜多有爲增語是菩薩摩訶薩不不也世尊即布施波羅蜜多無爲增語是菩薩摩訶薩不不也世尊即淨戒安忍精進靜慮般若波羅蜜多無爲增語是菩薩摩訶薩不不也世尊即布施波羅蜜多有漏增語是菩薩摩訶薩不不也世尊即淨戒安忍精進靜慮般若波羅蜜多有漏增語是菩薩摩訶薩不不也世尊即布施波羅蜜多無漏增語是菩薩摩訶薩不不也世尊即淨戒安忍精進靜慮般若波羅蜜多無漏增語是菩薩摩訶薩不不也世尊即布施波羅蜜多生增語是菩薩摩訶薩不不也世尊即淨戒安忍精進靜慮般若波羅蜜多生增語是菩薩摩訶薩不不也世尊即布施波羅蜜多滅增語是菩薩摩訶薩不不也世尊即淨戒安忍精進靜慮般若波羅蜜多滅增語是菩薩摩訶薩不不也世尊即布施波羅蜜多善增語是菩薩摩訶薩不不也世尊即淨戒安忍精進靜慮般若波羅蜜多善增語是菩薩摩訶薩不不也世尊即布施波羅蜜多非善增語是菩薩摩訶薩不不也世尊即淨戒安忍精進靜慮般若波羅蜜多非善增語是菩薩摩訶薩不不也世尊即布施波羅蜜多有罪增語是菩薩摩訶薩不不也世尊即淨戒安忍精進靜慮般若波羅蜜多有罪增語是菩薩摩訶薩不不也世尊即布施波羅蜜多無罪增語是菩薩摩訶薩不不也世尊即淨戒安忍精進靜慮般若波羅蜜多無罪增語是菩薩摩訶薩不不也世尊即布施波羅蜜多有煩惱增語是菩薩摩訶薩不不也世尊即淨戒安忍

精進靜慮般若波羅蜜多有煩惱增語是菩薩摩訶薩不不也世尊即布施波羅蜜多無煩惱增語是菩薩摩訶薩不不也世尊即淨戒安忍精進靜慮般若波羅蜜多無煩惱增語是菩薩摩訶薩不不也世尊即布施波羅蜜多世間增語是菩薩摩訶薩不不也世尊即淨戒安忍精進靜慮般若波羅蜜多世間增語是菩薩摩訶薩不不也世尊即布施波羅蜜多出世間增語是菩薩摩訶薩不不也世尊即淨戒安忍精進靜慮般若波羅蜜多出世間增語是菩薩摩訶薩不不也世尊即布施波羅蜜多雜染增語是菩薩摩訶薩不不也世尊即淨戒安忍精進靜慮般若波羅蜜多雜染增語是菩薩摩訶薩不不也世尊即布施波羅蜜多清淨增語是菩薩摩訶薩不不也世尊即淨戒安忍精進靜慮般若波羅蜜多清淨增語是菩薩摩訶薩不不也世尊即布施波羅蜜多屬生死增語是菩薩摩訶薩不不也世尊即淨戒安忍精進靜慮般若波羅蜜多屬生死增語是菩薩摩訶薩不不也世尊即布施波羅蜜多屬涅槃增語是菩薩摩訶薩不不也世尊即淨戒安忍精進靜慮般若波羅蜜多屬涅槃增語是菩薩摩訶薩不不也世尊即布施波羅蜜多在內增語是菩薩摩訶薩不不也世尊即淨戒安忍精進靜慮般若波羅蜜多在內增語是菩薩摩訶薩不不也世尊即布施波羅蜜多在外增語是菩薩摩訶薩不不也世尊即淨戒安忍精進靜慮般若波羅蜜多在外增語是菩薩摩訶薩不不也世尊即布施波羅蜜多在

兩間增語是菩薩摩訶薩不不也世尊即淨戒安忍精進靜慮般若波羅蜜多在兩間增語是菩薩摩訶薩不不也世尊即布施波羅蜜多可得增語是菩薩摩訶薩不不也世尊即淨戒安忍精進靜慮般若波羅蜜多可得增語是菩薩摩訶薩不不也世尊即布施波羅蜜多不可得增語是菩薩摩訶薩不不也世尊即淨戒安忍精進靜慮般若波羅蜜多不可得增語是菩薩摩訶薩不不也世尊

大般若波羅蜜多經卷第十九

大般若波羅蜜多經卷第二十

唐三藏法師玄奘奉　詔譯

初分教誡教授品第七之十

復次善現所言菩薩摩訶薩者於意云何即內空增語是菩薩摩訶薩不不也世尊即外空內外空空空大空勝義空有爲空無爲空畢竟空無際空散空無變異空本性空自相空共相空一切法空不可得空無性空自性空無性自性空增語是菩薩摩訶薩不不也世尊即內空常增語是菩薩摩訶薩不不也世尊即外空乃至無性自性空常增語是菩薩摩訶薩不不也世尊即內空無常增語是菩薩摩訶薩不不也世尊即外空乃至無性自性空無常增語是菩薩摩訶薩不不也世尊即內空樂增語是菩薩摩訶薩不不也世尊即外空乃至無性自性空樂增語是菩薩摩訶薩不不也世尊即內空苦增語是菩薩摩訶薩不不也世尊即外空乃至無性自性空苦增語是菩薩摩訶薩不不也世尊即內空我增語是菩薩摩訶薩不不也世尊即外空乃至無性自性空我增語是菩薩摩訶薩不不也世尊即內空無我增語是菩薩摩訶薩不不也世尊即外空乃至無性自性空無我增語是菩薩摩訶薩不不也世尊即內空淨增語是菩薩摩訶薩不不也世尊即外空乃至無性自性空淨增語是菩薩摩訶薩不不也世尊即內空不淨增語是菩薩摩訶薩不不也世尊即外空乃至無性自性空不淨增語是菩薩摩訶薩不不也世尊即內空空增語是菩薩摩訶薩不不也世尊即外空乃

至無性自性空空增語是菩薩摩訶薩不不也世尊即内空不空增語是菩薩摩訶薩不不也世尊即外空乃至無性自性空不空增語是菩薩摩訶薩不不也世尊即内空有相增語是菩薩摩訶薩不不也世尊即外空乃至無性自性空有相增語是菩薩摩訶薩不不也世尊即内空無相增語是菩薩摩訶薩不不也世尊即外空乃至無性自性空無相增語是菩薩摩訶薩不不也世尊即内空有願增語是菩薩摩訶薩不不也世尊即外空乃至無性自性空有願增語是菩薩摩訶薩不不也世尊即内空無願增語是菩薩摩訶薩不不也世尊即外空乃至無性自性空無願增語是菩薩摩訶薩不不也世尊即内空寂靜增語是菩薩摩訶薩不不也世尊即外空乃至無性自性空寂靜增語是菩薩摩訶薩不不也世尊即内空不寂靜增語是菩薩摩訶薩不不也世尊即外空乃至無性自性空不寂靜增語是菩薩摩訶薩不不也世尊即内空遠離增語是菩薩摩訶薩不不也世尊即外空乃至無性自性空遠離增語是菩薩摩訶薩不不也世尊即内空不遠離增語是菩薩摩訶薩不不也世尊即外空乃至無性自性空不遠離增語是菩薩摩訶薩不不也世尊即内空有爲增語是菩薩摩訶薩不不也世尊即外空乃至無性自性空有爲增語是菩薩摩訶薩不不也世尊即内空無爲增語是菩薩摩訶薩不不也世尊即外空乃至無性自性空無爲增語是菩薩摩訶薩不不也世尊即内空有漏增語是菩薩摩訶薩

不不也世尊即外空乃至無性自性空有漏增語是菩薩摩訶薩不不也世尊即內空無漏增語是菩薩摩訶薩不不也世尊即外空乃至無性自性空無漏增語是菩薩摩訶薩不不也世尊即內空隱增語是菩薩摩訶薩不不也世尊即外空乃至無性自性空隱增語是菩薩摩訶薩不不也世尊即內空顯增語是菩薩摩訶薩不不也世尊即外空乃至無性自性空顯增語是菩薩摩訶薩不不也世尊即內空善增語是菩薩摩訶薩不不也世尊即外空乃至無性自性空善增語是菩薩摩訶薩不不也世尊即內空非善增語是菩薩摩訶薩不不也世尊即外空乃至無性自性空非善增語是菩薩摩訶薩不不也世尊即內空有罪增語是菩薩摩訶薩不不也世尊即外空乃至無性自性空有罪增語是菩薩摩訶薩不不也世尊即內空無罪增語是菩薩摩訶薩不不也世尊即外空乃至無性自性空無罪增語是菩薩摩訶薩不不也世尊即內空有煩惱增語是菩薩摩訶薩不不也世尊即外空乃至無性自性空有煩惱增語是菩薩摩訶薩不不也世尊即內空無煩惱增語是菩薩摩訶薩不不也世尊即外空乃至無性自性空無煩惱增語是菩薩摩訶薩不不也世尊即內空世間增語是菩薩摩訶薩不不也世尊即外空乃至無性自性空世間增語是菩薩摩訶薩不不也世尊即內空出世間增語是菩薩摩訶薩不不也世尊即外空乃至無性自性空出世間增語是菩薩摩訶薩不不也世尊即內空雜染增語

是菩薩摩訶薩不不也世尊即外空乃至無
性自性空雜染增語是菩薩摩訶薩不不也
世尊即内空清淨增語是菩薩摩訶薩不不
也世尊即外空乃至無性自性空清淨增語
是菩薩摩訶薩不不也世尊即内空屬生死
增語是菩薩摩訶薩不不也世尊即外空乃
至無性自性空屬生死增語是菩薩摩訶薩
不不也世尊即内空屬涅槃增語是菩薩摩
訶薩不不也世尊即外空乃至無性自性空
屬涅槃增語是菩薩摩訶薩不不也世尊即
内空在内增語是菩薩摩訶薩不不也世尊
即外空乃至無性自性空在内增語是菩薩
摩訶薩不不也世尊即内空在外增語是菩
薩摩訶薩不不也世尊即外空乃至無性自
性空在外增語是菩薩摩訶薩不不也世尊

即内空在兩間增語是菩薩摩訶薩不不也
世尊即外空乃至無性自性空在兩間增語
是菩薩摩訶薩不不也世尊即内空可得增
語是菩薩摩訶薩不不也世尊即外空乃至
無性自性空可得增語是菩薩摩訶薩不不
也世尊即内空不可得增語是菩薩摩訶薩
不不也世尊即外空乃至無性自性空不可
得增語是菩薩摩訶薩不不也世尊復次善
現所言菩薩摩訶薩者於意云何即眞如增
語是菩薩摩訶薩不不也世尊即法界法性
不虛妄性不變異性平等性離生性法定法
住實際虛空界不思議界增語是菩薩摩訶
薩不不也世尊即眞如常增語是菩薩摩訶
薩不不也世尊即法界乃至不思議界常增
語是菩薩摩訶薩不不也世尊即眞如無常

增語是菩薩摩訶薩不不也世尊即法界乃至不思議界無常增語是菩薩摩訶薩不不也世尊即眞如樂增語是菩薩摩訶薩不不也世尊即法界乃至不思議界樂增語是菩薩摩訶薩不不也世尊即眞如苦增語是菩薩摩訶薩不不也世尊即法界乃至不思議界苦增語是菩薩摩訶薩不不也世尊即眞如我增語是菩薩摩訶薩不不也世尊即法界乃至不思議界我增語是菩薩摩訶薩不不也世尊即眞如無我增語是菩薩摩訶薩不不也世尊即法界乃至不思議界無我增語是菩薩摩訶薩不不也世尊即眞如淨增語是菩薩摩訶薩不不也世尊即法界乃至不思議界淨增語是菩薩摩訶薩不不也世尊即眞如不淨增語是菩薩摩訶薩不不也

世尊即法界乃至不思議界不淨增語是菩薩摩訶薩不不也世尊即眞如空增語是菩薩摩訶薩不不也世尊即法界乃至不思議界空增語是菩薩摩訶薩不不也世尊即眞如不空增語是菩薩摩訶薩不不也世尊即法界乃至不思議界不空增語是菩薩摩訶薩不不也世尊即眞如有相增語是菩薩摩訶薩不不也世尊即法界乃至不思議界有相增語是菩薩摩訶薩不不也世尊即眞如無相增語是菩薩摩訶薩不不也世尊即法界乃至不思議界無相增語是菩薩摩訶薩不不也世尊即眞如有願增語是菩薩摩訶薩不不也世尊即法界乃至不思議界有願增語是菩薩摩訶薩不不也世尊即眞如無願增語是菩薩摩訶薩不不也世尊即法界

乃至不思議界無願增語是菩薩摩訶薩不
不也世尊即眞如寂靜增語是菩薩摩訶薩
不不也世尊即法界乃至不思議界寂靜增
語是菩薩摩訶薩不不也世尊即眞如不寂
靜增語是菩薩摩訶薩不不也世尊即法界
乃至不思議界不寂靜增語是菩薩摩訶薩
不不也世尊即眞如遠離增語是菩薩摩訶
薩不不也世尊即法界乃至不思議界遠離
增語是菩薩摩訶薩不不也世尊即眞如不
遠離增語是菩薩摩訶薩不不也世尊即法
界乃至不思議界不遠離增語是菩薩摩訶
薩不不也世尊即眞如有爲增語是菩薩摩
訶薩不不也世尊即法界乃至不思議界有
爲增語是菩薩摩訶薩不不也世尊即眞如
無爲增語是菩薩摩訶薩不不也世尊即法
界乃至不思議界無爲增語是菩薩摩訶薩
不不也世尊即眞如有漏增語是菩薩摩訶
薩不不也世尊即法界乃至不思議界有漏
增語是菩薩摩訶薩不不也世尊即眞如無
漏增語是菩薩摩訶薩不不也世尊即法界
乃至不思議界無漏增語是菩薩摩訶薩不
不也世尊即眞如隱增語是菩薩摩訶薩不
不也世尊即法界乃至不思議界隱增語是
菩薩摩訶薩不不也世尊即眞如顯增語是
菩薩摩訶薩不不也世尊即法界乃至不思
議界顯增語是菩薩摩訶薩不不也世尊即
眞如善增語是菩薩摩訶薩不不也世尊即
法界乃至不思議界善增語是菩薩摩訶薩
不不也世尊即眞如非善增語是菩薩摩訶
薩不不也世尊即法界乃至不思議界非善

增語是菩薩摩訶薩不不也世尊即眞如有罪增語是菩薩摩訶薩不不也世尊即法界乃至不思議界有罪增語是菩薩摩訶薩不不也世尊即眞如無罪增語是菩薩摩訶薩不不也世尊即法界乃至不思議界無罪增語是菩薩摩訶薩不不也世尊即眞如有煩惱增語是菩薩摩訶薩不不也世尊即法界乃至不思議界有煩惱增語是菩薩摩訶薩不不也世尊即眞如無煩惱增語是菩薩摩訶薩不不也世尊即法界乃至不思議界無煩惱增語是菩薩摩訶薩不不也世尊即眞如世間增語是菩薩摩訶薩不不也世尊即法界乃至不思議界世間增語是菩薩摩訶薩不不也世尊即眞如出世間增語是菩薩摩訶薩不不也世尊即法界乃至不思議界

出世間增語是菩薩摩訶薩不不也世尊即眞如雜染增語是菩薩摩訶薩不不也世尊即法界乃至不思議界雜染增語是菩薩摩訶薩不不也世尊即眞如清淨增語是菩薩摩訶薩不不也世尊即法界乃至不思議界清淨增語是菩薩摩訶薩不不也世尊即眞如屬生死增語是菩薩摩訶薩不不也世尊即法界乃至不思議界屬生死增語是菩薩摩訶薩不不也世尊即眞如屬涅槃增語是菩薩摩訶薩不不也世尊即法界乃至不思議界屬涅槃增語是菩薩摩訶薩不不也世尊即眞如在內增語是菩薩摩訶薩不不也世尊即法界乃至不思議界在內增語是菩薩摩訶薩不不也世尊即眞如在外增語是菩薩摩訶薩不不也世尊即法界乃至不思

議界在外增語是菩薩摩訶薩不不也世尊即眞如在兩間增語是菩薩摩訶薩不不也世尊即法界乃至不思議界在兩間增語是菩薩摩訶薩不不也世尊即眞如可得增語是菩薩摩訶薩不不也世尊即法界乃至不思議界可得增語是菩薩摩訶薩不不也世尊即眞如不可得增語是菩薩摩訶薩不不也世尊即法界乃至不思議界不可得增語是菩薩摩訶薩不不也世尊復次善現所言菩薩摩訶薩者於意云何即四念住增語是菩薩摩訶薩不不也世尊即四正斷四神足五根五力七等覺支八聖道支增語是菩薩摩訶薩不不也世尊即四念住常增語是菩薩摩訶薩不不也世尊即四正斷乃至八聖道支常增語是菩薩摩訶薩不不也世尊即四念住無常增語是菩薩摩訶薩不不也世尊即四正斷乃至八聖道支無常增語是菩薩摩訶薩不不也世尊即四念住樂增語是菩薩摩訶薩不不也世尊即四正斷乃至八聖道支樂增語是菩薩摩訶薩不不也世尊即四念住苦增語是菩薩摩訶薩不不也世尊即四正斷乃至八聖道支苦增語是菩薩摩訶薩不不也世尊即四念住我增語是菩薩摩訶薩不不也世尊即四正斷乃至八聖道支我增語是菩薩摩訶薩不不也世尊即四念住無我增語是菩薩摩訶薩不不也世尊即四正斷乃至八聖道支無我增語是菩薩摩訶薩不不也世尊即四念住淨增語是菩薩摩訶薩不不也世尊即四正斷乃至八聖道支淨增語是菩薩摩訶薩不不也世尊

即四念住不淨增語是菩薩摩訶薩不不也世尊即四正斷乃至八聖道支不淨增語是菩薩摩訶薩不不也世尊即四念住空增語是菩薩摩訶薩不不也世尊即四正斷乃至八聖道支空增語是菩薩摩訶薩不不也世尊即四念住不空增語是菩薩摩訶薩不不也世尊即四正斷乃至八聖道支不空增語是菩薩摩訶薩不不也世尊即四念住有相增語是菩薩摩訶薩不不也世尊即四正斷乃至八聖道支有相增語是菩薩摩訶薩不不也世尊即四念住無相增語是菩薩摩訶薩不不也世尊即四正斷乃至八聖道支無相增語是菩薩摩訶薩不不也世尊即四念住有願增語是菩薩摩訶薩不不也世尊即四正斷乃至八聖道支有願增語是菩薩摩訶薩不不也世尊即四念住無願增語是菩薩摩訶薩不不也世尊即四正斷乃至八聖道支無願增語是菩薩摩訶薩不不也世尊即四念住寂靜增語是菩薩摩訶薩不不也世尊即四正斷乃至八聖道支寂靜增語是菩薩摩訶薩不不也世尊即四念住不寂靜增語是菩薩摩訶薩不不也世尊即四正斷乃至八聖道支不寂靜增語是菩薩摩訶薩不不也世尊即四念住遠離增語是菩薩摩訶薩不不也世尊即四正斷乃至八聖道支遠離增語是菩薩摩訶薩不不也世尊即四念住不遠離增語是菩薩摩訶薩不不也世尊即四正斷乃至八聖道支不遠離增語是菩薩摩訶薩不不也世尊即四念住有爲增語是菩薩摩訶薩不不也世尊即四正斷乃

至八聖道支有為增語是菩薩摩訶薩不不也世尊即四念住無為增語是菩薩摩訶薩不不也世尊即四正斷乃至八聖道支無為增語是菩薩摩訶薩不不也世尊即四念住有漏增語是菩薩摩訶薩不不也世尊即四正斷乃至八聖道支有漏增語是菩薩摩訶薩不不也世尊即四念住無漏增語是菩薩摩訶薩不不也世尊即四正斷乃至八聖道支無漏增語是菩薩摩訶薩不不也世尊即四念住生增語是菩薩摩訶薩不不也世尊即四正斷乃至八聖道支生增語是菩薩摩訶薩不不也世尊即四念住滅增語是菩薩摩訶薩不不也世尊即四正斷乃至八聖道支滅增語是菩薩摩訶薩不不也世尊即四念住善增語是菩薩摩訶薩不不也世尊即四正斷乃至八聖道支善增語是菩薩摩訶薩不不也世尊即四念住非善增語是菩薩摩訶薩不不也世尊即四正斷乃至八聖道支非善增語是菩薩摩訶薩不不也世尊即四念住有罪增語是菩薩摩訶薩不不也世尊即四正斷乃至八聖道支有罪增語是菩薩摩訶薩不不也世尊即四念住無罪增語是菩薩摩訶薩不不也世尊即四正斷乃至八聖道支無罪增語是菩薩摩訶薩不不也世尊即四念住有煩惱增語是菩薩摩訶薩不不也世尊即四正斷乃至八聖道支有煩惱增語是菩薩摩訶薩不不也世尊即四念住無煩惱增語是菩薩摩訶薩不不也世尊即四正斷乃至八聖道支無煩惱增語是菩薩摩訶薩不不也世尊即四念住世間增語

是菩薩摩訶薩不不也世尊即四正斷乃至八聖道支世間增語是菩薩摩訶薩不不也世尊即四念住出世間增語是菩薩摩訶薩不不也世尊即四正斷乃至八聖道支出世間增語是菩薩摩訶薩不不也世尊即四念住雜染增語是菩薩摩訶薩不不也世尊即四正斷乃至八聖道支雜染增語是菩薩摩訶薩不不也世尊即四念住清淨增語是菩薩摩訶薩不不也世尊即四正斷乃至八聖道支清淨增語是菩薩摩訶薩不不也世尊即四念住屬生死增語是菩薩摩訶薩不不也世尊即四正斷乃至八聖道支屬生死增語是菩薩摩訶薩不不也世尊即四念住屬涅槃增語是菩薩摩訶薩不不也世尊即四正斷乃至八聖道支屬涅槃增語是菩薩摩訶薩不不也世尊即四念住在内增語是菩薩摩訶薩不不也世尊即四正斷乃至八聖道支在内增語是菩薩摩訶薩不不也世尊即四念住在外增語是菩薩摩訶薩不不也世尊即四正斷乃至八聖道支在外增語是菩薩摩訶薩不不也世尊即四念住在兩間增語是菩薩摩訶薩不不也世尊即四正斷乃至八聖道支在兩間增語是菩薩摩訶薩不不也世尊即四念住可得增語是菩薩摩訶薩不不也世尊即四正斷乃至八聖道支可得增語是菩薩摩訶薩不不也世尊即四念住不可得增語是菩薩摩訶薩不不也世尊即四正斷乃至八聖道支不可得增語是菩薩摩訶薩不不也世尊復次善現所言菩薩摩訶薩者於意云何即苦聖諦增語是菩

薩摩訶薩不不也世尊即集滅道聖諦增語是菩薩摩訶薩不不也世尊即苦聖諦常增語是菩薩摩訶薩不不也世尊即集滅道聖諦常增語是菩薩摩訶薩不不也世尊即苦聖諦無常增語是菩薩摩訶薩不不也世尊即集滅道聖諦無常增語是菩薩摩訶薩不不也世尊即苦聖諦樂增語是菩薩摩訶薩不不也世尊即集滅道聖諦樂增語是菩薩摩訶薩不不也世尊即苦聖諦苦增語是菩薩摩訶薩不不也世尊即集滅道聖諦苦增語是菩薩摩訶薩不不也世尊即苦聖諦我增語是菩薩摩訶薩不不也世尊即集滅道聖諦我增語是菩薩摩訶薩不不也世尊即苦聖諦無我增語是菩薩摩訶薩不不也世尊即集滅道聖諦無我增語是菩薩摩訶薩

不不也世尊即苦聖諦淨增語是菩薩摩訶薩不不也世尊即集滅道聖諦淨增語是菩薩摩訶薩不不也世尊即苦聖諦不淨增語是菩薩摩訶薩不不也世尊即集滅道聖諦不淨增語是菩薩摩訶薩不不也世尊即苦聖諦空增語是菩薩摩訶薩不不也世尊即集滅道聖諦空增語是菩薩摩訶薩不不也世尊即苦聖諦不空增語是菩薩摩訶薩不不也世尊即集滅道聖諦不空增語是菩薩摩訶薩不不也世尊即苦聖諦有相增語是菩薩摩訶薩不不也世尊即集滅道聖諦有相增語是菩薩摩訶薩不不也世尊即苦聖諦無相增語是菩薩摩訶薩不不也世尊即集滅道聖諦無相增語是菩薩摩訶薩不不也世尊即苦聖諦有願增語是菩薩摩訶薩

不不也世尊即集滅道聖諦有願增語是菩薩摩訶薩不不也世尊即苦聖諦無願增語是菩薩摩訶薩不不也世尊即集滅道聖諦無願增語是菩薩摩訶薩不不也世尊即苦聖諦寂靜增語是菩薩摩訶薩不不也世尊即集滅道聖諦寂靜增語是菩薩摩訶薩不不也世尊即苦聖諦不寂靜增語是菩薩摩訶薩不不也世尊即集滅道聖諦不寂靜增語是菩薩摩訶薩不不也世尊即苦聖諦遠離增語是菩薩摩訶薩不不也世尊即集滅道聖諦遠離增語是菩薩摩訶薩不不也世尊即苦聖諦不遠離增語是菩薩摩訶薩不不也世尊即集滅道聖諦不遠離增語是菩薩摩訶薩不不也世尊即苦聖諦有爲增語是菩薩摩訶薩不不也世尊即集滅道聖諦有爲增語是菩薩摩訶薩不不也世尊即苦聖諦無爲增語是菩薩摩訶薩不不也世尊即集滅道聖諦無爲增語是菩薩摩訶薩不不也世尊即苦聖諦有漏增語是菩薩摩訶薩不不也世尊即集滅道聖諦有漏增語是菩薩摩訶薩不不也世尊即苦聖諦無漏增語是菩薩摩訶薩不不也世尊即集滅道聖諦無漏增語是菩薩摩訶薩不不也世尊即苦聖諦生增語是菩薩摩訶薩不不也世尊即集滅道聖諦生增語是菩薩摩訶薩不不也世尊即苦聖諦滅增語是菩薩摩訶薩不不也世尊即集滅道聖諦滅增語是菩薩摩訶薩不不也世尊即苦聖諦善增語是菩薩摩訶薩不不也世尊即集滅道聖諦善增語是菩薩摩訶薩不不也世尊即苦聖諦非善

增語是菩薩摩訶薩不不也世尊即集滅道聖諦非善增語是菩薩摩訶薩不不也世尊即苦聖諦有罪增語是菩薩摩訶薩不不也世尊即集滅道聖諦有罪增語是菩薩摩訶薩不不也世尊即苦聖諦無罪增語是菩薩摩訶薩不不也世尊即集滅道聖諦無罪增語是菩薩摩訶薩不不也世尊即苦聖諦有煩惱增語是菩薩摩訶薩不不也世尊即集滅道聖諦有煩惱增語是菩薩摩訶薩不不也世尊即苦聖諦無煩惱增語是菩薩摩訶薩不不也世尊即集滅道聖諦無煩惱增語是菩薩摩訶薩不不也世尊即苦聖諦世間增語是菩薩摩訶薩不不也世尊即集滅道聖諦世間增語是菩薩摩訶薩不不也世尊即苦聖諦出世間增語是菩薩摩訶薩不不也世尊即集滅道聖諦出世間增語是菩薩摩訶薩不不也世尊即苦聖諦雜染增語是菩薩摩訶薩不不也世尊即集滅道聖諦雜染增語是菩薩摩訶薩不不也世尊即苦聖諦清淨增語是菩薩摩訶薩不不也世尊即集滅道聖諦清淨增語是菩薩摩訶薩不不也世尊即苦聖諦屬生死增語是菩薩摩訶薩不不也世尊即集滅道聖諦屬生死增語是菩薩摩訶薩不不也世尊即苦聖諦屬涅槃增語是菩薩摩訶薩不不也世尊即集滅道聖諦屬涅槃增語是菩薩摩訶薩不不也世尊即苦聖諦在內增語是菩薩摩訶薩不不也世尊即集滅道聖諦在內增語是菩薩摩訶薩不不也世尊即苦聖諦在外增語是菩薩摩訶薩不不也世尊即集滅道聖諦在

外增語是菩薩摩訶薩不不也世尊即苦聖諦在兩間增語是菩薩摩訶薩不不也世尊即集滅道聖諦在兩間增語是菩薩摩訶薩不不也世尊即苦聖諦可得增語是菩薩摩訶薩不不也世尊即集滅道聖諦可得增語是菩薩摩訶薩不不也世尊即苦聖諦不可得增語是菩薩摩訶薩不不也世尊即集滅道聖諦不可得增語是菩薩摩訶薩不不也世尊復次善現所言菩薩摩訶薩者於意云何即四靜慮增語是菩薩摩訶薩不不也世尊即四無量四無色定增語是菩薩摩訶薩不不也世尊即四靜慮常增語是菩薩摩訶薩不不也世尊即四無量四無色定常增語是菩薩摩訶薩不不也世尊即四靜慮無常增語是菩薩摩訶薩不不也世尊即四無量四無色定無常增語是菩薩摩訶薩不不也世尊即四靜慮樂增語是菩薩摩訶薩不不也世尊即四無量四無色定樂增語是菩薩摩訶薩不不也世尊即四靜慮苦增語是菩薩摩訶薩不不也世尊即四無量四無色定苦增語是菩薩摩訶薩不不也世尊即四靜慮我增語是菩薩摩訶薩不不也世尊即四無量四無色定我增語是菩薩摩訶薩不不也世尊即四靜慮無我增語是菩薩摩訶薩不不也世尊即四無量四無色定無我增語是菩薩摩訶薩不不也世尊即四靜慮淨增語是菩薩摩訶薩不不也世尊即四無量四無色定淨增語是菩薩摩訶薩不不也世尊即四靜慮不淨增語是菩薩摩訶薩不不也世尊即四無量四無色定不淨增語是菩薩

摩訶薩不不也世尊即四靜慮空增語是菩薩摩訶薩不不也世尊即四無量四無色定空增語是菩薩摩訶薩不不也世尊即四靜慮不空增語是菩薩摩訶薩不不也世尊即四無量四無色定不空增語是菩薩摩訶薩不不也世尊即四靜慮有相增語是菩薩摩訶薩不不也世尊即四無量四無色定有相增語是菩薩摩訶薩不不也世尊即四靜慮無相增語是菩薩摩訶薩不不也世尊即四無量四無色定無相增語是菩薩摩訶薩不不也世尊即四靜慮有願增語是菩薩摩訶薩不不也世尊即四無量四無色定有願增語是菩薩摩訶薩不不也世尊即四靜慮無願增語是菩薩摩訶薩不不也世尊即四無量四無色定無願增語是菩薩摩訶薩不不也世尊即四靜慮寂靜增語是菩薩摩訶薩不不也世尊即四無量四無色定寂靜增語是菩薩摩訶薩不不也世尊即四靜慮不寂靜增語是菩薩摩訶薩不不也世尊即四無量四無色定不寂靜增語是菩薩摩訶薩不不也世尊即四靜慮遠離增語是菩薩摩訶薩不不也世尊即四無量四無色定遠離增語是菩薩摩訶薩不不也世尊即四靜慮不遠離增語是菩薩摩訶薩不不也世尊即四無量四無色定不遠離增語是菩薩摩訶薩不不也世尊即四靜慮有爲增語是菩薩摩訶薩不不也世尊即四無量四無色定有爲增語是菩薩摩訶薩不不也世尊即四靜慮無爲增語是菩薩摩訶薩不不也世尊即四無量四無色定無爲增語是菩薩摩訶薩不

不也世尊即四靜慮有漏增語是菩薩摩訶
薩不不也世尊即四無量四無色定有漏增
語是菩薩摩訶薩不不也世尊即四靜慮無
漏增語是菩薩摩訶薩不不也世尊即四無
量四無色定無漏增語是菩薩摩訶薩不不
也世尊即四靜慮生增語是菩薩摩訶薩不
不也世尊即四無量四無色定生增語是菩
薩摩訶薩不不也世尊即四靜慮滅增語是
菩薩摩訶薩不不也世尊即四無量四無色
定滅增語是菩薩摩訶薩不不也世尊即四
靜慮善增語是菩薩摩訶薩不不也世尊即
四無量四無色定善增語是菩薩摩訶薩不
不也世尊即四靜慮非善增語是菩薩摩訶
薩不不也世尊即四無量四無色定非善增
語是菩薩摩訶薩不不也世尊即四靜慮有
罪增語是菩薩摩訶薩不不也世尊即四無
量四無色定有罪增語是菩薩摩訶薩不不
也世尊即四靜慮無罪增語是菩薩摩訶薩
不不也世尊即四無量四無色定無罪增語
是菩薩摩訶薩不不也世尊即四靜慮有煩
惱增語是菩薩摩訶薩不不也世尊即四無
量四無色定有煩惱增語是菩薩摩訶薩不
不也世尊即四靜慮無煩惱增語是菩薩摩
訶薩不不也世尊即四無量四無色定無煩
惱增語是菩薩摩訶薩不不也世尊即四靜
慮世間增語是菩薩摩訶薩不不也世尊即
四無量四無色定世間增語是菩薩摩訶薩
不不也世尊即四靜慮出世間增語是菩薩
摩訶薩不不也世尊即四無量四無色定出
世間增語是菩薩摩訶薩不不也世尊即四

靜慮雜染增語是菩薩摩訶薩不不也世尊即四無量四無色定雜染增語是菩薩摩訶薩不不也世尊即四靜慮清淨增語是菩薩摩訶薩不不也世尊即四無量四無色定清淨增語是菩薩摩訶薩不不也世尊即四靜慮屬生死增語是菩薩摩訶薩不不也世尊即四無量四無色定屬生死增語是菩薩摩訶薩不不也世尊即四靜慮屬涅槃增語是菩薩摩訶薩不不也世尊即四無量四無色定屬涅槃增語是菩薩摩訶薩不不也世尊即四靜慮在內增語是菩薩摩訶薩不不也世尊即四無量四無色定在內增語是菩薩摩訶薩不不也世尊即四靜慮在外增語是菩薩摩訶薩不不也世尊即四無量四無色定在外增語是菩薩摩訶薩不不也世尊即四靜慮在兩間增語是菩薩摩訶薩不不也世尊即四無量四無色定在兩間增語是菩薩摩訶薩不不也世尊即四靜慮可得增語是菩薩摩訶薩不不也世尊即四無量四無色定可得增語是菩薩摩訶薩不不也世尊即四靜慮不可得增語是菩薩摩訶薩不不也世尊即四無量四無色定不可得增語是菩薩摩訶薩不不也世尊

大般若波羅蜜多經卷第二十

大般若波羅蜜多經卷第二十一

唐三藏法師玄奘奉　詔譯

初分教誡教授品第七之十一

復次善現所言菩薩摩訶薩者於意云何即八解脫增語是菩薩摩訶薩不不也世尊即八勝處九次第定十遍處增語是菩薩摩訶薩不不也世尊即八解脫常增語是菩薩摩訶薩不不也世尊即八勝處九次第定十遍處常增語是菩薩摩訶薩不不也世尊即八解脫無常增語是菩薩摩訶薩不不也世尊即八勝處九次第定十遍處無常增語是菩薩摩訶薩不不也世尊即八解脫樂增語是菩薩摩訶薩不不也世尊即八勝處九次第定十遍處樂增語是菩薩摩訶薩不不也世尊即八解脫苦增語是菩薩摩訶薩不不也世尊即八勝處九次第定十遍處苦增語是菩薩摩訶薩不不也世尊即八解脫我增語是菩薩摩訶薩不不也世尊即八勝處九次第定十遍處我增語是菩薩摩訶薩不不也世尊即八解脫無我增語是菩薩摩訶薩不不也世尊即八勝處九次第定十遍處無我增語是菩薩摩訶薩不不也世尊即八解脫淨增語是菩薩摩訶薩不不也世尊即八勝處九次第定十遍處淨增語是菩薩摩訶薩不不也世尊即八解脫不淨增語是菩薩摩訶薩不不也世尊即八勝處九次第定十遍處不淨增語是菩薩摩訶薩不不也世尊即八解脫空增語是菩薩摩訶薩不不也世尊即八勝處九次第定十遍處空增語是菩薩摩訶薩不不也世尊即八解脫不空增語是

菩薩摩訶薩不不也世尊即八勝處九次第定十遍處不空增語是菩薩摩訶薩不不也世尊即八解脱有相增語是菩薩摩訶薩不不也世尊即八勝處九次第定十遍處有相增語是菩薩摩訶薩不不也世尊即八解脱無相增語是菩薩摩訶薩不不也世尊即八勝處九次第定十遍處無相增語是菩薩摩訶薩不不也世尊即八解脱有願增語是菩薩摩訶薩不不也世尊即八勝處九次第定十遍處有願增語是菩薩摩訶薩不不也世尊即八解脱無願增語是菩薩摩訶薩不不也世尊即八勝處九次第定十遍處無願增語是菩薩摩訶薩不不也世尊即八解脱寂靜增語是菩薩摩訶薩不不也世尊即八勝處九次第定十遍處寂靜增語是菩薩摩訶薩不不也世尊即八解脱不寂靜增語是菩薩摩訶薩不不也世尊即八勝處九次第定十遍處不寂靜增語是菩薩摩訶薩不不也世尊即八解脱遠離增語是菩薩摩訶薩不不也世尊即八勝處九次第定十遍處遠離增語是菩薩摩訶薩不不也世尊即八解脱不遠離增語是菩薩摩訶薩不不也世尊即八勝處九次第定十遍處不遠離增語是菩薩摩訶薩不不也世尊即八解脱有爲增語是菩薩摩訶薩不不也世尊即八勝處九次第定十遍處有爲增語是菩薩摩訶薩不不也世尊即八解脱無爲增語是菩薩摩訶薩不不也世尊即八勝處九次第定十遍處無爲增語是菩薩摩訶薩不不也世尊即八解脱有漏增語是菩薩摩訶薩不不也世尊即

八勝處九次第定十遍處有漏增語是菩薩摩訶薩不不也世尊即八解脫無漏增語是菩薩摩訶薩不不也世尊即八勝處九次第定十遍處無漏增語是菩薩摩訶薩不不也世尊即八解脫生增語是菩薩摩訶薩不不也世尊即八勝處九次第定十遍處生增語是菩薩摩訶薩不不也世尊即八解脫滅增語是菩薩摩訶薩不不也世尊即八勝處九次第定十遍處滅增語是菩薩摩訶薩不不也世尊即八解脫善增語是菩薩摩訶薩不不也世尊即八勝處九次第定十遍處善增語是菩薩摩訶薩不不也世尊即八解脫非善增語是菩薩摩訶薩不不也世尊即八勝處九次第定十遍處非善增語是菩薩摩訶薩不不也世尊即八解脫有罪增語是菩薩摩訶薩不不也世尊即八勝處九次第定十遍處有罪增語是菩薩摩訶薩不不也世尊即八解脫無罪增語是菩薩摩訶薩不不也世尊即八勝處九次第定十遍處無罪增語是菩薩摩訶薩不不也世尊即八解脫有煩惱增語是菩薩摩訶薩不不也世尊即八勝處九次第定十遍處有煩惱增語是菩薩摩訶薩不不也世尊即八解脫無煩惱增語是菩薩摩訶薩不不也世尊即八勝處九次第定十遍處無煩惱增語是菩薩摩訶薩不不也世尊即八解脫世間增語是菩薩摩訶薩不不也世尊即八勝處九次第定十遍處世間增語是菩薩摩訶薩不不也世尊即八解脫出世間增語是菩薩摩訶薩不不也世尊即八勝處九次第定十遍處出世間增語是

菩薩摩訶薩不不也世尊即八解脱雜染增
語是菩薩摩訶薩不不也世尊即八勝處九
次第定十遍處雜染增語是菩薩摩訶薩不
不也世尊即八解脱清淨增語是菩薩摩訶
薩不不也世尊即八勝處九次第定十遍處
清淨增語是菩薩摩訶薩不不也世尊即八
解脱屬生死增語是菩薩摩訶薩不不也世
尊即八勝處九次第定十遍處屬生死增語
是菩薩摩訶薩不不也世尊即八解脱屬涅
槃增語是菩薩摩訶薩不不也世尊即八勝
處九次第定十遍處屬涅槃增語是菩薩摩
訶薩不不也世尊即八解脱在内增語是菩
薩摩訶薩不不也世尊即八勝處九次第定
十遍處在内增語是菩薩摩訶薩不不也世
尊即八解脱在外增語是菩薩摩訶薩不不
也世尊即八勝處九次第定十遍處在外增
語是菩薩摩訶薩不不也世尊即八解脱在
兩間增語是菩薩摩訶薩不不也世尊即八
勝處九次第定十遍處在兩間增語是菩薩
摩訶薩不不也世尊即八解脱可得增語是
菩薩摩訶薩不不也世尊即八勝處九次第
定十遍處可得增語是菩薩摩訶薩不不也
世尊即八解脱不可得增語是菩薩摩訶薩
不不也世尊即八勝處九次第定十遍處不
可得增語是菩薩摩訶薩不不也世尊復次
善現所言菩薩摩訶薩者於意云何即空解
脱門增語是菩薩摩訶薩不不也世尊即無
相無願解脱門增語是菩薩摩訶薩不不也
世尊即空解脱門常增語是菩薩摩訶薩不
不也世尊即無相無願解脱門常增語是菩

薩摩訶薩不不也世尊即空解脫門無常增語是菩薩摩訶薩不不也世尊即無相無願解脫門無常增語是菩薩摩訶薩不不也世尊即空解脫門樂增語是菩薩摩訶薩不不也世尊即無相無願解脫門樂增語是菩薩摩訶薩不不也世尊即空解脫門苦增語是菩薩摩訶薩不不也世尊即無相無願解脫門苦增語是菩薩摩訶薩不不也世尊即空解脫門我增語是菩薩摩訶薩不不也世尊即無相無願解脫門我增語是菩薩摩訶薩不不也世尊即空解脫門無我增語是菩薩摩訶薩不不也世尊即無相無願解脫門無我增語是菩薩摩訶薩不不也世尊即空解脫門淨增語是菩薩摩訶薩不不也世尊即無相無願解脫門淨增語是菩薩摩訶薩不不也世尊即空解脫門不淨增語是菩薩摩訶薩不不也世尊即無相無願解脫門不淨增語是菩薩摩訶薩不不也世尊即空解脫門空增語是菩薩摩訶薩不不也世尊即無相無願解脫門空增語是菩薩摩訶薩不不也世尊即空解脫門不空增語是菩薩摩訶薩不不也世尊即無相無願解脫門不空增語是菩薩摩訶薩不不也世尊即空解脫門有相增語是菩薩摩訶薩不不也世尊即無相無願解脫門有相增語是菩薩摩訶薩不不也世尊即空解脫門無相增語是菩薩摩訶薩不不也世尊即無相無願解脫門無相增語是菩薩摩訶薩不不也世尊即空解脫門有願增語是菩薩摩訶薩不不也世尊即無相無願解脫門有願增語是菩薩摩訶薩

不不也世尊即空解脫門無願增語是菩薩摩訶薩不不也世尊即無相無願解脫門無願增語是菩薩摩訶薩不不也世尊即空解脫門寂靜增語是菩薩摩訶薩不不也世尊即無相無願解脫門寂靜增語是菩薩摩訶薩不不也世尊即空解脫門不寂靜增語是菩薩摩訶薩不不也世尊即無相無願解脫門不寂靜增語是菩薩摩訶薩不不也世尊即空解脫門遠離增語是菩薩摩訶薩不不也世尊即無相無願解脫門遠離增語是菩薩摩訶薩不不也世尊即空解脫門不遠離增語是菩薩摩訶薩不不也世尊即無相無願解脫門不遠離增語是菩薩摩訶薩不不也世尊即空解脫門有爲增語是菩薩摩訶薩不不也世尊即無相無願解脫門有爲增

語是菩薩摩訶薩不不也世尊即空解脫門無爲增語是菩薩摩訶薩不不也世尊即無相無願解脫門無爲增語是菩薩摩訶薩不不也世尊即空解脫門有漏增語是菩薩摩訶薩不不也世尊即無相無願解脫門有漏增語是菩薩摩訶薩不不也世尊即空解脫門無漏增語是菩薩摩訶薩不不也世尊即無相無願解脫門無漏增語是菩薩摩訶薩不不也世尊即空解脫門生增語是菩薩摩訶薩不不也世尊即無相無願解脫門生增語是菩薩摩訶薩不不也世尊即空解脫門滅增語是菩薩摩訶薩不不也世尊即無相無願解脫門滅增語是菩薩摩訶薩不不也世尊即空解脫門善增語是菩薩摩訶薩不不也世尊即無相無願解脫門善增語是菩

薩摩訶薩不不也世尊即空解脫門非善增語是菩薩摩訶薩不不也世尊即無相無願解脫門非善增語是菩薩摩訶薩不不也世尊即空解脫門有罪增語是菩薩摩訶薩不不也世尊即無相無願解脫門有罪增語是菩薩摩訶薩不不也世尊即空解脫門無罪增語是菩薩摩訶薩不不也世尊即無相無願解脫門無罪增語是菩薩摩訶薩不不也世尊即空解脫門有煩惱增語是菩薩摩訶薩不不也世尊即無相無願解脫門有煩惱增語是菩薩摩訶薩不不也世尊即空解脫門無煩惱增語是菩薩摩訶薩不不也世尊即無相無願解脫門無煩惱增語是菩薩摩訶薩不不也世尊即空解脫門世間增語是菩薩摩訶薩不不也世尊即無相無願解脫門世間增語是菩薩摩訶薩不不也世尊即空解脫門出世間增語是菩薩摩訶薩不不也世尊即無相無願解脫門出世間增語是菩薩摩訶薩不不也世尊即空解脫門雜染增語是菩薩摩訶薩不不也世尊即無相無願解脫門雜染增語是菩薩摩訶薩不不也世尊即空解脫門清淨增語是菩薩摩訶薩不不也世尊即無相無願解脫門清淨增語是菩薩摩訶薩不不也世尊即空解脫門屬生死增語是菩薩摩訶薩不不也世尊即無相無願解脫門屬生死增語是菩薩摩訶薩不不也世尊即空解脫門屬涅槃增語是菩薩摩訶薩不不也世尊即無相無願解脫門屬涅槃增語是菩薩摩訶薩不不也世尊即空解脫門在內增語是菩薩摩訶薩不不也

世尊即無相無願解脱門在内增語是菩薩摩訶薩不不也世尊即空解脱門在外增語是菩薩摩訶薩不不也世尊即無相無願解脱門在外增語是菩薩摩訶薩不不也世尊即空解脱門在兩間增語是菩薩摩訶薩不不也世尊即無相無願解脱門在兩間增語是菩薩摩訶薩不不也世尊即空解脱門可得增語是菩薩摩訶薩不不也世尊即無相無願解脱門可得增語是菩薩摩訶薩不不也世尊即空解脱門不可得增語是菩薩摩訶薩不不也世尊即無相無願解脱門不可得增語是菩薩摩訶薩不不也世尊復次善現所言菩薩摩訶薩者於意云何即陀羅尼門增語是菩薩摩訶薩不不也世尊即三摩地門增語是菩薩摩訶薩不不也世尊即陀羅尼門常增語是菩薩摩訶薩不不也世尊即三摩地門常增語是菩薩摩訶薩不不也世尊即陀羅尼門無常增語是菩薩摩訶薩不不也世尊即三摩地門無常增語是菩薩摩訶薩不不也世尊即陀羅尼門樂增語是菩薩摩訶薩不不也世尊即三摩地門樂增語是菩薩摩訶薩不不也世尊即陀羅尼門苦增語是菩薩摩訶薩不不也世尊即三摩地門苦增語是菩薩摩訶薩不不也世尊即陀羅尼門我增語是菩薩摩訶薩不不也世尊即三摩地門我增語是菩薩摩訶薩不不也世尊即陀羅尼門無我增語是菩薩摩訶薩不不也世尊即三摩地門無我增語是菩薩摩訶薩不不也世尊即陀羅尼門淨增語是菩薩摩訶薩不不也世尊即三摩地門淨

增語是菩薩摩訶薩不不也世尊即陀羅尼門不淨增語是菩薩摩訶薩不不也世尊即三摩地門不淨增語是菩薩摩訶薩不不也世尊即陀羅尼門空增語是菩薩摩訶薩不不也世尊即三摩地門空增語是菩薩摩訶薩不不也世尊即陀羅尼門不空增語是菩薩摩訶薩不不也世尊即三摩地門不空增語是菩薩摩訶薩不不也世尊即陀羅尼門有相增語是菩薩摩訶薩不不也世尊即三摩地門有相增語是菩薩摩訶薩不不也世尊即陀羅尼門無相增語是菩薩摩訶薩不不也世尊即三摩地門無相增語是菩薩摩訶薩不不也世尊即陀羅尼門有願增語是菩薩摩訶薩不不也世尊即三摩地門有願增語是菩薩摩訶薩不不也世尊即陀羅尼門無願增語是菩薩摩訶薩不不也世尊即三摩地門無願增語是菩薩摩訶薩不不也世尊即陀羅尼門寂靜增語是菩薩摩訶薩不不也世尊即三摩地門寂靜增語是菩薩摩訶薩不不也世尊即陀羅尼門不寂靜增語是菩薩摩訶薩不不也世尊即三摩地門不寂靜增語是菩薩摩訶薩不不也世尊即陀羅尼門遠離增語是菩薩摩訶薩不不也世尊即三摩地門遠離增語是菩薩摩訶薩不不也世尊即陀羅尼門不遠離增語是菩薩摩訶薩不不也世尊即三摩地門不遠離增語是菩薩摩訶薩不不也世尊即陀羅尼門有爲增語是菩薩摩訶薩不不也世尊即三摩地門有爲增語是菩薩摩訶薩不不也世尊即陀羅尼門無爲增語是菩薩摩訶薩

不不也世尊即三摩地門無爲增語是菩薩摩訶薩不不也世尊即陀羅尼門有漏增語是菩薩摩訶薩不不也世尊即三摩地門有漏增語是菩薩摩訶薩不不也世尊即陀羅尼門無漏增語是菩薩摩訶薩不不也世尊即三摩地門無漏增語是菩薩摩訶薩不不也世尊即陀羅尼門生增語是菩薩摩訶薩不不也世尊即三摩地門生增語是菩薩摩訶薩不不也世尊即陀羅尼門滅增語是菩薩摩訶薩不不也世尊即三摩地門滅增語是菩薩摩訶薩不不也世尊即陀羅尼門善增語是菩薩摩訶薩不不也世尊即三摩地門善增語是菩薩摩訶薩不不也世尊即陀羅尼門非善增語是菩薩摩訶薩不不也世尊即三摩地門非善增語是菩薩摩訶薩不

不也世尊即陀羅尼門有罪增語是菩薩摩訶薩不不也世尊即三摩地門有罪增語是菩薩摩訶薩不不也世尊即陀羅尼門無罪增語是菩薩摩訶薩不不也世尊即三摩地門無罪增語是菩薩摩訶薩不不也世尊即陀羅尼門有煩惱增語是菩薩摩訶薩不不也世尊即三摩地門有煩惱增語是菩薩摩訶薩不不也世尊即陀羅尼門無煩惱增語是菩薩摩訶薩不不也世尊即三摩地門無煩惱增語是菩薩摩訶薩不不也世尊即陀羅尼門世間增語是菩薩摩訶薩不不也世尊即三摩地門世間增語是菩薩摩訶薩不不也世尊即陀羅尼門出世間增語是菩薩摩訶薩不不也世尊即三摩地門出世間增語是菩薩摩訶薩不不也世尊即陀羅尼門

雜染增語是菩薩摩訶薩不不也世尊即三摩地門雜染增語是菩薩摩訶薩不不也世尊即陀羅尼門清淨增語是菩薩摩訶薩不不也世尊即三摩地門清淨增語是菩薩摩訶薩不不也世尊即陀羅尼門屬生死增語是菩薩摩訶薩不不也世尊即三摩地門屬生死增語是菩薩摩訶薩不不也世尊即陀羅尼門屬涅槃增語是菩薩摩訶薩不不也世尊即三摩地門屬涅槃增語是菩薩摩訶薩不不也世尊即陀羅尼門在内增語是菩薩摩訶薩不不也世尊即三摩地門在内增語是菩薩摩訶薩不不也世尊即陀羅尼門在外增語是菩薩摩訶薩不不也世尊即三摩地門在外增語是菩薩摩訶薩不不也世尊即陀羅尼門在兩間增語是菩薩摩訶薩不不也世尊即三摩地門在兩間增語是菩薩摩訶薩不不也世尊即陀羅尼門可得增語是菩薩摩訶薩不不也世尊即三摩地門可得增語是菩薩摩訶薩不不也世尊即陀羅尼門不可得增語是菩薩摩訶薩不不也世尊即三摩地門不可得增語是菩薩摩訶薩不不也世尊復次善現所言菩薩摩訶薩者於意云何即極喜地增語是菩薩摩訶薩不不也世尊即離垢地發光地焰慧地極難勝地現前地遠行地不動地善慧地法雲地增語是菩薩摩訶薩不不也世尊即極喜地常增語是菩薩摩訶薩不不也世尊即離垢地乃至法雲地常增語是菩薩摩訶薩不不也世尊即極喜地無常增語是菩薩摩訶薩不不也世尊即離垢地乃至法雲地無常增

語是菩薩摩訶薩不不也世尊即極喜地樂增語是菩薩摩訶薩不不也世尊即離垢地乃至法雲地樂增語是菩薩摩訶薩不不也世尊即極喜地苦增語是菩薩摩訶薩不不也世尊即離垢地乃至法雲地苦增語是菩薩摩訶薩不不也世尊即極喜地我增語是菩薩摩訶薩不不也世尊即離垢地乃至法雲地我增語是菩薩摩訶薩不不也世尊即極喜地無我增語是菩薩摩訶薩不不也世尊即離垢地乃至法雲地無我增語是菩薩摩訶薩不不也世尊即極喜地淨增語是菩薩摩訶薩不不也世尊即離垢地乃至法雲地淨增語是菩薩摩訶薩不不也世尊即極喜地不淨增語是菩薩摩訶薩不不也世尊即離垢地乃至法雲地不淨增語是菩薩摩訶薩不不也世尊即極喜地空增語是菩薩摩訶薩不不也世尊即離垢地乃至法雲地空增語是菩薩摩訶薩不不也世尊即極喜地不空增語是菩薩摩訶薩不不也世尊即離垢地乃至法雲地不空增語是菩薩摩訶薩不不也世尊即極喜地有相增語是菩薩摩訶薩不不也世尊即離垢地乃至法雲地有相增語是菩薩摩訶薩不不也世尊即極喜地無相增語是菩薩摩訶薩不不也世尊即離垢地乃至法雲地無相增語是菩薩摩訶薩不不也世尊即極喜地有願增語是菩薩摩訶薩不不也世尊即離垢地乃至法雲地有願增語是菩薩摩訶薩不不也世尊即極喜地無願增語是菩薩摩訶薩不不也世尊即離垢地乃至法雲地無願增語是菩薩

摩訶薩不不也世尊即極喜地寂靜增語是菩薩摩訶薩不不也世尊即離垢地乃至法雲地寂靜增語是菩薩摩訶薩不不也世尊即極喜地不寂靜增語是菩薩摩訶薩不不也世尊即離垢地乃至法雲地不寂靜增語是菩薩摩訶薩不不也世尊即極喜地遠離增語是菩薩摩訶薩不不也世尊即離垢地乃至法雲地遠離增語是菩薩摩訶薩不不也世尊即極喜地不遠離增語是菩薩摩訶薩不不也世尊即離垢地乃至法雲地不遠離增語是菩薩摩訶薩不不也世尊即極喜地有爲增語是菩薩摩訶薩不不也世尊即離垢地乃至法雲地有爲增語是菩薩摩訶薩不不也世尊即極喜地無爲增語是菩薩摩訶薩不不也世尊即離垢地乃至法雲地無爲增語是菩薩摩訶薩不不也世尊即極喜地有漏增語是菩薩摩訶薩不不也世尊即離垢地乃至法雲地有漏增語是菩薩摩訶薩不不也世尊即極喜地無漏增語是菩薩摩訶薩不不也世尊即離垢地乃至法雲地無漏增語是菩薩摩訶薩不不也世尊即極喜地生增語是菩薩摩訶薩不不也世尊即離垢地乃至法雲地生增語是菩薩摩訶薩不不也世尊即極喜地滅增語是菩薩摩訶薩不不也世尊即離垢地乃至法雲地滅增語是菩薩摩訶薩不不也世尊即極喜地善增語是菩薩摩訶薩不不也世尊即離垢地乃至法雲地善增語是菩薩摩訶薩不不也世尊即極喜地非善增語是菩薩摩訶薩不不也世尊即離垢地乃至法雲地非善增

語是菩薩摩訶薩不不也世尊即極喜地有罪增語是菩薩摩訶薩不不也世尊即離垢地乃至法雲地有罪增語是菩薩摩訶薩不不也世尊即極喜地無罪增語是菩薩摩訶薩不不也世尊即離垢地乃至法雲地無罪增語是菩薩摩訶薩不不也世尊即極喜地有煩惱增語是菩薩摩訶薩不不也世尊即離垢地乃至法雲地有煩惱增語是菩薩摩訶薩不不也世尊即極喜地無煩惱增語是菩薩摩訶薩不不也世尊即離垢地乃至法雲地無煩惱增語是菩薩摩訶薩不不也世尊即極喜地世間增語是菩薩摩訶薩不不也世尊即離垢地乃至法雲地世間增語是菩薩摩訶薩不不也世尊即極喜地出世間增語是菩薩摩訶薩不不也世尊即離垢地乃至法雲地出世間增語是菩薩摩訶薩不不也世尊即極喜地雜染增語是菩薩摩訶薩不不也世尊即離垢地乃至法雲地雜染增語是菩薩摩訶薩不不也世尊即極喜地清淨增語是菩薩摩訶薩不不也世尊即離垢地乃至法雲地清淨增語是菩薩摩訶薩不不也世尊即極喜地屬生死增語是菩薩摩訶薩不不也世尊即離垢地乃至法雲地屬生死增語是菩薩摩訶薩不不也世尊即極喜地屬涅槃增語是菩薩摩訶薩不不也世尊即離垢地乃至法雲地屬涅槃增語是菩薩摩訶薩不不也世尊即極喜地在內增語是菩薩摩訶薩不不也世尊即離垢地乃至法雲地在內增語是菩薩摩訶薩不不也世尊即極喜地在外增語是菩薩摩訶薩不

不也世尊即離垢地乃至法雲地在外增語是菩薩摩訶薩不不也世尊即極喜地在兩間增語是菩薩摩訶薩不不也世尊即離垢地乃至法雲地在兩間增語是菩薩摩訶薩不不也世尊即極喜地可得增語是菩薩摩訶薩不不也世尊即離垢地乃至法雲地可得增語是菩薩摩訶薩不不也世尊即極喜地不可得增語是菩薩摩訶薩不不也世尊即離垢地乃至法雲地不可得增語是菩薩摩訶薩不不也世尊復次善現所言菩薩摩訶薩者於意云何即五眼增語是菩薩摩訶薩不不也世尊即六神通增語是菩薩摩訶薩不不也世尊即五眼常增語是菩薩摩訶薩不不也世尊即六神通常增語是菩薩摩訶薩不不也世尊即五眼無常增語是菩薩摩訶薩不不也世尊即六神通無常增語是菩薩摩訶薩不不也世尊即五眼樂增語是菩薩摩訶薩不不也世尊即六神通樂增語是菩薩摩訶薩不不也世尊即五眼苦增語是菩薩摩訶薩不不也世尊即六神通苦增語是菩薩摩訶薩不不也世尊即五眼我增語是菩薩摩訶薩不不也世尊即六神通我增語是菩薩摩訶薩不不也世尊即五眼無我增語是菩薩摩訶薩不不也世尊即六神通無我增語是菩薩摩訶薩不不也世尊即五眼淨增語是菩薩摩訶薩不不也世尊即六神通淨增語是菩薩摩訶薩不不也世尊即五眼不淨增語是菩薩摩訶薩不不也世尊即六神通不淨增語是菩薩摩訶薩不不也世尊即五眼空增語是菩薩摩訶薩不不

也世尊即六神通空增語是菩薩摩訶薩不不也世尊即五眼不空增語是菩薩摩訶薩不不也世尊即六神通不空增語是菩薩摩訶薩不不也世尊即五眼有相增語是菩薩摩訶薩不不也世尊即六神通有相增語是菩薩摩訶薩不不也世尊即五眼無相增語是菩薩摩訶薩不不也世尊即六神通無相增語是菩薩摩訶薩不不也世尊即五眼有願增語是菩薩摩訶薩不不也世尊即六神通有願增語是菩薩摩訶薩不不也世尊即五眼無願增語是菩薩摩訶薩不不也世尊即六神通無願增語是菩薩摩訶薩不不也世尊即五眼寂靜增語是菩薩摩訶薩不不也世尊即六神通寂靜增語是菩薩摩訶薩不不也世尊即五眼不寂靜增語是菩薩摩訶薩不不也世尊即六神通不寂靜增語是菩薩摩訶薩不不也世尊即五眼遠離增語是菩薩摩訶薩不不也世尊即六神通遠離增語是菩薩摩訶薩不不也世尊即五眼不遠離增語是菩薩摩訶薩不不也世尊即六神通不遠離增語是菩薩摩訶薩不不也世尊即五眼有爲增語是菩薩摩訶薩不不也世尊即六神通有爲增語是菩薩摩訶薩不不也世尊即五眼無爲增語是菩薩摩訶薩不不也世尊即六神通無爲增語是菩薩摩訶薩不不也世尊即五眼有漏增語是菩薩摩訶薩不不也世尊即六神通有漏增語是菩薩摩訶薩不不也世尊即五眼無漏增語是菩薩摩訶薩不不也世尊即六神通無漏增語是菩薩摩訶薩不不也世尊即五眼生

增語是菩薩摩訶薩不不也世尊即六神通生增語是菩薩摩訶薩不不也世尊即五眼滅增語是菩薩摩訶薩不不也世尊即六神通滅增語是菩薩摩訶薩不不也世尊即五眼善增語是菩薩摩訶薩不不也世尊即六神通善增語是菩薩摩訶薩不不也世尊即五眼非善增語是菩薩摩訶薩不不也世尊即六神通非善增語是菩薩摩訶薩不不也世尊即五眼有罪增語是菩薩摩訶薩不不也世尊即六神通有罪增語是菩薩摩訶薩不不也世尊即五眼無罪增語是菩薩摩訶薩不不也世尊即六神通無罪增語是菩薩摩訶薩不不也世尊即五眼有煩惱增語是菩薩摩訶薩不不也世尊即六神通有煩惱增語是菩薩摩訶薩不不也世尊即五眼無煩惱增語是菩薩摩訶薩不不也世尊即六神通無煩惱增語是菩薩摩訶薩不不也世尊即五眼世間增語是菩薩摩訶薩不不也世尊即六神通世間增語是菩薩摩訶薩不不也世尊即五眼出世間增語是菩薩摩訶薩不不也世尊即六神通出世間增語是菩薩摩訶薩不不也世尊即五眼雜染增語是菩薩摩訶薩不不也世尊即六神通雜染增語是菩薩摩訶薩不不也世尊即五眼清淨增語是菩薩摩訶薩不不也世尊即六神通清淨增語是菩薩摩訶薩不不也世尊即五眼屬生死增語是菩薩摩訶薩不不也世尊即六神通屬生死增語是菩薩摩訶薩不不也世尊即五眼屬涅槃增語是菩薩摩訶薩不不也世尊即六神通屬涅槃增語是菩薩

摩訶薩不不也世尊即五眼在内增語是菩
薩摩訶薩不不也世尊即六神通在内增語
是菩薩摩訶薩不不也世尊即五眼在外增
語是菩薩摩訶薩不不也世尊即六神通在
外增語是菩薩摩訶薩不不也世尊即五眼
在兩間增語是菩薩摩訶薩不不也世尊即
六神通在兩間增語是菩薩摩訶薩不不也
世尊即五眼可得增語是菩薩摩訶薩不不
也世尊即六神通可得增語是菩薩摩訶薩
不不也世尊即五眼不可得增語是菩薩摩
訶薩不不也世尊即六神通不可得增語是
菩薩摩訶薩不不也世尊

大般若波羅蜜多經卷第二十一

大般若波羅蜜多經卷第二十二

唐三藏法師玄奘奉　詔譯

初分教誡教授品第七之十二

復次善現所言菩薩摩訶薩者於意云何即佛十力增語是菩薩摩訶薩不不也世尊即四無所畏四無礙解十八佛不共法增語是菩薩摩訶薩不不也世尊即佛十力常增語是菩薩摩訶薩不不也世尊即四無所畏四無礙解十八佛不共法常增語是菩薩摩訶薩不不也世尊即佛十力無常增語是菩薩摩訶薩不不也世尊即四無所畏四無礙解十八佛不共法無常增語是菩薩摩訶薩不不也世尊即佛十力樂增語是菩薩摩訶薩不不也世尊即四無所畏四無礙解十八佛不共法樂增語是菩薩摩訶薩不不也世尊即佛十力苦增語是菩薩摩訶薩不不也世尊即四無所畏四無礙解十八佛不共法苦增語是菩薩摩訶薩不不也世尊即佛十力我增語是菩薩摩訶薩不不也世尊即四無所畏四無礙解十八佛不共法我增語是菩薩摩訶薩不不也世尊即佛十力無我增語是菩薩摩訶薩不不也世尊即四無所畏四無礙解十八佛不共法無我增語是菩薩摩訶薩不不也世尊即佛十力淨增語是菩薩摩訶薩不不也世尊即四無所畏四無礙解十八佛不共法淨增語是菩薩摩訶薩不不也世尊即佛十力不淨增語是菩薩摩訶薩不不也世尊即四無所畏四無礙解十八佛不共法不淨增語是菩薩摩訶薩不不也世尊即佛十力空增語是菩薩摩訶薩不不也

世尊即四無所畏四無礙解十八佛不共法空增語是菩薩摩訶薩不不也世尊即佛十力不空增語是菩薩摩訶薩不不也世尊即四無所畏四無礙解十八佛不共法不空增語是菩薩摩訶薩不不也世尊即佛十力有相增語是菩薩摩訶薩不不也世尊即四無所畏四無礙解十八佛不共法有相增語是菩薩摩訶薩不不也世尊即佛十力無相增語是菩薩摩訶薩不不也世尊即四無所畏四無礙解十八佛不共法無相增語是菩薩摩訶薩不不也世尊即佛十力有願增語是菩薩摩訶薩不不也世尊即四無所畏四無礙解十八佛不共法有願增語是菩薩摩訶薩不不也世尊即佛十力無願增語是菩薩摩訶薩不不也世尊即四無所畏四無礙解十八佛不共法無願增語是菩薩摩訶薩不不也世尊即佛十力寂靜增語是菩薩摩訶薩不不也世尊即四無所畏四無礙解十八佛不共法寂靜增語是菩薩摩訶薩不不也世尊即佛十力不寂靜增語是菩薩摩訶薩不不也世尊即四無所畏四無礙解十八佛不共法不寂靜增語是菩薩摩訶薩不不也世尊即佛十力遠離增語是菩薩摩訶薩不不也世尊即四無所畏四無礙解十八佛不共法遠離增語是菩薩摩訶薩不不也世尊即佛十力不遠離增語是菩薩摩訶薩不不也世尊即四無所畏四無礙解十八佛不共法不遠離增語是菩薩摩訶薩不不也世尊即佛十力有爲增語是菩薩摩訶薩不不也世尊即四無所畏四無礙解十八佛不共法

有爲增語是菩薩摩訶薩不不也世尊即佛十力無爲增語是菩薩摩訶薩不不也世尊即四無所畏四無礙解十八佛不共法無爲增語是菩薩摩訶薩不不也世尊即佛十力有漏增語是菩薩摩訶薩不不也世尊即四無所畏四無礙解十八佛不共法有漏增語是菩薩摩訶薩不不也世尊即佛十力無漏增語是菩薩摩訶薩不不也世尊即四無所畏四無礙解十八佛不共法無漏增語是菩薩摩訶薩不不也世尊即佛十力生增語是菩薩摩訶薩不不也世尊即四無所畏四無礙解十八佛不共法生增語是菩薩摩訶薩不不也世尊即佛十力滅增語是菩薩摩訶薩不不也世尊即四無所畏四無礙解十八佛不共法滅增語是菩薩摩訶薩不不也世尊即佛十力善增語是菩薩摩訶薩不不也世尊即四無所畏四無礙解十八佛不共法善增語是菩薩摩訶薩不不也世尊即佛十力非善增語是菩薩摩訶薩不不也世尊即四無所畏四無礙解十八佛不共法非善增語是菩薩摩訶薩不不也世尊即佛十力有罪增語是菩薩摩訶薩不不也世尊即四無所畏四無礙解十八佛不共法有罪增語是菩薩摩訶薩不不也世尊即佛十力無罪增語是菩薩摩訶薩不不也世尊即四無所畏四無礙解十八佛不共法無罪增語是菩薩摩訶薩不不也世尊即佛十力有煩惱增語是菩薩摩訶薩不不也世尊即四無所畏四無礙解十八佛不共法有煩惱增語是菩薩摩訶薩不不也世尊即佛十力無煩惱增語

是菩薩摩訶薩不不也世尊即四無所畏四
無礙解十八佛不共法無煩惱增語是菩薩
摩訶薩不不也世尊即佛十力世間增語是
菩薩摩訶薩不不也世尊即四無所畏四無
礙解十八佛不共法世間增語是菩薩摩訶
薩不不也世尊即佛十力出世間增語是菩
薩摩訶薩不不也世尊即四無所畏四無礙
解十八佛不共法出世間增語是菩薩摩訶
薩不不也世尊即佛十力雜染增語是菩薩
摩訶薩不不也世尊即四無所畏四無礙解
十八佛不共法雜染增語是菩薩摩訶薩不
不也世尊即佛十力清淨增語是菩薩摩訶
薩不不也世尊即四無所畏四無礙解十八
佛不共法清淨增語是菩薩摩訶薩不不也
世尊即佛十力屬生死增語是菩薩摩訶薩

不不也世尊即四無所畏四無礙解十八佛
不共法屬生死增語是菩薩摩訶薩不不也
世尊即佛十力屬涅槃增語是菩薩摩訶薩
不不也世尊即四無所畏四無礙解十八佛
不共法屬涅槃增語是菩薩摩訶薩不不也
世尊即佛十力在內增語是菩薩摩訶薩不
不也世尊即四無所畏四無礙解十八佛不
共法在內增語是菩薩摩訶薩不不也世尊
即佛十力在外增語是菩薩摩訶薩不不也
世尊即四無所畏四無礙解十八佛不共法
在外增語是菩薩摩訶薩不不也世尊即佛
十力在兩間增語是菩薩摩訶薩不不也世
尊即四無所畏四無礙解十八佛不共法在
兩間增語是菩薩摩訶薩不不也世尊即佛
十力可得增語是菩薩摩訶薩不不也世尊

即四無所畏四無礙解十八佛不共法可得增語是菩薩摩訶薩不不也世尊即佛十力不可得增語是菩薩摩訶薩不不也世尊即四無所畏四無礙解十八佛不共法不可得增語是菩薩摩訶薩不不也世尊復次善現所言菩薩摩訶薩者於意云何即大慈增語是菩薩摩訶薩不不也世尊即大悲大喜大捨增語是菩薩摩訶薩不不也世尊即大慈常增語是菩薩摩訶薩不不也世尊即大悲大喜大捨常增語是菩薩摩訶薩不不也世尊即大慈無常增語是菩薩摩訶薩不不也世尊即大悲大喜大捨無常增語是菩薩摩訶薩不不也世尊即大慈樂增語是菩薩摩訶薩不不也世尊即大悲大喜大捨樂增語是菩薩摩訶薩不不也世尊即大慈苦增語是菩薩摩訶薩不不也世尊即大悲大喜大捨苦增語是菩薩摩訶薩不不也世尊即大慈我增語是菩薩摩訶薩不不也世尊即大悲大喜大捨我增語是菩薩摩訶薩不不也世尊即大慈無我增語是菩薩摩訶薩不不也世尊即大悲大喜大捨無我增語是菩薩摩訶薩不不也世尊即大慈淨增語是菩薩摩訶薩不不也世尊即大悲大喜大捨淨增語是菩薩摩訶薩不不也世尊即大慈不淨增語是菩薩摩訶薩不不也世尊即大悲大喜大捨不淨增語是菩薩摩訶薩不不也世尊即大慈空增語是菩薩摩訶薩不不也世尊即大悲大喜大捨空增語是菩薩摩訶薩不不也世尊即大慈不空增語是菩薩摩訶薩不不也世尊即大悲大喜大捨不空增語

是菩薩摩訶薩不不也世尊即大慈有相增語是菩薩摩訶薩不不也世尊即大悲大喜大捨有相增語是菩薩摩訶薩不不也世尊即大慈無相增語是菩薩摩訶薩不不也世尊即大悲大喜大捨無相增語是菩薩摩訶薩不不也世尊即大慈有願增語是菩薩摩訶薩不不也世尊即大悲大喜大捨有願增語是菩薩摩訶薩不不也世尊即大慈無願增語是菩薩摩訶薩不不也世尊即大悲大喜大捨無願增語是菩薩摩訶薩不不也世尊即大慈寂靜增語是菩薩摩訶薩不不也世尊即大悲大喜大捨寂靜增語是菩薩摩訶薩不不也世尊即大慈不寂靜增語是菩薩摩訶薩不不也世尊即大悲大喜大捨不寂靜增語是菩薩摩訶薩不不也世尊即大慈遠離增語是菩薩摩訶薩不不也世尊即大悲大喜大捨遠離增語是菩薩摩訶薩不不也世尊即大慈不遠離增語是菩薩摩訶薩不不也世尊即大悲大喜大捨不遠離增語是菩薩摩訶薩不不也世尊即大慈有爲增語是菩薩摩訶薩不不也世尊即大悲大喜大捨有爲增語是菩薩摩訶薩不不也世尊即大慈無爲增語是菩薩摩訶薩不不也世尊即大悲大喜大捨無爲增語是菩薩摩訶薩不不也世尊即大慈有漏增語是菩薩摩訶薩不不也世尊即大悲大喜大捨有漏增語是菩薩摩訶薩不不也世尊即大慈無漏增語是菩薩摩訶薩不不也世尊即大悲大喜大捨無漏增語是菩薩摩訶薩不不也世尊即大慈生增語是菩薩摩訶薩不不也

世尊即大悲大喜大捨生增語是菩薩摩訶薩不不也世尊即大慈滅增語是菩薩摩訶薩不不也世尊即大悲大喜大捨滅增語是菩薩摩訶薩不不也世尊即大慈善增語是菩薩摩訶薩不不也世尊即大悲大喜大捨善增語是菩薩摩訶薩不不也世尊即大慈非善增語是菩薩摩訶薩不不也世尊即大悲大喜大捨非善增語是菩薩摩訶薩不不也世尊即大慈有罪增語是菩薩摩訶薩不不也世尊即大悲大喜大捨有罪增語是菩薩摩訶薩不不也世尊即大慈無罪增語是菩薩摩訶薩不不也世尊即大悲大喜大捨無罪增語是菩薩摩訶薩不不也世尊即大慈有煩惱增語是菩薩摩訶薩不不也世尊即大悲大喜大捨有煩惱增語是菩薩摩訶薩不不也世尊即大慈無煩惱增語是菩薩摩訶薩不不也世尊即大悲大喜大捨無煩惱增語是菩薩摩訶薩不不也世尊即大慈世間增語是菩薩摩訶薩不不也世尊即大悲大喜大捨世間增語是菩薩摩訶薩不不也世尊即大慈出世間增語是菩薩摩訶薩不不也世尊即大悲大喜大捨出世間增語是菩薩摩訶薩不不也世尊即大慈雜染增語是菩薩摩訶薩不不也世尊即大悲大喜大捨雜染增語是菩薩摩訶薩不不也世尊即大慈清淨增語是菩薩摩訶薩不不也世尊即大悲大喜大捨清淨增語是菩薩摩訶薩不不也世尊即大慈屬生死增語是菩薩摩訶薩不不也世尊即大悲大喜大捨屬生死增語是菩薩摩訶薩不不也世尊即大慈

屬涅槃增語是菩薩摩訶薩不不也世尊即大悲大喜大捨屬涅槃增語是菩薩摩訶薩不不也世尊即大慈在内增語是菩薩摩訶薩不不也世尊即大悲大喜大捨在内增語是菩薩摩訶薩不不也世尊即大慈在外增語是菩薩摩訶薩不不也世尊即大悲大喜大捨在外增語是菩薩摩訶薩不不也世尊即大慈在兩間增語是菩薩摩訶薩不不也世尊即大悲大喜大捨在兩間增語是菩薩摩訶薩不不也世尊即大慈可得增語是菩薩摩訶薩不不也世尊即大悲大喜大捨可得增語是菩薩摩訶薩不不也世尊即大慈不可得增語是菩薩摩訶薩不不也世尊即大悲大喜大捨不可得增語是菩薩摩訶薩不不也世尊復次善現所言菩薩摩訶薩者

於意云何即三十二大士相增語是菩薩摩訶薩不不也世尊即八十隨好增語是菩薩摩訶薩不不也世尊即三十二大士相常增語是菩薩摩訶薩不不也世尊即八十隨好常增語是菩薩摩訶薩不不也世尊即三十二大士相無常增語是菩薩摩訶薩不不也世尊即八十隨好無常增語是菩薩摩訶薩不不也世尊即三十二大士相樂增語是菩薩摩訶薩不不也世尊即八十隨好樂增語是菩薩摩訶薩不不也世尊即三十二大士相苦增語是菩薩摩訶薩不不也世尊即八十隨好苦增語是菩薩摩訶薩不不也世尊即三十二大士相我增語是菩薩摩訶薩不不也世尊即八十隨好我增語是菩薩摩訶薩不不也世尊即三十二大士相無我增語

是菩薩摩訶薩不不也世尊即八十隨好無我增語是菩薩摩訶薩不不也世尊即三十二大士相淨增語是菩薩摩訶薩不不也世尊即八十隨好淨增語是菩薩摩訶薩不不也世尊即三十二大士相不淨增語是菩薩摩訶薩不不也世尊即八十隨好不淨增語是菩薩摩訶薩不不也世尊即三十二大士相空增語是菩薩摩訶薩不不也世尊即八十隨好空增語是菩薩摩訶薩不不也世尊即三十二大士相不空增語是菩薩摩訶薩不不也世尊即八十隨好不空增語是菩薩摩訶薩不不也世尊即三十二大士相有相增語是菩薩摩訶薩不不也世尊即八十隨好有相增語是菩薩摩訶薩不不也世尊即三十二大士相無相增語是菩薩摩訶薩不不也世尊即八十隨好無相增語是菩薩摩訶薩不不也世尊即三十二大士相有願增語是菩薩摩訶薩不不也世尊即八十隨好有願增語是菩薩摩訶薩不不也世尊即三十二大士相無願增語是菩薩摩訶薩不不也世尊即八十隨好無願增語是菩薩摩訶薩不不也世尊即三十二大士相寂靜增語是菩薩摩訶薩不不也世尊即八十隨好寂靜增語是菩薩摩訶薩不不也世尊即三十二大士相不寂靜增語是菩薩摩訶薩不不也世尊即八十隨好不寂靜增語是菩薩摩訶薩不不也世尊即三十二大士相遠離增語是菩薩摩訶薩不不也世尊即八十隨好遠離增語是菩薩摩訶薩不不也世尊即三十二大士相不遠離增語是菩薩摩訶薩不

不也世尊即八十隨好不遠離增語是菩薩摩訶薩不不也世尊即三十二大士相有爲增語是菩薩摩訶薩不不也世尊即八十隨好有爲增語是菩薩摩訶薩不不也世尊即三十二大士相無爲增語是菩薩摩訶薩不不也世尊即八十隨好無爲增語是菩薩摩訶薩不不也世尊即三十二大士相有漏增語是菩薩摩訶薩不不也世尊即八十隨好有漏增語是菩薩摩訶薩不不也世尊即三十二大士相無漏增語是菩薩摩訶薩不不也世尊即八十隨好無漏增語是菩薩摩訶薩不不也世尊即三十二大士相生增語是菩薩摩訶薩不不也世尊即八十隨好生增語是菩薩摩訶薩不不也世尊即三十二大士相滅增語是菩薩摩訶薩不不也世尊即八十隨好滅增語是菩薩摩訶薩不不也世尊即三十二大士相善增語是菩薩摩訶薩不不也世尊即八十隨好善增語是菩薩摩訶薩不不也世尊即三十二大士相非善增語是菩薩摩訶薩不不也世尊即八十隨好非善增語是菩薩摩訶薩不不也世尊即三十二大士相有罪增語是菩薩摩訶薩不不也世尊即八十隨好有罪增語是菩薩摩訶薩不不也世尊即三十二大士相無罪增語是菩薩摩訶薩不不也世尊即八十隨好無罪增語是菩薩摩訶薩不不也世尊即三十二大士相有煩惱增語是菩薩摩訶薩不不也世尊即八十隨好有煩惱增語是菩薩摩訶薩不不也世尊即三十二大士相無煩惱增語是菩薩摩訶薩不不也世尊即八十隨

好無煩惱增語是菩薩摩訶薩不不也世尊即三十二大士相世間增語是菩薩摩訶薩不不也世尊即八十隨好世間增語是菩薩摩訶薩不不也世尊即三十二大士相出世間增語是菩薩摩訶薩不不也世尊即八十隨好出世間增語是菩薩摩訶薩不不也世尊即三十二大士相雜染增語是菩薩摩訶薩不不也世尊即八十隨好雜染增語是菩薩摩訶薩不不也世尊即三十二大士相清淨增語是菩薩摩訶薩不不也世尊即八十隨好清淨增語是菩薩摩訶薩不不也世尊即三十二大士相屬生死增語是菩薩摩訶薩不不也世尊即八十隨好屬生死增語是菩薩摩訶薩不不也世尊即三十二大士相屬涅槃增語是菩薩摩訶薩不不也世尊即八十隨好屬涅槃增語是菩薩摩訶薩不不也世尊即三十二大士相在內增語是菩薩摩訶薩不不也世尊即八十隨好在內增語是菩薩摩訶薩不不也世尊即三十二大士相在外增語是菩薩摩訶薩不不也世尊即八十隨好在外增語是菩薩摩訶薩不不也世尊即三十二大士相在兩間增語是菩薩摩訶薩不不也世尊即八十隨好在兩間增語是菩薩摩訶薩不不也世尊即三十二大士相可得增語是菩薩摩訶薩不不也世尊即八十隨好可得增語是菩薩摩訶薩不不也世尊即三十二大士相不可得增語是菩薩摩訶薩不不也世尊即八十隨好不可得增語是菩薩摩訶薩不不也世尊復次善現所言菩薩摩訶薩者於意云何即無忘失法

增語是菩薩摩訶薩不不也世尊即恒住捨性增語是菩薩摩訶薩不不也世尊即無忘失法常增語是菩薩摩訶薩不不也世尊即恒住捨性常增語是菩薩摩訶薩不不也世尊即無忘失法無常增語是菩薩摩訶薩不不也世尊即恒住捨性無常增語是菩薩摩訶薩不不也世尊即無忘失法樂增語是菩薩摩訶薩不不也世尊即恒住捨性樂增語是菩薩摩訶薩不不也世尊即無忘失法苦增語是菩薩摩訶薩不不也世尊即恒住捨性苦增語是菩薩摩訶薩不不也世尊即無忘失法我增語是菩薩摩訶薩不不也世尊即恒住捨性我增語是菩薩摩訶薩不不也世尊即無忘失法無我增語是菩薩摩訶薩不不也世尊即恒住捨性無我增語是菩薩摩訶薩不不也世尊即無忘失法淨增語是菩薩摩訶薩不不也世尊即恒住捨性淨增語是菩薩摩訶薩不不也世尊即無忘失法不淨增語是菩薩摩訶薩不不也世尊即恒住捨性不淨增語是菩薩摩訶薩不不也世尊即無忘失法空增語是菩薩摩訶薩不不也世尊即恒住捨性空增語是菩薩摩訶薩不不也世尊即無忘失法不空增語是菩薩摩訶薩不不也世尊即恒住捨性不空增語是菩薩摩訶薩不不也世尊即無忘失法有相增語是菩薩摩訶薩不不也世尊即恒住捨性有相增語是菩薩摩訶薩不不也世尊即無忘失法無相增語是菩薩摩訶薩不不也世尊即恒住捨性無相增語是菩薩摩訶薩不不也世尊即無忘失法有願增語是菩

薩摩訶薩不不也世尊即恒住捨性有願增語是菩薩摩訶薩不不也世尊即無忘失法無願增語是菩薩摩訶薩不不也世尊即恒住捨性無願增語是菩薩摩訶薩不不也世尊即無忘失法寂靜增語是菩薩摩訶薩不不也世尊即恒住捨性寂靜增語是菩薩摩訶薩不不也世尊即無忘失法不寂靜增語是菩薩摩訶薩不不也世尊即恒住捨性不寂靜增語是菩薩摩訶薩不不也世尊即無忘失法遠離增語是菩薩摩訶薩不不也世尊即恒住捨性遠離增語是菩薩摩訶薩不不也世尊即無忘失法不遠離增語是菩薩摩訶薩不不也世尊即恒住捨性不遠離增語是菩薩摩訶薩不不也世尊即無忘失法有爲增語是菩薩摩訶薩不不也世尊即恒住捨性有爲增語是菩薩摩訶薩不不也世尊即無忘失法無爲增語是菩薩摩訶薩不不也世尊即恒住捨性無爲增語是菩薩摩訶薩不不也世尊即無忘失法有漏增語是菩薩摩訶薩不不也世尊即恒住捨性有漏增語是菩薩摩訶薩不不也世尊即無忘失法無漏增語是菩薩摩訶薩不不也世尊即恒住捨性無漏增語是菩薩摩訶薩不不也世尊即無忘失法生增語是菩薩摩訶薩不不也世尊即恒住捨性生增語是菩薩摩訶薩不不也世尊即無忘失法滅增語是菩薩摩訶薩不不也世尊即恒住捨性滅增語是菩薩摩訶薩不不也世尊即無忘失法善增語是菩薩摩訶薩不不也世尊即恒住捨性善增語是菩薩摩訶薩不不也世尊即無忘

失法非善增語是菩薩摩訶薩不不也世尊即恒住捨性非善增語是菩薩摩訶薩不不也世尊即無忘失法有罪增語是菩薩摩訶薩不不也世尊即恒住捨性有罪增語是菩薩摩訶薩不不也世尊即無忘失法無罪增語是菩薩摩訶薩不不也世尊即恒住捨性無罪增語是菩薩摩訶薩不不也世尊即無忘失法有煩惱增語是菩薩摩訶薩不不也世尊即恒住捨性有煩惱增語是菩薩摩訶薩不不也世尊即無忘失法無煩惱增語是菩薩摩訶薩不不也世尊即恒住捨性無煩惱增語是菩薩摩訶薩不不也世尊即無忘失法世間增語是菩薩摩訶薩不不也世尊即恒住捨性世間增語是菩薩摩訶薩不不也世尊即無忘失法出世間增語是菩薩摩訶薩不不也世尊即恒住捨性出世間增語是菩薩摩訶薩不不也世尊即無忘失法雜染增語是菩薩摩訶薩不不也世尊即恒住捨性雜染增語是菩薩摩訶薩不不也世尊即無忘失法清淨增語是菩薩摩訶薩不不也世尊即恒住捨性清淨增語是菩薩摩訶薩不不也世尊即無忘失法屬生死增語是菩薩摩訶薩不不也世尊即恒住捨性屬生死增語是菩薩摩訶薩不不也世尊即無忘失法屬涅槃增語是菩薩摩訶薩不不也世尊即恒住捨性屬涅槃增語是菩薩摩訶薩不不也世尊即無忘失法在內增語是菩薩摩訶薩不不也世尊即恒住捨性在內增語是菩薩摩訶薩不不也世尊即無忘失法在外增語是菩薩摩訶薩不不也世尊即恒住

捨性在外增語是菩薩摩訶薩不不也世尊即無忘失法在兩間增語是菩薩摩訶薩不不也世尊即恒住捨性在兩間增語是菩薩摩訶薩不不也世尊即無忘失法可得增語是菩薩摩訶薩不不也世尊即恒住捨性可得增語是菩薩摩訶薩不不也世尊即無忘失法不可得增語是菩薩摩訶薩不不也世尊即恒住捨性不可得增語是菩薩摩訶薩不不也世尊復次善現所言菩薩摩訶薩者於意云何即一切智增語是菩薩摩訶薩不不也世尊即道相智一切相智增語是菩薩摩訶薩不不也世尊即一切智常增語是菩薩摩訶薩不不也世尊即道相智一切相智常增語是菩薩摩訶薩不不也世尊即一切智無常增語是菩薩摩訶薩不不也世尊即道相智一切相智無常增語是菩薩摩訶薩不不也世尊即一切智樂增語是菩薩摩訶薩不不也世尊即道相智一切相智樂增語是菩薩摩訶薩不不也世尊即一切智苦增語是菩薩摩訶薩不不也世尊即道相智一切相智苦增語是菩薩摩訶薩不不也世尊即一切智我增語是菩薩摩訶薩不不也世尊即道相智一切相智我增語是菩薩摩訶薩不不也世尊即一切智無我增語是菩薩摩訶薩不不也世尊即道相智一切相智無我增語是菩薩摩訶薩不不也世尊即一切智淨增語是菩薩摩訶薩不不也世尊即道相智一切相智淨增語是菩薩摩訶薩不不也世尊即一切智不淨增語是菩薩摩訶薩不不也世尊即道相智一切相智不淨增語

是菩薩摩訶薩不不也世尊即一切智空增語是菩薩摩訶薩不不也世尊即道相智一切相智空增語是菩薩摩訶薩不不也世尊即一切智不空增語是菩薩摩訶薩不不也世尊即道相智一切相智不空增語是菩薩摩訶薩不不也世尊即一切智有相增語是菩薩摩訶薩不不也世尊即道相智一切相智有相增語是菩薩摩訶薩不不也世尊即一切智無相增語是菩薩摩訶薩不不也世尊即道相智一切相智無相增語是菩薩摩訶薩不不也世尊即一切智有願增語是菩薩摩訶薩不不也世尊即道相智一切相智有願增語是菩薩摩訶薩不不也世尊即一切智無願增語是菩薩摩訶薩不不也世尊即道相智一切相智無願增語是菩薩摩訶薩不不也世尊即一切智寂靜增語是菩薩摩訶薩不不也世尊即道相智一切相智寂靜增語是菩薩摩訶薩不不也世尊即一切智不寂靜增語是菩薩摩訶薩不不也世尊即道相智一切相智不寂靜增語是菩薩摩訶薩不不也世尊即一切智遠離增語是菩薩摩訶薩不不也世尊即道相智一切相智遠離增語是菩薩摩訶薩不不也世尊即一切智不遠離增語是菩薩摩訶薩不不也世尊即道相智一切相智不遠離增語是菩薩摩訶薩不不也世尊即一切智有爲增語是菩薩摩訶薩不不也世尊即道相智一切相智有爲增語是菩薩摩訶薩不不也世尊即一切智無爲增語是菩薩摩訶薩不不也世尊即道相智一切相智無爲增語是菩薩摩

訶薩不不也世尊即一切智有漏增語是菩薩摩訶薩不不也世尊即道相智一切相智有漏增語是菩薩摩訶薩不不也世尊即一切智無漏增語是菩薩摩訶薩不不也世尊即道相智一切相智無漏增語是菩薩摩訶薩不不也世尊即一切智生增語是菩薩摩訶薩不不也世尊即道相智一切相智生增語是菩薩摩訶薩不不也世尊即一切智滅增語是菩薩摩訶薩不不也世尊即道相智一切相智滅增語是菩薩摩訶薩不不也世尊即一切智善增語是菩薩摩訶薩不不也世尊即道相智一切相智善增語是菩薩摩訶薩不不也世尊即一切智非善增語是菩薩摩訶薩不不也世尊即道相智一切相智非善增語是菩薩摩訶薩不不也世尊即一切智有罪增語是菩薩摩訶薩不不也世尊即道相智一切相智有罪增語是菩薩摩訶薩不不也世尊即一切智無罪增語是菩薩摩訶薩不不也世尊即道相智一切相智無罪增語是菩薩摩訶薩不不也世尊即一切智有煩惱增語是菩薩摩訶薩不不也世尊即道相智一切相智有煩惱增語是菩薩摩訶薩不不也世尊即一切智無煩惱增語是菩薩摩訶薩不不也世尊即道相智一切相智無煩惱增語是菩薩摩訶薩不不也世尊即一切智世間增語是菩薩摩訶薩不不也世尊即道相智一切相智世間增語是菩薩摩訶薩不不也世尊即一切智出世間增語是菩薩摩訶薩不不也世尊即道相智一切相智出世間增語是菩薩摩訶薩不不也世

尊即一切智雜染增語是菩薩摩訶薩不不也世尊即道相智一切相智雜染增語是菩薩摩訶薩不不也世尊即一切智清淨增語是菩薩摩訶薩不不也世尊即道相智一切相智清淨增語是菩薩摩訶薩不不也世尊即一切智屬生死增語是菩薩摩訶薩不不也世尊即道相智一切相智屬生死增語是菩薩摩訶薩不不也世尊即一切智屬涅槃增語是菩薩摩訶薩不不也世尊即道相智一切相智屬涅槃增語是菩薩摩訶薩不不也世尊即一切智在內增語是菩薩摩訶薩不不也世尊即道相智一切相智在內增語是菩薩摩訶薩不不也世尊即一切智在外增語是菩薩摩訶薩不不也世尊即道相智一切相智在外增語是菩薩摩訶薩不不也世尊即一切智在兩間增語是菩薩摩訶薩不不也世尊即道相智一切相智在兩間增語是菩薩摩訶薩不不也世尊即一切智可得增語是菩薩摩訶薩不不也世尊即道相智一切相智可得增語是菩薩摩訶薩不不也世尊即一切智不可得增語是菩薩摩訶薩不不也世尊即道相智一切相智不可得增語是菩薩摩訶薩不不也世尊

大般若波羅蜜多經卷第二十二

大般若波羅蜜多經卷第二十三

唐三藏法師玄奘奉　詔譯

初分教誡教授品第七之十三

復次善現所言菩薩摩訶薩者於意云何即預流果增語是菩薩摩訶薩不不也世尊即一來不還阿羅漢果增語是菩薩摩訶薩不不也世尊即預流果常增語是菩薩摩訶薩不不也世尊即一來不還阿羅漢果常增語是菩薩摩訶薩不不也世尊即預流果無常增語是菩薩摩訶薩不不也世尊即一來不還阿羅漢果無常增語是菩薩摩訶薩不不也世尊即預流果樂增語是菩薩摩訶薩不不也世尊即一來不還阿羅漢果樂增語是菩薩摩訶薩不不也世尊即預流果苦增語是菩薩摩訶薩不不也世尊即一來不還阿羅漢果苦增語是菩薩摩訶薩不不也世尊即預流果我增語是菩薩摩訶薩不不也世尊即一來不還阿羅漢果我增語是菩薩摩訶薩不不也世尊即預流果無我增語是菩薩摩訶薩不不也世尊即一來不還阿羅漢果無我增語是菩薩摩訶薩不不也世尊即預流果淨增語是菩薩摩訶薩不不也世尊即一來不還阿羅漢果淨增語是菩薩摩訶薩不不也世尊即預流果不淨增語是菩薩摩訶薩不不也世尊即一來不還阿羅漢果不淨增語是菩薩摩訶薩不不也世尊即預流果空增語是菩薩摩訶薩不不也世尊即一來不還阿羅漢果空增語是菩薩摩訶薩不不也世尊即預流果不空增語是菩薩摩訶薩不不也世尊即一來不還阿羅漢果不

空增語是菩薩摩訶薩不不也世尊即預流果有相增語是菩薩摩訶薩不不也世尊即一來不還阿羅漢果有相增語是菩薩摩訶薩不不也世尊即預流果無相增語是菩薩摩訶薩不不也世尊即一來不還阿羅漢果無相增語是菩薩摩訶薩不不也世尊即預流果有願增語是菩薩摩訶薩不不也世尊即一來不還阿羅漢果有願增語是菩薩摩訶薩不不也世尊即預流果無願增語是菩薩摩訶薩不不也世尊即一來不還阿羅漢果無願增語是菩薩摩訶薩不不也世尊即預流果寂靜增語是菩薩摩訶薩不不也世尊即一來不還阿羅漢果寂靜增語是菩薩摩訶薩不不也世尊即預流果不寂靜增語是菩薩摩訶薩不不也世尊即一来不還阿

羅漢果不寂靜增語是菩薩摩訶薩不不也世尊即預流果遠離增語是菩薩摩訶薩不不也世尊即一來不還阿羅漢果遠離增語是菩薩摩訶薩不不也世尊即預流果不遠離增語是菩薩摩訶薩不不也世尊即一來不還阿羅漢果不遠離增語是菩薩摩訶薩不不也世尊即預流果有爲增語是菩薩摩訶薩不不也世尊即一來不還阿羅漢果有爲增語是菩薩摩訶薩不不也世尊即預流果無爲增語是菩薩摩訶薩不不也世尊即一來不還阿羅漢果無爲增語是菩薩摩訶薩不不也世尊即預流果有漏增語是菩薩摩訶薩不不也世尊即一來不還阿羅漢果有漏增語是菩薩摩訶薩不不也世尊即預流果無漏增語是菩薩摩訶薩不不也世尊

即一來不還阿羅漢果無漏增語是菩薩摩訶薩不不也世尊即預流果生增語是菩薩摩訶薩不不也世尊即一來不還阿羅漢果生增語是菩薩摩訶薩不不也世尊即預流果滅增語是菩薩摩訶薩不不也世尊即一來不還阿羅漢果滅增語是菩薩摩訶薩不不也世尊即預流果善增語是菩薩摩訶薩不不也世尊即一來不還阿羅漢果善增語是菩薩摩訶薩不不也世尊即預流果非善增語是菩薩摩訶薩不不也世尊即一來不還阿羅漢果非善增語是菩薩摩訶薩不不也世尊即預流果有罪增語是菩薩摩訶薩不不也世尊即一來不還阿羅漢果有罪增語是菩薩摩訶薩不不也世尊即預流果無罪增語是菩薩摩訶薩不不也世尊即一來不還阿羅漢果無罪增語是菩薩摩訶薩不不也世尊即預流果有煩惱增語是菩薩摩訶薩不不也世尊即一來不還阿羅漢果有煩惱增語是菩薩摩訶薩不不也世尊即預流果無煩惱增語是菩薩摩訶薩不不也世尊即一來不還阿羅漢果無煩惱增語是菩薩摩訶薩不不也世尊即預流果世間增語是菩薩摩訶薩不不也世尊即一來不還阿羅漢果世間增語是菩薩摩訶薩不不也世尊即預流果出世間增語是菩薩摩訶薩不不也世尊即一來不還阿羅漢果出世間增語是菩薩摩訶薩不不也世尊即預流果雜染增語是菩薩摩訶薩不不也世尊即一來不還阿羅漢果雜染增語是菩薩摩訶薩不不也世尊即預流果清淨增語是菩薩摩訶

薩不不也世尊即一來不還阿羅漢果清淨增語是菩薩摩訶薩不不也世尊即預流果屬生死增語是菩薩摩訶薩不不也世尊即一來不還阿羅漢果屬生死增語是菩薩摩訶薩不不也世尊即預流果屬涅槃增語是菩薩摩訶薩不不也世尊即一來不還阿羅漢果屬涅槃增語是菩薩摩訶薩不不也世尊即預流果在内增語是菩薩摩訶薩不不也世尊即一來不還阿羅漢果在内增語是菩薩摩訶薩不不也世尊即預流果在外增語是菩薩摩訶薩不不也世尊即一來不還阿羅漢果在外增語是菩薩摩訶薩不不也世尊即預流果在兩間增語是菩薩摩訶薩不不也世尊即一來不還阿羅漢果在兩間增語是菩薩摩訶薩不不也世尊即預流果可得增語是菩薩摩訶薩不不也世尊即一來不還阿羅漢果可得增語是菩薩摩訶薩不不也世尊即預流果不可得增語是菩薩摩訶薩不不也世尊即一來不還阿羅漢果不可得增語是菩薩摩訶薩不不也世尊復次善現所言菩薩摩訶薩者於意云何即獨覺菩提增語是菩薩摩訶薩不不也世尊即獨覺菩提常增語是菩薩摩訶薩不不也世尊即獨覺菩提無常增語是菩薩摩訶薩不不也世尊即獨覺菩提樂增語是菩薩摩訶薩不不也世尊即獨覺菩提苦增語是菩薩摩訶薩不不也世尊即獨覺菩提我增語是菩薩摩訶薩不不也世尊即獨覺菩提無我增語是菩薩摩訶薩不不也世尊即獨覺菩提淨增語是菩薩摩訶薩不不也世尊即獨

覺菩提不淨增語是菩薩摩訶薩不不也世尊即獨覺菩提空增語是菩薩摩訶薩不不也世尊即獨覺菩提不空增語是菩薩摩訶薩不不也世尊即獨覺菩提有相增語是菩薩摩訶薩不不也世尊即獨覺菩提無相增語是菩薩摩訶薩不不也世尊即獨覺菩提有願增語是菩薩摩訶薩不不也世尊即獨覺菩提無願增語是菩薩摩訶薩不不也世尊即獨覺菩提寂靜增語是菩薩摩訶薩不不也世尊即獨覺菩提不寂靜增語是菩薩摩訶薩不不也世尊即獨覺菩提遠離增語是菩薩摩訶薩不不也世尊即獨覺菩提不遠離增語是菩薩摩訶薩不不也世尊即獨覺菩提有爲增語是菩薩摩訶薩不不也世尊即獨覺菩提無爲增語是菩薩摩訶薩不不也世尊即獨覺菩提有漏增語是菩薩摩訶薩不不也世尊即獨覺菩提無漏增語是菩薩摩訶薩不不也世尊即獨覺菩提生增語是菩薩摩訶薩不不也世尊即獨覺菩提滅增語是菩薩摩訶薩不不也世尊即獨覺菩提善增語是菩薩摩訶薩不不也世尊即獨覺菩提非善增語是菩薩摩訶薩不不也世尊即獨覺菩提有罪增語是菩薩摩訶薩不不也世尊即獨覺菩提無罪增語是菩薩摩訶薩不不也世尊即獨覺菩提有煩惱增語是菩薩摩訶薩不不也世尊即獨覺菩提無煩惱增語是菩薩摩訶薩不不也世尊即獨覺菩提世間增語是菩薩摩訶薩不不也世尊即獨覺菩提出世間增語是菩薩摩訶薩不不也世尊即獨覺菩提雜染增語是菩

薩摩訶薩不不也世尊即獨覺菩提清淨增語是菩薩摩訶薩不不也世尊即獨覺菩提屬生死增語是菩薩摩訶薩不不也世尊即獨覺菩提屬涅槃增語是菩薩摩訶薩不不也世尊即獨覺菩提在內增語是菩薩摩訶薩不不也世尊即獨覺菩提在外增語是菩薩摩訶薩不不也世尊即獨覺菩提在兩間增語是菩薩摩訶薩不不也世尊即獨覺菩提可得增語是菩薩摩訶薩不不也世尊即獨覺菩提不可得增語是菩薩摩訶薩不不也世尊復次善現所言菩薩摩訶薩者於意云何即一切菩薩摩訶薩行增語是菩薩摩訶薩不不也世尊即諸佛無上正等菩提增語是菩薩摩訶薩不不也世尊即一切菩薩摩訶薩行常增語是菩薩摩訶薩不不也世尊即諸佛無上正等菩提常增語是菩薩摩訶薩不不也世尊即一切菩薩摩訶薩行無常增語是菩薩摩訶薩不不也世尊即諸佛無上正等菩提無常增語是菩薩摩訶薩不不也世尊即一切菩薩摩訶薩行樂增語是菩薩摩訶薩不不也世尊即諸佛無上正等菩提樂增語是菩薩摩訶薩不不也世尊即一切菩薩摩訶薩行苦增語是菩薩摩訶薩不不也世尊即諸佛無上正等菩提苦增語是菩薩摩訶薩不不也世尊即一切菩薩摩訶薩行我增語是菩薩摩訶薩不不也世尊即諸佛無上正等菩提我增語是菩薩摩訶薩不不也世尊即一切菩薩摩訶薩行無我增語是菩薩摩訶薩不不也世尊即諸佛無上正等菩提無我增語是菩薩摩訶薩不不

也世尊即一切菩薩摩訶薩行淨增語是菩薩摩訶薩不不也世尊即諸佛無上正等菩提淨增語是菩薩摩訶薩不不也世尊即一切菩薩摩訶薩行不淨增語是菩薩摩訶薩不不也世尊即諸佛無上正等菩提不淨增語是菩薩摩訶薩不不也世尊即一切菩薩摩訶薩行空增語是菩薩摩訶薩不不也世尊即諸佛無上正等菩提空增語是菩薩摩訶薩不不也世尊即一切菩薩摩訶薩行不空增語是菩薩摩訶薩不不也世尊即諸佛無上正等菩提不空增語是菩薩摩訶薩不不也世尊即一切菩薩摩訶薩行有相增語是菩薩摩訶薩不不也世尊即諸佛無上正等菩提有相增語是菩薩摩訶薩不不也世尊即一切菩薩摩訶薩行無相增語是菩薩摩訶薩不不也世尊即諸佛無上正等菩提無相增語是菩薩摩訶薩不不也世尊即一切菩薩摩訶薩行有願增語是菩薩摩訶薩不不也世尊即諸佛無上正等菩提有願增語是菩薩摩訶薩不不也世尊即一切菩薩摩訶薩行無願增語是菩薩摩訶薩不不也世尊即諸佛無上正等菩提無願增語是菩薩摩訶薩不不也世尊即一切菩薩摩訶薩行寂靜增語是菩薩摩訶薩不不也世尊即諸佛無上正等菩提寂靜增語是菩薩摩訶薩不不也世尊即一切菩薩摩訶薩行不寂靜增語是菩薩摩訶薩不不也世尊即諸佛無上正等菩提不寂靜增語是菩薩摩訶薩不不也世尊即一切菩薩摩訶薩行遠離增語是菩薩摩訶薩不不也世尊即諸佛無上

正等菩提遠離增語是菩薩摩訶薩不不也世尊即一切菩薩摩訶薩行不遠離增語是菩薩摩訶薩不不也世尊即諸佛無上正等菩提不遠離增語是菩薩摩訶薩不不也世尊即一切菩薩摩訶薩行有爲增語是菩薩摩訶薩不不也世尊即諸佛無上正等菩提有爲增語是菩薩摩訶薩不不也世尊即一切菩薩摩訶薩行無爲增語是菩薩摩訶薩不不也世尊即諸佛無上正等菩提無爲增語是菩薩摩訶薩不不也世尊即一切菩薩摩訶薩行有漏增語是菩薩摩訶薩不不也世尊即諸佛無上正等菩提有漏增語是菩薩摩訶薩不不也世尊即一切菩薩摩訶薩行無漏增語是菩薩摩訶薩不不也世尊即諸佛無上正等菩提無漏增語是菩薩摩訶薩不不也世尊即一切菩薩摩訶薩行生增語是菩薩摩訶薩不不也世尊即諸佛無上正等菩提生增語是菩薩摩訶薩不不也世尊即一切菩薩摩訶薩行滅增語是菩薩摩訶薩不不也世尊即諸佛無上正等菩提滅增語是菩薩摩訶薩不不也世尊即一切菩薩摩訶薩行善增語是菩薩摩訶薩不不也世尊即諸佛無上正等菩提善增語是菩薩摩訶薩不不也世尊即一切菩薩摩訶薩行非善增語是菩薩摩訶薩不不也世尊即諸佛無上正等菩提非善增語是菩薩摩訶薩不不也世尊即一切菩薩摩訶薩行有罪增語是菩薩摩訶薩不不也世尊即諸佛無上正等菩提有罪增語是菩薩摩訶薩不不也世尊即一切菩薩摩訶薩行無罪增語是菩

薩摩訶薩不不也世尊即諸佛無上正等菩提無罪增語是菩薩摩訶薩不不也世尊即一切菩薩摩訶薩行有煩惱增語是菩薩摩訶薩不不也世尊即諸佛無上正等菩提有煩惱增語是菩薩摩訶薩不不也世尊即一切菩薩摩訶薩行無煩惱增語是菩薩摩訶薩不不也世尊即諸佛無上正等菩提無煩惱增語是菩薩摩訶薩不不也世尊即一切菩薩摩訶薩行世間增語是菩薩摩訶薩不不也世尊即諸佛無上正等菩提世間增語是菩薩摩訶薩不不也世尊即一切菩薩摩訶薩行出世間增語是菩薩摩訶薩不不也世尊即諸佛無上正等菩提出世間增語是菩薩摩訶薩不不也世尊即一切菩薩摩訶薩行雜染增語是菩薩摩訶薩不不也世尊即諸佛無上正等菩提雜染增語是菩薩摩訶薩不不也世尊即一切菩薩摩訶薩行清淨增語是菩薩摩訶薩不不也世尊即諸佛無上正等菩提清淨增語是菩薩摩訶薩不不也世尊即一切菩薩摩訶薩行屬生死增語是菩薩摩訶薩不不也世尊即諸佛無上正等菩提屬生死增語是菩薩摩訶薩不不也世尊即一切菩薩摩訶薩行屬涅槃增語是菩薩摩訶薩不不也世尊即諸佛無上正等菩提屬涅槃增語是菩薩摩訶薩不不也世尊即一切菩薩摩訶薩行在內增語是菩薩摩訶薩不不也世尊即諸佛無上正等菩提在內增語是菩薩摩訶薩不不也世尊即一切菩薩摩訶薩行在外增語是菩薩摩訶薩不不也世尊即諸佛無上正等菩提在外

增語是菩薩摩訶薩不不也世尊即一切菩薩摩訶薩行在兩間增語是菩薩摩訶薩不不也世尊即諸佛無上正等菩提在兩間增語是菩薩摩訶薩不不也世尊即一切菩薩摩訶薩行可得增語是菩薩摩訶薩不不也世尊即諸佛無上正等菩提可得增語是菩薩摩訶薩不不也世尊即一切菩薩摩訶薩行不可得增語是菩薩摩訶薩不不也世尊即諸佛無上正等菩提不可得增語是菩薩摩訶薩不不也世尊爾時佛告具壽善現汝觀何義言即色增語非菩薩摩訶薩即受想行識增語非菩薩摩訶薩耶具壽善現答言世尊若色若受想行識尚畢竟不可得性非有故況有色增語及受想行識增語此增語既非有如何可言即色增語是菩薩摩訶薩即受想行識增語是菩薩摩訶薩善現汝復觀何義言即色若常若無常增語非菩薩摩訶薩即受想行識若常若無常增語非菩薩摩訶薩耶世尊若色常無常若受想行識常無常尚畢竟不可得性非有故況有色常無常增語及受想行識常無常增語此增語既非有如何可言即色若常若無常增語是菩薩摩訶薩即受想行識若常若無常增語是菩薩摩訶薩善現汝復觀何義言即色若樂若苦增語非菩薩摩訶薩即受想行識若樂若苦增語非菩薩摩訶薩耶世尊若色樂苦若受想行識樂苦尚畢竟不可得性非有故況有色樂苦增語及受想行識樂苦增語此增語既非有如何可言即色若樂若苦增語是菩薩摩訶薩即受想行識若樂若苦增語

是菩薩摩訶薩善現汝復觀何義言即色若我若無我增語非菩薩摩訶薩即受想行識若我若無我增語非菩薩摩訶薩耶世尊若色我無我若受想行識我無我尚畢竟不可得性非有故況有色我無我增語及受想行識我無我增語此增語既非有如何可言即色若我若無我增語是菩薩摩訶薩即受想行識若我若無我增語是菩薩摩訶薩善現汝復觀何義言即色若淨若不淨增語非菩薩摩訶薩即受想行識若淨若不淨增語非菩薩摩訶薩耶世尊若色淨不淨若受想行識淨不淨尚畢竟不可得性非有故況有色淨不淨增語及受想行識淨不淨增語此增語既非有如何可言即色若淨若不淨增語是菩薩摩訶薩即受想行識若淨若不淨增語是菩薩摩訶薩善現汝復觀何義言即色若空若不空增語非菩薩摩訶薩即受想行識若空若不空增語非菩薩摩訶薩耶世尊若色空不空若受想行識空不空尚畢竟不可得性非有故況有色空不空增語及受想行識空不空增語此增語既非有如何可言即色若空若不空增語是菩薩摩訶薩即受想行識若空若不空增語是菩薩摩訶薩善現汝復觀何義言即色若有相若無相增語非菩薩摩訶薩即受想行識若有相若無相增語非菩薩摩訶薩耶世尊若色有相無相若受想行識有相無相尚畢竟不可得性非有故況有色有相無相增語及受想行識有相無相增語此增語既非有如何可言即色若有相若無相增語是菩薩摩訶薩即受想

行識若有相若無相增語是菩薩摩訶薩善現汝復觀何義言即色若有願若無願增語非菩薩摩訶薩即受想行識若有願若無願增語非菩薩摩訶薩耶世尊若色有願無願若受想行識有願無願尚畢竟不可得性非有故況有色有願無願增語及受想行識有願無願增語此增語既非有如何可言即色若有願若無願增語是菩薩摩訶薩即受想行識若有願若無願增語是菩薩摩訶薩善現汝復觀何義言即色若寂靜若不寂靜增語非菩薩摩訶薩即受想行識若寂靜若不寂靜增語非菩薩摩訶薩耶世尊若色寂靜不寂靜若受想行識寂靜不寂靜尚畢竟不可得性非有故況有色寂靜不寂靜增語及受想行識寂靜不寂靜增語此增語既非有如何可言即色若寂靜若不寂靜增語是菩薩摩訶薩即受想行識若寂靜若不寂靜增語是菩薩摩訶薩善現汝復觀何義言即色若遠離若不遠離增語非菩薩摩訶薩即受想行識若遠離若不遠離增語非菩薩摩訶薩耶世尊若色遠離不遠離若受想行識遠離不遠離尚畢竟不可得性非有故況有色遠離不遠離增語及受想行識遠離不遠離增語此增語既非有如何可言即色若遠離若不遠離增語是菩薩摩訶薩即受想行識若遠離若不遠離增語是菩薩摩訶薩善現汝復觀何義言即色若有爲若無爲增語非菩薩摩訶薩即受想行識若有爲若無爲增語非菩薩摩訶薩耶世尊若色有爲無爲若受想行識有爲無爲尚畢竟不可得性非有

故況有色有爲無爲增語及受想行識有爲無爲增語此增語既非有如何可言即色若有爲若無爲增語是菩薩摩訶薩即受想行識若有爲若無爲增語是菩薩摩訶薩善現汝復觀何義言即色若有漏若無漏增語非菩薩摩訶薩即受想行識若有漏若無漏增語非菩薩摩訶薩耶世尊若色有漏無漏若受想行識有漏無漏尚畢竟不可得性非有故況有色有漏無漏增語及受想行識有漏無漏增語此增語既非有如何可言即色若有漏若無漏增語是菩薩摩訶薩即受想行識若有漏若無漏增語是菩薩摩訶薩善現汝復觀何義言即色若生若滅增語非菩薩摩訶薩即受想行識若生若滅增語非菩薩摩訶薩耶世尊若色生滅若受想行識生滅尚畢竟不可得性非有故況有色生滅增語及受想行識生滅增語此增語既非有如何可言即色若生若滅增語是菩薩摩訶薩即受想行識若生若滅增語是菩薩摩訶薩善現汝復觀何義言即色若善若非善增語非菩薩摩訶薩即受想行識若善若非善增語非菩薩摩訶薩耶世尊若色善非善若受想行識善非善尚畢竟不可得性非有故況有色善非善增語及受想行識善非善增語此增語既非有如何可言即色若善若非善增語是菩薩摩訶薩即受想行識若善若非善增語是菩薩摩訶薩善現汝復觀何義言即色若有罪若無罪增語非菩薩摩訶薩即受想行識若有罪若無罪增語非菩薩摩訶薩耶世尊若色有罪無罪若受想行識有罪無

罪尚畢竟不可得性非有故況有色有罪無罪增語及受想行識有罪無罪增語此增語既非有如何可言即色若有罪若無罪增語是菩薩摩訶薩即受想行識若有罪若無罪增語是菩薩摩訶薩善現汝復觀何義言即色若有煩惱若無煩惱增語非菩薩摩訶薩即受想行識若有煩惱若無煩惱增語非菩薩摩訶薩耶世尊若色有煩惱無煩惱若受想行識有煩惱無煩惱尚畢竟不可得性非有故況有色有煩惱無煩惱增語及受想行識有煩惱無煩惱增語此增語既非有如何可言即色若有煩惱若無煩惱增語是菩薩摩訶薩即受想行識若有煩惱若無煩惱增語是菩薩摩訶薩善現汝復觀何義言即色若世間若出世間增語非菩薩摩訶薩即受想行識若世間若出世間增語非菩薩摩訶薩耶世尊若色世間出世間若受想行識世間出世間尚畢竟不可得性非有故況有色世間出世間增語及受想行識世間出世間增語此增語既非有如何可言即色若世間若出世間增語是菩薩摩訶薩即受想行識若世間若出世間增語是菩薩摩訶薩善現汝復觀何義言即色若雜染若清淨增語非菩薩摩訶薩即受想行識若雜染若清淨增語非菩薩摩訶薩耶世尊若色雜染清淨若受想行識雜染清淨尚畢竟不可得性非有故況有色雜染清淨增語及受想行識雜染清淨增語此增語既非有如何可言即色若雜染若清淨增語是菩薩摩訶薩即受想行識若雜染若清淨增語是菩薩摩訶薩善現

汝復觀何義言即色若屬生死若屬涅槃增語非菩薩摩訶薩即受想行識若屬生死若屬涅槃增語非菩薩摩訶薩耶世尊若色屬生死屬涅槃若受想行識屬生死屬涅槃尚畢竟不可得性非有故況有色屬生死屬涅槃增語及受想行識屬生死屬涅槃增語此增語既非有如何可言即色若屬生死若屬涅槃增語是菩薩摩訶薩即受想行識若屬生死若屬涅槃增語是菩薩摩訶薩善現汝復觀何義言即色若在內若在外若在兩間增語非菩薩摩訶薩即受想行識若在內若在外若在兩間增語非菩薩摩訶薩耶世尊若色在內在外在兩間若受想行識在內在外在兩間尚畢竟不可得性非有故況有色在內在外在兩間增語及受想行識在內在外在兩間增語此增語既非有如何可言即色若在內若在外若在兩間增語是菩薩摩訶薩即受想行識若在內若在外若在兩間增語是菩薩摩訶薩善現汝復觀何義言即色若可得若不可得增語非菩薩摩訶薩即受想行識若可得若不可得增語非菩薩摩訶薩耶世尊若色可得不可得若受想行識可得不可得尚畢竟不可得性非有故況有色可得不可得增語及受想行識可得不可得增語此增語既非有如何可言即色若可得若不可得增語是菩薩摩訶薩即受想行識若可得若不可得增語是菩薩摩訶薩

大般若波羅蜜多經卷第二十三

大般若波羅蜜多經卷第二十四

唐三藏法師玄奘奉詔譯

初分教誡教授品第七之十四

復次善現汝觀何義言即眼處增語非菩薩摩訶薩即耳鼻舌身意處增語非菩薩摩訶薩耶具壽善現答言世尊若眼處若耳鼻舌身意處尚畢竟不可得性非有故況有眼處增語及耳鼻舌身意處增語此增語既非有如何可言即眼處增語是菩薩摩訶薩即耳鼻舌身意處增語是菩薩摩訶薩善現汝復觀何義言即眼處若常若無常增語非菩薩摩訶薩即耳鼻舌身意處若常若無常增語非菩薩摩訶薩耶世尊若眼處常無常若耳鼻舌身意處常無常尚畢竟不可得性非有故況有眼處常無常增語及耳鼻舌身意處常無常增語此增語既非有如何可言即眼處若常若無常增語是菩薩摩訶薩即耳鼻舌身意處若常若無常增語是菩薩摩訶薩善現汝復觀何義言即眼處若樂若苦增語非菩薩摩訶薩即耳鼻舌身意處若樂若苦增語非菩薩摩訶薩耶世尊若眼處樂苦若耳鼻舌身意處樂苦尚畢竟不可得性非有故況有眼處樂苦增語及耳鼻舌身意處樂苦增語此增語既非有如何可言即眼處若樂若苦增語是菩薩摩訶薩即耳鼻舌身意處若樂若苦增語是菩薩摩訶薩善現汝復觀何義言即眼處若我若無我增語非菩薩摩訶薩即耳鼻舌身意處若我若無我增語非菩薩摩訶薩耶世尊若眼處我無我若耳鼻舌身意處我無我尚畢竟不可得性非有

故況有眼處我無我增語及耳鼻舌身意處我無我增語此增語既非有如何可言即眼處若我若無我增語是菩薩摩訶薩即耳鼻舌身意處若我若無我增語是菩薩摩訶薩善現汝復觀何義言即眼處若淨若不淨增語非菩薩摩訶薩即耳鼻舌身意處若淨若不淨增語非菩薩摩訶薩耶世尊若眼處淨不淨若耳鼻舌身意處淨不淨尚畢竟不可得性非有故況有眼處淨不淨增語及耳鼻舌身意處淨不淨增語此增語既非有如何可言即眼處若淨若不淨增語是菩薩摩訶薩即耳鼻舌身意處若淨若不淨增語是菩薩摩訶薩善現汝復觀何義言即眼處若空若不空增語非菩薩摩訶薩即耳鼻舌身意處若空若不空增語非菩薩摩訶薩耶世尊若眼處空不空若耳鼻舌身意處空不空尚畢竟不可得性非有故況有眼處空不空增語及耳鼻舌身意處空不空增語此增語既非有如何可言即眼處若空若不空增語是菩薩摩訶薩即耳鼻舌身意處若空若不空增語是菩薩摩訶薩善現汝復觀何義言即眼處若有相若無相增語非菩薩摩訶薩即耳鼻舌身意處若有相若無相增語非菩薩摩訶薩耶世尊若眼處有相無相若耳鼻舌身意處有相無相尚畢竟不可得性非有故況有眼處有相無相增語及耳鼻舌身意處有相無相增語此增語既非有如何可言即眼處若有相若無相增語是菩薩摩訶薩即耳鼻舌身意處若有相若無相增語是菩薩摩訶薩善現汝復觀何義言即眼處若有願

若無願增語非菩薩摩訶薩即耳鼻舌身意處若有願若無願增語非菩薩摩訶薩耶世尊若眼處有願無願若耳鼻舌身意處有願無願尚畢竟不可得性非有故況有眼處有願無願增語及耳鼻舌身意處有願無願增語此增語既非有如何可言即眼處若有願若無願增語是菩薩摩訶薩即耳鼻舌身意處若有願若無願增語是菩薩摩訶薩善現汝復觀何義言即眼處若寂靜若不寂靜增語非菩薩摩訶薩即耳鼻舌身意處若寂靜若不寂靜增語非菩薩摩訶薩耶世尊若眼處寂靜不寂靜若耳鼻舌身意處寂靜不寂靜尚畢竟不可得性非有故況有眼處寂靜不寂靜增語及耳鼻舌身意處寂靜不寂靜增語此增語既非有如何可言即眼處若寂靜若不寂靜增語是菩薩摩訶薩即耳鼻舌身意處若寂靜若不寂靜增語是菩薩摩訶薩善現汝復觀何義言即眼處若遠離若不遠離增語非菩薩摩訶薩即耳鼻舌身意處若遠離若不遠離增語非菩薩摩訶薩耶世尊若眼處遠離不遠離若耳鼻舌身意處遠離不遠離尚畢竟不可得性非有故況有眼處遠離不遠離增語及耳鼻舌身意處遠離不遠離增語此增語既非有如何可言即眼處若遠離若不遠離增語是菩薩摩訶薩即耳鼻舌身意處若遠離若不遠離增語是菩薩摩訶薩善現汝復觀何義言即眼處若有爲若無爲增語非菩薩摩訶薩即耳鼻舌身意處若有爲若無爲增語非菩薩摩訶薩耶世尊若眼處有爲無爲若耳鼻舌身意處有

爲無爲尚畢竟不可得性非有故況有眼處有爲無爲增語及耳鼻舌身意處有爲無爲增語此增語既非有如何可言即眼處若有爲若無爲增語是菩薩摩訶薩即耳鼻舌身意處若有爲若無爲增語是菩薩摩訶薩善現汝復觀何義言即眼處若有漏若無漏增語非菩薩摩訶薩即耳鼻舌身意處若有漏若無漏增語非菩薩摩訶薩耶世尊若眼處有漏無漏若耳鼻舌身意處有漏無漏尚畢竟不可得性非有故況有眼處有漏無漏增語及耳鼻舌身意處有漏無漏增語此增語既非有如何可言即眼處若有漏若無漏增語是菩薩摩訶薩即耳鼻舌身意處若有漏若無漏增語是菩薩摩訶薩善現汝復觀何義言即眼處若生若滅增語非菩薩摩訶薩即耳鼻舌身意處若生若滅增語非菩薩摩訶薩耶世尊若眼處生滅若耳鼻舌身意處生滅尚畢竟不可得性非有故況有眼處生滅增語及耳鼻舌身意處生滅增語此增語既非有如何可言即眼處若生若滅增語是菩薩摩訶薩即耳鼻舌身意處若生若滅增語是菩薩摩訶薩善現汝復觀何義言即眼處若善若非善增語非菩薩摩訶薩即耳鼻舌身意處若善若非善增語非菩薩摩訶薩耶世尊若眼處善非善若耳鼻舌身意處善非善尚畢竟不可得性非有故況有眼處善非善增語及耳鼻舌身意處善非善增語此增語既非有如何可言即眼處若善若非善增語是菩薩摩訶薩即耳鼻舌身意處若善若非善增語是菩薩摩訶薩善現汝復觀何

義言即眼處若有罪若無罪增語非菩薩摩訶薩即耳鼻舌身意處若有罪若無罪增語非菩薩摩訶薩耶世尊若眼處有罪無罪若耳鼻舌身意處有罪無罪尚畢竟不可得性非有故況有眼處有罪無罪增語及耳鼻舌身意處有罪無罪增語此增語既非有如何可言即眼處若有罪若無罪增語是菩薩摩訶薩即耳鼻舌身意處若有罪若無罪增語是菩薩摩訶薩善現汝復觀何義言即眼處若有煩惱若無煩惱增語非菩薩摩訶薩即耳鼻舌身意處若有煩惱若無煩惱增語非菩薩摩訶薩耶世尊若眼處有煩惱無煩惱若耳鼻舌身意處有煩惱無煩惱尚畢竟不可得性非有故況有眼處有煩惱無煩惱增語及耳鼻舌身意處有煩惱無煩惱增語此增語既非有如何可言即眼處若有煩惱若無煩惱增語是菩薩摩訶薩即耳鼻舌身意處若有煩惱若無煩惱增語是菩薩摩訶薩善現汝復觀何義言即眼處若世間若出世間增語非菩薩摩訶薩即耳鼻舌身意處若世間若出世間增語非菩薩摩訶薩耶世尊若眼處世間出世間若耳鼻舌身意處世間出世間尚畢竟不可得性非有故況有眼處世間出世間增語及耳鼻舌身意處世間出世間增語此增語既非有如何可言即眼處若世間若出世間增語是菩薩摩訶薩即耳鼻舌身意處若世間若出世間增語是菩薩摩訶薩善現汝復觀何義言即眼處若雜染若清淨增語非菩薩摩訶薩即耳鼻舌身意處若雜染若清淨增語非菩薩摩訶薩耶世

尊若眼處雜染清淨若耳鼻舌身意處雜染清淨尚畢竟不可得性非有故況有眼處雜染清淨增語及耳鼻舌身意處雜染清淨增語此增語既非有如何可言即眼處若雜染若清淨增語是菩薩摩訶薩即耳鼻舌身意處若雜染若清淨增語是菩薩摩訶薩善現汝復觀何義言即眼處若屬生死若屬涅槃增語非菩薩摩訶薩即耳鼻舌身意處若屬生死若屬涅槃增語非菩薩摩訶薩耶世尊若眼處屬生死屬涅槃若耳鼻舌身意處屬生死屬涅槃尚畢竟不可得性非有故況有眼處屬生死屬涅槃增語及耳鼻舌身意處屬生死屬涅槃增語此增語既非有如何可言即眼處若屬生死若屬涅槃增語是菩薩摩訶薩即耳鼻舌身意處若屬生死若屬涅槃增語是菩薩摩訶薩善現汝復觀何義言即眼處若在內若在外若在兩間增語非菩薩摩訶薩即耳鼻舌身意處若在內若在外若在兩間增語非菩薩摩訶薩耶世尊若眼處在內在外在兩間若耳鼻舌身意處在內在外在兩間尚畢竟不可得性非有故況有眼處在內在外在兩間增語及耳鼻舌身意處在內在外在兩間增語此增語既非有如何可言即眼處若在內若在外若在兩間增語是菩薩摩訶薩即耳鼻舌身意處若在內若在外若在兩間增語是菩薩摩訶薩善現汝復觀何義言即眼處若可得若不可得增語非菩薩摩訶薩即耳鼻舌身意處若可得若不可得增語非菩薩摩訶薩耶世尊若眼處可得不可得若耳鼻舌身意處可得不可

得尚畢竟不可得性非有故況有眼處可得不可得增語及耳鼻舌身意處可得不可得增語此增語既非有如何可言即眼處若可得若不可得增語是菩薩摩訶薩即耳鼻舌身意處若可得若不可得增語是菩薩摩訶薩復次善現汝觀何義言即色處增語非菩薩摩訶薩即聲香味觸法處增語非菩薩摩訶薩耶具壽善現答言世尊若色處若聲香味觸法處尚畢竟不可得性非有故況有色處增語及聲香味觸法處增語此增語既非有如何可言即色處增語是菩薩摩訶薩即聲香味觸法處增語是菩薩摩訶薩善現汝復觀何義言即色處若常若無常增語非菩薩摩訶薩即聲香味觸法處若常若無常增語非菩薩摩訶薩耶世尊若色處常無常若聲香味觸法處常無常尚畢竟不可得性非有故況有色處常無常增語及聲香味觸法處常無常增語此增語既非有如何可言即色處若常若無常增語是菩薩摩訶薩即聲香味觸法處若常若無常增語是菩薩摩訶薩善現汝復觀何義言即色處若樂若苦增語非菩薩摩訶薩即聲香味觸法處若樂若苦增語非菩薩摩訶薩耶世尊若色處樂苦若聲香味觸法處樂苦尚畢竟不可得性非有故況有色處樂苦增語及聲香味觸法處樂苦增語此增語既非有如何可言即色處若樂若苦增語是菩薩摩訶薩即聲香味觸法處若樂若苦增語是菩薩摩訶薩善現汝復觀何義言即色處若我若無我增語非菩薩摩訶薩即聲香味觸法處若我若無我增

語非菩薩摩訶薩耶世尊若色處我無我若聲香味觸法處我無我尚畢竟不可得性非有故況有色處我無我增語及聲香味觸法處我無我增語此增語既非有如何可言即色處若我若無我增語是菩薩摩訶薩即聲香味觸法處若我若無我增語是菩薩摩訶薩善現汝復觀何義言即色處若淨若不淨增語非菩薩摩訶薩即聲香味觸法處若淨若不淨增語非菩薩摩訶薩耶世尊若色處淨不淨若聲香味觸法處淨不淨尚畢竟不可得性非有故況有色處淨不淨增語及聲香味觸法處淨不淨增語此增語既非有如何可言即色處若淨若不淨增語是菩薩摩訶薩即聲香味觸法處若淨若不淨增語是菩薩摩訶薩善現汝復觀何義言即色處若

空若不空增語非菩薩摩訶薩即聲香味觸法處若空若不空增語非菩薩摩訶薩耶世尊若色處空不空若聲香味觸法處空不空尚畢竟不可得性非有故況有色處空不空增語及聲香味觸法處空不空增語此增語既非有如何可言即色處若空若不空增語是菩薩摩訶薩即聲香味觸法處若空若不空增語是菩薩摩訶薩善現汝復觀何義言即色處若有相若無相增語非菩薩摩訶薩即聲香味觸法處若有相若無相增語非菩薩摩訶薩耶世尊若色處有相無相若聲香味觸法處有相無相尚畢竟不可得性非有故況有色處有相無相增語及聲香味觸法處有相無相增語此增語既非有如何可言即色處若有相若無相增語是菩薩摩訶薩

即聲香味觸法處若有相若無相增語是菩薩摩訶薩善現汝復觀何義言即色處若有願若無願增語非菩薩摩訶薩即聲香味觸法處若有願若無願增語非菩薩摩訶薩耶世尊若色處有願無願若聲香味觸法處有願無願尚畢竟不可得性非有故况有色處有願無願增語及聲香味觸法處有願無願增語此增語既非有如何可言即色處若有願若無願增語是菩薩摩訶薩即聲香味觸法處若有願若無願增語是菩薩摩訶薩善現汝復觀何義言即色處若寂靜若不寂靜增語非菩薩摩訶薩即聲香味觸法處若寂靜若不寂靜增語非菩薩摩訶薩耶世尊若色處寂靜不寂靜若聲香味觸法處寂靜不寂靜尚畢竟不可得性非有故况有色處寂靜不寂靜增語及聲香味觸法處寂靜不寂靜增語此增語既非有如何可言即色處若寂靜若不寂靜增語是菩薩摩訶薩即聲香味觸法處若寂靜若不寂靜增語是菩薩摩訶薩善現汝復觀何義言即色處若遠離若不遠離增語非菩薩摩訶薩即聲香味觸法處若遠離若不遠離增語非菩薩摩訶薩耶世尊若色處遠離不遠離若聲香味觸法處遠離不遠離尚畢竟不可得性非有故况有色處遠離不遠離增語及聲香味觸法處遠離不遠離增語此增語既非有如何可言即色處若遠離若不遠離增語是菩薩摩訶薩即聲香味觸法處若遠離若不遠離增語是菩薩摩訶薩善現汝復觀何義言即色處若有爲若無爲增語非菩薩摩訶薩即聲香味

觸法處若有爲若無爲增語非菩薩摩訶薩耶世尊若色處有爲無爲若聲香味觸法處有爲無爲尚畢竟不可得性非有故況有色處有爲無爲增語及聲香味觸法處有爲無爲增語此增語既非有如何可言即色處若有爲若無爲增語是菩薩摩訶薩即聲香味觸法處若有爲若無爲增語是菩薩摩訶薩善現汝復觀何義言即色處若有漏若無漏增語非菩薩摩訶薩即聲香味觸法處若有漏若無漏增語非菩薩摩訶薩耶世尊若色處有漏無漏若聲香味觸法處有漏無漏尚畢竟不可得性非有故況有色處有漏無漏增語及聲香味觸法處有漏無漏增語此增語既非有如何可言即色處若有漏若無漏增語是菩薩摩訶薩即聲香味觸法處若有漏若無漏增語是菩薩摩訶薩善現汝復觀何義言即色處若生若滅增語非菩薩摩訶薩即聲香味觸法處若生若滅增語非菩薩摩訶薩耶世尊若色處生滅若聲香味觸法處生滅尚畢竟不可得性非有故況有色處生滅增語及聲香味觸法處生滅增語此增語既非有如何可言即色處若生若滅增語是菩薩摩訶薩即聲香味觸法處若生若滅增語是菩薩摩訶薩善現汝復觀何義言即色處若善若非善增語非菩薩摩訶薩即聲香味觸法處若善若非善增語非菩薩摩訶薩耶世尊若色處善非善若聲香味觸法處善非善尚畢竟不可得性非有故況有色處善非善增語及聲香味觸法處善非善增語此增語既非有如何可言即色處若善若非

善增語是菩薩摩訶薩即聲香味觸法處若善若非善增語是菩薩摩訶薩善現汝復觀何義言即色處若有罪若無罪增語非菩薩摩訶薩即聲香味觸法處若有罪若無罪增語非菩薩摩訶薩耶世尊若色處有罪無罪若聲香味觸法處有罪無罪尚畢竟不可得性非有故況有色處有罪無罪增語及聲香味觸法處有罪無罪增語此增語既非有如何可言即色處若有罪若無罪增語是菩薩摩訶薩即聲香味觸法處若有罪若無罪增語是菩薩摩訶薩善現汝復觀何義言即色處若有煩惱若無煩惱增語非菩薩摩訶薩即聲香味觸法處若有煩惱若無煩惱增語非菩薩摩訶薩耶世尊若色處有煩惱無煩惱若聲香味觸法處有煩惱無煩惱尚畢竟不可得性非有故況有色處有煩惱無煩惱增語及聲香味觸法處有煩惱無煩惱增語此增語既非有如何可言即色處若有煩惱若無煩惱增語是菩薩摩訶薩即聲香味觸法處若有煩惱若無煩惱增語是菩薩摩訶薩善現汝復觀何義言即色處若世間若出世間增語非菩薩摩訶薩即聲香味觸法處若世間若出世間增語非菩薩摩訶薩耶世尊若色處世間出世間若聲香味觸法處世間出世間尚畢竟不可得性非有故況有色處世間出世間增語及聲香味觸法處世間出世間增語此增語既非有如何可言即色處若世間若出世間增語是菩薩摩訶薩即聲香味觸法處若世間若出世間增語是菩薩摩訶薩善現汝復觀何義言即色處若雜

染若清淨增語非菩薩摩訶薩即聲香味觸法處若雜染若清淨增語非菩薩摩訶薩耶世尊若色處雜染清淨若聲香味觸法處雜染清淨尚畢竟不可得性非有故況有色處雜染清淨增語及聲香味觸法處雜染清淨增語此增語既非有如何可言即色處若雜染若清淨增語是菩薩摩訶薩即聲香味觸法處若雜染若清淨增語是菩薩摩訶薩善現汝復觀何義言即色處若屬生死若屬涅槃增語非菩薩摩訶薩即聲香味觸法處若屬生死若屬涅槃增語非菩薩摩訶薩耶世尊若色處屬生死屬涅槃若聲香味觸法處屬生死屬涅槃尚畢竟不可得性非有故況有色處屬生死屬涅槃增語及聲香味觸法處屬生死屬涅槃增語此增語既非有如何可言即色處若屬生死若屬涅槃增語是菩薩摩訶薩即聲香味觸法處若屬生死若屬涅槃增語是菩薩摩訶薩善現汝復觀何義言即色處若在內若在外若在兩間增語非菩薩摩訶薩即聲香味觸法處若在內若在外若在兩間增語非菩薩摩訶薩耶世尊若色處在內在外在兩間若聲香味觸法處在內在外在兩間尚畢竟不可得性非有故況有色處在內在外在兩間增語及聲香味觸法處在內在外在兩間增語此增語既非有如何可言即色處若在內若在外若在兩間增語是菩薩摩訶薩即聲香味觸法處若在內若在外若在兩間增語是菩薩摩訶薩善現汝復觀何義言即色處若可得若不可得增語非菩薩摩訶薩即聲香味觸法處若可

得若不可得增語非菩薩摩訶薩耶世尊若色處可得不可得若聲香味觸法處可得不可得尚畢竟不可得性非有故況有色處可得不可得增語及聲香味觸法處可得不可得增語此增語既非有如何可言即色處若可得若不可得增語是菩薩摩訶薩即聲香味觸法處若可得若不可得增語是菩薩摩訶薩復次善現汝復觀何義言即眼界增語非菩薩摩訶薩即耳鼻舌身意界增語非菩薩摩訶薩耶具壽善現答言世尊若眼界若耳鼻舌身意界尚畢竟不可得性非有故況有眼界增語及耳鼻舌身意界增語此增語既非有如何可言即眼界增語是菩薩摩訶薩即耳鼻舌身意界增語是菩薩摩訶薩善現汝復觀何義言即眼界若常若無常增語

非菩薩摩訶薩即耳鼻舌身意界若常若無常增語非菩薩摩訶薩耶世尊若眼界常無常若耳鼻舌身意界常無常尚畢竟不可得性非有故況有眼界常無常增語及耳鼻舌身意界常無常增語此增語既非有如何可言即眼界若常若無常增語是菩薩摩訶薩即耳鼻舌身意界若常若無常增語是菩薩摩訶薩善現汝復觀何義言即眼界若樂若苦增語非菩薩摩訶薩即耳鼻舌身意界若樂若苦增語非菩薩摩訶薩耶世尊若眼界樂若苦若耳鼻舌身意界樂若苦尚畢竟不可得性非有故況有眼界樂苦增語及耳鼻舌身意界樂苦增語此增語既非有如何可言即眼界若樂若苦增語是菩薩摩訶薩即耳鼻舌身意界若樂若苦增語是菩薩摩訶薩善

現汝復觀何義言即眼界若我若無我增語非菩薩摩訶薩即耳鼻舌身意界若我若無我增語非菩薩摩訶薩耶世尊若眼界我無我若耳鼻舌身意界我無我尚畢竟不可得性非有故況有眼界我無我增語及耳鼻舌身意界我無我增語此增語既非有如何可言即眼界若我若無我增語是菩薩摩訶薩即耳鼻舌身意界若我若無我增語是菩薩摩訶薩善現汝復觀何義言即眼界若淨若不淨增語非菩薩摩訶薩即耳鼻舌身意界若淨若不淨增語非菩薩摩訶薩耶世尊若眼界淨不淨若耳鼻舌身意界淨不淨尚畢竟不可得性非有故況有眼界淨不淨增語及耳鼻舌身意界淨不淨增語此增語既非有如何可言即眼界若淨若不淨增語是菩

薩摩訶薩即耳鼻舌身意界若淨若不淨增語是菩薩摩訶薩善現汝復觀何義言即眼界若空若不空增語非菩薩摩訶薩即耳鼻舌身意界若空若不空增語非菩薩摩訶薩耶世尊若眼界空不空若耳鼻舌身意界空不空尚畢竟不可得性非有故況有眼界空不空增語及耳鼻舌身意界空不空增語此增語既非有如何可言即眼界若空若不空增語是菩薩摩訶薩即耳鼻舌身意界若空若不空增語是菩薩摩訶薩善現汝復觀何義言即眼界若有相若無相增語非菩薩摩訶薩即耳鼻舌身意界若有相若無相增語非菩薩摩訶薩耶世尊若眼界有相無相若耳鼻舌身意界有相無相尚畢竟不可得性非有故況有眼界有相無相增語及耳鼻舌

身意界有相無相增語此增語既非有如何可言即眼界若有相若無相增語是菩薩摩訶薩即耳鼻舌身意界若有相若無相增語是菩薩摩訶薩善現汝復觀何義言即眼界若有願若無願增語非菩薩摩訶薩即耳鼻舌身意界若有願若無願增語非菩薩摩訶薩耶世尊若眼界有願無願若耳鼻舌身意界有願無願尚畢竟不可得性非有故況有眼界有願無願增語及耳鼻舌身意界有願無願增語此增語既非有如何可言即眼界若有願若無願增語是菩薩摩訶薩即耳鼻舌身意界若有願若無願增語是菩薩摩訶薩善現汝復觀何義言即眼界若寂靜若不寂靜增語非菩薩摩訶薩即耳鼻舌身意界若寂靜若不寂靜增語非菩薩摩訶薩耶世尊若眼界寂靜不寂靜若耳鼻舌身意界寂靜不寂靜尚畢竟不可得性非有故況有眼界寂靜不寂靜增語及耳鼻舌身意界寂靜不寂靜增語此增語既非有如何可言即眼界若寂靜若不寂靜增語是菩薩摩訶薩即耳鼻舌身意界若寂靜若不寂靜增語是菩薩摩訶薩善現汝復觀何義言即眼界若遠離若不遠離增語非菩薩摩訶薩即耳鼻舌身意界若遠離若不遠離增語非菩薩摩訶薩耶世尊若眼界遠離不遠離若耳鼻舌身意界遠離不遠離尚畢竟不可得性非有故況有眼界遠離不遠離增語及耳鼻舌身意界遠離不遠離增語此增語既非有如何可言即眼界若遠離若不遠離增語是菩薩摩訶薩即耳鼻舌身意界若遠離若不遠離增

語是菩薩摩訶薩

大般若波羅蜜多經卷第二十四

大般若波羅蜜多經卷第二十五

唐三藏法師玄奘奉　詔譯

初分教誡教授品第七之十五

善現汝復觀何義言即眼界若有爲若無爲增語非菩薩摩訶薩即耳鼻舌身意界若有爲若無爲增語非菩薩摩訶薩耶世尊若眼界有爲無爲若耳鼻舌身意界有爲無爲尚畢竟不可得性非有故況有眼界有爲無爲增語及耳鼻舌身意界有爲無爲增語此增語既非有如何可言即眼界若有爲若無爲增語是菩薩摩訶薩即耳鼻舌身意界若有爲若無爲增語是菩薩摩訶薩善現汝復觀何義言即眼界若有漏若無漏增語非菩薩摩訶薩即耳鼻舌身意界若有漏若無漏增語非菩薩摩訶薩耶世尊若眼界有漏無漏若耳鼻舌身意界有漏無漏尚畢竟不可得性非有故況有眼界有漏無漏增語及耳鼻舌身意界有漏無漏增語此增語既非有如何可言即眼界若有漏若無漏增語是菩薩摩訶薩即耳鼻舌身意界若有漏若無漏增語是菩薩摩訶薩善現汝復觀何義言即眼界若生若滅增語非菩薩摩訶薩即耳鼻舌身意界若生若滅增語非菩薩摩訶薩耶世尊若眼界生滅若耳鼻舌身意界生滅尚畢竟不可得性非有故況有眼界生滅增語及耳鼻舌身意界生滅增語此增語既非有如何可言即眼界若生若滅增語是菩薩摩訶薩即耳鼻舌身意界若生若滅增語是菩薩摩訶薩善現汝復觀何義言即眼界若善若非善增語非菩薩摩訶薩即耳鼻舌身意界

若善若非善增語非菩薩摩訶薩耶世尊若眼界善非善若耳鼻舌身意界善非善尚畢竟不可得性非有故況有眼界善非善增語及耳鼻舌身意界善非善增語此增語既非有如何可言即眼界若善若非善增語是菩薩摩訶薩即耳鼻舌身意界若善若非善增語是菩薩摩訶薩善現汝復觀何義言即眼界若有罪若無罪增語非菩薩摩訶薩即耳鼻舌身意界若有罪若無罪增語非菩薩摩訶薩耶世尊若眼界有罪無罪若耳鼻舌身意界有罪無罪尚畢竟不可得性非有故況有眼界有罪無罪增語及耳鼻舌身意界有罪無罪增語此增語既非有如何可言即眼界若有罪若無罪增語是菩薩摩訶薩即耳鼻舌身意界若有罪若無罪增語是菩薩摩訶薩善現汝復觀何義言即眼界若有煩惱若無煩惱增語非菩薩摩訶薩即耳鼻舌身意界若有煩惱若無煩惱增語非菩薩摩訶薩耶世尊若眼界有煩惱無煩惱若耳鼻舌身意界有煩惱無煩惱尚畢竟不可得性非有故況有眼界有煩惱無煩惱增語及耳鼻舌身意界有煩惱無煩惱增語此增語既非有如何可言即眼界若有煩惱若無煩惱增語是菩薩摩訶薩即耳鼻舌身意界若有煩惱若無煩惱增語是菩薩摩訶薩善現汝復觀何義言即眼界若世間若出世間增語非菩薩摩訶薩即耳鼻舌身意界若世間若出世間增語非菩薩摩訶薩耶世尊若眼界世間出世間若耳鼻舌身意界世間出世間尚畢竟不可得性非有故況有眼界世間出世

間增語及耳鼻舌身意界世間出世間增語此增語既非有如何可言即眼界若世間若出世間增語是菩薩摩訶薩即耳鼻舌身意界若世間若出世間增語是菩薩摩訶薩善現汝復觀何義言即眼界若雜染若清淨增語非菩薩摩訶薩即耳鼻舌身意界若雜染若清淨增語非菩薩摩訶薩耶世尊若眼界雜染清淨若耳鼻舌身意界雜染清淨尚畢竟不可得性非有故況有眼界雜染清淨增語及耳鼻舌身意界雜染清淨增語此增語既非有如何可言即眼界若雜染若清淨增語是菩薩摩訶薩即耳鼻舌身意界若雜染若清淨增語是菩薩摩訶薩善現汝復觀何義言即眼界若屬生死若屬涅槃增語非菩薩摩訶薩即耳鼻舌身意界若屬生死若屬涅槃增語非菩薩摩訶薩耶世尊若眼界屬生死屬涅槃若耳鼻舌身意界屬生死屬涅槃尚畢竟不可得性非有故況有眼界屬生死屬涅槃增語及耳鼻舌身意界屬生死屬涅槃增語此增語既非有如何可言即眼界若屬生死若屬涅槃增語是菩薩摩訶薩即耳鼻舌身意界若屬生死若屬涅槃增語是菩薩摩訶薩善現汝復觀何義言即眼界若在內若在外若在兩間增語非菩薩摩訶薩即耳鼻舌身意界若在內若在外若在兩間增語非菩薩摩訶薩耶世尊若眼界在內在外在兩間若耳鼻舌身意界在內在外在兩間尚畢竟不可得性非有故況有眼界在內在外在兩間增語及耳鼻舌身意界在內在外在兩間增語此增語既非有如何可言即

眼界若在内若在外若在兩間增語是菩薩摩訶薩即耳鼻舌身意界若在内若在外若在兩間增語是菩薩摩訶薩善現汝復觀何義言即眼界若可得若不可得增語非菩薩摩訶薩即耳鼻舌身意界若可得若不可得增語非菩薩摩訶薩耶世尊若眼界可得不可得若耳鼻舌身意界可得不可得尚畢竟不可得性非有故況有眼界可得不可得增語及耳鼻舌身意界可得不可得增語此增語既非有如何可言即眼界若可得若不可得增語是菩薩摩訶薩即耳鼻舌身意界若可得若不可得增語是菩薩摩訶薩復次善現汝觀何義言即色界增語非菩薩摩訶薩即聲香味觸法界增語非菩薩摩訶薩耶具壽善現答言世尊若色界若聲香味觸法界尚畢竟不可得性非有故況有色界增語及聲香味觸法界增語此增語既非有如何可言即色界增語是菩薩摩訶薩即聲香味觸法界增語是菩薩摩訶薩善現汝復觀何義言即色界若常若無常增語非菩薩摩訶薩即聲香味觸法界若常若無常增語非菩薩摩訶薩耶世尊若色界常無常若聲香味觸法界常無常尚畢竟不可得性非有故況有色界常無常增語及聲香味觸法界常無常增語此增語既非有如何可言即色界若常若無常增語是菩薩摩訶薩即聲香味觸法界若常若無常增語是菩薩摩訶薩善現汝復觀何義言即色界若樂若苦增語非菩薩摩訶薩即聲香味觸法界若樂若苦增語非菩薩摩訶薩耶世尊若色界樂苦若聲香味

觸法界樂苦尚畢竟不可得性非有故況有色界樂苦增語及聲香味觸法界樂苦增語此增語既非有如何可言即色界若樂若苦增語是菩薩摩訶薩即聲香味觸法界若樂若苦增語是菩薩摩訶薩善現汝復觀何義言即色界若我若無我增語非菩薩摩訶薩即聲香味觸法界若我若無我增語非菩薩摩訶薩耶世尊若色界我無我若聲香味觸法界我無我尚畢竟不可得性非有故況有色界我無我增語及聲香味觸法界我無我增語此增語既非有如何可言即色界若我若無我增語是菩薩摩訶薩即聲香味觸法界若我若無我增語是菩薩摩訶薩善現汝復觀何義言即色界若淨若不淨增語非菩薩摩訶薩即聲香味觸法界若淨若不淨增語非菩薩摩訶薩耶世尊若色界淨不淨若聲香味觸法界淨不淨尚畢竟不可得性非有故況有色界淨不淨增語及聲香味觸法界淨不淨增語此增語既非有如何可言即色界若淨若不淨增語是菩薩摩訶薩即聲香味觸法界若淨若不淨增語是菩薩摩訶薩善現汝復觀何義言即色界若空若不空增語非菩薩摩訶薩即聲香味觸法界若空若不空增語非菩薩摩訶薩耶世尊若色界空不空若聲香味觸法界空不空尚畢竟不可得性非有故況有色界空不空增語及聲香味觸法界空不空增語此增語既非有如何可言即色界若空若不空增語是菩薩摩訶薩即聲香味觸法界若空若不空增語是菩薩摩訶薩善現汝復觀何義言即色界若

有相若無相增語非菩薩摩訶薩即聲香味觸法界若有相若無相增語非菩薩摩訶薩耶世尊若色界有相無相若聲香味觸法界有相無相尚畢竟不可得性非有故況有色界有相無相增語及聲香味觸法界有相無相增語此增語既非有如何可言即色界若有相若無相增語是菩薩摩訶薩即聲香味觸法界若有相若無相增語是菩薩摩訶薩善現汝復觀何義言即色界若有願若無願增語非菩薩摩訶薩即聲香味觸法界若有願若無願增語非菩薩摩訶薩耶世尊若色界有願無願若聲香味觸法界有願無願尚畢竟不可得性非有故況有色界有願無願增語及聲香味觸法界有願無願增語此增語既非有如何可言即色界若有願若無願增語是菩薩摩訶薩即聲香味觸法界若有願若無願增語是菩薩摩訶薩善現汝復觀何義言即色界若寂靜若不寂靜增語非菩薩摩訶薩即聲香味觸法界若寂靜若不寂靜增語非菩薩摩訶薩耶世尊若色界寂靜不寂靜若聲香味觸法界寂靜不寂靜尚畢竟不可得性非有故況有色界寂靜不寂靜增語及聲香味觸法界寂靜不寂靜增語此增語既非有如何可言即色界若寂靜若不寂靜增語是菩薩摩訶薩即聲香味觸法界若寂靜若不寂靜增語是菩薩摩訶薩善現汝復觀何義言即色界若遠離若不遠離增語非菩薩摩訶薩即聲香味觸法界若遠離若不遠離增語非菩薩摩訶薩耶世尊若色界遠離不遠離若聲香味觸法界遠離不遠

離尚畢竟不可得性非有故況有色界遠離不遠離增語及聲香味觸法界遠離不遠離增語此增語既非有如何可言即色界若遠離若不遠離增語是菩薩摩訶薩即聲香味觸法界若遠離若不遠離增語是菩薩摩訶薩善現汝復觀何義言即色界若有爲若無爲增語非菩薩摩訶薩即聲香味觸法界若有爲若無爲增語非菩薩摩訶薩耶世尊若色界有爲無爲若聲香味觸法界有爲無爲尚畢竟不可得性非有故況有色界有爲無爲增語及聲香味觸法界有爲無爲增語此增語既非有如何可言即色界若有爲若無爲增語是菩薩摩訶薩即聲香味觸法界若有爲若無爲增語是菩薩摩訶薩善現汝復觀何義言即色界若有漏若無漏增語非菩薩摩訶薩即聲香味觸法界若有漏若無漏增語非菩薩摩訶薩耶世尊若色界有漏無漏若聲香味觸法界有漏無漏尚畢竟不可得性非有故況有色界有漏無漏增語及聲香味觸法界有漏無漏增語此增語既非有如何可言即色界若有漏若無漏增語是菩薩摩訶薩即聲香味觸法界若有漏若無漏增語是菩薩摩訶薩善現汝復觀何義言即色界若生若滅增語非菩薩摩訶薩即聲香味觸法界若生若滅增語非菩薩摩訶薩耶世尊若色界生滅若聲香味觸法界生滅尚畢竟不可得性非有故況有色界生滅增語及聲香味觸法界生滅增語此增語既非有如何可言即色界若生若滅增語是菩薩摩訶薩即聲香味觸法界若生若滅增語是菩

薩摩訶薩善現汝復觀何義言即色界若善若非善增語非菩薩摩訶薩即聲香味觸法界若善若非善增語非菩薩摩訶薩耶世尊若色界善非善若聲香味觸法界善非善尚畢竟不可得性非有故況有色界善非善增語及聲香味觸法界善非善增語此增語既非有如何可言即色界若善若非善增語是菩薩摩訶薩即聲香味觸法界若善若非善增語是菩薩摩訶薩善現汝復觀何義言即色界若有罪若無罪增語非菩薩摩訶薩即聲香味觸法界若有罪若無罪增語非菩薩摩訶薩耶世尊若色界有罪無罪若聲香味觸法界有罪無罪尚畢竟不可得性非有故況有色界有罪無罪增語及聲香味觸法界有罪無罪增語此增語既非有如何可言即

色界若有罪若無罪增語是菩薩摩訶薩即聲香味觸法界若有罪若無罪增語是菩薩摩訶薩善現汝復觀何義言即色界若有煩惱若無煩惱增語非菩薩摩訶薩即聲香味觸法界若有煩惱若無煩惱增語非菩薩摩訶薩耶世尊若色界有煩惱無煩惱若聲香味觸法界有煩惱無煩惱尚畢竟不可得性非有故況有色界有煩惱無煩惱增語及聲香味觸法界有煩惱無煩惱增語此增語既非有如何可言即色界若有煩惱若無煩惱增語是菩薩摩訶薩即聲香味觸法界若有煩惱若無煩惱增語是菩薩摩訶薩善現汝復觀何義言即色界若世間若出世間增語非菩薩摩訶薩即聲香味觸法界若世間若出世間增語非菩薩摩訶薩耶世尊若色界

世間出世間若聲香味觸法界世間出世間尚畢竟不可得性非有故況有色界世間出世間增語及聲香味觸法界世間出世間增語此增語既非有如何可言即色界若世間若出世間增語是菩薩摩訶薩即聲香味觸法界若世間若出世間增語是菩薩摩訶薩善現汝復觀何義言即色界若雜染若清淨增語非菩薩摩訶薩即聲香味觸法界若雜染若清淨增語非菩薩摩訶薩耶世尊若色界雜染清淨若聲香味觸法界雜染清淨尚畢竟不可得性非有故況有色界雜染清淨增語及聲香味觸法界雜染清淨增語此增語既非有如何可言即色界若雜染若清淨增語是菩薩摩訶薩即聲香味觸法界若雜染若清淨增語是菩薩摩訶薩善現汝復觀

何義言即色界若屬生死若屬涅槃增語非菩薩摩訶薩即聲香味觸法界若屬生死若屬涅槃增語非菩薩摩訶薩耶世尊若色界屬生死屬涅槃若聲香味觸法界屬生死屬涅槃尚畢竟不可得性非有故況有色界屬生死屬涅槃增語及聲香味觸法界屬生死屬涅槃增語此增語既非有如何可言即色界若屬生死若屬涅槃增語是菩薩摩訶薩即聲香味觸法界若屬生死若屬涅槃增語是菩薩摩訶薩善現汝復觀何義言即色界若在內若在外若在兩間增語非菩薩摩訶薩即聲香味觸法界若在內若在外若在兩間增語非菩薩摩訶薩耶世尊若色界在內在外在兩間若聲香味觸法界在內在外在兩間尚畢竟不可得性非有故況有色界在

内在外在兩間增語及聲香味觸法界在内在外在兩間增語此增語既非有如何可言即色界若在内若在外若在兩間增語是菩薩摩訶薩即聲香味觸法界若在内若在外若在兩間增語是菩薩摩訶薩善現汝復觀何義言即色界若可得若不可得增語非菩薩摩訶薩即聲香味觸法界若可得若不可得增語非菩薩摩訶薩耶世尊若色界可得不可得若聲香味觸法界可得不可得尚畢竟不可得性非有故況有色界可得不可得增語及聲香味觸法界可得不可得增語此增語既非有如何可言即色界若可得若不可得增語是菩薩摩訶薩即聲香味觸法界若可得若不可得增語是菩薩摩訶薩復次善現汝觀何義言即眼識界增語非菩薩摩訶薩即耳鼻舌身意識界增語非菩薩摩訶薩耶具壽善現答言世尊若眼識界若耳鼻舌身意識界尚畢竟不可得性非有故況有眼識界增語及耳鼻舌身意識界增語此增語既非有如何可言即眼識界增語是菩薩摩訶薩即耳鼻舌身意識界增語是菩薩摩訶薩善現汝復觀何義言即眼識界若常若無常增語非菩薩摩訶薩即耳鼻舌身意識界若常若無常增語非菩薩摩訶薩耶世尊若眼識界常無常若耳鼻舌身意識界常無常尚畢竟不可得性非有故況有眼識界常無常增語及耳鼻舌身意識界常無常增語此增語既非有如何可言即眼識界若常若無常增語是菩薩摩訶薩即耳鼻舌身意識界若常若無常增語是菩薩摩訶薩善現汝

復觀何義言即眼識界若樂若苦增語非菩薩摩訶薩即耳鼻舌身意識界若樂若苦增語非菩薩摩訶薩耶世尊若眼識界樂苦若耳鼻舌身意識界樂苦尚畢竟不可得性非有故況有眼識界樂苦增語及耳鼻舌身意識界樂苦增語此增語既非有如何可言即眼識界若樂若苦增語是菩薩摩訶薩即耳鼻舌身意識界若樂若苦增語是菩薩摩訶薩善現汝復觀何義言即眼識界若我若無我增語非菩薩摩訶薩即耳鼻舌身意識界若我若無我增語非菩薩摩訶薩耶世尊若眼識界我無我若耳鼻舌身意識界我無我尚畢竟不可得性非有故況有眼識界我無我增語及耳鼻舌身意識界我無我增語此增語既非有如何可言即眼識界若我若無我增語是菩薩摩訶薩即耳鼻舌身意識界若我若無我增語是菩薩摩訶薩善現汝復觀何義言即眼識界若淨若不淨增語非菩薩摩訶薩即耳鼻舌身意識界若淨若不淨增語非菩薩摩訶薩耶世尊若眼識界淨不淨若耳鼻舌身意識界淨不淨尚畢竟不可得性非有故況有眼識界淨不淨增語及耳鼻舌身意識界淨不淨增語此增語既非有如何可言即眼識界若淨若不淨增語是菩薩摩訶薩即耳鼻舌身意識界若淨若不淨增語是菩薩摩訶薩善現汝復觀何義言即眼識界若空若不空增語非菩薩摩訶薩即耳鼻舌身意識界若空若不空增語非菩薩摩訶薩耶世尊若眼識界空不空若耳鼻舌身意識界空不空尚畢竟不可得性非有故

況有眼識界空不空增語及耳鼻舌身意識界空不空增語此增語既非有如何可言即眼識界若空若不空增語是菩薩摩訶薩即耳鼻舌身意識界若空若不空增語是菩薩摩訶薩善現汝復觀何義言即眼識界若有相若無相增語非菩薩摩訶薩即耳鼻舌身意識界若有相若無相增語非菩薩摩訶薩耶世尊若眼識界有相無相若耳鼻舌身意識界有相無相尚畢竟不可得性非有故況有眼識界有相無相增語及耳鼻舌身意識界有相無相增語此增語既非有如何可言即眼識界若有相若無相增語是菩薩摩訶薩即耳鼻舌身意識界若有相若無相增語是菩薩摩訶薩善現汝復觀何義言即眼識界若有願若無願增語非菩薩摩訶薩即耳鼻舌身意識界若有願若無願增語非菩薩摩訶薩耶世尊若眼識界有願無願若耳鼻舌身意識界有願無願尚畢竟不可得性非有故況有眼識界有願無願增語及耳鼻舌身意識界有願無願增語此增語既非有如何可言即眼識界若有願若無願增語是菩薩摩訶薩即耳鼻舌身意識界若有願若無願增語是菩薩摩訶薩善現汝復觀何義言即眼識界若寂靜若不寂靜增語非菩薩摩訶薩即耳鼻舌身意識界若寂靜若不寂靜增語非菩薩摩訶薩耶世尊若眼識界寂靜不寂靜若耳鼻舌身意識界寂靜不寂靜尚畢竟不可得性非有故況有眼識界寂靜不寂靜增語及耳鼻舌身意識界寂靜不寂靜增語此增語既非有如何可言即眼識界若

寂靜若不寂靜增語是菩薩摩訶薩即耳鼻舌身意識界若寂靜若不寂靜增語是菩薩摩訶薩善現汝復觀何義言即眼識界若遠離若不遠離增語非菩薩摩訶薩即耳鼻舌身意識界若遠離若不遠離增語非菩薩摩訶薩耶世尊若眼識界遠離不遠離若耳鼻舌身意識界遠離不遠離尚畢竟不可得性非有故況有眼識界遠離不遠離增語及耳鼻舌身意識界遠離不遠離增語此增語既非有如何可言即眼識界若遠離若不遠離增語是菩薩摩訶薩即耳鼻舌身意識界若遠離若不遠離增語是菩薩摩訶薩善現汝復觀何義言即眼識界若有爲若無爲增語非菩薩摩訶薩即耳鼻舌身意識界若有爲若無爲增語非菩薩摩訶薩耶世尊若眼識界有爲無爲若耳鼻舌身意識界有爲無爲尚畢竟不可得性非有故況有眼識界有爲無爲增語及耳鼻舌身意識界有爲無爲增語此增語既非有如何可言即眼識界若有爲若無爲增語是菩薩摩訶薩即耳鼻舌身意識界若有爲若無爲增語是菩薩摩訶薩善現汝復觀何義言即眼識界若有漏若無漏增語非菩薩摩訶薩即耳鼻舌身意識界若有漏若無漏增語非菩薩摩訶薩耶世尊若眼識界有漏無漏若耳鼻舌身意識界有漏無漏尚畢竟不可得性非有故況有眼識界有漏無漏增語及耳鼻舌身意識界有漏無漏增語此增語既非有如何可言即眼識界若有漏若無漏增語是菩薩摩訶薩即耳鼻舌身意識界若有漏若無漏增語是菩薩

摩訶薩善現汝復觀何義言即眼識界若生若滅增語非菩薩摩訶薩即耳鼻舌身意識界若生若滅增語非菩薩摩訶薩耶世尊若眼識界生滅若耳鼻舌身意識界生滅尚畢竟不可得性非有故況有眼識界生滅增語及耳鼻舌身意識界生滅增語此增語既非有如何可言即眼識界若生若滅增語是菩薩摩訶薩即耳鼻舌身意識界若生若滅增語是菩薩摩訶薩善現汝復觀何義言即眼識界若善若非善增語非菩薩摩訶薩即耳鼻舌身意識界若善若非善增語非菩薩摩訶薩耶世尊若眼識界善非善若耳鼻舌身意識界善非善尚畢竟不可得性非有故況有眼識界善非善增語及耳鼻舌身意識界善非善增語此增語既非有如何可言即眼識界若善若非善增語是菩薩摩訶薩即耳鼻舌身意識界若善若非善增語是菩薩摩訶薩善現汝復觀何義言即眼識界若有罪若無罪增語非菩薩摩訶薩即耳鼻舌身意識界若有罪若無罪增語非菩薩摩訶薩耶世尊若眼識界有罪無罪若耳鼻舌身意識界有罪無罪尚畢竟不可得性非有故況有眼識界有罪無罪增語及耳鼻舌身意識界有罪無罪增語此增語既非有如何可言即眼識界若有罪若無罪增語是菩薩摩訶薩即耳鼻舌身意識界若有罪若無罪增語是菩薩摩訶薩善現汝復觀何義言即眼識界若有煩惱若無煩惱增語非菩薩摩訶薩即耳鼻舌身意識界若有煩惱若無煩惱增語非菩薩摩訶薩耶世尊若眼識界有煩惱無

煩惱若耳鼻舌身意識界有煩惱無煩惱尚
畢竟不可得性非有故況有眼識界有煩惱
無煩惱增語及耳鼻舌身意識界有煩惱無
煩惱增語此增語既非有如何可言即眼識
界若有煩惱若無煩惱增語是菩薩摩訶薩
即耳鼻舌身意識界若有煩惱若無煩惱增
語是菩薩摩訶薩善現汝復觀何義言即眼
識界若世間若出世間增語非菩薩摩訶薩
即耳鼻舌身意識界若世間若出世間增語
非菩薩摩訶薩耶世尊若眼識界世間出世
間若耳鼻舌身意識界世間出世間尚畢竟
不可得性非有故況有眼識界世間出世間
增語及耳鼻舌身意識界世間出世間增語
此增語既非有如何可言即眼識界若世間
若出世間增語是菩薩摩訶薩即耳鼻舌身
意識界若世間若出世間增語是菩薩摩訶
薩善現汝復觀何義言即眼識界若雜染若
清淨增語非菩薩摩訶薩即耳鼻舌身意識
界若雜染若清淨增語非菩薩摩訶薩耶世
尊若眼識界雜染清淨若耳鼻舌身意識界
雜染清淨尚畢竟不可得性非有故況有眼
識界雜染清淨增語及耳鼻舌身意識界雜
染清淨增語此增語既非有如何可言即眼
識界若雜染若清淨增語是菩薩摩訶薩即
耳鼻舌身意識界若雜染若清淨增語是菩
薩摩訶薩善現汝復觀何義言即眼識界若
屬生死若屬涅槃增語非菩薩摩訶薩即耳
鼻舌身意識界若屬生死若屬涅槃增語非
菩薩摩訶薩耶世尊若眼識界屬生死屬涅
槃若耳鼻舌身意識界屬生死屬涅槃尚畢

竟不可得性非有故況有眼識界屬生死屬涅槃增語及耳鼻舌身意識界屬生死屬涅槃增語此增語既非有如何可言即眼識界若屬生死若屬涅槃增語是菩薩摩訶薩即耳鼻舌身意識界若屬生死若屬涅槃增語是菩薩摩訶薩善現汝復觀何義言即眼識界若在內若在外若在兩間增語非菩薩摩訶薩即耳鼻舌身意識界若在內若在外若在兩間增語非菩薩摩訶薩耶世尊若眼識界在內在外在兩間若耳鼻舌身意識界在內在外在兩間尚畢竟不可得性非有故況有眼識界在內在外在兩間增語及耳鼻舌身意識界在內在外在兩間增語此增語既非有如何可言即眼識界若在內若在外若在兩間增語是菩薩摩訶薩即耳鼻舌身意識界若在內若在外若在兩間增語是菩薩摩訶薩善現汝復觀何義言即眼識界若可得若不可得增語非菩薩摩訶薩即耳鼻舌身意識界若可得若不可得增語非菩薩摩訶薩耶世尊若眼識界可得不可得若耳鼻舌身意識界可得不可得尚畢竟不可得性非有故況有眼識界可得不可得增語及耳鼻舌身意識界可得不可得增語此增語既非有如何可言即眼識界若可得若不可得增語是菩薩摩訶薩即耳鼻舌身意識界若可得若不可得增語是菩薩摩訶薩

大般若波羅蜜多經卷第二十五

大般若波羅蜜多經卷第二十六

唐三藏法師玄奘奉詔譯

初分教誡教授品第七之十六

復次善現汝觀何義言即眼觸增語非菩薩摩訶薩即耳鼻舌身意觸增語非菩薩摩訶薩耶具壽善現答言世尊若眼觸若耳鼻舌身意觸尚畢竟不可得性非有故況有眼觸增語及耳鼻舌身意觸增語此增語既非有如何可言即眼觸增語是菩薩摩訶薩即耳鼻舌身意觸增語是菩薩摩訶薩善現汝復觀何義言即眼觸若常若無常增語非菩薩摩訶薩即耳鼻舌身意觸若常若無常增語非菩薩摩訶薩耶世尊若眼觸常無常若耳鼻舌身意觸常無常尚畢竟不可得性非有故況有眼觸常無常增語及耳鼻舌身意觸常無常增語此增語既非有如何可言即眼觸若常若無常增語是菩薩摩訶薩即耳鼻舌身意觸若常若無常增語是菩薩摩訶薩善現汝復觀何義言即眼觸若樂若苦增語非菩薩摩訶薩即耳鼻舌身意觸若樂若苦增語非菩薩摩訶薩耶世尊若眼觸樂苦若耳鼻舌身意觸樂苦尚畢竟不可得性非有故況有眼觸樂苦增語及耳鼻舌身意觸樂苦增語此增語既非有如何可言即眼觸若樂若苦增語是菩薩摩訶薩即耳鼻舌身意觸若樂若苦增語是菩薩摩訶薩善現汝復觀何義言即眼觸若我若無我增語非菩薩摩訶薩即耳鼻舌身意觸若我若無我增語非菩薩摩訶薩耶世尊若眼觸我無我若耳鼻舌身意觸我無我尚畢竟不可得性非有

故況有眼觸我無我增語及耳鼻舌身意觸我無我增語此增語既非有如何可言即眼觸若我若無我增語是菩薩摩訶薩即耳鼻舌身意觸若我若無我增語是菩薩摩訶薩善現汝復觀何義言即眼觸若淨若不淨增語非菩薩摩訶薩即耳鼻舌身意觸若淨若不淨增語非菩薩摩訶薩耶世尊若眼觸淨不淨若耳鼻舌身意觸淨不淨尚畢竟不可得性非有故況有眼觸淨不淨增語及耳鼻舌身意觸淨不淨增語此增語既非有如何可言即眼觸若淨若不淨增語是菩薩摩訶薩即耳鼻舌身意觸若淨若不淨增語是菩薩摩訶薩善現汝復觀何義言即眼觸若空若不空增語非菩薩摩訶薩即耳鼻舌身意觸若空若不空增語非菩薩摩訶薩耶世尊若眼觸空不空若耳鼻舌身意觸空不空尚畢竟不可得性非有故況有眼觸空不空增語及耳鼻舌身意觸空不空增語此增語既非有如何可言即眼觸若空若不空增語是菩薩摩訶薩即耳鼻舌身意觸若空若不空增語是菩薩摩訶薩善現汝復觀何義言即眼觸若有相若無相增語非菩薩摩訶薩即耳鼻舌身意觸若有相若無相增語非菩薩摩訶薩耶世尊若眼觸有相無相若耳鼻舌身意觸有相無相尚畢竟不可得性非有故況有眼觸有相無相增語及耳鼻舌身意觸有相無相增語此增語既非有如何可言即眼觸若有相若無相增語是菩薩摩訶薩即耳鼻舌身意觸若有相若無相增語是菩薩摩訶薩善現汝復觀何義言即眼觸若有願

若無願增語非菩薩摩訶薩即耳鼻舌身意觸若有願若無願增語非菩薩摩訶薩耶世尊若眼觸有願無願若耳鼻舌身意觸有願無願尚畢竟不可得性非有故況有眼觸有願無願增語及耳鼻舌身意觸有願無願增語此增語既非有如何可言即眼觸若有願若無願增語是菩薩摩訶薩即耳鼻舌身意觸若有願若無願增語是菩薩摩訶薩善現汝復觀何義言即眼觸若寂靜若不寂靜增語非菩薩摩訶薩即耳鼻舌身意觸若寂靜若不寂靜增語非菩薩摩訶薩耶世尊若眼觸寂靜不寂靜若耳鼻舌身意觸寂靜不寂靜尚畢竟不可得性非有故況有眼觸寂靜不寂靜增語及耳鼻舌身意觸寂靜不寂靜增語此增語既非有如何可言即眼觸若寂靜若不寂靜增語是菩薩摩訶薩即耳鼻舌身意觸若寂靜若不寂靜增語是菩薩摩訶薩善現汝復觀何義言即眼觸若遠離若不遠離增語非菩薩摩訶薩即耳鼻舌身意觸若遠離若不遠離增語非菩薩摩訶薩耶世尊若眼觸遠離不遠離若耳鼻舌身意觸遠離不遠離尚畢竟不可得性非有故況有眼觸遠離不遠離增語及耳鼻舌身意觸遠離不遠離增語此增語既非有如何可言即眼觸若遠離若不遠離增語是菩薩摩訶薩即耳鼻舌身意觸若遠離若不遠離增語是菩薩摩訶薩善現汝復觀何義言即眼觸若有爲若無爲增語非菩薩摩訶薩即耳鼻舌身意觸若有爲若無爲增語非菩薩摩訶薩耶世尊若眼觸有爲無爲若耳鼻舌身意觸有

爲無爲尚畢竟不可得性非有故況有眼觸有爲無爲增語及耳鼻舌身意觸有爲無爲增語此增語既非有如何可言即眼觸若有爲若無爲增語是菩薩摩訶薩即耳鼻舌身意觸若有爲若無爲增語是菩薩摩訶薩善現汝復觀何義言即眼觸若有漏若無漏增語非菩薩摩訶薩即耳鼻舌身意觸若有漏若無漏增語非菩薩摩訶薩耶世尊若眼觸有漏無漏若耳鼻舌身意觸有漏無漏尚畢竟不可得性非有故況有眼觸有漏無漏增語及耳鼻舌身意觸有漏無漏增語此增語既非有如何可言即眼觸若有漏若無漏增語是菩薩摩訶薩即耳鼻舌身意觸若有漏若無漏增語是菩薩摩訶薩善現汝復觀何義言即眼觸若生若滅增語非菩薩摩訶薩

即耳鼻舌身意觸若生若滅增語非菩薩摩訶薩耶世尊若眼觸生滅若耳鼻舌身意觸生滅尚畢竟不可得性非有故況有眼觸生滅增語及耳鼻舌身意觸生滅增語此增語既非有如何可言即眼觸若生若滅增語是菩薩摩訶薩即耳鼻舌身意觸若生若滅增語是菩薩摩訶薩善現汝復觀何義言即眼觸若善若非善增語非菩薩摩訶薩即耳鼻舌身意觸若善若非善增語非菩薩摩訶薩耶世尊若眼觸善非善若耳鼻舌身意觸善非善尚畢竟不可得性非有故況有眼觸善非善增語及耳鼻舌身意觸善非善增語此增語既非有如何可言即眼觸若善若非善增語是菩薩摩訶薩即耳鼻舌身意觸若善若非善增語是菩薩摩訶薩善現汝復觀何

義言即眼觸若有罪若無罪增語非菩薩摩訶薩即耳鼻舌身意觸若有罪若無罪增語非菩薩摩訶薩耶世尊若眼觸有罪無罪若耳鼻舌身意觸有罪無罪尚畢竟不可得性非有故況有眼觸有罪無罪增語及耳鼻舌身意觸有罪無罪增語此增語既非有如何可言即眼觸若有罪若無罪增語是菩薩摩訶薩即耳鼻舌身意觸若有罪若無罪增語是菩薩摩訶薩善現汝復觀何義言即眼觸若有煩惱若無煩惱增語非菩薩摩訶薩即耳鼻舌身意觸若有煩惱若無煩惱增語非菩薩摩訶薩耶世尊若眼觸有煩惱無煩惱若耳鼻舌身意觸有煩惱無煩惱尚畢竟不可得性非有故況有眼觸有煩惱無煩惱增語及耳鼻舌身意觸有煩惱無煩惱增語此增語既非有如何可言即眼觸若有煩惱若無煩惱增語是菩薩摩訶薩即耳鼻舌身意觸若有煩惱若無煩惱增語是菩薩摩訶薩善現汝復觀何義言即眼觸若世間若出世間增語非菩薩摩訶薩即耳鼻舌身意觸若世間若出世間增語非菩薩摩訶薩耶世尊若眼觸世間出世間若耳鼻舌身意觸世間出世間尚畢竟不可得性非有故況有眼觸世間出世間增語及耳鼻舌身意觸世間出世間增語此增語既非有如何可言即眼觸若世間若出世間增語是菩薩摩訶薩即耳鼻舌身意觸若世間若出世間增語是菩薩摩訶薩善現汝復觀何義言即眼觸若雜染若清淨增語非菩薩摩訶薩即耳鼻舌身意觸若雜染若清淨增語非菩薩摩訶薩耶世

尊若眼觸雜染清淨若耳鼻舌身意觸雜染清淨尚畢竟不可得性非有故況有眼觸雜染清淨增語及耳鼻舌身意觸雜染清淨增語此增語既非有如何可言即眼觸若雜染若清淨增語是菩薩摩訶薩即耳鼻舌身意觸若雜染若清淨增語是菩薩摩訶薩善現汝復觀何義言即眼觸若屬生死若屬涅槃增語非菩薩摩訶薩即耳鼻舌身意觸若屬生死若屬涅槃增語非菩薩摩訶薩耶世尊若眼觸屬生死屬涅槃若耳鼻舌身意觸屬生死屬涅槃尚畢竟不可得性非有故況有眼觸屬生死屬涅槃增語及耳鼻舌身意觸屬生死屬涅槃增語此增語既非有如何可言即眼觸若屬生死若屬涅槃增語是菩薩摩訶薩即耳鼻舌身意觸若屬生死若屬涅槃增語是菩薩摩訶薩善現汝復觀何義言即眼觸若在內若在外若在兩間增語非菩薩摩訶薩即耳鼻舌身意觸若在內若在外若在兩間增語非菩薩摩訶薩耶世尊若眼觸在內在外在兩間若耳鼻舌身意觸在內在外在兩間尚畢竟不可得性非有故況有眼觸在內在外在兩間增語及耳鼻舌身意觸在內在外在兩間增語此增語既非有如何可言即眼觸若在內若在外若在兩間增語是菩薩摩訶薩即耳鼻舌身意觸若在內若在外若在兩間增語是菩薩摩訶薩善現汝復觀何義言即眼觸若可得若不可得增語非菩薩摩訶薩即耳鼻舌身意觸若可得若不可得增語非菩薩摩訶薩耶世尊若眼觸可得不可得若耳鼻舌身意觸可得不可

得尚畢竟不可得性非有故況有眼觸可得不可得增語及耳鼻舌身意觸可得不可得增語此增語既非有如何可言即眼觸若可得若不可得增語是菩薩摩訶薩即耳鼻舌身意觸若可得若不可得增語是菩薩摩訶薩復次善現汝觀何義言即眼觸爲緣所生諸受增語非菩薩摩訶薩即耳鼻舌身意觸爲緣所生諸受增語非菩薩摩訶薩耶具壽善現荅言世尊若眼觸爲緣所生諸受若耳鼻舌身意觸爲緣所生諸受尚畢竟不可得性非有故況有眼觸爲緣所生諸受增語及耳鼻舌身意觸爲緣所生諸受增語此增語既非有如何可言即眼觸爲緣所生諸受增語是菩薩摩訶薩即耳鼻舌身意觸爲緣所生諸受增語是菩薩摩訶薩善現汝復觀何義言即眼觸爲緣所生諸受若常若無常增語非菩薩摩訶薩即耳鼻舌身意觸爲緣所生諸受若常若無常增語非菩薩摩訶薩耶世尊若眼觸爲緣所生諸受常無常若耳鼻舌身意觸爲緣所生諸受常無常尚畢竟不可得性非有故況有眼觸爲緣所生諸受常無常增語及耳鼻舌身意觸爲緣所生諸受常無常增語此增語既非有如何可言即眼觸爲緣所生諸受若常若無常增語是菩薩摩訶薩即耳鼻舌身意觸爲緣所生諸受若常若無常增語是菩薩摩訶薩善現汝復觀何義言即眼觸爲緣所生諸受若樂若苦增語非菩薩摩訶薩即耳鼻舌身意觸爲緣所生諸受若樂若苦增語非菩薩摩訶薩耶世尊若眼觸爲緣所生諸受樂苦若耳鼻舌身

意觸爲緣所生諸受樂若苦尚畢竟不可得性非有故況有眼觸爲緣所生諸受樂若苦增語及耳鼻舌身意觸爲緣所生諸受樂若苦增語此增語既非有如何可言即眼觸爲緣所生諸受若樂若苦增語是菩薩摩訶薩即耳鼻舌身意觸爲緣所生諸受若樂若苦增語是菩薩摩訶薩善現汝復觀何義言即眼觸爲緣所生諸受若我若無我增語非菩薩摩訶薩即耳鼻舌身意觸爲緣所生諸受若我若無我增語非菩薩摩訶薩耶世尊若眼觸爲緣所生諸受我無我若耳鼻舌身意觸爲緣所生諸受我無我尚畢竟不可得性非有故況有眼觸爲緣所生諸受我無我增語及耳鼻舌身意觸爲緣所生諸受我無我增語此增語既非有如何可言即眼觸爲緣所生諸受若我若無我增語是菩薩摩訶薩即耳鼻舌身意觸爲緣所生諸受若我若無我增語是菩薩摩訶薩善現汝復觀何義言即眼觸爲緣所生諸受若淨若不淨增語非菩薩摩訶薩即耳鼻舌身意觸爲緣所生諸受若淨若不淨增語非菩薩摩訶薩耶世尊若眼觸爲緣所生諸受淨不淨若耳鼻舌身意觸爲緣所生諸受淨不淨尚畢竟不可得性非有故況有眼觸爲緣所生諸受淨不淨增語及耳鼻舌身意觸爲緣所生諸受淨不淨增語此增語既非有如何可言即眼觸爲緣所生諸受若淨若不淨增語是菩薩摩訶薩即耳鼻舌身意觸爲緣所生諸受若淨若不淨增語是菩薩摩訶薩善現汝復觀何義言即眼觸爲緣所生諸受若空若不空增語非菩薩

摩訶薩即耳鼻舌身意觸爲緣所生諸受若空若不空增語非菩薩摩訶薩耶世尊若眼觸爲緣所生諸受空不空若耳鼻舌身意觸爲緣所生諸受空不空尚畢竟不可得性非有故況有眼觸爲緣所生諸受空不空增語及耳鼻舌身意觸爲緣所生諸受空不空增語此增語既非有如何可言即眼觸爲緣所生諸受若空若不空增語是菩薩摩訶薩即耳鼻舌身意觸爲緣所生諸受若空若不空增語是菩薩摩訶薩善現汝復觀何義言即眼觸爲緣所生諸受若有相若無相增語非菩薩摩訶薩即耳鼻舌身意觸爲緣所生諸受若有相若無相增語非菩薩摩訶薩耶世尊若眼觸爲緣所生諸受有相無相若耳鼻舌身意觸爲緣所生諸受有相無相尚畢竟不可得性非有故況有眼觸爲緣所生諸受有相無相增語及耳鼻舌身意觸爲緣所生諸受有相無相增語此增語既非有如何可言即眼觸爲緣所生諸受若有相若無相增語是菩薩摩訶薩即耳鼻舌身意觸爲緣所生諸受若有相若無相增語是菩薩摩訶薩善現汝復觀何義言即眼觸爲緣所生諸受若有願若無願增語非菩薩摩訶薩即耳鼻舌身意觸爲緣所生諸受若有願若願無增語非菩薩摩訶薩耶世尊若眼觸爲緣所生諸受有願無願若耳鼻舌身意觸爲緣所生諸受有願無願尚畢竟不可得性非有故況有眼觸爲緣所生諸受有願無願增語及耳鼻舌身意觸爲緣所生諸受有願無願增語此增語既非有如何可言即眼觸爲緣所生

諸受若有願若無願增語是菩薩摩訶薩即耳鼻舌身意觸爲縁所生諸受若有願若無願增語是菩薩摩訶薩善現汝復觀何義言即眼觸爲縁所生諸受若寂靜若不寂靜增語非菩薩摩訶薩即耳鼻舌身意觸爲縁所生諸受若寂靜若不寂靜增語非菩薩摩訶薩耶世尊若眼觸爲縁所生諸受寂靜不寂靜若耳鼻舌身意觸爲縁所生諸受寂靜不寂靜尚畢竟不可得性非有故況有眼觸爲縁所生諸受寂靜不寂靜增語及耳鼻舌身意觸爲縁所生諸受寂靜不寂靜增語此增語既非有如何可言即眼觸爲縁所生諸受若寂靜若不寂靜增語是菩薩摩訶薩即耳鼻舌身意觸爲縁所生諸受若寂靜若不寂靜增語是菩薩摩訶薩善現汝復觀何義言

即眼觸爲縁所生諸受若遠離若不遠離增語非菩薩摩訶薩即耳鼻舌身意觸爲縁所生諸受若遠離若不遠離增語非菩薩摩訶薩耶世尊若眼觸爲縁所生諸受遠離不遠離若耳鼻舌身意觸爲縁所生諸受遠離不遠離尚畢竟不可得性非有故況有眼觸爲縁所生諸受遠離不遠離增語及耳鼻舌身意觸爲縁所生諸受遠離不遠離增語此增語既非有如何可言即眼觸爲縁所生諸受若遠離若不遠離增語是菩薩摩訶薩即耳鼻舌身意觸爲縁所生諸受若遠離若不遠離增語是菩薩摩訶薩善現汝復觀何義言即眼觸爲縁所生諸受若有爲若無爲增語非菩薩摩訶薩即耳鼻舌身意觸爲縁所生諸受若有爲若無爲增語非菩薩摩訶薩耶

世尊若眼觸爲緣所生諸受有爲無爲若耳鼻舌身意觸爲緣所生諸受有爲無爲尚畢竟不可得性非有故況有眼觸爲緣所生諸受有爲無爲增語及耳鼻舌身意觸爲緣所生諸受有爲無爲增語此增語既非有如何可言即眼觸爲緣所生諸受若有爲若無爲增語是菩薩摩訶薩即耳鼻舌身意觸爲緣所生諸受若有爲若無爲增語是菩薩摩訶薩善現汝復觀何義言即眼觸爲緣所生諸受若有漏若無漏增語非菩薩摩訶薩即耳鼻舌身意觸爲緣所生諸受若有漏若無漏增語非菩薩摩訶薩耶世尊若眼觸爲緣所生諸受有漏無漏若耳鼻舌身意觸爲緣所生諸受有漏無漏尚畢竟不可得性非有故況有眼觸爲緣所生諸受有漏無漏增語及耳鼻舌身意觸爲緣所生諸受有漏無漏增語此增語既非有如何可言即眼觸爲緣所生諸受若有漏若無漏增語是菩薩摩訶薩即耳鼻舌身意觸爲緣所生諸受若有漏若無漏增語是菩薩摩訶薩善現汝復觀何義言即眼觸爲緣所生諸受若生若滅增語非菩薩摩訶薩即耳鼻舌身意觸爲緣所生諸受若生若滅增語非菩薩摩訶薩耶世尊若眼觸爲緣所生諸受生滅若耳鼻舌身意觸爲緣所生諸受生生滅畢竟不可得性非有故況有眼觸爲緣所生諸受生滅增語及耳鼻舌身意觸爲緣所生諸受生滅增語此增語既非有如何可言即眼觸爲緣所生諸受若生若滅增語是菩薩摩訶薩即耳鼻舌身意觸爲緣所生諸受若生若滅增語是菩薩

摩訶薩善現汝復觀何義言即眼觸爲緣所生諸受若善若非善增語非菩薩摩訶薩即耳鼻舌身意觸爲緣所生諸受若善若非善增語非菩薩摩訶薩耶世尊若眼觸爲緣所生諸受善非善若耳鼻舌身意觸爲緣所生諸受善非善尚畢竟不可得性非有故況有眼觸爲緣所生諸受善非善增語及耳鼻舌身意觸爲緣所生諸受善非善增語此增語既非有如何可言即眼觸爲緣所生諸受若善若非善增語是菩薩摩訶薩即耳鼻舌身意觸爲緣所生諸受若善若非善增語是菩薩摩訶薩善現汝復觀何義言即眼觸爲緣所生諸受若有罪若無罪增語非菩薩摩訶薩即耳鼻舌身意觸爲緣所生諸受若有罪若無罪增語非菩薩摩訶薩耶世尊若眼觸爲緣所生諸受有罪無罪若耳鼻舌身意觸爲緣所生諸受有罪無罪尚畢竟不可得性非有故況有眼觸爲緣所生諸受有罪無罪增語及耳鼻舌身意觸爲緣所生諸受有罪無罪增語此增語既非有如何可言即眼觸爲緣所生諸受若有罪若無罪增語是菩薩摩訶薩即耳鼻舌身意觸爲緣所生諸受若有罪若無罪增語是菩薩摩訶薩善現汝復觀何義言即眼觸爲緣所生諸受若有煩惱若無煩惱增語非菩薩摩訶薩即耳鼻舌身意觸爲緣所生諸受若有煩惱若無煩惱增語非菩薩摩訶薩耶世尊若眼觸爲緣所生諸受有煩惱無煩惱若耳鼻舌身意觸爲緣所生諸受有煩惱無煩惱尚畢竟不可得性非有故況有眼觸爲緣所生諸受有煩惱無

煩惱增語及耳鼻舌身意觸爲緣所生諸受有煩惱無煩惱增語此增語旣非有如何可言即眼觸爲緣所生諸受若有煩惱若無煩惱增語是菩薩摩訶薩即耳鼻舌身意觸爲緣所生諸受若有煩惱若無煩惱增語是菩薩摩訶薩善現汝復觀何義言即眼觸爲緣所生諸受若世間若出世間增語非菩薩摩訶薩即耳鼻舌身意觸爲緣所生諸受若世間若出世間增語非菩薩摩訶薩耶世尊若眼觸爲緣所生諸受世間出世間若耳鼻舌身意觸爲緣所生諸受世間出世間尚畢竟不可得性非有故況有眼觸爲緣所生諸受世間出世間增語及耳鼻舌身意觸爲緣所生諸受世間出世間增語此增語旣非有如何可言即眼觸爲緣所生諸受若世間若出世間增語是菩薩摩訶薩即耳鼻舌身意觸爲緣所生諸受若世間若出世間增語是菩薩摩訶薩善現汝復觀何義言即眼觸爲緣所生諸受若雜染若清淨增語非菩薩摩訶薩即耳鼻舌身意觸爲緣所生諸受若雜染若清淨增語非菩薩摩訶薩耶世尊若眼觸爲緣所生諸受雜染清淨若耳鼻舌身意觸爲緣所生諸受雜染清淨尚畢竟不可得性非有故況有眼觸爲緣所生諸受雜染清淨增語及耳鼻舌身意觸爲緣所生諸受雜染清淨增語此增語旣非有如何可言即眼觸爲緣所生諸受若雜染若清淨增語是菩薩摩訶薩即耳鼻舌身意觸爲緣所生諸受若雜染若清淨增語是菩薩摩訶薩善現汝復觀何義言即眼觸爲緣所生諸受若屬生死

若屬涅槃增語非菩薩摩訶薩即耳鼻舌身意觸爲緣所生諸受若屬生死若屬涅槃增語非菩薩摩訶薩耶世尊若眼觸爲緣所生諸受屬生死屬涅槃若耳鼻舌身意觸爲緣所生諸受屬生死屬涅槃尚畢竟不可得性非有故況有眼觸爲緣所生諸受屬生死屬涅槃增語及耳鼻舌身意觸爲緣所生諸受屬生死屬涅槃增語此增語既非有如何可言即眼觸爲緣所生諸受若屬生死若屬涅槃增語是菩薩摩訶薩即耳鼻舌身意觸爲緣所生諸受若屬生死若屬涅槃增語是菩薩摩訶薩善現汝復觀何義言即眼觸爲緣所生諸受若在內若在外若在兩間增語非菩薩摩訶薩即耳鼻舌身意觸爲緣所生諸受若在內若在外若在兩間增語非菩薩摩訶薩耶世尊若眼觸爲緣所生諸受在內在外在兩間若耳鼻舌身意觸爲緣所生諸受在內在外在兩間尚畢竟不可得性非有故況有眼觸爲緣所生諸受在內在外在兩間增語及耳鼻舌身意觸爲緣所生諸受在內在外在兩間增語此增語既非有如何可言即眼觸爲緣所生諸受若在內若在外若在兩間增語是菩薩摩訶薩即耳鼻舌身意觸爲緣所生諸受若在內若在外若在兩間增語是菩薩摩訶薩善現汝復觀何義言即眼觸爲緣所生諸受若可得若不可得增語非菩薩摩訶薩即耳鼻舌身意觸爲緣所生諸受若可得若不可得增語非菩薩摩訶薩耶世尊若眼觸爲緣所生諸受可得不可得若耳鼻舌身意觸爲緣所生諸受可得不可得

尚畢竟不可得性非有故況有眼觸爲緣所生諸受可得不可得增語及耳鼻舌身意觸爲緣所生諸受可得不可得增語此增語旣非有如何可言即眼觸爲緣所生諸受若可得若不可得增語是菩薩摩訶薩即耳鼻舌身意觸爲緣所生諸受若可得若不可得增語是菩薩摩訶薩復次善現汝觀何義言即地界增語非菩薩摩訶薩即水火風空識界增語非菩薩摩訶薩耶具壽善現答言世尊若地界若水火風空識界尚畢竟不可得性非有故況有地界增語及水火風空識界增語此增語旣非有如何可言即地界增語是菩薩摩訶薩即水火風空識界增語是菩薩摩訶薩善現汝復觀何義言即地界若常若無常增語非菩薩摩訶薩即水火風空識界若常若無常增語非菩薩摩訶薩耶世尊若地界常無常若水火風空識界常無常尚畢竟不可得性非有故況有地界常無常增語及水火風空識界常無常增語此增語旣非有如何可言即地界若常若無常增語是菩薩摩訶薩即水火風空識界若常若無常增語是菩薩摩訶薩善現汝復觀何義言即地界若樂若苦增語非菩薩摩訶薩即水火風空識界若樂若苦增語非菩薩摩訶薩耶世尊若地界樂苦若水火風空識界樂苦尚畢竟不可得性非有故況有地界樂苦增語及水火風空識界樂苦增語此增語旣非有如何可言即地界若樂若苦增語是菩薩摩訶薩即水火風空識界若樂若苦增語是菩薩摩訶薩善現汝復觀何義言即地界若我若

無我增語非菩薩摩訶薩即水火風空識界若我若無我增語非菩薩摩訶薩耶世尊若地界我無我若水火風空識界我無我尚畢竟不可得性非有故況有地界我無我增語及水火風空識界我無我增語此增語既非有如何可言即地界若我若無我增語是菩薩摩訶薩即水火風空識界若我若無我增語是菩薩摩訶薩

大般若波羅蜜多經卷第二十六

大般若波羅蜜多經卷第二十七

唐三藏法師玄奘奉　詔譯

初分教誡教授品第七之十七

善現汝復觀何義言即地界若淨若不淨增語非菩薩摩訶薩即水火風空識界若淨若不淨增語非菩薩摩訶薩耶世尊若地界淨不淨若水火風空識界淨不淨尚畢竟不可得性非有故況有地界淨不淨增語及水火風空識界淨不淨增語此增語既非有如何可言即地界若淨若不淨增語是菩薩摩訶薩即水火風空識界若淨若不淨增語是菩薩摩訶薩善現汝復觀何義言即地界若空若不空增語非菩薩摩訶薩即水火風空識界若空若不空增語非菩薩摩訶薩耶世尊若地界空不空若水火風空識界空不空尚畢竟不可得性非有故況有地界空不空增語及水火風空識界空不空增語此增語既非有如何可言即地界若空若不空增語是菩薩摩訶薩即水火風空識界若空若不空增語是菩薩摩訶薩善現汝復觀何義言即地界若有相若無相增語非菩薩摩訶薩即水火風空識界若有相若無相增語非菩薩摩訶薩耶世尊若地界有相無相若水火風空識界有相無相尚畢竟不可得性非有故況有地界有相無相增語及水火風空識界有相無相增語此增語既非有如何可言即地界若有相若無相增語是菩薩摩訶薩即水火風空識界若有相若無相增語是菩薩摩訶薩善現汝復觀何義言即地界若有願若無願增語非菩薩摩訶薩即水火風空識

界若有願若無願增語非菩薩摩訶薩耶世尊若地界有願無願若水火風空識界有願無願尚畢竟不可得性非有故況有地界有願無願增語及水火風空識界有願無願增語此增語既非有如何可言即地界若有願若無願增語是菩薩摩訶薩即水火風空識界若有願若無願增語是菩薩摩訶薩善現汝復觀何義言即地界若寂靜若不寂靜增語非菩薩摩訶薩即水火風空識界若寂靜若不寂靜增語非菩薩摩訶薩耶世尊若地界寂靜不寂靜若水火風空識界寂靜不寂靜尚畢竟不可得性非有故況有地界寂靜不寂靜增語及水火風空識界寂靜不寂靜增語此增語既非有如何可言即地界若寂靜若不寂靜增語是菩薩摩訶薩即水火風空識界若寂靜若不寂靜增語是菩薩摩訶薩善現汝復觀何義言即地界若遠離若不遠離增語非菩薩摩訶薩即水火風空識界若遠離若不遠離增語非菩薩摩訶薩耶世尊若地界遠離不遠離若水火風空識界遠離不遠離尚畢竟不可得性非有故況有地界遠離不遠離增語及水火風空識界遠離不遠離增語此增語既非有如何可言即地界若遠離若不遠離增語是菩薩摩訶薩即水火風空識界若遠離若不遠離增語是菩薩摩訶薩善現汝復觀何義言即地界若有爲若無爲增語非菩薩摩訶薩即水火風空識界若有爲若無爲增語非菩薩摩訶薩耶世尊若地界有爲無爲若水火風空識界有爲無爲尚畢竟不可得性非有故況有地界

有爲無爲增語及水火風空識界有爲無爲增語此增語既非有如何可言即地界若有爲若無爲增語是菩薩摩訶薩即水火風空識界若有爲若無爲增語是菩薩摩訶薩善現汝復觀何義言即地界若有漏若無漏增語非菩薩摩訶薩即水火風空識界若有漏若無漏增語非菩薩摩訶薩耶世尊若地界有漏無漏若水火風空識界有漏無漏尚畢竟不可得性非有故況有地界有漏無漏增語及水火風空識界有漏無漏增語此增語既非有如何可言即地界若有漏若無漏增語是菩薩摩訶薩即水火風空識界若有漏若無漏增語是菩薩摩訶薩善現汝復觀何義言即地界若生若滅增語非菩薩摩訶薩即水火風空識界若生若滅增語非菩薩摩訶薩耶世尊若地界生滅若水火風空識界生滅尚畢竟不可得性非有故況有地界生滅增語及水火風空識界生滅增語此增語既非有如何可言即地界若生若滅增語是菩薩摩訶薩即水火風空識界若生若滅增語是菩薩摩訶薩善現汝復觀何義言即地界若善若非善增語非菩薩摩訶薩即水火風空識界若善若非善增語非菩薩摩訶薩耶世尊若地界善非善若水火風空識界善非善尚畢竟不可得性非有故況有地界善非善增語及水火風空識界善非善增語此增語既非有如何可言即地界若善若非善增語是菩薩摩訶薩即水火風空識界若善若非善增語是菩薩摩訶薩善現汝復觀何義言即地界若有罪若無罪增語非菩薩摩

訶薩即水火風空識界若有罪若無罪增語非菩薩摩訶薩耶世尊若地界有罪無罪若水火風空識界有罪無罪尚畢竟不可得性非有故況有地界有罪無罪增語及水火風空識界有罪無罪增語此增語既非有如何可言即地界若有罪若無罪增語是菩薩摩訶薩即水火風空識界若有罪若無罪增語是菩薩摩訶薩善現汝復觀何義言即地界若有煩惱若無煩惱增語非菩薩摩訶薩即水火風空識界若有煩惱若無煩惱增語非菩薩摩訶薩耶世尊若地界有煩惱無煩惱若水火風空識界有煩惱無煩惱尚畢竟不可得性非有故況有地界有煩惱無煩惱增語及水火風空識界有煩惱無煩惱增語此增語既非有如何可言即地界若有煩惱若無煩惱增語是菩薩摩訶薩即水火風空識界若有煩惱若無煩惱增語是菩薩摩訶薩善現汝復觀何義言即地界若世間若出世間增語非菩薩摩訶薩即水火風空識界若世間若出世間增語非菩薩摩訶薩耶世尊若地界世間出世間若水火風空識界世間出世間尚畢竟不可得性非有故況有地界世間出世間增語及水火風空識界世間出世間增語此增語既非有如何可言即地界若世間若出世間增語是菩薩摩訶薩即水火風空識界若世間若出世間增語是菩薩摩訶薩善現汝復觀何義言即地界若雜染若清淨增語非菩薩摩訶薩即水火風空識界若雜染若清淨增語非菩薩摩訶薩耶世尊若地界雜染清淨若水火風空識界雜染

清淨尚畢竟不可得性非有故況有地界雜染清淨增語及水火風空識界雜染清淨增語此增語既非有如何可言即地界若雜染若清淨增語是菩薩摩訶薩即水火風空識界若雜染若清淨增語是菩薩摩訶薩善現汝復觀何義言即地界若屬生死若屬涅槃增語非菩薩摩訶薩即水火風空識界若屬生死若屬涅槃增語非菩薩摩訶薩耶世尊若地界屬生死屬涅槃若水火風空識界屬生死屬涅槃尚畢竟不可得性非有故況有地界屬生死屬涅槃增語及水火風空識界屬生死屬涅槃增語此增語既非有如何可言即地界若屬生死若屬涅槃增語是菩薩摩訶薩即水火風空識界若屬生死若屬涅槃增語是菩薩摩訶薩善現汝復觀何義言即地界若在內若在外若在兩間增語非菩薩摩訶薩即水火風空識界若在內若在外若在兩間增語非菩薩摩訶薩耶世尊若地界在內在外在兩間若水火風空識界在內在外在兩間尚畢竟不可得性非有故況有地界在內在外在兩間增語及水火風空識界在內在外在兩間增語此增語既非有如何可言即地界若在內若在外若在兩間增語是菩薩摩訶薩即水火風空識界若在內若在外若在兩間增語是菩薩摩訶薩善現汝復觀何義言即地界若可得若不可得增語非菩薩摩訶薩即水火風空識界若可得若不可得增語非菩薩摩訶薩耶世尊若地界可得不可得若水火風空識界可得不可得尚畢竟不可得性非有故況有地界可得

不可得增語及水火風空識界可得不可得增語此增語既非有如何可言即地界若可得若不可得增語是菩薩摩訶薩即水火風空識界若可得若不可得增語是菩薩摩訶薩復次善現汝觀何義言即因緣增語非菩薩摩訶薩即等無間緣所緣緣增上緣增語非菩薩摩訶薩耶具壽善現答言世尊若因緣若等無間緣所緣緣增上緣尚畢竟不可得性非有故況有因緣增語及等無間緣所緣緣增上緣增語此增語既非有如何可言即因緣增語是菩薩摩訶薩即等無間緣所緣緣增上緣增語是菩薩摩訶薩善現汝復觀何義言即因緣若常若無常增語非菩薩摩訶薩即等無間緣所緣緣增上緣若常若無常增語非菩薩摩訶薩耶世尊若因緣常無常若等無間緣所緣緣增上緣常無常尚畢竟不可得性非有故況有因緣常無常增語及等無間緣所緣緣增上緣常無常增語此增語既非有如何可言即因緣若常若無常增語是菩薩摩訶薩即等無間緣所緣緣增上緣若常若無常增語是菩薩摩訶薩善現汝復觀何義言即因緣若樂若苦增語非菩薩摩訶薩即等無間緣所緣緣增上緣若樂若苦增語非菩薩摩訶薩耶世尊若因緣樂若苦若等無間緣所緣緣增上緣樂苦尚畢竟不可得性非有故況有因緣樂苦增語及等無間緣所緣緣增上緣樂苦增語此增語既非有如何可言即因緣若樂若苦增語是菩薩摩訶薩即等無間緣所緣緣增上緣若樂若苦增語是菩薩摩訶薩善現汝復觀何

義言即因緣若我若無我增語非菩薩摩訶薩即等無間緣所緣緣增上緣若我若無我增語非菩薩摩訶薩耶世尊若因緣我無我若等無間緣所緣緣增上緣我無我尚畢竟不可得性非有故況有因緣我無我增語及等無間緣所緣緣增上緣我無我增語此增語既非有如何可言即因緣若我若無我增語是菩薩摩訶薩即等無間緣所緣緣增上緣若我若無我增語是菩薩摩訶薩善現汝復觀何義言即因緣若淨若不淨增語非菩薩摩訶薩即等無間緣所緣緣增上緣若淨若不淨增語非菩薩摩訶薩耶世尊若因緣淨不淨若等無間緣所緣緣增上緣淨不淨尚畢竟不可得性非有故況有因緣淨不淨增語及等無間緣所緣緣增上緣淨不淨增語此增語既非有如何可言即因緣若淨若不淨增語是菩薩摩訶薩即等無間緣所緣緣增上緣若淨若不淨增語是菩薩摩訶薩善現汝復觀何義言即因緣若空若不空增語非菩薩摩訶薩即等無間緣所緣緣增上緣若空若不空增語非菩薩摩訶薩耶世尊若因緣空不空若等無間緣所緣緣增上緣空不空尚畢竟不可得性非有故況有因緣空不空增語及等無間緣所緣緣增上緣空不空增語此增語既非有如何可言即因緣若空若不空增語是菩薩摩訶薩即等無間緣所緣緣增上緣若空若不空增語是菩薩摩訶薩善現汝復觀何義言即因緣若有相若無相增語非菩薩摩訶薩即等無間緣所緣緣增上緣若有相若無相增語非菩薩摩

訶薩耶世尊若因緣有相無相若等無間緣所緣緣增上緣有相無相尚畢竟不可得性非有故況有因緣有相無相增語及等無間緣所緣緣增上緣有相無相增語此增語既非有如何可言即因緣若有相若無相增語是菩薩摩訶薩即等無間緣所緣緣增上緣若有相若無相增語是菩薩摩訶薩善現汝復觀何義言即因緣若有願若無願增語非菩薩摩訶薩即等無間緣所緣緣增上緣若有願若無願增語非菩薩摩訶薩耶世尊若因緣有願無願若等無間緣所緣緣增上緣有願無願尚畢竟不可得性非有故況有因緣有願無願增語及等無間緣所緣緣增上緣有願無願增語此增語既非有如何可言即因緣若有願若無願增語是菩薩摩訶薩

即等無間緣所緣緣增上緣若有願若無願增語是菩薩摩訶薩善現汝復觀何義言即因緣若寂靜若不寂靜增語非菩薩摩訶薩即等無間緣所緣緣增上緣若寂靜若不寂靜增語非菩薩摩訶薩耶世尊若因緣寂靜不寂靜若等無間緣所緣緣增上緣寂靜不寂靜尚畢竟不可得性非有故況有因緣寂靜不寂靜增語及等無間緣所緣緣增上緣寂靜不寂靜增語此增語既非有如何可言即因緣若寂靜若不寂靜增語是菩薩摩訶薩即等無間緣所緣緣增上緣若寂靜若不寂靜增語是菩薩摩訶薩善現汝復觀何義言即因緣若遠離若不遠離增語非菩薩摩訶薩即等無間緣所緣緣增上緣若遠離若不遠離增語非菩薩摩訶薩耶世尊若因緣

遠離不遠離若等無間緣所緣緣增上緣遠離不遠離尚畢竟不可得性非有故況有因緣遠離不遠離增語及等無間緣所緣緣增上緣遠離不遠離增語此增語既非有如何可言即因緣若遠離若不遠離增語是菩薩摩訶薩即等無間緣所緣緣增上緣若遠離若不遠離增語是菩薩摩訶薩善現汝復觀何義言即因緣若有爲若無爲增語非菩薩摩訶薩即等無間緣所緣緣增上緣若有爲若無爲增語非菩薩摩訶薩耶世尊若因緣有爲無爲若等無間緣所緣緣增上緣有爲無爲尚畢竟不可得性非有故況有因緣有爲無爲增語及等無間緣所緣緣增上緣有爲無爲增語此增語既非有如何可言即因緣若有爲若無爲增語是菩薩摩訶薩即等無間緣所緣緣增上緣若有爲若無爲增語是菩薩摩訶薩善現汝復觀何義言即因緣若有漏若無漏增語非菩薩摩訶薩即等無間緣所緣緣增上緣若有漏若無漏增語非菩薩摩訶薩耶世尊若因緣有漏無漏若等無間緣所緣緣增上緣有漏無漏尚畢竟不可得性非有故況有因緣有漏無漏增語及等無間緣所緣緣增上緣有漏無漏增語此增語既非有如何可言即因緣若有漏若無漏增語是菩薩摩訶薩即等無間緣所緣緣增上緣若有漏若無漏增語是菩薩摩訶薩善現汝復觀何義言即因緣若生若滅增語非菩薩摩訶薩即等無間緣所緣緣增上緣若生若滅增語非菩薩摩訶薩耶世尊若因緣生滅若等無間緣所緣緣增上緣生滅尚

畢竟不可得性非有故況有因緣生滅增語及等無間緣所緣緣增上緣生滅增語此增語既非有如何可言即因緣若生若滅增語是菩薩摩訶薩即等無間緣所緣緣增上緣若生若滅增語是菩薩摩訶薩善現汝復觀何義言即因緣若善若非善增語非菩薩摩訶薩即等無間緣所緣緣增上緣若善若非善增語非菩薩摩訶薩耶世尊若因緣善非善若等無間緣所緣緣增上緣善非善尚畢竟不可得性非有故況有因緣善非善增語及等無間緣所緣緣增上緣善非善增語此增語既非有如何可言即因緣若善若非善增語是菩薩摩訶薩即等無間緣所緣緣增上緣若善若非善增語是菩薩摩訶薩善現汝復觀何義言即因緣若有罪若無罪增語非菩薩摩訶薩即等無間緣所緣緣增上緣若有罪若無罪增語非菩薩摩訶薩耶世尊若因緣有罪無罪若等無間緣所緣緣增上緣有罪無罪尚畢竟不可得性非有故況有因緣有罪無罪增語及等無間緣所緣緣增上緣有罪無罪增語此增語既非有如何可言即因緣若有罪若無罪增語是菩薩摩訶薩即等無間緣所緣緣增上緣若有罪若無罪增語是菩薩摩訶薩善現汝復觀何義言即因緣若有煩惱若無煩惱增語非菩薩摩訶薩即等無間緣所緣緣增上緣若有煩惱若無煩惱增語非菩薩摩訶薩耶世尊若因緣有煩惱無煩惱若等無間緣所緣緣增上緣有煩惱無煩惱尚畢竟不可得性非有故況有因緣有煩惱無煩惱增語及等無間緣

所緣緣增上緣有煩惱無煩惱增語此增語既非有如何可言即因緣若有煩惱若無煩惱增語是菩薩摩訶薩即等無間緣所緣緣增上緣若有煩惱若無煩惱增語是菩薩摩訶薩善現汝復觀何義言即因緣若世間若出世間增語非菩薩摩訶薩即等無間緣所緣緣增上緣若世間若出世間增語非菩薩摩訶薩耶世尊若因緣世間出世間若等無間緣所緣緣增上緣世間出世間尚畢竟不可得性非有故況有因緣世間出世間增語及等無間緣所緣緣增上緣世間出世間增語此增語既非有如何可言即因緣若世間若出世間增語是菩薩摩訶薩即等無間緣所緣緣增上緣若世間若出世間增語是菩薩摩訶薩善現汝復觀何義言即因緣若雜染若清淨增語非菩薩摩訶薩即等無間緣所緣緣增上緣若雜染若清淨增語非菩薩摩訶薩耶世尊若因緣雜染清淨若等無間緣所緣緣增上緣雜染清淨尚畢竟不可得性非有故況有因緣雜染清淨增語及等無間緣所緣緣增上緣雜染清淨增語此增語既非有如何可言即因緣若雜染若清淨增語是菩薩摩訶薩即等無間緣所緣緣增上緣若雜染若清淨增語是菩薩摩訶薩善現汝復觀何義言即因緣若屬生死若屬涅槃增語非菩薩摩訶薩即等無間緣所緣緣增上緣若屬生死若屬涅槃增語非菩薩摩訶薩耶世尊若因緣屬生死屬涅槃若等無間緣所緣緣增上緣屬生死屬涅槃尚畢竟不可得性非有故況有因緣屬生死屬涅槃增

語及等無間緣所緣緣增上緣屬生死屬涅槃增語此增語既非有如何可言即因緣若屬生死若屬涅槃增語是菩薩摩訶薩即等無間緣所緣緣增上緣若屬生死若屬涅槃增語是菩薩摩訶薩善現汝復觀何義言即因緣若在內若在外若在兩間增語非菩薩摩訶薩即等無間緣所緣緣增上緣若在內若在外若在兩間增語非菩薩摩訶薩耶世尊若因緣在內在外在兩間若等無間緣所緣緣增上緣在內在外在兩間尚畢竟不可得性非有故況有因緣在內在外在兩間增語及等無間緣所緣緣增上緣在內在外在兩間增語此增語既非有如何可言即因緣若在內若在外若在兩間增語是菩薩摩訶薩即等無間緣所緣緣增上緣若在內若在外若在兩間增語是菩薩摩訶薩善現汝復觀何義言即因緣若可得若不可得增語非菩薩摩訶薩即等無間緣所緣緣增上緣若可得若不可得增語非菩薩摩訶薩耶世尊若因緣可得不可得若等無間緣所緣緣增上緣可得不可得尚畢竟不可得性非有故況有因緣可得不可得增語及等無間緣所緣緣增上緣可得不可得增語此增語既非有如何可言即因緣若可得若不可得增語是菩薩摩訶薩即等無間緣所緣緣增上緣若可得若不可得增語是菩薩摩訶薩復次善現汝觀何義言即緣所生法增語非菩薩摩訶薩耶具壽善現答言世尊緣所生法尚畢竟不可得性非有故況有緣所生法增語此增語既非有如何可言即緣所生法增語

是菩薩摩訶薩善現汝復觀何義言即緣所生法若常若無常增語非菩薩摩訶薩耶世尊緣所生法常無常尚畢竟不可得性非有故況有緣所生法常無常增語此增語既非有如何可言即緣所生法若常若無常增語是菩薩摩訶薩善現汝復觀何義言即緣所生法若樂若苦增語非菩薩摩訶薩耶世尊緣所生法樂苦尚畢竟不可得性非有故況有緣所生法樂苦增語此增語既非有如何可言即緣所生法若樂若苦增語是菩薩摩訶薩善現汝復觀何義言即緣所生法若我若無我增語非菩薩摩訶薩耶世尊緣所生法我無我尚畢竟不可得性非有故況有緣所生法我無我增語此增語既非有如何可言即緣所生法若我若無我增語是菩薩摩訶薩善現汝復觀何義言即緣所生法若淨若不淨增語非菩薩摩訶薩耶世尊緣所生法淨不淨尚畢竟不可得性非有故況有緣所生法淨不淨增語此增語既非有如何可言即緣所生法若淨若不淨增語是菩薩摩訶薩善現汝復觀何義言即緣所生法若空若不空增語非菩薩摩訶薩耶世尊緣所生法空不空尚畢竟不可得性非有故況有緣所生法空不空增語此增語既非有如何可言即緣所生法若空若不空增語是菩薩摩訶薩善現汝復觀何義言即緣所生法若有相若無相增語非菩薩摩訶薩耶世尊緣所生法有相無相尚畢竟不可得性非有故況有緣所生法有相無相增語此增語既非有如何可言即緣所生法若有相若無相增語

是菩薩摩訶薩善現汝復觀何義言即緣所生法若有願若無願增語非菩薩摩訶薩耶世尊緣所生法有願無願尚畢竟不可得性非有故況有緣所生法有願無願增語此增語既非有如何可言即緣所生法若有願若無願增語是菩薩摩訶薩善現汝復觀何義言即緣所生法若寂靜若不寂靜增語非菩薩摩訶薩耶世尊緣所生法寂靜不寂靜尚畢竟不可得性非有故況有緣所生法寂靜不寂靜增語此增語既非有如何可言即緣所生法若寂靜若不寂靜增語是菩薩摩訶薩善現汝復觀何義言即緣所生法若遠離若不遠離增語非菩薩摩訶薩耶世尊緣所生法遠離不遠離尚畢竟不可得性非有故況有緣所生法遠離不遠離增語此增語既非有如何可言即緣所生法若遠離若不遠離增語是菩薩摩訶薩善現汝復觀何義言即緣所生法若有爲若無爲增語非菩薩摩訶薩耶世尊緣所生法有爲無爲尚畢竟不可得性非有故況有緣所生法有爲無爲增語此增語既非有如何可言即緣所生法若有爲若無爲增語是菩薩摩訶薩善現汝復觀何義言即緣所生法若有漏若無漏增語非菩薩摩訶薩耶世尊緣所生法有漏無漏尚畢竟不可得性非有故況有緣所生法有漏無漏增語此增語既非有如何可言即緣所生法若有漏若無漏增語是菩薩摩訶薩善現汝復觀何義言即緣所生法若生若滅增語非菩薩摩訶薩耶世尊緣所生法生滅尚畢竟不可得性非有故況有緣所生法生

滅增語此增語既非有如何可言即緣所生法若生若滅增語是菩薩摩訶薩善現汝復觀何義言即緣所生法若善若非善增語非菩薩摩訶薩耶世尊緣所生法善非善尚畢竟不可得性非有故況有緣所生法善非善增語此增語既非有如何可言即緣所生法若善若非善增語是菩薩摩訶薩善現汝復觀何義言即緣所生法若有罪若無罪增語非菩薩摩訶薩耶世尊緣所生法有罪無罪尚畢竟不可得性非有故況有緣所生法有罪無罪增語此增語既非有如何可言即緣所生法若有罪若無罪增語是菩薩摩訶薩善現汝復觀何義言即緣所生法若有煩惱若無煩惱增語非菩薩摩訶薩耶世尊緣所生法有煩惱無煩惱尚畢竟不可得性非有故況有緣所生法有煩惱無煩惱增語此增語既非有如何可言即緣所生法若有煩惱若無煩惱增語是菩薩摩訶薩善現汝復觀何義言即緣所生法若世間若出世間增語非菩薩摩訶薩耶世尊緣所生法世間出世間尚畢竟不可得性非有故況有緣所生法世間出世間增語此增語既非有如何可言即緣所生法若世間若出世間增語是菩薩摩訶薩善現汝復觀何義言即緣所生法若雜染若清淨增語非菩薩摩訶薩耶世尊緣所生法雜染清淨尚畢竟不可得性非有故況有緣所生法雜染清淨增語此增語既非有如何可言即緣所生法若雜染若清淨增語是菩薩摩訶薩善現汝復觀何義言即緣所生法若屬生死若屬涅槃增語非菩薩摩

訶薩耶世尊緣所生法屬生死屬涅槃尚畢竟不可得性非有故況有緣所生法屬生死屬涅槃增語此增語既非有如何可言即緣所生法若屬生死若屬涅槃增語是菩薩摩訶薩善現汝復觀何義言即緣所生法若在內若在外若在兩間增語非菩薩摩訶薩耶世尊緣所生法在內在外在兩間尚畢竟不可得性非有故況有緣所生法在內在外在兩間增語此增語既非有如何可言即緣所生法若在內若在外若在兩間增語是菩薩摩訶薩善現汝復觀何義言即緣所生法若可得若不可得增語非菩薩摩訶薩耶世尊緣所生法可得不可得尚畢竟不可得性非有故況有緣所生法可得不可得增語此增語既非有如何可言即緣所生法若可得若不可得增語是菩薩摩訶薩

大般若波羅蜜多經卷第二十七

大般若波羅蜜多經卷第二十八

唐三藏法師玄奘奉　詔譯

初分教誡教授品第七之十八

復次善現汝觀何義言即無明增語非菩薩摩訶薩即行識名色六處觸受愛取有生老死增語非菩薩摩訶薩耶具壽善現答言世尊若無明若行乃至老死尚畢竟不可得性非有故況有無明增語及行乃至老死增語此增語既非有如何可言即無明增語是菩薩摩訶薩即行乃至老死增語是菩薩摩訶薩善現汝復觀何義言即無明若常若無常增語非菩薩摩訶薩即行乃至老死若常若無常增語非菩薩摩訶薩耶世尊若無明常無常若行乃至老死常無常尚畢竟不可得性非有故況有無明常無常增語及行乃至老死常無常增語此增語既非有如何可言即無明若常若無常增語是菩薩摩訶薩即行乃至老死若常若無常增語是菩薩摩訶薩善現汝復觀何義言即無明若樂若苦增語非菩薩摩訶薩即行乃至老死若樂若苦增語非菩薩摩訶薩耶世尊若無明樂苦若行乃至老死樂苦尚畢竟不可得性非有故況有無明樂苦增語及行乃至老死樂苦增語此增語既非有如何可言即無明若樂若苦增語是菩薩摩訶薩即行乃至老死若樂若苦增語是菩薩摩訶薩善現汝復觀何義言即無明若我若無我增語非菩薩摩訶薩即行乃至老死若我若無我增語非菩薩摩訶薩耶世尊若無明我無我若行乃至老死我無我尚畢竟不可得性非有故況有無明

我無我增語及行乃至老死我無我增語此增語既非有如何可言即無明若我若無我增語是菩薩摩訶薩即行乃至老死若我若無我增語是菩薩摩訶薩善現汝復觀何義言即無明若淨若不淨增語非菩薩摩訶薩即行乃至老死若淨若不淨增語非菩薩摩訶薩耶世尊若無明淨不淨若行乃至老死淨不淨尚畢竟不可得性非有故況有無明淨不淨增語及行乃至老死淨不淨增語此增語既非有如何可言即無明若淨若不淨增語是菩薩摩訶薩即行乃至老死若淨若不淨增語是菩薩摩訶薩善現汝復觀何義言即無明若空若不空增語非菩薩摩訶薩即行乃至老死若空若不空增語非菩薩摩訶薩耶世尊若無明空不空若行乃至老死

空不空尚畢竟不可得性非有故況有無明空不空增語及行乃至老死空不空增語此增語既非有如何可言即無明若空若不空增語是菩薩摩訶薩即行乃至老死若空若不空增語是菩薩摩訶薩善現汝復觀何義言即無明若有相若無相增語非菩薩摩訶薩即行乃至老死若有相若無相增語非菩薩摩訶薩耶世尊若無明有相無相若行乃至老死有相無相尚畢竟不可得性非有故況有無明有相無相增語及行乃至老死有相無相增語此增語既非有如何可言即無明若有相若無相增語是菩薩摩訶薩即行乃至老死若有相若無相增語是菩薩摩訶薩善現汝復觀何義言即無明若有願若無願增語非菩薩摩訶薩即行乃至老死若有

願若無願增語非菩薩摩訶薩耶世尊若無明有願無願若行乃至老死有願無願尚畢竟不可得性非有故況有無明有願無願增語及行乃至老死有願無願增語此增語既非有如何可言即無明若有願若無願增語是菩薩摩訶薩即行乃至老死若有願若無願增語是菩薩摩訶薩善現汝復觀何義言即無明若寂靜若不寂靜增語非菩薩摩訶薩即行乃至老死若寂靜若不寂靜增語非菩薩摩訶薩耶世尊若無明寂靜不寂靜若行乃至老死寂靜不寂靜尚畢竟不可得性非有故況有無明寂靜不寂靜增語及行乃至老死寂靜不寂靜增語此增語既非有如何可言即無明若寂靜若不寂靜增語是菩薩摩訶薩即行乃至老死若寂靜若不寂靜增語是菩薩摩訶薩善現汝復觀何義言即無明若遠離若不遠離增語非菩薩摩訶薩即行乃至老死若遠離若不遠離增語非菩薩摩訶薩耶世尊若無明遠離不遠離若行乃至老死遠離不遠離尚畢竟不可得性非有故況有無明遠離不遠離增語及行乃至老死遠離不遠離增語此增語既非有如何可言即無明若遠離若不遠離增語是菩薩摩訶薩即行乃至老死若遠離若不遠離增語是菩薩摩訶薩善現汝復觀何義言即無明若有爲若無爲增語非菩薩摩訶薩即行乃至老死若有爲若無爲增語非菩薩摩訶薩耶世尊若無明有爲無爲若行乃至老死有爲無爲尚畢竟不可得性非有故況有無明有爲無爲增語及行乃至老死有爲無爲

增語此增語既非有如何可言即無明若有爲若無爲增語是菩薩摩訶薩即行乃至老死若有爲若無爲增語是菩薩摩訶薩善現汝復觀何義言即無明若有漏若無漏增語非菩薩摩訶薩即行乃至老死若有漏若無漏增語非菩薩摩訶薩耶世尊若無明有漏無漏若行乃至老死有漏無漏尚畢竟不可得性非有故況有無明有漏無漏增語及行乃至老死有漏無漏增語此增語既非有如可可言即無明若有漏若無漏增語是菩薩摩訶薩即行乃至老死若有漏若無漏增語是菩薩摩訶薩善現汝復觀何義言即無明若生若滅增語非菩薩摩訶薩即行乃至老死若生若滅增語非菩薩摩訶薩耶世尊若無明生滅若行乃至老死生滅尚畢竟不可

得性非有故況有無明生滅增語及行乃至老死生滅增語此增語既非有如何可言即無明若生若滅增語是菩薩摩訶薩即行乃至老死若生若滅增語是菩薩摩訶薩善現汝復觀何義言即無明若善若非善增語非菩薩摩訶薩即行乃至老死若善若非善增語非菩薩摩訶薩耶世尊若無明善非善若行乃至老死善非善尚畢竟不可得性非有故況有無明善非善增語及行乃至老死善非善增語此增語既非有如何可言即無明若善若非善增語是菩薩摩訶薩即行乃至老死若善若非善增語是菩薩摩訶薩善現汝復觀何義言即無明若有罪若無罪增語非菩薩摩訶薩即行乃至老死若有罪若無罪增語非菩薩摩訶薩耶世尊若無明有罪

無罪若行乃至老死有罪無罪尚畢竟不可得性非有故況有無明有罪無罪增語及行乃至老死有罪無罪增語此增語既非有如何可言即無明若有罪若無罪增語是菩薩摩訶薩即行乃至老死若有罪若無罪增語是菩薩摩訶薩善現汝復觀何義言即無明若有煩惱若無煩惱增語非菩薩摩訶薩即行乃至老死若有煩惱若無煩惱增語非菩薩摩訶薩耶世尊若無明有煩惱無煩惱若行乃至老死有煩惱無煩惱尚畢竟不可得性非有故況有無明有煩惱無煩惱增語及行乃至老死有煩惱無煩惱增語此增語既非有如何可言即無明若有煩惱若無煩惱增語是菩薩摩訶薩即行乃至老死若有煩惱若無煩惱增語是菩薩摩訶薩善現汝復觀何義言即無明若世間若出世間增語非菩薩摩訶薩即行乃至老死若世間若出世間增語非菩薩摩訶薩耶世尊若無明世間出世間若行乃至老死世間出世間尚畢竟不可得性非有故況有無明世間出世間增語及行乃至老死世間出世間增語此增語既非有如何可言即無明若世間若出世間增語是菩薩摩訶薩即行乃至老死若世間若出世間增語是菩薩摩訶薩善現汝復觀何義言即無明若雜染若清淨增語非菩薩摩訶薩即行乃至老死若雜染若清淨增語非菩薩摩訶薩耶世尊若無明雜染清淨若行乃至老死雜染清淨尚畢竟不可得性非有故況有無明雜染清淨增語及行乃至老死雜染清淨增語此增語既非有如何可言

即無明若雜染若清淨增語是菩薩摩訶薩即行乃至老死若雜染若清淨增語是菩薩摩訶薩善現汝復觀何義言即無明若屬生死若屬涅槃增語非菩薩摩訶薩即行乃至老死若屬生死若屬涅槃增語非菩薩摩訶薩耶世尊若無明屬生死屬涅槃若行乃至老死屬生死屬涅槃尚畢竟不可得性非有故況有無明屬生死屬涅槃增語及行乃至老死屬生死屬涅槃增語此增語既非有如何可言即無明若屬生死若屬涅槃增語是菩薩摩訶薩即行乃至老死若屬生死若屬涅槃增語是菩薩摩訶薩善現汝復觀何義言即無明若在內若在外若在兩間增語非菩薩摩訶薩即行乃至老死若在內若在外若在兩間增語非菩薩摩訶薩耶世尊若無明在內在外在兩間若行乃至老死在內在外在兩間尚畢竟不可得性非有故況有無明在內在外在兩間增語及行乃至老死在內在外在兩間增語此增語既非有如何可言即無明若在內若在外若在兩間增語是菩薩摩訶薩即行乃至老死若在內若在外若在兩間增語是菩薩摩訶薩善現汝復觀何義言即無明若可得若不可得增語非菩薩摩訶薩即行乃至老死若可得若不可得增語非菩薩摩訶薩耶世尊若無明可得不可得若行乃至老死可得不可得尚畢竟不可得性非有故況有無明可得不可得增語及行乃至老死可得不可得增語此增語既非有如何可言即無明若可得若不可得增語是菩薩摩訶薩即行乃至老死若可得若

不可得增語是菩薩摩訶薩復次善現汝觀何義言即布施波羅蜜多增語非菩薩摩訶薩即淨戒安忍精進靜慮般若波羅蜜多增語非菩薩摩訶薩耶具壽善現答言世尊若布施波羅蜜多若淨戒安忍精進靜慮般若波羅蜜多尚畢竟不可得性非有故況有布施波羅蜜多增語及淨戒安忍精進靜慮般若波羅蜜多增語此增語既非有如何可言即布施波羅蜜多增語是菩薩摩訶薩即淨戒安忍精進靜慮般若波羅蜜多增語是菩薩摩訶薩善現汝復觀何義言即布施波羅蜜多若常若無常增語非菩薩摩訶薩即淨戒安忍精進靜慮般若波羅蜜多若常若無常增語非菩薩摩訶薩耶世尊若布施波羅蜜多常無常若淨戒安忍精進靜慮般若波羅蜜多常無常尚畢竟不可得性非有故況有布施波羅蜜多常無常增語及淨戒安忍精進靜慮般若波羅蜜多常無常增語此增語既非有如何可言即布施波羅蜜多若常若無常增語是菩薩摩訶薩即淨戒安忍精進靜慮般若波羅蜜多若常若無常增語是菩薩摩訶薩善現汝復觀何義言即布施波羅蜜多若樂若苦增語非菩薩摩訶薩即淨戒安忍精進靜慮般若波羅蜜多若樂若苦增語非菩薩摩訶薩耶世尊若布施波羅蜜多樂苦若淨戒安忍精進靜慮般若波羅蜜多樂苦尚畢竟不可得性非有故況有布施波羅蜜多樂苦增語及淨戒安忍精進靜慮般若波羅蜜多樂苦增語此增語既非有如何可言即布施波羅蜜多若樂若苦增語是

菩薩摩訶薩即淨戒安忍精進靜慮般若波羅蜜多若樂若苦增語是菩薩摩訶薩善現汝復觀何義言即布施波羅蜜多若我若無我增語非菩薩摩訶薩即淨戒安忍精進靜慮般若波羅蜜多若我若無我增語非菩薩摩訶薩耶世尊若布施波羅蜜多我無我若淨戒安忍精進靜慮般若波羅蜜多我無我尚畢竟不可得性非有故況有布施波羅蜜多我無我增語及淨戒安忍精進靜慮般若波羅蜜多我無我增語此增語既非有如何可言即布施波羅蜜多若我若無我增語是菩薩摩訶薩即淨戒安忍精進靜慮般若波羅蜜多若我若無我增語是菩薩摩訶薩善現汝復觀何義言即布施波羅蜜多若淨若不淨增語非菩薩摩訶薩即淨戒安忍精進

靜慮般若波羅蜜多若淨若不淨增語非菩薩摩訶薩耶世尊若布施波羅蜜多淨不淨若淨戒安忍精進靜慮般若波羅蜜多淨不淨尚畢竟不可得性非有故況有布施波羅蜜多淨不淨增語及淨戒安忍精進靜慮般若波羅蜜多淨不淨增語此增語既非有如何可言即布施波羅蜜多若淨若不淨增語是菩薩摩訶薩即淨戒安忍精進靜慮般若波羅蜜多若淨若不淨增語是菩薩摩訶薩善現汝復觀何義言即布施波羅蜜多若空若不空增語非菩薩摩訶薩即淨戒安忍精進靜慮般若波羅蜜多若空若不空增語非菩薩摩訶薩耶世尊若布施波羅蜜多空不空若淨戒安忍精進靜慮般若波羅蜜多空不空尚畢竟不可得性非有故況有布施波

羅蜜多空不空增語及淨戒安忍精進靜慮般若波羅蜜多空不空增語此增語既非有如何可言即布施波羅蜜多若空若不空增語是菩薩摩訶薩即淨戒安忍精進靜慮般若波羅蜜多若空若不空增語是菩薩摩訶薩善現汝復觀何義言即布施波羅蜜多若有相若無相增語非菩薩摩訶薩即淨戒安忍精進靜慮般若波羅蜜多若有相若無相增語非菩薩摩訶薩耶世尊若布施波羅蜜多有相無相若淨戒安忍精進靜慮般若波羅蜜多有相無相尚畢竟不可得性非有故況有布施波羅蜜多有相無相增語及淨戒安忍精進靜慮般若波羅蜜多有相無相增語此增語既非有如何可言即布施波羅蜜多若有相若無相增語是菩薩摩訶薩即淨戒安忍精進靜慮般若波羅蜜多若有相若無相增語是菩薩摩訶薩善現汝復觀何義言即布施波羅蜜多若有願若無願增語非菩薩摩訶薩即淨戒安忍精進靜慮般若波羅蜜多若有願若無願增語非菩薩摩訶薩耶世尊若布施波羅蜜多有願無願若淨戒安忍精進靜慮般若波羅蜜多有願無願尚畢竟不可得性非有故況有布施波羅蜜多有願無願增語及淨戒安忍精進靜慮般若波羅蜜多有願無願增語此增語既非有如何可言即布施波羅蜜多若有願若無願增語是菩薩摩訶薩即淨戒安忍精進靜慮般若波羅蜜多若有願若無願增語是菩薩摩訶薩善現汝復觀何義言即布施波羅蜜多若寂靜若不寂靜增語非菩薩摩訶薩即淨

戒安忍精進靜慮般若波羅蜜多若寂靜若不寂靜增語非菩薩摩訶薩耶世尊若布施波羅蜜多寂靜不寂靜若淨戒安忍精進靜慮般若波羅蜜多寂靜不寂靜尚畢竟不可得性非有故況有布施波羅蜜多寂靜不寂靜增語及淨戒安忍精進靜慮般若波羅蜜多寂靜不寂靜增語此增語既非有如何可言即布施波羅蜜多若寂靜若不寂靜增語是菩薩摩訶薩即淨戒安忍精進靜慮般若波羅蜜多若寂靜若不寂靜增語是菩薩摩訶薩善現汝復觀何義言即布施波羅蜜多若遠離若不遠離增語非菩薩摩訶薩即淨戒安忍精進靜慮般若波羅蜜多若遠離若不遠離增語非菩薩摩訶薩耶世尊若布施波羅蜜多遠離不遠離若淨戒安忍精進靜慮般若波羅蜜多遠離不遠離尚畢竟不可得性非有故況有布施波羅蜜多遠離不遠離增語及淨戒安忍精進靜慮般若波羅蜜多遠離不遠離增語此增語既非有如何可言即布施波羅蜜多若遠離若不遠離增語是菩薩摩訶薩即淨戒安忍精進靜慮般若波羅蜜多若遠離若不遠離增語是菩薩摩訶薩善現汝復觀何義言即布施波羅蜜多若有爲若無爲增語非菩薩摩訶薩即淨戒安忍精進靜慮般若波羅蜜多若有爲若無爲增語非菩薩摩訶薩耶世尊若布施波羅蜜多有爲無爲若淨戒安忍精進靜慮般若波羅蜜多有爲無爲尚畢竟不可得性非有故況有布施波羅蜜多有爲無爲增語及淨戒安忍精進靜慮般若波羅蜜多有爲無爲

增語此增語既非有如何可言即布施波羅蜜多若有爲若無爲增語是菩薩摩訶薩即淨戒安忍精進靜慮般若波羅蜜多若有爲若無爲增語是菩薩摩訶薩善現汝復觀何義言即布施波羅蜜多若有漏若無漏增語非菩薩摩訶薩即淨戒安忍精進靜慮般若波羅蜜多若有漏若無漏增語非菩薩摩訶薩耶世尊若布施波羅蜜多有漏無漏若淨戒安忍精進靜慮般若波羅蜜多有漏無漏尚畢竟不可得性非有故況有布施波羅蜜多有漏無漏增語及淨戒安忍精進靜慮般若波羅蜜多有漏無漏增語此增語既非有如何可言即布施波羅蜜多若有漏若無漏增語是菩薩摩訶薩即淨戒安忍精進靜慮般若波羅蜜多若有漏若無漏增語是菩薩摩訶薩善現汝復觀何義言即布施波羅蜜多若生若滅增語非菩薩摩訶薩即淨戒安忍精進靜慮般若波羅蜜多若生若滅增語非菩薩摩訶薩耶世尊若布施波羅蜜多生滅若淨戒安忍精進靜慮般若波羅蜜多生滅尚畢竟不可得性非有故況有布施波羅蜜多生滅增語及淨戒安忍精進靜慮般若波羅蜜多生滅增語此增語既非有如何可言即布施波羅蜜多若生若滅增語是菩薩摩訶薩即淨戒安忍精進靜慮般若波羅蜜多若生若滅增語是菩薩摩訶薩善現汝復觀何義言即布施波羅蜜多若善若非善增語非菩薩摩訶薩即淨戒安忍精進靜慮般若波羅蜜多若善若非善增語非菩薩摩訶薩耶世尊若布施波羅蜜多善非善若淨戒

安忍精進靜慮般若波羅蜜多善非善尚畢竟不可得性非有故況有布施波羅蜜多善非善增語及淨戒安忍精進靜慮般若波羅蜜多善非善增語此增語既非有如何可言即布施波羅蜜多若善若非善增語是菩薩摩訶薩即淨戒安忍精進靜慮般若波羅蜜多若善若非善增語是菩薩摩訶薩善現汝復觀何義言即布施波羅蜜多若有罪若無罪增語非菩薩摩訶薩即淨戒安忍精進靜慮般若波羅蜜多若有罪若無罪增語非菩薩摩訶薩耶世尊若布施波羅蜜多有罪無罪若淨戒安忍精進靜慮般若波羅蜜多有罪無罪尚畢竟不可得性非有故況有布施波羅蜜多有罪無罪增語及淨戒安忍精進靜慮般若波羅蜜多有罪無罪增語此增語既非有如何可言即布施波羅蜜多若有罪若無罪增語是菩薩摩訶薩即淨戒安忍精進靜慮般若波羅蜜多若有罪若無罪增語是菩薩摩訶薩善現汝復觀何義言即布施波羅蜜多若有煩惱若無煩惱增語非菩薩摩訶薩即淨戒安忍精進靜慮般若波羅蜜多若有煩惱若無煩惱增語非菩薩摩訶薩耶世尊若布施波羅蜜多有煩惱無煩惱若淨戒安忍精進靜慮般若波羅蜜多有煩惱無煩惱尚畢竟不可得性非有故況有布施波羅蜜多有煩惱無煩惱增語及淨戒安忍精進靜慮般若波羅蜜多有煩惱無煩惱增語此增語既非有如何可言即布施波羅蜜多若有煩惱若無煩惱增語是菩薩摩訶薩即淨戒安忍精進靜慮般若波羅蜜多若有

煩惱若無煩惱增語是菩薩摩訶薩善現汝復觀何義言即布施波羅蜜多若世間若出世間增語非菩薩摩訶薩即淨戒安忍精進靜慮般若波羅蜜多若世間若出世間增語非菩薩摩訶薩耶世尊若布施波羅蜜多世間出世間若淨戒安忍精進靜慮般若波羅蜜多世間出世間尚畢竟不可得性非有故況有布施波羅蜜多世間出世間增語及淨戒安忍精進靜慮般若波羅蜜多世間出世間增語此增語既非有如何可言即布施波羅蜜多若世間若出世間增語是菩薩摩訶薩即淨戒安忍精進靜慮般若波羅蜜多若世間若出世間增語是菩薩摩訶薩善現汝復觀何義言即布施波羅蜜多若雜染若清淨增語非菩薩摩訶薩即淨戒安忍精進靜慮般若波羅蜜多若雜染若清淨增語非菩薩摩訶薩耶世尊若布施波羅蜜多雜染清淨若淨戒安忍精進靜慮般若波羅蜜多雜染清淨尚畢竟不可得性非有故況有布施波羅蜜多雜染清淨增語及淨戒安忍精進靜慮般若波羅蜜多雜染清淨增語此增語既非有如何可言即布施波羅蜜多若雜染若清淨增語是菩薩摩訶薩即淨戒安忍精進靜慮般若波羅蜜多若雜染若清淨增語是菩薩摩訶薩善現汝復觀何義言即布施波羅蜜多若屬生死若屬涅槃增語非菩薩摩訶薩即淨戒安忍精進靜慮般若波羅蜜多若屬生死若屬涅槃增語非菩薩摩訶薩耶世尊若布施波羅蜜多屬生死屬涅槃若淨戒安忍精進靜慮般若波羅蜜多屬生死

屬涅槃尚畢竟不可得性非有故況有布施波羅蜜多屬生死屬涅槃增語及淨戒安忍精進靜慮般若波羅蜜多屬生死屬涅槃增語此增語既非有如何可言即布施波羅蜜多若屬生死若屬涅槃增語是菩薩摩訶薩即淨戒安忍精進靜慮般若波羅蜜多若屬生死若屬涅槃增語是菩薩摩訶薩善現汝復觀何義言即布施波羅蜜多若在內若在外若在兩間增語非菩薩摩訶薩即淨戒安忍精進靜慮般若波羅蜜多若在內若在外若在兩間增語非菩薩摩訶薩耶世尊若布施波羅蜜多在內在外在兩間若淨戒安忍精進靜慮般若波羅蜜多在內在外在兩間尚畢竟不可得性非有故況有布施波羅蜜多在內在外在兩間增語及淨戒安忍精進靜慮般若波羅蜜多在內在外在兩間增語此增語既非有如何可言即布施波羅蜜多若在內若在外若在兩間增語是菩薩摩訶薩即淨戒安忍精進靜慮般若波羅蜜多若在內若在外若在兩間增語是菩薩摩訶薩善現汝復觀何義言即布施波羅蜜多若可得若不可得增語非菩薩摩訶薩即淨戒安忍精進靜慮般若波羅蜜多若可得若不可得增語非菩薩摩訶薩耶世尊若布施波羅蜜多可得不可得若淨戒安忍精進靜慮般若波羅蜜多可得不可得尚畢竟不可得性非有故況有布施波羅蜜多可得不可得增語及淨戒安忍精進靜慮般若波羅蜜多可得不可得增語此增語既非有如何可言即布施波羅蜜多若可得若不可得增語是菩

薩摩訶薩即淨戒安忍精進靜慮般若波羅蜜多若可得若不可得增語是菩薩摩訶薩復次善現汝觀何義言即內空增語非菩薩摩訶薩即外空內外空空空大空勝義空有爲空無爲空畢竟空無際空散空無變異空本性空自相空共相空一切法空不可得空無性空自性空無性自性空增語非菩薩摩訶薩耶具壽善現答言世尊若內空若外空乃至無性自性空尚畢竟不可得性非有故況有內空增語及外空乃至無性自性空增語此增語既非有如何可言即內空增語是菩薩摩訶薩即外空乃至無性自性空增語是菩薩摩訶薩善現汝復觀何義言即內空若常若無常增語非菩薩摩訶薩即外空乃至無性自性空若常若無常增語非菩薩摩訶薩耶世尊若內空常無常若外空乃至無性自性空常無常尚畢竟不可得性非有故況有內空常無常增語及外空乃至無性自性空常無常增語此增語既非有如何可言即內空若常若無常增語是菩薩摩訶薩即外空乃至無性自性空若常若無常增語是菩薩摩訶薩善現汝復觀何義言即內空若樂若苦增語非菩薩摩訶薩即外空乃至無性自性空若樂若苦增語非菩薩摩訶薩耶世尊若內空樂苦若外空乃至無性自性空樂苦尚畢竟不可得性非有故況有內空樂苦增語及外空乃至無性自性空樂苦增語此增語既非有如何可言即內空若樂若苦增語是菩薩摩訶薩即外空乃至無性自性空若樂若苦增語是菩薩摩訶薩善現汝復

觀何義言即內空若我若無我增語非菩薩摩訶薩即外空乃至無性自性空若我若無我增語非菩薩摩訶薩耶世尊若內空我無我若外空乃至無性自性空我無我尚畢竟不可得性非有故況有內空我無我增語及外空乃至無性自性空我無我增語此增語既非有如何可言即內空若我若無我增語是菩薩摩訶薩即外空乃至無性自性空若我若無我增語是菩薩摩訶薩善現汝復觀何義言即內空若淨若不淨增語非菩薩摩訶薩即外空乃至無性自性空若淨若不淨增語非菩薩摩訶薩耶世尊若內空淨不淨若外空乃至無性自性空淨不淨尚畢竟不可得性非有故況有內空淨不淨增語及外空乃至無性自性空淨不淨增語此增語既非有如何可言即內空若淨若不淨增語是菩薩摩訶薩即外空乃至無性自性空若淨若不淨增語是菩薩摩訶薩善現汝復觀何義言即內空若空若不空增語非菩薩摩訶薩即外空乃至無性自性空若空若不空增語非菩薩摩訶薩耶世尊若內空空不空若外空乃至無性自性空空不空尚畢竟不可得性非有故況有內空空不空增語及外空乃至無性自性空空不空增語此增語既非有如何可言即內空若空若不空增語是菩薩摩訶薩即外空乃至無性自性空若空若不空增語是菩薩摩訶薩善現汝復觀何義言即內空若有相若無相增語非菩薩摩訶薩即外空乃至無性自性空若有相若無相增語非菩薩摩訶薩耶世尊若內空有相無

相若外空乃至無性自性空有相無相尚畢竟不可得性非有故況有內空有相無相增語及外空乃至無性自性空有相無相增語此增語既非有如何可言即內空若有相若無相增語是菩薩摩訶薩即外空乃至無性自性空若有相若無相增語是菩薩摩訶薩

大般若波羅蜜多經卷第二十八

大般若波羅蜜多經卷第二十九

唐三藏法師玄奘奉 詔譯

初分教誡教授品第七之十九

善現汝復觀何義言即內空若有願若無願增語非菩薩摩訶薩即外空乃至無性自性空若有願若無願增語非菩薩摩訶薩耶世尊若內空有願無願若外空乃至無性自性空有願無願尚畢竟不可得性非有故況有內空有願無願增語及外空乃至無性自性空有願無願增語此增語既非有如何可言即內空若有願若無願增語是菩薩摩訶薩即外空乃至無性自性空若有願若無願增語是菩薩摩訶薩善現汝復觀何義言即內空若寂靜若不寂靜增語非菩薩摩訶薩即外空乃至無性自性空若寂靜若不寂靜增語非菩薩摩訶薩耶世尊若內空寂靜不寂靜若外空乃至無性自性空寂靜不寂靜尚畢竟不可得性非有故況有內空寂靜不寂靜增語及外空乃至無性自性空寂靜不寂靜增語此增語既非有如何可言即內空若寂靜若不寂靜增語是菩薩摩訶薩即外空乃至無性自性空若寂靜若不寂靜增語是菩薩摩訶薩善現汝復觀何義言即內空若遠離若不遠離增語非菩薩摩訶薩即外空乃至無性自性空若遠離若不遠離增語非菩薩摩訶薩耶世尊若內空遠離不遠離若外空乃至無性自性空遠離不遠離尚畢竟不可得性非有故況有內空遠離不遠離增語及外空乃至無性自性空遠離不遠離增語此增語既非有如何可言即內空若遠離

若不遠離增語是菩薩摩訶薩即外空乃至無性自性空若遠離若不遠離增語是菩薩摩訶薩善現汝復觀何義言即內空若有爲若無爲增語非菩薩摩訶薩即外空乃至無性自性空若有爲若無爲增語非菩薩摩訶薩耶世尊若內空有爲無爲若外空乃至無性自性空有爲無爲尚畢竟不可得性非有故況有內空有爲無爲增語及外空乃至無性自性空有爲無爲增語此增語既非有如何可言即內空若有爲若無爲增語是菩薩摩訶薩即外空乃至無性自性空若有爲若無爲增語是菩薩摩訶薩善現汝復觀何義言即內空若有漏若無漏增語非菩薩摩訶薩即外空乃至無性自性空若有漏若無漏增語非菩薩摩訶薩耶世尊若內空有漏無漏若外空乃至無性自性空有漏無漏尚畢竟不可得性非有故況有內空有漏無漏增語及外空乃至無性自性空有漏無漏增語此增語既非有如何可言即內空若有漏若無漏增語是菩薩摩訶薩即外空乃至無性自性空若有漏若無漏增語是菩薩摩訶薩善現汝復觀何義言即內空若生若滅增語非菩薩摩訶薩即外空乃至無性自性空若生若滅增語非菩薩摩訶薩耶世尊若內空生滅若外空乃至無性自性空生滅尚畢竟不可得性非有故況有內空生滅增語及外空乃至無性自性空生滅增語此增語既非有如何可言即內空若生若滅增語是菩薩摩訶薩即外空乃至無性自性空若生若滅增語是菩薩摩訶薩善現汝復觀何義言即

内空若善若非善增語非菩薩摩訶薩即外空乃至無性自性空若善若非善增語非菩薩摩訶薩耶世尊若内空善非善若外空乃至無性自性空善非善尚畢竟不可得性非有故況有内空善非善增語及外空乃至無性自性空善非善增語此增語既非有如何可言即内空若善若非善增語是菩薩摩訶薩即外空乃至無性自性空若善若非善增語是菩薩摩訶薩善現汝復觀何義言即内空若有罪若無罪增語非菩薩摩訶薩即外空乃至無性自性空若有罪若無罪增語非菩薩摩訶薩耶世尊若内空有罪無罪若外空乃至無性自性空有罪無罪尚畢竟不可得性非有故況有内空有罪無罪增語及外空乃至無性自性空有罪無罪增語此增語既非有如何可言即内空若有罪若無罪增語是菩薩摩訶薩即外空乃至無性自性空若有罪若無罪增語是菩薩摩訶薩善現汝復觀何義言即内空若有煩惱若無煩惱增語非菩薩摩訶薩即外空乃至無性自性空若有煩惱若無煩惱增語非菩薩摩訶薩耶世尊若内空有煩惱無煩惱若外空乃至無性自性空有煩惱無煩惱尚畢竟不可得性非有故況有内空有煩惱無煩惱增語及外空乃至無性自性空有煩惱無煩惱增語此增語既非有如何可言即内空若有煩惱若無煩惱增語是菩薩摩訶薩即外空乃至無性自性空若有煩惱若無煩惱增語是菩薩摩訶薩善現汝復觀何義言即内空若世間若出世間增語非菩薩摩訶薩即外空乃至

無性自性空若世間若出世間增語非菩薩摩訶薩耶世尊若內空世間出世間若外空乃至無性自性空世間出世間尚畢竟不可得性非有故況有內空世間出世間增語及外空乃至無性自性空世間出世間增語此增語既非有如何可言即內空若世間若出世間增語是菩薩摩訶薩即外空乃至無性自性空若世間若出世間增語是菩薩摩訶薩善現汝復觀何義言即內空若雜染若清淨增語非菩薩摩訶薩即外空乃至無性自性空若雜染若清淨增語非菩薩摩訶薩耶世尊若內空雜染清淨若外空乃至無性自性空雜染清淨尚畢竟不可得性非有故況有內空雜染清淨增語及外空乃至無性自性空雜染清淨增語此增語既非有如何可言即內空若雜染若清淨增語是菩薩摩訶薩即外空乃至無性自性空若雜染若清淨增語是菩薩摩訶薩善現汝復觀何義言即內空若屬生死若屬涅槃增語非菩薩摩訶薩即外空乃至無性自性空若屬生死若屬涅槃增語非菩薩摩訶薩耶世尊若內空屬生死屬涅槃若外空乃至無性自性空屬生死屬涅槃尚畢竟不可得性非有故況有內空屬生死屬涅槃增語及外空乃至無性自性空屬生死屬涅槃增語此增語既非有如何可言即內空若屬生死若屬涅槃增語是菩薩摩訶薩即外空乃至無性自性空若屬生死若屬涅槃增語是菩薩摩訶薩善現汝復觀何義言即內空若在內若在外若在兩間增語非菩薩摩訶薩即外空乃至無性自

性空若在内若在外若在兩間增語非菩薩摩訶薩耶世尊若内空在内在外在兩間若外空乃至無性自性空在内在外在兩間尚畢竟不可得性非有故況有内空在内在外在兩間增語及外空乃至無性自性空在内在外在兩間增語此增語既非有如何可言即内空若在内若在外若在兩間增語是菩薩摩訶薩即外空乃至無性自性空若在内若在外若在兩間增語是菩薩摩訶薩善現汝復觀何義言即内空若可得若不可得增語非菩薩摩訶薩即外空乃至無性自性空若可得若不可得增語非菩薩摩訶薩耶世尊若内空可得不可得若外空乃至無性自性空可得不可得尚畢竟不可得性非有故況有内空可得不可得增語及外空乃至無性自性空可得不可得增語此增語既非有如何可言即内空若可得若不可得增語是菩薩摩訶薩即外空乃至無性自性空若可得若不可得增語是菩薩摩訶薩復次善現汝復觀何義言即眞如增語非菩薩摩訶薩即法界法性不虛妄性不變異性平等性離生性法定法住實際虛空界不思議界增語非菩薩摩訶薩耶具壽善現答言世尊若眞如若法界乃至不思議界尚畢竟不可得性非有故況有眞如增語及法界乃至不思議界增語此增語既非有如何可言即眞如增語是菩薩摩訶薩即法界乃至不思議界增語是菩薩摩訶薩善現汝復觀何義言即眞如若常若無常增語非菩薩摩訶薩即法界乃至不思議界若常若無常增語非菩薩摩

訶薩耶世尊若眞如常無常若法界乃至不思議界常無常尚畢竟不可得性非有故況有眞如常無常增語及法界乃至不思議界常無常增語此增語既非有如何可言即眞如若常若無常增語是菩薩摩訶薩即法界乃至不思議界若常若無常增語是菩薩摩訶薩善現汝復觀何義言即眞如若樂若苦增語非菩薩摩訶薩即法界乃至不思議界若樂若苦增語非菩薩摩訶薩耶世尊若眞如樂苦若法界乃至不思議界樂苦尚畢竟不可得性非有故況有眞如樂苦增語及法界乃至不思議界樂苦增語此增語既非有如何可言即眞如若樂若苦增語是菩薩摩訶薩即法界乃至不思議界若樂若苦增語是菩薩摩訶薩善現汝復觀何義言即眞如

若我若無我增語非菩薩摩訶薩即法界乃至不思議界若我若無我增語非菩薩摩語薩耶世尊若眞如我無我若法界乃至不思議界我無我尚畢竟不可得性非有故況有眞如我無我增語及法界乃至不思議界我無我增語此增語既非有如何可言即眞如若我若無我增語是菩薩摩訶薩即法界乃至不思議界若我若無我增語是菩薩摩訶薩善現汝復觀何義言即眞如若淨若不淨增語非菩薩摩訶薩即法界乃至不思議界若淨若不淨增語非菩薩摩訶薩耶世尊若眞如淨不淨若法界乃至不思議界淨不淨尚畢竟不可得性非有故況有眞如淨不淨增語及法界乃至不思議界淨不淨增語此增語既非有如何可言即眞如若淨若不淨

增語是菩薩摩訶薩即法界乃至不思議界若淨若不淨增語是菩薩摩訶薩善現汝復觀何義言即眞如若空若不空增語非菩薩摩訶薩即法界乃至不思議界若空若不空增語非菩薩摩訶薩耶世尊若眞如空不空若法界乃至不思議界空不空尚畢竟不可得性非有故況有眞如空不空增語及法界乃至不思議界空不空增語此增語既非有如何可言即眞如若空若不空增語是菩薩摩訶薩即法界乃至不思議界若空若不空增語是菩薩摩訶薩善現汝復觀何義言即眞如若有相若無相增語非菩薩摩訶薩即法界乃至不思議界若有相若無相增語非菩薩摩訶薩耶世尊若眞如有相無相若法界乃至不思議界有相無相尚畢竟不可得性非有故況有眞如有相無相增語及法界乃至不思議界有相無相增語此增語既非有如何可言即眞如若有相若無相增語是菩薩摩訶薩即法界乃至不思議界若有相若無相增語是菩薩摩訶薩善現汝復觀何義言即眞如若有願若無願增語非菩薩摩訶薩即法界乃至不思議界若有願若無願增語非菩薩摩訶薩耶世尊若眞如有願無願若法界乃至不思議界有願無願尚畢竟不可得性非有故況有眞如有願無願增語及法界乃至不思議界有願無願增語此增語既非有如何可言即眞如若有願若無願增語是菩薩摩訶薩即法界乃至不思議界若有願若無願增語是菩薩摩訶薩善現汝復觀何義言即眞如若寂靜若不寂靜增語

非菩薩摩訶薩即法界乃至不思議界若寂靜若不寂靜增語非菩薩摩訶薩耶世尊若眞如寂靜不寂靜若法界乃至不思議界寂靜不寂靜尚畢竟不可得性非有故況有眞如寂靜不寂靜增語及法界乃至不思議界寂靜不寂靜增語此增語既非有如何可言即眞如若寂靜若不寂靜增語是菩薩摩訶薩即法界乃至不思議界若寂靜若不寂靜增語是菩薩摩訶薩善現汝復觀何義言即眞如若遠離若不遠離增語非菩薩摩訶薩即法界乃至不思議界若遠離若不遠離增語非菩薩摩訶薩耶世尊若眞如遠離不遠離若法界乃至不思議界遠離不遠離尚畢竟不可得性非有故況有眞如遠離不遠離增語及法界乃至不思議界遠離不遠離增語此增語既非有如何可言即眞如若遠離若不遠離增語是菩薩摩訶薩即法界乃至不思議界若遠離若不遠離增語是菩薩摩訶薩善現汝復觀何義言即眞如若有爲若無爲增語非菩薩摩訶薩即法界乃至不思議界若有爲若無爲增語非菩薩摩訶薩耶世尊若眞如有爲無爲若法界乃至不思議界有爲無爲尚畢竟不可得性非有故況有眞如有爲無爲增語及法界乃至不思議界有爲無爲增語此增語既非有如何可言即眞如若有爲若無爲增語是菩薩摩訶薩即法界乃至不思議界若有爲若無爲增語是菩薩摩訶薩善現汝復觀何義言即眞如若有漏若無漏增語非菩薩摩訶薩即法界乃至不思議界若有漏若無漏增語非菩薩摩

訶薩耶世尊若真如有漏無漏若法界乃至不思議界有漏無漏尚畢竟不可得性非有故況有真如有漏無漏增語及法界乃至不思議界有漏無漏增語此增語既非有如何可言即真如若有漏若無漏增語是菩薩摩訶薩即法界乃至不思議界若有漏若無漏增語是菩薩摩訶薩善現汝復觀何義言即真如若生若滅增語非菩薩摩訶薩即法界乃至不思議界若生若滅增語非菩薩摩訶薩耶世尊若真如生滅若法界乃至不思議界生滅尚畢竟不可得性非有故況有真如生滅增語及法界乃至不思議界生滅增語此增語既非有如何可言即真如若生若滅增語是菩薩摩訶薩即法界乃至不思議界若生若滅增語是菩薩摩訶薩善現汝復觀何義言即真如若善若非善增語非菩薩摩訶薩即法界乃至不思議界若善若非善增語非菩薩摩訶薩耶世尊若真如善非善若法界乃至不思議界善非善尚畢竟不可得性非有故況有真如善非善增語及法界乃至不思議界善非善增語此增語既非有如何可言即真如若善若非善增語是菩薩摩訶薩即法界乃至不思議界若善若非善增語是菩薩摩訶薩善現汝復觀何義言即真如若有罪若無罪增語非菩薩摩訶薩即法界乃至不思議界若有罪若無罪增語非菩薩摩訶薩耶世尊若真如有罪無罪若法界乃至不思議界有罪無罪尚畢竟不可得性非有故況有真如有罪無罪增語及法界乃至不思議界有罪無罪增語此增語既非有

如何可言即眞如若有罪若無罪增語是菩薩摩訶薩即法界乃至不思議界若有罪若無罪增語是菩薩摩訶薩善現汝復觀何義言即眞如若有煩惱若無煩惱增語非菩薩摩訶薩即法界乃至不思議界若有煩惱若無煩惱增語非菩薩摩訶薩耶世尊若眞如有煩惱無煩惱若法界乃至不思議界有煩惱無煩惱尚畢竟不可得性非有故況有眞如有煩惱無煩惱增語及法界乃至不思議界有煩惱無煩惱增語此增語既非有如何可言即眞如若有煩惱若無煩惱增語是菩薩摩訶薩即法界乃至不思議界若有煩惱若無煩惱增語是菩薩摩訶薩善現汝復觀何義言即眞如若世間若出世間增語非菩薩摩訶薩即法界乃至不思議界若世間若出世間增語非菩薩摩訶薩耶世尊若眞如世間出世間若法界乃至不思議界世間出世間尚畢竟不可得性非有故況有眞如世間出世間增語及法界乃至不思議界世間出世間增語此增語既非有如何可言即眞如若世間若出世間增語是菩薩摩訶薩即法界乃至不思議界若世間若出世間增語是菩薩摩訶薩善現汝復觀何義言即眞如若雜染若清淨增語非菩薩摩訶薩即法界乃至不思議界若雜染若清淨增語非菩薩摩訶薩耶世尊若眞如雜染清淨若法界乃至不思議界雜染清淨尚畢竟不可得性非有故況有眞如雜染清淨增語及法界乃至不思議界雜染清淨增語此增語既非有如何可言即眞如若雜染若清淨增語是菩薩

摩訶薩即法界乃至不思議界若雜染若清淨增語是菩薩摩訶薩善現汝復觀何義言即真如若屬生死若屬涅槃增語非菩薩摩訶薩即法界乃至不思議界若屬生死若屬涅槃增語非菩薩摩訶薩耶世尊若真如屬生死屬涅槃若法界乃至不思議界屬生死屬涅槃尚畢竟不可得性非有故況有真如屬生死屬涅槃增語及法界乃至不思議界屬生死屬涅槃增語此增語既非有如何可言即真如若屬生死若屬涅槃增語是菩薩摩訶薩即法界乃至不思議界若屬生死若屬涅槃增語是菩薩摩訶薩善現汝復觀何義言即真如若在內若在外若在兩間增語非菩薩摩訶薩即法界乃至不思議界若在內若在外若在兩間增語非菩薩摩訶薩耶世尊若真如在內在外在兩間若法界乃至不思議界在內在外在兩間尚畢竟不可得性非有故況有真如在內在外在兩間增語及法界乃至不思議界在內在外在兩間增語此增語既非有如何可言即真如若在內若在外若在兩間增語是菩薩摩訶薩即法界乃至不思議界若在內若在外若在兩間增語是菩薩摩訶薩善現汝復觀何義言即真如若可得若不可得增語非菩薩摩訶薩即法界乃至不思議界若可得若不可得增語非菩薩摩訶薩耶世尊若真如可得不可得若法界乃至不思議界可得不可得尚畢竟不可得性非有故況有真如可得不可得增語及法界乃至不思議界可得不可得增語此增語既非有如何可言即真如若可得

若不可得增語是菩薩摩訶薩即法界乃至不思議界若可得若不可得增語是菩薩摩訶薩復次善現汝觀何義言即四念住增語非菩薩摩訶薩即四正斷四神足五根五力七等覺支八聖道支增語非菩薩摩訶薩耶具壽善現答言世尊若四念住若四正斷乃至八聖道支尚畢竟不可得性非有故況有四念住增語及四正斷乃至八聖道支增語此增語既非有如何可言即四念住增語是菩薩摩訶薩即四正斷乃至八聖道支增語是菩薩摩訶薩善現汝復觀何義言即四念住若常若無常增語非菩薩摩訶薩即四正斷乃至八聖道支若常若無常增語非菩薩摩訶薩耶世尊若四念住常無常若四正斷乃至八聖道支常無常尚畢竟不可得性非有故況有四念住常無常增語及四正斷乃至八聖道支常無常增語此增語既非有如何可言即四念住若常若無常增語是菩薩摩訶薩即四正斷乃至八聖道支若常若無常增語是菩薩摩訶薩善現汝復觀何義言即四念住若樂若苦增語非菩薩摩訶薩即四正斷乃至八聖道支若樂若苦增語非菩薩摩訶薩耶世尊若四念住樂苦若四正斷乃至八聖道支樂苦尚畢竟不可得性非有故況有四念住樂苦增語及四正斷乃至八聖道支樂苦增語此增語既非有如何可言即四念住若樂若苦增語是菩薩摩訶薩即四正斷乃至八聖道支若樂若苦增語是菩薩摩訶薩善現汝復觀何義言即四念住若我若無我增語非菩薩摩訶薩即四正斷乃

至八聖道支若我若無我增語非菩薩摩訶薩耶世尊若四念住我無我若四正斷乃至八聖道支我無我尚畢竟不可得性非有故況有四念住我無我增語及四正斷乃至八聖道支我無我增語此增語既非有如何可言即四念住若我若無我增語是菩薩摩訶薩即四正斷乃至八聖道支我無我若無我增語是菩薩摩訶薩善現汝復觀何義言即四念住若若若不淨增語非菩薩摩訶薩即四正斷乃至八聖道支若淨若不淨增語非菩薩摩訶薩耶世尊若四念住淨不淨若四正斷乃至八聖道支淨不淨尚畢竟不可得性非有故況有四念住淨不淨增語及四正斷乃至八聖道支淨不淨增語此增語既非有如何可言即四念住若淨若不淨增語是菩薩摩訶薩即四正斷乃至八聖道支若淨若不淨增語是菩薩摩訶薩善現汝復觀何義言即四念住若空若不空增語非菩薩摩訶薩即四正斷乃至八聖道支若空若不空增語非菩薩摩訶薩耶世尊若四念住空不空若四正斷乃至八聖道支空不空尚畢竟不可得性非有故況有四念住空不空增語及四正斷乃至八聖道支空不空增語此增語既非有如何可言即四念住若空若不空增語是菩薩摩訶薩即四正斷乃至八聖道支若空若不空增語是菩薩摩訶薩善現汝復觀何義言即四念住若有相若無相增語非菩薩摩訶薩即四正斷乃至八聖道支若有相若無相增語非菩薩摩訶薩耶世尊若四念住有相無相若四正斷乃至八聖道支有

相無相尚畢竟不可得性非有故况有四念
住有相無相增語及四正斷乃至八聖道支
有相無相增語此增語既非有如何可言即
四念住若有相若無相增語是菩薩摩訶薩
即四正斷乃至八聖道支若有相若無相增
語是菩薩摩訶薩善現汝復觀何義言即四
念住若有願若無願增語非菩薩摩訶薩即
四正斷乃至八聖道支若有願若無願增語
非菩薩摩訶薩耶世尊若四念住有願無願
若四正斷乃至八聖道支有願無願尚畢竟
不可得性非有故况有四念住若有無願增
語及四正斷乃至八聖道支有願無願增語
此增語既非有如何可言即四念住若有願
若無願增語是菩薩摩訶薩即四正斷乃至
八聖道支若有願若無願增語是菩薩摩訶
薩善現汝復觀何義言即四念住若寂靜若
不寂靜增語非菩薩摩訶薩即四正斷乃至
八聖道支若寂靜若不寂靜增語非菩薩摩
訶薩耶世尊若四念住寂靜不寂靜若四正
斷乃至八聖道支寂靜不寂靜尚畢竟不可
得性非有故况有四念住寂靜不寂靜增語
及四正斷乃至八聖道支寂靜不寂靜增語
此增語既非有如何可言即四念住若寂靜
若不寂靜增語是菩薩摩訶薩即四正斷乃
至八聖道支若寂靜若不寂靜增語是菩薩
摩訶薩善現汝復觀何義言即四念住若遠
離若不遠離增語非菩薩摩訶薩即四正斷
乃至八聖道支若遠離若不遠離增語非菩
薩摩訶薩耶世尊若四念住遠離不遠離若
四正斷乃至八聖道支遠離不遠離尚畢竟

不可得性非有故況有四念住遠離不遠離增語及四正斷乃至八聖道支遠離不遠離增語此增語既非有如何可言即四念住若遠離若不遠離增語是菩薩摩訶薩即四正斷乃至八聖道支遠離離若不遠離增語是菩薩摩訶薩善現汝復觀何義言即四念住若有爲若無爲增語非菩薩摩訶薩即四正斷乃至八聖道支若有爲若無爲增語非菩薩摩訶薩耶世尊若四念住有爲無爲若四正斷乃至八聖道支有爲無爲尚畢竟不可得性非有故況有四念住有爲無爲增語及四正斷乃至八聖道支有爲無爲增語此增語既非有如何可言即四念住若有爲若無爲增語是菩薩摩訶薩即四正斷乃至八聖道支若有爲若無爲增語是菩薩摩訶薩善現汝復觀何義言即四念住若有漏若無漏增語非菩薩摩訶薩即四正斷乃至八聖道支若有漏若無漏增語非菩薩摩訶薩耶世尊若四念住有漏無漏若四正斷乃至八聖道支有漏無漏尚畢竟不可得性非有故況有四念住有漏無漏增語及四正斷乃至八聖道支有漏無漏增語此增語既非有如何可言即四念住若有漏若無漏增語是菩薩摩訶薩即四正斷乃至八聖道支若有漏若無漏增語是菩薩摩訶薩善現汝復觀何義言即四念住若生若滅增語非菩薩摩訶薩即四正斷乃至八聖道支若生若滅增語非菩薩摩訶薩耶世尊若四念住生滅若四正斷乃至八聖道支生滅尚畢竟不可得性非有故況有四念住生滅增語及四正斷乃至

八聖道支生滅增語此增語既非有如何可言即四念住若生若滅增語是菩薩摩訶薩即四正斷乃至八聖道支若生若滅增語是菩薩摩訶薩善現汝復觀何義言即四念住若善若非善增語非菩薩摩訶薩即四正斷乃至八聖道支若善若非善增語非菩薩摩訶薩耶世尊若四念住善非善若四正斷乃至八聖道支善非善尚畢竟不可得性非有故況有四念住善非善增語及四正斷乃至八聖道支善非善增語此增語既非有如何可言即四念住若善若非善增語是菩薩摩訶薩即四正斷乃至八聖道支若善若非善增語是菩薩摩訶薩善現汝復觀何義言即四念住若有罪若無罪增語非菩薩摩訶薩即四正斷乃至八聖道支若有罪若無罪增語非菩薩摩訶薩耶世尊若四念住有罪無罪若四正斷乃至八聖道支有罪無罪尚畢竟不可得性非有故況有四念住有罪無罪增語及四正斷乃至八聖道支有罪無罪增語此增語既非有如何可言即四念住若有罪若無罪增語是菩薩摩訶薩即四正斷乃至八聖道支若有罪若無罪增語是菩薩摩訶薩善現汝復觀何義言即四念住若有煩惱若無煩惱增語非菩薩摩訶薩即四正斷乃至八聖道支若有煩惱若無煩惱增語非菩薩摩訶薩耶世尊若四念住有煩惱無煩惱若四正斷乃至八聖道支有煩惱無煩惱尚畢竟不可得性非有故況有四念住有煩惱無煩惱增語及四正斷乃至八聖道支有煩惱無煩惱增語此增語既非有如何可言

即四念住若有煩惱若無煩惱增語是菩薩摩訶薩即四正斷乃至八聖道支若有煩惱若無煩惱增語是菩薩摩訶薩善現汝復觀何義言即四念住若世間若出世間增語非菩薩摩訶薩即四正斷乃至八聖道支若世間若出世間增語非菩薩摩訶薩耶世尊若四念住世間出世間若四正斷乃至八聖道支世間出世間尚畢竟不可得性非有故况有四念住世間出世間增語及四正斷乃至八聖道支世間出世間增語此增語既非有如何可言即四念住若世間若出世間增語是菩薩摩訶薩即四正斷乃至八聖道支若世間若出世間增語是菩薩摩訶薩

大般若波羅蜜多經卷第二十九

大般若波羅蜜多經卷第三十

唐三藏法師玄奘奉　詔譯

初分教誡教授品第七之二十

善現汝復觀何義言即四念住若雜染若清淨增語非菩薩摩訶薩即四正斷乃至八聖道支若雜染若清淨增語非菩薩摩訶薩耶世尊若四念住雜染清淨若四正斷乃至八聖道支雜染清淨尚畢竟不可得性非有故況有四念住雜染清淨增語及四正斷乃至八聖道支雜染清淨增語此增語既非有如何可言即四念住若雜染若清淨增語是菩薩摩訶薩即四正斷乃至八聖道支若雜染若清淨增語是菩薩摩訶薩善現汝復觀何義言即四念住若屬生死若屬涅槃增語非菩薩摩訶薩即四正斷乃至八聖道支若屬生死若屬涅槃增語非菩薩摩訶薩耶世尊若四念住屬生死屬涅槃若四正斷乃至八聖道支屬生死屬涅槃尚畢竟不可得性非有故況有四念住屬生死屬涅槃增語及四正斷乃至八聖道支屬生死屬涅槃增語此增語既非有如何可言即四念住若屬生死若屬涅槃增語是菩薩摩訶薩即四正斷乃至八聖道支若屬生死若屬涅槃增語是菩薩摩訶薩善現汝復觀何義言即四念住若在內若在外若在兩間增語非菩薩摩訶薩即四正斷乃至八聖道支若在內若在外若在兩間增語非菩薩摩訶薩耶世尊若四念住在內在外在兩間若四正斷乃至八聖道支在內在外在兩間尚畢竟不可得性非有故況有四念住在內在外在兩間增語及四

正斷乃至八聖道支在内在外在兩間增語此增語既非有如何可言即四念住若在内若在外若在兩間增語是菩薩摩訶薩即四正斷乃至八聖道支若在内若在外若在兩間增語是菩薩摩訶薩善現汝復觀何義言即四念住若可得若不可得增語非菩薩摩訶薩即四正斷乃至八聖道支若可得若不可得增語非菩薩摩訶薩耶世尊若四念住可得不可得若四正斷乃至八聖道支可得不可得尚畢竟不可得性非有故況有四念住可得不可得增語及四正斷乃至八聖道支可得不可得增語此增語既非有如何可言即四念住若可得若不可得增語是菩薩摩訶薩即四正斷乃至八聖道支若可得若不可得增語是菩薩摩訶薩復次善現汝觀何義言即苦聖諦增語非菩薩摩訶薩即集滅道聖諦增語非菩薩摩訶薩耶具壽善現答言世尊若苦聖諦若集滅道聖諦尚畢竟不可得性非有故況有苦聖諦增語及集滅道聖諦增語此增語既非有如何可言即苦聖諦增語是菩薩摩訶薩即集滅道聖諦增語是菩薩摩訶薩善現汝復觀何義言即苦聖諦若常若無常增語非菩薩摩訶薩即集滅道聖諦若常若無常增語非菩薩摩訶薩耶世尊若苦聖諦常無常若集滅道聖諦常無常尚畢竟不可得性非有故況有苦聖諦常無常增語及集滅道聖諦常無常增語此增語既非有如何可言即苦聖諦若常若無常增語是菩薩摩訶薩即集滅道聖諦若常若無常增語是菩薩摩訶薩善現汝復觀何

義言即苦聖諦若樂若苦增語非菩薩摩訶薩即集滅道聖諦若樂若苦增語非菩薩摩訶薩耶世尊若苦聖諦樂苦若集滅道聖諦樂苦尚畢竟不可得性非有故況有苦聖諦樂苦增語及集滅道聖諦樂苦增語此增語既非有如何可言即苦聖諦若樂若苦增語是菩薩摩訶薩即集滅道聖諦若樂若苦增語是菩薩摩訶薩善現汝復觀何義言即苦聖諦若我若無我增語非菩薩摩訶薩即集滅道聖諦若我若無我增語非菩薩摩訶薩耶世尊若苦聖諦我無我若集滅道聖諦我無我尚畢竟不可得性非有故況有苦聖諦我無我增語及集滅道聖諦我無我增語此增語既非有如何可言即苦聖諦若我若無我增語是菩薩摩訶薩即集滅道聖諦若我若無我增語是菩薩摩訶薩善現汝復觀何義言即苦聖諦若淨若不淨增語非菩薩摩訶薩即集滅道聖諦若淨若不淨增語非菩薩摩訶薩耶世尊若苦聖諦淨不淨若集滅道聖諦淨不淨尚畢竟不可得性非有故況有苦聖諦淨不淨增語及集滅道聖諦淨不淨增語此增語既非有如何可言即苦聖諦若淨若不淨增語是菩薩摩訶薩即集滅道聖諦若淨若不淨增語是菩薩摩訶薩善現汝復觀何義言即苦聖諦若空若不空增語非菩薩摩訶薩即集滅道聖諦若空若不空增語非菩薩摩訶薩耶世尊若苦聖諦空不空若集滅道聖諦空不空尚畢竟不可得性非有故況有苦聖諦空不空增語及集滅道聖諦空不空增語此增語既非有如何可言

即苦聖諦若空若不空增語是菩薩摩訶薩即集滅道聖諦若空若不空增語是菩薩摩訶薩善現汝復觀何義言即苦聖諦若有相若無相增語非菩薩摩訶薩即集滅道聖諦若有相若無相增語非菩薩摩訶薩耶世尊若苦聖諦有相無相若集滅道聖諦有相無相尚畢竟不可得性非有故況有苦聖諦有相無相增語及集滅道聖諦有相無相增語此增語既非有如何可言即苦聖諦若有相若無相增語是菩薩摩訶薩即集滅道聖諦若有相若無相增語是菩薩摩訶薩善現汝復觀何義言即苦聖諦若有願若無願增語非菩薩摩訶薩即集滅道聖諦若有願若無願增語非菩薩摩訶薩耶世尊若苦聖諦有願無願若集滅道聖諦有願無願尚畢竟不可得性非有故況有苦聖諦有願無願增語及集滅道聖諦有願無願增語此增語既非有如何可言即苦聖諦若有願若無願增語是菩薩摩訶薩即集滅道聖諦若有願若無願增語是菩薩摩訶薩善現汝復觀何義言即苦聖諦若寂靜若不寂靜增語非菩薩摩訶薩即集滅道聖諦若寂靜若不寂靜增語非菩薩摩訶薩耶世尊若苦聖諦寂靜不寂靜若集滅道聖諦寂靜不寂靜尚畢竟不可得性非有故況有苦聖諦寂靜不寂靜增語及集滅道聖諦寂靜不寂靜增語此增語既非有如何可言即苦聖諦若寂靜若不寂靜增語是菩薩摩訶薩即集滅道聖諦若寂靜若不寂靜增語是菩薩摩訶薩善現汝復觀何義言即苦聖諦若遠離若不遠離增語非

菩薩摩訶薩即集滅道聖諦若遠離若不遠離增語非菩薩摩訶薩耶世尊若苦聖諦遠離不遠離若集滅道聖諦遠離不遠離尚畢竟不可得性非有故況有苦聖諦遠離不遠離增語及集滅道聖諦遠離不遠離增語此增語既非有如何可言即苦聖諦若遠離若不遠離增語是菩薩摩訶薩即集滅道聖諦若遠離若不遠離增語是菩薩摩訶薩善現汝復觀何義言即苦聖諦若有爲若無爲增語非菩薩摩訶薩即集滅道聖諦若有爲若無爲增語非菩薩摩訶薩耶世尊若苦聖諦有爲無爲若集滅道聖諦有爲無爲尚畢竟不可得性非有故況有苦聖諦有爲無爲增語及集滅道聖諦有爲無爲增語此增語既非有如何可言即苦聖諦若有爲若無爲增語是菩薩摩訶薩即集滅道聖諦若有爲若無爲增語是菩薩摩訶薩善現汝復觀何義言即苦聖諦若有漏若無漏增語非菩薩摩訶薩即集滅道聖諦若有漏若無漏增語非菩薩摩訶薩耶世尊若苦聖諦有漏無漏若集滅道聖諦有漏無漏尚畢竟不可得性非有故況有苦聖諦有漏無漏增語及集滅道聖諦有漏無漏增語此增語既非有如何可言即苦聖諦若有漏若無漏增語是菩薩摩訶薩即集滅道聖諦若有漏若無漏增語是菩薩摩訶薩善現汝復觀何義言即苦聖諦若生若滅增語非菩薩摩訶薩即集滅道聖諦若生若滅增語非菩薩摩訶薩耶世尊若苦聖諦生滅若集滅道聖諦生滅尚畢竟不可得性非有故況有苦聖諦生滅增語及集

滅道聖諦生滅增語此增語既非有如何可言即苦聖諦若生若滅增語是菩薩摩訶薩即集滅道聖諦若生若滅增語是菩薩摩訶薩善現汝復觀何義言即苦聖諦若善若非善增語非菩薩摩訶薩即集滅道聖諦若善若非善增語非菩薩摩訶薩耶世尊若苦聖諦善非善若集滅道聖諦善非善尚畢竟不可得性非有故況有苦聖諦善非善增語及集滅道聖諦善非善增語此增語既非有如何可言即苦聖諦若善若非善增語是菩薩摩訶薩即集滅道聖諦若善若非善增語是菩薩摩訶薩善現汝復觀何義言即苦聖諦若有罪若無罪增語非菩薩摩訶薩即集滅道聖諦若有罪若無罪增語非菩薩摩訶薩耶世尊若苦聖諦有罪無罪若集滅道聖諦有罪無罪尚畢竟不可得性非有故況有苦聖諦有罪無罪增語及集滅道聖諦有罪無罪增語此增語既非有如何可言即苦聖諦若有罪若無罪增語是菩薩摩訶薩即集滅道聖諦若有罪若無罪增語是菩薩摩訶薩善現汝復觀何義言即苦聖諦若有煩惱若無煩惱增語非菩薩摩訶薩即集滅道聖諦若有煩惱若無煩惱增語非菩薩摩訶薩耶世尊若苦聖諦有煩惱無煩惱若集滅道聖諦有煩惱無煩惱尚畢竟不可得性非有故況有苦聖諦有煩惱無煩惱增語及集滅道聖諦有煩惱無煩惱增語此增語既非有如何可言即苦聖諦若有煩惱若無煩惱增語是菩薩摩訶薩即集滅道聖諦若有煩惱若無煩惱增語是菩薩摩訶薩善現汝復觀何

義言即苦聖諦若世間若出世間增語非菩薩摩訶薩即集滅道聖諦若世間若出世間增語非菩薩摩訶薩耶世尊若苦聖諦世間出世間若集滅道聖諦世間出世間尚畢竟不可得性非有故況有苦聖諦世間出世間增語及集滅道聖諦世間出世間增語此增語既非有如何可言即苦聖諦若世間若出世間增語是菩薩摩訶薩即集滅道聖諦若世間若出世間增語是菩薩摩訶薩善現汝復觀何義言即苦聖諦若雜染若清淨增語非菩薩摩訶薩即集滅道聖諦若雜染若清淨增語非菩薩摩訶薩耶世尊若苦聖諦雜染清淨若集滅道聖諦雜染清淨尚畢竟不可得性非有故況有苦聖諦雜染清淨增語及集滅道聖諦雜染清淨增語此增語既非有如何可言即苦聖諦若雜染若清淨增語是菩薩摩訶薩即集滅道聖諦若雜染若清淨增語是菩薩摩訶薩善現汝復觀何義言即苦聖諦若屬生死若屬涅槃增語非菩薩摩訶薩即集滅道聖諦若屬生死若屬涅槃增語非菩薩摩訶薩耶世尊若苦聖諦屬生死屬涅槃若集滅道聖諦屬生死屬涅槃尚畢竟不可得性非有故況有苦聖諦屬生死屬涅槃增語及集滅道聖諦屬生死屬涅槃增語此增語既非有如何可言即苦聖諦若屬生死若屬涅槃增語是菩薩摩訶薩即集滅道聖諦若屬生死若屬涅槃增語是菩薩摩訶薩善現汝復觀何義言即苦聖諦若在內若在外若在兩間增語非菩薩摩訶薩即集滅道聖諦若在內若在外若在兩間增語

非菩薩摩訶薩耶世尊若苦聖諦在內在外在兩間若集滅道聖諦在內在外在兩間尚畢竟不可得性非有故況有苦聖諦在內在外在兩間增語及集滅道聖諦在內在外在兩間增語此增語既非有如何可言即苦聖諦若在內若在外若在兩間增語是菩薩摩訶薩即集滅道聖諦若在內若在外若在兩間增語是菩薩摩訶薩善現汝復觀何義言即苦聖諦若可得若不可得增語非菩薩摩訶薩即集滅道聖諦若可得若不可得增語非菩薩摩訶薩耶世尊若苦聖諦可得不可得若集滅道聖諦可得不可得尚畢竟不可得性非有故況有苦聖諦可得不可得增語及集滅道聖諦可得不可得增語此增語既非有如何可言即苦聖諦若可得若不可得增語是菩薩摩訶薩即集滅道聖諦若可得若不可得增語是菩薩摩訶薩復次善現汝觀何義言即四靜慮增語非菩薩摩訶薩即四無量四無色定增語非菩薩摩訶薩耶具壽善現答言世尊若四靜慮若四無量四無色定尚畢竟不可得性非有故況有四靜慮增語及四無量四無色定增語此增語既非有如何可言即四靜慮增語是菩薩摩訶薩即四無量四無色定增語是菩薩摩訶薩善現汝復觀何義言即四靜慮若常若無常增語非菩薩摩訶薩即四無量四無色定若常若無常增語非菩薩摩訶薩耶世尊若四靜慮常無常若四無量四無色定常無常尚畢竟不可得性非有故況有四靜慮常無常增語及四無量四無色定常無常增語此增語

既非有如何可言即四靜慮若常若無常增語是菩薩摩訶薩即四無量四無色定若常若無常增語是菩薩摩訶薩善現汝復觀何義言即四靜慮若樂若苦增語非菩薩摩訶薩即四無量四無色定若樂若苦增語非菩薩摩訶薩耶世尊若四靜慮樂苦若四無量四無色定樂苦尚畢竟不可得性非有故況有四靜慮樂若苦增語及四無量四無色定樂若苦增語此增語既非有如何可言即四靜慮若樂若苦增語是菩薩摩訶薩即四無量四無色定若樂若苦增語是菩薩摩訶薩善現汝復觀何義言即四靜慮若我若無我增語非菩薩摩訶薩即四無量四無色定若我若無我增語非菩薩摩訶薩耶世尊若四靜慮我無我若四無量四無色定我無我尚畢竟

不可得性非有故況有四靜慮我無我增語及四無量四無色定我無我增語此增語既非有如何可言即四靜慮若我若無我增語是菩薩摩訶薩即四無量四無色定若我若無我增語是菩薩摩訶薩善現汝復觀何義言即四靜慮若淨若不淨增語非菩薩摩訶薩即四無量四無色定若淨若不淨增語非菩薩摩訶薩耶世尊若四靜慮淨不淨若四無量四無色定淨不淨尚畢竟不可得性非有故況有四靜慮淨不淨增語及四無量四無色定淨不淨增語此增語既非有如何可言即四靜慮若淨若不淨增語是菩薩摩訶薩即四無量四無色定若淨若不淨增語是菩薩摩訶薩善現汝復觀何義言即四靜慮若空若不空增語非菩薩摩訶薩即四無量

四無色定若空若不空增語非菩薩摩訶薩耶世尊若四靜慮空不空若四無量四無色定空不空尚畢竟不可得性非有故況有四靜慮空不空增語及四無量四無色定空不空增語此增語既非有如何可言即四靜慮若空若不空增語是菩薩摩訶薩即四無量四無色定若空若不空增語是菩薩摩訶薩善現汝復觀何義言即四靜慮若有相若無相增語非菩薩摩訶薩即四無量四無色定若有相若無相增語非菩薩摩訶薩耶世尊若四靜慮有相無相若四無量四無色定有相無相尚畢竟不可得性非有故況有四靜慮有相無相增語及四無量四無色定有相無相增語此增語既非有如何可言即四靜慮若有相若無相增語是菩薩摩訶薩即四無量四無色定若有相若無相增語是菩薩摩訶薩善現汝復觀何義言即四靜慮若有願若無願增語非菩薩摩訶薩即四無量四無色定若有願若無願增語非菩薩摩訶薩耶世尊若四靜慮有願無願若四無量四無色定有願無願尚畢竟不可得性非有故況有四靜慮有願無願增語及四無量四無色定有願無願增語此增語既非有如何可言即四靜慮若有願若無願增語是菩薩摩訶薩即四無量四無色定若有願若無願增語是菩薩摩訶薩善現汝復觀何義言即四靜慮若寂靜若不寂靜增語非菩薩摩訶薩即四無量四無色定若寂靜若不寂靜增語非菩薩摩訶薩耶世尊若四靜慮寂靜不寂靜若四無量四無色定寂靜不寂靜尚畢竟不

可得性非有故況有四靜慮寂靜不寂靜增語及四無量四無色定寂靜不寂靜增語此增語既非有如何可言即四靜慮若寂靜若不寂靜增語是菩薩摩訶薩即四無量四無色定若寂靜若不寂靜增語是菩薩摩訶薩善現汝復觀何義言即四靜慮若遠離若不遠離增語非菩薩摩訶薩即四無量四無色定若遠離若不遠離增語非菩薩摩訶薩耶世尊若四靜慮遠離不遠離若四無量四無色定遠離不遠離尚畢竟不可得性非有故況有四靜慮遠離不遠離增語及四無量四無色定遠離不遠離增語此增語既非有如何可言即四靜慮若遠離若不遠離增語是菩薩摩訶薩即四無量四無色定若遠離若不遠離增語是菩薩摩訶薩善現汝復觀何義言即四靜慮若有爲若無爲增語非菩薩摩訶薩即四無量四無色定若有爲若無爲增語非菩薩摩訶薩耶世尊若四靜慮有爲無爲若四無量四無色定有爲無爲尚畢竟不可得性非有故況有四靜慮有爲無爲增語及四無量四無色定有爲無爲增語此增語既非有如何可言即四靜慮若有爲若無爲增語是菩薩摩訶薩即四無量四無色定若有爲若無爲增語是菩薩摩訶薩善現汝復觀何義言即四靜慮若有漏若無漏增語非菩薩摩訶薩即四無量四無色定若有漏若無漏增語非菩薩摩訶薩耶世尊若四靜慮有漏無漏若四無量四無色定有漏無漏尚畢竟不可得性非有故況有四靜慮有漏無漏增語及四無量四無色定有漏無漏增

語此增語既非有如何可言即四靜慮若有漏若無漏增語是菩薩摩訶薩即四無量四無色定若有漏若無漏增語是菩薩摩訶薩善現汝復觀何義言即四靜慮若生若滅增語非菩薩摩訶薩即四無量四無色定若生若滅增語非菩薩摩訶薩耶世尊若四靜慮生滅若四無量四無色定生滅尚畢竟不可得性非有故況有四靜慮生滅增語及四無量四無色定生滅增語此增語既非有如何可言即四靜慮若生若滅增語是菩薩摩訶薩即四無量四無色定若生若滅增語是菩薩摩訶薩善現汝復觀何義言即四靜慮若善若非善增語非菩薩摩訶薩即四無量四無色定若善若非善增語非菩薩摩訶薩耶世尊若四靜慮善非善若四無量四無色定善非善尚畢竟不可得性非有故況有四靜慮善非善增語及四無量四無色定善非善增語此增語既非有如何可言即四靜慮若善若非善增語是菩薩摩訶薩即四無量四無色定若善若非善增語是菩薩摩訶薩善現汝復觀何義言即四靜慮若有罪若無罪增語非菩薩摩訶薩即四無量四無色定若有罪若無罪增語非菩薩摩訶薩耶世尊若四靜慮有罪無罪若四無量四無色定有罪無罪尚畢竟不可得性非有故況有四靜慮有罪無罪增語及四無量四無色定有罪無罪增語此增語既非有如何可言即四靜慮若有罪若無罪增語是菩薩摩訶薩即四無量四無色定若有罪若無罪增語是菩薩摩訶薩善現汝復觀何義言即四靜慮若有煩

惱若無煩惱增語非菩薩摩訶薩即四無量四無色定若有煩惱若無煩惱增語非菩薩摩訶薩耶世尊若四靜慮有煩惱無煩惱若四無量四無色定有煩惱無煩惱尚畢竟不可得性非有故況有四靜慮有煩惱無煩惱增語及四無量四無色定有煩惱無煩惱增語此增語既非有如何可言即四靜慮若有煩惱若無煩惱增語是菩薩摩訶薩即四無量四無色定若有煩惱若無煩惱增語是菩薩摩訶薩善現汝復觀何義言即四靜慮若世間若出世間增語非菩薩摩訶薩即四無量四無色定若世間若出世間增語非菩薩摩訶薩耶世尊若四靜慮世間出世間若四無量四無色定世間出世間尚畢竟不可得性非有故況有四靜慮世間出世間增語及

四無量四無色定世間出世間增語此增語既非有如何可言即四靜慮若世間若出世間增語是菩薩摩訶薩即四無量四無色定若世間若出世間增語是菩薩摩訶薩善現汝復觀何義言即四靜慮若雜染若清淨增語非菩薩摩訶薩即四無量四無色定若雜染若清淨增語非菩薩摩訶薩耶世尊若四靜慮雜染清淨若四無量四無色定雜染清淨尚畢竟不可得性非有故況有四靜慮雜染清淨增語及四無量四無色定雜染清淨增語此增語既非有如何可言即四靜慮若雜染若清淨增語是菩薩摩訶薩即四無量四無色定若雜染若清淨增語是菩薩摩訶薩善現汝復觀何義言即四靜慮若屬生死若屬涅槃增語非菩薩摩訶薩即四無量四

無色定若屬生死若屬涅槃增語非菩薩摩訶薩耶世尊若四靜慮屬生死屬涅槃若四無量四無色定屬生死屬涅槃尚畢竟不可得性非有故況有四靜慮屬生死屬涅槃增語及四無量四無色定屬生死屬涅槃增語此增語既非有如何可言即四靜慮若屬生死若屬涅槃增語是菩薩摩訶薩即四無量四無色定若屬生死若屬涅槃增語是菩薩摩訶薩善現汝復觀何義言即四靜慮若在內若在外若在兩間增語非菩薩摩訶薩即四無量四無色定若在內若在外若在兩間增語非菩薩摩訶薩耶世尊若四靜慮在內在外在兩間若四無量四無色定在內在外在兩間尚畢竟不可得性非有故況有四靜慮在內在外在兩間增語及四無量四無色定在內在外在兩間增語此增語既非有如何可言即四靜慮若在內若在外若在兩間增語是菩薩摩訶薩即四無量四無色定若在內若在外若在兩間增語是菩薩摩訶薩善現汝復觀何義言即四靜慮若可得若不可得增語非菩薩摩訶薩即四無量四無色定若可得若不可得增語非菩薩摩訶薩耶世尊若四靜慮可得不可得若四無量四無色定可得不可得尚畢竟不可得性非有故況有四靜慮可得不可得增語及四無量四無色定可得不可得增語此增語既非有如何可言即四靜慮若可得若不可得增語是菩薩摩訶薩即四無量四無色定若可得若不可得增語是菩薩摩訶薩復次善現汝觀何義言即八解脫增語非菩薩摩訶薩即八

勝處九次第定十遍處增語非菩薩摩訶薩耶具壽善現答言世尊若八解脱若八勝處九次第定十遍處尚畢竟不可得性非有故況有八解脱增語及八勝處九次第定十遍處增語此增語既非有如何可言即八解脱增語是菩薩摩訶薩即八勝處九次第定十遍處增語是菩薩摩訶薩善現汝復觀何義言即八解脱若常若無常增語非菩薩摩訶薩即八勝處九次第定十遍處若常若無常增語非菩薩摩訶薩耶世尊若八解脱常無常若八勝處九次第定十遍處常無常尚畢竟不可得性非有故況有八解脱常無常增語及八勝處九次第定十遍處常無常增語此增語既非有如何可言即八解脱若常若無常增語是菩薩摩訶薩即八勝處九次第定十遍處若常若無常增語是菩薩摩訶薩善現汝復觀何義言即八解脱若樂若苦增語非菩薩摩訶薩即八勝處九次第定十遍處若樂若苦增語非菩薩摩訶薩耶世尊若八解脱樂苦若八勝處九次第定十遍處樂苦尚畢竟不可得性非有故況有八解脱樂苦增語及八勝處九次第定十遍處樂苦增語此增語既非有如何可言即八解脱若樂若苦增語是菩薩摩訶薩即八勝處九次第定十遍處若樂若苦增語是菩薩摩訶薩善現汝復觀何義言即八解脱若我若無我增語非菩薩摩訶薩即八勝處九次第定十遍處若我若無我增語非菩薩摩訶薩耶世尊若八解脱我無我若八勝處九次第定十遍處我無我尚畢竟不可得性非有故況有八

解脫我無我增語及八勝處九次第定十遍處我無我增語此增語既非有如何可言即八解脫若我若無我增語是菩薩摩訶薩即八勝處九次第定十遍處若我若無我增語是菩薩摩訶薩

大般若波羅蜜多經卷第三十

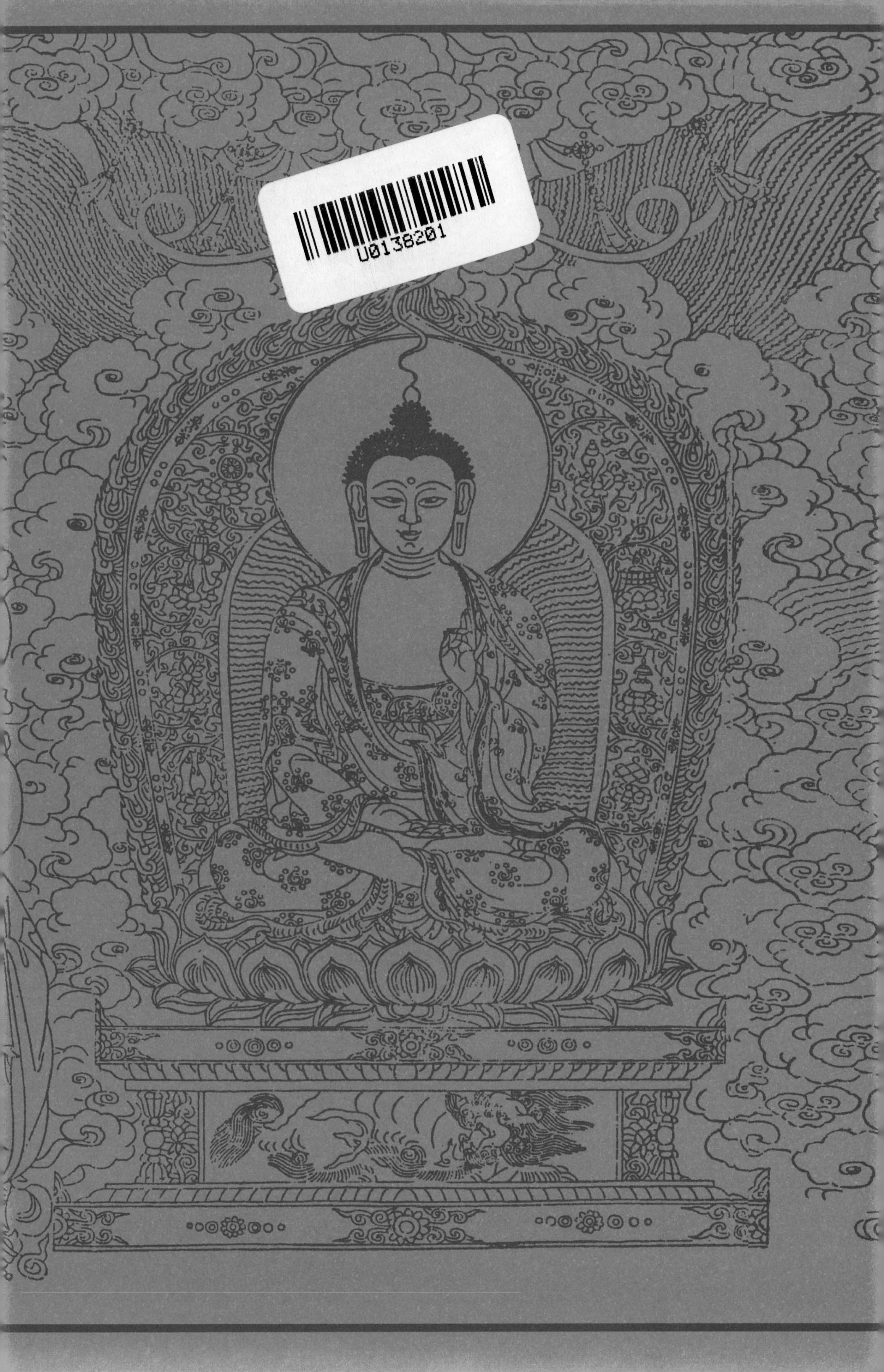